Knaur

Von Dean R. Koontz sind außerdem erschienen:

»Mike Tucker und der Maya-Fries/...alias Mike Tucker/Mike Tucker auf Tauchstation« (Band 1699)
»Unter Beschattung« (Band 1775)
»Codewort: Pentagon« (Band 1776)
»Chase« (Band 1777)
»Flüstern in der Nacht« (Band 1781)
»Ein Freund fürs Sterben« (Band 1784)

Dieses Buch wurde auf chlor- und säurefreiem Papier gedruckt.

Vollständige Taschenbuchausgabe Juni 1992
Droemersche Verlagsanstalt Th. Knaur Nachf., München

Umschlaggestaltung Manfred Waller
Umschlagillustration Photodesign Mall
Druck und Bindung Elsnerdruck, Berlin
Printed in Germany 5 4 3 2 1
ISBN 3-426-60048-X

Dean R. Koontz:

Nach dem letzten Rennen/ Nackte Angst

Zwei Thriller

Aus dem Englischen von Marcel Bieger

Knaur

Nach dem letzten Rennen

Die Century-Oaks-Rennbahn ist den normalen, durchschnittlichen Rennbahnen nachempfunden und spielt in keiner Weise auf eine bestimmte Stätte an. Ebenso sind die Charaktere in diesem Roman frei erfunden. Jede Ähnlichkeit mit lebenden Personen wäre rein zufällig.

Titel der Originalausgabe »After The Last Race«

Wein macht fröhlich; doch Geld gibt auf alles Antwort.

ECCLESIASTES,
X, 19

Ja, nimm das Geld und laß den Kredit fahren.
Und laß dich vom Dröhnen einer Trommel in der Ferne nicht bange machen.

OMAR KHAYYAM,
Rubaiyat

Geld stellt zwar die Prosa des Lebens dar, und in den feinen Salons entschuldigt man sich für den Gebrauch dieses Wortes, doch in seiner Macht und in seinen Gesetzen ist Geld so schön wie eine Rose.

RALPH WALDO EMERSON,
Nominalist und Realist

Erwirb Geld, erwirb es auf ehrliche Weise, wenn du kannst, und wenn nicht, dann erwirb es auf jede erdenkliche Weise.

HORAZ,
Briefe, Bk. I

Geld allein setzt die ganze Welt in Bewegung.

PUBLILIUS SYRUS,
Maxim 656

TEIL EINS

EINLAGEN VON SONNTAG BIS FREITAG ...

1

Garrison drehte sich einmal um sich selbst und studierte die freie Stelle zwischen den beiden Birken. Hier würde der Pilot auf das Signal warten. Genau hier, wo die Sicht ausgezeichnet war. Genau hier, im Schatten. Genau hier, wo er ganz allein war mit den Vögeln. Die perfekte Stelle.

Um dreizehn Uhr war der dicht bewaldete Hang immer noch feucht vom morgendlichen Gewitterregen. Die Blätter an den unteren Zweigen glänzten von den dicken Wassertropfen, die Zug um Zug von den höheren Ästen herabgefallen waren. Näher am Boden bogen sich Lorbeer und Rhododendron von den Regentropfen, doch sie wirkten so frisch, sauber und grün, als hätte sich hier ein Kind mit seinen Buntstiften ausgetobt. Hier und da brach ein Sonnenstrahl durch den grünen Baldachin, aber der größte Teil des Hangs war kühl und lag im Schatten.

Edgar Garrison hatte ein wenig Mühe, den Hang bis zu den beiden Birken hinaufzukommen. Die Erde war naß, und der Laubteppich darauf glitzerte wie poliertes Schildpatt. Einige Male glitt er aus und mußte sich an einem Ast oder Felsstück des hier reichlich gebildeten Kalksteins festhalten, um nicht aufzuschlagen. Doch bis auf diesen

Umstand war der Aufstieg kaum anstrengender als ein Sonntagsspaziergang im Park.
Garrison war den Kanälen gefolgt, die das Regenwasser, das von oben hinabrann, gegraben hatte. Er brauchte nicht einmal zehn Minuten, um von der Lichtung im Tal hinauf zum Kamm zu gelangen.
Am Waldrand war er auf die besonders schattige Stelle zwischen den beiden schlanken Birken gestoßen, die unter dem Schutz einer so gewaltigen Fichte wuchsen, daß man sie für den Weihnachtsbaumkandidaten fürs Weiße Haus hätte halten können. Garrison stellte sich hinter einen Baum, so daß man ihn nicht entdecken konnte, und beobachtete die Century-Oaks-Rennbahn, die sich hell und deutlich von den sanft wogenden Hügeln Pennsylvanias abhob.
Das hintere Ende des Areals von zwölfhundert Morgen lag kaum mehr als hundert Meter vom Fuß des Hangs entfernt und war von einem hohen Maschendrahtzaun umgeben. Hinter dem Zaun standen achtundfünfzig lange Ställe, allesamt rostrot gestrichen und mit weißen Dächern. Bis zu achtzehnhundert Pferde konnten hier untergestellt werden. Ein halbes Dutzend Stallburschen und -mädchen standen beieinander vor dem »Motel«, das zur Rennbahn gehörte und in dem sich das Personal einquartierte. Die sechs lachten und unterhielten sich angeregt. Garrison konnte nichts von dem verstehen, was sie erzählten, doch ab und zu drang lautes Gelächter zu ihm herüber. Ein sehr schönes kastanienbraunes Stutfohlen stand in wahrhaft königlicher Haltung vor seinem Stall. Ein junges Mädchen bürstete ihm sorgfältig die Flanken. Zwei Pferde, die am ersten Nachmittagsrennen teilgenommen hatten, trotteten erschöpft durch die breite Gasse zwischen zwei Ställen und folgten den Pferdejungen, deren Aufgabe es war, sie zu beruhigen und abkühlen zu

lassen, bevor sie in ihre Boxen gebracht wurden. Die Szene war eine einzige Idylle, sanft, vollkommen und ruhig.

Die Erinnerungen, die dieser Anblick in Garrison hervorrief, waren allerdings nicht so angenehm. Er atmete heftig ein und riß sich gewaltsam von dieser Idylle los.

Hinter den Stallungen, entlang des Maschendrahtzauns, erhoben sich in gerader Ost-West-Linie fünfzig gewaltige Eichen. Sie wirkten wie Wächter. Die eigentliche Rennbahn, ungefähr eine Meile lang, lag jenseits der Eichenreihe. Die dortigen Geländer waren erst vor kurzem weiß gestrichen worden. Zwei knallgelbe Traktoren mit gestreiftem Sonnenschutz zogen schwere Planiereisen über den Turf, um alle Spuren des ersten Rennens zu beseitigen; bis zum zweiten Rennen dauerte es nicht mehr lange. Garrison sah sie, wenn sie in den Lücken zwischen den Eichen auftauchten.

Er blickte über die Wipfel hinweg und sah den Großteil des Klubhauses. Die unteren Ränge der Zuschauertribünen waren von Baumzweigen verdeckt. Doch von seinem Standort aus konnte Garrison die oberen Stockwerke des Gebäudes erkennen, vor allem das Restaurant des Klubhauses, das aussah, als wäre es ganz aus Glas, und das fast die gesamte vierte Etage einnahm. Außerdem waren hier die Büros, die Richtertribüne, die Umkleidekabinen für die Angestellten, der Presseraum und das luxuriöse VIP-Restaurant untergebracht.

Garrison hielt das Zeiss-Fernglas, das er um den Hals hängen hatte, an die Augen und richtete es auf die Videokameras, die am Dachrand des Klubhauses angebracht waren. Von dort aus senkte er das Glas, bis er direkt in den Presseraum sehen konnte. Die Entfernung dorthin betrug in der Luftlinie einen Kilometer. Ein halbes Dutzend Reporter und mindestens ebenso viele andere Personen standen dort an den Fenstern und beobachteten die ständig wechselnden Wettanzeigen auf der elektronischen Totalisator-Tafel, die sich ihnen gegenüber innerhalb des Feldes befand. Das Fernglas war so scharf, daß Garrison sogar zwei der Reporter wiedererkannte.

»Wunderbar«, sagte er leise.

Er schwenkte das Glas von links nach rechts, vorbei an der Richtertribüne, dem Aufenthaltsraum der Kellner und an elf weiteren Fenstern, bis er das winzige Büro im Blickfeld hatte, das er suchte. Der Raum war dunkel. Die obere Hälfte des einzigen Fensters reflektierte das Sonnenlicht und ein paar verstreute, sich rasch bewegende graue Wolken, die den ansonsten strahlend blauen Frühlingshimmel trübten.

Garrison setzte das Fernglas ab und blickte auf seine Armbanduhr. Zwanzig Minuten nach dreizehn Uhr. Damit blieben ihm noch zehn Minuten.

Er hockte auf einem kleinen Felsbrocken, ein paar Schritte hinter den beiden Birken, und lauschte kurz dem Geschimpfe der Vögel, die sich damit abmühten, ihr Gefieder von den Wassertropfen zu befreien, die ständig von den Blättern über ihnen herabfielen.

Er wirkte in diesem Wald wie zu Hause. Garrison war über einen Meter achtzig groß, wog knapp zwei Zentner und war mit seinen siebenunddreißig Jahren so muskulös und durchtrainiert wie ein einundzwanzigjähriger Sportler. Sein Gesicht wirkte hart. Es war braungebrannt und von Wind und Wetter gegerbt. Die vielen kleinen Falten verliehen ihm kein altes, sondern eher ein interessantes Aussehen. Er hatte eine hohe Stirn, tiefliegende braune Augen und dichtes, nicht zu bändigendes braunes Haar. Er hätte in jedem Hollywoodfilm die Rolle des einsamen Cowboys übernehmen können. Sein Nacken und seine Schultern waren männlich breit, und nur die Arme wirk-

ten etwas zu lang. Seine großen Hände mit den breiten und langen Fingern wären die ideale Voraussetzung für jeden Basketballspieler gewesen. Er trug Turnschuhe, Jeans, ein langärmliges blaues Arbeitshemd, und er hatte das Fernglas umhängen. Zu einer anderen Zeit und wenn er noch lange Lederhosen getragen hätte, hätte ihn jeder für einen Mann aus den Bergen gehalten.
Garrison sah wieder auf seine Uhr. Er stand auf, trat zwischen die Birken und hob den Feldstecher an die Augen. Trotz der reflektierenden Strahlen entdeckte er sie jetzt hinter dem Fenster im vierten Stock. Sie trug einen beigefarbenen Hosenanzug und ein pimentfarbenes Halstuch. Und sie hielt ein rot-weiß gestreiftes Tuch in der Hand. Sie wirkte wie eine Fluglotsin, die Flugzeuge aufs Dach des Klubhauses leiten sollte. Garrison bewunderte das Zeissglas. Es war so gut, daß sie am Samstagnachmittag, wenn die Operation starten sollte, auf das rot-weiß gestreifte Tuch verzichten konnte.
Garrison nahm den Riemen vom Hals und verstaute das Glas in der Ledertasche, die er am Gürtel trug. Er verschloß die Tasche und ließ ein letztes Mal prüfend den Blick über die Lichtung streifen. In seiner Phantasie stellte er sich vor, jedes hellgrüne Blatt sei eine amerikanische Banknote. Zwei Millionen Dollar. Vielleicht sogar noch mehr. Damit konnte man ein neues Leben kaufen, sich neue Möglichkeiten eröffnen, sich mit neuer Würde ausstatten ...
Seine Gedanken wurden von einem Lärmen und Lachen bei den Stallungen abgelenkt. Ein hagerer grauer Ziegenbock hatte eine Brieftasche im Maul und rannte damit am Drahtzaun entlang. Ein hübsches blondes Mädchen jagte ihm mit rudernden Armen, hochrotem Gesicht und etlichen Flüchen hinterher. Sie versuchte mehrmals, den Stummelschwanz zu fassen, verpaßte ihn jedoch immer

wieder. Eine andere junge Frau und ein Pferdeknecht kamen ihr zu Hilfe, und schließlich entschied sich auch ein Trainer mittleren Alters, dessen Bauch über den Hosengürtel quoll, der jungen Frau beizustehen. Der Ziegenbock ließ sich davon jedoch nicht beirren und führte das Quartett am Zaun entlang und wieder zurück. Endlich hatten sie ihn umzingelt. Er starrte die Menschen an, die vor ihm die Arme ausbreiteten und sich ihm bedrohlich näherten. Dann ließ er die Brieftasche fallen und trottete davon, als sei nichts geschehen.

Edgar Garrison kannte solche Szenen. Rings um die Stallungen lebten auf den meisten Rennbahnen die unterschiedlichsten Tiere: Ziegen, Hühner, Katzen, Hunde, Enten und alles, was sonst noch zum Maskottchen taugte. Ein durchtrainiertes Pferd war ein hochgradig sensibles Geschöpf, und wenn es mit anderen Tieren zusammenlebte, hatte das eine sehr beruhigende Wirkung. Die Hunde, Ziegen, Katzen und so weiter waren die meiste Zeit mit ihm zusammen und gaben ihm das Gefühl, zu einer Familie zu gehören. Ziegen hatten sich dabei als die angenehmsten und besten Pferdefreunde erwiesen. Das traf allerdings nicht unbedingt für die Menschen zu, die hier arbeiten mußten. Die Ziegen waren ständig zu Streichen aufgelegt und bereiteten auch anderweitig Probleme. In den Jahren, in denen Garrison auf mindestens einem Dutzend Rennbahnen als Pferdetrainer gearbeitet hatte, hatte er mehr als einmal diebische Ziegen gejagt. Dennoch lächelte er jetzt leise, als er zusah, wie die Ziege majestätisch davonmarschierte. Er lächelte, als würde er so etwas Komisches zum erstenmal sehen.

Die zwei Jahrzehnte, die er an der Ostküste in den Stallungen der Rennbahnen verbracht hatte, kamen nun wie lautes Hufestampfen in der Erinnerung zurück. Erinnerung um Erinnerung galoppierte vor seinem geistigen Auge vorüber: die ersten schwierigen Jahre als Pferdejunge, dann die Zeit als Stallknecht, schließlich die erste Anstellung als Trainergehilfe, das erste Pferd, das er eigenverantwortlich trainiert hatte, der erste Sieg seines Pferdes ... Viele gute Erinnerungen entstammten dieser Zeit. Aber er hatte dabei auch Helen verloren.

Als der Erinnerungsstrom an diesem furchtbaren Moment angelangt war, brach alles in ihm zusammen wie ein Pferd, das sich ein Bein bricht und strauchelt. Er stand breitbeinig da, hielt den Kopf gesenkt, hatte einen leeren Blick und wirkte mit seinem offenstehenden Mund wie ein Schwachsinniger.

Nach einem scheinbar endlosen Moment blinzelte er, schüttelte den Kopf und zwang sich dazu, den Kummer über die tote Frau zu verdrängen. Er kehrte der Century-Oaks-Rennbahn den Rücken zu. Garrison besaß keine Tränen mehr. So viele Jahre hatte er um Helen geweint. Jetzt versprach er sich nichts mehr von Trauer und Melancholie. Aber er versprach sich um so mehr von seiner Rache. Und für diese Rache hob er all seine Zeit, seine Kraft, seine Energie und seine Gefühle auf.

Er atmete mehrmals tief durch und sah dann wieder auf seine Uhr. Als der rote Sekundenzeiger die Zwölf erreichte, rannte Garrison los.

Er senkte den Kopf wie ein Stier und hielt den rechten Arm hoch, um sein Gesicht vor den Zweigen zu schützen. Er rannte über die breite Kuppe des Hügels. Eine lange Brombeerranke verhakte sich in seinen Jeans. Er riß sich los und stürmte weiter.

Als das Gelände sich zu senken begann, fand er ein Bachbett und jagte wesentlich schneller den Hang hinunter, als er heraufgekommen war. Poröser Kalkstein bildete das Bett der Rinne. Ein schlüpfriger Boden, vom Wasser glattpoliert. Natürlich glitt Garrison aus. Er rappelte sich wieder auf und rannte gleich weiter. Die Rinne gabelte sich vor einem spitzen Felsen, der der Erosion hartnäckiger widerstanden hatte als der weiche Kalkstein. Garrison zögerte keine Sekunde. Er wandte sich nach rechts, stützte sich am Felsen auf, stieß sich von ihm ab und war schon um ihn herum.

Sein keuchender Atem drang wie das ferne Pfeifen einer Sirene zu ihm. Zusammen mit dem Trommeln seines Herzens waren es die einzigen Geräusche, die er jetzt hörte.

Auf halbem Weg den Hang hinunter wuchs Lorbeer auf beiden Seiten der Rinne, er schob seine Zweige über den Rand. Eine Art Dach war entstanden und Garrison bückte sich, um darunter hindurchzukommen. Doch die Zweige hingen zu tief und wuchsen zu dicht. Er senkte den Kopf wie ein Stier, der ein rotes Tuch entdeckt hat, hielt sich einen Arm vors Gesicht und stürmte los. Zweige und Dornen zogen und zerrten an seinem Körper. Spitze Zweigenden rissen ihm die ungeschützten Wangen und das Kinn auf, rissen auch an seinem Hals. Der erhobene Arm und die schützende Hand wirkten nach einigen Metern wie eine rote Straßenkarte.

Garrison rannte weiter, so als würde er die Schläge und Schrammen gar nicht bemerken. Endlich hatte er den Hang hinter sich gebracht. Unten im Tal kam er noch schneller voran als den Hang abwärts. Er wich geschickt den Baumstämmen aus. Er hüpfte, duckte sich, drehte sich zur Seite oder ließ sich fallen, um Wurzeln und tiefhängenden Ästen zu entgehen. Aber er blieb keinen Moment stehen. Einige Male sprang er über Büsche und Dickicht.

Er gelangte aus dem Wald und erreichte eine runde Lichtung mit einem Durchmesser von hundertzwanzig Metern. Sie war ringsherum von dichtem Wald umgeben. Garrison hörte nicht auf zu rennen, bis er die Mitte der Lichtung erreicht hatte. Dort hielt er an, ließ sich ins hohe Gras fallen und sah auf seine Uhr. Er hatte es von den beiden Birken bis hierher in drei Minuten und achtundzwanzig Sekunden geschafft.

Keine schlechte Zeit. Aber war das schnell genug?

Er legte sich auf den Rücken, schloß die Augen und dachte darüber nach. Sein Atem beruhigte sich und sein Herzschlag hörte sich jetzt nicht mehr so an wie die Faust des Sheriffs an der Wohnungstür eines Verdächtigen. Würde Dominick Savestio, der Pilot, es schaffen, hier in drei Minuten und achtundzwanzig Sekunden anzukommen? Und wenn Savestio fett und langsam geworden war? Und selbst wenn er einigermaßen fit war und es in unter vier Minuten schaffen würde, könnte er dann gleich starten? Oder brauchte er eine Verschnaufpause, um wieder zu Atem zu kommen und seine zitternden Hände zu beruhigen? Kaum eine Minute war vergangen, seit Garrison sich hier hatte fallen lassen, und schon fühlte er sich wieder normal. Aber was, wenn dieser Savestio länger brauchte? Oder wenn er auf halbem Weg den Hang hinunter eine Herzattacke erlitt?

Oder aber, der Bursche kommt in solchem Tempo den Hang herunter, dachte Garrison grimmig, daß er nicht mehr anhalten kann und in seinen verdammten Helikopter rennt und sich dabei den Kopf einschlägt oder den Hals bricht. Derweil sitzen wir irgendwo im Gebäude, sind von einer Armee Polizisten umzingelt und sehnen den rettenden Helikopter herbei, ohne zu ahnen, daß Savestio neben seinem Hubschrauber liegt. Darüber solltest du dir auch einmal Gedanken machen, Garrison.

Denn wenn er nur auf Gottvertrauen und ein Quentchen Glück setzte, war diese Unternehmung nichts für ihn. Der Plan ließ es nicht zu, daß auch nur eine Sekunde nicht vorbereitet und vorab durchgespielt war. Natürlich war hier Umsicht und Vorsicht notwendig, aber neurotische Angstzustände hatten hier nichts zu suchen. Er hatte den Piloten noch nicht kennengelernt. Solange das nicht erfolgt war, war es sinnlos, sich über die körperliche Fitneß von Savestio den Kopf zu zerbrechen.

Garrison erhob sich und ging langsam zum östlichen Rand der Lichtung, wo er seinen zwei Jahre alten Mazda abgestellt hatte. Er stieg ein, schloß die Tür, legte den Sicherheitsgurt an und sah wieder auf seine Uhr. Als der Sekundenzeiger die Zwölf erreichte, startete er den Wagen, legte den Gang ein und trat das Gaspedal bis zum Boden durch. Er hinterließ eine breite Spur im Gras auf der Lichtung.

Der Weg, der durch die Ostseite des Waldes und auf die sanft ansteigenden Berge zuführte, war nicht mehr als zwei tiefe Radspuren im Boden. Zwischen den beiden Spuren wuchs Gras, und Zweige der dichten Büsche an beiden Seiten hingen über den Weg. Vor fünfzig Jahren war das ein Waldweg gewesen, auf dem die Bauern in den Wald gelangt waren, um dort Bäume für Brenn- oder Bauholz zu fällen. Später wanderten über diesen Weg die heimlichen Pärchen zu ihren Treffpunkten, wenn im Wald eine Jagd abgehalten wurde. In den letzten fünf Jahren jedoch, seit die Rennbahngesellschaft dieses Stück Land erworben hatte, hatte niemand mehr diesen Weg benutzt; niemand bis auf Edgar Garrison.

Den ersten Kilometer stieg der Boden zur Rechten steil an, während er zur Linken ebenso steil abfiel. Immer wieder klatschten Zweige gegen die Windschutzscheibe oder kratzten an der rechten Seite des Wagens entlang. Wenn sie über das Dach streiften, hörte es sich so an, als würden lange und spitze Fingernägel darüberfahren.

Garrison schenkte dem Mazda nichts. Er riß das Steuer nach links herum, als der Weg urplötzlich abbog. Er konnte gerade noch einer Gruppe von Zwergkiefern ausweichen. Die Räder holperten über feuchte Wurzeln. Garrison

riß das Steuer wieder herum, diesmal nach rechts, als der Weg abrupt nach der anderen Seite hin abbog.
Der Wind pfiff durch das geöffnete Seitenfenster neben ihm.
Der Weg wurde schmaler, als Ulmen, Birken und Kiefern dichter heranrückten; wie Motorsport-Fans, die einen schweren Unfall erwarten. Bald war der Weg gerade noch breit genug für den Wagen.
Zahlreiche Insekten donnerten wie aus einem Maschinengewehr auf die Windschutzscheibe und fanden dort ihr Ende.
Der nächste Kilometer führte nach unten. Hier konnte Garrison mehr Gas geben. Er entdeckte, daß der Boden vor einem Hügel ebener wurde. Der Weg verschwand in einem Tunnel aus Kiefern. Garrison war überzeugt, die Route von seiner Fahrt zur Lichtung noch gut genug im Gedächtnis zu haben. Er beschleunigte den Mazda auf fünfundsechzig Meilen in der Stunde.
Die Räder rasten über den von Rinnen und Senken durchzogenen Boden.
Trotz der hohen Geschwindigkeit steuerte Garrison den Wagen wie ein erprobter Fahrer: umsichtig, konzentriert, einen Fuß auf dem Gaspedal und den anderen immer in der Schwebe über der Bremse. Als er direkt auf den Fuß des Hügels zuraste, mußte er all sein Können aufbieten.
Ein natürlicher Abzugsgraben neben dem Weg war beim morgendlichen Wolkenbruch übergelaufen. Die zwei tiefen Reifenspuren, in denen sich der Mazda bewegte, waren plötzlich weich und schlammig. Der Weg war so glatt wie eine Rutschbahn.
Der Wagen drohte für einen Moment auszubrechen, wurde aus den Spuren geschleudert und glitt in rasendem Tempo auf eine haushohe Ulme zu, in die einmal ein Blitz eingeschlagen hatte. Das Lenkrad drehte sich wie von

selbst trotz Garrisons verzweifeltem Griff. Er hatte keine Kontrolle mehr über den Wagen.

Als er auf die Bremse trat, erzitterte der Mazda. Garrison nahm den Fuß vom Bremspedal, wartete einen Augenblick und trat dann erneut darauf. Der Wagen drehte sich halb um sich selbst, und das Heck sauste um Haaresbreite an der Ulme vorbei.

Die Räder drehten noch immer durch.

Garrison nahm den Fuß von der Bremse, ließ dem Mazda für ein oder zwei Sekunden seinen Willen, trat dann wieder auf die Bremse, ließ ihn gewähren ... Der Wagen drehte sich immer noch wie ein Karussell. Er hatte sich mittlerweile um hundertachtzig Grad gedreht. Die Motorhaube wies nun in die Richtung, aus der er gekommen war. Und immer noch wollte der Mazda keine Ruhe geben.

Mit einem Mal dann spielte das Lenkrad nicht mehr verrückt. Garrison gewann ein Stück Kontrolle über den Wagen zurück. Die Geschwindigkeit war auf zwanzig Meilen gesunken. Garrison lenkte den Mazda herum, bis er wieder auf die Kiefern blickte, dann trat er aufs Gas und brauste los. Er gelangte in den natürlichen Tunnel. Die Äste bildeten ein Dach, und die Schatten wurden dunkler. Hier war der Weg deutlich trockener, und Garrison brauchte sich keine Sorgen mehr zu machen.

Der Schweiß rann ihm von der Stirn, rollte über sein Gesicht und durchnäßte sein Hemd. Garrison registrierte erst jetzt, daß er am ganzen Leib zitterte.

Eine halbe Minute später bremste er den Wagen ab und krachte durch eine dürftige Schranke aus hohem Gras, wildem Rhabarber, Wolfsmilch und anderen Kräutern. Dahinter gelangte er auf einen Platz, der ideal zum Picknicken gewesen wäre, und blieb dort stehen. Zehn Meter weiter verlief eine zweispurige Schotterstraße.

Garrison sah auf seine Uhr. Er hatte die zwei Meilen in drei

Minuten bewältigt. Das bedeutete, mit einer Durchschnittsgeschwindigkeit von vierzig Meilen in der Stunde über rauhestes Gelände. Das war ein besseres Ergebnis, als er erwartet hatte. Und das durfte für die Unternehmung mehr als ausreichen.

Er lehnte sich in den Sitz zurück und wartete darauf, daß das Zittern ein Ende finden würde.

Dann legte er den Gang ein und fuhr auf die Schotterstraße. Er befuhr nicht die Seitenwege, die er auf der Karte für den Weg nach Harrisburg herausgesucht hatte, sondern blieb auf dieser Straße und bog dann auf einen Highway ab, der am Eingang der Century-Oaks-Rennbahn vorbeiführte.

Wenige Minuten später steuerte er mit mäßiger Geschwindigkeit an den riesigen Parkplätzen und dem gewaltigen, rechteckigen und kastenförmigen Hauptgebäude der Anlage vorbei. Garrison mußte lächeln. Der Komplex war weiß gestrichen. Zwei Farbstreifen von etwa einem Meter Breite verliefen vertikal und horizontal über die Fassade. Das Ganze wirkte wie ein gigantisches Geschenkpaket. Und in gewisser Weise war es ja auch genau das für ihn: ein Geldgeschenk. Ein Geschenk von mehreren Millionen Dollar. Am Samstag nachmittag, nach einer Woche voller Sonder- und anderer Lockangebote, würde Garrison sich daranmachen, sein Geschenkpaket auszupacken.

2

Jack Killigan, Manager von Century Oaks, saß an seinem Ecktisch in der obersten Reihe des Horsemen's Club und verfolgte durch den Feldstecher, wie die Pferde in die Startboxen gebracht wurden. Während der letzten zwanzig Minuten war Killigan von Tisch zu Tisch gegangen, hatte unzählige Hände geschüttelt, die betuchten Wetter begrüßt, ihren Frauen artige Komplimente gemacht und dankbar manches Lob für den ausgezeichneten Zustand der Rennbahn am Eröffnungstag der ersten fünfzigtägigen Saison in diesem Jahr entgegengenommen. Doch jetzt, unmittelbar vor dem Start zum fünften Rennen, wußte Killigan, wohin er sich zu begeben hatte, nämlich dorthin, wo er niemandem im Weg war, da die Gäste nun ungestört sein wollten.

Der Horsemen's Club hatte lauter Glasfronten und stand lediglich Mitgliedern offen. Er befand sich im vierten Stock über einer Ecke des Restaurants auf der dritten Etage. Der Klub verfügte über einundsechzig Tische in zwei Abteilungen. An jedem Tisch konnten vier Personen Platz nehmen. Von jedem einzelnen Sessel im Klub hatte man eine hervorragende Aussicht auf die Berge am Horizont, die prachtvollen Eichen, hinter denen der Großteil der Stallungen verborgen lag, und auf die eigentliche Rennbahn, auf die sich nun die volle Aufmerksamkeit aller Anwesenden richtete.

In diesem VIP-Restaurant hatte man es an keinem Luxus mangeln lassen. Als Killigan jetzt das Fernglas absetzte und seinen Blick durch den Klubraum wandern ließ, fragte er sich, ob man es mit dem Luxus nicht ein wenig übertrieben hatte.

Die Tische boten genügend Platz, und auf jedem lag ein blütenweißes Leinentuch. Sollte eines dieser Tischtücher jemals einen Brandfleck von einer Zigarette erhalten, den man dann durch Nähen oder Bleichen nicht mehr entfernen konnte, wanderte es ohne Umwege ins Restaurant im dritten Stock, um einem fabrikneuen Leinentuch Platz zu machen. Das Porzellan und das Silberbesteck waren von ausgesuchter Qualität, und daneben fanden sich auf jedem Tisch kleine Väschen, die eine rote und eine weiße

Rose enthielten. Jeder der breiten, gepolsterten Sessel besaß Armlehnen und war mit Kunstleder überzogen. Der enggeknüpfte Teppich war sicher nicht so luxuriös, wie man ihn vielleicht in einem Privathaus vorfinden konnte, aber es handelte sich dabei um den teuersten strapazierfähigen Teppich, der auf dem Markt erhältlich war. Er war von dunkelroter Farbe, was dem Raum eine gewisse Wärme gab. An der rechten Wand ging der Teppich bis unter die Decke. Das wirkte nicht nur beruhigend fürs Auge, sondern dämpfte auch zusätzlich alle Geräusche, die vom Presseraum oder den Büros im vierten Stock herüberdringen mochten. Auch die Innenseite des Klubeingangs war mit dem roten Teppich ausgestattet. Somit war der Horsemen's Club wirklich ein ruhiger Ort. Die anderen Wände waren mit Mahagoni getäfelt, und die Decke hatte man mit Korkplatten von einem Meter Durchmesser in einem Chromrahmen verschönt.

Als Killigan am Freitag abend Rita hierhergebracht und ihr den Klub gezeigt hatte (zwei Tage vor der offiziellen Eröffnung), hatte sie sich recht begeistert gezeigt.

»Du hast ja wahre Wunder vollbracht, Jack!«

»Gefällt es dir wirklich?«

»Es trieft förmlich von Geld und Wohlstand.«

»Die Herrschaften auch, die dreitausend Dollar hingeblättert haben, um einen Tisch für die zweihundert Saisontage im Jahr zu reservieren, obwohl sie vermutlich nicht halb so oft ein Rennen verfolgen werden.«

»Herrschaften wie mein Vater? Oder wie ich?«

»Dein Vater trieft nicht von Geld, er schwimmt darin.«

Sie lachte. »Weißt du was?«

»Was denn?«

»Dieser Raum ist fürs Vögeln wie gemacht.«

»Jetzt hör aber mal, Rita!«

»Nein, es ist mir ernst. All diese warmen Farben, weichen

Gewebe... und die fünfzehn Meter hohen Glaswände, das alles spricht den Exhibitionisten in mir sehr an.«
»Ich denke, wir sollten jetzt besser gehen.«
»Ach, Jack, du bist ein richtiger Spielverderber!«
»Und du, gib dir nicht soviel Mühe, mich zu schockieren!«
»Wer will denn hier schockieren? Ich schätze nur, es würde hier großen Spaß machen. Außer uns ist doch niemand in diesem Raum. Wir könnten das Licht dämpfen. Dann können wir auf die Rennbahn hinunterblicken, ohne von jemandem gesehen zu werden...«
»Es ist schon reichlich spät.«
»Ehrlich, Jack! Hast du denn nie das Bedürfnis, mal auszubrechen? Willst du denn nie etwas Verrücktes tun, gegen alle Regeln und Gesetze verstoßen?«
»Nein, es ist schon kompliziert genug, die Regeln einzuhalten und trotzdem zu Rande zu kommen.«
»Dann gibst du dich also damit zufrieden, irgendwie zu Rande zu kommen?«
»Halbwegs zufrieden, Rita. Nur halbwegs zufrieden.«

Er hatte die Regeln eingehalten, vor allem die ungeschriebenen. Er hatte dem Aufsichtsrat geschmeichelt und gut zugeredet, er hatte ihn mit Argumenten überschüttet und ihm gedroht, bis er die Century-Oaks-Rennbahn wieder aufmöbeln konnte. Er hatte einen heruntergekommenen Betrieb vorgefunden, den er dann mit Elan und Energie modernisierte, umstrukturierte, effektiver machte und vor allem nach seinem Geschmack neu einrichtete. Das Ergebnis konnte sich wirklich sehen lassen. Der Horsemen's Club war ein besonders guter Beleg dafür, daß am Century Oaks nichts mehr heruntergekommen war.
Selbst die Wettstellen im Klub waren etwas Besonderes. Sie befanden sich hinter der zweiten Tischabteilung, abge-

trennt durch ein hellglänzendes Messinggeländer. Zwölf Wettstellen fanden sich hier: Platz für acht Ticketverkäufer, vier Kassen. Solche Stellen fanden sich nur hier, aber nicht in den anderen Stockwerken des Gebäudes. Sie präsentierten sich in Mahagoni und Chrom, waren sehr gepflegt und angenehm anzuschauen; ein gewaltiger Unterschied zu den ebenso gepflegten, aber eher nüchternen weißen Ständen mit der grünen Plastikverzierung und den Plexiglasscheiben auf den anderen Stockwerken; und Lichtjahre weit entfernt von den schmucklosen, mehr oder weniger verglasten Löchern im Beton an der Haupttribüne.
Die Klubmitglieder mußten sich nicht einmal aus ihren Sesseln erheben, um eine Wette zu plazieren. Zwölf Pony-Expreß-Mädchen standen an den strategisch günstigsten Standorten bereit, um von jedem willigen Wetter Geld entgegenzunehmen, das zu einer der acht Wettstellen zu bringen und mit den Tickets zurückzukehren. Die Pony-Expreß-Mädchen trugen Wadenstiefel und dazu passende, enganliegende, sehr kurze Shorts. Oben hatten sie weiße Pullover an, auf deren linker Brustseite ein rotes Pferd aufgenäht war. Auf dem Kopf trugen sie rot-weiße Jockey-Kappen, die sie jedoch, jede auf ihre Art, frech nach hinten geschoben hatten. Diese Mädchen kamen alle aus der Gegend, und man hatte bei der Auswahl auf Körperhaltung und freundliche Ausstrahlung Wert gelegt. Aber noch wichtiger waren lange Beine, runde, feste Hinterteile, schmale Taillen, hochstehende Brüste und hübsche Gesichter gewesen. Jede von ihnen war ein wirklich angenehmer Anblick. Wenn die Mädchen hin und her eilten, um die Wetten der Gäste zu plazieren, verging für die Klubmitglieder die Zeit zwischen den Rennen wie im Flug.
Natürlich mußte Rita einen Kommentar zu diesen Mädchen abgeben. Es war noch kein Wort über ihren wunder-

baren Mund geperlt, da wußte Killigan schon, was sie sagen würde.
»Was meinst du, wieviel Geld sie nebenbei machen? Ich spreche nicht von den Trinkgeldern.«
»Nebenbei?«
»Na ja«, lächelte sie giftig, »wieviel verdienen sie in der Rückenlage?«
»Du hast eine schmutzige Phantasie!«
»Ich bin nur realistisch. Und ich bin stolz darauf.«
»Die Mädchen kommen alle aus den Ortschaften in dieser Gegend, Rita. Und keine von ihnen ist ein professionelles Modell. Wir haben sie nicht über eine Agentur oder einen Begleitservice bekommen. Sie entstammen allesamt normalen Familien. Keine von ihnen geht der Prostitution nach.«
»Sie können sich trotzdem was nebenbei verdienen... was meinst du, auf wieviel sie kommen können?«
»Du bist unverbesserlich!«
»Sind alle diese Herren hier mit ihren Gattinnen erschienen?«
»Sie bringen nicht immer ihre Frauen mit.«
»Dann vielleicht eine kleine Freundin?«
»Auch das ist nicht die Regel.«
»Ob sie nun mit ihrer Angetrauten hier sind oder nicht, sie werden sicher den einen oder anderen Blick riskieren. Und egal, ob sie in Begleitung oder allein gekommen sind, bei einem solchen Anblick wächst in ihnen sicher der Wunsch, hier und dort mal zuzufassen. Du willst mir doch wohl nicht weismachen, daß diese Mädchen hier alle strikt ablehnen würden, wenn jemand ihnen einen kleinen Zusatzverdienst zukommen lassen will.«
»Okay, vielleicht würde die eine oder andere schwach. Aber höchstens eine oder zwei.«
»Dann gibst du es also zu?«

»Was soll ich zugeben? Daß ich die menschliche Natur nicht kontrollieren kann, oder was?«
»Daß du direkt oder indirekt für die Klubmitglieder so eine Art Zuhälter machst!«
»Ich möchte auf etwas so Ekelhaftes nicht antworten.«
»Ich halte es durchaus nicht für ekelhaft, Jack. Im Grunde genommen willst du doch bloß nett sein. Und zuvorkommend. Das Wohl deiner Gäste liegt dir eben in jeder Hinsicht am Herzen.«
»So was wie dich habe ich noch nicht erlebt.«
»Das sagst du mir jedesmal.«
»Dann sage ich es eben heute auch.«
»Gib es zu, Jack. In dem Moment, als du die Idee hattest, die Pony-Expreß-Mädchen einzusetzen, kam dir gleichzeitig der Hintergedanke, wie vielfältig diese jungen Dinger zu verwenden sind. Los, gesteh es, Jack!«
»Vielleicht ist mir mal kurz der Gedanke gekommen. Der Erfolg des neuen Century Oaks hängt eben zu einem großen Teil auch von der Menge der Personen ab, die an einem einzigen Tag drei-, vier-, fünf-, sogar zehntausend Dollar verwetten. Diese besondere Kundschaft möchte ich mir natürlich erhalten. Und wenn ich dafür eben einmal kurz wegsehen muß, wenn ein Kunde bei einem der Mädchen etwas bestellt, was nicht auf der Karte steht, dann sehe ich eben weg, na und? Ich muß mich dafür in keiner Form und vor niemandem rechtfertigen. Diese Rennbahn ist meine allerletzte Chance. Wenn ich es hier nicht schaffe, bin ich endgültig raus aus dem Geschäft.«
»Armer Schatz. Ich mache dir doch gar keine Vorwürfe. Du brauchst dich vor mir nicht zu rechtfertigen. Ich halte das ganze nämlich für etwas sehr Charmantes.«
»Ja, genau so schätze ich dich auch ein.«
Sie lachte nur.
Killigan wurde von der dröhnenden Stimme des Ansa-

gers, der die Startpositionen der Pferde im fünften Rennen bekanntgab, aus seinen Erinnerungen gerissen. Killigan griff nach seinem Fernglas und blickte auf die Rennbahn.
»Entschuldigen Sie bitte, Mr. Killigan.«
Er setzte das Glas wieder ab und drehte sich um. Ein Kellner in einem blütenweißen Jackett, einem weißen Hemd, einer schwarzen Krawatte und einer schwarzen Hose war an seinen Tisch getreten. Er hielt einen Telefonapparat in der Hand. »Ein Anruf für Sie, Sir. Sind Sie zu sprechen?«
»Ja«, sagte der Manager nur.
Der Kellner ging um den Tisch herum, stellte den Apparat dort ab und drückte den Stecker in eine im Boden eingelassene Dose. Gemäß den Vorschriften der State Horse Racing Commission waren öffentliche Fernsprecher auf Rennbahnen nicht zugelassen. Für den Manager gab es einen Apparat mit Tischanschluß, der aber nur bei besonderen Anlässen angeschlossen und ansonsten verborgen aufbewahrt wurde, um keinen der Gäste in Versuchung zu führen. Selbst die Geschäftsleitungen der Rennbahnverwaltung wurden eine Stunde vor dem ersten Rennen abgeschaltet; bis auf drei Ausnahmen: das Telefon im Büro des Managers und die beiden bewachten Apparate in den Stallungen und in der Vermittlung. Alle drei durften nur im Notfall benutzt werden. Diese Sicherheitsmaßnahme war notwendig, um gewisse Informationen des Rennens nicht an professionelle Betrüger gelangen zu lassen.
Der Kellner nickte und wandte sich zum Gehen.
»Einen Moment noch«, hielt Killigan ihn zurück. »Wenn Sie Speisen oder Getränke servieren und Sie sie nicht mir, sondern einem Gast bringen, sollten Sie besser warten, bis das Rennen vorüber ist. Man darf niemanden mitten in einem Rennen stören.«
Der Kellner errötete. Er war noch recht jung, hatte dunkle Ringe unter den Augen und eingefallene Wangen. »Tut mir

leid, Sir. Aber ich habe noch nie während eines Rennens serviert.«
Killigan lächelte: »Ich wollte es ja auch nur einmal bemerkt haben, damit Sie es nie vergessen.« Er hob den Hörer ab.
»Hier Killigan.«
»Hier Henry Cooper, Sir. Ich bin vom TRPB, und ich habe ein Problem. Könnten Sie vielleicht für einen Moment in Ihr Büro kommen? Ich warte dort auf Sie.«
»Was für ein Problem?« fragte Killigan den Sicherheitsbeamten.
»Wettscheinfälschung.«
»Ich bin in einer Minute bei Ihnen.«
»Ja, Sir.«
Killigan legte auf, trank seinen Bourbon aus, erhob sich und ließ den Feldstecher auf dem Tisch liegen. Er durchquerte den Klubraum und mußte immer wieder den Pony-Expreß-Mädchen ausweichen, die mit den Gewinn-Tickets des fünften Rennens zu den Kassen liefen. Killigan trat auf die unter dem Teppich verborgene Matte vor der verkleideten Tür, wartete, bis sie sich öffnete und gelangte dann in den Vorraum. Dahinter lag die große Halle des vierten Stockwerks, und von dort gelangte er rasch hinunter in sein Büro.
Obwohl Jack Killigan nur durchschnittlich groß und breit war, machte er doch auf jeden den Eindruck eines energischen und zähen Mannes, der hart zu verhandeln wußte. Er war einen Meter fünfundsiebzig groß und wog etwas über siebzig Kilogramm. Er war mager wie ein Windhund, und er bewegte sich wie eine Raubkatze. Sein Gesicht was eckig, wenn auch in der unteren Partie etwas langgezogen. Das Kinn war kantig, und zusammen mit den dünnen Lippen verlieh es seinem Gesicht einen Anflug von Grausamkeit. Die gerade Nase war etwas zu breit, um aristokratisch zu wirken, und in den blauen Augen brannte ein Feuer wie

von Gasflammen. Er trug das Haar über die Ohren, und es war noch genauso voll wie in seiner Jugend. Mitte Dreißig waren die ersten grauen Haare sichtbar geworden. Heute war sein Haar stahlgrau, er war bereits über Fünfzig, aber wirkte immer noch mindestens zehn Jahre jünger. Als er durch den breiten Korridor schritt, gingen von ihm die Aura und Energie eines Jungmanagers aus.

Henry Cooper, der Agent vom Sicherheitsdienst der Rennbahngesellschaften, saß an dem ultramodernen Schreibtisch aus Stahl und Nußbaumholz im Sekretariat von Killigans Büro. Er erhob sich, als der Manager eintrat.

»Sind Sie der Mann, der mich angerufen hat?«

»Ja, Sir.«

»Nicht hier. Kommen Sie bitte mit in mein Büro.«

Killigan führte den Mann in sein Allerheiligstes und deutete auf den massigen, velourbezogenen Sessel mit dem hohen Rücken und den breiten Lehnen. Als Cooper sich niederließ, trat Killigan hinter seinen breiten Schreibtisch und setzte sich in seinen schweren und verstellbaren schwarzen Ledersessel.

Der Sicherheitsmann starrte neugierig auf den Schreibtisch. »Der sieht ja aus wie ein Flügel.«

Killigan lächelte und ließ seine Finger über die Schnitzarbeiten an einem der massiven Beine gleiten. »Ganz recht, ein Steinway. Ich habe die Saiten und das sonstige Innenleben entfernen lassen. Und ich habe den Deckel zuschneiden lassen, bis er genau auf den Rahmen paßte.«

»Eine hübsche Idee«, lobte Cooper.

»Damit stehen mir ein paar Quadratmeter Arbeitsfläche zur Verfügung ... Und es erinnert mich daran, daß ich als Kind oft und viel Klavier gespielt habe. Ein angenehmes Gefühl, an so einem Stück zu sitzen. Außerdem möchte ich nicht, daß mein Büro zu offiziell aussieht, meine Besucher einschüchtert. Deshalb sitzen Sie ja auch in einem sehr bequemen Sessel. Und aus diesem Grund habe ich hier Bücherregale, Samtvorhänge und einen Perserteppich herbringen lassen... In meinem Leben habe ich in zwei Dutzend verschiedenen Häusern mein Büro gehabt, doch diese Gegenstände haben mich überallhin begleitet. Wo ich auch gewesen bin, stets hat mein Büro so ausgesehen wie dieses hier.« Er klopfte mit der flachen Hand auf den Flügel. »Aber was hat es denn nun mit dieser Wettscheinfälschung auf sich?«

Cooper zog ein Zehn-Dollar-Ticket aus seiner Brusttasche. Der Mann war höchstens Ende Zwanzig, knapp zwei Meter groß, hatte eine stämmige Statur, trug lockiges braunes Haar, war eigenartig blaß und hatte dunkle Augen. Er bewegte sich langsam und harmonisch, und er machte ganz den Eindruck eines Mannes, der es nie eilig hat, aber dennoch doppelt so schnell vorankommt wie die meisten anderen. Cooper beugte sich vor und legte das Ticket vor Killigan auf den Schreibtisch. »Viertes Rennen. Pferd Nummer sechs auf Sieg. Eine gut gemachte Arbeit.«

Nachdem Killigan den Schein fast eine Minute lang betrachtet hatte, fragte er: »Sie wollen mir doch wohl nicht etwa sagen, das ganze Ticket sei eine einzige Fälschung?«

»Nein.«

»Aber ich entdecke nichts, was geändert und gefälscht sein könnte.«

»Es handelt sich bei diesem Schein eindeutig um eines unserer Zehn-Dollar-Tickets«, erklärte Cooper. »Doch die Nummer des Pferdes ist nachträglich geändert worden.«

Killigan studierte das Stück Papier noch einmal, diesmal gründlicher. Dann sagte er: »Tut mir leid, ich erkenne immer noch keine Fälschung.«

Cooper zog ein anderes Ticket aus der Brusttasche. »Das hier ist ein echter Wettschein. Vergleichen Sie bitte die beiden.«

Killigan legte die beiden Zettel nebeneinander vor sich hin und betrachtete sie intensiv. »Hm«, bemerkte er wenig später, »der Bauch der Sechs ist etwas zu groß. Nicht viel, nur ein wenig. Da hat sich wohl jemand ein Zehn-Dollar-Ticket gekauft, dann abgewartet, welches Pferd gewinnen würde, und sich in eine Toilettenkabine zurückgezogen, um dort die ursprüngliche Ziffer auszuradieren und die Sechs einzutragen. Aber bei allem was recht ist, der Fälscher hat perfekte Arbeit geleistet! Wollen Sie mir etwa weismachen, einer unserer Schalterangestellten hätte so gute Augen, daß er diese Fälschung auf Anhieb bemerken könnte?«
Cooper lächelte dünn. Seine dunklen Augen funkelten wie Messerspitzen. »Nein, so viel Glück hatten wir leider nicht.«
»Das habe ich mir gedacht. Erzählen Sie mir doch bitte, wie Sie dahintergekommen sind.«
Cooper hockte auf dem Rand des Sessels, stützte die Ellbogen auf die Lehnen und verschränkte die Hände vor den Knien. Der Sicherheitsbeamte bewegte sich kaum, während er berichtete. Er erinnerte Killigan an eine Eidechse, die auf einem Stein hockt.
»Professionelle Fälscher mischen sich im allgemeinen an der Haupttribüne unters Volk, weil man dort am wenigsten auffällt. Unser spezieller Freund aber versuchte, diesen Schein ins Restaurant zu schmuggeln. Das sagt für sich genommen noch nicht viel, eventuell operiert er auf mehreren Ebenen. Wie dem auch sei, zwanzig Minuten, nachdem die Ergebnisse vom vierten Rennen heraus waren, kam eine ältere Dame zu Jim Otley, einem unserer Kassierer auf der Westseite des Klubrestaurants, und legte ihm diesen manipulierten Wettschein vor. Sie wissen doch wohl, wie solche Fälscher arbeiten?«
Killigan nickte. »Nachdem er das Ticket ›umgeschrieben‹ hat, sucht er sich eine nette ältere Dame oder ein ähnlich

harmloses Opfer, erzählt ihr, er sei Angestellter der Rennbahn und dürfe daher nicht wetten. Doch heimlich würde er setzen, und jetzt habe er sogar einen Gewinn erzielt. Leider könne er den Wettschein nicht einlösen, weil er dann auf der Stelle die Kündigung erhielte. Ob sie nicht vielleicht für ihn das Geld holen könne.«

»Ja, ganz genau«, bestätigte Cooper und nickte unmerklich. »Doch diesmal hat unser Freund sich an die falsche Dame gewandt. Sicher, sie hat ihm gesagt, sie würde ihm gern helfen, aber dann ist sie mit dem Ticket zur Kasse gegangen und verlangte dort, den Geschäftsführer zu sprechen.«

Killigan fuhr hoch. »Sie hat was getan?«

»Otley fragte sie, ob etwas nicht stimmen würde. Die Dame entpuppte sich als alte Hexe. Sie begann lautstark darüber zu zetern, daß Angestellte der Rennbahn die Unverschämtheit besäßen, für sich selbst Wetten zu plazieren, wo diese Burschen doch über die besten Insider-Informationen verfügten. Eine Gemeinheit sei das, so die armen normalen Wetter zu übervorteilen. Die Dame ereiferte sich so, daß sie rot anlief und plötzlich keine Luft mehr bekam. Statt sich an Sie zu wenden, hat Otley den Alarm betätigt. Ich habe heute hier Dienst und bin dann gleich hinüber zu Otley. Die Dame stand immer noch dort und schimpfte. Ich bekam rasch mit, worüber sie sich beschwerte und bat sie, mir den Mann zu zeigen, der ihr diesen Schein gegeben hat.«

»Aber der war natürlich längst fort.«

»So als hätte es ihn nie gegeben.«

»Konnte sie ihn wenigstens beschreiben?«

Cooper grinste kurz. »Mittleren Alters. Weder groß noch klein. Weder dick noch hager. Dunkles Haar, vermutlich braun, vielleicht aber auch schwarz, könnte jedoch auch dunkelblond gewesen sein. Dunkelbraune Augen, zumindest aber dunkle Augen, möglicherweise dunkelblaue Augen. Normale Stimme. Kein Akzent. Gewöhnlicher Anzug. Hemd von der Stange. Ihr ist nicht aufgefallen, was er für Schuhe trug. Und Schmuck hat sie an ihm nicht bemerkt.«

Killigan nahm das gefälschte Ticket in die Hand und sagte: »Wenn er es im vierten Rennen versucht hat, dann sicher auch in den drei vorangegangenen. Nicht auszuschließen, daß er auch weiterhin dabei ist.«

»Und es ist nicht auszuschließen, daß er es pro Rennen mit mehreren falschen Scheinen versucht«, fügte Cooper hinzu. »Vielleicht zwei, vielleicht fünf, vielleicht aber auch zehn.«

»Bei Ihren Worten wird mir ganz übel«, brummte Killigan. »Wieviel könnte er damit schon verdient haben?« Er wedelte mit dem gefälschten Schein durch die Luft.

»Tja, schwer zu sagen. Das Pferd Nummer sechs im vierten Rennen hieß Cup o' Chocolate. Beim Start standen die Wetten auf ihn zehn zu eins. Mit diesem Zehn-Dollar-Ticket hätte unser Freund also hundert Dollar einstreichen können.«

»Und wenn er uns allein für dieses Rennen zehn falsche Scheine untergeschoben hat?« Killigan erhob sich und trat zur Bar, die in der Regalwand eingelassen war. Er öffnete die Rauchglastür. »Einen Drink?« fragte er.

»Nein, danke«, antwortete Cooper.

Killigan ließ zwei Eiswürfel in sein Glas fallen und goß »Wild Turkey«-Bourbon darüber. »Weiß Fletcher schon Bescheid?«

Oscar Fletcher war der Chef der TRPB-Agenten auf dieser Rennbahn. Er war siebenundfünfzig, fett, grobschlächtig, ungepflegt, aber so clever wie ein Magier und so effizient wie ein Computer.

»Er weiß Bescheid. Er hat mir die Ermittlungen in diesem Fall übertragen.«

Killigan lief nachdenklich auf und ab, während er an seinem Glas nippte. »Ausgerechnet heute! Ausgerechnet an einem solchen Tag, wo wir am allerwenigsten einen Bastard gebrauchen können, der uns übers Ohr hauen will. Wir werden schon von genug anderen ausgenommen.«
»Was meinen Sie damit?« erkundigte sich Cooper.
»Wir spenden zehn Prozent der heutigen Einnahmen für wohltätige Zwecke. Public Relations, Sie verstehen? Aber mit einem solchen Mistkerl, der uns auch noch ausnimmt, könnten wir schon am ersten Tag ein Minus machen. Wahrscheinlich wäre das alles noch nicht einmal so schlimm, wenn ich davon ausgehen könnte, daß der Bursche uns nur heute mit seinem Besuch beehrt und uns in Zukunft nie mehr behelligt. Aber das ist wohl ein Wunschtraum, nicht wahr?«
»Leider«, bestätigte der Sicherheitsmann. Er hockte immer noch reglos auf dem Sesselrand. Nur sein Kopf bewegte sich, während Killigan von einem Ende des Zimmers zum anderen schritt. »Es hat so viel Reklame für die Sonderangebote und die Lotterie gegeben. Da kann sich doch jeder an fünf Fingern abzählen, daß hier große Menschenmengen zusammenströmen. Und je größer die Menge, desto mehr Schutz für die Profis. Er wird wahrscheinlich jeden Tag kommen. Und am Samstag wird er erst richtig loslegen.«
»Es sei denn, wir bekämen ihn vorher zu fassen.«
»Das ist im Bereich des Möglichen.«
»Was wollen Sie denn jetzt unternehmen?«
»Einfach wird es sicher nicht«, entgegnete Cooper. »Wir haben alle unsere Männer in Alarmbereitschaft versetzt. Und für heute abend, nach dem letzten Rennen, haben wir eine Besprechung mit den uniformierten Wächtern von Melkins-Peterson angesetzt. Diese Herren wollen wir davon in Kenntnis setzen, nach wem genau sie Ausschau

halten sollen. Das Toilettenpersonal ist angewiesen, verstärkt auf Personen zu achten, die die Kabine mit einem großen Umschlag oder einer größeren Tasche betreten. Eine Fälscherausrüstung nimmt nämlich einigen Platz ein. Ansonsten ... nun, wir müssen eben darauf warten, daß unser Freund einen Fehler macht.«

»Großartig!« sagte Killigan ironisch.

Cooper erhob sich. »Keine Sorge. Er wird einen Fehler machen. Sie alle tun das, früher oder später.«

Killigan stürzte den restlichen Bourbon hinunter, stellte das Glas auf den Schreibtisch und hielt Cooper die rechte Hand hin.

Der Sicherheitsbeamte schüttelte sie.

»Ich wollte Sie nicht kritisieren«, erklärte der Manager. »Sie sind in meinen Augen ein verdammt brauchbarer, geistesgegenwärtiger Mann. Ich fühle mich wesentlich besser, seit ich weiß, daß Sie an dem Fall arbeiten.«

Ein Hauch von Röte zog sich über das Gesicht Coopers. »Vielen Dank, Sir.«

»Geben Sie mir bitte umgehend Bescheid, wenn noch mehr von diesen Fälschungen auftauchen. Oder wenn Sie diesem Dreckskerl auf die Spur gekommen sind.«

Cooper nahm die beiden Wettscheine vom Schreibtisch und schob sie in seine Brusttasche. »Das werde ich tun, Mr. Killigan. Und machen Sie sich nicht zu viele Gedanken. Früher oder später begehen sie immer einen Fehler.«

Als er allein war, nahm Killigan das Glas und kehrte an die Bar zurück. Er kippte die alten Eiswürfel aus, warf zwei neue hinein und goß zwei Zentimeter hoch Bourbon ein.

Er trank zuviel an diesem Tag. Er hatte auch in den letzten Tagen zuviel getrunken. Seit Rita aus Kalifornien zurückgekehrt war. Er ließ sich jedoch nie etwas anmerken. O ja, er war verdammt gut darin, niemanden etwas merken zu lassen. Niemandem fiel es auf, wenn er etwas getrunken hatte. Niemandem fiel es auf, wenn er reichlich getrunken hatte. Selbst nach fünf Gläsern konnte er immer noch gerade gehen und klar und deutlich sprechen. Seine Augen wurden nicht glasig, und sein Gesicht rötete sich nicht. Er gehörte zu den Trinkern, die mit jedem Glas vorsichtiger und bedächtiger werden, die wissen, daß der kleinste Fehler zu einem Desaster führen kann. Eigentlich wirkte er im angetrunkenen Zustand nüchterner als im trockenen.

Aber der Bourbon hat dich Hialeah gekostet, Jack.

In den letzten Tagen hatte er sich oft an diese schmerzliche Wahrheit erinnert. Jedesmal, wenn ihm auffiel, daß er zuviel trank und zu weit ging in seinen Rechtfertigungsbemühungen für den Alkohol, kam ihm wieder zu Bewußtsein, daß der verdammte Bourbon ihn seinen Managersessel in Hialeah gekostet hatte. Und danach den Sessel in Belmont. Dann den in Santa Anita. Den in Hollywood Park. Und nun hatte er seine letzte Chance. Er durfte es dem Bourbon nicht gestatten, ihn auch hier hinauszukatapultieren. Man hatte ihm diese heruntergekommene Century-Oaks-Rennbahn anvertraut und ihm einen Blankoscheck ausgehändigt. Jetzt wartete man darauf, was er zuwege brachte. Wenn er es jetzt schaffte, konnte er die Leiter wieder hinaufsteigen. Vielleicht durfte er eines Tages sogar nach Hialeah zurück. Wenn er ein weiteres Mal scheiterte, konnte er den Rennbahnen auf ewig Lebewohl sagen.

Er schwenkte den Bourbon im Glas. Die Eiswürfel klirrten und klangen wie Musik.

Man hatte ihn nie wegen seiner Alkoholabhängigkeit gefeuert. Niemand in der ganzen Branche ahnte, daß er ab und zu einen über den Durst trank (beschönigend ausge-

drückt, wie er sich eingestand). Es war nur überall bekannt, daß er an einem gewissen Punkt seiner Managertätigkeit regelmäßig Fehler machte. Die erste Zeit leistete er stets großartige Arbeit, aber dann ... dann ließ seine Aufmerksamkeit nach. Er traf falsche Entscheidungen, vernachlässigte die PR-Arbeit. Dann starteten auf seiner Rennbahn immer seltener erstklassige Pferde. Damit sanken die Einnahmen. Bald wirkte sein Haus heruntergekommen. Seine persönliche Nachlässigkeit legte sich wie ein Schleier auf alles andere. Dann entließ man ihn, damit ein Neuer den Laden wieder in Schwung bringen konnte.
Doch gleich, ob sie es wußten oder nicht, schuld daran war nur der Bourbon.
»Von wegen«, erklärte er dem Glas in seinen Händen, als würde er mit dem Bourbon hadern und nicht mit sich selbst. »Es ist nicht der Alkohol. Es ist Rita. Es war immer Rita, seit Hialeah ... Sie ist ...«
Das Telefon auf seinem Schreibtisch summte leise.
Er fuhr zusammen und dachte: *Großer Gott, Jack Killigan, du bist wieder ganz schön auf dem Weg nach unten, wenn du schon Selbstgespräche führst.*
Das Telefon summte wieder.
Er leerte sein Glas und hob den Hörer ab.
»Killigan.«
Die Stimme am anderen Ende klang rauh und leise. »Jack, hier spricht Mickey.« Mickey Ginchey war das Faktotum von Century Oaks. »Ich habe hier ein verdammt großes Problem, Jack.«
»Haben wir das nicht alle?« Er ließ sich in seinen Sessel fallen. »Was gibt's denn, Mickey?«
»Sie wissen doch, daß wir einen Vertrag mit Agroco haben.«
»Das ist die Firma, die uns den ganzen Dreck aus den Ställen schafft, nicht wahr?«

Agroco war eine große Gesellschaft, die sich hauptsächlich mit der Zucht von Geflügel, der Herstellung von Fleischkonserven und der Versorgung von Höfen überhaupt beschäftigte. Die Gesellschaft war in zwölf Unterfirmen aufgeteilt. Eine davon verkaufte und transportierte chemischen und organischen Dünger. Diese Unterfirma von Agroco besaß ein Dutzend großer Tankwagen, mit denen das dungdurchtränkte Stroh aus den Stallungen fortgeschafft wurde. Da aber die meisten Farmer und Pilzzüchter der Gegend (die Champignonzucht war in diesem Teil von Pennsylvania stark verbreitet) chemischen Dünger bevorzugten, bestand bei Agroco kein besonders großer Bedarf nach den Abfällen von der Rennbahn. Doch dann erklärte sich Century Oaks bereit, die Transportkosten zu übernehmen. Agroco stellte seinen Fuhrpark und die Fahrer zur Verfügung, konnte jetzt den Naturdung zu einem Schleuderpreis verkaufen und sogar noch einen kleinen Profit herausschlagen. Zumindest behaupteten die Leute von Agroco, daß der Profit eher bescheiden ausfiel. Im letzten Jahr hatte Century Oaks der Firma Agroco hundertzwanzigtausend Dollar für den Abtransport des Dungs bezahlt.
»Nun«, fuhr Mickey fort, »am Freitag hat sich keiner von der Firma blicken lassen. Und als heute auch niemand kam, habe ich Simpson, den zuständigen Manager bei Agroco, angerufen. Ich wollte ihm nur erklären, daß er dafür Sorge tragen solle, am Montag die Tankwagen zu schicken. Im Büro habe ich ihn jedoch nicht erwischt. Dafür zu Hause. Hat ihm gar nicht gefallen, in seiner kostbaren Freizeit gestört zu werden. Er hat sich dann aber schließlich doch noch erbarmt und mir mitgeteilt, daß seine Fahrer streiken.«
Killigan zuckte zusammen. »O Gott!«
»Wenn wir uns nicht ganz schnell etwas einfallen lassen,

stecke ich schon am Montag bis zu den Ohren in Pferdescheiße«, sagte Mickey.
In den Stallungen von Century Oaks waren annähernd achtzehnhundert Pferde untergebracht. Jedes einzelne dieser edlen, sehr teuren Geschöpfe produzierte aus Leibeskräften Exkremente, so als hänge sein persönliches Heil davon ab. Wenn die Stallknechte am Ende eines Arbeitstages alle Ställe und Boxen gereinigt und das Stroh und den Dung zu den Sammelstellen gebracht hatten, und wenn dann Mickeys Männer diese Haufen zum zentralen Komposthaufen befördert hatten, kam dort leicht ein Berg mit einem Gewicht von vierzig bis fünfundvierzig Tonnen zusammen. Agroco sollte laut Vertrag immer am Montag, Mittwoch und Freitag diesen Berg abtransportieren. Wenn die Tankwagen am Freitag nicht gekommen waren und sie das heute nicht mehr nachholten, würde der Komposthaufen morgen das Gewicht von hundertfünfundsiebzig Tonnen erreichen.
»Hören Sie«, sagte Killigan, »meine Sekretärin ist nicht da, also muß ich mich selbst darum kümmern. Das wird eine gewisse Zeit in Anspruch nehmen. Und ich muß zurück in den Horsemen's Club, um dort denen die Hände zu schütteln, die ich beim ersten Rundgang übersehen habe. Aber ich verspreche Ihnen, daß morgen jemand kommen wird, um das Zeugs aufzuladen.«
»Ihr Wort in Gottes Ohr«, erklärte Mickey. »Denn spätestens ab morgen abend wird der Gestank den feinen Näschen des Publikums nicht mehr verborgen bleiben.«
Killigan hängte ein und kehrte zur Bar zurück. Ein kleiner Schluck nur, damit er wieder klar denken konnte.
Großer Gott, wie abwechslungsreich doch der Arbeitstag eines Rennbahnmanagers sein konnte. Zuerst ein Wettscheinfälscher, dann eine Lawine von Pferdescheiße. Und dabei war heute gerade der erste Tag der diesjährigen Saison.

Nach dem Schluck fühlte er sich wieder besser und voller Tatendrang. Er vergaß Hialeah, Belmont, Santa Anita, Hollywood Park und Rita Janifer. All seine Erfahrung und Aufmerksamkeit konzentrierten sich auf Century Oaks. Eine Herausforderung hatte seine Lebensgeister geweckt, so war es schon immer gewesen. Killigan hatte die Vorahnung, daß die Eröffnungswoche bis zum letzten Tag die größte Herausforderung seines Lebens werden würde.

3

Die Farm von Annie Sherred, auf der Garrison lebte, lag westlich von Dillsburg, einer Kleinstadt südlich von Harrisburg. Fünfundvierzig Minuten fuhr man von hier bis zur Century-Oaks-Rennbahn. Die Sherred-Farm besaß hundert Hektar sanft wogender Felder, die seit fast zehn Jahren nicht mehr bearbeitet worden waren und auf denen nun fettes grünes Gras wuchs. Außerdem gehörten zu der Farm sieben Hektar Wald. Die große Scheune war rot gestrichen mit weißen Zierleisten. Das Dach war mit schwarzem Schiefer gedeckt. Das Gebäude diente jetzt als Garage. Alle anderen Schuppen und Bauten waren weiß gestrichen, genauso wie das große Wohnhaus mit seinen neun Zimmern am vorderen Ende des Guts.

Nachdem Edgar Garrison seinen Mazda in der Scheune abgestellt hatte, betrat er das Haus durch die Küche, blieb einen Moment vor dem Kühlschrank stehen und ging dann hinaus auf die Veranda.

Seit einer Stunde hockte er nun schon im hölzernen Schaukelstuhl und ließ sich von der frischen Maibrise umwehen. Eine halbleere Bierdose stand neben ihm auf dem kleinen Korbtisch, und eine ungelesene Ausgabe der TIME lag auf seinem Schoß. Er schaukelte leicht hin und

her und beobachtete mit halb geschlossenen Augen die Landstraße und die lange Zufahrt, die von dort abbog, am Haus vorbeiführte und vor der Scheune endete.
Er dachte schon die ganze Zeit an den Überfall. Der Plan war in seinem Kopf wie eine unfertige Skulptur, an der er, der Bildhauer, unaufhörlich arbeitete, die er drehte, begutachtete und vervollkommnete. Er suchte nach Fehlern und grübelte über den Problemen von Form und Gestalt, die noch nicht entschieden waren. Und während er nachdachte, kam ihm immer wieder eine sehr lebendige Erinnerung in den Sinn. Eine Erinnerung in der Form eines grinsenden Totenschädels. Ohne daß er etwas davon bemerkte, kroch diese Erinnerung immer wieder in ihm hoch, bis sie plötzlich wieder vor ihm stand. *Das ist lange her. Ich war halt nur zur falschen Zeit am falschen Ort. Diese häßliche kleine Szene hätte sich auch ohne meine Anwesenheit genau so und nicht anders abgespielt. Auf gar keinen Fall war das ein schlechtes Omen oder ein Vorbote für den weiteren Verlauf meines Lebens. Nie und nimmer. Einfach lachhaft. Da kann ich ja gleich wieder an den Osterhasen und den Weihnachtsmann glauben . . .*
Er hatte als Stallknecht gearbeitet, für den Trainer Sudsy McKay in Aqueduct. Sudsy hatte ihm wie üblich am Freitag seine Lohntüte ausgehändigt, ein dünnes Bündel Geldscheine, die mit einer Büroklammer an einem Zettel befestigt waren, auf dem Garrisons Name stand. Als er endlich am Nachmittag Zeit hatte, war er in seinen heruntergekommenen Henry Jay gestiegen und zur Bank im Ort gefahren. In jener Zeit pflegte er jede Woche fünf Dollar auf sein Sparkonto einzuzahlen, ganz gleich wie gering sein Lohn ausgefallen war. Er stand in der Schlange vor einem der Kassenschalter, als vier Männer durch die Vordertür hereinmarschierten. Sie trugen Schweinslederhandschuhe, schwarze Anzüge und Gesichtsmasken,

und zwei von ihnen hielten Maschinenpistolen in den Händen.
Binnen drei Minuten hatten sie die beiden Kassen ausgeräubert und auch das Geld aus dem Tresor geholt. Einer der vier riß Garrison die Lohntüte aus der Hand. Dann bewegten sie sich rückwärts zum Eingang. Sie gingen vorsichtig, aber rasch. Einer von ihnen stand schon an der Tür und wartete auf seine Kumpane. Der größte von ihnen redete beschwichtigend auf den Wächter und die Angestellten ein. Profis, echte Profis, die genau wußten, was sie zu tun hatten. Nun hatten sie die Tür erreicht. Zwei gingen nach draußen, während die beiden anderen immer noch die Menschen in der Schalterhalle in Schach hielten. Der Lange redete immer noch, erklärte, daß niemandem mit toten Helden gedient sei. Dann verschwanden auch die beiden letzten durch die Tür... Nun das Gewehrfeuer... *Großer Gott, das Gewehrfeuer!* — Wie ein Sommerregen brach es über sie herein. Die vier Meter hohen Glastüren explodierten in die Halle hinein, als ein Hagel von Polizeikugeln von der Granitfassade abprallte. Edgar Garrison warf sich flach auf den Boden und schützte den Kopf mit den Armen. Menschen kreischten. Jemand weinte. Millionen Glasscherben regneten auf den Marmorboden. Querschläger heulten von den Marmorsäulen, die die gewölbte Decke der Schalterhalle trugen.
Dann von einem Moment auf den anderen absolute Stille. Stille so tief und so vollkommen wie unter dem Meer. Edgar blieb noch vier Minuten auf dem Bauch liegen, zitterte, wartete auf die für ihn bestimmte tödliche Kugel. Als er es endlich wagte, den Kopf zu heben, war die Bank voller Uniformierter. Sie stellten ihm nur wenige Fragen und erklärten ihm dann, er könne jetzt nach Hause gehen. Als er durch die zerstörte Tür schritt, kamen gerade die Krankenwagen an. Sie fuhren ohne Eile und ohne Sirene. Vier

tote Männer lagen auf den Stufen. Sie waren voller Blut, als hätte man es mit Eimern über sie gegossen. Sie erinnerten Edgar Garrison an Roastbeef in Rotwein. Er ging vorsichtig um sie herum und wandte ihnen dann den Rücken zu. Zehn Meter weiter entdeckte er seine Lohntüte. Der Wind hatte sie dorthin getragen. Der Zettel war voller Blut, aber alle Scheine steckten noch in der Büroklammer.

Und heute, so viele Jahre später, während er auf Annie Sherreds Veranda hockte und an Century Oaks dachte, sah er vor seinem geistigen Auge immer wieder diesen verdammten Zettel und die grünen Geldscheine, beides blutbeschmiert...

Er nahm die Bierdose und trank einen kleinen Schluck. Das Bier schmeckte warm und schal. Er stellte die Dose wieder auf den Tisch und spuckte das Bier über das Geländer. Danach wischte er sich mit dem Handrücken über den Mund.

Auf der Landstraße näherte sich ein Wagen so rasch, wie es die holprige Schotterstraße mit den vielen Schlaglöchern gerade noch zuließ. Ein tiefliegender, dunkler Wagen. Der Motor dröhnte wie ein Löwe in der Brunft. Ein paar Augenblicke später bog ein verbeulter, schwarzer, fünf Jahre alter Chevrolet Corvette in die Zufahrt ein und steuerte auf das Haus zu. Der lose Schotter krachte und prasselte unter seinen Rädern. Als Annie am Haus vorbeifuhr, um den Wagen in der Scheune zu parken, lächelte sie und winkte ihm durch das offene Fenster an der Fahrerseite zu.

Der Motor erstarb stotternd und ratternd, und die ländliche Ruhe senkte sich wieder über den Hof.

Die Küchentür quietschte und wurde dann zugeschlagen.

Eine Minute später trat Annie auf die Veranda. Sie trug

immer noch den beigefarbenen Hosenanzug und den pimentfarbenen Schal. Und sie hielt zwei kalte Bierdosen in den Händen. »Durstig?«
»Aber immer«, lächelte er.
Sie stellte sich vor ihn hin. »Machst du sie mir auf?«
»Ich mach' dir doch immer alles auf.«
Sie grinste, während er die Laschen von den Dosen riß. Sie nahm ihre Dose und setzte sich ihm gegenüber in den zweiten Schaukelstuhl. Sie setzte die Dose an den Mund und trank einen kräftigen Schluck. Ihr langer, schlanker Hals pulsierte.
Gott, ist sie schön, dachte er und sagte laut: »Warum bist du so spät?«
»Ein Telefonanruf.«
»Ärger?«
Sie schüttelte den Kopf. Ihr langes, kastanienbraunes Haar tanzte wie eine Flamme hinter gefärbtem Glas. »Ich würde es nicht direkt Ärger nennen. Es hätte nur großer Ärger daraus entstehen können. Aber so, wie es dann verlaufen ist, ist nur eine kleine Unannehmlichkeit daraus geworden.«
»Aber der falsche Presseausweis hat seine Funktion erfüllt, oder?«
»Ich brauchte ihn nicht einmal vorzuzeigen. Ich bin einfach bis in den vierten Stock hinaufgefahren und in den Presseraum spaziert. Hast du den gestreiften Schal erkennen können, mit dem ich dir zugewunken habe?«
»Den brauchst du am Samstag nicht«, erklärte er. »Ich habe dich auch so deutlich erkennen können.«
»Auf *die* Entfernung?«
»Ich habe halt das beste Fernglas der Welt.«
»Du bist ja ein toller Bursche.«
»Am besten trägst du am Samstag etwas Rotes oder Gelbes.«

»Kein Problem.«
»Jetzt erzähl doch endlich!«
Sie nahm zuerst noch einen Schluck Bier. »Nun, ich stand da also am Fenster und habe drei Minuten oder so das Halstuch geschwenkt, bis mir die Arme müde wurden. Dann habe ich eine Weile gewartet und schließlich wieder das Tuch hochgehalten. Ich dachte mir, du könntest ja vielleicht zu spät auf den Hügel gekommen sein. Als ich mich endlich zum Gehen wandte, marschierte gerade der PR-Manager der Rennbahn zu seinem Büro. Und das liegt direkt neben dem, aus dem ich gewunken habe.«
»Hat er dich bemerkt?«
»Dann säße ich jetzt wohl kaum hier, sondern im Gefängnis. Auch zehn Presseausweise hätten dann wohl nicht erklärt, was ich an einem Sonntag nachmittag allein in einem geschlossenen Ablageraum der Rennbahngesellschaft verloren habe.«
»Wohl kaum.«
Sie rückte ihren Schaukelstuhl näher an den seinen heran und legte ihre Füße auf seine Knie. »Endlich ist der verdammte PR-Mann wieder gegangen. Ich wartete noch weitere fünf Minuten für den Fall, daß er etwas vergessen hatte. Als ich dann endlich gehen wollte, erschien ein anderer Mann im Flur und steuerte auf das Büro des Managers zu, das genau gegenüber lag.«
»Das war ja die reinste Prozession.«
»Wart's ab, ich bin noch lange nicht fertig. Also ich habe gewartet, daß der zweite Mann gehen würde. Aber er hat das Büro nicht wieder verlassen, statt dessen sind noch weitere Männer zu ihm gekommen. Sie haben sich dort etwa zwanzig Minuten lang aufgehalten. Ich habe dann noch zehn Minuten zugegeben, bevor ich die Ablagekammer endlich verlassen konnte. Und jetzt bin ich hier.«

»Ich habe mir Sorgen gemacht«, sagte er.
»Brauchtest du aber nicht.«
»Nun ja, du hättest leicht verhaftet werden können.«
»Hätte, bin aber nicht. So leicht kriegt man mich nicht.«
»Du scheinst längst nicht so nervös zu sein wie ich.«
»Frauen haben eben bessere Nerven als Männer«, grinste sie.
»Ja«, sagte er nur und verdrehte die Augen.
Daß sie bei ihm war, beruhigte ihn jedoch bald wieder. Annie Sherred war schlank, aber nicht dürr und sie hatte rote Haare. Sie hatte letzte Woche ihren dreiunddreißigsten Geburtstag gefeiert, aber sie hätte bei ihrer Figur auch ohne Make-up auf dreiundzwanzig geschätzt werden können. Annie war nicht im klassischen Sinn schön, und sie sah auch nicht aus wie ein Filmstar. Dafür hatte sie schon zu viele Sommersprossen. Außerdem war ihr Mund zu breit, und ihre Nase war etwas zu lang. Aber ihre Augen . . . was für einmalige Augen! Sie waren unbeschreiblich. Rund, vollkommen rund. Kleine Lider, die nie die blaue Schönheit verbergen konnten. Die weiten, neugierigen Augen eines Rehs. Sie blickten immer drein, als hätten sie gerade etwas Verblüffendes gesehen. Doch diese Augen wären niemals fähig, verführerisch, lasziv oder sinnlich zu blicken. Garrison machte das nichts aus. Für ihn war Annie die schönste Frau der Welt, und mehr konnte er sich nicht wünschen.
»Ich mache mir zu viele Sorgen«, erklärte er.
»Davon kann man einen Herzschlag bekommen.«
»Ich denke, vielleicht geht ja doch alles gut.«
»Ich will kein *vielleicht* mehr hören!« schimpfte sie, und alles Lustige war mit einem Mal von ihr gewichen. Sie sah ihn ernst an, besann sich dann aber eines Besseren und versuchte, ihn zu beruhigen. »Edgar, dein Plan ist absolut narrensicher . . .«

Ein grauer Cadillac erschien auf der Zufahrt und steuerte den sanften Hügel beim Haus an. Die Sonnenstrahlen des Spätnachmittags trafen die Windschutzscheibe wie eine Welle, wurden in verschwenderischer Vielfalt zurückgeworfen und ließen nur für einen kurzen Moment einen Blick auf die Insassen zu. Zu kurz, um sie zu erkennen.

»Das muß Willie sein«, vermutete Garrison. Er hob ihre Füße von seinen Knien und sprang aus dem Schaukelstuhl.

Annie erhob sich ebenfalls, folgte Edgar ans Verandageländer und legte ihm eine Hand um die Taille.

Der Cadillac hielt vor der Veranda an. Mit leisem Summen ging das Seitenfenster herunter. Willie Denver grinste die beiden an.

»Du parkst ihn besser in der Scheune«, sagte Garrison.

»Immer vorsichtig, immer diskret«, lächelte Willie.

»Genau.«

»Du hast wie immer recht.« Willie ließ das Fenster wieder hinauf und fuhr um das Haus herum.

Annie und Edgar gingen ins Haus, durchquerten das Wohnzimmer, liefen durch die kleine, dunkle Diele und gelangten schließlich in die Küche, wo sie Willie und einen anderen Mann an der Hintertür trafen.

»Willie Denver hält dich für hübsch«, sagte Willie. Er umarmte Annie, kaum daß er die Küche betreten hatte.

»Du scheinst mir auch nicht die schlechteste Partie zu sein«, lächelte Annie.

Willie Denver war ein gutaussehender kleiner Mann, fast klein genug, um Jockey zu sein. Er war nur einssechzig groß und wog lediglich fünfzig Kilo. Auf den ersten Blick hatte man von Willie den gleichen Eindruck wie von allen Jockeys, dachte Garrison: ein zerbrechliches, zartes Männchen. Doch wenn man Willie etwas besser kennenlernte, entdeckte man an ihm die gleichen Eigenschaften wie an einem Profi-Jockey: kleine, doch harte und durchtrainierte Muskeln, drahtige Statur und Kraft, Härte und Ausdauer. Sein Gesicht war sonnenverbrannt, und das schönste daran waren die Lachfalten und die tiefen Linien auf der Stirn. Wenn man einmal von diesen Falten absah, hätte ihn niemand für vierundfünfzig gehalten. Er hatte lockiges schwarzes Haar, funkelnde braune Augen und schneeweiße Zähne.

Willie ließ Annie los, drehte sich zu seinem Begleiter um und klopfte ihm auf die Schulter. »Das ist Lou Velinski. Er ist aus New York City gekommen, weil er sich für unsere Unternehmung interessiert. Lou, sag guten Tag zu Annie Sherred und Edgar Garrison.«

Sie gaben sich die Hand.

»Lou ist ein alter Freund«, fuhr der kleine Mann fort, »und Willie Denver kennt ihn schon seit zwanzig Jahren. Er gehört zu uns.«

Velinski unterschied sich von Willie ungefähr so wie ein Elch von einer Fliege. Er war einen Meter achtzig groß und wog mindestens hundertvierzig Kilo. Seine sanften braunen Augen leuchteten in einem fleischigen Gesicht. Die breite Nase erinnerte an eine große Zwiebelknolle. Er hatte Hängebacken wie Alfred Hitchcock, einen Stiernacken, breite, aber hängende Schultern und einen Schmerbauch. Seine Finger waren kurz und dick. Dünnes, gekräuseltes Haar wuchs auf den Fingern und beiden Handrücken. Willie wirkte jünger, als er war, aber Velinski sah man jedes einzelne Jahr an, er war deutlich über fünfzig. Willie war flink, energiegeladen und konnte kaum einmal fünf Minuten stillsitzen. Velinski hingegen wirkte phlegmatisch, bedächtig, fast stoisch. Willie war gut gekleidet. Er trug einen hellblauen Sommeranzug, ein blaßrosa getöntes Hemd, eine dunkelblaue Krawatte und Zweihundert-Dol-

lar-Schuhe. Velinski wirkte so, als hätte er in seiner Woolworth-Kleidung, die komplett nicht mehr als fünfundsiebzig Dollar gekostet haben konnte, geschlafen. Velinski machte keinen sehr angenehmen Eindruck und hätte auf die meisten sogar abstoßend gewirkt, wenn die Natur ihm nicht einen unschätzbaren Vorteil mitgegeben hätte: sein Lächeln. Er besaß das breiteste, ansteckendste und aufrichtigste Lächeln, das Edgar je gesehen hatte. Und Velinskis musikalische, tiefe Stimme machte deutlich, daß dieser Mann es verstand, das Leben zu genießen.
»Ich habe Bier, Scotch und Gin Tonic«, sagte Annie.
»Gin und Tonic«, wünschte Willie.
»Was für einen Scotch haben Sie denn?« erkundigte sich Velinski.
»Johnnie Walker. Red Label.«
»Prima.«
Als alle etwas zu trinken in der Hand hatten, erklärte Garrison: »Gehen wir doch ins Wohnzimmer. Dort ist es wesentlich gemütlicher.«
Annie ging voran. Willie folgte ihr auf dem Fuße und plauderte charmant über das Wetter. Als Garrison hinter Velinski herging, stellte er verblüfft fest, daß dieser schwerfällige, massige Mann zu schweben schien. Er trat leise auf und bewegte sich geradezu anmutig.
»Was für ein nettes Zimmer«, lobte Velinski, als er sich sanft wie eine Feder im breitesten Sessel niederließ.
»Ich besuche gern Auktionen«, erklärte Annie. »Hin und wieder kann man da ein Schnäppchen machen.«
»Wie zum Beispiel den ovalen viktorianischen Spiegel dort an der Wand«, sagte Velinski mit Kennermiene. »Wissen Sie was, diese mit Samt ausgeschlagenen Stühle, der breite Sessel, in dem ich sitze, das wunderbar gemütliche Sofa, das alte Sideboard, die dunklen Tapeten ... das alles gibt mir das Gefühl, im *Zauberhaften Land* gelandet zu sein.«

Annie war überrascht.
»Na, der Film«, sagte Velinski. »Den haben Sie doch sicher gesehen, oder? Das Gutshaus am Anfang, dort, wo die kleine Dorothy zu Hause ist. Ihr Wohnzimmer besitzt denselben Charme wie das Wohnzimmer in dem Gutshaus.«
»Lou ist ein absoluter Filmfan«, erklärte Willie, während er energisch seinen Drink mit einem Plastikstäbchen umrührte.
»Tatsächlich?« fragte Annie interessiert.
»Die einzige Schwäche, die ich mir gestatte.«
»Wer war der ständig betrunkene Doktor in *Ringo?*« fragte Annie sofort.
»In der Originalfassung? Das war Thomas Mitchell.«
»Und der Sheriff?«
»George Bancroft.«
»Wer spielte den Gypo Nolan?«
»Victor McLaglen.«
»In welchem Film?«
»*Der Verräter* von John Ford, aus dem Jahre 1935.«
»Wer führte Regie bei *Hallelujah?*«
»King Vidor. Das war wirklich zu einfach.«
»Wer hat dort den Vamp gespielt?«
»Ein Vampir spielt dort doch gar nicht mit!«
»Nein, die weibliche Herzensbrecherin. Die Verführerin. Der Vamp.«
Er runzelte die Stirn. »Hm, das ist schwierig.«
»Hab ich Sie doch noch erwischt!«
Er grinste. »Tut mir leid. Das war natürlich Nina Mae McKinney.«
»Och, das haben Sie die ganze Zeit gewußt!«
»Auf diesem Gebiet bin ich unschlagbar.« Er schenkte ihr sein breitestes Lächeln.
Annie lachte herzlich und lehnte sich an Garrison. Die beiden hockten auf dem Sofa, gegenüber den beiden Ses-

seln, auf denen Willie und Velinski Platz genommen hatten. »Sie kennen sich wirklich mit Filmen aus.«
»Sie sind aber auch nicht schlecht.«
»Ihr seid ja beide verrückt«, murrte Willie, aber dann grinste er.
Velinski nahm den ersten Schluck von seinem Scotch. »Ah, das könnte ich mir stundenlang gefallen lassen. Aber ich fürchte, wir sind hier aus einem ernsteren Anlaß zusammengekommen.« Er wandte sich an Garrison: »Warum wollen Sie ausgerechnet eine Rennbahn überfallen?«
Der unerwartet ernste und kühle Tonfall des massigen Riesen kam für Garrison etwas überraschend. »Warum wollen Sie das wissen?«
»Weil Sie für ein solches Vorhaben sicher einen guten Grund haben.«
»Viel Geld.«
»Das ist kein ausreichender Grund.«
»Für Willie Denver ist das sogar ein ausgezeichneter Grund«, bemerkte Willie.
»Es gibt einfachere Wege, an eine größere Summe zu kommen«, entgegnete Velinski. »Eine Bank zu überfallen ist wesentlich unkomplizierter, als in eine besser gesicherte Rennbahnverwaltung einzudringen. Also haben Sie noch tiefergehende Motive.« Seine tiefliegenden Augen fixierten Garrison und ließen ihn nicht mehr los. Garrison kam sich vor wie ein Insekt, das von einer Pinzette gehalten wird. »Warum ausgerechnet eine Rennbahn?«
»Nun, weil sie da ist.«
Velinski starrte ihn nur weiter an.
»Okay«, gab sich Edgar schließlich geschlagen. »Es gibt noch einen anderen Grund.«
»Hab ich's mir doch gedacht.«
Garrison nahm einen großen Schluck Bier. »Ich habe fast mein ganzes Leben lang nichts anderes getan, als auf

Rennbahnen zu arbeiten. Ich muß wohl eine besondere Beziehung zu solchen Stätten haben. Vor zwanzig Jahren habe ich als Pferdejunge angefangen. Ich stellte mich nicht zu ungeschickt an und kletterte rasch die Karriereleiter hinauf. Stallknecht. Assistent des Trainers. Trainer. Eines Tages habe ich meinen eigenen Stall aufgemacht. Habe wirklich was aus dem Stall gemacht. Hab schwer geschuftet, bis ich eines Tages achtzig Pferde in den Stallungen hatte. Allesamt edle Vollblutpferde. Meine Frau ... also meine Frau hat als Pferdemädchen begonnen. Sie hat sich ebenso wie ich hochgearbeitet. Und das damals, zu einer Zeit, als Frauen in dieser Branche nicht viel zu melden hatten. Sie war eine hervorragende Trainerin. Wir haben geheiratet und unsere Ställe zusammengeworfen. Wir begannen, gemeinsam Pferde dazuzukaufen. Dann gab es ein Feuer. Der ganze Stall ist ausgebrannt. Alle unsere eigenen Pferde sind dabei draufgegangen und die meisten von denen, die bei uns untergestellt waren ...«

Annie ergriff seine Hand.

»Ich verstehe noch nicht ganz, was das für ein Motiv sein soll«, erklärte Velinski.

»Wir hatten große Schulden wegen der toten Pferde, die uns zur Betreuung überlassen worden waren«, fuhr Garrison fort. Seine Augen blitzten. »Die Pferde waren fort, aber die Schulden blieben. Die Banken wurden zunehmend unwirscher. Verdammte Aasgeier. Man überließ uns schließlich ein paar Pferde. Von Besitzern, mit denen wir schon früher zusammengearbeitet hatten und die uns wohl immer noch schätzten. Doch viele Leute in dieser Branche sind abergläubisch. Die meisten wollten uns keine Tiere mehr anvertrauen, so als hätten wir die Pest oder wären verhext. Wir haben es aber mit Ach und Krach geschafft. Nach einiger Zeit konnten wir uns wieder ein eigenes Pferd kaufen. Schließlich ein zweites. Haben wie-

der von vorn angefangen und unseren eigenen Stall aufgemacht. Wir waren gerade aus dem Gröbsten heraus, als eines unserer Pferde am Ende eines Rennens wegen Doping disqualifiziert wurde. Golden Warlock hieß das Tier. Ich mochte es sehr. Man hatte ihm Tranquilizer gegeben. Golden Warlock war so langsam, daß die Aufsicht gar nicht anders konnte, als seinen Urin zu untersuchen. Weder Helen noch ich wußten etwas von den Tranquilizern. Irgend jemand mußte das Tier aber gedopt haben, denn wir wollten eigentlich, daß unser Pferd *gewinnt!* Aber so ist das nun einmal, uns hat natürlich niemand geglaubt, daß wir mit der Sache nichts zu tun hatten. Wir waren in die Sache verwickelt, und man behielt uns besonders im Auge. Dann geschah es wieder. Einer unserer Hengste war bis zu den Ohren mit Drogen vollgepumpt und machte den ersten Platz. Auf den Rennbahnen herrschen strenge Regeln. Wirklich sehr strenge Regeln. Eine Gruppe von bekannten Stallbesitzern, die oberen Zehntausend sozusagen, die uns nicht mochten, weil wir für sie lästige Emporkömmlinge waren, sorgte dafür, daß wir für ein Jahr gesperrt wurden. Wir durften uns nicht einmal mehr auf einer Rennbahn blicken lassen. Wir mußten alle Pferde verkaufen, um uns über Wasser zu halten. Es war eine furchtbare Zeit.«
»Hört sich auch furchtbar an«, bestätigte Willie.
Velinski sagte nichts, denn er wartete auf das Ende der Geschichte.
Garrison fuhr fort: »Wir standen das Jahr irgendwie durch und haben dann wieder mitgemacht. Die Schulden haben uns fast das Kreuz gebrochen. Wir arbeiteten als Trainer und Assistent. Aber wir bekamen einfach keine guten Tiere. Wir mußten uns mit alten Kleppern und Jungtieren abgeben, die sich erst noch zu bewähren hatten. Um irgendwie finanziell über die Runden zu kommen, mußten wir

mehr Pferde annehmen, als wir verkraften konnten. Wir haben täglich bis spät in die Nacht gearbeitet. Sind mit unseren Tieren von Rennbahn zu Rennbahn gezogen. Haben uns ein Bein ausgerissen, um wenigstens ein paar bescheidene Gewinne einstecken zu können. Und um unseren Ruf aufzupolieren. Aber die Arbeit war zu viel. Wir hatten mehr Sorgen als Haare auf dem Kopf und bekamen zu wenig Schlaf. Helen ... Helen fing sich eine Lungenentzündung. Daran ist sie gestorben.«

Eine Standuhr tickte leise vor sich hin.

Willie Denver rutschte auf seinem Sessel hin und her, versuchte, sich aufrecht hinzusetzen.

»Rache?« fragte Velinski.

Edgar löste sich von den Gedanken an seine Vergangenheit und blickte sein Gegenüber direkt an. »Ja. Und Geld.«

»Eine gute Kombination«, erklärte Velinski. »Da bin ich dabei. Gier allein reicht nie aus.« Er nippte an seinem Glas. »Ich hätte allerdings noch ein paar Fragen.«

»Nur zu.«

»Arbeiten Sie immer noch als Trainer?«

»Nein. Ich bin vor zwei Wochen ausgestiegen. Damals haben wir angefangen, diese Unternehmung ins Auge zu fassen.«

»Sind Sie einfach gegangen?«

»Nein, ich habe meinem Chef zwei Wochen vorher Bescheid gesagt.«

Velinski stellte sein Glas ab und faltete die Hände auf seinem Bauch. »Sie denken sicher schon länger über den Überfall nach, nicht wahr?«

»Seit Monaten.«

»Sie haben sicher auch bei Century Oaks gearbeitet?«

»Die letzten zwei Jahre.«

»Dann kennen Sie sich dort gut aus?«

»So gut, wie ich mich mit Pferden auskenne.«
»Wie gut ist das?«
»Ich hatte einen hervorragenden Ruf als Trainer.«
Die Standuhr schlug die halbe Stunde.
Der schwere Mann richtete sich auf und lauschte dem Läuten, als wäre er Musikliebhaber und die Uhr ein Orchester. Als der letzte Ton verklungen war, lächelte er und sagte: »Wunderbar.« Dann blickte er wieder Garrison an und fragte: »Wie haben Sie Willie kennengelernt?«
»Hat er Ihnen das nicht erzählt?«
»Ich möchte es von Ihnen hören.«
»Ich habe ihn durch Annie kennengelernt«, antwortete Edgar.
Velinski wandte sich an die Frau: »Und wie kommt es, daß Sie einen Menschen mit einem so schlechten Ruf wie Willie Denver kennen?«
»Was soll das denn heißen?« empörte sich Willie.
»Nur ein kleiner Scherz«, lächelte Velinski und klopfte dem kleinen Mann sachte auf die Schulter.
»Ich habe früher als Kellnerin gearbeitet«, erklärte Annie.
»Und wo?«
»In Harrisburg.«
»Und Willie war in Ihrem Lokal Stammkunde?«
Annie lächelte schelmisch. »Er kam jeden Tag, sechsmal in der Woche. Unser Essen war sehr gut, und die Preise hielten sich im Rahmen des Erträglichen.«
»Und Willie Denver hatte ein Auge auf Annie geworfen«, erklärte Willie fröhlich. »Leider ist nie was draus geworden. Vermutlich der Altersunterschied. Willie Denver war ihr wohl zu jung.« Er zwinkerte Annie zu.
»Und haben Sie Willie nur aus einer Laune heraus von dem beabsichtigten Überfall erzählt?« wollte Velinski wissen.

Großer Gott, der Kerl ist wirklich unnachgiebig, dachte Garrison. *Was ist denn bloß los mit ihm? Warum will er das alles wissen?*

»Nein, nicht aus einer Laune heraus«, sagte Annie ernst. »Ich kenne Willie und wußte, daß er vielleicht interessiert sein könnte.«

»Was bewegte Sie zu dieser Annahme?«

»Ich wußte, daß er einmal einige Zeit wegen eines bewaffneten Überfalls gesessen hat«, antwortete Annie. »Für meinen Geschmack machte ihn das zu einem geeigneteren Komplizen als meine bettlägerige Tante, den Polizisten an der Ecke oder eine meiner Kolleginnen.«

»Woher wußten Sie, daß er gesessen hat?«

»Er hat es mir erzählt.«

Willie Denver erhob sich, kippte den restlichen Gin Tonic hinunter und erklärte: »Natürlich hat Willie Denver ihr davon erzählt. Dafür braucht man sich schließlich nicht zu schämen. Ein geschickter Dieb kann es zu Ruhm und Ehre bringen. Er ist dann eine Persönlichkeit wie ein bedeutender Anwalt oder ein großer Arzt. Und wenn man einmal ausrutscht oder meinetwegen auch zweimal ausrutscht, heißt das doch noch lange nicht, daß der Betreffende nur noch in Sack und Asche herumlaufen darf!«

Velinski seufzte und wischte sich mit einer fleischigen Hand über das fette Gesicht. »Annie, hat er Ihnen auch erzählt, daß es sehr kritisch ist und er tunlichst Gesetzesverstöße vermeiden sollte? Wenn er noch einmal ›ausrutscht‹, sperren sie ihn ein und werfen den Schlüssel von seiner Zellentür weg.«

»Auch das hat er mir erzählt«, sagte Annie. »Aber ich hatte den Eindruck, als suche er nach etwas Bestimmtem. Nach einer wirklich sehr großen Sache. Nach einem Jahrhundertunternehmen.«

»Fein beobachtet«, sagte Velinski.

»Willie Denver besorgt sich noch einen Gin Tonic«, erklärte Willie, wandte sich vor dem Gehen aber noch an Annie: »Das macht dir doch wohl nichts aus, oder?«
»Aber woher denn, Willie?«
Velinski hob mit einer Hand eine schwere Glaskugel vom Tisch, die neben der Lampe stand. Er betrachtete die Eskimoszene, die darin festgehalten war. Dann schüttelte er die Kugel und sah zu, wie die künstlichen Schneeflocken auf die eingeschlossene Arktis regneten. »So was hab ich ja ewig nicht mehr gesehen«, murmelte er.
»Die guten, das heißt die alten, findet man heutzutage auch nicht mehr sehr oft«, erklärte Annie.
Velinski setzte das Stück vorsichtig ab und sagte: »Edgars Motive sind klar: Rache und Reichtum. Warum aber wollen Sie bei der Sache mitmachen?«
»Ich glaube nicht, daß Annie sich hier rechtfertigen muß«, fuhr Garrison ihn an. »Lassen Sie sich von mir sagen, daß sie gute Gründe hat. Es besteht absolut kein Anlaß für Sie, Annie durch den Fleischwolf zu drehen!«
»Ist mir gleich«, sagte Annie, nahm Edgars Hand und drückte sie. »Lou, ich weiß nicht, wo und wie Sie aufgewachsen sind.«
»Nicht der Rede wert.«
Sie nickte. »Okay. Also, ich bin in einem Heim erzogen worden. Ein typisches Waisenhaus: traditionsbewußt, konservativ, sehr amerikanisch, und für alles gab es Regeln und Bestimmungen. Ich bin mit der Überzeugung groß geworden, daß es so etwas wie eine ausgleichende Gerechtigkeit gibt, daß die Welt den Tüchtigen belohnt, daß Gott gut ist und daß man der Regierung vertrauen sollte, weil sie nur zum Wohl aller Bürger handelt. Mit einundzwanzig Jahren habe ich Joe Sherred geheiratet. Ich habe ihn so sehr geliebt wie Edgar seine Helen. Wir haben zusammen drei wunderbare Jahre verbracht. Er erbte eine

hübsche Summe, von der wir uns diese Farm gekauft haben. Er war Englischlehrer und hatte außerdem Theaterwissenschaften studiert. Wir machten Pläne, die Scheune um- und auszubauen und daraus eine Bühne zu machen. Ach, wir hatten so viele schöne Ideen. Als er fünfundzwanzig wurde, nach diesen drei Jahren also, wurde er eingezogen. Joe war kein Quäker oder etwas in der Art, aber er verweigerte den Kriegsdienst aus Gewissensgründen. Es hat nie einen friedfertigeren Menschen als Joe gegeben. Deshalb verweigerte er der US-Army die Gefolgschaft. Aber sein Antrag auf Verweigerung wurde abgelehnt. Er wurde eingezogen, und man verwarf auch seinen Antrag, in der Heimat stationiert zu werden. Man gestattete ihm nicht einmal, in einer Sanitätseinheit Dienst zu tun. Also mußte er als gewöhnlicher Infanterist nach Vietnam.«
Velinski runzelte die Stirn. »Warum ist er nicht vor Gericht gegangen?«
Annie lachte bitter und drückte Edgars Hand noch fester. »Er ist ähnlich erzogen worden wie ich. Er glaubte an die Rechtschaffenheit der Regierung. Er respektierte ihre Entscheidungen. Er wollte zwar nicht Soldat werden, aber als man seinen Antrag abgelehnt hat, hat er sich gefügt. So etwas wie ziviler Ungehorsam war ihm absolut fremd.«
»Und er fand in Vietnam den Tod?«
»Ein Geschoß hat ihm den Kopf abgerissen.«
Edgar zuckte zusammen, obwohl er diese Geschichte schon einige Male von ihr gehört hatte. Annie gehörte nicht zu den Frauen, die einer schmerzlichen Wahrheit durch Beschönigungen aus dem Weg gehen wollten. Sie sprach die Dinge so aus, wie sie waren.
Willie kehrte mit einem gefüllten Glas aus der Küche zurück und brummte: »Was ist Willie Denver froh, diese Stelle verpaßt zu haben. Willie hat die Geschichte schon ein-

mal gehört und danach wochenlang Alpträume gehabt.« Er hockte sich wieder in seinen Sessel.

»Ihr Mann wurde getötet«, erklärte Velinski. »Ich kann verstehen, daß es Sie nach Rache gelüstet. Aber diese Rache sollten Sie eher gegen die Regierung als gegen eine Rennbahn richten.«

»Ich will Rache an der Autorität, am Establishment«, entgegnete Annie. »An jeglicher Form von Autorität. Die, die auf den Rennbahnen das Sagen haben, die haben Edgar schlecht behandelt. Also ist diese Autorität schon Ziel meiner Rache.«

Der schwere Mann leerte sein Glas und stellte es auf den Beistelltisch. »Und wie steht's mit dem Geld?«

Ihre Augen wurden riesengroß wie die einer Gazelle, die gerade im Gras einen lauernden Löwen entdeckt hat. »Oh, natürlich will ich das Geld. Wenn man reich ist, kann man nicht mehr von Autoritäten niedergemacht werden. Geld kauft Macht und ist daher Macht. Haben Sie je davon gehört, daß der Sohn eines Reichen nach Vietnam gehen mußte oder wegen seiner Wehrdienstverweigerung ins Gefängnis geworfen wurde?«

Velinski ging nicht darauf ein, sondern wandte sich an Edgar Garrison: »Willie hat mir erzählt, das Century Oaks hätte eines der besten Sicherheitssysteme in der ganzen Branche. Warum muß es also gerade diese Rennbahn sein?«

»Weil das dortige Sicherheitssystem sehr kompliziert ist«, antwortete Garrison. Er rutschte an den Rand des Sofas und wählte seine Worte mit Bedacht aus. »Je komplizierter ein System ist, desto leichter kann man dort eine Störung verursachen. Ein Beispiel: Je mehr Schaltkreise und Datenspeicher man in einen Computer einbaut, desto effektiver kann er arbeiten, desto schneller kann er rechnen. Doch gleichzeitig erhöht sich damit die Anzahl der Teile,

die kaputtgehen können. Und die Anzahl anderer möglicher Fehlerquellen erhöht sich um ein Vielfaches. Davon abgesehen weiß ich einen Weg, das Sicherheitssystem vom Century Oaks zu überlisten.«
»Außerdem veranstalten sie dort gerade eine Werbewoche«, fügte Willie hinzu.
»Richtig«, bestätigte Garrison. »Century Oaks hat in der Vergangenheit nur Verluste gemacht. Jetzt haben sie dort einen neuen Manager und große Pläne. Bei den großen Rennen am Samstag sind vierhunderttausend Dollar ausgesetzt. Die Fernsehgesellschaft ABC sponsert die Veranstaltung und überträgt sie in ihrer Sendung *Wide World of Sports*. Die Leitung des Century Oaks hofft so, den Bekanntheitsgrad ihrer Rennbahn schlagartig zu erhöhen und Publikum auch aus Philadelphia und New Jersey anzulocken. Ob sie damit Erfolg haben, steht auf einem anderen Blatt. Aber der beste Termin für einen Raubzug ist der kommende Samstag. An diesem Tag stapeln sich in den dortigen Kassen sicher Millionen. Viele, viele Millionen.«
»Arbeiten Sie noch als Kellnerin?« fragte Velinski Annie.
»Ich habe letzte Woche gekündigt.«
»Mit welcher Begründung?«
»Daß ich es einfach nicht mehr schaffe«, antwortete Annie. »Man weiß dort, daß ich eine Farm besitze. Ich habe der Geschäftsleitung erklärt, die Arbeit mit meiner Farm würde mir zuviel, und ich wollte das Gut verkaufen, um mich dann mit dem Erlös irgendwo im Westen niederzulassen. Ich habe mich ziemlich vage ausgedrückt.«
Der massige Mann nickte anerkennend. Doch er hatte immer noch eine Frage: »Edgar ist auf der Century-Oaks-Rennbahn bekannt. Wir müssen ihn also verkleiden und schminken. Aber es ist nicht so einfach, eine hübsche junge Frau zu maskieren.«

»Ich bin noch nie dort gewesen«, erklärte Annie. »Und ich kenne niemanden von den Leuten, mit denen Edgar zusammengearbeitet hat.«
Velinski machte eine verwunderte Miene.
»Ich hielt das für besser, auch damals schon, als ich noch nicht an den Überfall gedacht habe«, sagte Garrison. »Annie soll nichts mit der Rennbahn zu tun haben. Helen ist wegen der Pferdezucht gestorben, und . . . Ich fürchte, ich bin ein wenig abergläubisch.«
»Ist recht so«, sagte Velinski. Er nahm sein Glas in die Hand und beugte sich vor. Sein dicker Bauch reichte nun fast bis ans Kinn heran: »Könnte ich wohl noch einen Scotch bekommen?«
»Aber gern.« Annie erhob sich und nahm ihm das Glas aus der Hand.
Im selben Augenblick verging die Spannung. Velinski wirkte nicht mehr nachdenklich. Alle Kälte war aus seinen Augen gewichen. Er sah jetzt wieder aus wie ein großer, lachender Weihnachtsmann, natürlich ohne Rauschebart.
»Ich genehmige mir noch ein Bier«, sagte Garrison.
Willie sprang aus seinem Sessel. »Willie Denver hilft dir in der Küche, Annie!« Er eilte zu ihr.
Man hörte nur das Ticken der Standuhr.
Garrison lehnte sich auf dem Sofa zurück und schlug die Beine übereinander. »Und was ist Ihr Motiv?«
Der schwere Mann setzte eines seiner schönsten Lächeln auf. Kleine Fältchen bildeten sich um seine Augen. »Geld.«
»Das reicht nicht. Eben haben Sie mir erzählt, daß Geld allein als Motiv nicht ausreicht. Jetzt bin ich an der Reihe, bei Ihnen nachzubohren.«
»Warum nicht, wie du mir, so ich dir«, lächelte Velinski. »Sie müssen wissen, daß ich mein Leben lang dick gewesen bin. So ungefähr seit meinem achten oder neunten

Lebensjahr. Man darf bei manchem nicht mitmachen, wenn man zu dick ist. Die Schulkameraden lassen einen nicht mitspielen. Man bekommt kaum Freunde. Und die Frauen machen einen großen Bogen um einen. Ich habe es mir so eingerichtet, daß ich von Zeit zu Zeit eine Prostituierte aufsuche, um in dieser Hinsicht zu einer gewissen Befriedigung zu gelangen. Vielleicht mache ich mir da auch nur etwas vor. Wie dem auch sei, wenn man von vielem ausgeschlossen ist, bekommt man reichlich Probleme mit seiner eigenen Identität. Die meisten, die so dick sind wie ich, definieren sich durch ihr Gewicht: Ich bin ein Dicker. Das reicht ihnen offenbar. Sie plagen sich ständig mit irgendeiner Diät herum, kleiden sich so, daß ihr Übergewicht nicht sichtbar wird, oder versinken in Selbstmitleid und beklagen die Ungerechtigkeit des Schicksals — ›Warum ich, böses Schicksal, warum ausgerechnet ich?‹ Aber im Endeffekt ändern sie nichts an ihrem Übergewicht. Das hat mir nie ausgereicht. Da es nicht allzuviele Bosse gibt, die einen wie mich einstellen, sind meine Berufsaussichten immer schon bescheiden gewesen. Und es sind keine Jobs, auf die man stolz sein könnte. Jedenfalls reichen sie nicht, daß ich mich durch sie definieren könnte. Aber das Verbrechen bietet einige Möglichkeiten. Wie Willie eben schon sagte, wenn man ein großer Dieb ist, braucht man sich vor niemandem zu schämen.« Er lachte rauh. »Trotz des Umstands, daß Willie sich zweimal hat erwischen lassen, ist er doch ein großer Dieb. Für jeden Einbruch oder Überfall, den man ihm nachweisen konnte, hat er hundert andere begangen. Und ich möchte in aller Bescheidenheit hinzufügen, daß ich noch ein bißchen besser bin als er.«

Garrison glaubte ihm. Velinski prahlte nicht. Der Mann mußte ein verdammt guter Dieb sein. Er machte einen intelligenten und umsichtigen Eindruck, und diese beiden Vorzüge reichten schon aus, ihn als Sicherheit gegen mög-

liche Pannen zu betrachten. »Sie haben viel Zeit damit verbracht, sich selbst zu analysieren, nicht wahr?«
»Jahre.«
»Wo haben Sie es gelernt, Leute so gut auszufragen?«
Velinski lächelte von einem Ohr zum anderen. Er bewegte sich in seinem Sessel, und er wirkte wie ein Wal im Meer.
»Alte Filme. Detektivgeschichten. Ich bin kein blöder Filmfan, der lediglich ein paar hundert Schauspieler mit Namen kennt. Ich versuche, aus Filmen etwas über das Leben zu lernen.«
Gelächter drang aus der Küche.
»Was ist mit Willie?« fragte Garrison.
»Was soll mit ihm sein?«
»Welches Motiv hat er?«
»Grübeln Sie nicht über Willie«, versicherte Velinski ihm.
»Ich kenne ihn sehr gut. Er hat seine Gründe, und von seinem Standpunkt aus sind es sehr gute Gründe.«
Garrison dachte kurz darüber nach. »Haben diese Gründe etwas damit zu tun, daß er nie von sich in der ersten Person spricht?«
»Ich denke, ja.«
»Sie wollen es mir nicht sagen?«
»Fragen Sie ihn doch selbst.«
Garrison strich sich eine Haarsträhne aus der Stirn. »Sie wissen, daß das nicht geht«, erklärte er. »Er ist so ein verdammt liebenswerter kleiner Kerl. Ich brächte es nicht fertig, tiefer in ihn zu dringen und ihm damit womöglich weh zu tun.«
Das Lächeln des Schwergewichtigen wich einer traurigen Miene. Er nahm die Kugel wieder vom Tisch und ließ es über dem Eskimodorf schneien. »Sie reden und denken nicht so, wie ich das erwartet habe.«
»Wieso?«
»Sie sind viel zu intelligent und gebildet für einen einfa-

chen Pferdetrainer. Und Annie ist zu clever für eine Kellnerin.«
»Sie hat nicht immer als Kellnerin gearbeitet«, entgegnete Garrison. »Davon abgesehen wirken Sie auch nicht gerade wie ein Eierdieb.«
Velinski lächelte.
»Womit ich Ihnen natürlich nicht zu nahe treten wollte.«
»Habe ich auch nicht so verstanden«, erklärte der Dicke freundlich. »Ich war nie ein Eierdieb. Aber Sie haben ganz recht. Mit Schubladendenken erreicht man gar nichts.«
»Ich schätze, Sie interessieren sich für die Einzelheiten des Plans. Zumindest für das, was wir schon ausgearbeitet haben.«
»Nein«, erwiderte Velinski und betrachtete immer noch den arktischen Schneefall. »Wir sollten damit warten, bis die ganze Mannschaft versammelt ist. Morgen ist immer noch früh genug.«
»Dann wollen Sie also mitmachen?«
Velinski nickte langsam. »Warum nicht? Immerhin erhalte ich so die Chance, steinreich zu werden.«
»Und die Chance, sich selbst endlich definieren zu können.«
»Auch das.«

4

In dem Augenblick, in dem Jack Killigan sein Büro im vierten Stock betrat, klingelte das Telefon. Er zuckte zusammen, obwohl das Klingeln sehr leise eingestellt war. *O Gott, was denn jetzt noch?* Er hob den Hörer ab.
»Hier ist die Kasse, Mr. Killigan«, erklärte der Mann am anderen Ende. »Wir haben gerade die Abrechnung gemacht.«

Killigan sah auf seine Armbanduhr und stellte fest, daß eine Stunde seit dem Ende des neunten und letzten Rennens an diesem Tag vergangen war. Die Zeit raste nur so dahin. »Ich bin gleich bei Ihnen«, versprach er und hängte ein.
Ob er sich noch einen Drink genehmigen sollte?
Hialeah . . .
Er verließ das Büro und eilte durch die Halle zum Treppenhaus. Er hätte natürlich auch den Aufzug nehmen können, aber er mochte es, durch das Gebäude zu gehen, wenn es so menschenleer war. Er kam sich dann vor wie ein König, der mit einigem Stolz sein Schloß inspiziert. Und dieses Gebäude hier konnte es von seinen Ausmaßen her mit jedem Schloß aufnehmen. Mit seinen unzähligen Sälen, Räumen, Wettstellen, Restaurants und Bars war es der größte Komplex unter einem Dach in ganz Pennsylvania. Ein Manager konnte sich hier leicht wie ein König vorkommen. Allerdings lastete auf ihm auch die große Verantwortung eines Regenten.
Während der letzten viereinhalb Monate hatte Killigan jeden Tag, auch die Sonntage, vierzehn Stunden gearbeitet. Er hatte sich ebenso intensiv um die Einrichtung des Horsemen's Clubs gekümmert wie um die Ausstattung des restlichen Gebäudes, die Sandstrahlbehandlung der Wände und Fassaden und die sonstigen Malerarbeiten. Er hatte der alten Werbeagentur der Rennbahn gekündigt und eine neue, junge Firma mit dynamischen und modernen Ideen gefunden. Er hatte die Versicherungsgesellschaft gewechselt, den Vertrag mit Agroco neu abgeschlossen, in vielen Verhandlungen die Lizenzen für drei Restaurants und zwölf Snackbars erhalten, er hatte die Kommission der Rennbahnverwaltungen so lange bedrängt, bis ihm die zusätzlichen fünfzig Renntage genehmigt worden waren (die hatte er von einer momentan stillgelegten Rennbahn in Po-

conos übernommen). Er hatte Mickey Ginchley eingestellt, hatte andere Angestellte gefeuert, hatte persönlich die Hälfte der Tische im Horsemen's Club verkauft, ebenso zweihundert von den achthundert Sitzplätzen auf der Ehrentribüne. Er hatte Entwürfe für die Ruheräume geprüft, hatte im März einen drohenden Arbeitskampf beigelegt, hatte ohne Honorar bei mindestens vierzig Vereinen Vorträge gehalten, hatte Kontakte zu Wohltätigkeitseinrichtungen im ganzen Land hergestellt und gepflegt und hatte, last not least, immerzu mit dem Aufsichtsrat um mehr Geld verhandelt. Tausend Dinge gab es für ihn zu erledigen, ein einziger Irrgarten von Kleinigkeiten, Rücksichtnahmen und Unaufschiebbarkeiten ...

Die Verhandlungen mit dem Aufsichtsrat waren für ihn die schlimmsten Stunden in diesem Jahr gewesen. Er hatte den Herren klarzumachen versucht, daß Century Oaks seit der Gründung vor drei Jahren zunehmend ein Verlustgeschäft war und daß man wie in ein Faß ohne Boden Geld kippen mußte, um endlich aus den roten Zahlen rauszukommen. Die etwas zurückhaltende Einstellung des Aufsichtsrats war verständlich und vor allem unter dem Aspekt nachvollziehbar, daß seit der Gründung der Rennbahn nichts anderes getan worden war, als laufend Millionen zuzuschießen. Doch Killigan hatte beharrlich sein Anliegen immer wieder vorgetragen, und nach und nach hatten die Herren ein wenig Einsehen gezeigt. Er hatte versucht, ihnen die Sache schmackhafter zu machen, indem er Pläne anfertigen ließ, wie aus der Rennbahn mehr Einnahmen herauszuholen waren. Während der rennfreien Tage vermietete er die Anlage. Im März fand hier eine Camping- und Freizeitmesse statt. Im April hatte ein Konsortium von Wohltätigkeitsorganisationen das Gebäude gemietet, um für alle Mitglieder und Freunde eine Art Karneval abzuhalten. Die Veranstaltung hatte sich als gro-

ßer Erfolg erwiesen. Weil an Montagabenden auf der Rennbahn wenig los war, plante Killigan für alle Montage nach der ersten Woche Stock-Car-Rennen. Sobald der Aufsichtsrat sich mit der Lotterie- und Werbewoche einverstanden erklärt hatte, war es Killigan gelungen, die Fernsehrechte an den Rennen an ABC zu verkaufen, was immerhin 65 000 Dollar eingebracht hatte.
Das hatte sie wenigstens für ein paar Wochen ruhiggestellt. Großer Gott, die fünfundsechzig Riesen waren erbärmlich im Vergleich zu der Summe, die sie für die Werbewoche aufbringen mußten, aber die Herrschaften waren vor Freude ganz aus dem Häuschen, nur weil sie ins Fernsehen kommen konnten.
In diesen Tagen war Killigan damit beschäftigt, dreihundert Hektar des Geländes an einen Unternehmer zu verkaufen, der dort Luxusapartments errichten wollte. Wenn auch dieser Abschluß die Zufriedenheit des Aufsichtsrats finden würde, wäre vielleicht endlich die Zeit des endlosen Feilschens, Beschwörens und Überredens vorbei.
Er mußte sich den Rücken von diesen Herrschaften freihalten. Während der letzten Wochen hatte er einfach zu wenig Zeit gehabt, sich sowohl um den Aufsichtsrat als auch um die täglich anfallende Arbeit auf der Rennbahn zu kümmern. Und jetzt, da die Saison begonnen hatte, würde die Arbeit auf der Rennbahn sich vervielfachen.
Um achtzehn Uhr zehn schob Killigan eine schwarze Tür auf, auf der in roten Lettern stand: KEIN ZUTRITT. Er befand sich nun im Westteil des Gebäudes und lief die Betonstufen zum Keller hinab. Als er dort ankam und über den Hauptkorridor lief, schwenkte die Videokamera, die an der Decke hing, sofort zu ihm herum. Die Kamera richtete sich auf ihn und folgte ihm seinen ganzen Weg lang.
Vor der Stahltür zum Kassenraum zog Killigan eine weiße Plastikkarte aus seiner Brieftasche. Er schob sie in den dafür vorgesehenen Schlitz. Der Zentralcomputer, an den

auch die Totalisator-Tafel, die Registrierkassen, die Buchhaltung des Hauses und ein Dutzend andere Bereiche angeschlossen waren, erkannte seine Karte an, spuckte sie wieder aus und öffnete ihm die Tür.

Killigan trat ein.

Der Kassenraum — zentraler Endpunkt aller Geldtransporte von den Kassenschaltern und anderen Stellen der Rennbahn — war komplizierter als auf allen anderen Rennbahnen des Landes. Noch bevor die Architekten begonnen hatten, ihre Entwürfe anzufertigen, war eine New Yorker Sicherheitsfirma, Pro-Teck-Systems, bei Century Oaks vorstellig geworden und hatte angeboten, ihre modernsten Anlagen einzubauen, und dafür im Gegenzug nur zwei Zusagen verlangt: Die Architekten sollten sich mit den Pro-Teck-Experten abstimmen und sich deren Einwände zu eigen machen, auch auf die Gefahr hin, daß dabei ein besonders hübscher architektonischer Einfall auf der Strecke bleiben mußte. Zweitens: Century Oaks erklärte sich nach gegenseitiger Abstimmung bereit, den hiesigen Einbau der Pro-Teck-Systeme publik zu machen. Aus diesem Grund befand sich jetzt auch die Zentralkasse im Keller und nicht wie üblich im obersten Stockwerk des Hauptgebäudes. Der fünfzehn mal fünfzehn Meter große Raum beherbergte Monitore, auf denen die Wächter den gesamten Kellerkorridor überblicken konnten. Niemand konnte sich der Stahltür nähern, ohne von den Wächtern bemerkt zu werden. Und erreichte jemand die Tür, so wurde er nur eingelassen, wenn er den Wächtern bekannt war oder eine der wenigen ausgegebenen Sicherheitskarten vorweisen konnte.

Doch von diesen sicherheitstechnischen Neuerungen abgesehen unterschied sich der Kassenraum vom Century Oaks nur wenig von denen anderer Rennbahnen. Ein halbes Dutzend Schreibtische nebst Stühlen, fünf mitge-

nommene Sessel, ein breiter Tisch für die Wachmänner, Schließfächer, eine Hakenreihe an der Wand, an der Geldtaschen hingen, Geldzählmaschinen, Kästen mit Fächern für die verschiedenen Münzen, elektronische Rechenmaschinen und ein Telefon. Ein kleiner Kühlschrank voller nichtalkoholischer Getränke brummte lautstark in einer Ecke. Die Wände bestanden aus Beton. Die Decke war mit Schallschutzplatten bedeckt. Auf dem Boden war ein teurer blauer Teppich ausgelegt worden, vor allem, um die Kälte des Betons zu dämpfen. Der Raum war reichlich vollgestopft, und von ihm ging auch etwas Bedrückendes aus, aber die Arbeit funktionierte hier reibungslos.
Die fünf Wachmänner von Melkins-Peterson nickten Killigan zum Gruß zu.
Der Manager marschierte durch bis zum hintersten Schreibtisch, an dem Leroy Franson, der Chefbuchhalter der Rennbahn, saß und die Kontrollbögen überprüfte.
»Wieviel Minus haben wir denn heute gemacht, Leroy?« fragte Killigan.
Der Buchhalter sah von seinen Papieren auf und lächelte. Er war ein knochiger Farbiger mit einem breiten Gesicht und einer anziehenden Naturkrause im Haar.
»Sieht gar nicht einmal so schlecht aus, Jack. Immerhin hatten wir heute Eröffnung. Da halten sich viele noch zurück, weil sie auch an den anderen Tagen unserer Lotteriewoche kommen wollen.«
»Ihr Wort in Gottes Ohr.«
»Ich arbeite schließlich nicht erst seit gestern auf einer Rennbahn.«
»Und was ist dann die schlechte Nachricht?«
»Nun, so schlecht ist sie auch wieder nicht«, erklärte Franson. »Wir liegen etwas über dem Durchschnitt. Heute konnten wir etwas mehr als achttausend Besucher zählen.«

»Waren auch Leute aus Philadelphia dabei?«
»Die Busse hatten heute ihren großen Tag.«
»Und wieviel steht nun unter dem Strich?«
»Eine und eine viertel Million.«
»Das geht doch.«
Franson nickte. »Das wäre sogar gut, wenn wir nicht zehn Prozent des heutigen Umsatzes an wohltätige Organisationen spenden müßten . . .«
Auch Killigan wünschte sich etwas weniger Spenden für wohltätige Zwecke. Aber dieser Teil von Pennsylvania lag im Bibelgürtel, war also sehr fromm. Hier fand man eine kleine, aber lautstarke fundamentalistische Minderheit religiöser Eiferer, die den ganzen lieben langen Tag nichts Besseres zu tun hatten, als nach sündigem Treiben Ausschau zu halten und es öffentlich zu brandmarken (die eigenen Verfehlungen natürlich ausgenommen). Als die erste Saison dieses Jahres näher rückte, hatten sich einige dieser Eiferer lautstark in Harrisburg, Lancaster, York und Hershey zu Wort gemeldet, Century Oaks der Hölle gleichgestellt und gedroht, ihre Trupps vor dem Eingang zu postieren. Die einzige Möglichkeit, solchen Pharisäern Einhalt zu gebieten, bestand darin, sich als Wohltäter auszugeben und das immer und immer wieder von den Medien publik machen zu lassen, hatte sich Killigan gesagt.
Wie die meisten Normalbürger hatten auch die Eiferer absolut unrealistische Vorstellungen über die Finanzen einer Rennbahn. Sie lasen in den Zeitungen, daß Century Oaks Tageseinnahmen von eineinviertel Millionen Dollar hatte, und hielten das natürlich für reinen Profit. Dabei wurde leicht übersehen, daß schon vom Gesetz her den Rennbahnen nur fünfzehn Prozent der Einnahmen zustanden. Die restlichen fünfundachtzig Prozent mußten in irgendeiner Form wieder an die Wetter ausgeschüttet werden. Darüber hinaus mußte eine Rennbahn fünf Prozent der

Einnahmen an den Staat abführen. Somit blieb Century Oaks von den 1250000 Dollar lediglich 125000, also zehn Prozent. Davon waren achtundvierzig Prozent, also etwa 60000 Dollar, eine Rücklage für zukünftige Rennen. 40000 mußten für Gehälter und ähnliches aufgewendet werden. Damit blieben 25000, um die Leasinggebühren für die Computer und sonstigen elektronischen Anlagen zu entrichten, um die gewaltige Hypothek abzuzahlen und die Instandhaltungskosten des Hauses zu begleichen. Century Oaks war also auf Tageseinnahmen in der Höhe von eineinviertel Millionen angewiesen, um sich über Wasser zu halten. Keinesfalls durften die Tageseinnahmen unter eine Million sinken.

Vor drei Jahren war das noch anders gewesen. Und auch vor zwei Jahren war man mit deutlich weniger ausgekommen. Doch im Zuge der galoppierenden Inflation der Nixon-Jahre — und aufgrund der Unfähigkeit der Rennbahn, eine Zwei-Dollar-Wette einzuführen und durchzusetzen — brauchte man bald höhere Tageseinnahmen, um nicht auf der Strecke zu bleiben.

Heute konnte man über zwölftausend Dollar an Wohltätigkeitsorganisationen überweisen. Bei der knappen Kalkulation war selbst dieses kleine Stück von dem ganzen Kuchen schon so groß, daß danach die Bäcker vielleicht schon leer ausgingen.

Glücklicherweise gab es für die Rennbahnen nicht nur diese eine Einnahmequelle. Erst die Nebengeschäfte machten den eigentlichen Profit aus.

»Wieviel an Eintrittsgeldern?« wollte Killigan wissen.

Franson beugte sich über seine Zahlenkolonnen. »Nach Abzug aller Rabatte haben wir im Klubhaus achttausendfünfhundert und an der Tribüne zwölftausend eingenommen.«

»Parkgebühren?«

»Vierzehnhundertachtundachtzig Dollar.«
»Programmhefte?«
»Fünfzehnhundert.«
»Refaktien?«
Wenn die Auszahlungen kalkuliert wurden, kamen dabei oft krumme Beträge am Ende heraus. Um den Kassierern Zeit zu sparen, wurden sie daher auf zehn Cent ab- oder aufgerundet. Am Ende eines Tages kam oft eine erkleckliche Summe an »unkalkuliertem« Geld zusammen. Dieser Betrag wurde zwischen Rennbahn und Finanzamt geteilt. An einem weniger guten Tag waren die Refaktien manchmal der kleine Unterschied zwischen einem Verlust und der Kostendeckung.
Franson blätterte durch seine Unterlagen, bis er den Betrag gefunden hatte. »Hier haben wir es: knapp dreitausendvierhundert.«
»Wie ist es an den Bars, Imbißständen und in den Restaurants gelaufen?«
»Alle waren wirklich hungrig und durstig.«
Die beiden Männer wußten, daß diese Zahlen für die Tagesbilanz kaum ins Gewicht fielen. Erst am Saisonende würde sich ihre wahre Bedeutung zeigen. Die Rennbahn erhielt Vorschüsse für die Konzessionen, und erst am Saisonende wurde abgerechnet. Erst dann trafen neue Gelder ein. Die Vorschüsse hingegen waren längst ausgegeben.
Killigan und Franson unterhielten sich noch kurz über den Wettscheinfälscher. Fälscher tauchten immer wieder auf, und im Grunde genommen war der Schaden, der heute angerichtet worden war, gering im Vergleich zu den Summen, die in die Kassen flossen. Die Endsumme des heutigen Tages wies jedenfalls keine nennenswerten Einbußen auf. Century Oaks hatte nicht mehr als einen Nadelstich erhalten.

»Im Lauf der Woche wird unser Freund sicher gieriger werden. Heute hat er vermutlich nur die Möglichkeiten austesten wollen«, erklärte der Manager.
»Und dann werden die Männer vom TRPB ihn schnappen«, sagte der Buchhalter. »Diese Bastarde machen früher oder später immer einen Fehler.«
Killigan lächelte dünn: »Das gleiche sagt mir Cooper auch immer wieder. Ich wünschte nur, ich könnte mich darauf verlassen.«
»Wie dem auch sei«, erwiderte Franson, »trotz unseres Fälschungskünstlers scheinen wir am Eröffnungstag einen bescheidenen Profit gemacht zu haben.«
»Der Tag ist leider noch nicht zu Ende.«
»Stimmt etwas nicht?«
»Die Fahrer bei Agroco streiken. Man hat es dort noch nicht einmal für nötig gehalten, uns davon in Kenntnis zu setzen. Mickey hat angerufen, um herauszufinden, warum sie die Abfälle nicht fortgeschafft haben. Ich habe es heute mehrmals versucht, aber ich erreiche Simpson, den Verantwortlichen dort, einfach nicht. Vermutlich muß ich mich nach einer anderen Firma umsehen.«
»Haben Sie schon jemanden im Auge?«
»Ich habe mich noch nicht entschieden.«
Der Wachmann am Monitor rief: »Da kommen die Jungs vom Geldtransport!« Er legte eine Hand auf den Alarmknopf. Es war ja nicht auszuschließen, daß die Männer draußen sich verkleidet hatten.
Killigan marschierte zum Monitor und sah zu, wie die drei uniformierten Männer durch den langen Korridor kamen. Die Videokamera folgte ihnen auf Schritt und Tritt.
Einige Augenblicke später schob der Chef der kleinen Truppe seine Plastikkarte in den Schlitz, um eintreten zu können. Ein bewaffneter Mann blieb vor der Tür stehen, während die beiden anderen in den Kassenraum mar-

schierten, um die grauen Leinensäcke voller Geld abzuholen.
Der Manager bewunderte die Art, wie professionell die Männer arbeiteten. Sie handelten rasch, schweigend und effizient. Sie waren höflich und bemühten sich, keine Umstände zu machen. Mit diesem Dienst, dem TRPB und den Männern von Melkins-Peterson war die Century-Oaks-Rennbahn so sicher wie eine Schweizer Bank. Bei all dem, was Killigan belastete, war er froh, daß er sich wenigstens darum keine Gedanken mehr machen mußte.

Am Sonntag gegen einundzwanzig Uhr mußte Jack Killigan sich eingestehen, daß er das Problem des Komposthaufens, der mit jedem Tag größer wurde, nicht vor Montagmorgen lösen konnte. Er hatte eine Liste angefertigt, auf der er Transportunternehmen, Düngemittelfirmen und ähnliches zusammengestellt hatte, doch heute am Sonntag war dort niemand zu erreichen. Bei einigen besaß er sogar Privatnummern, doch wenn er dort anrief, wollte man am freien Sonntag keine Geschäftsgespräche führen, konnte man ihm nicht weiterhelfen, oder es wurde gar nicht erst abgehoben. Die Pferdescheiße mußte wohl noch einen Tag länger angesammelt werden, sagte er sich.
Plötzlich mußte er laut lachen.
Konnte man ein besseres Bild für das Leben finden als einen Berg von Pferdescheiße, der mit jedem Tag größer wird?
Er leerte sein Glas und begab sich ins Badezimmer seines Büros, um das Glas auszuwaschen. Dann beugte er sich über das Becken und spritzte sich kaltes Wasser ins Gesicht. Nachdem er sich abgetrocknet hatte, warf er einen Blick in den Spiegel und entdeckte ein paar Falten, die vorgestern noch nicht dagewesen waren. Darüber hinaus sah

er in seinem Gesicht Müdigkeit, grenzenlose Müdigkeit, die vor allem hier in Century Oaks größer geworden war. Eine Müdigkeit, wie er sie nie zuvor verspürt hatte.
Er löschte das Licht im Badezimmer, kehrte ins Büro zurück und stellte das saubere Whiskeyglas ins Regal über der Bar. Er nahm den Regenmantel vom Haken hinter der Tür, legte ihn über den linken Arm und schaltete die restlichen Lichter aus. Er verließ das Gebäude durch den Angestelltenausgang und gelangte auf den Sattelplatz.
Bert Runlon, einer der beiden pensionierten Polizisten, die hier als Nachtwächter Dienst taten, wartete schon auf ihn, um hinter ihm abzuschließen. Runlon war Ende Fünfzig, ein dünner, aber keineswegs knochiger Mann mit grauen Haaren. Dank der zwei Kugeln, die ihm, als er zweiundfünfzig war, in den Bauch eingedrungen waren, bewegte er sich sehr vorsichtig, so als liefe er über einen zugefrorenen See, dessen Eisschicht nicht nur glatt, sondern auch recht dünn war. »War heute ein langer Tag, was, Mr. Killigan?«
»Na ja, Bert, zumindest war er nicht so schlimm, daß ich mich in meinem Büro aufgehängt habe.«
»Aber Sie haben mit dem Gedanken gespielt, oder?«
»Das Seil schien mir zu brüchig zu sein.«
Runlon lachte.
»Passen Sie auf, Bert, daß uns niemand die tollen Sessel im Klub stiehlt.«
»Die sind nicht meine größte Sorge«, erklärte Runlon, als Killigan auf den Betonboden trat. »Ich fürchte mich vielmehr vor der internationalen Bande von Springbrunnendieben, die hier ihr Unwesen treiben soll.«
Nun mußte der Manager lachen. »Gute Nacht, Bert.«
»Schlafen Sie gut, Mr. Killigan.«
Sein neuer, weißer Thunderbird parkte in der ersten Reihe auf dem Parkplatz am Ausgang. Er schnallte sich an, star-

tete den Motor und fuhr ohne übertriebene Eile nach Hause. Er wollte sich bei der Fahrt ein wenig entspannen. Das sanfte Summen des Motors, der Geruch der neuen Polsterung und das weiche grüne Glühen der Lichter am Armaturenbrett hatten eine beruhigende Wirkung auf ihn. Killigan atmete ruhiger, schüttelte seine Sorgen ab und genoß die Fahrt. Selbst im dichtesten Verkehrsgewühl, sogar mitten in Manhattan, konnte Killigan das Fahren genießen. Für ihn war es die einzige Zeit am Tag, in der er sich wie er selbst fühlte und zu sich selbst fand.

Um viertel vor zehn fuhr er auf sein Grundstück und parkte den Thunderbird vor der weiß umrandeten Doppelgarage. Er kurbelte das Fenster hinunter, stellte den Motor ab und lauschte dem Konzert der Grillen und Frösche. Bis auf ein gelegentliches *Ping* vom abkühlenden Motor waren dies die einzigen Geräusche, die in der Stille der Nacht zu hören waren.

Er hatte Glück gehabt, daß er auf dieses Haus gestoßen war. Weil dieser Teil von Pennsylvania zu den Regionen an der Ostküste gehörte, die immer dichter besiedelt wurden, war der Wohnungsmarkt hier schlichtweg verheerend. In der Regel bekam man nur kleine Reihenhäuser mit Garten angeboten, die alle gleich aussahen, bei denen man Mühe hatte, sein eigenes wiederzufinden, und wo die Wände so dünn waren, daß man Hustensaft einnahm, wenn der Nachbar hustete. Ansonsten bekam man Häuser angeboten, die im günstigsten Fall dringend renovierungsbedürftig waren, nicht selten bestand sogar Einsturzgefahr. Oder aber häßliche Ranchnachbildungen, die mit den Häusern in der Nachbarschaft vollkommen identisch waren. Bei ihnen gewann man leicht den Eindruck, daß sie aus Plastik gepreßt direkt vom Fließband kamen.

Killigan hatte nach einem ganz anderen Haus gesucht: ein

altmodisches Landhaus mit zehn Zimmern und zwei Badezimmern. Und das hatte er auch gefunden. Es wurde ihm für zwei Jahre von einem pensionierten Arzt und seiner Frau überlassen, die sich auf eine ausgedehnte Weltreise begeben wollten. Das Haus war geschmackvoll eingerichtet und befand sich in einem ausgezeichneten Zustand. Natürlich gab es auch hier Nachbarn, aber von denen wurde er auf beiden Seiten von vierhundert Metern Gartenfläche getrennt. In klaren Nächten wie dieser, wenn die Grillen mit den Fröschen ein Duett sangen, glaubte er, es hier bis ans Ende seiner Tage aushalten zu können.
Als er aus dem Wagen stieg, bemerkte er, daß im Wohnzimmer eine Lampe brannte. Auch aus der Küche kam Licht, stellte er fest, als er um das Haus herumgegangen war. Er blieb an der Hintertür stehen, spähte ins Haus und hörte die Musik von Benny Goodman, die aus dem Wohnzimmer drang.
Rita erwartete ihn.
In der Küche legte er den Regenmantel über eine Stuhllehne. Dann durchquerte er das große Eßzimmer und gelangte durch die Diele ins Wohnzimmer.
»Endlich«, sagte Rita. Sie besaß eine samtige, rauhe Stimme, die hervorragend zu ihrer äußeren Erscheinung paßte. »Ich hatte schon halb befürchtet, du wolltest heute nacht im Büro schlafen.«
Rita Janifer war die schönste und attraktivste Frau, die Jack Killigan je kennengelernt hatte. Und er hatte in seinem Leben schon mehr als eine Frau kennengelernt. Sie war einssiebzig groß, und wenn sie hochhackige Schuhe anzog, konnte sie ihm gerade ins Gesicht sehen. Doch darüber hinaus ließ sie sich nur schlecht beschreiben. Ihre atemberaubende Schönheit entzog sich jeglicher Klassifizierung. Was ihn immer und ganz besonders an ihr anzog, so anzog wie einen Seemann der Gesang einer Sirene, war ihre süß-

liche Aura der Verruchtheit. Man brauchte sie nur anzusehen und ahnte schon, daß sie unaussprechliche Dinge erlebt und mitgemacht hatte — und daß sie jederzeit bereit war, so etwas noch einmal zu erleben und mitzumachen, weil sie es liebte und brauchte. Man ahnte bei ihr gleich, daß sie ein geheimnisvolles und fundamentales Wissen von allen dunklen Seiten des Lebens besaß. Und man erkannte, daß sie viel mehr über Sex wußte — gleich ob von seinen schönen oder von seinen weniger schönen Seiten —, als man selbst je erfahren würde. Doch trotz dieser dämonischen Aura zeigten sich an ihr nirgends körperliche oder seelische Narben, sah man keinerlei Spuren von ihren vielfältigen Ausschweifungen. Ihre Haut war so rein und frisch wie ein Gebirgsbach, und sie besaß eine angenehme bräunliche Hautfarbe, die sie nie durch Sonnenbänke und ähnliches auffrischen mußte. Sie war jetzt dreißig, doch von den fünfzehn Jahren einer verzogenen Kindheit und den folgenden fünfzehn Jahren ohne Stillstand und Besinnlichkeit war ihr nichts anzumerken. Weder Falten noch Ringe unter den Augen, nicht einmal ansatzweise. Ihr langes und dichtes Haar war schwarz wie das Gefieder eines Raben. Sie hatte es nie gefärbt, nie mit Spray oder Gel behandelt und nie so etwas wie eine Dauerwelle oder ähnliches nötig gehabt. Auch nach unzähligen orgiastischen schlaflosen Nächten waren ihre Augen immer noch klar und leuchtend. Sie waren so dunkel, daß man nicht sehen konnte, ob sie braun oder schwarz waren. Ihre Nase war zierlich und hatte eine leichte Tendenz zur Stupsnase, und die Nasenlöcher wirkten wie kristallene Ventile. Die Lippen wirkten so reif, daß es fast schon obszön war. Und die Zähne sahen so weiß und gerade aus, wie sie selbst der beste und teuerste Zahnarzt nicht hinbekommen konnte. Schon ihr leisestes Lächeln brachte einem ein Kribbeln in den Haarspitzen.

Unfaßbar, dachte Killigan, als er dastand und sie ansah. *Sie hat das gewisse Etwas, und sie hat reichlich davon. Rita ist alle Sexgöttinnen von Hollywood zusammengenommen. Harlow. Russell. Garbo. Lake. Lamarr. Astor. Dietrich. Monroe. Mansfield. Welsh ... Sie ist besser als sie alle zusammen.*
Wie um alles in der Welt war es möglich, daß aus ihrer Filmkarriere nichts geworden war? Im Alter von zweiundzwanzig Jahren hatte man sie »entdeckt«. Ihr erster Film, ein furchtbarer Streifen, war zwei Jahre später in die Kinos gekommen. Der Film fiel glatt durch, aber jedermann war auf Rita aufmerksam geworden. Die nächsten sieben Filme waren nicht viel besser, spielten aber wenigstens leichte Gewinne ein, vermutlich allein aus dem Grund, weil alle Rita sehen wollten. Rita war auf dem Weg nach oben gewesen, ganz ohne Zweifel.
Doch seit zwei Jahren war kein Film mehr mit ihr gedreht worden. Und in der einschlägigen Presse stand lediglich, daß sie »Drehbücher und Angebote prüfte«.
»Bist du es wirklich, Jack, oder ist es dein Geist?«
»Was?«
»Steh doch nicht da wie angewurzelt.«
»Tut mir leid.«
»Du hast mich angestarrt wie ein Zombie.«
»Ich bin so müde, daß ich kaum noch einen klaren Gedanken fassen kann.«
»Richtig unheimlich war das eben. Jetzt komm und setz dich. Ruh dich etwas aus.«
Er ging quer durch das Wohnzimmer zur Sitzecke und ließ sich in einem schweren, futuristischen und viereckigen Sessel aus Chrom und unechtem Fell nieder. »Es war halt wieder einmal einer von diesen Tagen.«
»Genau deshalb habe ich ja schon den Bourbon aus der Bar geholt.« Sie zeigte auf den Eiskübel, die Eiszange, das gespülte Glas und die Flasche *Wild Turkey,* die auf dem

massiven Beistelltisch aus Rauchglas standen. Rita trank ebenfalls Bourbon. Das Glas in ihrer Hand war zwar noch gefüllt, aber es war mit Sicherheit nicht ihr erstes an diesem Abend. Nachdem er einen Schluck getrunken hatte, sagte sie: »Erzähl mir doch einfach alles.«

Er berichtete über die Ereignisse in Century Oaks, als würde er einen Bericht aus der Zeitung wiedergeben, nicht aber so, als wäre er selbst dabeigewesen. Wann immer er mit Rita zusammen war, wurde für ihn alles andere unwichtig und irreal.

Rita hatte sich auf dem futuristischen Sofa ausgebreitet und es sich mit einem Dutzend Kissen bequem gemacht. Killigan waren die modernen Möbel im Hause eines pensionierten Landarztes etwas deplaziert vorgekommen. Doch Rita paßte hervorragend dazu. Sie trug ein langes, dünnes Seidenkleid, das sich wie angegossen an ihren Körper schmiegte. Dünne Bändchen legten sich über ihre runden Schultern, und der tiefe Ausschnitt offenbarte die wundervollen Rundungen ihrer Brüste. Die angeschwollenen Brustwarzen drückten sich gegen den dünnen Stoff. Rita kannte keine falsche Scham. Sie zeigte gern, was sie hatte, und das machte sie für Killigan noch begehrenswerter.

»Armer Schatz«, sagte sie, als er fertig war. »Mein Tag war stumpfsinnig wie immer.«

»Erzähl mir trotzdem alles.«

Sie hielt ihm ihr leeres Glas hin.

Er schenkte ihnen beiden nach. Als sie ihr Glas entgegennahm, nahm sie seine Hand für mehr als nur einen flüchtigen Augenblick, sah ihm tief in die Augen und verlieh ihm so zum millionstenmal das Gefühl, hilflos durch einen dunklen, aber nicht unangenehmen Schacht direkt in die Hölle zu fallen. Sie lächelte, als sie erkannte, wie leicht sie seine Sinne verwirren konnte, lehnte sich zurück und ließ seine Hand los.

»Ich habe bis mittags geschlafen«, berichtete sie. »Den ganzen Nachmittag habe ich nur herumgehangen. Am Abend bin ich zu Daddys Dinnerparty gegangen. Deswegen bin ich auch so festlich angezogen. Die Dinnerparty war ausgesprochen langweilig. Nur Leute aus dem Renngeschäft. Reiche Menschen. Pferdezüchter. Stallbesitzer und so weiter. Die Zusammenkunft der größten Arschlöcher in der ganzen Gegend.«

Killigan hatte es sich schon vor einiger Zeit abgewöhnt, bei ihren Gossenausdrücken zusammenzuzucken. Sie hatte schon mit sechzehn so geredet, als er zum erstenmal mit ihr ins Bett gegangen war. Damals hatten ihm ihre Ausdrücke noch sehr viel ausgemacht. Wie eine Nonne angesichts eines nackten männlichen Oberkörpers hatte er sich entsetzt, und es war ihm sehr peinlich gewesen. Heutzutage empörte ihn eine solche Sprache nur noch mäßig.

Er nahm einen großen Schluck vom Whiskey. »Wie ich dich kenne, hast du mittendrin die Dinnerparty verlassen.«

»Wie kommst du darauf?«

»Weil du jedesmal mittendrin die Dinnerpartys deines alten Herrn verläßt.«

Sie legte den Kopf in den Nacken und lachte laut. Ihre Brüste schoben sich unter dem dünnen Stoff nach oben, drückten schwer dagegen ... »Dabei war ich heute abend noch ausgesprochen höflich«, erklärte sie. »Ich habe mich an meinen Tischherrn zur Rechten gewandt und ihm mit einem Lächeln gesagt: ›Verzeihen Sie bitte, ich möchte nicht unhöflich erscheinen, aber ich kann mir diese Scheiße einfach nicht länger anhören.‹ Damit habe ich mich erhoben und die Tafel verlassen.«

»Warum haßt du deinen Vater eigentlich so?«

»Tue ich doch gar nicht.«

»Doch, du haßt ihn.«
»Er ist furchtbar stumpfsinnig.«
»Das ist nicht der wahre Grund.«
»Verpiß dich«, knurrte sie. Das Feuer in ihren Augen war viel zu lebendig, um bloßer Haß zu sein. Es erinnerte mehr an schrecklichen Widerwillen. Dieser Ausdruck verschwand ebenso schnell wieder, wie er gekommen war. Aber Killigan hatte ihn gesehen, und es war ihm dabei eiskalt den Rücken hinuntergelaufen. Rita nahm noch einen Schluck und lächelte dann wieder.
»Ich bin zu dir gefahren«, fuhr sie fort, »um auf dich zu warten. Hier ist mir auch recht bald langweilig geworden. Schließlich habe ich das Radio angedreht und eine Sendung gefunden, bei der Hörer anrufen können. Eine gewisse Form von Talk-Show, nicht wahr? Großer Gott, was haben die für einen Aufstand veranstaltet! Ich glaube, es war die Jerry-Williams-Show aus Boston. Aus dem ganzen Land haben irgendwelche Arschlöcher angerufen. Irgendwelche Penner aus Virginia, die mitteilen wollten, wie sich alle Probleme der Menschheit lösen lassen. Dann war da noch eine alte Schlampe aus Maine, die sich mehr Christentum in der Politik wünschte. Das hättest du hören müssen, man glaubt es einfach nicht. Was um alles in der Welt sind das für Spinner, die bei solchen Shows anrufen, um irgendeinen Mist abzulassen?«
Killigan zuckte die Achseln. »Vermutlich sehr einsame Menschen.«
»Einsam?«
»Ja, allein.«
»Nein, ich tippe eher auf entsprungene Irre.«
»Immerhin hast du dir ihren Mist angehört.«
»Aber ich habe nicht dort angerufen!« Sie wirkte plötzlich sehr wütend. Wenn sie wütend auf ihn war, erwartete ihn immer eine gnadenlose Nacht, in der sie das Letzte aus

ihm herauszuholen versuchte. Er hatte schon zu viele von solchen anstrengenden Nächten erlebt. »Ich habe nicht den Hörer genommen, den alten Williams angerufen und ihm erzählt, wie man durch die republikanische Partei zu Gott finden kann!« Sie lag nicht mehr auf der Couch, sondern saß aufrecht. Sie zitterte, und alle Farbe war aus ihrem Gesicht gewichen. »Willst du damit etwa sagen, ich wäre genauso eine Irre wie diese Penner?«

»Natürlich nicht«, sagte er beschwichtigend.

»Und ich bin nicht einsam.«

»Das habe ich auch gar nicht gesagt.«

»Blödmann!«

»Nun beruhige dich doch bitte wieder.«

»Ach, es ist alles zum Kotzen.«

Er sagte nichts dazu.

Sie stürzte den Bourbon in einem Zug hinunter und hielt ihm das leere Glas hin. »Mehr.«

Er beugte sich in seinem Sessel vor, gab neue Eiswürfel und Bourbon in ihr Glas und reichte es ihr. Sich selbst goß er nicht nach.

»Du auch!« befahl sie.

»Ich habe im Moment keinen Bedarf.«

Ihre Stimme schlug um. Schrill fuhr sie ihn an: »Verdammte Scheiße, werd' du bloß nicht auch so ein gottverdammter Langweiler!«

»Okay, ist ja schon gut.« Er füllte sein Glas erneut.

Rita schob ihr langes schwarzes Haar aus den Augen und sagte: »Eine wundervolle Nacht, nicht wahr?«

Nur eine der drei Birnen in der Bodenlampe brannte. Der größte Teil des Raums war in Schatten gehüllt. Durch die Fenster zeigte sich eine sternenklare Nacht. »Die Grillen singen heute abend, als würden sie ein Sommerfest veranstalten«, sagte er.

»Tatsächlich? Ich habe nichts davon gehört. Als ich die Radio-Show nicht mehr ertragen konnte, habe ich den Kasten abgeschaltet und eine Platte von Benny Goodman aufgelegt.«

Sie erhob sich aus einem plötzlichen Impuls heraus. »Ich möchte jetzt die Grillen singen hören.«

»Jetzt sofort?«

»Sie singen doch jetzt, oder?« Die wütende Miene war vergangen und hatte einem freundlichen, fröhlichen Ausdruck Platz gemacht. »Nein, mir kommt da eine noch viel bessere Idee!«

»Was denn?«

Sie schob die dünnen Träger über die Schultern und schaffte es mit ein paar wenigen Bewegungen, nackt dazustehen. Wie Killigan es erwartet hatte, trug sie nichts unter dem Kleid. Ihre hochstehenden Brüste schaukelten leicht. Sie hatte eine Taille, um die jedes Modell sie beneidet hätte. Das Becken war angenehm breit, aber nicht ausladend, und die sagenhaften Beine wirkten unendlich lang. Das schwarze Dreieck zwischen den Beinen war wie ein Nest aus lockigen Lakritzstreifen.

»Das ist wirklich eine bessere Idee!« sagte er rauh.

»Du hast sie ja noch nicht ganz gehört«, lächelte sie. Sie nahm die Whiskeyflasche, stieß sie zwischen die Eiswürfel im Eimer und nahm den Eimer und ihr Glas in die Hände. »Bring deinen Drink mit. Wir wollen heute nacht der Natur ganz nahe sein, uns nicht nur mit, sondern auch in der Natur vereinen. Wir legen uns auf die Wiese, lauschen den Grillen, betrachten die Sterne, betrinken uns und rammeln dann wie die Karnickel.«

»Rita!«

Aber sie stand schon vor dem Eßzimmer. Sie bewegte sich mit einer geschmeidigen, fließenden, hüftenschwingenden Grazie, von der Killigan immer glaubte, sie sei die einzige Facette ihrer Attraktivität, der Rita sich nicht bewußt

war. Es war der selbstbewußte und sinnliche Gang einer Frau, die in der Weite des Landes und auf dem Rücken von Pferden groß geworden war.
Sie drehte sich zu ihm um und fragte: »Worauf wartest du denn noch?«
»Die Nachbarn . . .«
»Willst du Gruppensex?« erwiderte sie und tat so, als wäre sie furchtbar schockiert.
»Du weißt genau, was ich meine.«
Sie lachte nur. »Was können sie denn schon sehen? Nichts. Draußen ist es dunkel. Der Mond steht nicht am Himmel, nur die Sterne. Und das nächste Haus steht vierhundert Meter weiter.«
»Du bist kindisch.«
»Dann bin ich eben kindisch.« Sie zuckte die Achseln. »Ich gehe jetzt nach draußen, setze mich ins Gras, lass' mich vollaufen und höre den Grillen zu. Wenn du dich endlich dazu durchgerungen hast, mir Gesellschaft zu leisten, darfst du gern nachkommen.« Sie verließ das Wohnzimmer. Die Hintertür fiel krachend zu.
»Verdammt!« stöhnte Killigan.
Er leerte sein Glas und marschierte nach oben. Im Schlafzimmer zog er sich aus, streifte die Pyjamahose über und begab sich ins Bad, um sich das Gesicht zu waschen. Danach ging er wieder nach unten. Von Rita war nichts zu sehen. Vermutlich hockte sie im Gras.
Was ist denn bloß los mit dir, Killigan? Warum läßt du dich von ihr zum Hampelmann machen? Warum läßt du dich von ihr tyrannisieren?
Er legte sich auf die Couch, auf der sie bis eben noch gesessen hatte. Er stellte sich vor, die Körperwärme zu spüren, die sie zurückgelassen hatte. Er bekam eine Erektion.
Als er die Augen schloß, sah er nur Bilder von Rita in allen

möglichen Stellungen ... Nachdem er etwas Ordnung in dieses Chaos gebracht hatte, tauchten zwei Fragen in seinem Bewußtsein auf: *Warum hängst du so an ihr, obwohl du doch genau weißt, daß sie dich kaputtmachen wird?*

Er hatte sie schon begehrt, als er sie zum erstenmal gesehen hatte. Damals war er sechsunddreißig gewesen und hatte das erste Jahr bei Hialeah gearbeitet. Damals war er der jüngste Rennbahnmanager weit und breit gewesen, und man hielt ihn übereinstimmend für einen Wunderknaben. Ritas Vater war W. Kane Janifer, Züchter und Besitzer von wirklich edlen Pferden. Sein Vermögen wurde auf dreihundert Millionen Dollar geschätzt. Rita war sechzehn gewesen und schon vollkommen zur Frau erblüht. Schon damals ging diese Aura der Verruchtheit von ihr aus. Ihr Vater besaß eine große Farm in Pennsylvania und ein Gestüt in Florida. Wenn sie mit ihrem Vater nach Florida kam, war sie die ganze Zeit über mit Killigan zusammen. Während der Schulferien, wenn ihr Vater quer durch die USA oder in Europa unterwegs war, erfand sie irgendwelche Ausreden, um ihrer Gouvernante zu entkommen, und fuhr nach Florida, um Killigan zu treffen. Er war ein kräftiger Mann, aber sie preßte ihn aus wie eine Zitrone. Sie wollte immerzu Sex von ihm, benutzte ihn für ihr unstillbares Verlangen, forderte so oft, daß er sie verführte. Ihr Sex war oft kalt, manchmal sogar völlig gefühllos, aber für ihn war es nie langweilig. So war es in all den Jahren gewesen. Während ihrer Zeit auf der High-School. Während ihrer Zeit in Hollywood. Und er mochte es sehr. Auch als er Hialeah verloren hatte, genoß er das Zusammensein mit ihr. Während all der Jahre hatte seine Lust auf sie nie nachgelassen. Und, ohne daß er es sich erklären konnte, auch ihre Lust auf ihn nicht. Zwei Jahre lang hatte dann Funkstille zwischen ihnen geherrscht. Eines Tages war sie wieder da und hatte gleich alles daran gesetzt, die alte Lust in ihm neu zu entfachen ...

Und damit war Killigan bei der zweiten Frage. *Warum will sie mich?* Sie war mehr als reich, war berühmt und atemberaubend attraktiv. Sie brauchte nur mit der Wimper zu zucken, um jeden Mann zu bekommen, der ihr begegnete. Killigan wußte, daß er auf viele Frauen wirkte, aber das war etwas anderes. Verdammt noch mal, er war alt genug, um Ritas Vater sein zu können!

Zwei Fragen.

Er wußte weder auf die eine noch auf die andere eine Antwort.

Er stand auf, marschierte in die Küche und spähte durch die Küchentür hinaus in die Nacht. »Rita?«

Sie kicherte. »Na, möchtest du jetzt an den Busen der Natur?«

Er strengte seine Augen an und entdeckte endlich ihre Silhouette unter einer alten Weide. Sie hockte dort, etwa fünfzehn Meter von ihm entfernt.

»Kommst du wieder herein?« fragte er.

»Ach, also wirklich, Jack!«

»Komm, sei vernünftig.«

»Nein, ich verbringe die ganze Nacht hier draußen.«

»Ich möchte aber, daß du ins Haus kommst.«

»Und ich möchte, daß du dich zu mir setzt.«

»Das ist ja verrückt!«

»Aber irgendwie angenehm verrückt.«

Er schob die Hintertür auf.

»Warte mal!« rief sie. »Ich kann dich sehen. Du hättest das Küchenlicht ausmachen sollen. Ich kann sehen, daß du wieder diese unmögliche Pyjamahose anhast ...« Der Rest ging in einem Kicheranfall unter. Das Geräusch brachte die Grillen zum Schweigen.

»Rita ...«

»Sofort runter mit dem Ding!« rief sie. »Wenn du es wagst, dich mir mit dieser Hose zu nähern, schreie ich die ganze Gegend zusammen und rufe ›Vergewaltigung!‹. Darauf kannst du dich verlassen!«
Er zog die Hose aus und haßte sich dafür, daß er ihr wieder einmal nachgegeben hatte.
»Schon viel besser!« lobte sie.
Das Gras unter seinen Füßen war naß, und als er sich neben Rita auf den Boden hockte, fror sein Hintern, und er bekam kurz eine Gänsehaut. Doch die Nacht war erfreulich warm, und die Luft schmeckte unvergleichlich rein.
»Bourbon«, sagte sie und stieß ihm das Glas in die Hand.
»Ich bin schon beschwipst genug.«
»Nimm es!«
»Morgen habe ich einen Kater.«
»Dann nimmst du eben ein Aspirin.«
Er ließ sich das Glas füllen.
»Jetzt hör dir in aller Ruhe die Grillen an.«
»Ich höre ja schon die ganze Zeit zu.«
»Pscht!«
Die Nacht war still.
Plötzlich quakte ein Frosch.
Dann begann eine Grille zu zirpen. Eine zweite fiel ein. Dann ein Dutzend, und schließlich Hunderte, die gegen die Frösche ansangen.
Rita schüttelte ihr Glas, so daß die Eiswürfel gegeneinander prallten. Sie schenkte ihnen beiden nach.
»Es ist schön hier draußen«, sagte Killigan.
»Zur Hölle mit den Grillen!«
Sie stellte ihr Glas irgendwo ins Gras, griff Killigan zwischen die Beine, fand, was sie suchte, und arbeitete daran.
Er streichelte und knetete ihre Brüste. Sie waren groß und schwer, aber nicht so weich und teigig wie bei den meisten

Frauen mit großen Brüsten. Jeder einzelne Quadratzentimeter war fest, elastisch . . . und verlangend.
Rita legte sich auf den Bauch, machte sich lang, vergrub ihr Gesicht in seinem Schoß und ließ ihre Zunge arbeiten.
»Wie angenehm.«
»Was für ein angenehmer Ständer.«
Die Grillen zirpten.
»Das kannst du wirklich wunderbar.«
»Ich habe ja auch lange geübt.«
»Sehr lange.«
»Mindestens tausendmal.«
»Ich will dich jetzt!«
»Einen Moment noch.«
»*Jetzt!*«
Sie erhob sich, stützte sich auf ihm ab, setzte sich auf ihn, führte ihn in sich hinein und seufzte, als er sie ungestüm nahm. Sie nahm seine Hände und führte sie an ihre Brüste. Sie half ihm, die Brüste zu massieren, während sie nun wild auf ihm ritt. Ihre Brüste waren feucht vom Tau, und ihr Unterleib bewegte sich wie von selbst. Ihr Körper war heiß, so heiß. Ihr Oberkörper sank auf ihn herab, preßte sich an ihn. Ihre Brüste lagen auf seiner Brust, und unentwegt kreiste und hüpfte ihr Unterleib.
Als alles vorüber war, sagte sie: »Bourbon.«
Sie lehnten sich an die Weide und tranken schweigend den Whiskey. Sie mußten jetzt nicht miteinander reden.
Irgendwann in dieser langen Nacht sagte er. »Wir passen prima zusammen, nicht wahr?«
»Wie Pott und Deckel.«
»Warum ist das so?«
»Das weißt du nicht?«
»Nein.«
»Ich kann es mir zumindest denken.«

»Erzähl es mir.«
»Weil wir beide dekadent sind.«
Er dachte kurz nach und sagte dann: »Das stimmt nicht.«
»Nun, auf mich trifft es jedenfalls zu.«
»Trifft was zu?«
»Daß ich dekadent bin. Ach, Schatz, du bist viel zu blau für eine solche Konversation.«
Er schüttelte den Kopf. »Ich bin nicht betrunken. Ich kann mich gar nicht betrinken. Schließlich muß ich morgen einen klaren Kopf haben.«
»Den wirst du schon haben.«
Er sah hinauf zu den Sternen. »Nein ... nein, ich glaube nicht, daß ich morgen einen klaren Kopf haben werde.«
»Doch, doch. Wir bringen deinen Körper dazu, allen Alkohol in dir zu verbrennen.« Sie nahm ihm das Glas aus der Hand.
»Wieviel Uhr ist es?«
»Wen interessiert das?«
»Ich brauche wenigstens ein paar Stunden Schlaf.«
»Zuerst brauchst du mich.«
»Rita, ich habe ein wenig Angst.«
»Angst? Wovor denn?«
»Vor uns.«
»Wir sind Pott und Deckel, oder hast du das schon vergessen?«
Er seufzte, als ihre Arme ihn umschlossen. Er rollte sich auf sie, öffnete ihre Schenkel, drang in sie ein und stöhnte leise, als sie ihren Rücken durchbog. Er schwitzte trotz der kühlen Brise, während er wie ein Kolben in ihr auf und nieder fuhr. Auf und nieder, bis er glaubte, er sei aus einem Flugzeug gefallen und habe keinen Fallschirm dabei. Er fiel und fiel und fiel.

5

Der dichte hohe Wald auf der Halbinsel Ontario begrenzte die zweispurige Landstraße auf beiden Seiten. In den gelben Lichtkegeln der Scheinwerfer des Rovers erkannte Dominick Savestio die Stämme und Äste von Buchen, Birken, Tannen und Ahornbäumen.

»Wo sind denn die Kiefern?« fragte Savestio den Fahrer.

Der Fahrer war kaum zwanzig, schmal wie ein Handtuch und hatte knotige, gewaltige Hände, die so gar nicht zu seinem schmächtigen Körper paßten. Er sah kurz Savestio an und richtete seine Aufmerksamkeit dann wieder auf die Fahrbahn.

»Was denn für Kiefern?«

»Ich bin noch nie hiergewesen«, sagte Savestio, »in den kanadischen Wäldern. Wollte aber immer einmal hierher. Ich dachte, hier stünde alles voller Kiefern.«

»Die eigentlichen Kiefernwälder liegen nördlich von hier, oben, hinter Barrie und Orillia . . . Sobald man Bracebridge hinter sich gelassen hat, sieht man nichts anderes mehr als Kiefern, Kiefern und Kiefern in den unterschiedlichsten Variationen . . .«

»Aber hier unten nicht.«

»Doch hier gibt es auch ein paar Kiefern«, antwortete der Fahrer. »Aber nicht so, wie du dir das vorstellst.«

»Eines Tages werde ich Bracebridge hinter mir lassen.«

»Ist 'n schöner Landstrich.«

Dann waren beide still.

Die schweren Geländereifen brachten den Wagen gut über die unebene Fahrbahn.

Am Samstagnachmittag hatte Dominick mit einem geliehenen Wagen bei den Niagarafällen die Grenze nach Kanada passiert. Er hatte sich gefälschte Papiere eingesteckt,

und am Grenzübergang hatte es keine Schwierigkeiten gegeben. Er war in Richtung Hamilton gefahren und hatte dann am Ontariosee angehalten und die Nacht in einem guten Hotel verbracht. Nach einem reichhaltigen kanadischen Frühstück am Sonntagmorgen — bestehend aus fettem Speck, gebackenen Kartoffeln, die in Butter schwammen, pochierten Eiern auf Toast und mehreren Tassen Kaffee — hatte er das Hotel verlassen und sich einen neuen Wagen gemietet. Hinter Hamilton bog er nach Nordwesten ab und erreichte den Huronsee. In Kincardine, an der Westküste des Sees, hatte er sich wieder ein Zimmer gesucht und sich als Peter Yavich eingetragen (so hieß er laut seinen falschen Papieren). Er hatte dem Mann an der Rezeption umständlich erklärt, daß er auf dem Weg nach Tiverton sei, um dort Verwandte zu besuchen; und die habe er länger nicht mehr gesehen, so daß er eventuell über Nacht bei ihnen bleibe. Deshalb wollte er dieses Zimmer auch länger als nur für eine Nacht. Sozusagen als Ausrede seinen Verwandten gegenüber, die ihm so nahe nun auch wieder nicht stünden. Außerdem hätten sie einen riesigen, verzogenen Wolfshund, der die ganze Nacht über zu heulen pflegte. Deshalb wolle er das Zimmer für zwei Nächte haben. Der Mann an der Rezeption hatte dafür Verständnis. Dominick hatte nichts anderes erwartet. Er hielt sich erst seit vierundzwanzig Stunden in Kanada auf und war schon jetzt der Überzeugung, daß es sich bei den Kanadiern um die reizendsten, höflichsten und hilfsbereitesten Menschen weit und breit handelte.
Gegen einundzwanzig Uhr läutete das Telefon auf seinem Zimmer.
»Spreche ich mit Mr. Yavich?«
»Jawohl, hier Yavich.«
»Ich rufe im Auftrag von Mr. St. Cyr an.«
»Ich habe Ihren Anruf erwartet.«

»Wenn Sie in einer halben Stunde vor dem Haus stehen, werden Sie abgeholt.«
Der stille junge Mann mit der angenehmen Stimme und den riesigen Händen hatte ihn um Punkt halb zehn mit seinem Landrover abgeholt. Seit über zwei Stunden fuhren sie jetzt über Land- und Nebenstraßen nach Norden. Sie lagen gut in der Zeit, und sie sprachen nur wenig miteinander. Der Himmel wurde immer dunkler. Die Bäume standen dichter beieinander.
»Da sind sie«, erklärte der Fahrer und zeigte nach rechts.
»Wer ist dort?« wollte Dominick wissen. Er spürte, wie er sich verkrampfte.
»Kiefern«, antwortete der junge Mann. »Ein ganzer Kiefernwald.«
Dominick Savestio beugte sich vor und verrenkte sich den Hals, um die Bäume anzusehen. Gewaltige Kiefern mit buschigen Zweigen, die eine Höhe von über dreißig Metern erreichten. »Muß ja bei Tageslicht ein wunderschöner Anblick sein. So riesige Kiefern. So viel grün.«
»Sie hören sich an wie jemand, der aus den Bergen kommt.«
»Wollte schon immer mal so ein Leben führen.« Die Kiefern verschwanden und machten Tannen Platz. Savestio sank in seinen Sitz zurück. »Bin in Brooklyn aufgewachsen. Sind Sie jemals dort gewesen?«
»Nie.«
»Glaube kaum, daß es Ihnen dort gefallen würde. Nicht eine einzige Kiefer in ganz Brooklyn.«
»Wo leben Sie denn jetzt?«
»New Jersey«, antwortete Dominick. »Ist aber nicht viel besser dort. Man stolpert über Menschen, wohin man sich auch wendet.«
»Woher stammt das Interesse für Bäume?«
»Früher habe ich nie viel über die Natur nachgedacht, und

freies, unbewohntes Land interessierte mich nicht. Dann wurde ich nach Vietnam geschickt. Wir mußten auf Patrouille in den Dschungel. Da war alles so grün, so feucht und wie in eine andere Zeit entrückt. Als ich dann wieder zu Hause war, war es passiert, ich hatte diese eigenartige Sehnsucht nach Wäldern. Ich spare seit einiger Zeit, um mir irgendwo draußen in der freien Natur ein Stück Land zu kaufen. Ein paar hundert Hektar Land, die niemand außer mir betreten darf. Vielleicht irgendwo in den Rocky Mountains. Oder in Ihren Kiefernwäldern, nördlich von Bracebridge.« Savestio schwieg, atmete tief ein, hielt die Luft lange an und stieß sie dann seufzend wieder aus. Für ihn war das die längste Rede seit vielen Jahren gewesen.

»Sie müssen St. Cyr in Vietnam kennengelernt haben«, sagte der Fahrer.

»Das ist richtig.«

»Sie waren wohl in derselben Kompanie?«

»Ich möchte nicht über Nam reden«, erklärte Dominick kurz angebunden.

»Meinetwegen.«

»Es sind jetzt fünf Jahre, daß ich von dort fort bin. Und ich habe in dem verdammten Land viel verloren.«

»Verstehe.«

Sie fuhren schweigend weiter.

Eine halbe Stunde später bog der junge Mann nach links ab und hielt den Wagen vor einem Eisengitter an, das zu einem Elektrozaun gehörte. Zwei Scheinwerfer strahlten das Tor und das Häuschen des Wachmanns jenseits des Zauns an. Ein weißes Schild hing am Tor, auf dem in roten Lettern stand:

INTERNATIONAL PRODUCT RESEARCH

AND TESTING

Der Wachmann verließ sein Häuschen und marschierte wie die Militärpolizisten, die Dominick in Vietnam erlebt hatte, so steifbeinig auf das Tor zu, als hätte er ein Lineal verschluckt. Er trug an der rechten Hüfte einen Revolver in einem Holster. Hinter ihm erschien ein zweiter Wächter in der Tür des Häuschens.

Der Fahrer schaltete die Scheinwerfer des Landrovers aus.

Der erste Wachmann blieb lange am Tor stehen und studierte die Neuankömmlinge. Dann trat er einen Schritt zurück und rief seinem Kameraden an der Tür etwas zu. Der zweite Mann verschwand im Häuschen, und kurz darauf schwangen die beiden Hälften des schweren Tors automatisch auf.

Der junge Mann schaltete die Scheinwerfer wieder an und fuhr durch das Tor, das sich hinter dem Wagen sofort wieder schloß.

Sehr gut, dachte Savestio. Er war stolz auf Barry St. Cyr.

Sie fuhren durch dichten Wald auf einer breiten Schotterstraße, bis sie eine hundert Meter breite Lichtung erreichten. Fähnchen, die in Fässern steckten, markierten eine primitive Rollbahn. Drei Gebäude erhoben sich am diesseitigen Ende der Bahn. Ein Flugzeugschuppen aus rostigem Wellblech, der wohl noch aus den dreißiger Jahren stammte. Eine Garage mit acht Eingängen. Eine Holzhütte mit einer Veranda. Lichter brannten hinter den meisten Fenstern der Hütte. Der Schuppen war voll brauner Flecken. Die meisten Garagenfenster waren zerbrochen und mit Pappe ausgebessert. Das Holzhaus trug keinen Farbanstrich. Der junge Mann fuhr über die Rollbahn, am Schuppen und der Garage vorbei und hielt vor der zweigeschossigen Holzhütte.

»Nichts Besonderes«, erklärte er Dominick, »aber besser als gar nichts.«

Dominick folgte dem Fahrer über die Stufen ins Haus und

wunderte sich, daß auf dem Verandageländer immer noch Schnee lag. Der Raum, in den er gelangte, war eng und seit mindestens zwanzig Jahren nicht mehr angestrichen worden. Die Beleuchtung war spärlich, und alles roch nach schalen Küchendüften. Das Ganze erinnerte ihn an das Haus in Brooklyn, in dem er aufgewachsen war. Sie marschierten durch den Raum und betraten das Büro von St. Cyr.

Das mußte früher einmal das Wohnzimmer gewesen sein. Heute wirkte das Büro genauso heruntergekommen wie der Rest der Anlage. Gesprungene Plastikjalousien hingen vor den Fenstern. Darüber Brokatvorhänge, die vor Dreck und Staub standen. Der Kiefernbretterboden war wellig, zerkratzt und voller Flecken. Die Tapete hing von den Wänden. Das Mobiliar bestand aus einer grauen Couch, in der offensichtlich einige Federn gesprungen waren, einem halben Dutzend Stühle und einem Schreibtisch, dessen Platte die Spuren von unzähligen ausgedrückten Zigaretten trug.

St. Cyr saß hinter dem Schreibtisch. Als die beiden das Büro betraten, ließ er das Magazin, in dem er gerade las, fallen, sprang auf, stürzte auf Savestio zu und ergriff seine Hand, als wolle er sie ihm abreißen. »Wie ist es dir denn so ergangen, alter verdammter Hurensohn?«

Dominick lachte und erklärte: »Man schlängelt sich so durch.« Er war etwas verwirrt von der überaus herzlichen Begrüßung, doch auf der anderen Seite freute er sich, daß Barry noch so viel von ihm hielt. Er grinste jetzt auch und fragte: »Und was machst du so?«

»Mir geht's einfach super!« antwortete St. Cyr. Er entließ den Fahrer des Landrovers und führte Dominick zur Couch. Dann rannte er aus dem Zimmer, kehrte mit einem Sechserpack Bierdosen aus der Küche zurück und setzte sich zu dem alten Kriegskameraden. »Das wird sicher eine lange Nacht«, erklärte er. »Würde es dir etwas ausmachen, wenn wir erst das Geschäftliche hinter uns bringen? Danach können wir dann ungestört die alten Zeiten hochleben lassen.«

»Natürlich, gern«, sagte Dominick.

Unter »Geschäftliches« verstand Barry den An- und Verkauf von gestohlenen Waffen und anderem Kriegsgut. Er war vier Jahre in Vietnam gewesen und hatte die Zeit genutzt, Kontakte zu den amerikanischen Offizieren und französischen Geschäftsleuten zu knüpfen, die auf dem internationalen Schwarzmarkt tätig waren. Seit seiner Entlassung vor vier Jahren hatte er beständig an seiner Karriere in dieser Branche weitergearbeitet.

Einmal im Jahr besuchte er Savestio in Warren, New Jersey, und jeden Monat rief er am zweiten Montag oder Dienstag bei ihm an. Nach etlichen Anrufen war Dominick immer wieder überrascht, wo St. Cyr überall in der Welt herumkam. Er rief von den exotischsten Orten aus an: Paris, Rom, Hongkong, La Paz, Rio de Janeiro, Lima, Caracas, Sansibar ... wirklich von allen fünf Kontinenten.

Offenbar hatte das Leben eines Waffenschmugglers auch seine romantischen Seiten. Dominick freute sich für Barry. Man konnte sich keinen besseren Freund wünschen, und einem solchen Freund gönnte man das Beste vom Besten.

Dominick verfügte stets über die Telefonnummer, unter der St. Cyr gerade zu erreichen war. Er durfte ihn auch zu jeder Zeit anrufen, wenn er Hilfe brauchte oder sich sonstwie in Not befand. Dominick vermutete, daß Barry glaubte, er schulde seinem ehemaligen Kriegskameraden etwas. Er glaubte, eine große Schuld aus Vietnam zurückzahlen zu müssen ... Etwa zweimal im Jahr änderte sich die Nummer, aber Dominick wußte immer, wo er den Freund erreichen konnte.

Vor zehn Tagen hatte Savestio diese Nummer zum erstenmal in den vier Jahren benutzt. Eine Frau hatte abgehoben. Barry war gerade nicht da. Sie notierte Savestios Namen und versprach, St. Cyr von dem Anruf zu informieren.

Sechs Stunden später hatte St. Cyr zurückgerufen. Diesmal aus Mexico City. Er war besorgt gewesen, daß er sich nicht früher hatte melden können.

»So dringend ist es nun auch wieder nicht«, beruhigte Dominick ihn. »Ich habe die Chance, bei einer großen Sache einzusteigen. Dafür brauche ich deine Hilfe, und vielleicht hast du ja Lust, selbst bei der Geschichte mitzumachen.«

»Was muß ich mitbringen?«

Ohne lange Umschweife antwortete Savestio: »Einen Hubschrauber für drei Passagiere.«

Ohne Zögern fragte St. Cyr: »Bis wann?«

»Bis zum letzten Samstag im Mai.«

»Kein Problem. Aber er steht in Kanada. Wie du ihn von dort fortschaffst, ist deine Sache. Aber ansonsten sehe ich keine Schwierigkeiten.«

»Willst du denn nichts von der Sache erfahren?«

»Lieber nicht übers Telefon. Man kann nie wissen, wer gerade mithört. Du kannst mir ja immer noch in Kanada davon erzählen. Du wirst in ein paar Tagen einen Anruf erhalten, in dem dir mitgeteilt wird, wie du mich finden kannst.«

»Die Sache ist mir sehr wichtig«, sagte Dominick, »und ich weiß nicht, wie ich dir dafür jemals danken kann . . .«

»Vergiß es«, sagte St. Cyr. »Von dir will ich keine Dankbarkeit. Nachher schwillt mir noch der Kamm. Warte auf meinen Anruf.« Barry hängte ein.

Vier Tage später war der Anruf erfolgt. Dominick hatte sich alles eingeprägt. Am Freitag verließ er Warren. Am

Samstag überschritt er die Grenze nach Kanada und fuhr Richtung Hamilton. Und nun befand er sich in diesem verfallenen Haus an einem alten Flugplatz mitten in den Wäldern am Huronsee. Er konnte es noch immer nicht richtig glauben: Ein Hubschrauber wartete auf ihn. Einfach so. Er hatte nur einem Freund diesen Wunsch vortragen müssen.

St. Cyr bediente sich reichlich am kalten Bier. »Okay, um was für eine Sache geht es?«

»Ich habe dir doch von einem Mann namens Jessup erzählt«, begann Dominick.

»Juwelenraub in Jamaika. Du hast ihn geflogen.«

»Ich habe ihn auch bei ein paar anderen Gelegenheiten geflogen. Zweimal habe ich das Fluchtauto gesteuert. Und einmal habe ich für ihn den Revolvermann gespielt.«

Nachdem Dominick sechs Monate nach dem Heimflug aus dem Krankenhaus entlassen worden war, hatte er seine Ersparnisse und einen Teil seiner Kriegsversehrtenrente dazu benutzt, seinen Pilotenschein zu machen. Er hatte sich auf Hubschrauber konzentriert, denn diese Maschinen hatte er in Vietnam schätzen und bewundern gelernt. Er erhielt einen zinsgünstigen Veteranenkredit und erwarb einen Gewerbeschein. Er kratzte alles Geld zusammen und verkaufte seinen Wagen, bis er auf einem privaten Flughafen in der Nähe von Warren eine Flugzeughalle mieten und seinen Helikopter-Charter-Dienst eröffnen konnte. Doch bald schon mußte er erfahren, daß Steuern und immer neue Gebühren es einem einsamen kleinen Piloten, der sich gerade auf die eigenen Füße gestellt hatte, gar nicht leichtmachten. Nein, ganz und gar nicht leicht. Schlimmer noch war der Zinssatz bei seinem Bankkredit, der sich an die Inflationsrate anpaßte. Und die Inflation galoppierte in jenen Tagen. Wenn da nicht eines Tages Pat Jessup vor ihm gestanden hätte und wenn

Dominick nicht seit seiner Rückkehr Kriegsheldentaten und Orden mit sehr viel Abstand sah, hätte er seinen Charterdienst rasch wieder schließen können. Doch Jessup war gekommen, und Dominick hatte mit illegalen Geschäften genug verdient, um nach einiger Zeit für sein Unternehmen schwarze Zahlen schreiben zu können.

»Diese Geschichte kommt wieder von Jessup«, erklärte Savestio seinem großen, schlanken und schwarzhaarigen Gegenüber. »Und mit meinem Anteil hätte ich für den Rest des Lebens ausgesorgt.«

»Erzähl' ruhig weiter.«

Dominick berichtete ihm von der Century-Oaks-Rennbahn, berichtete ihm vom ganzen Plan; zumindest von dem, was bis jetzt ausgearbeitet war.

»Es ist noch nie jemandem gelungen, eine Rennbahn auszurauben«, merkte St. Cyr an.

»So hat es ja auch noch nie jemand versucht«, entgegnete Dominick.

»Da muß ich dir recht geben.« Der farbige Kriegskamerad öffnete zwei weitere Bierdosen.

Dominick rutschte etwas nervös auf dem Sofa hin und her. »Bist du immer noch dabei?«

Barry sah ihn überrascht an: »Alles, was ich damit zu tun habe, ist doch, den Helikopter zur Verfügung zu stellen. Meine Haut riskiere ich dabei ganz bestimmt nicht. Ich sitze hier auf meinem Hintern und warte ab, bis fünfundzwanzigtausend hereinsegeln. Versuch' gar nicht erst, mich aus der Sache rauszudrängen, du Bastard!«

»Aber fünfundzwanzigtausend sind doch viel zu wenig!« protestierte Savestio. Er schätzte St. Cyrs Freundschaft, aber er wollte sich nichts von ihm schenken lassen. »Immerhin riskierst du einen teuren Militärhubschrauber. Du könntest ihn verlieren. Also hast du Anspruch auf mindestens . . .«

»Sag du mir nicht, was ich verlangen soll. Ich mache jeden Monat locker dreißigtausend, warum sollte ich da einen Freund ausnehmen wollen? Diese Anlage hier sieht nicht so heruntergekommen aus, weil ich am Hungertuch nage und mir keine Renovierung leisten kann. Großer Gott, ich schmiere die Bullen jeden Monat mit einem kleinen Vermögen. Aber damit kann ich hier und drüben in den Staaten noch immer nicht tun und lassen, was ich will. Deshalb bin ich ständig auf dem Sprung und kann das alles hier ohne eine Träne zu vergießen zurücklassen. Ich besitze eine Villa in Frankreich. Dort will ich mein Alter verbringen. Ich verdiene mein Geld mit dem Verkauf von Gewehren, Handgranaten, Plastiksprengstoff und so weiter ... Kleinvieh, wenn du verstehst, was ich meine. Ich habe gerade in Mexico City fünfhundert M-16-Gewehre verkauft und bin mit einem Profit von zwanzigtausend nach Hause gefahren. Das Problem ist, daß ich mit den großen Sachen keinen größeren Profit machen kann. Für ein Geschütz oder einen Panzer muß ich entsprechend mehr hinblättern. Außerdem habe ich noch nicht genügend Kunden für die großen Sachen. Eines Tages wird das für mich anders aussehen. Aber nicht im Augenblick.«
St. Cyr erklärte weiter, daß er diesen ehemaligen Flugplatz als Basis für die Geschäfte mit den großen Waffen nutzen wolle. Denn dazu drängte es ihn doch sehr. Diese Anlage lag zwischen Flint, Saginaw, Detroit und den anderen Städten am Michigansee, in denen Waffenfabriken standen. Durch seine Kontakte zu Offizieren in Depots der Armee und durch seine Verbindungen zu Gewerkschaftern und zur Schwarzen Bruderschaft (die ihn irrtümlicherweise für einen Revolutionär und nicht für einen billigen Waffenschieber hielten) erhielt er überschüssige Waffen, solche, die vom LKW gefallen waren und andere, bei denen man die Papiere so fälschen konnte, daß ihr Verlust

niemandem auffiel. Und es war absolut keine Schwierigkeit, diese Waffen dann über die amerikanisch-kanadische Grenze zu schaffen.

»Und es ist niemandem aufgefallen, daß gerade ein paar hundert M-16-Gewehre verschwunden sind?« fragte Savestio verwundert.

»Dazu mußt du das System kennen«, lächelte St. Cyr. »Zum ersten ist die Waffenproduktion trotz unseres Auszugs aus Nam nie wirklich gedrosselt worden. Die Waffen rollen vom Fließband und häufen sich in Lagerhallen und an sonstigen Orten an. Die Fabriken schwimmen in dem Zeugs. Und davon abgesehen, hast du dich noch nie gefragt, wie eine Gewehrfabrik im Wettbewerb bestehen und die Kosten für Entwicklung und Herstellung von fünfzigtausend Gewehren wieder hereinbekommen kann? Ganz einfach, die Fabrik stellt fünfundfünfzigtausend Gewehre her und verkauft die überschüssigen auf dem Schwarzmarkt.« Er grinste, als er das Entsetzen auf dem Gesicht des Freundes sah. »Weißt du, Dominick, als wir dort drüben in Vietnam waren, waren wir im Grunde nur Bestandteil eines Supergeschäfts. Unser Pech war, daß für uns selbst kein Profit dabei herauszuschlagen war.«

»Und der Helikopter kommt auch aus Detroit?«

»Aus der Gegend«, antwortete St. Cyr. »Er wartete mit einigen Kollegen in einem Lager, um abtransportiert zu werden. Und wohin? Zu einem neuen Lager, wo man ihn einmotten wollte. Glücklicherweise hat der Nachtwächter im dortigen Lager nichts dagegen, die Hand aufzuhalten. Glücklicherweise ergeht es dem Lagerverwalter der Tagschicht ebenso. So fällt es also nicht auf, wenn ein Hubschrauber auf einmal nicht mehr in den Listen geführt wird. Wir sind in der Nacht mit einem Lastwagen dorthin gefahren, haben das gute Stück aufgeladen und waren schon wieder fort. Das Ganze war nicht schwieriger, als einen Apfel vom Baum zu pflücken. Die ganze Affäre hat mich fünfundzwanzigtausend gekostet, inklusive den Transport zu der Flugzeughalle da draußen. Wenn ich also von dir fünfundzwanzigtausend bekomme, kann ich ihn danach immer noch für fünfundsiebzigtausend weiterverkaufen. Also, wo ist das Problem?«

»Ist er denn nicht mehr wert als fünfundsiebzigtausend?«

»Doch, schließlich handelt es sich dabei um einen funkelnagelneuen Kaman Huskie mit zusätzlichen Tanks. Der Bursche, dem ich das Ding für fünfundsiebzig verkaufe, wird es für hundertfünfundzwanzig Riesen weiterverscherbeln, vielleicht sogar für hundertundvierzig.«

»Aber dann ...«

»Das hat überhaupt nichts mit unserem kleinen Geschäft zu tun«, erklärte der Schwarze. »Du mietest ihn für fünfundzwanzig, und damit kannst du genauso zufrieden sein wie ich.«

Dominick war noch immer nicht beruhigt. Er schüttelte langsam den Kopf. Sorgenfalten zeigten sich auf seinem Gesicht. »Und wenn er abstürzt oder sonstwie zu Bruch geht?«

»Was dann?«

»Dann hattest du einen Riesenverlust!«

»Ach was, kleine Fische.«

»Nein, das kann ich dir nicht zumuten!«

»Wenn der Kasten abstürzt, hast du sicher dringesessen«, sagte St. Cyr. »Und ich wäre bestimmt viel trauriger über den Verlust meines besten Freundes als über den von ein paar lausigen Scheinen.«

Savestio starrte auf seine leere Bierdose, während seine Hand sie zerdrückte. Er schien das gar nicht mitzubekommen und sagte schließlich: »Also, ich weiß nicht so recht ...«

»Himmel, Arsch und Zwirn!« entfuhr es Barry. Er warf seine Bierdose an die Wand und stapfte unwirsch zu seinem Schreibtisch. Dort drehte er sich um und sah den Freund ernst an. Sein Kopf wurde von den mächtigen Schultern eingerahmt. Blitze fuhren aus seinen Augen, und sein dunkles Gesicht war zu einer Fratze des Zorns verzerrt. »Jetzt hör mir mal gut zu, Arschloch! Was dir in Nam widerfahren ist, hätte eigentlich mich treffen sollen! Ich gerate mitten in der Nacht an diese Sprengstoff-Falle, und die geht hoch. Doch noch während ich mir die Seele aus dem Leib brülle, springst du dazwischen!«

»Das ist doch schon so lange her!«

»Verdammt noch mal, was hat die Zeit damit zu tun? Ich war verantwortlich für die Patrouille, aber ich habe die Nerven verloren. Und jetzt hast du bis ans Ende deiner Tage die Folgen meines Versagens zu tragen! Du denkst wohl, das bedeutet mir nichts oder nicht viel. Vielleicht denkst du auch, daß einer wie ich keine Ehre im Leib hat. Daß Dankbarkeit und Verantwortungsgefühl so einem wie mir fremd sind. Aber das ist mir scheißegal, was du denkst, alter Arschficker. Ich tu' das nämlich nur für mich! Du kannst deinen eigenen verfluchten Hubschrauber bei dieser Geschichte nicht gebrauchen, denn wenn etwas schiefgeht und dein Kasten abstürzt und du irgendwie doch noch davonkommst, ist die Polizei dennoch in der Lage, anhand deiner Maschine auf dich zu kommen. Ich habe aber hier einen hübschen, anonymen Kaman Huskie für dich, und den wirst du, verdammt noch mal, auch nehmen! Mit dem wirst du Century Oaks ausnehmen. Und wenn du Mist baust und der Kasten abstürzt, habe ich wenigstens keine Schuldgefühle mehr. Denn dann weiß ich, daß ich dir etwas gegeben habe. Dann wird es mir auch gelingen, dich zu vergessen. Und wenn die Sache klappt, hast du die Kohle für deine zweihundert Hektar

Land mitten in der Einsamkeit zusammen. Das ist es doch, was du willst, nicht wahr?«

Savestio nickte.

»Damit ist der Handel für mich perfekt.«

Dominick wußte noch immer nicht so recht, was er sagen sollte.

»Damit ich dich loswerde«, erklärte St. Cyr schon deutlich ruhiger. »Einverstanden?«

»Einverstanden.«

Barry kehrte zur Couch zurück und öffnete die beiden letzten Bierdosen. Er reichte eine davon seinem Freund und nahm selbst einen tiefen Schluck aus seiner Dose. Plötzlich sah er Dominick fragend an: »Ich hab's dir eben doch hoffentlich nicht zu derb gegeben, oder?«

»Nein«, sagte Savestio. Er lächelte matt und schüttelte den Kopf. »Ich frage mich nur, womit ich einen Freund wie dich verdient habe.«

St. Cyr seufzte. »Was für ein störrischer, dummer Esel.«

6

Nach zwanzig Jahren Arbeit in Rennbahnstallungen schlief Edgar Garrison morgens nie lange. Nichts und niemand hätte ihn dazu bewegen können. Gewöhnlich war er schon um sieben hellwach. An diesem Morgen verließ er um halb acht die Dusche und kehrte ins Schlafzimmer zurück.

Annie lag mitten auf dem Messingbett. Sie lag auf dem Rücken und hatte die Hände hinter dem Kopf verschränkt. Ihre kleinen Brüste ragten keck in die Höhe. Ihr rotbraunes Haar breitete sich auf dem Laken aus.

»Frühstück?«

Sie sah ihn mit ihren großen Augen an. Den weichen Reh-

augen, die sie stets ein wenig entrückt wirken ließen.
»O ja, das wäre fein.«
»Pfannkuchen?«
»Würstchen wären auch nicht schlecht!«
»Ich seh' mal zu, was ich zusammenzaubern kann.«
»Dann gehe ich so lange unter die Dusche.«
Er begab sich in die große, rustikale Küche und richtete so geschickt das Frühstück her, wie es nur jemand kann, der jahrelange Erfahrung hat und unzählige kulinarische Pannen erlebt hat. Er hatte alles zum Servieren bereit, als Annie in einem dünnen roten Seidengewand die Treppe herunterkam. Ihr kastanienbraunes Haar hing in nassen Strähnen herab. Es sah aus wie geschmolzenes Kupfer.
Sie tranken Melonensaft, den er im Mixer zubereitet hatte, und sie genossen dabei die warme Morgensonne, deren Strahlen durch das breite Küchenfenster hereindrangen.
Während er den Kaffee einschenkte, räumte sie das schmutzige Geschirr ab. Dann setzte sie sich wieder an den Tisch und sagte: »Wir beide sind ein prima Team, nicht wahr? Wir müssen nicht dummes Zeug schwatzen, um zu wissen, daß wir da sind. Wir beide können auch schweigend miteinander glücklich sein.«
»Ich schätze, du hast als Kellnerin genug Geschwätz zu hören bekommen. Und ich selbst habe mir auch viel zu viel von Pferdebesitzern, Rennbahnfunktionären und Jockey-Agenten anhören müssen. So viele tausend Stunden, die mit sinnlosem Gerede verlorengegangen sind.«
Annie lächelte. »Ich bin gern mit dir zusammen.«
»Danke, gleichfalls.«
Nachdem sie ihren Mann und er seine Frau verloren hatten, waren beide lange alleingewesen. Jahrelang alleingewesen. Weder sie noch er machten sich viel aus Geselligkeiten wie Bars, Partys, Diskotheken. Beide waren sie Einzelgänger. Und dann hatten sie beide den Partner ge-

funden, mit dem sie eng zusammensein konnten, ohne dabei zuviel von ihrer Privatsphäre aufgeben zu müssen.

Eigentlich macht die Sache mir Angst, sagte sich Garrison. *Da steht man am Anfang einer Beziehung, freut sich drauf und hat gleichzeitig wieder etwas, was man verlieren kann. Wenn ich Annie auch verlieren sollte ...*

»Hast du gut geschlafen?« fragte sie.

»So gut wie immer.«

»Ich nicht, ich habe nur gedöst.«

»Plagst du dich mit einem Problem herum?«

Sie rührte in der Kaffeetasse.

»Annie?«

»Glaubst du, daß jemand erschossen werden könnte?« fragte sie dann und sah ihm ernst in die Augen.

»Könnte sein. Aber dir kann kaum etwas passieren.«

»Und wie steht's mit dir?«

»Unkraut vergeht nicht.«

Sie trat ans Küchenfenster und starrte hinaus auf die wogenden Felder. »Angenommen, wir kommen heil und mit einem Haufen Geld aus der Geschichte heraus ... aber Willie oder Lou werden getroffen? Oder einer von den anderen. Ob wir uns das je vergeben können? Jeder Dollar, den wir von der Beute ausgeben, würde uns doch wieder daran erinnern.«

Er stellte sich hinter Annie und legte ihr die Hände auf die Schultern. »Wir zwingen sie ja nicht, ein solches Risiko einzugehen. Und es ist nicht ihr erster Überfall. Sie alle sind Profis, haben Überfälle aller Art begangen. Wenn du oder ich bei der Sache das Leben verlieren sollten, würde keiner von ihnen sich deswegen graue Haare wachsen lassen.«

»Willie vielleicht doch.«

»Gut, er steht eben auf dich«, sagte Garrison. »Aber wir sollten uns da keiner Selbsttäuschung hingeben. Hin und wieder würde Willie sich erinnern, daß es dich einmal gegeben hat. Und dann wäre er für ein Viertelstündchen sehr traurig. Aber diese Minuten gehen auch für ihn vorbei. Er wird viel mehr damit beschäftigt sein, seine Beute auszugeben.«

»Vermutlich hast du recht«, seufzte sie.

»Ja.«

Sie drehte sich zu ihm um und umarmte ihn. Dann ließ sie ihn wieder los und lehnte sich mit dem Hinterteil an die Spüle. »Aber was, wenn Außenstehende getroffen werden? Wenn es irgendeinen harmlosen Besucher erwischt?«

»Dazu wird es nicht kommen.«

»Und wenn doch?«

»Du hast sowieso nicht die Chance, jemanden umzuschießen«, entgegnete er. »Du trägst bei der Unternehmung keine Waffe. Und ich kann für mich nur sagen, daß ich mich nicht für fähig halte, auf einen Unschuldigen zu schießen; auch dann nicht, wenn es meine einzige Fluchtmöglichkeit wäre. Wenn einer von den anderen etwas zu nervös mit seiner Waffe herumfuchtelt ... na, das fällt dann nicht mehr in unsere Verantwortung.«

Ihre aufsehenerregenden Augen wurden jetzt noch größer. »Unsere Moralvorstellungen sind doch dehnbarer, als ich dachte.«

»In Zeiten wie diesen muß das nicht unbedingt schlecht sein.«

Gegen vierzehn Uhr erschienen Willie und Lou mit zwei Männern, die sie am internationalen Flughafen von Harrisburg abgeholt hatten. Die Fremden trugen Anzüge und Krawatten und wirkten auch sonst so, als seien sie auf dem Weg zu einer Geschäftsbesprechung. Da Willie Denver die beiden von früheren Unternehmungen kannte, stellte er alle vier einander vor.

Der interessantere von beiden war Pat Jessup, zumindest in den Augen Garrisons. Er war ein kräftiger Mann in den Vierzigern, etwa einsfünfundsiebzig groß, wog fünfundachtzig Kilo und hatte die Statur eines Gewichthebers. Sein Gesicht war flach, breit und dunkel. Über den außerordentlich schmalen Augen befanden sich buschige Augenbrauen. Auffällig waren seine wulstigen Lippen. Alles an ihm schien braun zu sein: die Haare, der Teint, die Hände, die Augen, der Anzug, das Hemd und die Schuhe. Als sie sich die Hand gaben, bemerkte Garrison, daß sein Gegenüber einen schweren Ring mit einem Rubin von der Größe einer Murmel trug. Und dieser Stein war der einzige Farbtupfer an diesem Mann.
Vince Greenfield, der zusammen mit Jessup aus New York City gekommen war, war Ende Zwanzig und machte den Eindruck eines erfolgreichen jungen Anwalts. Er war einen Meter achtzig groß, ziemlich schlank und gutaussehend wie ein Dressman. Er trug das rotblonde Haar ganz kurz. Er führte einen schwarzen Diplomatenkoffer mit sich, hatte einen maßgeschneiderten blaugraukarierten Sommeranzug an, trug ein blaues Hemd, eine graue Krawatte und auch sonst alles so wie ein Manager bei einer Aufsichtsratssitzung.
Mit der Ankunft dieser beiden war das Team fast komplett. Es fehlte nur noch Dominick Savestio, der Pilot.
Nachdem alle einander vorgestellt waren, bot Annie Drinks an. Jessup nahm einen Scotch mit Wasser (»Aber kein Eis, bitte!«). Greenfield wollte eine Cola, und die anderen nahmen das, was sie gestern schon genommen hatten.
Dann begaben sich alle mit ihrem Drink in der Hand ins Wohnzimmer, wo die Eskimos in der Kugel schon eine ganze Weile ohne Schneefall ausgekommen waren, die Standuhr behäbig in ihrer Ecke schlug und sie alle in dem

alten viktorianischen Spiegel reflektiert wurden. Die ersten Minuten drängten sich alle um die drei Stühle, die Garrison aus der Küche hereingetragen hatte. Auf jedem Stuhl stand eine Pinnwand, auf der ein Plan vom Century-Oaks-Hauptgebäude angebracht war. Garrison hatte die Pläne selbst gezeichnet, hatte sie aus dem Gedächtnis angefertigt. Niemand sprach ein Wort, und einer nach dem anderen zogen sie sich von den Plänen zurück und ließen sich irgendwo nieder.

Keiner redete, und alle sahen einander abwartend an.

»Hier scheint sich ja jeder nur für das Geschäftliche zu interessieren, oder?« bemerkte Velinski schließlich. »Edgar, erklär' uns doch bitte den Plan.«

»Kann ich mir Notizen machen?« fragte Greenfield.

Im ersten Moment glaubte Garrison, der Mann wollte einen Witz machen. Dann bemerkte er, daß Vince Greenfield auf dem Rand seines Sessels hockte, die Knie aneinandergepreßt hatte und einen Block und einen Kugelschreiber in den Händen hielt. »Ja, meinetwegen«, antwortete er.

»Ich möchte ungern etwas vergessen«, erklärte Greenfield.

Garrison erklärte langsam und detailliert, wie er trotz der äußerst vertrackten Sicherheitsanlagen an das Geld im Kassenraum, an den Schaltern, in der Lotterie-Ausstellungshalle und im VIP-Restaurant von Century Oaks zu gelangen dachte. Willie und Annie kannten diesen Plan bereits zur Genüge. Velinski hatte sicher das meiste schon von Willie erfahren, und die beiden anderen hatten schon eine gewisse Vorstellung von der Unternehmung, sonst wären sie sicher nicht den weiten Weg hierhergekommen. Aber alle hörten aufmerksam zu, als würden sie zum erstenmal davon erfahren. Als er alles dargelegt hatte, sagte Edgar: »Noch Fragen?«

Pat Jessup hatte sein Glas geleert. Er hatte die Beine ausgestreckt und ließ seine Arme über die Lehnen baumeln. »Man hat doch den Horsemen's Club im vierten Stock erst kürzlich renoviert, nicht wahr?« erkundigte er sich.
»Ja, vor ungefähr vier Monaten.«
Jessup runzelte die Stirn. »Woher wissen Sie dann, ob es von da aus immer noch einen Weg auf das Dach des Gebäudes gibt?«
»Die Rennbahn veranstaltet Führungen«, antwortete Annie. »Ich war bei der ersten Führung am Samstag dabei. Man bekommt auch den Horsemen's Club gezeigt, und ich habe die Dachluke entdeckt.«
»Fein«, sagte Jessup. Er starrte sie bewundernd an. Annie saß neben Garrison auf der Couch, war aber so weit von dem Mann in Braun entfernt, daß er fand, sie hätten auf verschiedenen Planeten sein können. Sein Blick war etwas verschwommen, und er starrte sie auch dann noch an, als er Garrison fragte: »Wie kommt es, daß Sie so verdammt gut über die Sicherheitseinrichtungen Bescheid wissen?«
Garrison berichtete von den Sondervereinbarungen, die Pro-Teck mit der Rennbahnleitung getroffen hatte; vor allem über die Klausel, die Öffentlichkeit von den Einrichtungen in Kenntnis zu setzen. »Als die Rennbahn vor einigen Jahren eröffnet wurde, waren die Zeitungen voll von den Pro-Teck-Anlagen. Und die Rennsport-Gazetten haben größere Artikel darüber gebracht.«
»Damit wären für mich alle Fragen geklärt«, sagte Jessup. »Es kommt mir so vor, als könnte nichts schiefgehen, wenn jeder seinen Job ordentlich erledigt.«
Er hatte keine Sekunde aufgehört, Annie anzustarren. Garrison wäre am liebsten zu ihm gegangen und hätte ihm den Kopf nach hinten gedreht.
Um Jessup ein deutliches Signal zu geben, nahm Annie Garrisons Hand und drückte sie fest.

Garrison drückte ihre Hand ebenso fest.
Jessup verzog das Gesicht ein wenig. Dann wandte er sich an Lou Velinski und sagte: »Und Sie sind wirklich in der Lage, an eine der Sicherheitskarten für den Kassenraum zu gelangen?«
Velinski hatte die Hände vor dem gewaltigen Bauch verschränkt. Er lächelte und wirkte rundum zufrieden. »Der Hauptsitz von Pro-Teck ist in New York City. Ich kenne dort einen verdammt guten Privatdetektiv, der sich bei seiner Arbeit nicht immer die Grenzen vom Gesetz setzen läßt. Er arbeitet an der Sache und hat mir die Karte für Mittwoch versprochen.«
Seit Garrison angefangen hatte, den Plan zu erläutern, war Willie Denver vor den drei Stühlen in der Mitte des Raums auf- und abgelaufen und hatte ununterbrochen die Zeichnungen angeschaut. Jetzt drehte er sich auf dem Absatz herum und sagte: »Pat, Willie Denver hat damit gerechnet, daß du uns mit den nötigen Waffen versorgst. Kann Willie Denver immer noch davon ausgehen?«
»Klar doch«, antwortete Jessup. »Meine Quelle liegt in Queens, New York. Du hast von einer Maschinenpistole und vier Revolvern gesprochen, allesamt in erstklassigem Zustand und nicht nachprüfbar. Kostet fünfzehnhundert. Wer besorgt das Geld, oder will jeder seinen Anteil in den Topf werfen?«
»Ich finanziere die Sache«, erklärte Garrison.
»Fein«, sagte Jessup.
»Aber da es mein Geld ist, möchte ich gern dabeisein, wenn Sie es ausgeben. Einverstanden?«
Jessup zuckte die Achseln. »Kein Problem. Wir ziehen morgen los.«
Vince Greenfield räusperte sich, um die allgemeine Aufmerksamkeit auf sich zu lenken, und sagte dann: »Ich würde gern etwas mehr über dieses Geld im Ausstellungs-

raum erfahren.« Er klopfte mit dem Zeigefinger auf seinen Block. »Die Werbekampagne der Rennbahn basiert doch wohl im wesentlichen auf dem Hauptpreis von einer Million Dollar in der Lotterie. Diese Million werden sie doch wohl auch hinter kugelsicherem Glas ausstellen. Soviel ich weiß, soll der Hauptgewinn heute nacht dort aufgebaut werden, oder?«

»Ja, das stimmt«, bestätigte Garrison.

Greenfield klappte seinen Block zu. »Woher wissen wir, daß dort wirklich eine Million liegt? Sie könnten doch auch ein paar Scheine über einem Haufen Papierschnipsel ausbreiten.«

»Das könnten sie natürlich«, sagte Garrison und fühlte sich etwas unbehaglich. »Aber eigentlich haben sie um die Sache einen zu großen Wirbel gemacht. Eine Bank aus Harrisburg leiht ihnen die Million. Die örtliche Zeitung hat ein großes Bild von Killigan, dem Manager der Rennbahn, gebracht, wie er die Versicherungspolice für die Anlage unterzeichnet. Also dürften wir ruhig davon ausgehen, daß sich tatsächlich soviel Geld dort befindet.«

»Natürlich kann von dem Lotteriegeld fürs erste nichts ausgegeben werden«, fügte Willie hinzu. »Alle Scheine sind frisch aus der Notenbank, und ganz ohne Zweifel sind auch ihre Nummern notiert. Also wird Willie Denver sich diesen Batzen nehmen und damit zum Waschen nach New York fahren. Willie Denver kennt dort einen Knaben mit gewissen Verbindungen, der das Geld im ganzen Land verteilen kann. Er zahlt uns sicher fünfzig Cent für den Dollar. Also bringt Willie Denver eine halbe Million zurück.«

»Wieviel haben wir denn überhaupt insgesamt zu erwarten?« wollte Velinski wissen.

»Schätzungsweise zwei Millionen, und das ist die Untergrenze. Die halbe Million gewaschenes Geld ist dabei schon mit eingerechnet.«

Willie klatschte grinsend in die Hände.
Lou Velinski stieß einen leisen Pfiff aus und sagte: »Eine Menge Holz!« Es klang, als würde er aus einem Film zitieren.
Greenfield seufzte und rückte seine graue Krawatte gerade.
»Wie hoch ist unser Anteil?« fragte Jessup.
»Wir teilen durch sieben, und jeder bekommt den gleichen Anteil. Vielleicht kommt jemand auf die Idee, daß Annie nicht soviel verdient hätte, weil wir beide zusammen sind und sie an der eigentlichen Unternehmung nicht teilnimmt. Aber auch Annie trägt ein Risiko. Und sie hat eine Menge Vorarbeit geleistet. Also erhält sie auch ein Siebtel. Irgendwelche Einwände?«
Niemand hatte dazu etwas vorzubringen.
»Großer Gott«, meldete Willie sich dann zu Wort, »warum sollte jemand einen Einwand haben? Bei der Beute ist doch nun wirklich genug für jeden da.«
Lou Velinski beugte sich vor, und es machte kurz den Eindruck, als würde sein mächtiger Bauch ihn aus dem Gleichgewicht bringen, so daß er auf den Boden rollen müßte. »Ist noch genügend Scotch für alle da?« fragte er. »Ich meine, damit wir auf dieses Ereignis anstoßen können?«
Nachdem Annie und Willie jeden mit einem neuen Drink versorgt hatten — bis auf Greenfield, der immer noch an seiner ersten Coke trank —, änderte sich schlagartig die Stimmung. Die Anspannung war gewichen. Man unterhielt sich über dieses und jenes. Machte Kalauer und andere flaue Witzchen. Alberte herum. Selbst Greenfield nahm am allgemeinen Gelächter teil. Nur Jessup hockte mit steinerner Miene da, sagte kaum etwas und lachte nie.
Man könnte glauben, sagte sich Garrison, *daß sein Mund überhaupt nicht in der Lage ist, ein Lachen zu produzieren.*

Kurz vor siebzehn Uhr erhoben sich die vier Gäste zum Gehen.
In der Küche drehte sich Annie zu Velinski um und sagte: »Selznicks *Since You Went Away* aus dem Jahre 1944?«
Velinski grinste: »Was ist damit?«
»Die drei Frauen?«
»Jennifer Jones, Claudette Colbert und Shirley Temple.«
»Der Freund von Jennifer Jones?«
»Natürlich Robert Walker.«
»Ein alter knurriger Mann, lebte im Obergeschoß?«
»Monty Woolley.«
»Perfekt!« lobte Annie.
Velinski gab ihr einen Kuß auf die Wange. »Aber natürlich, meine Teure. Halbe Sachen mache ich nie!«
Als letzter verließ Jessup das Haus. Während die anderen zur Scheune marschierten, in dem Willies Cadillac abgestellt war, blieb Jessup schon nach ein paar Metern stehen und drehte sich um. Er steckte die Hände in die Hosentaschen und starrte Garrison an. Er sah nur auf Garrison, obwohl Annie neben ihm in der Tür stand. Sein braunes Gesicht war wie stets ausdruckslos, als er rief: »Wie eng sind Sie mit dieser Frau befreundet?«
Edgar war von dieser Frage so verblüfft, daß er zunächst gar nicht wußte, was er darauf sagen sollte.
»Sehr eng?« beharrte Jessup.
»Ja.«
»Sie leben zusammen?«
»Was zum Teufel geht das Sie an?« Garrison war empört über diese Attacke auf sein Privatleben. Und gleichzeitig hatte er Angst, denn aus den Fragen des Mannes war etwas Bedrohliches herauszuhören. Dann sah er plötzlich, daß Jessups Körperhaltung — vorgebeugte Schultern, Hände in den Hosentaschen — im Widerspruch zu der Aggressivität seiner Fragen stand. Der Mann wollte Garri-

son Annie nicht mit aller Gewalt streitig machen. Er wollte nur wissen, wie die Dinge für ihn standen. »Ja«, sagte Edgar deshalb, »wir leben zusammen.«
»Und sind glücklich miteinander?«
»Sehr sogar.«
»Dann ist es ja gut«, sagte er, drehte sich um und lief den anderen hinterher.
»Warten Sie!« rief Garrison ihm nach.
Jessup blieb stehen und warf einen Blick über die Schulter.
»Was haben Sie eigentlich mit diesen Fragen bezweckt?«
»Wenn Sie beide sich nicht nahegestanden hätten, hätte ich sie genommen«, erklärte Jessup. Er sah Annie noch immer nicht an. Seine Augen waren so hart und so kalt wie Gletschereis. »Mir gefällt es, wie sie aussieht. Aber ich will bei unserem Job keinen Ärger haben. Persönliche Animositäten und Rivalitäten um Frauen können den besten Plan zunichte machen. Sie brauchen sich um mich keine Sorgen zu machen. Sie beide sind ein Paar, und damit ist der Fall für mich erledigt, mag sie auch noch so gut aussehen.« Er zog die Hände aus den Hosentaschen und marschierte zur Scheune.
»Mein Gott!« flüsterte Annie.
Garrison fühlte sich immer noch eigenartig, so als käme er gerade von einer Schiffsschaukel. Seine Knie waren wie aus Gummi. »Was für ein unangenehmes Arschloch, nicht wahr?«
»Ich glaube, ich habe gerade eben den Auftritt des Königs aller Machos miterlebt. Er sprach von mir, als sei ich ein Gegenstand, ein Stück Beute! Als wenn ich ein verdammter Besitz von jemandem wäre!«
Garrison legte einen Arm um sie und spürte, daß ihr Herz so schnell wie das eines Hasen auf der Flucht schlug. Die warme Frühlingsbrise, die jetzt über die Veranda wehte, hatte etwas Erstickendes, etwas Gräßliches an sich.

»Dieser Mann ist gefährlich«, sagte Annie.
»Das denke ich auch.«
»Er würde bestimmt nicht zögern, einen Unschuldigen zu erschießen, der ihm im Weg steht.«
»Ach komm, wir wollen diese Diskussion nicht noch einmal führen!«
»Tut mir leid«, sagte sie, und es war ihr ernst damit.
Der Cadillac verließ die Farm und fuhr die Auffahrt hinunter. Willie hupte zweimal zum Abschied.
Edgar Garrison blickte dem Wagen nach. Als er nicht mehr zu sehen war, betrachtete Garrison die Frühlingslandschaft. Doch das war nur äußerlich, denn vor seinem geistigen Auge spielte sich eine ganz andere Szene ab: zerbrechendes Glas, tote Männer auf Granitstufen, blutbefleckte Geldscheine ...

7

Gegen fünfzehn Uhr am Montag begab sich Ely Grimes auf sein Zimmer im Lazy-Time-Motel, zwei Meilen westlich der Century-Oaks-Rennbahn. Der Raum war drei mal vier Meter groß, und in einer Ecke hatte man ein kleines Badezimmer eingefügt, in dem man sich gerade noch um sich selbst drehen konnte. Das Zimmer erinnerte Grimes eher an eine Zelle. Die Matratze im Doppelbett hing durch, die Federn quietschten, und darauf war eine geflickte gelbe Decke aus Chenille ausgebreitet. Die Schaumstoffpolsterung des Sessels im skandinavischen Stil war durchgesessen und klumpig. Der Garderobenständer aus furniertem Walnußholz war von Zigarettenflecken übersät, aber eigenartigerweise auf Hochglanz poliert.
In den dreißig Jahren, in denen er als Vertreter für Damenoberbekleidung ständig unterwegs gewesen war, war Ely

Grimes in Hunderten besserer Zimmer abgestiegen. Doch für die nächsten sechs Tage wollte er etwas Billiges, denn er beabsichtigte, so viele Dollar wie nur möglich für seine Wetten auf der Rennbahn aufzusparen.
Er packte seinen Koffer aus und hängte alles in den Kleiderschrank. Wie üblich hatte Clara seine Sachen hübsch und ordentlich gefaltet. Sie hatte sogar Küchenpapier zwischen die Falten seiner Hemden und Hosen gelegt, damit sie nicht knitterten.
Der Gedanke an ihr liebes Kofferpacken und ihre Sorge, seine Hosen könnten voller Falten sein, riefen in Ely ein schmerzliches Schuldgefühl hervor. In seiner Brieftasche befanden sich fünftausend Dollar. Die hatte er erhalten, als er eine zweite Hypothek auf ihr kleines Haus in Tenafly aufgenommen hatte. Sie hatten die erste Hypothek erst vor achtzehn Monaten abbezahlt, und das war vor allem Clara zu verdanken, die sich einen Teilzeitjob gesucht und es über die Jahre verstanden hatte, immer wieder ein paar Dollar beiseitezulegen. Sie hatte auch einiges von seinem Gehalt einbehalten, damit er es nicht auf Rennbahnen oder bei privaten Pokerrunden ausgeben konnte.
Ely Grimes hatte die neue Hypothek erhalten, indem er Claras Unterschrift gefälscht hatte. In seiner Brieftasche befanden sich außerdem dreißig Hundert-Dollar-Noten, die ganze Summe, die sich auf ihrem gemeinsamen Sparkonto befunden hatte. Sie würde es nicht bemerken, daß er das Konto aufgelöst hatte. Und vermutlich hatte sie in ihrem Leben noch nie etwas von einer Century-Oaks-Rennbahn gehört. Sie glaubte, er wäre auf seiner Pennsylvania-Tour, würde dies und das verkaufen und die meiste Zeit sehr einsam sein ...
So rasch, wie das Schuldgefühl gekommen war, verschwand es auch wieder. Immerhin unterschied sich diese Situation doch sehr erheblich von den anderen heimli-

chen Gelegenheiten, in denen er sich zum Glücksspiel davongeschlichen hatte. Hier und heute plagte ihn nicht Spielsucht, sondern bittere Not, Panik, Furcht und Verzweiflung. Dies war seine letzte Chance, Clara etwas geben zu können — mehr als die Liebe und Zuneigung, mit der er sie ein Leben lang bedacht hatte. Er wollte ihr für zweiunddreißig Jahre Geduld, Zärtlichkeit und Liebe etwas zurückgeben. In spätestens einem Jahr würde Ely Grimes tot sein. Er wollte ihr ein halbwegs angenehmes Leben für die Zeit nach seinem Tod ermöglichen. Sie sollte finanziell unabhängig genug sein, sich die beste Zukunft auszusuchen. In den zwölf Monaten, die ihm noch blieben, könnte er niemals soviel verdienen, um ihr eine solche Zukunft zu sichern. Daher blieb ihm heute nichts anderes übrig, als alles auf eine Karte zu setzen.

Er hängte seine Jacke und die Reisetasche in den Schrank. Dann begab er sich ins Badezimmer, um sich Hände und Gesicht zu waschen.

Diesmal habe ich alles zusammen, sagte er sich. *Diesmal habe ich alle Hausaufgaben gemacht. Ich habe die Sache von jedem nur möglichen Gesichtspunkt aus untersucht. Ich habe mir jeden erdenklichen Aspekt durch den Kopf gehen lassen. Dieses Mal kenne ich die Gewinner. Oder zumindest werde ich sie in dem Moment kennen, wenn die Plazierungen bekanntgegeben werden. Sechs Tage, an denen ich Gewinne machen kann. Oder genauer gesagt, fünf siegreiche Nächte und ein siegreicher Tag, denn auf Century Oaks werden nur an Wochenenden und Feiertagen tagsüber Rennen abgehalten. Aber gleich ob Tag oder Nacht, ich werde gewinnen. Ja, genau so wird es kommen. Diesmal lasse ich mich von niemandem mehr zum Narren halten.*

Als er das Badezimmer wieder verließ, zog er gleich den Sessel ans Bett heran, so daß es ihm als Schreibtisch dienen konnte. Er öffnete die kleinere Reisetasche und breitete den Inhalt auf der Tagesdecke aus: Bleistifte, Kugelschreiber, acht Ringbücher, die zweihundert Blätter voller enggetippter Daten enthielten, einen Aktenordner voller graphischer Darstellungen, einen elektronischen Taschenrechner, einen Ordner, der Zeittafeln und Wetterkarten enthielt, zwei Lineale, ein Vergrößerungsglas und drei Plastikkästen, in denen sich zwölfhundert Karteikarten befanden. Ely nahm die Ausgabe der DAILY RACING FORM, die er vor einer Stunde in Harrisburg gekauft hatte, und schlug die Seite auf, die die Tabellen vom Century Oaks aufführte. Er legte die Zeitung neben das Vergrößerungsglas.

Lächelnd und zufrieden machte er sich an die Arbeit.

Nachdem er im letzten Jahr mehrmals sehr viel Geld auf der Rennbahn verloren hatte, hatte Clara ihm schwere Vorwürfe gemacht. Ely hatte sich sehr geschämt. Immerhin hatte er in einer einzigen Woche dreitausend Dollar zum Fenster hinausgeworfen. Seitdem hatte er sich sehr zusammengenommen. In den letzten zwölf Monaten hatte er in der Woche höchstens einmal zehn Dollar bei einem Buchmacher gesetzt oder sich ein Lotterielos gekauft.

Doch er hatte nicht einen Tag aufgehört, seine Unterlagen über nahezu dreitausend reinrassige Rennpferde und deren Abstammungslinien auf dem laufenden zu halten. Obwohl er seit einem Jahr auf keiner Rennbahn mehr gewesen war, hatte er sich doch jede Ausgabe des RACING FORM gekauft und alle Rennergebnisse und anderes Wichtiges in seine Dateien und Karteien eingetragen. In Gedanken hatte er Wetten plaziert und am nächsten Tag nachgerechnet, ob er etwas gewonnen oder wieder alles verloren hätte.

Und seit vier Monaten »gewann« er unablässig. Seine »Verluste« wurden immer seltener, und jeder neue Tag beglückte ihn mit einem höheren imaginären Profit: hundert Dollar an einem Tag, fünfzig am nächsten, tausend am über-

nächsten ... Ely Grimes war auf ein Wettsystem gestoßen, das tatsächlich funktionierte. Natürlich stand bis jetzt alles nur auf dem Papier. Aber um das zu ändern, war er ja hierhergekommen.
Fünf profitable Nächte, ein siegreicher Tag ...

»Krebs?« Das Wort hallte unangenehm in dem Raum mit der hohen Decke wider. »Sind Sie sich da auch hundertprozentig sicher, Jim?«
»Ely, ich bin seit zwanzig Jahren Ihr Arzt ... und fast ebensolange Ihr Freund. Als die ersten Ergebnisse aus dem Labor gekommen sind, wollte ich es nicht glauben. Aus diesem Grund habe ich die Tests noch einmal wiederholt. Und nun ist es traurige Gewißheit, und wir müssen uns den unangenehmen Tatsachen tapfer stellen.«
»Leukämie?«
»Eine seltene Form ...«
»... die nicht geheilt werden kann. Wie lange bleibt mir noch?«
»Vielleicht ein Jahr.«
»Das ist mehr, als ich erhofft hatte.«
»Wir können Sie ambulant behandeln und regelmäßig untersuchen. Sie müßten dafür nicht einmal in eine Klinik. Neun Monate könnten wir Sie so schmerzfrei halten. Aber was danach kommt ... wenn Sie Glück haben ...«
»So wie die Dinge stehen, scheint mir das Glück nicht gerade wohlgesonnen zu sein.«
»Auch wenn es sich jetzt vielleicht verrückt anhört, Ely, aber Sie dürfen die Sache nicht so pessimistisch sehen. Ihnen bleibt ja noch eine gewisse Frist. Jede Minute ist jetzt kostbar für Sie, und Sie sollten sie genießen und ausschöpfen.«
»Vermutlich haben Sie recht.«
»Aber übertreiben Sie es nicht. Machen Sie bloß keine aus-

gedehnten Urlaubsreisen in ferne Länder, hängen Sie nicht jede Nacht in Bars herum. Versuchen Sie, sich an den kleinen Dingen zu erfreuen, an denen man sonst im Eifer unserer Zeit achtlos vorüberrennt. Und genießen Sie die Zeit mit Clara.«

Ely nickte.

»Wann wollen Sie es ihr mitteilen?«

»Muß ich es ihr denn sagen ... ich meine, kann ich nicht warten, bis man es nicht mehr verheimlichen kann?«

»Es ist immer günstiger, einer solchen Angelegenheit gemeinsam gegenüberzutreten. Sie müssen ihr Zeit geben, sich psychisch und emotional darauf einzustellen. Außerdem gibt es da auch einige praktische Gesichtspunkte ... Sie können Ihre Finanzen in Ordnung bringen, können sich überlegen, ob Sie das Haus verkaufen wollen, und gegebenenfalls die nötigen Vorbereitungen treffen.«

»Kann ich nicht noch ein paar Monate damit warten? Vielleicht ein Vierteljahr? Damit wir diese Zeit miteinander genießen können, ohne ständig die verfluchte Leukämie im Hinterkopf zu haben? Drei Monate?«

»Ich denke, das ließe sich verantworten.«

»Und Sie werden ihr nichts davon sagen?«

»Nicht bevor Sie mich dazu auffordern.«

»Möglicherweise kann ich in den drei Monaten ein paar wichtige Dinge erledigen ...«

Fünf profitable Nächte.

Ein siegreicher Tag.

Danach könnte er mit einer Tasche voll Geld nach Tenafly, New Jersey, zurückfahren. Clara würde er nichts von seinen Gewinnen sagen. Er würde das Geld in staatliche Schatzbriefe zu einem Zinssatz von acht Prozent anlegen. Und nach seinem Ableben würde all das Geld auf sie warten und für sie weiterwachsen. Eine bessere Zukunft, als sie wohl nach zweiunddreißig Ehejahren mit einem ewig zu kurz Gekommenen erwarten würde. Er wünschte, er könnte dann ihr Gesicht sehen.

Ely studierte die erste Seite der Century-Oaks-Aufstellungen in der RACING FORM. Das erste Rennen in dieser Nacht ging über eine Meile. An ihm nahmen dreijährige und ältere Stuten teil, um eine Siegprämie von zweitausend Dollar zu erringen. Diesen Stuten war gemeinsam, daß noch keine von ihnen jemals ein Rennen für sich entschieden hatte. Die Siegprämie war so gering — dafür konnte nun wirklich jeder Klepper angemeldet werden, indem der Besitzer lediglich seine Startabsicht erklärte und einen Stammbaum für sein Pferd vorlegte —, daß die Besitzer der hier laufenden Tiere von ihren Stuten so gut wie gar nichts mehr erwarteten.

Ely seufzte enttäuscht und schüttelte den Kopf. Er suchte das nächste Rennen. Wie sollte sich jemand zwischen solchen abgetakelten Gäulen entscheiden? Dieses erste Rennen war wohl nur für Amateure gedacht, die ungetrübt von Sachkenntnis und Pferdeverstand eine Wette plazieren wollten. In der Regel wurden die ersten Rennen eines Tages immer für die Neulinge abgehalten.

Die Aufstellung für das zweite Rennen war schon besser. Es verlief über zwölfhundert Meter, und dort starteten Dreijährige beiderlei Geschlechts. Bei diesem Rennen gab es kein Limit, denn die Tiere waren alle gut.

Ely nahm seine Lupe und studierte die vorangegangenen Plätze der Pferde bei diesem Rennen. Er schlug unter jedem Namen in seinen Ordnern nach und erfuhr dort, wie sich die Tiere in der Vergangenheit entwickelt hatten. Er überprüfte die Zeittafeln und Wetterkarten.

Ely trat an die Tür, öffnete sie, sah hinauf zu dem blauen Frühlingshimmel und schnupperte die Luft. Dann kehrte er zum Sessel zurück und betrachtete ein weiteres Mal seine Unterlagen. Er tippte einige Werte in den Taschenrechner ein. Er führte Berechnungen durch. Und endlich begann er mit großer Sorgfalt, die Werte auf das System zu übertragen, das er in den letzten zwölf Monaten — seit er nicht mehr im Dienst war — bis zur Vollendung entwickelt hatte.

8

Nach kaum fünf Stunden Schlaf wachte Jack Killigan am Montag morgen um neun Uhr auf. Er kletterte aus dem Bett und lief ins Badezimmer. Sein Kater machte ihm schwer zu schaffen, und er nahm zwei Anacin ein. Er stellte sich eine Viertelstunde unter die heiße Dusche, bis die dampfenden Tropfen allen Schmerz aus seinem Nacken vertrieben hatten. In seinem Bauch herrschte Aufruhr, und er hatte einen unangenehmen Geschmack im Mund. Der Lärm, den der elektrische Rasierapparat machte, kam ihm so vor, als würde jemand neben seinem Ohr eine Kreissäge laufen lassen. Die Morgentoilette war für ihn meist ein bis an die Grenzen des Erträglichen gehendes Ritual. Er zog sich einen grauen Anzug, ein helles Hemd mit Fischgrätenmuster, eine schwarze Krawatte und schwarze italienische Schuhe an.
Auf dem Bett lag Rita auf der Seite und verschlief all diese Ereignisse. Sie atmete langsam und tief. Das schwarze Haar verdeckte den Großteil ihres Gesichts. Der Mund stand halb offen, und ein dünner Speichelfaden glitzerte auf dem Kinn. Die Decke reichte ihr nur noch bis zur Hüfte. Nur unzureichend von einem Arm verdeckt, wirkten die großen Brüste sehr verlockend. Eine dunkle Brustwarze ragte keck über einer Falte im Laken hervor. Rita stand nie vor elf Uhr auf, und das auch nur in Notfällen. Für ge-

wöhnlich schlief sie bis in den Mittag hinein. Wenn er es jetzt gewagt hätte, sie zu wecken, hätte sie ihm dafür die Hölle auf Erden bereitet.
Unten in der Küche brühte er Kaffee auf und trank zwei Tassen mit Süßstoff. Feste Nahrung konnte er jetzt noch nicht zu sich nehmen. Wenn er sich auf seinen Magen konzentrierte, hätte er leicht den Eindruck gewinnen können, er befände sich bei hohem Seegang auf einem Schiff.
Um viertel nach zehn rief er seine Sekretärin Molly Barnes an.
»Ich bin erst vor einer Viertelstunde ins Büro gekommen«, erklärte sie, »und schon hatte ich Mickey Ginchey an der Strippe. Er sagte, bis heute abend hätten wir einen Pferdemistberg von zweihundertundfünfzig Tonnen zusammen. Und wenn wir nicht bald etwas dagegen unternehmen würden, würde das Gewicht dieses Berges das hintere Ende der Anlage nach unten und das vordere in die Höhe drücken.« Molly war eine standhafte, großmütterliche Person von über Fünfzig, und sie besaß einen derben, aber erfrischenden Humor.
Killigan erklärte ihr, daß auf seinem Schreibtisch eine Liste mit den Namen von Dung- und Abfalltransportfirmen läge. »Rufen Sie doch bitte die an, die ich gestern nicht erreichen konnte. Stellen Sie fest, ob die jeweiligen Fuhrunternehmen über die für uns richtigen Absaug- und Transportfahrzeuge verfügen. Und sobald Sie jemanden gefunden haben, auf den das zutrifft, nageln Sie ihn fest und machen Sie einen günstigen Preis mit ihm aus.«
»Und wenn ich nur Nieten ziehe?«
»Darüber machen Sie sich erst dann Sorgen, wenn ich im Büro eingetroffen bin.«
»Fein«, sagte Molly, »und wann werden Sie in etwa hiersein?«
»Nicht später als halb zwölf.«

Nachdem er eingehängt hatte, begab er sich wieder in die Küche und trank noch zwei Tassen Kaffee. Er probierte zwei Bissen von einer trockenen Scheibe Toast. Sein Magen hob und senkte sich bedenklich. Killigan entschied, daß er besser das Mittagessen zur ersten Mahlzeit des Tages machte. Er warf den angebissenen Toast in den Mülleimer.
Bevor er das Haus verließ, blieb er an der Treppe zum ersten Stock stehen und lauschte. Alles war still. Rita schlief immer noch tief und fest.
Kurz vor halb zwölf erreichte er sein Büro. Molly legte gerade den Hörer auf, als er eintrat. Wie üblich berichtete sie ihm zuerst, was die Wettervorhersage ihr um halb elf am Telefon mitgeteilt hatte: klarer Himmel, auch in der Nacht, keine Niederschläge, warm. Dann kam sie zu den schlechten Nachrichten: Wie sie es befürchtet und er es erwartet hatte, verfügte außer Agroco kein Transportunternehmen über den nötigen Fuhrpark, um solche Mengen Pferdemist fortschaffen zu können. Bei einigen Firmen hatte Molly den Eindruck gehabt, sie hätten überhaupt kein Interesse an einem solchen Auftrag.
»Und was nun?« fragte Molly.
Killigan dachte kurz nach. Er wünschte, er würde sich nicht so zerschlagen fühlen ... und das Rumoren in seinem Magen würde aufhören. »Verbinden Sie mich mit Simpson bei Agroco. Eigentlich müßte er doch eine Vorstellung haben, wie lange sich die Verhandlungen noch hinziehen sollen und wann der Streik endlich vorbei sein soll.«
Aber alles, was Simpson zu sagen hatte, diente nur dazu, Killigans Laune weiter zu verschlechtern. Agroco beschäftigte vierhundert Menschen. Davon waren achtzig Fahrer und Zulieferer. Und nur diese achtzig waren in den Streik getreten. Sie verlangten eine deutliche Gehaltserhöhung

und drohten damit, die ganze Firma lahmzulegen, wenn auf ihre Forderungen nicht eingegangen würde. Die Geschäftsleitung hatte die Hälfte der geforderten Gehaltserhöhung angeboten und weigerte sich, auch nur einen Cent mehr zuzugestehen. Die Geschäftsleitung hatte den Streikenden das Ultimatum gestellt, bis spätestens Mittwoch morgen wieder zur Arbeit anzutreten. Falls dann weiter gestreikt werden sollte, würden alle achtzig Fahrer auf der Stelle entlassen und durch neue Leute ersetzt.

»Ehrlich gesagt«, erklärte Simpson dann, »ich glaube nicht, daß die Herren am Mittwoch klein beigeben. In ihren Reihen befindet sich ein ziemlich radikaler Gewerkschafter, der die Fahrer ganz schön aufgewiegelt hat.«

»Wenn sie am Mittwoch nicht zur Arbeit antreten«, fragte der Manager, »wie lange wird es dann dauern, bis Sie bei uns wieder Abfälle fortschaffen können?«

»Wir müssen achtzig neue Fahrer einstellen, sie ausbilden, sie mit ihren Routen vertraut machen ... na ja, das dauert alles seine Zeit. Ich würde einmal schätzen, daß wir frühestens in zwei Wochen bei Century Oaks vorbeikommen können.«

»Ausgeschlossen!« rief Killigan. »Bis dahin habe ich hier fünfzehnhundert Tonnen Dreck herumliegen!« Er schlug beim Reden mit einer Faust auf den Schreibtisch, ohne etwas davon zu bemerken. »Ich möchte, nein, ich verlange, daß sofort etwas geschieht, Mr. Simpson! Ich will den Dreck forthaben!«

»Ich kann sehr gut nachempfinden, in welcher Lage Sie sich befinden«, antwortete Simpson. »Ist sicher nicht sehr angenehm da draußen bei Ihnen. Aber in dem Vertrag, den wir mit Ihnen abgeschlossen haben, findet sich auch eine Passage zum Streik. Solange die Fahrer sich im Ausstand befinden und solange wir noch keine neuen eingestellt und ausgebildet haben, sind wir nicht haftbar zu machen.«

»Ich weiß«, sagte Killigan und fühlte sich plötzlich sehr müde. »Hören Sie, ich rufe Sie im Laufe des Tages noch mal an.«

»So schnell wird sich hier kaum etwas ändern.«

»Hier auch nicht!« Der Manager legte auf.

Als Molly Barnes um halb eins zum Mittagessen ging, hatte Killigan noch immer keine Lösung gefunden. Er saß an seinem ehemaligen Klavier und kritzelte auf einem Zettel herum. Er suchte immer noch nach einer Lücke in dieser anscheinend undurchdringlichen Wand aus Dornen.

Er fühlte sich elend. Kopfschmerzen begleiteten ihn schon seit einer ganzen Weile. Sein Magen revoltierte immer noch, und er fühlte sich insgesamt vollkommen zerschlagen. Plötzlich erhob er sich, goß sich Bourbon über Eis ein und nahm einen vorsichtigen Schluck. Als er das Glas geleert hatte, fühlte er sich wieder halbwegs normal.

Aber das Problem Agroco war damit noch nicht aus der Welt geschafft.

Wenn der gottverdammte Aufsichtsrat im Januar auf ihn gehört hätte, gäbe es dieses Problem heute nicht. Er hatte die Herren überreden wollen, einen besonderen Verbrennungsofen zu kaufen, der den Pferdekot verbrannte, ohne dabei allzuviel Asche, Rauch oder Gestank zu produzieren. Aber ein solcher Ofen kostete etwa eine Million Dollar, und der Aufsichtsrat hatte lediglich den Preis, nicht aber den Nutzen gesehen. Killigan hatte erklärt, daß die Rennbahn ohnehin in acht Jahren eine Million an Agroco gezahlt hätte, und das schon bei den derzeitigen Gebühren. Er hatte auch darauf hingewiesen, daß es in dieser Gegend wenig Abfallkippen oder Müllverwertungsanlagen gebe. Und so würden viele der Gemeinden im Umkreis von zehn Meilen um Century Oaks gern Gebühren dafür bezahlen, im Ofen der Rennbahn ihre Abfälle verbrennen zu können. Allein mit diesen Gebühren würde

man einen guten Teil der Kosten wieder hereinholen. Und über kurz oder lang, jedenfalls früher als in acht Jahren, hätte sich diese Investition gelohnt. Aber diesmal hatten sich die Mitglieder noch sturer gezeigt als bei anderen Gelegenheiten, bei denen Killigan Geld aus ihnen herauslocken wollte. Die Herren wollten lieber einsparen, wollten einen geringen Verwaltungsaufwand und so einen mittelprächtigen Profit haben. Doch auf diese Weise konnte man eine Rennbahn nicht führen. Entweder machte man viel Geld, indem man viel Geld investierte, oder man blieb immerzu ein kleiner Krauter.
Und nun, da die Krise eingetreten war, würde man Killigan auffordern, sie auf der Stelle zu lösen. Schließlich war er der Manager. Er allein mußte die ganze Verantwortung tragen. Niemand würde aufstehen und sagen: »Sie haben uns das vor ein paar Monaten prophezeit, aber wir wollten Ihnen ja nicht zuhören.« Killigan erschien das alles höchst ungerecht.
Er fühlte große Verzweiflung in sich aufsteigen, und er sagte sich: *Du bist die letzte Pfeife, Killigan! Hör endlich auf herumzujammern! Tu doch mal lieber was! Tu endlich was! Wenn du noch nicht einmal in der Lage bist, mit Pferdescheiße fertigzuwerden, wie willst du dann die größeren Probleme lösen?*
Sein Versagen hatte stets so begonnen. Irgendwann scheiterte er an einem rein organisatorischen Problem. Es erwies sich einfach als zu groß für ihn. Artverwandte Schwierigkeiten gesellten sich dann dazu. Stück für Stück ging um ihn herum alles in die Brüche. Bis er das Handtuch warf. Bis man ihm die Kündigungspapiere überreichte.
Aber dieses Mal sollte es nicht so weit kommen!
Er hatte gerade den zweiten Bourbon geleert, als ihm eine Idee kam. Gegen halb zwei kehrte Molly von der Mittagspause zurück. »Verbinden Sie mich noch einmal mit Simpson«, erklärte er ihr.

Sie zog die Bluse über ihrem gewaltigen Busen gerade, legte den Kopf schief und sagte: »Aha, Sie scheinen die Lösung also gefunden zu haben.«
»Könnte sein.«
Als er Simpson an der Strippe hatte, erklärte der: »Tut mir leid, Mr. Killigan, aber hier ist alles noch unverändert.« Er schien leicht verstimmt darüber zu sein, daß Killigan schon jetzt wieder anrief.
»Dann werden wir eben dafür sorgen, daß sich etwas ändert«, sagte Killigan.
Simpson wußte nicht, wie er das verstehen sollte.
»Wie viele Fahrer genau sind bei Ihnen angestellt?«
»Genau achtzig. Warum?«
»Wieviel Gehaltserhöhung verlangen sie?«
Simpson zögerte. »Das ist eigentlich eine innerbetriebliche Angelegenheit.«
Killigan seufzte ungeduldig und erklärte: »Ich möchte auch nichts von den Interna Ihrer Gehaltspolitik erfahren, ich möchte lediglich wissen, wieviel mehr Geld sie verlangen.«
»Nun . . . zwanzig Dollar. Für jeden zwanzig.«
»Pro Woche?«
»Ja.«
»Sie haben mir heute vormittag gesagt, Agroco sei bereit, ihnen zehn Dollar mehr in der Woche zu zahlen.«
»Wir halten das für ein recht großzügiges Angebot«, sagte Simpson.
»Dann habe ich, wie ich glaube, Ihr und mein Problem gelöst. Century Oaks zahlt die andere Hälfte der zwanzig Dollar. Für den Zeitraum von einem Jahr.«
Simpson zögerte: »Sir, ich fürchte, ich habe nicht recht verstanden.«
»Sie machen mit Ihren Fahrern einen Vertrag. Wir nehmen eine neue Klausel in den Vertrag zwischen uns auf. Wir

zahlen zusätzliche 41 600 Dollar — das sind zehn Dollar für jeden Ihrer achtzig Fahrer in der Woche über einen Zeitraum von zweiundfünfzig Wochen — im laufenden Geschäftsjahr. Wir nennen das zusätzlich anfallende Transportkosten, aber Sie sorgen dafür, daß Ihre Männer das Geld auch erhalten.«
Simpson klang mißtrauisch, als er fragte: »Ist das Ihr Ernst?«
»Mein voller Ernst.«
»Einen Augenblick bitte.«
»Nehmen Sie sich alle Zeit, die Sie brauchen.« Er hörte Simpsons lautes Atmen, während er anscheinend hastig etwas auf einen Block notierte.
»Es gibt da leider noch ein Problem«, erklärte der Mann schließlich.
»Nur heraus damit.«
»Wenn wir jetzt nachgeben und diese unverschämt hohe Gehaltsforderung erfüllen, kommen sicher bald die anderen Angestellten von Agroco und verlangen ähnliche Aufbesserungen. Ehe wir uns versehen, sind unsere Lohnkosten rapide in die Höhe geschossen.«
»Wir wollen jetzt aber keine Spielchen treiben«, erwiderte Killigan energisch. »Wenn Sie den Fahrern schon freiwillig eine Erhöhung von zehn Dollar in der Woche zubilligen, dann haben die armen Teufel sicher auch die zwanzig verdient!« Simpson wollte widersprechen, aber der Manager ließ ihn gar nicht erst zu Wort kommen. »Und wenn Sie in Ihrer Firma radikale Gewerkschafter haben, stecken Sie gehörig in Schwierigkeiten. Solchen Herrschaften kann man nur begegnen, indem man etwas Unerwartetes tut. Also gewähren Sie den Fahrern die zwanzig Dollar. Damit stehen Sie als der gute Junge da, während Ihr Gewerkschafter ziemlich dumm aus der Wäsche schaut und alle ihn für einen notorischen Stänkerer halten. Und selbstver-

ständlich erhalten alle anderen Angestellten Ihres Unternehmens auch eine Gehaltsaufbesserung. Sonst kommt Ihr Gewerkschafter noch auf die Idee, daß eine andere Abteilung infiltriert werden könnte, und der ganze Ärger beginnt für Sie von neuem. Ich biete Ihnen 41 600 Dollar, nicht mehr und nicht weniger. Ich kann schließlich nicht alle Ihre Probleme lösen!«
»Sie nehmen kein Blatt vor den Mund, nicht wahr?«
»Tut mir leid, ich wollte Ihnen nicht zu nahetreten.«
Simpson schwieg eine Weile am Telefon, beziehungsweise er hielt eine Hand auf die Sprechmuschel. Nach einiger Zeit war er wieder zu hören: »Was diese Klausel angeht, die wir zusätzlich in unseren Vertrag einfügen wollen ... würden Sie einem Zusatz zustimmen, der Sie auch für ein zweites Jahr an diese Abmachung binden könnte?«
»Ein Jahr«, erklärte Killigan mit fester Stimme. »Zwölf Monate, keine dreizehn und keine vierundzwanzig.«
»Aber da Agroco als einziges Unternehmen die Kapazität hat, Ihre Abfälle fortzuschaffen, könnten wir ja nach Ablauf der zwölf Monate die Gebühren um 41 600 Dollar erhöhen. Oder vielleicht der Optik wegen noch ein bißchen mehr.«
»Das könnten Sie natürlich«, gab der Manager zu. *Aber das nützt euch Mistkerlen wenig, denn spätestens in zwölf Monaten habe ich hier den Müllverbrennungsofen stehen.* »Mir ist es jedoch leider unmöglich, Mr. Simpson, ein solches Abkommen über mehr als ein Jahr zu treffen. Entweder nehmen Sie die 41 600, oder wir sitzen hier weiter herum und warten darauf, daß der Streik irgendwann zu Ende geht.«
»Wann möchten Sie die Transporter haben?«
»Morgen früh«, antwortete Killigan und wußte, daß er gewonnen hatte.
»Das wird aber nicht so einfach.«
»Aber es ist möglich. Sie setzen die Klausel auf und brin-

gen sie zu unserem Anwalt Jeff Cassarian in Harrisburg. Geben Sie das Schreiben nicht bei der Post auf, sondern lassen Sie es durch einen Boten überbringen. Und sehen Sie zu, daß das Schreiben innerhalb der nächsten Stunde rausgeht. Wenn unser Anwalt keine Einwände hat, läßt er mir sofort den Vertragszusatz überbringen. Ich unterzeichne ihn dann noch heute nachmittag. Eine Kopie können Sie bis um achtzehn Uhr in Händen haben.«

»Zusammen mit dem Scheck.«

»Über ein Zwölftel der Gesamtsumme.«

»Einverstanden.«

»Und die Wagen sind morgen früh hier.«

»Spätestens morgen nachmittag«, sagte Simpson.

»Mein Verwalter wird Ihren Fahrern einen roten Teppich ausrollen.«

»Angenehm, mit Ihnen Geschäfte zu machen«, verabschiedete sich Simpson.

»Wie stets«, verblieb Killigan. Er hängte ein, lehnte sich in seinem Sessel zurück und atmete erleichtert auf.

Killigan verbrachte den restlichen Nachmittag am Telefon. Er versuchte, die Zustimmung des Aufsichtsrats für seine neue Vereinbarung mit Agroco zu erlangen. Der Aufsichtsrat setzte sich aus zehn Männern zusammen, von denen jeder eine größere Summe in Century Oaks gesteckt hatten. Killigan rief sie nacheinander an. Natürlich traf er anfangs stets auf Widerstand gegen seine Lösung. Aber der Manager verstand sich auf diplomatisches Vorgehen, und am Ende hatte er die Zustimmung von allen zehn Aufsichtsräten. Fünf von ihnen gratulierten ihm sogar zu seiner unkonventionellen und geschickten Problembewältigung.

Als er Molly halb stolz und halb belustigt von diesen Gratulationen berichtete, schüttelte sie den Kopf und erklärte:

»Wunder treten immer dann ein, wenn man sie schon nicht mehr für möglich hält.«
»Es hat schon lange keine Wunder mehr gegeben«, entgegnete er. »Vielleicht haben sie sich nur zurückgezogen, um etwas zur Ruhe zu kommen, und kehren nun gestärkt zurück.«
Molly machte um siebzehn Uhr Schluß. Sie fuhr aber noch nicht nach Hause, sondern machte sich auf den Weg zur Verwaltung von Agroco in Hershey, um dort eine unterzeichnete Kopie des Zusatzvertrags (zusammen mit einem Scheck über 3467 Dollar) an Paul Simpson auszuhändigen.
Killigan war nun allein in seinem Büro. Im gesamten vierten Stock befand sich außer ihm nur noch Roy Aspin, der Leiter der Presseabteilung. Er war um sechzehn Uhr zur Arbeit gekommen und würde bis nach dem letzten Rennen des heutigen Abends bleiben. Aspin hieb unentwegt auf seine Schreibmaschine ein, ein eigenartiger Rhythmus zu den Schritten von Molly Barnes.
Killigan schloß die Tür seines Büros. Er trat an die Bar und goß sich seinen dritten Bourbon für heute ein.
Erst drei. Nicht schlecht. Vielleicht bekommst du das Problem ja auch noch in den Griff.
Er stand vor dem kleinen Kleiderschrank, in dem er ständig frische Hemden, Socken, Krawatten, Unterwäsche und drei Anzüge aufbewahrte. Er entschied sich für einen beigefarbenen Sommeranzug und ein blaßgelbes Hemd. Beides trug er ins Badezimmer und hängte es über der Tür an einen Kleiderbügel. Er stellte sein Glas ab und zog sich aus.
Nackt stellte er sich vor den mannshohen Spiegel und betrachtete sich kritisch. Er schwebte noch immer im Hochgefühl seines Erfolgs bei Agroco, und daher fiel seine Prüfung recht positiv aus. Für einen Fünfzigjährigen war er noch sehr gut in Form. Sein Haar war zwar grau, aber das war es schon seit fünfzehn Jahren. Die Haarfülle und die

Locken hatte er noch genauso wie früher. Seine strahlend blauen Augen wirkten klar und lebendig. Nicht ein Gramm Fett zuviel fand sich an seinem schlanken, drahtigen Körper. Die Muskelpartien waren alles andere als schlaff. Die Bauchpartie war angenehm flach. Nicht einmal ein Unterbauch war auszumachen, wie er das bei Männern seines Alters schon oft beobachtet hatte. Die Beine waren gerade und muskulös. Die Schambehaarung war schwarz und füllig, daraus ragte ein dicker und etwas längerer Penis. Keine Sensation, aber durchaus ausreichend. Zumindest hatte Rita sich noch nie beklagt.

Der rosafarbene Penis richtete sich wie eine Schlange zur Musik auf.

Killigan lachte und trat unter die Dusche. Er stellte das Wasser so heiß ein, wie er es gerade noch aushalten konnte, und stieg in den aufquellenden Dampf.

Das heiße Wasser belebte ihn. Er war stolz auf seine Erektion, die noch immer nicht abklingen wollte. Er dachte an Rita und hoffte, sie würde heute abend wieder auf ihn warten. Er verdrängte all die kleinen Unannehmlichkeiten der letzten Nacht. Rita war eben launisch, trotzig, kindisch und vielleicht auch ein wenig versponnen. Aber sie stellte keine Bedrohung für ihn dar. In der letzten Nacht hatte er sich selbstkritische Fragen gestellt und hatte an sich gezweifelt. Aber alle Minderwertigkeitsgefühle waren mit dem Erfolg bei Agroco fortgeweht worden. Nun wollte er Rita. Er wollte sie ganz dringend.

Er verließ die Dusche, leerte das Bourbonglas in einem Zug und genoß die wohligen Schauer, als der Whiskey in der Speiseröhre brannte.

Um viertel nach sechs band er sich eine Krawatte um, zog seinen Kragen gerade, strich über die Schöße seines Jacketts und betrachtete sich noch einmal im Spiegel. Dann machte er seine Runde durch das Hauptgebäude.

Was er zu sehen bekam, erfreute ihn. Bereits dreihundert Gäste hatten sich im Oakview Room, dem gewaltigen Restaurant auf dem zweiten und dritten Stockwerk, eingefunden. In der Halle der vierten Etage hielten sich unweit der Wettschalter weitere fünf- oder sechshundert Personen auf, meistens Männer, die mit Zetteln und Rennzeitungen herumwedelten oder sie eifrig studierten. Fünfzig Menschen befanden sich in der Saddle-Bar, die — mit den Herren- und Damentoiletten auf beiden Seiten — die langen Reihen der Wettschalter in zwei Hälften teilte. Über dem ganzen Gebäude lag eine Atmosphäre von Fröhlichkeit und Heiterkeit. Die neuen Gäste, die in Scharen aus den Fahrstuhlkabinen strömten, schwatzten und lachten. Dutzende hübscher Frauen in luftigen Sommerkleidern verschönten die Halle. Von den langbeinigen und tief dekolletierten Pony-Expreß-Mädchen ganz zu schweigen, die fleißig Programmhefte verkauften, bis es für sie Zeit wurde, im fünften Stock die Arbeit im Horsemen's Club zu beginnen. Diese Periode voller Erwartung und Vorfreude, die Stunde vor dem ersten Rennen, war stets der angenehmste Teil der Nacht.

Wie das Vorspiel zu einer heißen Nacht, dachte Killigan.

Obwohl die Gäste auf der großen Tribüne etwas angespannter wirkten als die im Klubhaus — die Männer und Frauen studierten die Listen und Tabellen mit zusammengepreßten Lippen und grimmiger Entschlossenheit —, war die Atmosphäre hier keineswegs unangenehm, sondern eher elektrisch aufgeladen. Hier war das Verhältnis Frauen zu Männer noch ungünstiger als im Klubhaus. Dafür sah man hier aber auch deutlich weniger Abendanzüge und -kleider. Die Imbißstände von Harry M. Stevens machten hervorragende Umsätze, obwohl die Preise hier vornehmer waren als die gereichten Speisen. An allen Säulen hingen Plakate, die die Besucher auf die Tausend-Dollar-Ziehung zwischen dem achten und dem neunten Rennen an jedem Abend dieser Woche hinwiesen. In den paar Minuten, die Killigan benötigte, um zur großen Tribüne hinüberzuspazieren, wurde er von etlichen Besuchern gegrüßt, obwohl er diese Leute noch nie gesehen hatte. Er lächelte jedem zu, schüttelte die Hände, die ihm entgegengestreckt wurden, und beantwortete jede Frage, die ihm gestellt wurde.

Century Oaks verfügte über zwölftausend Sitzplätze auf den Tribünen. So viele Besucher, wie sich jetzt schon hier aufhielten, ließen darauf schließen, daß bis zum ersten Start so gut wie alle Plätze besetzt sein würden. Diese Nacht würde wohl deutlich mehr als den durchschnittlichen Umsatz bringen.

Fünfzehn Minuten, nachdem die Ergebnisse des vierten Rennens bekanntgegeben worden waren, gab ein Kassierer im Klubhaus das Notsignal an die Männer vom TRPB. Die kleine rote Birne blinkte über dem letzten Häuschen am äußersten westlichen Ende der Halle.

Henry Cooper, der die Ermittlungen bei den jüngsten Wettscheinfälschungen leitete, hielt sich gerade in der Nähe auf. Er saß auf einem Sofa unweit des Geländers, das die Halle vom Restaurant trennte. Er tat zwar so, als würde er sich brennend für die Tabellen auf den Monitoren interessieren, doch in Wahrheit behielt er diejenigen Personen im Auge, die ihre Gewinnscheine den Kassierern vorlegten. Er bemerkte das rote Licht sofort und machte sich gleich auf den Weg zu dem Schalter.

Nur ein Wetter stand davor. Er war ein paar Zentimeter kleiner und fünfundzwanzig Kilo leichter als Cooper. Der Mann hatte ein rundes, blasses Gesicht und unauffällige Züge. Sein Anzug wirkte etwas verknittert. Mit seinen langen Fingern hielt er sich am Brett vor dem Fenster fest,

so als wolle er dagegen ankämpfen, auf der Stelle im Boden zu versinken.
»Was gibt's?« fragte Cooper die hübsche blonde Kassiererin.
Sie schob einen Wettschein durch die Scheibe. Als Cooper ihn entgegennahm, erklärte die junge Frau: »Dieser Schein wurde nachträglich verändert.«
Für den Sicherheitsmann war an dem Zettel nichts Auffälliges zu entdecken. Er fragte daher: »Woran erkennen Sie das?«
»Tasten Sie die Oberfläche ab.«
Er strich mit den Fingerspitzen leicht über den Schein und spürte eine rauhe Stelle genau dort, wo die Startnummer des Pferdes eingetragen war. »Sie könnten recht haben. Sie passen verdammt gut auf, nicht wahr?«
Die blonde Frau errötete leicht und zuckte die Achseln. »Dies hier ist ein Schalter für Zehn-Dollar-Wetten. Hier wird man nicht so stark in Anspruch genommen wie an den Zwei- oder Fünf-Dollar-Schaltern.«
Cooper wandte sich nun zum erstenmal an den reichlich nervösen Mann, der neben ihm stand. »Gehört dieser Wettschein Ihnen?«
»Ja. Das heißt ... nicht mir. Nein, ich meine ...«
»Jemand hat Ihnen den Schein gegeben«, unterbrach Cooper ihn. »Er bat Sie, den Schein für ihn einzulösen, weil er hier bei der Rennbahn angestellt sei und daher nicht wetten oder gar kassieren dürfe.«
»Das stimmt!« entfuhr es dem Mann.
Wettscheinfälscher benutzten in der Regel ältere Damen, vor allem solche, die einen mütterlichen, hilfsbereiten Eindruck machten. Diese sollten dann ihre manipulierten Scheine zur Kasse bringen. Doch im Augenblick hatte wohl gerade keine Oma zur Verfügung gestanden, und da mußte sich der Fälscher mit einem normalen Mann zufriedengeben. »Wo steckt er?« fragte Cooper.

»Ich habe es der jungen Lady hier schon erklärt. Er stand bis eben dort drüben vor den Monitoren. Aber jetzt ist er verschwunden. Ich weiß, das hört sich etwas unglaubwürdig an, und vermutlich halten Sie mich für einen Lügner, aber . . .«

»Ich glaube Ihnen«, sagte Cooper. »Auf diese Weise versuchen sie es immer.«

Der schmale Mann schwitzte und hielt sich immer noch an dem Brett fest, als sei das der einzige Halt, den er noch hatte. »Ich heiße Hudson, Arthur Hudson, und ich habe mir noch nie etwas zuschulden kommen lassen . . .« Er hörte sich nicht so an, als wollte er den Sicherheitsmann überzeugen, sondern vielmehr so, als wäre er sich bei diesen Angaben selbst nicht mehr ganz so sicher. »Ich bin noch nie in eine so peinliche Situation geraten . . .« Seine braunen Augen wirkten ganz so, als würden sie im nächsten Moment in Tränen ausbrechen.

»Machen Sie sich mal keine unnötigen Gedanken, Mr. Hudson«, beruhigte ihn Cooper. »Man hat Sie mißbraucht. Sie sind nicht der erste, dem das widerfährt.«

»Dennoch ist es beschämend.«

Cooper führte ihn zu einer Couch neben den Monitoren. Er bedeutete ihm, sich hinzusetzen, und ließ sich neben ihm nieder. Dann zog der Sicherheitsmann einen Block und einen Stift aus der Jackentasche. »Ich brauche jetzt ein paar Informationen von Ihnen, Mr. Hudson. Danach können Sie überall hingehen, wohin Sie möchten.«

»Diese Sache hat mir den Abend jetzt gründlich verdorben«, stöhnte Hudson.

»Nehmen Sie es nicht so schwer. Versuchen Sie, sich zu amüsieren. So etwas kann jedem passieren. Und Sie trifft doch nicht die geringste Schuld.«

Hudson wirkte wenig überzeugt. Seine Lippen zitterten.

»Beschreiben Sie bitte den Mann«, sagte Cooper.

»Er war ziemlich groß«, zeigte sich Hudson willig, »etwa Mitte Dreißig, schätze ich. Braungebrannt. Gut gekleidet.« Cooper atmete innerlich auf. Dieser Mann war bei der Beschreibung nicht so unpräzise wie die ältere Dame, die er tags zuvor befragt hatte.

»Haarfarbe?«

»Blond.«

»Sind Sie sich da ganz sicher?«

»Ziemlich sicher.«

»Augenfarbe?«

»Blau.«

»Irgendwelche besonderen Merkmale?«

»Nun, äh, also er hatte eine geradezu klassische Nase.«

»Eine lange, sehr gerade Nase?«

»Ja, genau.«

»Sonst noch etwas? Narben vielleicht?«

»Nein, nicht daß ich wüßte.«

»Einen Schnurrbart? Oder einen Backenbart?«

»Nein, sauber rasiert, entsprechend seinem Äußeren.«

»Die Haarlänge?«

»Volles Haar, aber nicht sehr lang. Sah nach einem teuren Haarschnitt aus.«

»Koteletten?«

Hudson zögerte nicht eine Sekunde. »Keine übertrieben langen, wenn Sie das meinen.« Er mochte schmächtig und unauffällig sein, aber zumindest besaß er die Fähigkeit, die Details seiner Umgebung genau zu registrieren.

»Sie sagten eben, er sei gut gekleidet gewesen.«

»Ja, das stimmt.«

»Erinnern Sie sich noch an die Farbe seines Anzugs?«

»Dunkel. Blau oder schwarz.«

»Und das Hemd?«

»Blau oder weiß. Wenn blau, dann ein sehr helles.«

»Uni oder gemustert?«

»Uni.«
»Krawatte?«
»Eine gestreifte Krawatte.«
Cooper stellte noch eine Reihe weiterer Fragen, wie ein Wurm, der sich hartnäckig durch einen Apfel bohrt. Cooper war sehr erfahren im Verhören, und er war sich dieser Erfahrung bewußt. Er war geradezu für solche Arbeiten geboren. Und er hatte auch nie etwas anderes werden wollen. Während er Hudsons Gedächtnis durchkämmte, spürte er, wie dabei seine Freude und Erheiterung zunahm.
Während seiner Zeit auf der High-School hatte Cooper geplant, sich beim FBI zu bewerben. Nach den Zwischenzeugnissen sandte er eine Bewerbung ein und wurde angenommen. Er strengte sich an und wurde schließlich als Außendienstmitarbeiter eingestellt. Aber diese Tätigkeit desillusionierte ihn rasch. Er mußte erkennen, daß FBI-Agenten deutlich mehr Zeit mit der Verfolgung von politischen Wirrköpfen als mit der Jagd auf Verbrecher verbrachten. Die Tage, in denen Mafiabanden zerschlagen wurden, gehörten längst der Vergangenheit an. Die Mafia arbeitete heute so offen und von ihren Anwälten so abgesichert, daß man sie beinahe für ein legales Unternehmen halten konnte. Somit beschäftigte sich das FBI jetzt vornehmlich mit der Verfolgung von Friedensaktivisten, Kommunisten, allen Arten von Linken und unzähligen politischen Splittergrüppchen, die allerdings für die amerikanische Gesellschaft eine lachhaft geringe Gefahr darstellten, wenn man es mit den Familien der Unterwelt verglich. Cooper wollte lieber der Mafia nachstellen, die den Drogenhandel, das Glücksspiel und die Prostitution in der Hand hatte. Doch er mußte bald feststellen, daß man im FBI die Mafia für eine geradezu amerikanische Institution hielt, für einen Bestandteil des Establishments, nicht aber

für einen wirklichen Gegner. Angewidert hatte Cooper seinen Job schließlich hingeschmissen. Eines Tages hörte er vom Sicherheitsdienst der Rennbahngesellschaften, und diese Firma schien ihm genau die Arbeit zu erledigen, die er eigentlich beim FBI vorzufinden gehofft hatte.
Eine Rennbahn beschäftigte im Schnitt zwischen fünfzig und fünfundsiebzig uniformierte Wachmänner, die man bei solchen Agenturen wie beispielsweise Melkins-Peterson mietete. Diese Männer waren nicht nur als Wächter, sondern auch als Auskunftspersonen und ähnliches tätig. Sie wurden so postiert, daß jedermann sie leicht sehen und ihnen bei Bedarf Fragen stellen konnte. Dem normalen Besucher mochte es durchaus so vorkommen, als seien diese Uniformierten die einzigen Ordnungshüter am Platz.
Dem war natürlich nicht so. Die TRPB-Agenten waren überall.
1946 gründeten die Vereinigten Rennbahngesellschaften — der Dachverband der US-Rennbahnen — ein Detektivbüro als Unterabteilung und beauftragte diese damit, den Rennsport zu säubern und ihn auch sauberzuhalten. In jener Zeit war der Pferderennsport allgemein als korrupt und betrügerisch verschrien. Und die Vorstellungen der Öffentlichkeit waren keineswegs übertrieben. Doch diese Einheit, der Sicherheitsdienst der Rennbahngesellschaften, leistete von Anfang an gute Arbeit, und seitdem war es für alle Elemente des organisierten Verbrechens extrem schwierig, wenn nicht gar unmöglich, im Rennsport größere Betrügereien durchzuziehen. Spencer J. Drayton, ein ehemaliger FBI-Agent, hatte das TRPB gemäß den Strukturen des FBI aufgebaut; und zwar so, wie das FBI zu der Zeit organisiert war, als es noch damit beschäftigt war, die Banden des organisierten Verbrechens zu zerschlagen. Heutzutage ist das TRPB die effizienteste und modernste priva-

te Polizeiagentur der Welt. Dieser Einheit ist es zu verdanken, daß nahezu alle Formen des Renn- und Wettbetrugs enttarnt und eliminiert werden konnten. Das TRPB entwickelte zum Beispiel die Methode, Pferden die Lippen zu tätowieren, damit es niemandem mehr möglich war, ein falsches Pferd in ein Rennen zu schmuggeln. Das TRPB führte darüber hinaus eine Kartei mit den Daten und Fingerabdrücken von gut dreihunderttausend Rennbahnangestellten. Zusammen mit diesen und anderen Maßnahmen war es ihnen gelungen, nahezu alle Kriminellen aus diesem Sport zu entfernen.

Eine Abteilung der TRPB-Einheit war auf jeder Rennbahn, die Mitglied im Dachverband war, fest stationiert. Dutzende von TRPB-Agenten in Zivil — zum Teil getarnt als Stallknechte oder Bedienstete, zum Teil wie normale Besucher gekleidet (so zum Beispiel Cooper) — patrouillierten unablässig über das ganze Gelände vom Klubhaus zur Tribüne, von der Koppel bis zu den Stallungen. Nicht einmal der Manager war darüber informiert, wie viele TRPB-Agenten sich gerade auf seiner Rennbahn aufhielten. Und er kannte in der Regel nur einen kleinen Teil von ihnen mit Namen oder vom Sehen.

Doch ganz gleich, wie viele Agenten sich auf einer Rennbahn aufhalten mochten, sie hatten stets alle Hände voll zu tun. Im Pferderennsport kam mehr Geld zusammen als in jeder anderen amerikanischen Sportart. Und wo soviel Geld floß, da fühlten sich viele hingezogen, die auf mehr oder weniger legale Weise ein Stück von diesem Kuchen abhaben wollten. Seit Cooper vor vier Jahren zum TRPB gekommen war, war es ihm bei der Arbeit nur sehr selten langweilig geworden.

»Gab es an diesem Mann noch irgend etwas anderes, was uns seine Identifizierung erleichtern könnte?« fragte er schließlich Hudson. »Oder habe ich vergessen, nach irgendeinem Punkt zu fragen?«

»Nein, Sie waren ziemlich gründlich«, antwortete der kleine Mann.
Cooper nickte. Er wußte, daß er nichts übersehen hatte. »Okay, dann wären wir fast durch. Wenn Sie sich jetzt bitte ausweisen und mir noch ein paar Fragen zu Ihrer Person beantworten, kann ich Sie danach entlassen.«
Panik zeigte sich auf dem blassen, runden Gesicht. Hudson zuckte zusammen. Er sah sich ängstlich um, so als glaube er, jeder hier in der Halle würde ihn anstarren. Dabei interessierte sich überhaupt niemand hier für ihn oder Cooper. »Ich dachte, ich wäre nicht verdächtig?«
»Das sind Sie doch auch nicht«, erklärte der Agent. »Aber Sie sind unser Hauptzeuge. Falls wir die Betrüger zu fassen bekommen, sind wir auf Ihre Aussage angewiesen.«
Hudsons Miene hellte sich ein wenig auf. »Ja, natürlich, da haben Sie vollkommen recht. Entschuldigen Sie, aber daran habe ich im Moment nicht gedacht.« Er öffnete seine Brieftasche und reichte Cooper seinen Führerschein und eine Master-Charge-Karte, auf der er mit Foto abgebildet war.
Cooper notierte sich Hudsons Adresse in Baltimore und gab ihm dann Ausweis und Karte zurück. »Welchen Beruf haben Sie, Mr. Hudson?«
»Lehrer. Nein, das heißt, ich war Lehrer. Ich bin pensioniert.«
»Sie sehen aber für eine Pensionierung noch recht jung aus.«
»Ich bin siebenundvierzig.« Hudson zuckte wieder zusammen. »Na ja, ich lebe von den Investmentpapieren meiner Familie.«
»Sind Sie allein hierhergekommen?«
»Nein, ich ... nun, äh ... ich bin mit einer Bekannten hier. Wir verbringen die ganze Woche hier. Sie sehen mich also bestimmt wieder.«

»In welchem Hotel sind Sie abgestiegen?«
Hudson nannte ihm den Namen und die Adresse.
»Ich rufe Sie an, wenn wir Ihre Hilfe benötigen«, erklärte Cooper. »Und jetzt hoffe ich, daß Sie heute abend doch noch ein wenig Spaß finden werden.«
Nachdem Hudson sich rasch verdrückt hatte, studierte Cooper seine Notizen. Die Beschreibung war sehr gut. Damit müßte sich verdammt noch mal etwas anfangen lassen.
Sobald er sich das Aussehen des Gesuchten fest eingeprägt hatte, klappte der Sicherheitsmann seinen Block zu, erhob sich und verbrachte den restlichen Abend damit, von einem Ende des Klubhauses zum anderen zu schlendern. Er begegnete einigen Männern, auf die Hudsons Beschreibung mehr oder weniger zutraf, doch auf keinen paßte sie genau. Und niemand trug heute abend eine Kombination aus dunklem Anzug, hellblauem Hemd und gestreifter Krawatte. Nach dem letzten Rennen war Cooper doch etwas frustriert. Aber zum Aufgeben war es noch viel zu früh. Er wußte, daß der Gesuchte über kurz oder lang einen Fehler machen würde. In seinen vier Jahren beim TRPB hatte Cooper noch jeden Wettscheinfälscher, illegalen Tipgeber und Pferdemanipulator enttarnt und gefaßt, der ihm irgendwie aufgefallen war. Dies war der Krieg gegen die Banden, aber die Herausforderung war selten groß genug, um Coopers gesamte Aufmerksamkeit zu beanspruchen.

Als Jack Killigan um halb eins am Dienstagmorgen endlich zu Hause ankam, befand er sich in absoluter Hochstimmung. In den vergangenen Stunden hatte es keine neuen besonderen Probleme gegeben. Der Umsatz konnte als Rekord für einen normalen Wochentag angesehen werden: über viertausend Gäste im Klubhaus, achttausendfünfhundert Besucher auf der Tribüne, da war es nicht verwunderlich, daß diesmal zwei Millionen in die Kassen geströmt waren. Der Nettogewinn konnte sich sehen lassen. Endlich schienen sich die Werbemaßnahmen, die Rundreisen und die anderen PR-Maßnahmen der letzten Monate auszuzahlen.

Im Schlafzimmer wartete Rita schon auf ihn, und das war der krönende Abschluß eines erfolgreichen Tages.

Rita lag auf dem Bett und sah sich eine Talk-Show an, bei der sie selbst während ihrer Jahre in Hollywood einige Male zu Gast gewesen war. Rita war nackt, lag auf dem Bauch und hatte die Füße verschränkt. Eine Hand diente dem Kinn als Stütze, mit der anderen umschloß sie ein Whiskeyglas. Im blauen Licht des Bildschirms wirkte sie wie ein erotischer Traum.

Killigan entkleidete sich und erzählte ihr dabei vom Zuschaueransturm, vom Umsatzrekord und schließlich von seinem Abkommen mit Agroco. Er war sehr zufrieden mit sich und versuchte das auch gar nicht zu verbergen. Sie aber reagierte nur mit einsilbigen Bemerkungen auf seinen Bericht, und das auch nur, wenn er eine Antwort von ihr verlangte. Sie sah ihn nicht einmal an, sondern starrte unentwegt auf den Fernsehapparat, als würde dort gleich der Hauptgewinner einer Lotterie bekanntgegeben.

Nachdem er die Unterhose ausgezogen hatte, rollte Killigan sich nackt aufs Bett neben sie und sagte scherzhaft: »Muß ja ein faszinierendes Programm sein.«

»Das Übliche.«

»Na, dann können wir uns ja angenehmeren Dingen widmen.«

»Ich bin nicht in Stimmung dafür.«

»Dann laß mich dir ein wenig auf die Sprünge helfen.«

»Ich sagte, ich bin nicht in Stimmung.«

Er faßte mit beiden Händen an ihre Brüste und vergrub

sein Gesicht zwischen den beiden Hügeln. Er leckte und küßte sie, knabberte und saugte an den Brustwarzen, bis sie hoch und fest standen. Als er mit einer Hand sachte über ihren Bauch strich, stellte er fest, daß sie die Oberschenkel fest zusammenpreßte. Er versuchte, sie zu öffnen, aber sie gab nicht nach.
»Du bist ein Mistkerl«, sagte sie. Ihre Stimme klang leise, melodisch und erregt. Sie machte Killigan fast wahnsinnig vor Lust. »Du bist den ganzen Tag fort. Es fällt dir überhaupt nicht ein, mich mal anzurufen. Ich hocke hier herum und warte. Das Telefon schweigt, als wäre es tot. Schließlich ist es Zeit für das erste Rennen. Ich weiß, daß du jetzt erst recht nicht mehr anrufen wirst. Ich bin stocksauer. Ich fange an zu trinken. Das einzige, was ich noch will, ist, mich so lange vollaufen zu lassen, bis du endlich nach Hause kommst und ich dir sagen kann, was für ein Riesenarschloch du bist. Ich starre in die Glotze. Bei dem Programm werde ich ganz blöd. Und wenn ich blöd werde, werde ich wie ein kleines Kind. Und wenn ich wie ein kleines Kind bin, werde ich immer sentimental. Ich werde ganz blöd im Kopf. Ich heule wie ein Wasserfall. Und dann kommst du endlich hereinspaziert, entschuldigst dich nicht einmal dafür, daß du dich den ganzen Tag nicht gemeldet hast, und willst nur noch dein dummes Ding in mich stecken, als wäre ich nicht mehr als eine Art Masturbationskiste. Verfluchte Scheiße noch mal, mir ist so hundeelend zumute, daß ich dir noch nicht einmal sagen kann, was für ein Bastard du bist!«
Killigan war wie betäubt. Er hatte sie noch nie weinen gesehen. Sie gab sich immer so hart, oft genug sogar gehässig. Aber sie war nie weich, zumindest hatte sie das noch nie gezeigt. Nie zugegeben, daß sie verwundbar war. Killigan stand vor einer gänzlich neuen Erfahrung. Wie hätte er auch darauf kommen sollen, er hatte sie ja nie so erlebt.

»Du gehörst nicht zu den Frauen, die stundenlang vor dem Telefon hocken und auf einen Anruf warten«, verteidigte er sich schwach. »Und ich war wirklich den ganzen Tag schwer beschäftigt, Rita. Es waren hektische Stunden.«
»Scher dich zur Hölle!«
»Ich wollte dir nicht weh tun.«
»Mit mir ist alles in Ordnung«, erklärte sie patzig und starrte weiterhin auf den Bildschirm. »Ich will mir nur noch diese Show ansehen und dann schlafen. Ich bin viel zu besoffen, um noch nach Hause fahren zu können.«
Er faßte sie sanft an den Schultern und wollte sie zu sich herumdrehen. »Es tut mir leid, entschuldige bitte.«
»Großartig. Aber das nutzt dir jetzt auch nicht mehr viel. Vor allem kommt dein Schwanz heute nicht mehr zum Zuge.«
»Ich habe sowieso nicht mehr vor, dich zu lieben.«
»Liebe? Pah! Nein, du willst *ficken*. Heute nacht mußt du mich schon vergewaltigen, sonst läuft für dich nichts!«
»Ich würde nie Gewalt gegen dich anwenden.«
»Wirst du aber schon müssen.« Zum erstenmal wandte sie sich vom Fernseher ab und sah ihn an. Sie hatte die glänzenden roten Lippen leicht geöffnet. Ihre Augen waren dunkel, wolkig und voll unausgesprochener Aufforderung.
Wo bin ich denn hier gelandet? fragte sich Killigan. *Was geht hier vor? Was verlangt sie von mir? Und was bezweckt sie damit? Was habe ich ihr getan?*
Er nahm die Hände von ihren Schultern und berührte wieder ihre Brüste. Er spürte ihren Herzschlag. »Wenn du nichts von mir willst, warum liegst du dann nackt auf dem Bett?«
Sie starrte ihn mit wild funkelnden Augen an.
Er riß ihr das Glas aus der Hand und warf es auf den Boden. »Los, gib mir sofort eine Antwort!«

»Scher dich zur Hölle!«
Er packte sie und drehte sie auf den Rücken. Er ignorierte ihre scharfen Fingernägel auf seinen Schultern, Armen und Händen, so gut er konnte. Als er versuchte, ihre zusammengepreßten Schenkel zu öffnen, kratzte sie ihn mit aller Wucht ins Gesicht. Blut rann von seiner linken Wange.
»Verdammt noch mal!«
Sie wand sich auf dem Bett hin und her.
Er packte sie fester und legte sie wieder in Position. Als sie nach ihm trat, nutzte er die Gelegenheit, ein Knie zwischen ihre geöffneten Schenkel zu schieben.
»Saukerl!« fauchte sie.
Er schob beide Hände unter ihren Hintern und hob sie zu sich heran, während sie mit Schlagen, Beißen und Kratzen nach einer Fluchtmöglichkeit suchte. Als sein Penis die feuchten, zuckenden Schamlippen erreichte, entdeckte er tiefempfundenen Haß auf ihren schönen Zügen. Er zögerte, da er noch immer nicht begriff, was hier gespielt wurde. Hatte er jetzt vielleicht die Regeln verletzt?
Sie nutzte seine momentane Verwirrung aus und stieß ein Knie in seine Weichteile. Er schrie vor Schmerzen auf und ließ Rita los. Während er sich krümmte und die Hände an seinen Unterleib preßte, befreite sie sich von ihm, kroch zur Bettkante und eilte flink aus dem Zimmer.
Trotz seiner Schmerzen stolperte er ihr nach und fing sie an der Tür zum Badezimmer ab. Er hob sie hoch und trug sie zum Bett zurück. Sie strampelte, kreischte und fauchte. Er warf sie aufs Bett und drückte ihr Gesicht ins Laken. Er packte ihre Pobacken, fuhr mit dem Daumen durch die Spalte, als öffnete er einen Brief, spreizte die Backen und stieß seinen Schwanz hinein, bevor sie überhaupt wußte, wie ihr geschah.
Bei jedem Stoß von ihm schrie sie auf, versuchte den Kopf zu befreien und den Rücken zu wölben. Anfangs glaubte

er, sie würde sich wirklich nach Kräften gegen ihn zur Wehr setzen. Dann begriff er, daß sie wollte, daß er das glaubte. Gleichzeitig bewegte sie ihre feuchten inneren Muskeln mit der Geschicklichkeit einer teuren Hure. Als er das erkannte und ihm auch noch klarwurde, daß sie ihn mit dem ihr eigenen Geschick binnen Sekunden zur Ejakulation bringen würde, zog er rasch seinen Penis aus ihrem Hinterteil. Sein steifes Glied befand sich noch zwischen den Pobacken, als es schon zu spät war. Sein Schwanz spuckte einen großen, glitzernden Klecks auf ihren Hintern.

In dem Augenblick, als Rita fühlte, wie die dicke, weiße Flüssigkeit an ihren Seiten herabrann, nutzte sie seine momentane Schwäche und befreite sich von ihm. Sie rollte aus dem Bett, rannte ins Badezimmer, warf die Tür hinter sich zu und sperrte ab. Sie heulte und weinte endlos lange, bis ihr Schluchzen alles Menschliche verloren hatte und wie das Geschrei von Möwen in einem Sturm klang. Ihre Laute hallten unheimlich in dem kleinen Badezimmer wider.

Aber sie wollte doch mit Gewalt genommen werden, oder? fragte sich Killigan.

Warum heulte sie dann?

Er fand darauf keine Antwort. Er wußte überhaupt nicht mehr, was Rita eigentlich wollte. Was verlangte sie denn von ihm? Was erwartete sie um alles in der Welt von ihm? Und was würde sie ihm noch alles antun wollen?

Killigan lag einige Minuten auf dem Bett und gab sich seiner Erschöpfung hin. Seine Genitalien schmerzten immer noch etwas. Aber der wirkliche Schmerz, der in ihm bohrte, war nicht physischer Natur. Er kam sich billig, mißbraucht und wertlos vor. Er schämte sich furchtbar. Als er die Augen schloß, verwandelte sich sein Geist in ein ekelhaftes, von Geschwüren besetztes Füllhorn, das unabläs-

sig die fauligen Früchte seiner Vergangenheit auskippte: seine Mutter, wenn sie böse mit ihm war; seine Mutter, als sie ausgemergelt und krank im Sterben lag; die blassen, verzerrten Gesichter der Priester hinter dem Gitter der Beichtkabine; die strengen Blicke des Priesters, als er über dem kalten Leichnam seiner Mutter etwas Geheimnisvolles murmelte; erbarmungslose Nonnen, die in schrecklichem Schweigen durch die endlos langen Gänge des Klosters eilten; Nonnen, die wie riesige Raben wirkten, wenn sie im Garten waren und der Wind in ihre Gewänder fuhr; der anklagende Ausdruck auf dem leidenden Gesicht des Gekreuzigten, den er so oft als Chorknabe in der Kirche hatte anschauen müssen... Killigan überraschten diese finsteren Erinnerungen, denn er war seit über dreißig Jahren in keiner Kirche mehr gewesen. Er hatte irgendwann seinen Glauben verloren, einfach so, von einem Tag auf den anderen, und hielt sich heute für einen Atheisten. Und plötzlich in diesen Minuten war alles wieder da, war ohne Warnung zurückgekehrt: die ganze verdammte Kette von Schuldgefühlen, von Furcht, von Unterdrückung, von unbedingtem Gehorsam...
Großer Gott, warum tust du mir das an?
Dabei hatte er so einen ausgefüllten und erfolgreichen Tag hinter sich. Er war voller Stolz nach Hause gefahren, weil endlich einmal alles in den richtigen Bahnen verlaufen war. Und dann war plötzlich alles vom Kurs abgekommen. Nun lag der Tag in Scherben da.
Er stand auf und sah Ritas Glas am Boden. Er füllte es mit Eiswürfeln und Bourbon, die neben dem Bett auf einem Schränkchen standen, und leerte es in einem Zug, als würde er Wasser hinunterstürzen.
Langsam, ganz langsam, Junge. Oder hast du schon vergessen, wie du dich heute morgen gefühlt hast?
Er konnte sich morgen keinen weiteren Kater leisten.

»Ach, zur Hölle damit!« fuhr er den Moderator an, der ihn vom Bildschirm anlächelte. »Wie soll ich sonst in dieser Nacht Schlaf finden? Also halt' dich gefälligst da raus!«
Er stürzte den nächsten Bourbon hinunter. Während er darauf wartete, daß Rita endlich aus dem Badezimmer kam, arbeitete er nach Kräften daran, sich vollaufen zu lassen.

9

Als er kurz nach Mitternacht in sein Zimmer im Lazy-Time-Motel zurückkehrte, marschierte Ely Grimes direkt auf seinen skandinavischen Sessel neben dem Bett zu. Noch während er sich niederließ, wand er sich aus seinem leichten Mantel, öffnete die Krawatte und rollte die Ärmel hoch. Er schlug die vielfach bekritzelte Ausgabe der DAILY RACING FORM auf, in der er Anmerkungen für die Rennen des heutigen Abends gemacht hatte. Sorgfältig studierte er seine Notizen mit der Lupe. Dann arbeitete er sich durch seine Karteien und Graphiken. Er ging langsam und methodisch vor, so als würde er diese Unterlagen zum erstenmal zu sehen bekommen, so als hätte er tatsächlich Geld gesetzt und etwas gewonnen. Er hatte in der Tat Geld gesetzt. Und er hatte alles verloren. Nun mußte er dringend herausfinden, warum sein System versagt hatte.
Zu seiner großen Verblüffung stellte er fest, daß der Sieger im zweiten Rennen genau das Pferd war, auf das er ursprünglich hatte setzen wollen. Aus irgendeinem unerfindlichen Grund hatte er sich jedoch für einen Verlierer namens *Insouciant* entschieden. Hätte er sich an sein System gehalten — das System, das er in so langer und mühseliger Arbeit entwickelt hatte —, hätte er *Insouciant* gar nicht erst ernsthaft in Erwägung gezogen.

Verdammt noch mal, Grimes, dachte er verärgert, *ein Pferd wie »Insouciant«! Der elende Gaul hat sein letztes Rennen nur durch einen puren Zufall und um Haaresbreite gewonnen. Und da denkst du, es sei jetzt auf dem Weg nach oben, und es würde sich lohnen, auf dieses Pferd zu setzen. Gut, auch andere Faktoren haben für »Insouciant« gesprochen. Das Pferd besitzt Durchhaltevermögen und Kampfgeist. Und schließlich hat es sich im Endspurt durchgesetzt, damals. Aber damals hatte es auch einen anderen Jockey auf dem Rücken: Joey Misakonis! Misakonis ist ein heller Kopf. Er hält sein Pferd anfangs zurück, bleibt im Mittelfeld und startet dann zum Finish, wenn die anderen ihre Kräfte schon fast verbraucht haben. Das ist die Spezialität von Misakonis. Aber heute saß ein anderer auf dem Pferd: Billy Fiore. Fiore treibt sein Pferd gleich vom Start an nach vorn. Er bevorzugt es, gleich zu Beginn an der Spitze zu sein und diese Position nicht mehr aufzugeben. Fiore und Misakonis, zwei berechenbare Jockeys, die sich dennoch grundsätzlich voneinander unterscheiden. Ach, Grimes, ist dir denn dein ganzer Pferdeverstand abhanden gekommen? Kennst du dich denn mit den Regeln deines eigenen Systems nicht mehr aus? Du hättest zweihundert auf »Ring the Bell« setzen sollen. »Insouciant«! Pah! Da kannst du ja beim nächsten Mal gleich dein ganzes Geld zum Fenster hinauswerfen.*

Er hatte heute abend bei den neun Rennen fünfmal gesetzt und kein einziges Mal etwas gewonnen. Und jetzt mußte er entdecken, daß er bei jedem Rennen hätte gewinnen können, wenn er seine Unterlagen etwas genauer studiert hätte. Sein System funktionierte tatsächlich! Er mußte sich nur etwas mehr an den Regeln orientieren, dann konnte er auch einen Gewinn machen. Er hatte zwölf Monate damit verbracht, die Rennen auf dem Papier zu verfolgen und nur in Gedanken Wetten zu setzen. Er hatte so lange kein echtes Geld mehr gesetzt, daß er fast vergessen hatte, wie ernst diese Form des Glücksspiels war. Aber das würde sich von nun an ändern. Von heute an würde er prüfen, gegenprüfen und nochmals prüfen, bevor er seine endgültige Wahl traf.

Während der ganzen Fahrt zurück zum Motel war Grimes enttäuscht und verwirrt gewesen. Er hatte achthundert Dollar an den Wettschaltern verloren, soviel wie nie zuvor an einem einzigen Tag. Er hatte Mühe gehabt, sich auf die Straße zu konzentrieren, und war mehr als einmal in der Böschung gelandet, einmal sogar den Bahngleisen gefährlich nahe gekommen. In seinen Gedanken sah er nur die Verlierer vor sich, auf die er blöderweise gesetzt hatte. Sein Magen hatte im Takt zu den galoppierenden Hufen revoltiert, hatte sich verkrampft und verknotet.

Aber jetzt fühlte er sich wieder besser. Das System hatte sich als perfekt erwiesen. Sein Pech war allein auf sein persönliches menschliches Versagen zurückzuführen. Wenn er nun mit viel mehr Gründlichkeit seine Entscheidungen traf, konnte morgen eigentlich nichts schiefgehen, und auch übermorgen und die ganze Woche bis zum Samstag nichts. Er hatte heute mehr verloren, als er kalkuliert hatte, aber ab morgen würde er alles und noch viel mehr wieder hereinholen.

Er räumte alles vom Bett, zog sich aus, legte sich aufs Bett, schob sich das Kissen unter den Rücken und nahm sich die Zeitung vor. Zum erstenmal studierte er nicht die Tabellen vergangener und zukünftiger Rennen, sondern las die Nachrichten auf der ersten Seite. Er entdeckte dort die Meldung, daß der Besitzer von *Magic Pitcher* sein Pferd beim großen Rennen am Samstag starten lassen wollte. Ely Grimes spürte die Erregung in sich aufsteigen, als er diese Meldung las. *Magic Pitcher* war das jüngste Wunderpferd und hatte eine Abstammungslinie, in der es viele Gewinner gab und die Grimes jahrelang verfolgt und schließlich auch in seinen Unterlagen erfaßt hatte. Wenn es nach *Secretariat* je ein Pferd geben würde, das noch zu Lebzeiten Unsterblichkeit erlangen könnte, dann nur *Magic Pitcher.* Den meisten Sportreportern war das bislang entgangen, obwohl *Magic Pitcher* doch schon mit einer ganzen Reihe beeindruckender Siege aufwarten konnte. Vermutlich hatte keiner dieser Schreiberlinge es für nötig gehalten, sich die Abstammung dieses edlen Tieres genauer anzusehen. Es gab keine andere Möglichkeit, *Magic Pitcher* würde das große Rennen am Samstag gewinnen — auch wenn in letzter Minute ein anderes erstklassiges Pferd zum Start gemeldet würde, und auch trotz des Umstands, daß *Magic Pitcher* auf einer Bahn wie der von Century Oaks nicht in Höchstform gelangen konnte —, und die Wetten auf dieses Tier würden mindestens vier zu eins stehen, wahrscheinlich sogar noch besser. Mein Gott, auf eine solche Chance warteten manche Wetter ihr Leben lang! Ein Pferd, das von den sogenannten Experten übersehen worden war und das einfach nicht verlieren konnte! Grimes las die anderen Nachrichten und kehrte immer wieder zu der Meldung über *Magic Pitcher* zurück. Er träumte mit offenen Augen von seinem System, das es ihm ermöglichen würde, einen Aspekt der Leukämie zu besiegen und Clara eine sorgenfreie Zukunft zu schenken. Ely Grimes schlief schließlich im Sitzen ein.

Zwei Meilen entfernt vom Lazy-Time-Motel lehnte Danny Eugene Foxen an der Ecke eines Gebäudes bei den Stallungen. Er spähte hinein in einen Stall, und sein Blick wanderte über die Boxen. Sechs schwache elektrische Birnen hingen in imitierten antiken Laternen von der Decke und vermochten kaum mehr, als die Schatten unter dem Dach ein wenig aufzuweichen. Um diese Zeit hielt sich hier niemand mehr auf; abgesehen von ein paar TRPB-Agenten. Doch von diesen Mistkerlen war niemand in der Nähe. Selbst die Ziegen, Enten, Katzen und anderen Tiere hatten sich schlafen gelegt.

Foxen schlich sich zum Stalltor, ging auf Zehenspitzen hinein und blieb vor einer Box stehen. Leise rief er den Namen des Pferdes darin. Das Tier schnaubte und schmatzte, zeigte sich aber nicht. Foxen rief ein zweites Mal. Kurz darauf schon *Magic Pitcher* seinen wunderschönen kastanienfarbenen Kopf über die Absperrung, um nachzusehen, wer denn da seine Ruhe störte.
»Hallo, alter Junge«, grüßte Foxen.
Das Pferd betrachtete ihn mißtrauisch mit seinen großen, hellen Augen.
Foxen schob ihm einen Würfelzucker ins Maul.
Magic Pitcher zerbiß das Stück und schluckte es hinunter. Dann hob er auffordernd den Kopf, um mehr zu erhalten.
Was für ein prachtvoller Zweijähriger, dachte Foxen. Sein Besitzer hatte auf der Keeneland-Sommerversteigerung in Kentucky eine viertel Million Dollar für das Tier bezahlt. Und in Keeneland wurden die besten Einjährigen der Welt angeboten. Die Viertelmillion war ein Durchschnittspreis, doch *Magic Pitcher* würde das Geld mehr als wieder hereinholen. Er war vielleicht nicht der allerbeste Zweijährige seiner Klasse, aber er würde etliche Male den Sieg davontragen.
Foxen ließ seinen Blick durch den Stall wandern. Er war immer noch allein hier. Er zog zwei weitere Würfelzucker aus der Hosentasche und reichte sie dem Pferd. Während der Zweijährige gierig darauf herumkaute, holte Foxen ein Päckchen Streichhölzer aus der Hemdtasche. Er entzündete ein Streichholz an der Box und wedelte dem Tier mit der Flamme vor den Augen herum.
Magic Pitcher reagierte augenblicklich, obwohl dieses edle Tier viel zu stolz war, um in Panik zu geraten. Es riß den Kopf hoch und rollte mit den dunklen Augen. Es schnaubte empört und verächtlich, so wie ein Gentleman vielleicht auf einen bettelnden Penner reagieren würde. Offenbar

konnte *Magic Pitcher* nicht begreifen, warum dieser Mann ihm erst Zucker gab und ihn dann mit einem Feuer erschrecken wollte. Das Pferd fletschte die Zähne und zog sich in seiner Box zurück.
Foxen kicherte. Sein Gesicht glänzte vom Schweiß. Er ließ das abgebrannte Streichholz auf den Boden fallen und entzündete ein zweites. Er malte mit der Flamme Figuren in der Luft und erfreute sich daran wie ein Kind angesichts eines Feuerwerks.
Magic Pitcher zog sich weiter in seiner Box zurück, bis er am hinteren Ende stand. Das Tier schnaubte lauter und stampfte mit den Hufen auf. Eine Brise brachte den Gestank des Kotberges mit.
Foxen lachte.
Ein Papagei, der »Freund« von *Magic Pitcher,* erwachte in seinem Käfig, der von der Decke hing. Er flatterte mit den Flügeln, tanzte nervös auf seiner Stange herum und beschimpfte Foxen wütend.
Foxen entzündete ein drittes Streichholz. Dieses Mal hielt er die Flamme in die Box hinein und wedelte damit herum.
Endlich geriet das Pferd in Panik. Es warf den Kopf in den Nacken und stieß den eigenartigen spitzen Schrei seiner Rasse aus. Seine Hinterhufe traten gegen die Boxenwand. Der Papagei kreischte, als würde er gerupft. Binnen Sekunden fielen die Pferde zu beiden Seiten dieser Box in den Aufruhr ein. Der Friede in den Stallungen war um drei Uhr nachts zu Ende.
Foxen zitterte vor Erregung. Er hüpfte von einem Bein aufs andere und rannte dann den Gang zwischen den Boxen entlang. Er gelangte aus dem Stall, rannte zwischen den Ställen entlang und wurde immer schneller. Als er mindestens zwanzig Ställe passiert hatte, wendete er und lief den Weg zurück. Er hörte bald wieder den Lärm aus den

Boxen rings um *Magic Pitcher.* Doch jetzt mischten sich auch Männerstimmen darunter. Foxen konnte ein Kichern nicht unterdrücken und eilte daher zu seinem kleinen Zimmer in den billigen Personalunterkünften. Er schloß die Tür hinter sich und fühlte sich sicher.

Er hockte sich auf sein schmales Bett, zog die Knie bis ans Kinn heran und umfaßte seine Beine.

»Mein Gott! Meine Güte!« sagte er leise und ergriffen.

Endlich erhob er sich und marschierte in dem kleinen Zimmer auf und ab.

Er zog die Packung Streichhölzer aus der Hemdtasche und starrte sie an.

Er fing wieder an zu kichern.

Er ging in die Küche am Ende seines kleinen Zimmers, drehte das Gas auf und hielt die Hände über die Flamme wie ein Mann, der sich im Winter wärmen will. Sein Gesicht rötete sich. Schweiß rann ihm über die Wangen. Die Erregung durchzuckte ihn in heftigen Wellen. Er fürchtete sich davor, wollte sie niederzwingen. Aber er konnte die eigenartige Gefühlsmischung aus Freude, Angst und Verzweiflung nicht unterdrücken.

Seit fünf Jahren, seit er achtzehn war, hatte Danny Foxen in Rennbahnstallungen gearbeitet: Liberty Bell, Bowie, Delaware Park, Hagerstown und jetzt Century Oaks. Er hatte als Pferdejunge angefangen, hatte Ponys für Kinder herumgeführt. Danach hatte er die Pferde nach den Rennen geführt, sie abkühlen lassen. Bald darauf war er Stallknecht geworden, und als solcher arbeitete er jetzt bei Century Oaks.

Angesichts all der komplizierten Prozeduren, die nötig waren, um ein Pferd auf ein Rennen vorzubereiten, war der Stallknecht für den Erfolg fast ebenso wichtig wie der Trainer. Foxen mußte das Tier versorgen, es abbürsten, reinigen, baden und das Stroh wechseln. Dazu gehörte auch die weniger angenehme Aufgabe, den Kot aus der Box zu schaffen. Oder die schon wesentlich leichtere Arbeit, dem Pferd das Zaumzeug und den Sattel aufzulegen. Wenn ihm ein Pferd übertragen wurde, konnte er es rascher und effektiver beruhigen als der Trainer oder das jeweilige Lieblingstier. Dieses Pferd suchte dann die Nähe seines Knechts, wenn es nervös war oder es sich gesundheitlich nicht auf der Höhe fühlte.

Danny Foxen besaß die besondere natürliche Gabe, diese undefinierbare Befähigung, die einen hervorragenden Pferdehüter von einem durchschnittlichen oder auch guten unterschied. Foxens Schützlinge wurden seltener krank als die seiner Kollegen. Foxen rieb seine Pferde täglich, Woche für Woche, in der gleichen Weise ab und kannte so ihren Leib besser als seinen eigenen Körper. Wenn dann ein Pferd während des Abreibens zusammenzuckte, obwohl es das vorher nie getan hatte, wußte er sogleich, daß etwas mit dem Tier nicht stimmte. Eine verzogene, gezerrte Sehne, ein verspannter Muskel, eine Verrenkung, eine Verstauchung, ein Splitter unter der Haut, ein Geschwür oder sonst was — Foxen konnte das dann beinahe genauso schnell feststellen wie der Tierarzt.

Aber Foxen würde es nie zum Trainer bringen. Auch wenn er die nächsten zwanzig Jahre bei Century Oaks bleiben würde, er würde es nie weiter als bis zum Pferdeknecht bringen, der er ja jetzt schon war. Ein Trainer durfte sich nur einer Leidenschaft hingeben, den Pferden. Doch das war bei Danny nur Nebensache. Viel mehr und über allem anderen begeisterte er sich am Feuer.

Danny Foxen war Pyromane. Im Alter von fünfzehn Jahren hatte er zum erstenmal ein Feuer gelegt, in einem verlassenen Haus. Die Flammen vermittelten ihm das Gefühl, endlich etwas vollbracht zu haben, endlich jemand zu sein. Er verspürte dabei eine Macht, wie er sie sonst nie kennengelernt hatte. Im Alter von sechzehn hatte er ein weiteres leerstehendes Haus niedergebrannt, hatte dann ein bewohntes Mietshaus angezündet und schließlich zwei parkende Autos in Brand gesteckt. In den letzten sieben Jahren hatte er weitere einundzwanzig Feuer gelegt. Bei jedem neuen Brand hatte er seine wunderbaren Machtträume wieder erlebt. Fasziniert wie ein reicher Geizhals angesichts seines Goldes hatte er in die Flammen gestarrt. Sein ungesunder Drang hatte nie nachgelassen, war eher noch stärker geworden. Und die Erregung, die er bei Feuer verspürte, war ihm immer noch der höchste Genuß.

Mehr als jeder andere Brand begeisterte Danny ein Feuer in den Stallungen, das außer Kontrolle geriet. In über tausend Nächten hatte er denselben erregenden Traum gehabt: Die Ställe standen ruhig und friedlich in Reih und Glied da; leise schnarchten die Pferde in ihren Boxen; dann der erste graue Rauchfaden, der sich wie eine Spirale in den Nachthimmel hinauf bewegte; dazu der erste schwache Geruch von brennendem Holz, ein Geruch wie von einem exotischen Gewürz; die ersten dämonischen Flammen, die an einer Stallwand hinaufzischten, Flammenzungen wie von Höllenmonstern; die schrillen Schreie der eingesperrten Tiere; das panikerfüllte Donnern der Hufe; Männer, die schrien und brüllten, manchmal sogar weinten; Strohberge, die von einem Moment auf den anderen in weißem Licht explodierten; Schatten an den Wänden, die grotesk verzerrt waren; Schatten, die tanzten, sprangen und sich wanden; satanische Schatten voller bösartiger Bedeutung und gräßlicher Symbolik; die Schatten des Holocaust ...

Danny grunzte wie ein Mann bei den Zuckungen des Orgasmus und zog die Hände von der brennenden Gasflamme. Er schaltete den Herd aus, legte sich aufs Bett und streckte sich. Er schloß die Augen und dachte an ein Feuer. Allmählich beruhigte sich sein Körper ...

Feuer.

Von all den Feuern, die er in seinem Leben gelegt hatte, hatte es nur zweimal auf einer Rennbahn gebrannt. Danny kam sich wie ein willensschwacher Übergewichtiger vor, der sich auf Diät gesetzt hatte und sich nur noch einen Schokoriegel pro Woche erlaubte. Er litt und litt wochen- und monatelang, wenn er pro Woche nur einen Riegel verdrücken durfte, und dann eines Tages war es so weit, er stopfte sich rücksichtslos mit Süßigkeiten voll. Die TRPB-Agenten waren zu gründlich, um einen Brandstifter entkommen zu lassen. Danny wußte, daß er nur frei bleiben konnte, wenn er mit der größten Umsicht vorging und seine Besessenheit so lange wie möglich im Zaum zu halten versuchte.

Foxen erinnerte sich an seine früheren Brände auf Rennbahnen. Jersey vor fünf Jahren: zwei Ställe bis auf den Grund niedergebrannt, zwei weitere Ställe schwer beschädigt, zwölf Pferde tot, vier Männer mit Verbrennungen und Rauchvergiftungen im Krankenhaus. Vor zwei Jahren in New York: sechs Ställe zerstört, zwanzig Pferde tot, drei Männer im Krankenhaus.

Feuer.

Feuer war wie das Gehalt, von dem Foxen existierte. Die Feuer, die er legte, konsumierten die Besitztümer anderer Menschen, gingen damit gewissermaßen in Dannys Besitz über. Er hatte oft über diesen Aspekt nachgedacht. Das war doch die Grundregel aller Wirtschaftsvorgänge: Man gewann sein Geld, indem man anderen das ihre wegnahm. Dannys Teilnahme am Wirtschaftsleben war, Feuer zu legen, genau so wie ein Bankier Kredite vergab und Zinsen einstrich. Die Flammen waren dabei Dannys Imperium. Feuer brachte Danny, wenn auch geheim, Status. Er hatte viel über Geld und Geldwirtschaft, aber auch über psychische Krankheiten gelesen und hatte über das alles viel nachgedacht. Eines Tages war er zu der Erkenntnis gelangt, daß es sich bei psychischen Störungen nicht notwendigerweise um Krankheiten handeln mußte. Danny sah sie eher als Meinungsunterschiede zwischen einem Individuum und den Regeln und Normen der Gesellschaft. Wenn er sich hin und wieder doch Gedanken über seine geistige Gesundheit machte, bei den seltenen Gelegenheiten, wenn er an der Richtigkeit seiner Besessenheit zweifelte, konnte er sich stets rasch damit beruhigen, daß er doch im Prinzip dasselbe tat wie alle anderen auch: Er jagte Reichtümern hinterher. Der Unterschied bestand lediglich darin, daß Flammen das Zahlungsmittel bildeten. Flammen waren der Geldkreislauf seiner privaten Welt.

In der kommenden Freitagnacht, am Vorabend der großen Lotterie, wollte er sich seinen größten Reichtum verschaffen. Er wollte in den Stallungen ein Feuer legen, das die beiden früheren Rennbahnbrände um ein Vielfaches übertraf.

10

Am Dienstag morgen fuhren Edgar Garrison und Pat Jessup nach New York City, um sich mit Schußwaffen zu versorgen. Edgar fuhr den gemieteten Chevrolet von Harrisburg bis Easton. Pat saß die zweite Hälfte der Fahrt hinter dem Steuer. Sie hielten nur zweimal an: einmal, um zu tanken, das andere Mal, um in einem Schnellimbiß Cheeseburger und Pommes frites zu sich zu nehmen. Die Fahrt dauerte vier Stunden, und währenddessen redeten die beiden Männer nur wenig miteinander. Als Jessup endlich den Wagen in einer Seitenstraße in Queens park-

te, hatten die beiden kaum hundert Worte miteinander gewechselt.
Pat deutete durch die Windschutzscheibe auf ein paar alte Häuser gegenüber.
Hinter dem Abfall auf dem Bürgersteig, den geparkten Wagen und einigen kümmerlichen Buchen, die in regelmäßigen Abständen in den Gehsteig eingelassen waren, erkannte Garrison ein halbes Dutzend heruntergekommener, dreigeschossiger Gebäude. Die oberen Etagen waren Wohnungen vorbehalten, während ebenerdig Geschäfte in den Räumen waren. Eine Schnellwäscherei, ein Second-hand-Buchladen, ein Friseursalon, ein Straßencafé, ein Schuster und ein Plattenladen, dessen Schaufenster mit allerlei modischem Schnickschnack vollgestopft waren.
»Welcher Laden ist es?« fragte Garrison.
»Der Buchladen.«
»Und da gehen wir einfach hinein?«
»Kennen Sie eine bessere Möglichkeit, einen Laden zu betreten?« Pat stieg aus und überquerte die Straße. Edgar folgte ihm.
Jessup trug einen neuen Anzug, und der war ebenso farblich abgestimmt wie der, den er am Montag getragen hatte. Was gestern schokoladenbraun gewesen war, war heute beige: Anzug, Hemd, Krawatte und Schuhe. Nur der Ring war derselbe geblieben.
Aber er wirkt hier nicht so fremd wie gestern auf dem Land, dachte Garrison. *Diese Brauntöne, man könnte sie hier in Queens fast für eine Art Tarnung halten. Jessup ist durch und durch Stadtmensch, er besitzt sogar die dafür passende Ausstattung.*
Die alte Glastür des Second-hand-Ladens wurde von schmalen Streben aus Mahagoniholz in acht Teile geteilt. Handgeschriebene Buchstaben, die über vier von diesen

verteilt waren, verrieten erst im Zusammenhang, um was für ein Geschäft es sich handelte:

B U C H

S H O P

Eine Kette mit Messingglöckchen bewegte sich, als Pat die Tür öffnete.

Vier Meter hohe Bücherregale bedeckten ringsum die Wände des Ladens. Auf den einzelnen Brettern stapelten sich ganze Berge von alten Magazinen und Groschenheften aller Art: Krimis, Science-fiction, Thriller, Liebesgeschichten, Western, Horror und Fantasy. Andere Regale erhielten Unmengen von gebrauchten Taschenbüchern aus den letzten drei Jahrzehnten. Auf dem Boden standen sechzig oder siebzig lange Tische (mit schmalen Gängen dazwischen), auf denen ebenfalls Unmengen von Lesestoff ausgebreitet war. Die Taschenbücher waren so übereinandergestapelt, daß nur ihre Rücken zu sehen waren. Die Magazine hingegen, die älter und gesuchter waren (der Laden präsentierte in der Hauptsache Ausgaben von 1920 bis 1940), lagen so, daß ihre grellbunten Cover zu sehen waren. Garrison fielen einige der Titel ins Auge. Ausgaben von CAPTAIN FUTURE, WEIRD TALES, THRILLING DETECTIVE STORIES, ACE SPORTS STORIES, WESTERN TRAILS ... Der leichte Schwefelgeruch des sich allmählich auflösenden, holzhaltigen Billigpapiers der Magazine erfüllte den Raum wie ein schweres Parfüm in einer heißen Augustnacht.

Ein Mann in einem Rollstuhl näherte sich ihnen durch einen der schmalen Gänge und hielt vor ihnen an. Er war Mitte Fünfzig, trug weiße Haare und einen ebenso weißen Bart und hatte Augen, die an verblichene Druckerschwärze erinnerten. Seine Arme waren muskulös, kräftig und behaart. Doch mit seinen Beinen konnte er nichts mehr anfangen. Die Hosenbeine hingen schlaff und faltig über den Gliedmaßen, die nur noch aus Knochen zu bestehen schienen.

»Hallo, Pat«, sagte der Alte. »Wen haben Sie denn da mitgebracht, einen Freund?« Seine Stimme klang sehr melodisch. Vermutlich konnte er gut singen.

»Er heißt Edgar«, antwortete Jessup.

»Erfreut, Sie kennenzulernen, Edgar«, sagte der Alte. »Ich heiße Bill McGill.« Er lächelte angenehm.

Sie schüttelten sich die Hände. Garrison machte sich schon auf einen Händedruck gefaßt, der ihm fast die Finger brechen würde; eine Überkompensation, die von den nutzlosen Beinen herrührte. Doch McGill gehörte nicht zu dieser Sorte Mensch. Er brauchte mit der Kraft seiner Arme nicht zu prahlen. Sein Händedruck war fest, aber vergleichsweise sanft.

»Sie haben Glück«, erklärte er, »ist gerade keine Kundschaft da. Ich schließe nur eben ab, dann können wir uns den Geschäften widmen.« Er rollte zur Tür und sperrte zu. Dann drehte er den elektrischen Rollstuhl um hundertachtzig Grad und sauste an Garrison vorbei auf einen Lastenaufzug am hinteren Ende des Ladens zu. Die Seiten der alten Magazine raschelten vom Fahrtwind.

»Nun kommen Sie schon!«

Die hintere Hälfte des Kellers unterschied sich in keiner Weise vom Laden. Über zehntausend alte Bücher und Magazine quollen aus Regalen und Kisten.

»Es hat sicher viel Zeit und Geduld erfordert, all diese Schätze zusammenzutragen«, bemerkte Garrison, als er hinter McGill herlief.

»Ich habe mein ganzes Leben nichts anderes getan.«

»Kann man denn damit wirklich Geld verdienen?«

McGill blieb vor einem Regal stehen und fuhr sanft mit den

Fingerspitzen über die Rücken einer vollständigen Ausgabe alter GALAXY-Hefte. »Ich setze damit etwa zehntausend im Jahr um. Ich könnte erheblich mehr verdienen, wenn ich es nur über mich brächte, die wertvollen Sachen anzubieten. Sie müssen wissen, ich besitze einige vollständige Ausgaben von BLACK MASK, drei davon sind in einem tadellosen Zustand. Außerdem fünfmal WEIRD TALES komplett. Jede Ausgabe bringt etliche tausend Dollar. Aber ich kann mich einfach nicht davon trennen. Diese alten Bücher und Magazine, sie waren schon immer mein ein und alles. Seit meinem sechsten Lebensjahr bin ich an den Rollstuhl gefesselt.« Er wandte sich abrupt von den Magazinen ab und rollte in die vordere Kellerhälfte.

Dort war eine Tür, und dahinter lagerten die Schußwaffen des Gelähmten. Zweihundert Gewehre, Schrotflinten und Pistolen waren in samtbezogenen Kisten ausgestellt, die auf Wandregalen standen. Bei den meisten handelte es sich um Revolver oder automatische Pistolen, die gereinigt oder repariert werden mußten. Der Raum enthielt sogar einen kleinen, gasbetriebenen Schmiedeofen, Tiegel und Formen, in denen Metall geschmolzen und gegossen werden konnte. Daneben entdeckte Garrison Fräsen, eine Drehbank, Metallsägen, eine Werkbank und unzählige Werkzeuge. Alle Tische und Arbeitsplatten waren so tief, daß ein Beingelähmter bequem daran arbeiten konnte.

McGill saß mit dem Rücken zum Schmiedeofen, hielt die Finger an den Hebeln und Schaltern seines Rollstuhls, so als wolle er im nächsten Moment die Flucht ergreifen, und lächelte Jessup an: »Was brauchen Sie diesmal?«

»Vier Pistolen.«

»Ist das alles?«

»Für den Anfang.«

»Genügen Revolver?«

»Sie müssen in Achselholstern getragen werden können.«
»Dann besser automatische, die sind nicht so groß.«
»Was haben Sie denn gerade da?«
McGill fuhr zu einer der Werkbänke, und die beiden Besucher folgten ihm. Der Krüppel zeigte auf die ersten vier Pistolen in einer Reihe von zwanzig Handfeuerwaffen. »Ich kann Ihnen vier gleiche Waffen geben.«
»Die sehen aus wie Brownings.«
»Ganz recht, Brownings. Browning M-35, halbautomatisch. Gute Verarbeitung, FN in Belgien. Sind zwar alte Pistolen, noch aus dem Krieg, aber ich habe mir bei diesen Stücken besonders viel Mühe gegeben, sie wieder instandzusetzen. Der einzige Nachteil ist das Luger-Kaliber von neun Millimetern. Und der Abzug ist etwas langsam.«
»Ich denke, das dürfte für unsere Zwecke reichen.«
»Ganz wie Sie wünschen.«
»Und die Durchschlagkraft?«
»Als wenn man mit einem Schmiedehammer zuschlagen würde.«
Edgar war verlegen und kam sich etwas fehl am Platz vor. Er sah von einem Mann zum anderen und fühlte sich dabei wie ein Parodist, der einen Tenniszuschauer darstellt. Feuerwaffen waren ihm nicht ganz unbekannt, und er wußte ziemlich genau, wie man mit ihnen umzugehen hatte. Aber er war kein Waffennarr, der sich in allen Details auskannte.
»Wieviel Schuß kommen ins Magazin?« fragte Jessup. »Zehn?«
»Dreizehn.«
»Das ist prima, kommt uns sehr gelegen. Und wie steht's mit der Treffsicherheit?«
»So gut wie bei allen Brownings«, antwortete McGill und

nahm eine der Pistolen in die Hand. »Die hier gehört sogar zu den besseren. Der Lauf ist nicht abschraubbar und sitzt daher auch nach einiger Zeit nicht schief oder locker wie bei den meisten Selbstladepistolen.« Er reichte Jessup die Waffe.

Pat betrachtete sie fast zärtlich. Der harte Ausdruck verschwand aus seinen Augen, und ein Lächeln zeigte sich auf seinen dicken Lippen. »Ein hübsches Stück.« Er reichte die Pistole an Garrison weiter.

»Da gibt es allerdings noch einen Punkt«, erklärte McGill. »Wenn man eine solche Waffe nicht kennt, kann es einem leicht passieren, daß der Hahn beim Zurückschnellen die Hand des Schützen verletzt. Mit ein bißchen Praxis dürfte das aber kein Problem mehr sein.«

Edgar betrachtete die Pistole mit deutlich weniger Zuneigung, als Jessup das getan hatte. Sie war schwerer, als er erwartet hatte. Der gummibezogene Griff wurde nur von einer Kerbe markiert. Ansonsten bestand die Waffe aus glatten Flächen, geraden Linien und absolut keinen Dekorationen oder Verzierungen. Ganz eindeutig handelte es sich hierbei um eine Militärwaffe und nicht um eine Sportpistole oder ein Sammlerstück. In diesem Moment fiel Garrison das wieder ein, was Annie am meisten fürchtete ... daß ein Unschuldiger verletzt oder getötet werden könnte. Die Browning wirkte kalt und grausam. Eine effektive, tödliche Waffe.

Er gab sie McGill zurück.

»Was ist mit den Seriennummern?« wollte Jessup wissen.

»Es gibt keine Seriennummern«, antwortete der Krüppel. »Darauf habe ich natürlich beim Zusammenbau geachtet. Nicht einmal die Säureprobe kann die Nummer ans Tageslicht befördern. Ich habe die Läufe geglättet und gefräst, so daß die Kugeln nicht mehr die gleichen Spuren tragen wie früher, bevor sie in meine Hand gekommen sind.

Niemand kann also Rückschlüsse auf den früheren Besitzer oder Gebrauch dieser Waffen ziehen. Sie wissen doch, wie gründlich ich arbeite, Pat.«
»Ich denke, wir nehmen sie«, sagte Jessup.
»Auch Munition?«
»Zwei Streifen pro Waffe. Und dann vielleicht noch hundert Schuß zum Üben.«
»Selbstverständlich.«
»Wieviel?«
McGill kratzte sich am bärtigen Kinn. »Mit Munition und angesichts der Arbeit, die ich in diese Dinger gesteckt habe ... zweihundertfünfzig für jede.«
»Zweihundert.«
McGill verzog das Gesicht: »Ich habe nichts zu verschenken.«
»Sie haben die Dinger doch für höchstens fünfundzwanzig bekommen!« brummte Jessup.
»Aber ich habe eine Menge Arbeit in jede einzelne gesteckt.«
»Wir könnten Sie zusammenschlagen und aus dem Rollstuhl stoßen. Dann bräuchten wir überhaupt kein Geld hierzulassen.«
»Einen Moment, Pat!« rief Garrison erschrocken. »Wir haben das Geld. Ich habe soviel dabei.«
»Halten Sie den Mund!« fuhr Jessup ihn an, ohne den Blick von dem Alten zu wenden.
McGill erklärte lächelnd: »Natürlich könnten Sie mich umstürzen und was weiß ich sonst noch. Ich bin eben nicht mehr als ein hilfloser Krüppel. Aber dann würden Sie nie wieder etwas von mir beziehen können. Und es wäre ja ganz schön dumm von Ihnen, Ihre beste Quelle zu verlieren. Vergessen Sie nicht, daß Sie hier keinen Schund, sondern Qualitätsware bekommen.«
»Zweihundert«, knurrte Pat.

McGill zuckte die Achseln: »Zweihundertfünfundzwanzig.«
»Sie sind ein alter Blutsauger, McGill!«
»Sie kennen doch den Spruch mit dem Glashaus, oder?«
»Das wären dann neunhundert für alle vier, nicht wahr?« fragte Garrison nervös.
»In bar.«
»Einverstanden.«
Garrison öffnete seine Brieftasche. In diesem Moment wurde ihm bewußt, daß schon der Kauf dieser nicht registrierten Waffen ein Verbrechen war. Das reichte schon, um ihn hinter Gitter zu bringen. Aber wenn er jetzt zögerte, würde es keinen Überfall, keine große Beute und keine Zukunft, sondern nur das Leben geben, das er gewohnt war und das aus harter Arbeit und wenig Freude bestand.
Edgar zählte neunhundert Dollar ab und reichte sie dem Alten. Seine Hände zitterten. Die Hand des Alten war ruhig und fest.
»Sonst noch was?« erkundigte sich McGill leutselig.
»Bei dem, was wir vorhaben, kommt es für uns darauf an, den Leuten von Anfang an solche Angst zu machen, daß es für sie kein Nachdenken gibt, ob sie kooperieren wollen oder nicht. Und nichts macht Menschen mehr Angst als eine Maschinenpistole. Eine große Maschinenpistole. Eine, die gefährlich aussieht.«
»Aber gern«, rief der Gelähmte. Er klopfte sich an die Hemdtasche, in der er die neunhundert Dollar gesteckt hatte. »Ich habe genau das, was Sie brauchen.«
Garrison konnte es nicht fassen. McGill sprach so selbstverständlich und bereitwillig darüber, daß es Edgar schwindelte. »Großer Gott, gibt es überhaupt etwas, was Sie nicht besorgen können?«
»Ja, leider«, brummte der Gelähmte. »Mir fehlt eine Ausgabe, dann hätte ich DOC SAVAGE komplett. Und beim

Dime Mystery Magazine fehlen mir noch drei Nummern. Seit Jahren bin ich da hinterher, aber ohne Erfolg. Das macht mich noch ganz krank!«

Kurz vor zwei Uhr morgens in der Nacht zum Mittwoch rollten Barry St. Cyrs Männer den Helikopter aus der Flugzeughalle und stellten ihn mitten auf die Rollbahn. Ein Kaman Huskie, der vielseitig verwendbare Standardhubschrauber der US-Luftwaffe. Der graue und orangerote Militäranstrich war mit hellgelber Farbe und schwarzen Markierungen zugedeckt worden. Der Helikopter stand auf vier Hydraulikrädern. Das vordere Paar war kleiner und weniger belastbar als das hintere. Die Kanzel, eine Kuppel aus Plexiglas, spiegelte das Licht des Mondes und das Licht aus den Fenstern des Gebäudes wider. In diesem Schein wirkte die Kanzel wie ein riesiges Auge. Der Rumpf war klobig, und auf ihm thronte ein Lycoming-T-53-Motor. Darüber die ruhenden vier Drehflügel. Sie wirkten wie die Flügel einer Riesenmotte. So ganz allein mitten auf der Rollbahn erinnerte der Helikopter tatsächlich an ein Ungeheuer aus einem Monsterfilm.
An einer Seite, hinter der Tür, verkündete ein schwarzer Schriftzug:

Roto-Transport

Alle Frachtarten

Auch Eiltransporte

Standort: Mineola, New York

Als Savestio auf den Pilotensitz gestiegen war und St. Cyr neben ihm Platz genommen hatte, fragte er den Schwarzen: »Gibt es die Firma Roto-Transport tatsächlich?«

»Weder in Mineola noch sonstwo«, lächelte Barry. »Ich habe mir den Namen ausgedacht. Klingt doch hübsch, nicht wahr?«
»Doch, irgendwie echt.«
St. Cyr nahm einen mächtigen Zug aus der Dose Budweiser, die er mitgebracht hatte. In den letzten Tagen hatte Dominick mitbekommen, daß sein alter Freund immer eine Bierdose bei sich hatte. Er trank Bier, wie Kettenraucher eine Zigarette nach der anderen brauchen. Savestio erinnerte sich, daß Barry in Vietnam nicht soviel getrunken hatte. Der Alkoholkonsum war anscheinend das äußere Anzeichen dafür, unter welchem Streß sein alter Freund stand, wie zermürbend das Waffenschmuggelgeschäft war. Doch obwohl er täglich unzählige Dosen Bier trank, hatte Dominick ihn noch nie betrunken erlebt. Da er niemals stillstand, unablässig redete und immerzu mit den Händen herumfuchtelte, verbrannte der Körper den Alkohol wohl ebenso rasch, wie er ihn zu sich nahm.
»Okay, dann wollen wir die ganze Scheiße noch einmal durchgehen«, sagte Barry gerade, »damit auch ganz bestimmt nichts schiefgeht.«
Dominick seufzte und schüttelte den Kopf: »Barry, ehrlich, ich weiß, was ich zu tun habe, ganz ehrlich. Ich schwöre es dir.«
»Klar doch, klar, Mann. Aber laß uns das Ganze trotzdem ein letztes Mal durchgehen. Man kann nie umsichtig genug sein. Also ... Wenn du hier abhebst, wendest du dich nach Südosten, genauer nach ...«
»Scranton.«
»Braver Junge. Jetzt erzähl' mir, wie dein Flugplan aussieht. Dein Kurs und so weiter. All die besonderen Punkte, an denen du dich orientierst. Alles!«
Dominick ratterte die Punkte herunter.
»Vergiß nicht«, mahnte Barry, »mit den Zusatztanks hast

du einen maximalen Flugbereich von fünfhundert Meilen.«

»Das sollte wirklich genügen.«

»Aber du hast nur fünfhundert Meilen, wenn du deine Geschwindigkeit zwischen hundert und hundertzehn hältst. Wenn du schneller fliegst, säuft der Motor das Benzin gieriger als ein Penner aus seiner Zweiliterflasche Roten. Wenn du konstant mit hundertfünf fliegst, müßtest du den Flughafen Scranton bei Sonnenaufgang erreichen, genauer gesagt nach etwa vier Stunden. Du wirst dort erwartet, und vertraue mir, der Mann dort ist zuverlässig. Und ab Scranton, tja, mein Bester, da bist du dann auf dich selbst angewiesen.«

»Was wird aus Peter Yavich?« fragte Dominick. Barry hatte ihm vor einer Woche falsche Papiere mit diesem Namen zugeschickt, und mit diesen Papieren war Savestio am Samstag über die kanadische Grenze gelangt.

»Was soll schon aus ihm werden? Es hat ihn ja nie gegeben. Er verschwindet einfach wieder in der Versenkung.«

»Aber die Listen an der Grenze. Dort notiert man die Namen und Anschriften aller Grenzgänger.«

»Natürlich, aber es gibt nur zwei Gründe, warum die Grenzer sich die Mühe machen sollten, in ihren Unterlagen zu suchen, wann und ob ein gewisser Peter Yavich die Grenze in Richtung USA überquert hat. Einmal, wenn die Bullen nachfragen, und das werden sie nicht, weil sie ja nichts von Peter Yavich wissen. Und sie werden auch nie von ihm erfahren. Zum anderen könnte die Familie von Peter Yavich Nachforschungen über seinen Verbleib veranlassen. Und das wiederum wäre ein Ding der Unmöglichkeit, weil es keinen Peter Yavich gibt und er folglich auch keine Familie hat. Wer sollte also je Fragen nach Peter Yavich stellen? Keine Bange, Dom, die Sache ist wasserdicht.« Nach einer so langen Rede mußte er wieder aus der Dose trinken.

Savestio schüttelte den Kopf und verbarg seine Bewunderung nicht. »Du bist mir vielleicht einer. Nein, ehrlich, was du so alles machst.«
St. Cyr grinste: »Bist du wirklich erst jetzt darauf gekommen?« Er klemmte die Bierdose zwischen die Knie und zog den Reißverschluß seiner Kunststoffjacke herunter. Plötzlich hielt er einen dicken Umschlag in der Hand und reichte ihn Dominick.
»Was ist das denn?«
»Vielleicht geht ja doch etwas schief. Du magst entkommen, aber einen von deinen Kumpeln kriegen sie zu fassen. Und der Kerl verpfeift dich, um seinen eigenen Kopf aus der Schlinge zu ziehen. Die Bullen kommen dir auf die Spur... Deshalb habe ich dir hier einen neuen Satz falscher Papiere zusammenstellen lassen. Ist alles dabei: Paß, Führerschein von Ohio, Sozialversicherungskarte, Geburtsurkunde, BankAmericard, Master Charge und so dies und das. Aber die Kreditkarten darfst du nicht benutzen, denn dann würdest du auf der Stelle auffliegen. Sie sind nur dabei, um der Sache den Anschein der Vollständigkeit zu geben. Laut diesen Papieren heißt du Charles Amory Haney und bist Sportlehrer an einer High-School in Cleveland. Mit deinen Schultern und deinem Bizeps nimmt dir das jeder ab. Haney ist unverheiratet und dreißig Jahre alt. Doch bevor du diese Papiere benutzt, solltest du dir alles in dem Umschlag gründlich durchlesen.«
»All diese gefälschten Dokumente müssen dich ein Vermögen gekostet haben«, erklärte Savestio und schob den Umschlag in die Umhängetasche im Seitenfach der Helikoptertür.
»Kaum der Rede wert.«
»Na, ein paar tausend sicher.«
»Kannst du mir ja zurückgeben, nachdem du Century Oaks ausgenommen hast.« Er setzte die Bierdose an und

leerte sie. »Ich muß mir wohl eine neue holen«, brummte er. »Und du solltest dich besser auf den Weg machen.« Er reichte ihm die Hand. »Halt' die Ohren steif.«
»Du auch.«
»Ich wurde schon so geboren.«
St. Cyr glitt aus der Kanzel und warf die Tür hinter sich zu. Er rannte über die Rollbahn auf den rostenden Flugzeugschuppen zu, drehte sich dort noch einmal um und winkte.
Savestio schob sich den Kopfhörer über die Ohren, doch nicht, weil er über Funk Nachrichten empfangen oder ausstrahlen wollte, sondern um seine Ohren vor dem gewaltigen Lärm des Motors und der Drehflügel zu schützen. Er schaltete die Lichter am Armaturenbrett ein und studierte die Kontrollanzeigen, mit denen er sich gestern nachmittag vertraut gemacht hatte. Er zog den Choke und drückte den Starter. Über ihm begann die Turbine zu husten und zu heulen. Dominick hielt einen Fuß fest auf der Bremse, schaltete dann die Rotoren ein und gab ihnen langsam Saft, bis der Helikopter startbereit war. Das Gefährt zitterte, zog nach links und wollte aufsteigen. Savestio nahm den Fuß von der Bremse und ließ den Kaman Huskie in die kanadische Nacht hinaufgleiten.
Er drehte einen Kreis über dem kleinen Flugfeld.
Barry St. Cyr stand noch immer am Schuppen und winkte ihm zu.
Du bekommst ihn bestimmt zurück, dachte Dominick. *Ich schwöre es dir bei Gott. Und du kriegst mehr als nur die fünfundzwanzigtausend. Viel mehr. Und wenn ich es dir mit Gewalt aufzwingen muß.*
Er steuerte den Kaman Huskie nach Südosten.
Der Mond lag jetzt hinter ihm. Die Landschaft breitete sich blaß und geisterhaft aus, so als hätte man sie mit Asche bestreut. Der endlose Wald wirkte wie Millionen

Finger, die nach oben zeigten. Er behielt eine Flughöhe von lediglich zehn Metern über den Wipfeln bei. Wenn er eine Lücke oder eine Lichtung erreichte, senkte er den Helikopter auf fünfundzwanzig Meter über dem Boden. Er durfte es nicht riskieren, von einem Radar oder einem Tower erfaßt und bemerkt zu werden. Man würde ihn sofort und unmißverständlich auffordern, sich auszuweisen.

Er behielt eine Geschwindigkeit von etwas über hundert Meilen in der Stunde bei und orientierte sich an Radiostationen, die in Richtung Scranton ausstrahlten. Das erste Signal kam von einer Station in Hamilton, Ontario. Danach Buffalo, New York, und schließlich Binghamton. Und endlich fing er einen UKW-Sender ein, der direkt in Scranton, Pennsylvania, stand. Unterwegs begegnete er keinem anderen Flugzeug oder Hubschrauber. Er wurde von keinem Radar erfaßt, und er kam auch nicht vom Kurs ab. Um viertel nach sechs am Mittwoch morgen machte er den Flughafen Bishop fünf Meilen vor Scranton aus. Er hatte den Flug erfolgreich hinter sich gebracht.

Bishop war ein kleiner Flughafen, auf dem keine größeren Maschinen als zweimotorige Flugzeuge landen konnten. Er verfügte über fünf Flugzeughallen und ein flaches Hauptgebäude. Der Flughafen machte einen gepflegten Eindruck. Auf dem Dach des Gebäudes stand in großen weißen Lettern der Name des Flughafens.

Vor der äußersten Halle stand eine hölzerne Landeplattform auf zwölf Rädern. Ein Traktor war vor die Plattform gespannt. Der Traktor zeigte in Richtung Halle.

Man erwartete ihn also, wie Barry es vorhergesagt hatte.

Dominick steuerte den Kaman Huskie in einer Bilderbuchlandung auf das Holz hinunter. Er schaltete den Motor ab und befreite sich von den Sicherheitsgurten.

Noch bevor die Drehflügel zur Ruhe gekommen waren,

lief ein Mann in einem schwarzen, karierten Regenmantel aus der Halle. Er schwang sich auf den Traktorsitz und zog den Helikopter in die Halle.
Dominick nahm den Kopfhörer ab. Als die Plattform sich in der Halle befand, verließ er den Huskie.
Hier herrschte nur trübes Licht. Abgesehen von ein paar Holzböcken und ein paar alten Gerätschaften schien der Schuppen ausschließlich für den Helikopter reserviert zu sein.
Der Mann im Regenmantel hatte eine Hakennase, schwarze Augen und mattes dunkles Haar. Er stotterte. »E-e-eins wo-o-ollen wi-i-ir gle-e-eich zu-u-u A-a-anfang kla-a-arstellen, i-i-ich wi-i-ill ni-i-icht wi-i-issen, wa-a-as Si-i-ie tu-u-un!«
»Einverstanden«, sagte Savestio.
Der Mann schien sich zu beruhigen. »Ich habe ein Motelzimmer für Sie reserviert.«
»Ich hole mein Gepäck aus dem Helikopter.«
Draußen schob der Mann die Tore zu, was ihn wieder aufzuregen schien: »Di-i-ieser Schu-u-uppen wi-i-ird nie bebe-nutzt. Ke-e-einer ko-o-ommt hi-i-ierher.«
Sie erreichten einen neuen Buick. Der Mann fuhr Dominick vom Flughafen fort.
»Der Helikopter muß aufgetankt werden.«
»Wi-i-ird ge-e-emacht. A-a-auch Wa-a-arten?«
»Na ja, Sie können ja einmal einen Blick drauf werfen.«
»Wa-a-ann bra-a-auchen Si-i-ie i-i-ihn?«
»Samstag morgen. Aber schon sehr früh.«
»Wi-i-ird e-e-erledigt.«
Nach drei Meilen bog der Mann auf den Parkplatz eines Motels ab und hielt vor Zimmer 44 an. Er reichte Dominick einen Schlüssel. »Ru-u-ufen Si-i-ie mi-i-ich a-a-an, we-e-enn Si-i-ie e-e-etwas bra-a-auchen.«
»Kann ich hier irgendwo einen Wagen mieten?«

»Re-e-ezeption. Da-a-as Mo-o-otel ve-e-ermietet Wagen.«
Dominick nickte und stieg aus dem Buick.
»Bra-a-auchen Si-i-ie Fra-a-au?«
Savestio sah den Mann verständnislos an. Der Stotterer grinste.
»Was soll ich brauchen?«
»Fra-a-au? Fi-i-icken?«
»Nein, danke.«
»Si-i-ie i-i-ist hü-ü-übsch. I-i-ich a-a-arrangiere a-a-alles.«
»Vergessen Sie's!« entgegnete Dominick barsch.
»Wo-o-ollte nu-u-ur e-e-einem Fre-e-eund von St. Cy-y-yr e-e-einen Ge-e-efallen tu-u-un!«
Dominick schaffte sein Gepäck ins Zimmer.
Er entkleidete sich, nahm ein ausgiebiges, heißes Bad und legte sich dann zum Schlafen hin. Er war die ganze Nacht unterwegs gewesen und fühlte sich recht müde. Aber er mußte die ganze Zeit an das Angebot des Stotterers denken. Eine Frau. Eine hübsche Frau. *Fra-a-au? Fi-i-icken?* Er ertappte sich dabei, wie er sich in Gedanken diese Frau vorzustellen versuchte: langes Haar, blaue Augen, Beine, die unendlich lang waren, und große Brüste, riesengroße Brüste, gewaltig riesengroße Brüste ... Bevor seine Phantasie endgültig mit ihm durchging, nahm er ein Taschenbuch aus seiner Tasche und begann zu lesen. *Fra-a-au? Fi-i-icken?* sprang es ihm von jeder Seite entgegen. Er wußte sich nicht anders zu helfen und nahm eine Schlaftablette ein. Eine halbe Stunde später, als er in einen Traum hinüberdämmerte, fragte er sich, was diese hübsche Frau wohl zu dem Umstand gesagt hätte, daß er in Vietnam durch eine Mine beide Hoden und den halben Penis verloren hatte. Savestio liefen die Tränen über die Wangen, ohne daß er es bemerkte.

11

Als Edgar Garrison sich endlich dazu entschlossen hatte, die Sache ins Rollen zu bringen und Willie Denver zu gestatten, mit einigen seiner Freunde in Kontakt zu treten, hatte er zuerst geglaubt, die Tage unmittelbar vor dem Überfall würden zu einer einzigen Qual. Er hatte befürchtet, die Stunden würden nur so dahinschleichen. Und wenn jede Minute sich wie eine Stunde hinzog, würde er alle Energie und allen Mut verlieren.
Doch das war nicht eingetreten. Im Gegenteil, die letzte Woche raste nur so dahin, wie ein Film im Zeitraffer vergingen die Stunden, so schnell wie eine LP, die man auf 45 Umdrehungen ablaufen läßt. Das verwirrte Edgar. Machte ihm sogar etwas Angst. Der große Augenblick raste heran, und Edgar fürchtete, sie würden ihn bei diesem Tempo noch verpassen.
Die Fahrt nach Queens, der Erwerb der Waffen und die Rückfahrt — der Dienstag war voller Hektik vergangen.
Am Mittwoch war Lou Velinski mit zweitausend Dollar weniger, aber dafür mit einer Plastikkarte aus New York City zurückgekommen. Er hatte tatsächlich eine der Sicherheitskarten erhalten, mit deren Hilfe man in den Kassenraum des Century Oaks eindringen konnte. Er hatte einem befreundeten Privatdetektiv dafür zweitausend Dollar ausgehändigt. Der wiederum hatte davon tausend an einen Operator weitergegeben, der bei Pro-Teck arbeitete.
Im Laufe des späten Nachmittags und frühen Abends kam das ganze Team zusammen. Nur Savestio fehlte noch. Man wollte den Plan ein weiteres Mal durchsprechen und in dem Ahornwäldchen hinter der Farm mit den Brownings ein Übungsschießen veranstalten.
Am Donnerstag morgen kam Dominick Savestio in Har-

risburg an. Garrison und Annie führten ihn zu der Lichtung, auf der er am Samstag landen sollte, um das Team aufzunehmen und fortzubringen. Savestio prägte sich alle markanten Punkte ein und nahm das Fernglas Edgars (das er nicht wieder zurückgab), um das Fenster auszumachen, aus dem Annie winken würde. Dann rannte er den Hang hinunter bis zur Lichtung, und Annie stoppte seine Zeit. Er war elf Sekunden langsamer als Garrison, aber er war nicht sonderlich außer Atem, als er auf der Lichtung ankam. Savestio war breitschultrig und hatte eine mächtige Brust. Er verfügte über mehr Kraft, als er für die Unternehmung benötigen würde.

Als Savestio gegen sechzehn Uhr nach Scranton zurückfuhr, begab sich Edgar noch einmal zum Ahornwäldchen, um mit der Browning zu üben. Von den hundert Schuß Übungsmunition, die sie bei McGill gekauft hatten, waren noch fünfzehn Kugeln übrig. Edgar wollte sie bis zur letzten aufbrauchen. Er feuerte auf eine menschliche Silhouette, die er auf ein großes Stück Papier gemalt hatte.

»Ich dachte, du wärst nicht in der Lage, von einer Waffe Gebrauch zu machen«, sagte Annie. »Ich war der Meinung, du könntest nicht auf einen Menschen schießen.«

»Wahrscheinlich ist mir das auch nicht möglich. Doch wenn mir kein anderer Ausweg bleiben sollte, will ich wenigstens mit einer Pistole umgehen können.«

Er tötete den Papiermann dreimal, verwundete ihn fünfmal und verfehlte ihn siebenmal.

Wenn er echt wäre und auch eine Waffe hätte, wäre ich bereits siebenmal tot.

Später am Abend nahmen sie große Steaks, gebackene Kartoffeln, einen Riesensalat und aufgebackene Brötchen zu sich. Edgar war von seinem gewaltigen Appetit überrascht. Die Henkersmahlzeit eines zum Tode Verurteilten?

Annie und Edgar duschten gemeinsam, kamen sich dabei

sehr nahe, gelangten schließlich irgendwann ins Schlafzimmer und liebten sich dort noch heftiger. Garrison erlebte die Liebe intensiver als er es sich je hatte vorstellen können. Er hatte den Eindruck, daß Annie ebenso fühlte. Jede Berührung, jede Empfindung, der Rhythmus, ein süßes, dunkles Verlangen, das in einem Lichtball explodierte. Und irgendwann mischte sich der Tod darunter. Er bekam seinen Höhepunkt, als sie ihn wie von Furien gehetzt ritt. Er starrte in ihre wunderschönen Augen. Ihre besonders großen Augen. Ihre Gazellenaugen . . . Sie wurden noch größer, als sie spürte, wie er sich in sie ergoß. Aber nur für einen Moment, dann schloß sie die Augen und ließ sich auf ihn fallen.
Die Uhr auf dem Nachttisch zeigte ein Uhr morgens an. Der Freitag war angebrochen. Annie brach das lange, beidseitige Schweigen: »Glaubst du, daß es so etwas wie Ganovenehre gibt?«
»Wie meinst du das?«
»Können wir ihnen trauen?«
Er streichelte ihre Brüste.
»Können wir?«
»Warum nicht?«
»Wir sind Amateure.«
»Du traust aber zumindest Willie, oder?«
»Ja, Willie schon.«
»Und Lou Velinski?«
»Dem auch.«
»Savestio kommt mir für eine solche Unternehmung viel zu sanft vor. Und Greenfield hat nur seinen Notizblock im Kopf.«
Sie drehte sich zu ihm herum auf die Seite, kuschelte sich an ihn und legte einen Arm über seine Brust. Ihr Körper war noch immer warm von der Liebe, und sie roch angenehm nach Parfüm und Schweiß. »Und was ist mit Jessup?« wollte sie wissen.

»Ich denke, wir können ihm trauen.« Edgars Mund war plötzlich ausgetrocknet. Er war froh, daß es im Schlafzimmer so dunkel war und Annie sein Gesicht jetzt nicht sehen konnte. Er erinnerte sich, wie Pat den Gelähmten bedroht hatte.

»Ich traue ihm nicht über den Weg.«

»Er hat ein Dutzend Überfälle hinter sich«, entgegnete Garrison. »Und er hat dabei noch nie einen Partner umgebracht.«

»Zumindest wissen wir nichts davon.«

»Willie und Lou würden etwas darüber wissen. Und wenn Jessup unzuverlässig wäre, hätten sie ihn bestimmt nicht hierhergebracht. Und glaubst du im Ernst, er würde dich oder mich umbringen können, ohne daß Willie und Lou ihn danach fertigmachten?«

Annie dachte darüber nach.

»Also?«

»Ich schätze, wir müssen ihm eben vertrauen.«

»Außerdem springt bei der Sache genug Geld für jeden von uns heraus.«

»Ich bekomme trotzdem bei ihm immer eine Gänsehaut.«

»Nach dem Samstag wirst du ihn nie wieder sehen.«

»Dem Himmel sei Dank dafür.«

»Wir können die Sache immer noch abblasen oder aussteigen.«

»Nein«, sagte sie rasch und fuhr dann langsamer fort, »es . . . es ist nur so, daß ich dich nie verlieren möchte.«

Er räusperte sich: »Weder dir noch mir wird etwas zustoßen«, erklärte er mit belegter Stimme. Er mußte gegen seinen Willen an die vier toten Männer auf den Granitstufen denken. Und er dachte an seine erste Frau, Helen, wie sie blutige Klumpen gehustet hatte, ihr Gesicht so weiß wie ein Fischbauch, wie sie unter dem Sauerstoffzelt gelegen hatte, wie sie gekeucht und um Atem gerungen hatte . . .

»Nichts wird uns zustoßen«, wiederholte er. »Diesmal sind wir an der Reihe. Das große Glück ist bei uns längst überfällig. Würde. Reichtum. Eine Chance. Bald lacht uns die Sonne entgegen.«

Jessup lag nackt auf seinem Motelbett. Die ganze Nacht hatte er nichts anderes getan, als die nervöse Anspannung in sich abzulassen, die sich stets vor größeren Unternehmungen in ihm aufbaute. Und immer noch hatte er reichlich Energie in sich.

Als die langbeinige Brünette aus dem Badezimmer kam, sagte er nur: »Komm her.«

Sie blieb auf der Stelle stehen.

»Komm her.«

»Guter Gott, schon wieder?«

»Ich habe dir fünfhundert gegeben«, entgegnete er. »Die hast du noch nicht abgearbeitet.«

»Ich fühle mich wie eine neunzigjährige Oma.«

»Wir machen so lange weiter«, grinste er, »bis du auch so aussiehst.«

Sie schritt zum Bett. Ihre Brüste tanzten.

»Da ist ja meine Schöne.«

»Und wie diesmal?«

»Nimm ihn in den Mund«, grunzte er.

Ihre Züge heiterten sich etwas auf.

»Ich meine, für den Anfang.«

Sie verzog das Gesicht: »Du reißt mich noch auseinander.«

Er lachte.

Sie ließ sich seufzend zwischen seinen Beinen nieder.

»Sehr schön«, sagte er, als ihre Lippen sich um seine Penisspitze schlossen.

Sie gab sich tüchtig Mühe, ihm einen zu blasen. Aber er durchschaute sie, wußte gleich, daß sie ihn so zu einem raschen Höhepunkt bringen wollte.

»Das reicht für den Moment«, sagte er und hob ihren Kopf. »Es würde dir aber sehr gefallen.«
»Das andere gefällt mir noch mehr.«
Er drehte sie auf den Rücken. Dann öffnete er ihre Schenkel und stieß sein Glied ohne weitere Umstände in sie hinein. Er stieß mit solcher Kraft und Geschwindigkeit, als würde er nicht mit einer Frau schlafen, sondern einen Gegner zu Tode prügeln wollen.
Als er sich von ihr rollte, blieb sie noch eine Weile reglos und leise wimmernd liegen. Dann glitt sie vom Bett, erhob sich, eilte in gekrümmter Haltung zum Sessel und griff nach ihrem Slip.
»Was hast du vor?« fragte er.
»Ich schätze, daß ich jetzt mindestens wie neunzig aussehe.«
»Im Gegenteil, noch lange nicht.«
»Ich gehe«, erklärte sie mit zitternden Lippen.
»Da wüßte ich aber von.«
»Doch, ich gehe wirklich.«
Er sprang aus dem Bett.
»Bleib mir vom Leib!«
»Du gehst noch nicht.«
»Ich habe mir die verdammten fünfhundert redlich verdient!« Sie zitterte am ganzen Körper.
»Du bist kaum zwanzig wert gewesen.«
»Dreckskerl!«
»Wenn du auch nur den Versuch machst, das Zimmer zu verlassen, schlage ich dich windelweich.« Er ballte die Hände zu Fäusten und hielt sie drohend hoch.
Sie starrte ihn verwirrt an.
»Vielleicht bringe ich dich sogar um.«
»Das traust du dich ja doch nicht.«
»Laß es lieber nicht drauf ankommen.«
»Ich würde das ganze Haus zusammenschreien!«

»Mein erster Schlag wird deinen Kehlkopf zerschmettern.«
»Oh, mein Gott!«
»Hier bin ich Gott.«
Tränen traten in ihre Augen.
»Aber, aber«, sagte er mit gespielter Anteilnahme.
Sie ließ das Höschen fallen und wischte sich die Tränen von den Wangen. Sie richtete sich so weit auf, wie es ihr schmerzender Unterleib zuließ, und versuchte, nicht mehr zu zittern. Sie setzte ein strahlendes Lächeln auf und sagte dann: »Also gut, aber wie wäre es denn vorher mit einem Drink?«
»Gern. Mix' uns doch was.«
Sie nahm die Whiskeyflasche, Sodawasser, Eis und Gläser. Jessup lehnte am Kopfende des Bettes und beobachtete sie. Als sie ihm über die Schulter einen Blick zuwarf, lächelte er ihr zu. Sie drehte rasch den Kopf weg, und er lachte in sich hinein. Was für ein Hühnchen! Er war schon fertig mit ihr gewesen, aber dann war sie aufgestanden und wollte gehen, ohne ihn um Erlaubnis zu fragen. Nun mußte er es ihr noch einmal besorgen, um ihr zu beweisen, daß sie ihm nicht auf der Nase herumtanzen konnte.
Morgen nacht würde er eine andere haben. Eine Blondine. Ja, das wäre doch einmal eine nette Abwechslung. Er würde auch sie so lange bearbeiten, bis sie nicht mehr laufen konnte. So erging es ihm immer vor wichtigen Unternehmungen. Seine Geilheit kannte dann keine Grenzen, und er war so voller Energie, als würde ein Orkan in ihm rasen. Für den Überfall mußte er diese Energie abbauen, und dafür gab es nur eine Methode.
Vor dieser Aktion war er nervöser als bei früheren Gelegenheiten. Der Überfall auf Century Oaks war kompliziert und würde von der Bande alles verlangen. So vieles konnte schiefgehen. Und selbst wenn alles glattging, wenn alles so klappte, wie sie sich das bei der Planung vor-

stellten, würde es spätestens auf der Lichtung Schwierigkeiten geben. Dann nämlich, wenn er die Maschinenpistole auf die anderen abfeuerte ... Wenn er sich die gesamte Beute aneignete ... Er brauchte nur daran zu denken, und schon geriet er in neue Erregung.

In den über zwanzig Jahren seiner kriminellen Laufbahn hatte er nie versucht, seine Kumpane zu hintergehen oder zu ermorden. Er hatte sich stets mit seinem Anteil zufriedengegeben. Er hatte seine Partner fair behandelt, jeden einzelnen von ihnen. Er wußte zu gut, daß die Nachricht sich in Windeseile verbreiten würde, wenn er einen Kumpan falsch behandelte oder zu hintergehen versuchte. Niemand würde dann mehr mit ihm zusammenarbeiten wollen. Ihm blieben dann nur noch die Unternehmungen, die einer allein bewerkstelligen konnte. Und daß man dabei auf eine Riesenbeute stieß, kam sehr selten vor. Also hatte sich seine Aufrichtigkeit in der Vergangenheit bezahlt gemacht.

Aber bei Century Oaks sah alles etwas anders aus. Zwei Millionen warteten hier. Vermutlich sogar noch mehr ... Und damit konnte Pat Jessup bis ans Ende seiner Tage glücklich sein. Danach brauchte er nie wieder zu arbeiten. Er konnte es anlegen und von den Zinsen leben.

Zwei Millionen ...

Dafür konnte man sechs Morde auf sich nehmen: Denver, Velinski, Greenfield, Savestio, Garrison und diese Annie-Sherred-Schlampe.

Die Brünette setzte sich zu ihm auf die Bettkante und reichte ihm sein Glas. Sie rieb sich aufreizend die Brüste, lächelte verführerisch und bewegte langsam den Unterleib, um ihn scharf zu machen. »Liebling«, fragte sie mit aufgesetzter Freundlichkeit, »was denkst du denn die ganze Zeit? Du siehst aus wie die Katze, der es endlich gelungen ist, den Kanarienvogel zu fressen.«

Er lächelte kalt: »Ich fresse alle Kanarienvögel der Gegend.«

12

Am Freitag morgen erwachte Jack Killigan wie jeden Morgen in dieser Woche mit einem entsetzlichen Brummschädel. Er war schweißgebadet. Sein Kopf fühlte sich an, als würden in ihm die Apachen ihren Kriegstanz aufführen.
Er blickte auf die Uhr: elf Uhr zehn.
Er würde heute noch später als sonst in seinem Büro sein!
»Verdammt!« krächzte er. Seine Stimme war kaum noch als menschlich zu bezeichnen.
Von allen Katern, die er je gehabt hatte, war der heutige der schlimmste. Eine lange und sehr heiße Dusche half kaum, die gräßlichen Schmerzen aus dem Kopf zu verscheuchen. Von den Schmerzen im Nacken ganz zu schweigen. Auch die zwei Aspirin, die fünf Tassen Kaffee und die weiteren zwei Aspirin verschafften ihm lediglich kurz eine Erleichterung.
Um viertel nach zwölf rief er Molly Barnes an. »Was melden die Wetterfrösche?«
»Bewölkt«, antwortete die Sekretärin. »Aber warm und niederschlagsfrei.«
»Großartig.« Zumindest würde das Wetter ihm keinen Strich durch die Rechnung machen. »Ich fürchte, ich komme heute etwas später ins Büro«, erklärte er und war sich sicher, daß man ihm seinen Kater nicht anmerkte. »Ich habe da noch ein paar Sachen zu erledigen.«
»Hier gibt's sowieso nichts Wichtiges«, erklärte sie. »Erst gegen vierzehn Uhr brauchen wir Sie. Sie haben dann eine Verabredung mit Mr. Harry Zuverbeck.«
»Der Betriebsprüfer?«
»Genau der.«
»Wann hat er sich denn angemeldet?«

»Er hat heute morgen angerufen. Klang recht nervös. Er wollte Sie unbedingt sprechen.«

Killigan schloß die Augen und rieb sich mit der freien Hand den schmerzenden Nacken.

»Mr. Killigan?«

»Ich bin noch dran«, antwortete er. »Ich mußte gerade an etwas denken ... Ich habe doch morgen ein Treffen mit der ganzen verdammten Bande und allen Anwälten. Warum will er mich dann vorher sprechen?«

»Sie haben den Ausschuß in Angst und Schrecken versetzt«, entgegnete sie.

»Unsinn. Das sind stahlharte Jungs, jeder einzelne von ihnen. Denen kann man so leicht keinen Schrecken einjagen.«

»Nun, Sie werden es ja um vierzehn Uhr erfahren.«

»Gut, bis dann bin ich im Büro.«

Er nahm noch mehr Kaffee und noch mehr Aspirin zu sich. Um dreizehn Uhr rief er bei den Janifers an und verlangte, Rita zu sprechen.

Das Hausmädchen, das seinen Anruf entgegennahm, erklärte: »Miss Janifer ist nicht im Hause, Mr. Killigan. Wollen Sie eine Nachricht hinterlassen?«

»Wann erwarten Sie sie denn zurück?«

»Das kann ich leider nicht sagen.«

»Unter welcher Nummer kann ich sie erreichen?«

»Sie hat leider nicht hinterlassen, wohin sie gegangen ist, Sir.«

Er dachte: *Was für eine Scheiße!*

Er sagte: »Verstehe.«

»Möchten Sie etwas hinterlassen?«

Sein Magen brannte von zuviel Kaffee und zuviel Aspirin. Die Kopfschmerzen waren immer noch da. Er hatte eine miserable Laune, und dieses verdammte Hausmädchen war ihm absolut keine Hilfe.

»Ich habe die ganze Woche nichts anderes getan, als irgendwo Nachrichten zu hinterlassen«, erklärte er.
»Ja, Sir.« Ihrem Tonfall war zu entnehmen, daß sie das nicht im mindesten bekümmerte.
Killigan empfand das als Demütigung. Er kam sich vor, als würde er vor dieser Angestellten auf dem Bauch kriechen.
»Hat sie denn meine anderen Nachrichten erhalten?« fragte er beharrlich weiter.
»Ich persönlich habe jede einzelne Ihrer Nachrichten an sie weitergegeben, Sir«, erklärte das Hausmädchen in gleichgültigem Tonfall.
»Aber sie hat nie zurückgerufen!«
»Nein, Sir.« Ihre Stimme war absolut neutral.
Killigan seufzte: »Also gut, dann hinterlasse ich noch eine Nachricht. Aber nicht bloß meinen Namen und meine Nummer. Die kennt sie ja auswendig. Nein . . . Haben Sie einen Stift und einen Block zur Hand?«
»Ja, Sir.«
»Dann notieren Sie . . . Ja, das Gras wächst immer höher auf meinem Rasen. Es fühlt sich schon an wie eine weiche Matratze. Ich möchte wissen, ob ich es weiterwachsen lassen oder mähen soll.«
Endlich zeigte sich so etwas wie eine Gefühlsregung in der Stimme des Hausmädchens. »Wortwörtlich, Sir?«
Er lächelte: »Ja, wortwörtlich. Lesen Sie bitte alles noch einmal vor.«
Das tat sie.
»Ja, das ist gut.«
»Ich werde Miß Janifer diese Nachricht überreichen, sobald sie das Haus betritt, Sir.«
»Ja, tun Sie das.«
Er hängte ein.
Seit der »Vergewaltigung« in der Nacht zum Dienstag hatte Rita kein Wort mehr mit ihm gewechselt. Sie hatte eine

halbe Stunde lang im Badezimmer geheult. Dann war sie plötzlich herausgekommen, hatte sich rasch angezogen und das Haus verlassen. Wenn er sie nicht so gut gekannt hätte und so oft mit ihr im Bett gewesen wäre, hätte sie ihn in diesem Moment an eine Jungfrau erinnert, der er gerade ihren teuersten Schatz gestohlen hatte. Sie war eine so verdammt gute Schauspielerin. Sie reagierte nicht auf seine Entschuldigungen. Sie wollte ihn nicht einmal mehr ansehen. Einmal hatte er versucht, sie anzufassen, und sie hatte sich ruckartig von ihm losgerissen. In den drei langen Tagen seit diesem unangenehmen Vorfall setzte sie bedenkenlos alle Hausangestellten ihres Vaters ein, um jeden Annäherungsversuch von ihm abzublocken.

Am schlimmsten war für Killigan, daß er ohne sie nur ein halber Mensch war. Als sie vor einer Woche aus Kalifornien gekommen war — er hatte sie nach fast zwei Jahren endlich wiedergesehen —, erkannte er sofort, daß die alte magnetische Anziehungskraft zwischen ihnen immer noch genauso stark war. Aber er hatte nicht damit gerechnet, daß diese Kraft noch so gewaltig und beherrschend war wie früher. In nur zwei Tagen hatte Rita es vermocht, die vergangenen zwei Jahre ohne sie komplett auszulöschen. Wie früher auch wurden seine Tage immer mehr von Rita bestimmt. Und er fühlte sich nur dann wirklich lebendig, wenn sie bei ihm war. Seine Gier nach ihr verwandelte sich rasch in eine Besessenheit. Und diese Besessenheit drohte nun zu einer Manie zu werden.

Stehe ich an der Schwelle zum Wahnsinn?

Er konnte diese Frage nicht beantworten.

Er wußte auch nicht, wie er dieser Besessenheit Einhalt gebieten konnte.

Rita war einfach nicht gut für ihn, sie war pures Gift für ihn. Und das schlimmste war, daß er das ganz genau wußte. Früher oder später (eher früher) würde sie ihn zugrun-

de richten. Dennoch brauchte er sie mindestens so dringend wie Luft, Wasser und Essen.
Er suchte verzweifelt nach den Gründen dafür.
Aber er fand kein Licht in diesem Tunnel.
Das einzige Gegenmittel bei den Schmerzen, die er empfand, wenn sie nicht da war, war der Bourbon. In den letzten drei Tagen hatte er dieser Medizin sehr zugesprochen. Der Schmerz verging tatsächlich ein wenig, verschwand hinter einem Nebel. Wenn er abends nach dem letzten Rennen nach Hause raste, rasten die Schmerzen neben ihm her und waren meistens vor ihm da.
Weil er soviel »Medizin« zu sich nahm, war er im Büro nicht mehr so wendig und geschickt wie vorher. Er brauchte mehr Zeit, um eine Lösung zu finden. Gestern hatte er sogar Fehler gemacht, sicher, es waren nur verhältnismäßig geringe Schwierigkeiten gewesen, aber immerhin ...
Und er konnte nicht vom Bourbon lassen.
Als er um dreizehn Uhr dreißig am Freitag mittag in sein Büro kam, beschloß er, den Teufel mit dem Beelzebub auszutreiben und den Kater mit Bourbon zu bekämpfen. Zwanzig Minuten vor der Besprechung mit Harry Zuverbeck stürzte Killigan seinen ersten Whiskey hinunter. Der Kater ließ deutlich nach, während er das Glas ausspülte und in die Bar zurückstellte. Als Molly den Gast in sein Büro führte, war Killigan immer noch nicht guter Laune.
Zuverbeck ließ sich in einem Samtsessel nieder, und der Manager bot ihm einen Drink an.
»Nein, danke«, erwiderte der Gast.
»Macht es Ihnen etwas aus, wenn ich ein Glas zu mir nehme?«
»Bitte sehr.«
Während Killigan sich einen Bourbon einschenkte, erklärte er: »Ich trinke gern ein Gläschen vor dem Essen, sozusagen als Appetitanreger.«

»Sie haben noch nicht zu Mittag gegessen?«
»Ich hatte heute viel um die Ohren.«
»Oh, tut mir leid, ich wollte Sie nicht vom Essen abhalten.«
»Nein, nein, ist schon okay«, sagte der Manager rasch. Er setzte sich hinter seinen Schreibtisch und nahm einen Schluck. »Ich wollte nicht zu Tisch, ehe ich erfahren habe, was Sie so Dringendes mit mir zu bereden haben.«
Harry Zuverbeck war ein übergewichtiger, rotgesichtiger Holländer. Sein gelbweißes Haar, das schon deutlich weniger wurde, war sehr kurz geschnitten. Er trug einen dezenten, konservativen Anzug. Er bewegte sich wie ein Oberfeldwebel im Ruhestand.
»Es geht um die morgige Versammlung«, begann der Gast.
»Was ist denn damit?«
»Nun ja, vielleicht kommt es dort zu häßlichen Szenen.«
»Das denke ich auch.«
Killigan mochte Zuverbeck nicht. Der Bourbon, der seinen Kater vertrieben hatte, machte ihn mutig, und er entschied, dem Mann keinen Fußbreit entgegenzukommen.
Der Holländer setzte sich noch steifer in seinen Sessel. »Die Zeitungen verlangen, daß ein Pressevertreter an der Sitzung teilnehmen soll. Das Gesetz gibt ihnen das Recht dazu.«
»Ja und?«
Killigan wußte jetzt schon, daß er dieses Gespräch genießen würde.
»Einige Reporter verbreiten das Gerücht, Sie wollten morgen Beweise vorlegen, die den Betriebsprüfungsausschuß des Kreises als ... als korrupt hinstellen.« Er zwinkerte langsam wie eine Eidechse im Sonnenlicht.
»Wo könnten sie das denn wohl herhaben?«
Zuverbecks Unterkiefer wirkte hart wie Beton. »Ich vermute, daß entweder Sie oder einer Ihrer Anwälte dieses Gerücht in die Welt gesetzt haben. Aber darauf kommt es

jetzt nicht an. Viel wichtiger ist die Frage, was Sie morgen vorbringen wollen. Alles, was Sie sagen, wird in den Zeitungen erscheinen.«

»Schon möglich.«

»Die anderen Ausschußmitglieder und ich haben einen gewissen Ruf zu verlieren. Heutzutage wird ja bereitwillig alles geglaubt, wenn nur eine Autorität oder Behörde mit Dreck beworfen werden kann. Daher ... um uns vor unnötiger feindseliger Publizität zu schützen, möchten wir dafür Sorge tragen, daß diese kleine Unstimmigkeit noch vor der Sitzung aus der Welt geschafft werden kann. Am besten jetzt. Und hier. Zwischen Ihnen und mir. Mir ist vom Ausschuß die Vollmacht übertragen worden, über alle Punkte zu verhandeln.«

Killigan täuschte Verblüffung vor. »Aber, Sir! Wollen Sie damit etwa andeuten, daß es tatsächlich korrupte Praktiken im Ausschuß gibt, die jetzt vor der Öffentlichkeit verborgen werden sollen?«

Zuverbeck nahm eine noch steifere Haltung an. »Es gab und gibt keine korrupten Praktiken.«

»Aber wovor fürchten Sie sich dann?«

Der Holländer sagte nichts. Er hatte als Anwalt viele Jahre Berufserfahrung hinter sich und wußte, wann es klüger war zu schweigen.

Killigan sagte ebenfalls nichts und trank noch einen Schluck.

Zuverbeck verlor als erster die Geduld. »Was wollen Sie morgen vorbringen?«

»Oh, es wird bestimmt keine lange und vertrackte Ansprache«, antwortete Killigan überfreundlich. »Ich möchte mich darauf beschränken, ein paar Fakten vorzutragen.«

»Fakten, wie sie sich Ihnen darstellen?«

Der Bastard hat eine Scheißangst, freute sich der Manager in Gedanken. *Sind denn im ganzen Ausschuß nur Papiertiger wie er? Haben sie denn jahrelang herumwurschteln können, weil ihnen nie zuvor jemand auf die Finger geschaut hat?*

Killigan hob einen Finger: »Fakt Nummer eins: In jedem Frühjahr schickt der Betriebsprüfungsausschuß eine Steuerschätzung raus, die erschreckend viel höher ist als die des Vorjahres.«

»Die Grundstückspreise explodieren eben.«

»Wenn sie so ansteigen würden, wie der Ausschuß das annimmt«, entgegnete Killigan, »müßte jeder Grundbesitzer bald Milliardär sein.« Er hob den nächsten Finger: »Fakt Nummer zwei: Jedes größere Unternehmen des Kreises bekommt aberwitzige Gewerbesteuern aufgebrummt, aber bei Century Oaks haben Sie in dieser Hinsicht wirklich den Vogel abgeschossen. In diesem Jahr lag unsere Steuerschuld um hundertzehntausend Dollar über der vom letzten Jahr.«

Der Holländer starrte ihn an. Sein Unterkiefer schob sich nach vorn.

Killigan genoß die Situation immer mehr. »Fakt Nummer drei: Obwohl die Steuervorauszahlungen Jahr für Jahr höher angesetzt werden, ist Century Oaks nicht gezwungen, jede Erhöhung mitzumachen. Wenn wir von der letztjährigen Bilanz ausgehen, können wir sogar eine Steuersenkung geltend machen.«

»Wir haben uns an Gesetze und Regeln zu halten«, brummte Zuverbeck säuerlich.

»Fakt Nummer vier: Obwohl wir einen guten jungen Anwalt allein dafür beschäftigen, sich um die anderen Auflagen zu kümmern und obwohl drei von unseren zehn Aufsichtsratsmitgliedern Anwälte und geachtete Mitglieder der Anwaltsvereinigung von Pennsylvania sind, erscheint uns die ganze Steuerschätzungsgeschichte so kompliziert, daß unser geballter juristischer Sachverstand nicht ausreicht, sich darin zurechtzufinden. Einmal haben wir einen unserer Anwälte damit beauftragt, eine Steuersenkung zu beantragen. Er hatte überhaupt keinen Erfolg damit. Um also in dieser Angelegenheit etwas ausrichten zu können, müßte sich die Rennbahn nach noch mehr und vor allem noch besseren juristischen Sachverständigen umsehen.«

»Ich bin nicht hierhergekommen, um mir Ihren Sarkasmus anzuhören«, erklärte Zuverbeck.

»Nein, aber Reporter hören so etwas sehr gern.«

Die Miene des Holländers umwölkte sich.

Der Manager ignorierte das. »Ich will Ihnen etwas verraten: Wir haben jetzt die besseren Anwälte, und diese Herren werden die Angelegenheit dem Prüfungsausschuß in allen Details vortragen. Und sie sind so gut vorbereitet, daß wir nicht nur mit einer Senkung, sondern auch mit einer Rückerstattung in Höhe von fünfundneunzig Prozent der Einlagen rechnen. Könnte gut sein, daß wir danach statt der hundertzehntausend Vorauszahlung nur noch zehntausend entrichten müssen.«

»Ich habe jetzt genug gehört«, erklärte Zuverbeck.

»Nein, das haben Sie noch lange nicht«, entgegnete Killigan. »Man hat Sie hierhergeschickt, um zu erfahren, was ich morgen zu sagen beabsichtige und was einen Tag später in allen Zeitungen stehen wird.«

Wenn der Holländer nicht aufpaßte, würden seine Gesichtsmuskeln überstrapaziert und wie eine Melone zerplatzen.

Killigan leerte sein Glas. Er fühlte sich sehr gut. Angesichts seines Gegenübers freute er sich wie ein kleines Kind.

»Fakt Nummer fünf: Für ihre Bemühungen, Ihren Ausschuß davon zu überzeugen, daß er Century Oaks in der Vergangenheit ausgepreßt hat wie eine Zitrone, erwarten unsere besonders guten Anwälte natürlich ein besonders gutes Honorar. Bei den zu erwartenden hunderttausend nehmen sie zwanzig Prozent. Zwanzigtausend Dollar

eben, und die geben wir gern, denn Spitzentalente dürfen Spitzenhonorare verlangen.«
Er grinste Zuverbeck an. Sein Gegenüber ließ sich nicht zu einem Lächeln verleiten.
»Fakt Nummer sechs: Die übertriebene Steuerschätzung trifft jedes Frühjahr so pünktlich ein wie das Erblühen der Tulpen. Fakt Nummer sieben: Unter der Menge der Anwälte, die sich in und um eine größere Stadt wie Harrisburg tummeln, finden sich nur drei, die in der Lage zu sein scheinen, mit Ihrem Ausschuß umzugehen. Einer dieser ›Spezialisten‹ ist Ihr Sohn. Ein Zufall?«
Zuverbeck wirkte jetzt tatsächlich so, als würde er im nächsten Moment zerspringen.
»Ein anderer dieser ›Spezialisten‹ ist der Schwager eines Ihrer Ausschußmitglieder. Und der dritte ›Spezialist‹ war sechs Jahre lang selbst Mitglied des Ausschusses, bevor er seine eigene Kanzlei eröffnete . . .« Killigan lehnte sich zufrieden in seinen Sessel zurück. »Ich kann mir nicht helfen. Ich schätze, für die Presse wären solche Neuigkeiten ein gefundenes Fressen.«
Zuverbeck hockte da wie aus Stein gehauen: »Ich könnte einige Löcher in Ihre schöne Theorie reißen.«
»Bitte.«
»Sie unterstellen uns, vorsätzlich überhöhte Vorauszahlungen von den größeren Unternehmen zu verlangen.«
»Na gut, sagen wir nur von der Hälfte. Aber alle großen sind dabei.«
»Und Sie unterstellen, daß wir das schon seit Jahren tun.«
Der Manager zuckte die Achseln.
Der Holländer ballte auf den Knien die Hände zu Fäusten: »Wenn es Beweise geben sollte für das, was Sie eben angedeutet haben . . .«
»Es gibt diese Beweise.«
»Wenn es sie wirklich gibt, warum ist dann vor Ihnen nie-

mand auf die Idee gekommen, uns an den Pranger zu stellen? Warum haben alle anderen Firmen brav die überhöhten Forderungen geschluckt?«

»Da finden sich sicher einige Gründe«, antwortete der Manager. »Vielleicht wollen die anderen Unternehmen sich keine einflußreichen Feinde schaffen. Vielleicht sind die anderen Firmen auch zu pessimistisch, was den Ausgang ihres Einspruchs angeht. Vielleicht glauben sie, daß sich nichts, aber auch gar nichts ändern würde, selbst wenn man die Mitglieder Ihres Ausschusses in Schimpf und Schande aus dem Amt jagen oder gar ins Gefängnis sperren würde. Vielleicht erwarten die anderen, daß die neuen Ausschußmitglieder in Null Komma nichts den Praktiken ihrer Vorgänger frönen werden. Sie kennen doch das Sprichwort: Man kann sich besser auf einen Teufel einstellen, den man schon kennt, als auf einen neuen.«

»Und Sie gehören nicht zu den Pessimisten?«

»Ich würde es gern mit neuen Ausschußmitgliedern versuchen.«

Zuverbeck lief purpurrot an.

»Vielleicht würde ich mich auch damit zufriedengeben, den alten Ausschuß zu reformieren«, ergänzte Killigan. »Die meisten Wirtschaftsleute sind der Ansicht, daß man ganz gut dabei fährt, wenn man sich auf korrupte Beamte einstellt. Man zahlt brav seinen Anteil und darf dann die eine oder andere Gefälligkeit erwarten. Ich allerdings bin der Ansicht, daß Century Oaks vom hiesigen Betriebsüberprüfungsausschuß keinerlei Gefälligkeiten nötig oder zu erwarten hat. Was meine Rennbahn jedoch braucht, ist ein Budget, mit dem sich ein funktionierendes Unternehmen aufrechterhalten läßt. Und dabei stören natürlich lachhaft hohe Steuerschätzungen.«

Zuverbeck schoß wie von der Tarantel gestochen aus seinem Sessel. Er marschierte ans Fenster und blickte hinaus

auf den Turf und die Eichenbäume. Er hielt die Hände auf dem Rücken verschränkt und starrte das Fenster an, als er sagte: »Was verlangen Sie?«
»Eine neue Bewertung«, erklärte der Manager. Er wußte, daß er gewonnen hatte. Allerdings war er ein wenig enttäuscht, daß sein Gegner so schnell klein beigegeben hatte. Killigan hatte den Kampf sehr genossen. Er hätte es gern gesehen, wenn der Holländer sich am Boden gewunden hätte. »Dieselbe Summe wie im letzten Jahr.«
»Sie verlangen eine ganze Menge.«
»*Sie* verlangen eine ganze Menge.«
Zuverbeck drehte sich um, blieb aber mit den Händen auf dem Rücken am Fenster stehen. Sein ohnehin rötliches Gesicht wirkte noch dunkler als zu dem Zeitpunkt, als er das Büro betreten hatte. »Wäre das alles?«
»Nun ja«, lächelte Killigan, »Sie verstehen sicher, daß ich mir die Kosten für besonders gute Anwälte gern ersparen möchte, um an die niedrigere Einschätzung zu kommen.«
»Angenommen, Sie bestellen einen besonders guten Anwalt. Angenommen, Sie geben es auf, gegen Windmühlen anrennen zu wollen. Dann könnte es leicht sein, daß Sie eines Tages in Ihrer Post einen besonders dicken Umschlag finden. Voller Fünfzig-Dollar-Noten. Sagen wir, vierzig Stück.«
»Jetzt verblüffen Sie mich aber wirklich«, erwiderte Killigan. »Ich will aber gleich wieder vergessen, was Sie gerade gesagt haben.« Er schob den Sessel zurück und erhob sich, um Zuverbeck auf gleicher Höhe gegenübertreten zu können. »Unser Mann wird am nächsten Montag vor dem Ausschuß erscheinen. Und seine Argumente werden so überzeugend sein, daß Sie der neuen Einschätzung gern zustimmen werden.«
Zuverbeck atmete hörbar schwer. Zum erstenmal fragte sich Killigan, ob sein Gegenüber gleich einen Herzschlag erleiden würde. Er war bis zum Äußersten gegangen. Zu-

verbeck hatte sich nur noch mit Mühe zurückhalten können. Die Augen drohten ihm aus dem Höhlen zu treten. »Gern?« zischte er. »Wir werden gern zustimmen? Und schon am Montag? Sie sind sich Ihrer Sache etwas zu sicher, werter Herr!«
Killigan war diese Debatte leid. Er hatte Zuverbeck in eine Ecke gedrängt, und nun versuchte der Mistkerl, sich da irgendwie herauszuwinden. Vermutlich würde er gleich seine Integrität hervorkehren und seinerseits Anschuldigungen machen. Dazu hatte Killigan absolut keine Lust. Er wünschte sich, der Holländer würde so rasch wie möglich das Büro verlassen, damit er sich noch einen Bourbon einschenken konnte. Er sagte: »Ganz recht, ich bin meiner sehr sicher. Vor allem deshalb, weil Sie ein Betrüger sind. Ich weiß das. Sie wissen das. Und wenn Ihnen etwas daran liegt, daß nicht die ganze Welt davon erfährt, müssen Sie jetzt in den sauren Apfel beißen.«
»Sie überschlauer Hurensohn!« schimpfte Zuverbeck. Seine Stimme klang drohend, wie das Zischen einer Schlange. Sein Gesicht war nun krebsrot, und er hatte den Unterkiefer so weit vorgeschoben, daß er deformiert aussah. »Ich bin hierhergekommen, um mit Ihnen eine gütliche Einigung anzustreben. Ich bin kein hinterhältiger Aasgeier, und ich bereichere mich auch nicht an anderen. Ich tue nichts, was gegen das Gesetz verstößt. Ich presse niemanden bis aufs Blut aus, und ich pfände Menschen nicht das Heim unterm Hintern weg. Mag sein, daß wir beide, Sie und ich, uns nicht sonderlich sympathisch sind und das wohl auch nie sein werden. Aber man kann trotzdem eine Einigung erzielen. Leider hatten Sie nicht das mindeste Interesse daran. Sie wollten hier lieber den Schlaukopf spielen.«
»Sie sind ein Träumer«, erklärte Killigan, »wir beide hätten niemals zu einem Abkommen unter der Hand gefunden. Ich mache keine Geschäfte mit Blutsaugern.«

Zuverbeck marschierte zur Tür. Er hielt die Hände jetzt an den Seiten, hatte sie aber immer noch zu Fäusten geballt.
»Bis Montag«, rief Killigan ihm lächelnd nach. Er fühlte sich großartig nach dem Bourbon und dem K.-o.-Schlag für den Holländer.
Zuverbeck drehte sich zu ihm um. »Nein.«
»Nein?«
»Bis morgen.«
Killigan war überrascht. Er fühlte sich bereits vom Alkohol ein wenig desorientiert. »Sie wollen es tatsächlich riskieren, daß die Zeitungsmenschen alles erfahren?«
»Ich lasse mich nicht gern herumschubsen.«
»Trotzdem ...«
»Und ich lasse mich nicht gern mit Schimpfworten belegen.«
Seine Miene wirkte so starr wie aus Bronze gegossen.
»Ich werde Sie und den Ausschuß ruinieren.« Killigan drohte nicht, er stellte lediglich fest.
»Vielleicht.«
»Sie wissen sehr gut, daß es so kommen wird.«
»Morgen sehen wir weiter«, antwortete Zuverbeck. Damit schien er wohl den Großteil seiner Würde zurückerlangt zu haben und verließ das Büro.
Der Manager sank in seinen Sessel und starrte zuerst auf die geschlossene Tür, dann auf das Fenster, an dem der Betriebsprüfer gestanden hatte, und endlich auf sein leeres Glas. Das Hochgefühl, das der Whiskey ihm beschert hatte, war verflogen. Jetzt umgab ihn nur noch grauer Nebel. Das Triumphgefühl nach seinem Sieg war so schnell vergangen. Killigan konnte es nicht glauben. Obwohl er mit jedem Fakt bei Zuverbeck einen Volltreffer gelandet hatte, war der Holländer nicht als Verlierer gegangen.
Alles gleitet mir wieder aus den Händen, dachte Killigan.

Er rief Jeff Cassarian an, den Anwalt der Rennbahn, und berichtete ihm von Zuverbecks Besuch. Er beschönigte den Bericht ein wenig und ließ sich selbst weniger sarkastisch, feindselig und triumphierend erscheinen.
»Er ist gekommen, um sich mit Ihnen in Güte zu einigen«, sagte Cassarian nachdenklich. »Er hat Ihnen sogar zweitausend Dollar angeboten, wenn Sie dafür den Mund halten und die Rennbahn bluten lassen. Aber dann hat er sich plötzlich von einem Moment auf den anderen besonnen, ist unnahbar geworden und beleidigt hinausmarschiert. Was mag ihn zu diesem Sinneswandel bewogen haben?«
»Keine Ahnung«, log Killigan.
Sein Gegenüber schien jedoch zu spüren, daß der Manager auswich. »Haben Sie mir auch wirklich alles erzählt?«
»Schließlich sind Sie mein Anwalt«, wich Killigan erneut aus.
Cassarian dachte kurz nach. »Nun, zumindest können wir davon ausgehen, daß die Herrschaften im Ausschuß ganz schön nervös sind.«
»Sind Sie sich da sicher?«
»Das liegt ja wohl auf der Hand, Jack.«
»Das habe ich auch geglaubt, anfangs zumindest.«
»Machen Sie sich mal keine Sorgen. Ich treffe Sie morgen um neun Uhr dreißig. Um zehn beginnt die Ausschußsitzung. Aber Sie werden keine Gelegenheit erhalten, über die Korruption öffentlich zu sprechen. Ich schlage Ihnen eine Wette vor. Sagen wir um fünf Dollar? Ich wette, daß Zuverbeck die Sitzung mit der Ankündigung eröffnen wird, daß die Festsetzung der Steuervorauszahlung für die Century-Oaks-Rennbahn noch einmal überprüft werden muß.«
»Ich hoffe, daß ich die fünf Dollar zahlen muß.«
»Sie sind nicht davon überzeugt?«
»Ich halte Zuverbeck für sehr gerissen.«
Cassarian seufzte ungeduldig: »Mir kommt es so vor, als

wären manche Menschen nur glücklich, wenn sie unglücklich sind.«
»Tut mir leid«, sagte der Manager, »es ist nur so, daß hier in letzter Zeit etwas zu viele Probleme aufgetaucht sind.«
»Das höre ich nicht gern. Kann ich Ihnen in irgendeiner Weise vielleicht weiterhelfen?«
»Nein«, antwortete Killigan müde, »meistens sind das hausinterne oder personelle Probleme. Trotzdem vielen Dank, Jeff.«
»Vergessen Sie nicht unseren morgigen Termin.«
»Wie könnte ich den vergessen?«
Nachdem er eingehängt hatte, fühlte er sich hundsmiserabel. Jetzt wurde ihm klar, daß er Zuverbeck vollkommen falsch behandelt hatte. Gestern hatte er einige Fehler im Umgang mit wirklich drittklassigen Problemen gemacht; Probleme, die er früher mit einem Fingerschnippen aus der Welt geschafft hätte. Und schlimmer noch, er hatte seine Beziehung zu Rita kaputtgemacht ... Was würde er als nächstes in den Sand setzen?
Er brauchte dringend einen Bourbon. Doch er wußte, daß er dieser Gier nicht nachgeben durfte. Der Tag hatte für ihn erst angefangen, und schon hatte er zwei Gläser zu sich genommen. Er mußte für die Rennen am Abend nüchtern bleiben. Verdammt, hatte er denn keine Willensstärke mehr? Er bewies sich seine Willensstärke. Fast eine Stunde lang. Dann goß er sich das dritte Glas voll.

Henry Coopers Gesicht war erschreckend blaß. Er hatte dunkle Ringe unter den Augen, und seine Wangen wirkten eingefallen. Als er sich vor dem Klavier-Schreibtisch niederließ, schien er fast in den Sessel zu fallen.
Er bemerkte, wie bestürzt Killigan ihn ansah, und erklärte: »Ich habe sehr viel Zeit in diese Fälschungsgeschichte investiert.«

»Wann beginnt Ihre Schicht?« fragte Killigan.
»Um sechzehn Uhr.«
»Und wann haben Sie mit Ihrer Arbeit begonnen?«
»Neun Uhr morgens, manchmal erst um zehn.« Er erwartete dafür keine Belobigung, er gab nur Antwort auf eine Frage. »Und mein Dienst endet in der Regel gegen Mitternacht.«
Der Manager kannte Cooper gut genug, um zu wissen, daß er jetzt kein Mitleid erwecken wollte. Killigan schüttelte den Kopf und sagte: »Das ist der Arbeitstag eines Managers.«
Cooper lächelte matt.
»Und was haben Sie herausgefunden?«
Das Lächeln verschwand augenblicklich. »Nicht viel«, antwortete der TRPB-Mann enttäuscht. »Wir haben es hier mit einem cleveren Fälscher zu tun. Am Montagabend nach dem vierten Rennen bin ich auf einen weiteren Unschuldigen gestoßen, der für unseren Freund ein gefälschtes Ticket einlösen wollte. Ein Lehrer aus Baltimore, Arthur Hudson. Er konnte mir aber eine brauchbare Beschreibung von unserem Mann geben. Ich habe mir alles notiert, vervielfältigt und an unsere Leute ausgegeben.«
»Und?«
»Nichts.«
»Wäre es nicht möglich, daß er sich schon verzogen hat?« fragte Killigan. »Sind Sie sicher, daß er sich noch bei uns aufhält?«
Cooper hatte nicht den geringsten Zweifel: »Sechs Männer arbeiten mit mir an diesem Fall. Ich habe sie alle Gewinntickets der letzten drei Nächte überprüfen lassen.«
Killigan machte große Augen.
»Natürlich sind das verdammt viele Zettel, jede Nacht einige tausend. Aber sechs Männer können sie rascher durchsehen, als man glaubt.«

Killigan dachte kurz nach. Dazu mußte er sich allerdings gehörig konzentrieren: »Die meisten Gewinne erfolgen auf Zwei-Dollar-Wettscheinen. Das sind für einen Fälscher zu kleine Fische. Ich nahm also an, daß Ihre Leute nur die Tickets mit höheren Gewinnen durchgecheckt haben.«
Der TRPB-Mann nickte. »Wir haben sogar einen Wassertest entwickelt, mit dem die Prozedur wesentlich beschleunigt wird.«
»Nur Wasser?«
»Uns ist aufgefallen, daß die Tinte, die unser Freund benutzt, überhaupt nicht wasserfest ist. Wenn man einen normalen Wettschein für etwa eine Minute in warmes Wasser legt, löst er sich auf, aber der Aufdruck verläuft nicht. Aber bei den gefälschten Scheinen zerläuft die Tinte schon nach einer halben Minute.«
Killigan beugte sich vor: »Dann wissen Sie wohl auch, wieviel der Kerl uns gestohlen hat!«
»Vorausgesetzt, daß uns nicht ein paar Scheine durch die Lappen gegangen sind, können wir die Summe in etwa abschätzen.«
»Spannen Sie mich nicht länger auf die Folter.«
»Dienstagnacht haben wir keine manipulierten Tickets entdeckt«, erklärte Cooper. »Aber am Mittwoch waren es vierundzwanzig Tickets zu fünf, vierzehn Tickets zu zehn und sieben Tickets zu fünfzig Dollar. Die Gesamtsumme beträgt knapp achttausend Dollar.«
»O Gott!«
»Er schröpft uns in großem Stil«, fuhr der TRPB-Mann fort. »Jede Nacht sind so viele Besucher gekommen und haben so fleißig gewettet, daß dieser Verlust noch gar nicht aufgefallen ist. Aber uns fehlen trotzdem achttausend.« Er klang so besorgt, als wäre dieses Geld sein persönliches Eigentum.
»Und Donnerstag?« wollte Killigan wissen.

Cooper legte die Hände in den Schoß und antwortete: »Die meisten Fälscher sind schon zufrieden, wenn sie in einer Saison ein- bis zweitausend machen können. Aber unser Freund scheint der Vampir unter den Fälschern zu sein. Letzte Nacht hat er einunddreißig Tickets zu zehn und sieben Tickets zu fünfzig Dollar eingelöst.«

Obwohl er es eigentlich gar nicht wissen wollte und obwohl er an diesem miserablen Tag nicht noch mehr Ärger haben wollte, fragte der Manager trotzdem: »Und wieviel hat er insgesamt kassiert?«

»Er scheint eine gute Nase zu haben. Unter anderem das dreißig-zu-eins im fünften Rennen. Gestern abend hat er um die vierzehntausend nach Hause getragen.«

»Das tut weh!« stöhnte Killigan.

»Sie sagen es.«

Der Manager erhob sich und trat an die Bar. »Wie wär's mit einem Drink? Es wird Zeit fürs Abendessen. Davor nehme ich immer gern ein Glas zu mir, um den Appetit anzuregen.«

»Ich hätte schon gern einen Drink«, erklärte Cooper, »aber so erledigt wie ich bin, würde mich der jetzt glatt umhauen.«

Killigan schenkte sich den vierten Bourbon dieses Tages ein.

»Das war leider noch nicht alles«, sagte der TRPB-Agent.

»Was war noch nicht alles?«

»Die vierzehntausend.«

Killigan verschluckte sich fast.

»Bis gestern hat unser Freund normale Wettscheine gekauft und im nachhinein die Nummer des Pferdes verändert; und das ungefähr ein- bis zweimal pro Rennen. Letzte Nacht hat er dann seine Technik entscheidend verbessert. Beim sechsten Rennen hat er acht Exacta-Scheine gefälscht.«

»Dann haben Sie ja wohl alle möglichen Arten von Scheinen überprüft.«
»Nein. Der Computer überprüft selbst die Exacta-Scheine. Der Computer schlug Alarm, als er entdeckte, daß für das sechste Rennen mehr Exacta-Scheine Gewinne gemacht haben, als verkauft worden sind. Also sind wir gestern dazu übergegangen, auch diese Scheine dem Wassertest zu unterziehen.«
Um mit einem Exacta-Schein zu gewinnen, mußte man entweder unglaublich viel Pferdeverstand besitzen oder Glück wie kein zweiter haben. Bei einer Exacta-Wette mußte der Wetter die ersten beiden Pferde — Sieg und Platz — bestimmen. Wenn acht Pferde teilnahmen, wie das gestern beim sechsten Rennen der Fall gewesen war, stand der Wetter vor sechsundfünfzig möglichen Kombinationen für den ersten und zweiten Platz. Hin und wieder tippten viele Wetter bei einer Exacta-Wette richtig und erhielten dann einen nur mäßigen Gewinn. Doch in der Regel bekam man bei einer solchen Wette mindestens hundert Dollar heraus. Es war auch schon vorgekommen, daß ein Wetter mehrere tausend Dollar einstecken konnte.
»Wieviel hat er damit gemacht?«
»Fünfhundertvierzig Dollar.«
»Und das achtmal. Also viertausenddreihundertzwanzig Dollar.«
»Damit ist er gestern fast an zwanzigtausend gekommen. Und da nicht auszuschließen ist, daß wir ein paar gefälschte Scheine übersehen haben ...«
Killigan mußte sich hinsetzen. Seine Beine waren schwer wie Blei. »Was schätzen Sie, wieviel er sich in dieser Woche erschwindelt hat?«
»Sonntag und Montag haben wir noch keine Scheine überprüft. Aus irgendeinem Grund ist er am Dienstag still geblieben. Doch wenn wir die Summen vom Mittwoch

und Donnerstag hochrechnen, kommt man leicht auf einen Betrag von etwa vierzigtausend Dollar.«
Bis eben noch hatte Killigan den Fälscher für einen kleinen Dieb gehalten, der hier und da ein paar Dollar für sich abzwackte. Für einen kleinen Störenfried, den man erwischen mußte, der aber der Rennbahn keinen riesengroßen Schaden zufügte. Doch eine solche Summe konnte er nicht mehr auf die leichte Schulter nehmen. »Wenn er heute abend wieder zwanzigtausend macht und morgen noch mal, hat er uns in einer Woche um achtzigtausend erleichtert. Nein, das können und dürfen wir nicht hinnehmen.«
Cooper nickte knapp. Sein Kopf bewegte sich dabei etwa einen Zentimeter nach unten.
Der Manager klang verzweifelt, als er fragte: »Sie rechnen doch damit, daß er weitermacht, oder?«
»Selbstverständlich. Er wird sich denken, daß man eine Glückssträhne, wenn man sie erwischt hat, nicht mutwillig abbrechen soll.«
»Und Sie sind immer noch davon überzeugt, daß er einen Fehler machen wird?«
»Ich bin davon überzeugt.«
»Aber Sie sind sich nicht mehr ganz so sicher wie noch vor ein paar Tagen?«
»Er ist sehr gut«, gab der TRPB-Mann widerwillig zu. »Ich fürchte, daß wir ihn heute nacht noch nicht fassen werden. Wir geben uns natürlich alle Mühe. Aber ich denke, er wird uns wieder entwischen. Was morgen passiert, ist eine ganz andere Geschichte.«
»Wieso?«
Cooper richtete sich im Sessel auf. Zum ersten Mal, seit er das Büro betreten hatte, hellte sich seine Miene auf: »Ich habe da so ein eigenartiges Gefühl, ein sehr starkes eigenartiges Gefühl. Ich denke, unser Freund ist mit der Absicht gekommen, die ganze Woche hier zu verbringen,

trotz aller Risiken, die zwangsläufig auftreten, wenn ein Fälscher sich zu lange an einem Ort aufhält. Was er bis jetzt getan hat, waren nur kleine Fische. Er wartet auf den Samstag. Wir können uns bislang nicht über Besuchermangel beklagen, aber am Samstag wird die Besucherzahl alle Rekorde brechen. Man wird sich hier kaum noch bewegen können.«

»Das hoffe ich.«

»Je mehr Zuschauer und Wetter hier sind, desto mehr Schutz genießt unser Freund. Ich denke mir nun, daß er sich zu sehr auf diesen Schutz verläßt. Höchstwahrscheinlich wird er zu gierig und kann die Taschen nicht voll genug kriegen. Es würde mich nicht wundern, wenn er sich für den Samstag vierzig- oder fünfzigtausend zum Ziel gesetzt hat.«

»Das meinen Sie doch wohl nicht im Ernst?« keuchte Killigan.

»Doch, leider. Fünfzigtausend. Und damit geht er ganz entschieden zu weit. Bei einer solchen Summe muß er leichtsinnig werden. Und das ist dann der Moment, in dem wir ihn uns schnappen.«

»Am Samstag finden sich zusätzliche Agenten im Klubhaus und auf der Tribüne ein, nicht wahr?«

»Wir verdoppeln unsere Zivilstreifen. Ich denke, wir könnten sie sogar verdreifachen.« Er erhob sich. »Am Samstag fassen wir ihn.«

»Ihr Wort in Gottes Ohr.«

»Ja.«

Als der Manager um achtzehn Uhr unter der Dusche stand, spulte er nicht sein liebgewordenes Ritual ab. Er wollte nur den Schweiß auf seiner Haut loswerden, trocknete sich dann ab und zog sich rasch wieder an.

Er fragte sich die ganze Zeit, ob seine letzten Fehler wirklich die ersten waren, die ihm in Century Oaks unterlaufen waren. Vielleicht war schon von Anfang an alles in falschen Bahnen verlaufen, schon von dem Moment an, in dem er sich entschieden hatte, aus dieser heruntergekommenen Rennbahn etwas zu machen. Er hatte sich damals vorgenommen, sich hier nicht mit dem mageren Profit zu begnügen, mit dem sich die Besitzer auch zufriedengegeben hätten. Insgeheim hegte er den Wunsch, aus Century Oaks eine ähnlich bedeutende Rennbahn zu machen wie Hialeah, Churchill Downs, Aqueduct, Belmont . . . Er wollte dieser Rennbahn ihr hinterwäldlerisches Image nehmen und die Wetter aus New York, New Jersey, Maryland und allen anderen Orten heranziehen, an denen das große Geld saß. Aber er hatte dabei vergessen oder gar nicht wahrhaben wollen, daß mit dem Geld auch die Probleme wachsen. Und je höher man stieg, desto tiefer und spektakulärer konnte man fallen.

Und er dachte an Rita, immer wieder an Rita. Wunderbare Rita. Köstliche Rita. Sie mußte seine letzte Nachricht schon vor Stunden erhalten haben. Aber sie hatte sich noch nicht gemeldet.

Um halb sieben nahm er seinen fünften Bourbon.

Gegen sieben hatte er den sechsten.

Der sanfte Nebel kehrte endlich zurück und hüllte ihn ein.

Kurz vor zehn an diesem Abend betrat er den Horsemen's Club. Das sechste Rennen stand bevor, und er war nicht mehr so mißgestimmt wie nach den Besprechungen mit Zuverbeck oder Cooper. Die Pony-Expreß-Mädchen eilten wieselflink zwischen den Schaltern und den Gästen hin und her und hatten alle Hände voll zu tun. Drei Viertel der Tische waren besetzt, und insgesamt herrschte eine ausgelassene Stimmung.

Und Rita war hier.

Sie saß an dem Tisch, der ihrem Vater gehörte. In dem langen und schulterfreien schwarzen Abendkleid, das so dunkel war wie ihr Haar, sah sie einfach hinreißend aus. Die meisten der anwesenden Männer teilten ihre Aufmerksamkeit zwischen ihren Wettscheinen und Rita auf. So gut wie alle der anwesenden Damen warfen Rita finstere Blicke zu. Aber Rita ließ sich davon erwartungsgemäß nicht im mindesten beeindrucken. Sie blickte zum Restauranteingang, so als warte sie auf jemanden.
Sie entdeckte Killigan und winkte ihm zu.
Er grinste wie ein kleiner Junge und eilte zu ihr. »Bist du mit deinem Vater hier?«
»Ich bin allein gekommen. Keins von Vaters Pferden startet heute abend hier.« Sie lächelte ihn an. »Warum setzt du dich nicht einen Augenblick zu mir? Oder steckst du bis über beide Ohren in typischer Managerarbeit?« Sie klang ganz normal. Keine Spur von Feindseligkeit mischte sich in ihre verführerische Stimme.
»Endlich mal eine halbwegs ruhige Nacht«, antwortete er. »Ich laufe hier eigentlich nur ein bißchen herum. Wenn du möchtest, können wir uns die letzten vier Rennen gemeinsam anschauen.«
»Ja, das wäre wirklich nett.«
Er nahm neben ihr Platz.
Sie gab einem Kellner ein Zeichen. Er eilte zu ihr, als sei er in einer heiligen Mission unterwegs.
»Zweimal Bourbon auf Eis. *Wild Turkey,* wenn Sie den führen.«
»Geht aufs Haus«, erklärte Killigan dem Kellner.
Seine Rechte lag auf dem Tisch. Sie legte ihre Linke darauf und drückte leicht seine Finger.
»Äh, zu der Nacht neulich . . .« begann er.
»Pst!« machte sie nur. »Das Rennen fängt gleich an. Ich habe zweihundert auf Fancy Dancer gesetzt.«

Eine Stimme verkündete, daß die Pferde in den Startboxen stünden.
Augenblicklich legte sich Stille über den Raum. Die Atmosphäre im Klub wirkte elektrisch aufgeladen.
Die Pony-Expreß-Mädchen standen reglos an ihren Warteplätzen. Sie wirkten wie erotische Statuen. An den Wettschaltern waren die Fenster geschlossen.
Eine Glocke ertönte.
»Start!«
Die Stille im Raum verwandelte sich übergangslos in einen Hexenkessel, in dem alle den Namen ihres Favoriten durcheinanderbrüllten.
Rita folgte dem Feld mit ihrem Opernglas. Ständig wurden die Positionen der Pferde bekanntgegeben. *Fancy Dancer* führte gleich von Anfang an. Er behielt das ganze Rennen über einen Vorsprung von einer Länge bei, doch in der Kurve erlahmte seine Kraft etwas. Die Verfolger nutzten diese Chance. und dann ging *My Lovely Annabel* als erstes Pferd durchs Ziel. *Diamond Eyes* wurde zweiter, und *Fancy Dancer* kam erst als dritter an.
Obwohl Rita zweihundert auf *Fancy Dancer* gesetzt hatte, war sie nicht im mindesten über den Verlust enttäuscht.
»Was soll's«, sagte sie nur, »es gibt ja noch andere Rennen.«
Sie blätterte im Programmheft. »Kannst du mir für das siebte Rennen nicht einen Insider-Tip geben?«
»Tut mir leid. Ich müßte wirklich erst ins Heft schauen, um zu wissen, welche Pferde dort starten.«
»Hast du denn keinen Einfluß auf die Startfolge?«
»Das ist Aufgabe des Rennleiters.«
Sie biß sich auf die Unterlippe und studierte wieder die Seite im Heft.
Der Kellner brachte die Drinks. Er starrte unentwegt Rita an und schien vergessen zu haben, daß er auch noch für andere Tische zuständig war.

»Rita, wegen dieser Nacht ...« begann Killigan wieder, als der Kellner endlich gegangen war.
»Vergiß sie doch einfach«, antwortete sie, ohne von ihrer Lektüre aufzublicken. Sie lächelte, und in ihren Zügen war keine Spur von Zorn. »Ich habe mich sehr dumm benommen.«
»Na ja, ich vermutlich auch.«
»Nein.«
»Ich denke, ich sollte mich bei dir ...«
»Ich sagte doch, du sollst es vergessen!« sagte sie gereizt.
Er nahm einen Schluck von seinem Glas. Keine besondere Wirkung trat ein.
Killigan fragte sich, was er nun tun sollte und wie er Rita einschätzen sollte. Wenn die »Vergewaltigung« sie so durcheinandergebracht hatte, wie konnte sie ihm dann verzeihen und die ganze Geschichte vergessen? Wenn ihr die Geschichte aber doch nicht so viel ausgemacht hatte, wenn sie wieder nur geschauspielert hatte, warum hatte sie ihn dann drei Tage lang schmoren lassen? Er brauchte dringend eine Antwort, aber er wagte es nicht, Rita danach zu fragen.
Sie schob sich eine Strähne aus dem Gesicht und kicherte. »Darauf muß ich einfach wetten!«
»Worauf?«
Sie zeigte auf die Seite: »Die Nummer acht im anstehenden Rennen: Jack's Joy.«
»So, so.«
Sie grinste schelmisch. Ihre dunklen Augen durchbohrten ihn. »Das bin nämlich ich, Jack's Joy. Jacks Freude.«
Er drückte sanft ihren bloßen Arm und sagte: »Du bist ganz sicher ein Gewinn. Ich würde sofort auf dich setzen.«
Sie zog dreihundert Dollar aus ihrer Handtasche. »Die werde ich setzen.« Dann hielt sie ihm ihre Handfläche entgegen und sagte: »Gib mir nicht nur billige Schmeicheleien, sondern leg auch noch was drauf.«

»Ich weiß nicht, ob das gut wäre.«
»Nur als Glücksbringer.«
Er gab ihr einen Zwanziger.
»Auf Sieg?«
»Natürlich.« Als sie sich erhob, um zum Schalter zu gehen, sagte er: »Warum läßt du das nicht von unseren Pony-Expreß-Mädchen erledigen?«
Rita verzog das Gesicht. »Ich habe es nicht so gern, wenn Nutten mein Geld in den Fingern halten.« Sie klang sehr giftig. Doch im nächsten Moment war ihre gute Laune wieder da. »Bin sofort zurück.«
Jack's Joy war ein Vierjähriger, der seit zehn Rennen kein Geld mehr eingebracht hatte. Vor zwei Wochen auf der Bowie-Rennbahn war er dreiundvierzig Längen hinter dem Erstplazierten ins Ziel gegangen. Doch heute abend gewann er in einem Kopf-an-Kopf-Rennen.
Ein gutes Omen, sagte sich Killigan.
Nach dem Sieg von *Jack's Joy* wurde die Nacht wunderbar. Rita und er lachten viel, tranken noch etwas, und sie flirtete mit ihm wie ein Backfisch. Nach dem letzten Rennen begaben sich beide in sein Büro, um dort die Ergebnisse des Kassensturzes abzuwarten.
Mitternacht war gerade vorüber, als die ersten Zahlen eintrafen. Fast fünfzehntausend Menschen hatten eine Eintrittskarte gekauft, was einen neuen Rekord für Century Oaks darstellte. Der Umsatz betrug 2 800 000 Dollar, und das ließ darauf schließen, daß viele von denen, die erst am großen Samstag kommen wollten, schon einen Tag früher eingetroffen waren.
»Was für ein Erfolg!« rief Rita. Sie hockte auf der Erde seines Steinway-Schreibtisches.
»Ich hoffe nur, daß dieses Glück etwas länger anhält!«
»Du hast es ihnen allen gezeigt.«
»Wem?«

»Dem alten Farley, Mitchell und Demlinson.«
Er stand direkt vor ihr. Sie hatte den Kopf nach rechts geneigt. Er neigte seinen Kopf nach links, bis er ihr in die Augen sehen konnte. Farley, Mitchell und Demlinson waren drei von den zehn Besitzern der Rennbahn. »Wieso habe ich es ihnen gezeigt?«
Sie hatte die Schuhe abgestreift. Sie hob nun einen Fuß, der nur von einem langen Strumpf verhüllt war, und versuchte, mit den Zehen über sein Geschlechtsteil zu reiben. Aber es wollte ihr nicht so recht gelingen. »Weil es genau diese drei waren, die bei der Abstimmung über deine Einstellung gegen dich gestimmt haben«, antwortete sie. »Demlinson hält dich für einen Alkoholiker. Die beiden anderen halten dich nur für unfähig. Aber Daddy hat zu dir gestanden. Und schließlich sechs andere auch. Heute hast du es den drei Arschlöchern gezeigt, wie falsch sie mit ihrer Einschätzung gelegen haben.«
Killigan war etwas verwirrt von dieser Enthüllung. Er leerte sein Glas in einem einzigen, gierigen Zug. Dann riß er sich zusammen und beschloß, sich nicht von Farley, Mitchell und Demlinson die Laune verderben zu lassen. Sie hatten unrecht. Er leistete gute Arbeit. Fast drei Millionen Dollar an diesem Abend. Seine Pläne, die Publicity, alles schien Erfolg zu haben.
Nachdem er die Gläser gespült hatte, fragte er: »Kommst du mit zu mir?« Er hatte sich den ganzen Abend zurückgehalten, diese Frage zu stellen. Sein Mund war wie ausgedörrt.
»Wohin sollte ich denn sonst gehen?« entgegnete sie, glitt vom Klavier und stellte sich in ihre Schuhe. Letzteres bereitete ihr ein wenig Mühe, und sie kicherte vor sich hin.
»Was ist denn los?«
»Ich glaube, ich bin blau.«
»Du bist wunderbar.«

»Das auch, aber im Moment bin ich vor allem blau.«
Er nahm sie in die Arme und küßte sie. Ihre Zunge war sehr agil und suchte in seinem Mund wie ein Eichhörnchen, das seinen Wintervorrat vergraben möchte. Er spürte, wie eine ihrer Hände zwischen seine Beine glitt.
»Du bist soweit«, sagte sie.
»Ich mußte lange warten.«
»Dann wollen wir so schnell wie möglich zu dir.«
Im Wagen lehnte sie sich an ihn und erklärte ihm mit dem ihr eigenen Vokabular, was sie mit ihm anstellen wollte, sobald sie im Bett lagen. Sie wollte alles und noch mehr wiedererleben. Gegen zehn vor eins waren sie zu Hause. Er konnte seine Finger überhaupt nicht mehr von ihr lassen. Sie hatten erst die Küche erreicht, als er anfing, sie auszuziehen.
»Junge!« rief sie. »Es ist doch viel schöner, wenn man alles ganz langsam angehen läßt!«
»Klar. Wir dehnen unser Programm ja auch über Stunden aus. Ich kann es nur nicht erwarten, bis wir endlich anfangen!«
Sie löste sich von ihm und ging zum Kühlschrank. »Ich bin heute nachmittag hiergewesen und habe Wein mitgebracht.« Sie hielt eine grüne Flasche mit einem Hals in weißer Folie hoch.
»Ich habe schon reichlich Bourbon zu mir genommen«, sagte Jack.
»Ja und?«
»Man sollte nicht alles durcheinandertrinken.«
»Das ist ein Ammenmärchen.«
»Nach meiner persönlichen Erfahrung stimmt es.«
Sie zog einen Schmollmund. Bei ihr wirkte das sehr aufreizend, fast schon obszön. »Ich habe doch nur die eine Flasche hier, und die mußt du ja nicht einmal ganz trinken.«
»Ist mir trotzdem zuviel«, erklärte er mit belegter Stimme.

»Davon abgesehen ist das Asti spumante, ein Dessertwein. Wir haben das Ende des Tages erreicht, falls dir das noch nicht aufgefallen sein sollte. Und am Ende eines Tages ist es Zeit für das Dessert.«

Er griff nach ihr und sagte rauh: »Ich dachte, du wärst das Dessert.«

»Ich gehöre dazu.« Sie löste sich wieder von ihm. »Sei doch nicht so ein Spielverderber, Jack. Ich habe die Flasche bereits heute nachmittag geöffnet, um festzustellen, ob der Wein gut ist. Wenn wir sie heute nicht leermachen, ist der Wein morgen schal.«

Killigan wußte, daß er jetzt schon mehr als genug hatte. Morgen früh würde sein Magen wieder verrückt spielen. Und an das Kopfweh durfte er gar nicht denken. Beides stand jetzt schon fest. Wenn er aber jetzt noch den Wein zu sich nahm, würde er sich morgen wünschen, tot zu sein, und gar nicht mehr aus dem Bett kommen. Dabei waren von der Nacht nur noch ein paar Stunden übrig. Und er hatte morgen einiges zu klären. Da war Zuverbeck, der Fälscher und mochte Gott wissen, was sonst noch auf ihn zukam. Nein, er mußte morgen halbwegs fit sein.

»Was bist du doch für ein Stimmungstöter!« murrte sie, öffnete den Kühlschrank wieder und stellte die Flasche zurück.

»Warte«, sagte er.

Sie sah ihn erwartungsvoll an.

Worüber machte er sich eigentlich Sorgen? Hatte er nicht das Problem mit Agroco gelöst? Selbst Farley, Mitchell und Demlinson hatten ihm dafür Lob gezollt. Und hatte er nicht Harry Zuverbeck auflaufen lassen? Jeff Cassarian hatte gewettet, der Holländer würde morden bei der Sitzung klein beigeben und von sich aus einen neuen Weg vorschlagen. Der Betriebsprüfer schlotterte wahrscheinlich vor Angst. Und diese Angst hatte Jack Killigan in ihm ausgelöst. Also ... Was waren da schon ein paar Fehler? Jeder machte Fehler. Gut, der Fälscher war noch auf freiem Fuß ... Und wenn schon, Cooper würde ihn morgen zu fassen kriegen. Der TRPB-Agent hatte das mehr oder weniger versprochen. Sicher, morgen würde es bestimmt auch wieder ein paar unliebsame Überraschungen geben, aber die würde er in den Griff bekommen, selbst mit gebundenen Händen (er lächelte über dieses Bild). Warum war er heute so schlecht drauf gewesen? Wie hatte er nur auf die Vorstellung kommen können, alles entglitte ihm? Der Bourbon machte ihm nicht viel aus. Niemand merkte ihm an, wenn er zuviel getrunken hatte. Er durfte nicht mehr soviel grübeln, das war nicht gut für ihn. Er wußte doch, daß er alle Probleme lösen konnte. Verdammt noch mal, das allergrößte Problem hatte er doch schon bewältigt: Rita war zurück. Rita war wieder bei ihm. Von jetzt an würde alles aufwärtsgehen.

»Nun?« fragte sie.

»Ich hole zwei Gläser.«

»Nachtisch!« schmunzelte sie.

»Den kompletten Nachtisch.«

Sie begaben sich nach oben.

Der Wein schmeckte nach Aprikose. Er trank ihn zu schnell. Sie schien sein Glas unentwegt aufzufüllen. Er goß etwas davon auf ihre Brüste und leckte die Tropfen auf.

Der Schein der Nachttischlampe strich über ihre Kurven und hüllte die anderen Partien in samtige Schatten.

»Ein wahnsinniger Körper«, flüsterte er.

»Bedien dich«, lächelte sie.

»Gern, Madame!«

»Hast du einen stehen?«

»Verdammt, das hab' ich.«

»Worauf wartest du dann noch?«

»Stets zu Diensten, Madame!«

Sie führte sein Glied ein und bewegte ihre Hüften im Takt zu seinen Stößen. Er schwebte über ihr, stützte sich auf

Knie und Hände und war so ein perfektes Ziel für ihre Fingernägel. Sie kratzte ihn, wo sie ihn treffen konnte. Er spürte den Schmerz kaum. Sie schlug unter ihm mit den Beinen aus, wand sich, zuckte, stöhnte, schrie auf ... sie schien einen Orgasmus nach dem anderen zu erleben. Plötzlich schob sie ihn fort und sagte: »Eine andere Stellung.«
»Welche?«
»Ich oben.«
»Das hat mir immer gefallen.«
Vorher tranken sie Wein.
Als sie auf ihm saß und ihn ritt, als sie mit ihm zu verwachsen schien, fingen seine Sehstörungen an. Plötzlich war sie nur noch ein brauner, verwischter Fleck, im nächsten Augenblick sah er sie klarer, deutlicher und lebendiger als je zuvor. Als er auf ihre Brüste starrte, schienen sie anzuschwellen, wurden immer größer, bis er die Vorstellung hatte, mit einem Paar von Fesselballons zu schlafen, an denen ein weiblicher Körper hing. Die Riesenbrüste drohten, ihn zu ersticken. Er hob die Hänge, um sie zurückzudrängen. Als seine Handflächen die Brustwarzen berührten, verging die Vision. Ihre Brüste waren wieder so wie immer, zwar groß und schwer, aber nicht riesenhaft. Dann verschwamm ihm wieder alles vor den Augen. Er fühlte sich immer leichter. Er schien zu schweben. Der sanfte Schein der kleinen Lampe verwandelte sich in eine Explosion von Farben: Rot, Orange, Gelb, Grün, Blau, Violett und Pink. Lichtfäden hüpften und tanzten ums Bett herum.
»Muß etwas im Wein sein«, stöhnte er in einem der seltenen Momente, in denen in seinem Kopf so etwas wie Klarheit herrschte.
»Ich möchte heute nacht noch woandershin«, sagte sie, während sie weiter auf ihm ritt. »Irgendwohin. An einen Ort, an dem ich noch nie gewesen bin.«

»Was meinst du?«
»Ich habe ihn präpariert.«
Jack bekam einen furchtbaren Schrecken.
»Hab' ein paar Pillen in ihm aufgelöst«, erklärte sie. Dann fing sie an, wie ein Kind zu trällern. »Ich hab' ihn präpariert, ich hab' ihn präpariert, ich hab' ihn präpariert . . .«
»Womit . . .« Er vergaß kurz, was er eigentlich fragen wollte. »Womit hast du ihn präpariert, Rita?«
»Hauptsächlich mit LSD.«
»Hauptsächlich?«
»Bißchen Speed war auch dabei.«
»Wieviel?«
»Keine Ahnung, ehrlich.« Sie grinste. Ihre Zähne waren so groß wie Meilensteine.
Sie ist komplett wahnsinnig, dachte Jack.
Auf ihrem Höhepunkt drückte sie ihre Brüste. Ihr Kopf kippte zur Seite. Ihr Gesicht lag zur Hälfte unter dem langen schwarzen Haar verborgen. Ihre Lippen bewegten sich rasch, ohne daß ein Laut aus ihrem Mund kam.
Sie hat den Verstand verloren.
Als er sich in sie ergoß, schien das Bett sich in Schlagsahne zu verwandeln. Killigan versank darin. Sank tiefer und tiefer, eine ganze Meile hinab. Hinunter ins Licht, dem Lachen einer Frau entgegen.
Viele Stunden später — oder waren es nur Minuten? — sagte sie: »He, steh auf!«
Die Wände des Zimmers bewegten sich vor und zurück wie die Membranen der Herzkammern.
»Was ist denn los?« wollte er wissen.
»Zieh dich an«, sagte sie und zog an seinem Arm. »Ich will eine Spritztour machen. Nun komm schon!«
»Eine Spritztour? Wohin denn?«
»Das können wir uns unterwegs immer noch überlegen.« Sie kicherte, konnte gar nicht mehr damit aufhören.

Benommen und voller Halluzinationen stieg er in seine Kleider. Sein Herz hämmerte wie rasend in dem Versuch, die Drogen im Blutkreislauf zu verbrennen. Er stolperte hinter Rita die Treppe hinunter, stieg mit ihr in den Wagen, setzte sich hinters Steuer, starrte wie ein Neandertaler auf die Armaturen, brachte irgendwie den Motor zum Laufen und fuhr los.

Als Danny Eugene Foxen am Freitag nachmittag etwas freie Zeit hatte, fuhr er mit seinem gebrauchten Mustang in die Stadt. Er marschierte in einen Supermarkt und kaufte sechs Laib Brot, eine große Tüte Kartoffelchips, zwei Tüten Gebäck, eine Schachtel Marshmallows und vier große Rollen Küchentücher. Er stellte das alles auf dem Rücksitz seines Mustangs in zwei Kartons ab, die er vor einigen Wochen aus einem Schnapsladen mitgebracht hatte. Dann fuhr er nach East Shore in Harrisburg und kaufte gegen Bargeld zwei Zwanzig-Liter-Kanister. Von dort aus fuhr er zur nächsten Arco-Station und ließ dort die Kanister auffüllen.

Der Tankwart warnte ihn, als er sah, wie Foxen die beiden Kanister in den Kofferraum des Wagens stellte. »Ich hoffe, Sie lassen sie nicht für länger dort hinten drin. Das wäre sehr gefährlich. Es braucht Ihnen nur einer hinten draufzufahren, und schon fliegt Ihnen alles um die Ohren.«

»Danke, aber das ist mir bekannt«, entgegnete Foxen. »Der Kraftstoff ist für meinen Rasenmäher.«

»Vierzig Liter? Sie müssen ja einen ganzen Park Ihr Eigen nennen.«

»Nun, es sich ein paar Hektar«, sagte Danny.

Er fuhr zum Parkplatz des Supermarktes und stellte den Wagen in einer Ecke ab, in der ihn niemand bemerken würde. Er holte die Kanister aus dem Kofferraum und stellte sie in die Kartons. Darüber und dazwischen legte er die Küchenrollen und die Gebäcktüten.

Zwanzig Minuten später stand er mit seinem Mustang vor dem Tor zu den Stallungen. »Hab' nur ein paar Lebensmittel eingekauft«, erklärte er dem Wächter an der Schranke.

Der Uniformierte von Melkins-Peterson warf einen flüchtigen Blick auf den Rücksitz. Er war nicht im mindesten argwöhnisch. »Fahr durch, Danny.«

Er kam an der Feuerwache vorbei, am Büro des TRPB, an der Wohnung des Tierarztes und an Dutzenden von Ställen. Er hielt den Wagen vor dem sogenannten Motel, den Unterkünften der Angestellten, an und begab sich auf sein Zimmer.

Alles ist gut gegangen, freute er sich, *wunderbar.*

In der letzten Nacht hatte er wieder vom Feuer geträumt. Er war noch ganz aufgeregt und konnte es gar nicht abwarten.

Er trug erst die Kartons in sein Zimmer und fuhr dann den Wagen auf den Parkplatz für die Angestellten. Als er wieder in seinen vier Wänden war, packte er die gefüllten Kanister aus.

Er zog sich Handschuhe an und wischte mit einem Tuch die Kanister gründlich ab. Die TRPB-Agenten führten eine komplette Datei mit Photos und Fingerabdrücken von jedem einzelnen Angestellten der Rennbahn. Das Feuer würde sicher die meisten Fingerabdrücke auf den Kanistern verschwinden lassen, aber möglicherweise nicht alle. Foxen wußte nicht genug darüber, und er wollte kein Risiko eingehen.

Nach einem kurzen Schläfchen — der ruhevolle, tiefe Schlaf, bei dem man sich nur hinzulegen braucht, um sofort hinüberzudämmern; der Schlaf, den Rennbahnangestellte sich nach ein paar Jahren Arbeit antrainiert haben — fegte er ein paar Ställe aus. Er rieb einige Pferde ab und beschäftigte sich mit den Gäulen, die unter seiner Obhut

standen und heute an einem Rennen teilnehmen sollten. Da keines seiner Pferde nach dem sechsten Rennen starten würde, war er weit vor Mitternacht mit seiner Arbeit fertig und konnte in sein Zimmer zurück.
Er war zu nervös, um etwas essen zu können. Dabei hatte er seit dem Frühstück nichts mehr zu sich genommen.
Er setzte sich in seinen Schaukelstuhl und dachte an das Feuer, das er legen wollte. Er grinste so breit, daß seine Wangen schmerzten.
Noch vor ein paar Stunden war er nicht so glücklich gewesen. Er hatte eine Enttäuschung erlebt und schon in Erwägung gezogen, das Feuer um einen Tag zu verschieben.
Im Stall hatte er entdeckt, daß *Magic Pitcher, Shadow Show, Moonlighter, Mike's Daughter* und die sechs anderen Pferde, die morgen das Große Rennen für die Superlotterie bestreiten sollten, sich nicht mehr in ihren Boxen befanden. Man hatte sie in den Stall 52 am Ende des Geländes gebracht und ließ sie dort von sechs TRPB-Agenten bewachen. Danny erfuhr dann, daß diese besondere Vorsichtsmaßnahme getroffen worden war, weil der Preis für das Große Rennen auf 400 000 Dollar erhöht worden war. Damit blieb Foxen keine Gelegenheit mehr, ein Feuer zu legen, bei dem auch eines der Superpferde ums Leben kam. Dabei war das doch der tiefere Sinn seines Unternehmens: Ans große Geld zu kommen, indem er es vernichtete. Er mußte etwas Wertvolles zerstören, um durch diese Metamorphose in den Besitz desselben zu gelangen. Natürlich, das war das Spiel, das er spielte. Als er dann entdecken mußte, daß nur weniger wertvolle Pferde für sein Feuer zur Verfügung standen, hatte er mit einem Mal alle Energie verloren.
Doch dann hatte er sich rasch auf die neue Situation eingestellt. Er war wie ein Finanzier, der seit Monaten sein

Geld bereithält, um es in das beste Geschäft zu investieren. Diesem wird die Zeit dann lang, und so gibt er sich schließlich mit dem zweitbesten Geschäft zufrieden. Danny wollte unbedingt ein Feuer legen. Nach einer Woche des Wartens konnte er einen weiteren Tag ohne Feuer nicht mehr ertragen. Er würde dort einen Brand legen, von wo aus das Feuer vielleicht auf Stall 52 übergreifen würde.
Um ein Uhr morgens zog er sich wieder die Handschuhe an und bastelte aus den Kanistern Feuerbomben. Er schraubte die Deckel ab und schob ein Stück fest gedrehter Baumwolle hinein. Dann schloß er den Deckel so, daß etwa zehn Zentimeter der Baumwolle oben hinausragten. Als nächstes nahm er ein Knäuel starken Bindfadens aus einer Küchenschublade, schnitt zwei längere Stücke ab und brachte sie als Zündschnüre an. Die Bomben waren fertig. Er brauchte nur noch ein Zündholz daran zu halten.
Er setzte sich zufrieden in den Schaukelstuhl.
Er ließ seine Gedanken wandern.
Feuer.
Um halb drei stellte er die Kanister neben die Tür und schaltete das Licht aus. Als seine Augen sich an die Dunkelheit gewöhnt hatten, öffnete er die Tür und spähte hinaus zu den Stallungen. Alles lag ruhig da. Die Ruhe erinnerte ihn an die Berge von Connecticut im Winter, wo er aufgewachsen war. Danny entdeckte niemanden. Also würde auch niemand ihn entdecken. Die einzige Gefahr für ihn bestand darin, daß irgend jemand hier nicht schlafen konnte und sich ans Fenster stellte. Aber da er sich von den Unterkünften fort bewegte, war diese Gefahr eher gering. Er mußte zweimal laufen, denn die Bomben waren zu schwer, um sie auf einmal zu transportieren. Danny nahm mit der Rechten einen der Kanister, in der Linken hielt er Zündschnüre und Streichhölzer, und so trat er nach draußen.

Er rannte fünfzig Meter am Außenzaun entlang, bis er einen Busch erreichte, hinter dem er sich verbarg, um wieder zu Atem zu kommen. Nur eine dünne Sichel war vom Mond zu sehen. Dichtgedrängte, dicke Wolken zogen über den Himmel nach Osten. Die Luft war voller Elektrizität. Nicht mehr lange, und ein Gewitter würde kommen. Noch vor dem Sonnenaufgang würde das Gewitter über Century Oaks niedergehen. Der Tag hingegen würde wieder klar und sonnig werden. Ein oder zwei Stunden würden ihm bis zum Regen bleiben. Er hatte also ausreichend Zeit, und der bewölkte Himmel war ihm von Nutzen, denn in dieser Dunkelheit war er noch schlechter zu entdecken.

Als er sich wieder bei Kräften fühlte, überquerte er den Weg, gelangte zu den Ställen und wandte sich nach links, dem Stall 24 zu. Er huschte in den Stall, bis er die Mitte des Gebäudes erreicht hatte. Dort blieb er im Schatten stehen und stellte den Kanister ab.

Die Pferde schliefen alle. Die Katzen, Hunde und anderen Schoßtiere hatten sich ins Stroh in den Ecken und Winkeln verkrochen. Zwei Ziegen ruhten mitten auf dem Gang. Ihre Ruhe würde nicht mehr lange währen.

Danny kippte den Kanister, bis der Baumwoll-Lappen sich mit Benzin vollgesogen hatte. Ein paar Tropfen fielen auf den Boden. Alles schien nach Benzin zu stinken. Danny stellte den Kanister an die Wand. Er befestigte die Zündschnüre jetzt an dem benzindurchtränkten Baumwoll-Lappen. Damit war die Bombe einsatzbereit. Sobald er auch die zweite Bombe fertig hatte, würde er die Zündschnüre anzünden. Nach sechzig bis neunzig Sekunden würden die Kanister hochgehen.

Lächelnd erhob er sich und zuckte zusammen, als er hinter sich ein Auto hörte. Ein Patrouillenwagen vom TRPB! Unheimlicherweise nahm er dieselbe Route, die Danny zurückgelegt hatte. Der Wagen rollte langsam auf Stall 24 zu. Die beiden Wageninsassen blickten aufmerksam hierhin und dorthin.

Danny Foxen war wie gelähmt. Seine Gedanken purzelten wie Dominosteine durcheinander: *Was um alles in der Welt treiben sie hier draußen? Erst in einer Dreiviertelstunde wäre ihr nächster Rundgang fällig. Ich kann mich doch nicht so verrechnet haben, oder? Nein, das ist eine außerplanmäßige Patrouille. Sie haben mich entdeckt und suchen mich! Nein, unmöglich. Es könnte sich höchstens um eine Sonderpatrouille handeln, weil sich wegen der 400 000 Dollar alle vor Angst in die Hose machen. Und natürlich wegen der verdammten Spitzenpferde. Sie denken sicher, jeder Zweite hier auf dem Gelände hat sich mit einer Spritze bewaffnet, um dieses oder jenes Tier zu dopen. Wahrscheinlich suchen sie hinter jedem Strauch nach solchen Manipulatoren, diese verblödeten, dummen Arschlöcher!*

Dann drehte er sich um und rannte davon. Er wußte, daß sie ihn nicht entdeckt haben konnten. Sie drehten ihre Suchscheinwerfer — damit konnte man sicher einen Mann aufspüren, der sich in einer Ecke versteckt hatte, aber das Licht dieser Lampen reichte nicht aus, die Pferde zu wecken —, doch sie achteten wenig darauf, was sich vor ihnen tat. Bevor die Strahlen ihn erreichen konnten, war Danny bereits aus dem Stall hinaus und rannte weiter zwischen den Gebäuden entlang. Der Hufschmied. Danny atmete schwer. Der kreisrunde Platz zum Warmlaufen. Alle paar Sekunden warf er einen Blick über die Schulter.

Das dürfen sie nicht, diese Schweinehunde! Sie haben kein Recht dazu, an diesem Abend verstärkt Patrouille zu fahren, diese Mistkerle! Sie stören mich bei meiner Arbeit. Sie pfuschen mir ins Handwerk. Diese Saukerle wollen mich hereinlegen.

Er kam an einem Haufen von etwa hundert gestapelten Strohballen vorüber, bog nach rechts ab und erreichte endlich die Straße, die an der Vorderseite des »Motels« vorbeiführte. Danny bewegte sich nun vorsichtiger, lief bald auf Zehenspitzen, verließ die Straße und hüpfte durch das Gras. Als er dann den Busch wieder vor sich hatte, hinter dem er sich vorhin verborgen hatte, wartete er in aller Ruhe ab, bis er sicher war, daß sich niemand hier aufhielt. Er war allein hier draußen. Die beiden blöden TRPB-Männer kurvten wahrscheinlich immer noch zwischen den Ställen herum. Vielleicht marschierten sie auch in den einen oder anderen hinein . . .

Großer Gott!

Erst jetzt wurde Foxen bewußt, daß er die Bombe im Stall zurückgelassen hatte.

Im ersten Moment war er furchtbar wütend auf sich selbst. Dann erkannte er, daß ihm gar nichts anderes übriggeblieben war. Für ihn war es nur wichtig gewesen, möglichst schnell fortzukommen. Die ein oder zwei Sekunden, die er benötigt hätte, den Kanister aufzuheben, wären vielleicht schon zuviel gewesen. Und mit einem solchen Gewicht hätte er sich nicht so schnell bewegen können. Nein, er konnte sich keinen Vorwurf machen. Die Schuldigen waren eindeutig die TRPB-Arschlöcher.

Wütend rannte er die letzten Meter bis zu seiner Tür.

Niemand rief ihn an.

Im Zimmer wagte er es nicht, Licht zu machen. Er schaltete lediglich eine kleine Taschenlampe ein, während er die zweite Bombe in einem Karton verstaute. Er holte Chips, Küchentücher und Gebäck und breitete alles über dem Kanister aus. Als er die Handschuhe ausgezogen und sie in die Schublade seines Schreibtischs gelegt hatte, schaltete er die Taschenlampe aus.

Er stellte sich neben das Fenster und zog den Vorhang ein kleines Stück zur Seite. Zunächst bemerkte er nichts Außergewöhnliches. Alles sah so aus wie immer. Dann schienen TRPB-Agenten und Melkins-Peterson-Wachmänner wie Pilze aus dem Boden zu schießen. Sie liefen paarweise über alle Straßen und Wege und um die Ställe herum. Sie trugen große Stablampen und Pistolen.

Aber sie riefen nicht durcheinander.

Nach einer Weile hatte Foxen keine Lust mehr, ihnen zuzusehen.

»Idioten«, brummte er, zog sich aus, kroch ins Bett und zog die Decke bis zum Kinn.

Feuer.

Es war einfach nicht fair. Er hatte so viel Geld aufgebracht. Er hatte alles so sorgfältig geplant.

Aber er würde sein Feuer noch bekommen. Wenn nicht heute, dann eben morgen nacht, oder vielleicht noch später. Solange sie nicht herausgefunden hatten, wer die Feuerbombe gebaut hatte, würden sie verstärkt Patrouillen über das Gelände schicken.

Er war kurz vorm Einnicken, als ihm ein phantastischer Gedanke kam: Niemand würde damit rechnen, daß jemand am hellichten Tag ein Feuer legte, mitten im größten Betrieb und auch noch am Tag der großen Lotterie! Und er legte sich rasch einen Plan zurecht, wie er morgen vorgehen wollte.

»Großer Gott!« murmelte er. »Was für ein toller Plan!«

Er lachte.

Wieder im reinen mit sich zählte er seine Reichtümer aus Feuer ... Er träumte von nackten Frauen, die auf brennenden Pferden über eine Straße von Dollarscheinen ritten ...

TEIL ZWEI

DER GROSSE SAMSTAG AUSZAHLUNGEN . . .

1

SAVESTIO

Mr. Bishop, der Stotterer, wartete am Samstag morgen um fünf Uhr in seinem Buick vor dem Motelzimmer Savestios. Er war pünktlich, wie Dominick es von ihm verlangt hatte. Aufgrund der Zeitumstellung würde es immer noch eine Stunde lang dunkel sein, wenn sie um Viertel nach fünf den Flughafen erreichten.

Der Kaman Huskie stand auf der hölzernen Plattform vor der letzten Flugzeughalle. Dominick schob sein Gepäck in den Helikopter, schloß die Schiebetür und wandte sich an Bishop: »Wieviel?«

»Wa-a-as me-e-einen Si-i-ie?«

»Na ja, Benzin, Wartung, Hangarnutzung . . . wieviel?«

»Scho-o-on e-e-erledigt.«

»Wer hat das erledigt?« fragte Savestio verwundert.

»St. Cy-y-yr.«

»Ich pflege meine Rechnungen selbst zu bezahlen.«

»We-e-enden Si-i-ie si-i-ich da-a-afür a-a-an St. Cy-y-yr.«

Dominick nickte. »Das werde ich.«

Er stieg in den Helikopter, legte den Sicherheitsgurt an und schloß die Tür. Bishop lief zur Halle, um nicht in die Wirbel zu geraten, die die Drehflügel hervorrufen wür-

den, obwohl er das eigentlich nicht zu fürchten brauchte, weil der Hubschrauber sich auf einer Plattform befand.
Dominick setzte den Kopfhörer auf. Das Rauschen des Blutes erfüllte seine Ohren.
Er schaltete den Motor ein und studierte die verschiedenen Anzeigen. Nachdem er alles überprüft hatte, startete er die Turbine. Als sie mit voller Kraft lief, schaltete er die Rotoren ein. Um fünfundzwanzig Minuten nach fünf hob er vom Flugplatz unweit von Scranton ab.
Er orientierte sich an einer UKW-Station in Harrisburg und flog Richtung Südwesten. Er behielt eine Flughöhe von dreißig Metern bei und umflog alle größeren Ortschaften, die zwischen ihm und seinem Ziel lagen.
Er dachte an die zweihundert Hektar Land. Irgendwo draußen, weitab von aller Zivilisation. Keine Menschenseele weit und breit. Genug Geld, um sich Ruhe und Einsamkeit zu kaufen ... Genug Geld, um zwanzig oder sogar dreißig Jahre davon leben zu können. Und dort draußen würde er wirklich nicht viel brauchen. Eine Menge Bücher, natürlich, auch ein paar Schallplatten, ein gutes Jagdgewehr, eine Schrotflinte, ausreichend Munition, Whiskey ... und einen gewaltigen Vorrat von diesen verfluchten Schlafpillen.
Eine Zeitlang glitzerte der Susquehanna schwarz unter ihm. Dann verschwand er nach rechts. Er überflog Bauern, deren Arbeitstag schon begonnen hatte. Überall Wald, endloser Wald. Hier und da wie ein Tupfer ein Dorf mittendrin. Dann kam der Susquehanna wieder. Von da an war es nicht mehr weit bis Harrisburg in Pennsylvania.
Im ersten Morgenlicht war die Century-Oaks-Rennbahn leicht auszumachen. Savestio überflog sie jedoch nicht, sondern steuerte an den Bergen entlang um sie herum. Er entdeckte die Lichtung und landete den Hubschrauber dort um zehn Minuten vor sieben Uhr. Er hatte hundertsechzig Meilen in der Luft zurückgelegt.

Als die Rotoren sich ausgedreht hatten, schaltete Dominick alles ab und stieg aus. Das Gras auf der Lichtung war noch naß vom Gewitter, das vor ein paar Stunden heruntergekommen war. Ein paar Wolken zeigten sich noch, aber der blaue Himmel breitete sich immer weiter aus. Auf nahezu allen Ästen hockten Vögel und begrüßten zwitschernd den Morgen. Ein Eichhörnchen saß auf seinen Hinterbeinen im Gras. Der Kaman Huskie schien es zu interessieren.
Ein angenehmer Ort, um hier zehn oder zwölf Stunden zu verbringen, sagte sich Dominick. Besonders dann, wenn man auf zwei Millionen Dollar wartete.

KILLIGAN

Irgendwann in dieser Nacht waren sie an einer Bar vorbeigekommen und hatten sich dort ein Sechserpack Bier gekauft. Als sie wieder auf der Straße waren und Rita ihm eine geöffnete Dose reichte, konnte Jack sich nicht daran erinnern, irgendwo angehalten zu haben.
Sie blieben auf Seitenstraßen. Einige Male rasten sie über schmale Schotterstraßen, rasten mit über hundert Meilen in der Stunde darüber hinweg. Andere Male stellte Killigan fest, daß er auf der Kuppe eines Hügels parkte, und er wußte dann nicht zu sagen, wie lange sie hier schon hielten.
Sie lachten viel, auch wenn Jack nie so recht wußte, was eigentlich so komisch war. Ritas Lachen war ansteckend.
Einmal sagte sie ihm, er solle rechts ranfahren. Nachdem sie beide, wie Rita es ausdrückte, »dem Ruf der Natur mit einer tüchtigen Ladung Pisse gefolgt waren«, schob sie ihm eine weiße Pille in den Mund und erklärte ihm, er solle mit Bier nachspülen. Sie warf zwei Pillen ein. Als sie damit fertig war, gab sie ihm auch eine zweite.

Von irgendwoher tauchte in seinem benebelten Bewußtsein eine Warnung auf, was er sich allerdings nicht erklären konnte, weil er doch mit Rita eine so großartige Zeit erlebte.
»Was war das?«
»Das erste war Speed«, antwortete sie.
»Und das hier?« Er hielt die zweite Pille hoch.
»Acid. Glaub' ich wenigstens.«
»Glaubst du?«
»Ich habe hier so viele verschiedene«, sagte sie und kippte ihre Handtasche um. Alles ergoß sich auf ihren Schoß.
»Ich glaube nicht ... Ich weiß nicht ... Das ist doch ...« Er schüttelte schwer den Kopf und schluckte die zweite Pille. Er wußte nicht mehr, worüber sie sich unterhalten hatten, und er legte den Rückwärtsgang ein und fuhr auf die Landstraße zurück.
Sie kamen an einigen wenigen Fahrzeugen vorbei, vielleicht ein Dutzend in der ganzen Nacht. Doch jedesmal, wenn vor ihnen ein Wagen auftauchte, jagten sie ihn und versuchten, ihn von der Straße abzudrängen. Es gelang ihnen nie, nur einmal bekamen sie dabei ein paar Schrammen an der Seite des Thunderbirds ab.
Irgendwann waren nur noch zwei Bierdosen übrig.
Als sie die beiden letzten öffnete, sagte Rita: »Weißt du, daß ich ein verdammtes Miststück bin?«
Er hielt mit beiden Händen das Steuer fest und drehte sich zu ihr. »Nein, du bist höchstens etwas überkandidelt.«
Der Wagen kam von der Straße ab. Jack hätte fast die Kontrolle über ihn verloren. Die Reifen gelangten in den Graben, aber irgendwie kehrten sie auf die Straße zurück. Der Thunderbird raste weiter.
»Keiner mag mich«, fuhr sie fort. Sie hing schlaff an der Beifahrertür, hatte die Beine gespreizt, und dabei war der Rock sehr hoch gerutscht. »Ich bin ein Bastard.«
»Na, nun komm ...«

»Doch, ich bin ein uneheliches Kind.«
»Du?«
»Ja, ich. Unten in Florida, da wo Daddy seine Farm hat.«
»Ja, ich weiß, ich war ja schon dort. Was willst du denn damit sagen?«
»Vor langer Zeit«, sagte sie, »als es mich noch nicht gab, hat dort ein Indianer gearbeitet. Ein großer, muskulöser Mann, von der vielen Arbeit draußen sonnenverbrannt. Mutter ist wieder und wieder mit ihm ins Bett gestiegen.«
Killigan wußte nicht, was er sagen sollte. Er hoffte, ein neuer Wagen würde vor ihnen auftauchen, damit sie wieder Spaß haben und diesen Blödsinn vergessen konnten.
»Hast du mir zugehört?« fuhr sie ihn an.
»Ja, natürlich.«
»Er hat meine Mama gevögelt, oder sie hat ihn gevögelt, oder wie auch immer. Daddy war immer schon irgendwie impotent. Da hat Mama nicht lange gezögert und sich nach etwas Besserem umgesehen. Hat sich schließlich ein Brötchen in den Ofen schieben lassen, und als sie die Ofentür aufgemacht hat, lag ich dort.«
»Du spinnst ja.«
»Nein, Mama hat Daddy gehaßt. Wirklich aus tiefstem Herzen gehaßt. Sie hat ihn gequält und gedemütigt, wann und wo immer sie konnte ... Dazu gehörte unter anderem auch, mich gegen ihn aufzubringen. Deshalb hat sie es mir eines Tages gesagt: Dein Daddy ist nicht dein Vater. Dein richtiger Vater ist irgendein namenloser Indianer in Florida.«
Killigan warf einen Blick auf den Tachometer: einhundertzehn. Er verlangsamte die Fahrt. Zumindest glaubte er, daß er das tat.
»Daher habe ich auch die schwarzen Haare, die dunklen Augen und diese, wie ein Klatschkolumnist einmal geschrieben hat, ›schwüle Ausstrahlung‹. Ich bin ein Halb-

blut, Jack. Deshalb haßt mich auch mein Vater, mein Vater Janifer, nicht mein indianischer Vater.«

»Er haßt dich nicht«, widersprach Jack. Alles drehte sich in seinem Kopf. Ihm war schlecht, und er sehnte sich nach dem Lachen zurück, das ihnen vor ein paar Minuten irgendwie abhandengekommen war.

»Weißt du«, fuhr sie leise fort, »als ich ein Kind war, konnte ich das alles noch nicht verstehen. Daddy wollte eben mit mir nichts zu tun haben. Basta! Ist mir ständig aus dem Weg gegangen. Manchmal hat er tagelang kein einziges Wort mit mir gesprochen, obwohl ich gar nichts angestellt hatte. Als ich dann vierzehn war, hat Mama mir alles erzählt. Ein halbes Jahr später ist sie gestorben. Ich bin ein Bastard. Ein Mischling. Ein Halbblut. Mama hat meinen alten Herrn zum Hahnrei gemacht. Und da Daddy sowieso Rassist und ein übler Chauvinist ist, konnte er mich natürlich nie leiden.« Sie erzählte und erzählte, während Jack sich am Lenkrad festhielt. »Ein Jahr lang oder so habe ich versucht, meinem Vater beizubringen, daß ich ihn wie einen richtigen Vater liebe, obwohl er doch gar nicht mein Vater ist. Ich begriff damals nicht, daß ihm weniger der Umstand zuwider war, daß ich ein Halbblut bin, als die Tatsache, daß indianisches Blut in mir fließt. Als ich dann sechzehn war, war ich so voller Komplexe, Neurosen und so weiter, daß ein ganzes Psychologen-Team seine helle Freude an mir gehabt hätte.«

»Als du sechzehn warst, habe ich dich kennengelernt«, sagte Killigan.

»Du hast mich an meinen Vater erinnert.«

»Vielen Dank!«

Sie saß jetzt still da und ließ ihren Tränen freien Lauf.

Jack beschleunigte auf hundertzehn.

Später sagte sie: »Jetzt bist du an der Reihe.«

Seine Gedanken wanderten schon die ganze Zeit durch Täler voller Lichter und eigenartiger Geräusche. Er begriff plötzlich, daß er schon seit einiger Zeit fuhr, ohne so etwas wie eine Straße gesehen zu haben. Er setzte sich gerade hin, wischte sich mit dem Handrücken über den Mund und hielt nach der schwarzen Schotterstraße Ausschau. Er hatte nicht die geringste Ahnung, in welcher Richtung die Straße liegen mochte. Plötzlich hatte er große Angst. Eine Minute später sackte er wieder zusammen, hielt das Steuer mit beiden Händen fest und fuhr einfach drauflos. Es war ihm unglaublich egal, wohin sie gelangen würden.

»Na los«, drängte sie, »wo bleibt deine große Lebensbeichte?«

»Ich weiß nicht, wo ich da anfangen soll.«

»Fang da an, wo ich auch angefangen habe. Wen haßt du aus ganzem Herzen?«

»Mich«, sagte er. »Ich hasse am allermeisten mich selbst.« Und dann fing er zu seinem größten Erstaunen an, die furchtbarsten und schlimmsten Dinge von sich zu erzählen. Ein Teil seines Bewußtseins schien sich vom Rest abzuspalten, wollte mit all dem nichts mehr zu tun haben. Dieser Teil ließ sich auf dem Rücksitz nieder und sah interessiert zu, wie der andere Teil ihn zugrunde richtete. Killigan redete lange. Er weinte beim Sprechen. Manchmal brüllte er seinen Haß hinaus. Aber er sprach zu sich selbst, nicht aber zu Rita.

Er konnte es kaum glauben, als er plötzlich wieder Gelächter hörte. Das Schwindelgefühl, die Farben und die Halluzinationen waren auch wieder da.

Als er erwachte, hielt er immer noch das Steuer zwischen seinen Händen, aber der Thunderbird stand mitten auf einer Wiese. Keine Straße weit und breit. Er sah an sich hinab. Er trug nur noch Hemd, Socken und Schuhe. Rita lag neben ihm auf dem Beifahrersitz. Sie war vollkommen nackt. Im Wagen stank es nach Urin.

Er sah auf seine Uhr.

Neun Uhr.
Am Morgen?
Die große Lotterie.
»Jesus!« Wo war er hier? Was tat er hier? Wie war er mit diesem ekelhaft beschmutzten Wagen in diese Einöde gelangt?
Ist egal, sagte er sich. *Im Moment kann ich mir darüber nicht den Kopf zerbrechen.*
Viel wichtiger war die Frage, wie er wieder nach Hause kam. Er mußte duschen und sich umziehen. Um zehn begann die Sitzung mit Zuverbeck. Und danach mußte er zur Rennbahn. Wenn irgendwas schiefging — und bei einer so riesigen Menschenmenge, wie sie heute auf Century Oaks erwartet wurde, mußte zwangsläufig etwas schiefgehen —, würde er diesen Job genauso verlieren wie Hialeah und all die anderen.
Er kletterte aus dem Wagen, um frische Luft zu atmen. Vielleicht konnte er ja auch herausfinden, wie sie auf dieses Feld gelangt waren. Nach dem dritten Atemzug brach es aus ihm heraus. Er übergab sich wie lange nicht mehr, fiel auf die Knie, brach zusammen. Zehn Minuten lang war er zu schwach, um etwas anderes zu tun, als hilflos liegenzubleiben und den Schmetterlingen zuzusehen, wie sie die Grashalme küßten.

2
GARRISON

Um elf Uhr steuerte Edgar Garrison den Mazda über die alte Waldstraße bis zur Lichtung hinter der Rennbahn. Annie folgte ihm in ihrem schwarzen Corvette. Edgar parkte seinen Wagen am Waldrand. Er schaltete den Motor ab, ließ die Schlüssel aber stecken.
Savestio kam auf ihn zu. »Sind Sie das, Garrison?«

Edgar hatte sich mit einfachen Mitteln sehr effektiv verkleidet. Gestern hatte Annie ihm das dichte braune Haar abrasiert. Sie hatte ihn kein einziges Mal geschnitten und nicht ein Härchen übriggelassen. Sein Schädel war glatt wie eine Eierschale. Mit Hilfe einer Ultraviolettlampe und reichlich Make-up war die freigelegte Schädelhaut jetzt genauso braun wie das restliche Gesicht. Annie hatte auch seine Brauen und Wimpern gebleicht, bis sie hellblond waren. Als Lou Velinski in New York City gewesen war, um dort an die Plastikkarte für den Kassenraum der Rennbahn zu gelangen, war er an einem Kostümgeschäft vorbeigekommen und hatte dort eine breitrandige Brille mit Linsen aus Fensterglas erworben. Garrison trug diese Brille jetzt. Er trug außerdem einen konservativen Anzug (und nicht wie gewöhnlich Jeans und Arbeitshemd) und fühlte sich darin sicher. Er konnte in dieser Aufmachung heute nachmittag auf der Rennbahn anonym bleiben und gegebenenfalls in der Menge untertauchen.

Savestio schüttelte überrascht den Kopf und sagte anerkennend: »Verdammt noch mal, Ihre eigene Mutter würde Sie nicht wiedererkennen!«

»Sicher nicht nur, was mein Äußeres betrifft.« Er betrachtete den Helikopter und sagte: »Ich hätte nicht gedacht, daß das Ding so groß ist.«

»Dafür paßt aber ein Haufen Bargeld in diesen Helikopter«, lächelte Savestio. »Das heißt, Sie können auch das Kleingeld einsacken.«

»Sobald der große Augenblick gekommen ist, müssen Sie den ganzen Weg bis nach Scranton zurückfliegen.«

»Das ist der nächste sichere Ort.«

»Der ganze Staat wird nach dem Kasten Ausschau halten«, runzelte Edgar die Stirn. »Er ist nicht nur ziemlich groß, sondern auch so gelb . . .«

»Keine Panik«, beruhigte Dominick ihn. »Ich habe genug

Benzin im Tank, um eine Geschwindigkeit von hundertfünfzig Meilen in der Stunde beibehalten zu können. Und ich fliege eine relativ gerade Strecke, ohne Umwege und Abzweigungen. Bevor die Öffentlichkeit vom Überfall auf Century Oaks erfährt, sitze ich schon in Scranton und habe den Helikopter gut versteckt. Die Staatspolizei braucht Stunden, bis sie ihre eigenen Hubschrauber in der Luft hat. Und sie weiß auch nicht, in welcher Richtung sie nach mir suchen soll.«

»Vermutlich haben Sie recht«, sagte Garrison, war innerlich aber nur halb davon überzeugt.

»Der Plan stammt von Ihnen.«

»Ursprünglich ja«, bestätigte Edgar. »Ich bin allerdings von einem alten Kasten ausgegangen. Nicht so groß und teuer wie dieser hier. Ein alter Kasten, den wir getrost zurücklassen könnten.«

»Sie brauchen sich wirklich keine Sorgen zu machen.«

Garrison sah auf die Uhr und antwortete: »Ich habe keine Zeit mehr, mir Sorgen zu machen. Haben Sie das Fernglas noch?«

Savestio nickte. »Ich stehe ab siebzehn Uhr fünfzehn auf dem Kamm und warte auf das Signal.«

»Sie trägt einen gelben Hosenanzug.«

»Der dürfte wohl kaum zu übersehen sein.«

»Viel Glück.«

Als Savestio Edgars Hand schüttelte, erklärte er: »Die großen Risiken nehmen Sie auf sich. Deshalb haben Sie das Glück nötiger als ich.«

Als Garrison wieder allein war, kam Annie zu ihm. »Sieht aus, als hätte jemand dort einen Jumbo-Jet gelandet.«

Im ersten Moment, als er den Kaman Huskie gesehen hatte, war Edgar bereits klargeworden, daß sein Plan nicht so simpel und einfach ablaufen würde, wie er sich das vorgestellt hatte. Die Angelegenheit war in Wirklichkeit außerordent-

lich komplex. Die Operation mußte wie eine militärische Unternehmung durchgeführt werden. Und wie beim Militär kam es entscheidend auf die Logistik an. Für Improvisationen, wenn etwas Unerwartetes eintrat, war kein Platz mehr. Wenn ein Element des Plans zu früh oder zu spät einsetzte, war damit die ganze Unternehmung gescheitert; dann würde die Operation wie ein Kartenhaus zusammenfallen.
»Dominick weiß, was er tut«, erwiderte Garrison.
Sie setzte sich wieder in ihren Corvette und startete den Wagen. »Hoffentlich!« rief sie. Dann wendete sie den Wagen und fuhr auf dem holprigen Weg zurück.

Als sie mittags vor der Rennbahn ankamen, gerieten sie in einen Stau. Viele hundert Fahrzeuge, etliche darunter mit Chauffeur, und eine beachtliche Anzahl von Bussen drängten sich auf den Zufahrten. Edgar und Annie gelangten erst nach über einer halben Stunde durch das Tor. Obwohl es noch eine Stunde hin war bis zum ersten Rennen, fanden sie nur am Rand einen Parkplatz und mußten ein gutes Stück zu Fuß laufen.
»Was für ein Ansturm!« entfuhr es Edgar. Er war begeistert. »Die zwei Millionen müßten spielend drin sein.« Er rieb sich die großen Hände. »Wer weiß, vielleicht sind es sogar drei Millionen!«
Seine Aufregung wurde jäh von der Erinnerung an den Traum unterbrochen, den er in den letzten zwei Wochen jede Nacht gehabt hatte: blutüberströmte Männer auf Granitstufen; Polizisten, die wie Möwen im Hafen zwischen den Leichen hin und her eilten; Blutflecke auf Geldscheinen, die wie die Abbildungen des Rorschachtestes wirkten.
»Oder auch gar nichts«, bemerkte Annie.
»Wie bitte?«
»Das ist es doch, woran du gerade denkst. Drei Millionen oder gar nichts.« Trotz ihrer Sommersprossen wirkte An-

nie jetzt außerordentlich blaß. »Oder Gefängnis ... oder etwas noch Schlimmeres.« Sie griff so fest ins Lenkrad, daß ihre Knöchel weiß wurden. Ihr Lächeln trug keine Spur von Humor.

»Wir werden es schon schaffen«, erklärte er und wünschte, er könnte sich dessen so sicher sein, wie er sie glauben machen wollte.

»Seit heute morgen habe ich furchtbare Angst«, gestand Annie. »Bis heute wollte ich mir in meinem Stolz die Angst nicht eingestehen. Ich war die ganze Zeit über der Meinung, daß man Joe und mich schändlich behandelt hat und daß ich ein Recht auf Rache habe. Dabei habe ich wohl den Umstand verdrängt, daß mein Recht zu dieser Tat noch lange nicht den Erfolg garantiert. Und heute, wo der Plan in die Tat umgesetzt werden soll, werden mir die Konsequenzen, auf die wir uns einlassen, immer deutlicher bewußt. Ich mache mir große Sorgen. Ich habe eine furchtbare Angst ... Joe war hundertsechs Tage im Krieg, bevor er getötet wurde.«

Garrison wußte nicht, was sie mit der letzten Bemerkung meinte.

Er wartete auf weitere Worte.

Ihre Gazellenaugen schienen jetzt durch ihn hindurchzustarren. »Ich muß immer an das Grauen denken, hundertsechs Tage mit dem Warten auf den Tod zu verbringen. Aber wenn Joe das geschafft hat, wird es mir auch gelingen.«

Die Sonne brannte ins Wageninnere. Ein Regenbogen schimmerte auf der Ablage.

»Wenn Helen den Sohn des reichen Pferdebesitzers damals nicht wegen Vergewaltigung angezeigt hätte, hätte dieser Dreckskerl nicht alles darangesetzt, uns zehn Jahre später in den Bankrott zu treiben. Daran muß ich oft denken. Ich denke häufig an Helen.« Seine Stimme erstarb für einen Moment. »Das Sauerstoffzelt. Der Infusionstropf. Wie sie von

Tag zu Tag mehr verfiel. Der furchtbare Auswurf, den sie immer häufiger heraushustete. Und als auch Blut darin war, wußten wir alle, daß es mit ihr zu Ende ging. Die Arzneimittel verwandelten sie in ein bewußtloses Stück Fleisch, konnten die Schmerzen aber nicht verdrängen. Die Schwestern haben sie stundenlang in ihrem eigenen Kot und Urin liegenlassen, weil sie sich wohl sagten, bei der braucht man sich mit dem Saubermachen nicht mehr zu beeilen. Wenn wir Geld gehabt hätten, hätte Helen sich nicht zu Tode schuften müssen, wäre sie nie so furchtbar krank geworden. Und als sie dann so schwer krank geworden ist, hätten wir uns bessere Medizin, bessere Ärzte, bessere Pflege für sie leisten können, wenn wir mehr Geld gehabt hätten ... Wenn wir mehr Geld gehabt hätten ... Ich erinnere mich oft an Helen, und dann wird mir stets klar, daß ich es nicht riskieren kann, um deine Hand anzuhalten; denn solange wir kein Geld haben, werde ich diese schrecklichen Bilder in meinem Kopf nicht los. Mit diesem Geld will ich meinen Platz in der Welt behaupten. Mir Schutz verschaffen. Ich könnte es nicht ertragen, noch einmal mitanzusehen, wie die Frau, die ich liebe, sterben muß, weil ich nicht genug Geld habe. So etwas will ich nicht noch einmal erleben. Das Gefühl der Hilflosigkeit dabei, die Hölle auf Erden ...«

Sie beugte sich zu ihm vor, um sich küssen zu lassen.

Edgar küßte sie und fuhr mit seinen Fingern durch ihr kastanienbraunes Haar.

»Wenn du mußt, setz' die Waffe ein.« Ihre Augen blickten so intensiv wie die einer Zigeunerin, die als Handleserin eine schlechte Nachricht verkünden muß.

Er hatte die Browning unter der Jacke in den Hosenbund geschoben. Das Eisen fühlte sich an seiner rechten Seite wie ein bösartiges Geschwür an.

»Wenn man dich mit einer Waffe bedroht, darfst du keinen Moment zögern«, erklärte sie.

»Ich habe auch schon darüber nachgedacht«, gestand er. »Wenn die Rollen vertauscht wären, würde keiner der anderen zögern, auf dich zu schießen«, fügte sie hinzu.
»Steht es jetzt so für uns?«
»Ja. Wir gegen sie!«
»Ja, das denke ich auch.«
»Es mußte so kommen«, murmelte sie.
»Schön, es vereinfacht die Dinge, wenn man Klarheit hat.« Er öffnete die Wagentür. »Gib mir zehn Minuten, bevor du aussteigst. Von nun an sollten wir uns nicht mehr zusammen sehen lassen.«
Er verließ den Corvette und marschierte über den überfüllten Parkplatz.

VELINSKI

»Du wirkst überhaupt nicht nervös«, bemerkte Willie Denver.
»Warum sollte ich nervös sein?« Lou lächelte breit.
Die beiden hatten um elf Uhr ihr Hotel verlassen und dann Willies Wagen in eine Garage in der City von Harrisburg gebracht. Sie bestiegen um halb zwölf einen der Busse zur Rennbahn am Market Square (halbstündige Abfahrt) und ließen sich nach Century Oaks befördern. Willie beklagte sich, für einen Cadillac-Besitzer sei eine Fahrt im Bus demütigend und sein Selbstwertgefühl leide sehr. Er willigte nur ein, weil er den Cadillac nicht zur Flucht benutzen konnte, selbst wenn er ihn strategisch günstig an der Rennbahn abstellte. Für sie und die anderen gab es nur noch drei Möglichkeiten, Century Oaks zu verlassen: in einem Streifenwagen, in einem Ambulanzwagen oder im Helikopter. Jetzt, um halb eins, saßen sie an einem kleinen Zweipersonentisch im Restaurant des Klubhauses.

Willie zog zum zwanzigstenmal in der letzten Viertelstunde seine Hemdsärmel gerade. Der kleine Mann trug einen waldgrünen Anzug mit weißem Absatz an den Revers, Knopflöchern und Taschen. Er konnte einfach kein zufriedenstellendes Ergebnis in der Frage erzielen, wie weit die Ärmel des gelbgrünen Hemds aus den Jackettärmeln hinausragen sollten.
Amüsiert fragte Lou Velinski: »Bist du denn nervös?«
»Willie Denver ist ein wenig angespannt«, gab der kleine Mann zu. Die beiden saßen sich gegenüber, und der Tisch war klein genug, daß sie sich gedämpft unterhalten konnten. Da hier jeder Tisch besetzt war, hallten Hunderte von Privatgesprächen durch den Raum, und die bildeten eine Geräuschkulisse, hinter der man die allerprivatesten Konversationen führen konnte. Dennoch beugte sich Willie stets zu seinem Freund vor, wenn er etwas zu sagen hatte. So auch jetzt: »Man sollte zu seinen besten Freunden offen und ehrlich sein. In Wahrheit ist Willie Denver mehr als nur ein wenig angespannt. Sein ganzer Magen ist verknotet.«
Lou faltete die Hände auf seinem mächtigen Bauch zusammen: »Du solltest dir mehr Filme ansehen.«
»Was soll das denn heißen?«
»Kinofilme«, sagte Velinski. »Wenn du genug von ihnen gesehen hättest, wenn du sie nicht nur gesehen, sondern auch studiert hättest, würde es dir gelingen, deine Nerven unter Kontrolle zu halten.«
Die Kellnerin brachte die Getränke und nahm die Essensbestellung auf.
Als sie wieder fort war, fragte Willie: »Wie machst du das denn? Ich meine, was hast du aus den Filmen gelernt?«
»Nun, man bekommt eine Menge Beispiele gezeigt, wie andere bestimmte Situationen in ihrem Leben meistern.«
»Da mußt du für Willie Denver schon deutlicher werden.«
Velinski wartete, bis an einem größeren Tisch lautes Ge-

lächter ausbrach. Dann fragte er: »Weißt du, wer ich jetzt in dieser Minute bin?«
Willie runzelte die Stirn und sagte: »Lou Velinski.«
»Nur zum Teil.«
»Bist du schizophren?«
»Ich bin Lou Velinski«, entgegnete der Dicke und nippte an seinem Scotch, »aber ich bin auch Dean Martin in *Frankie und seine Spießgesellen*.«
»Dean Martin in was?«
Velinski lächelte nachsichtig: »*Ocean's Eleven* ist der Film über eine Bande von Dieben, die in Las Vegas ein Kasino ausnehmen. Alle diese Jungs haben ihre persönlichen Probleme, und der Coup ist nicht einfach. Aber Dean Martin gerät während des ganzen Films nicht einmal in Panik. Er ist verdammt cool. Deshalb versuche ich jetzt so zu sein, wie Dean Martin in *Ocean's Eleven*.«
»Und das funktioniert?« fragte Willie voller Zweifel.
»Ich bin kein bißchen nervös.«
Willie zupfte wieder an den Hemdsärmeln. »Und ist Dean Martin in dem Film mit seiner Masche durchgekommen?«
»Man hat ihn nicht geschnappt«, antwortete Lou. »Aber zum Ende haben die Diebe das ganze schöne Geld wieder verloren.«
»Wunderbar. Würdest du einem Freund einen Gefallen tun?«
»Gern.«
»Hör auf, wie Dean Martin sein zu wollen.«
Velinski lächelte: »Ich bin auch noch Robert Redford in *Vier schräge Vögel*.«
»Du leidest wohl überhaupt nicht an Selbstüberschätzung, was?« entgegnete Willie sarkastisch. »Zuerst willst du Dean Martin sein, und jetzt auch noch Robert Redford!«
Lou fühlte sich davon nicht angegriffen. Er klopfte auf seinen Bauch und erklärte: »Ich versuche nicht, wie sie auszusehen, sondern so wie sie zu sein.«

»Hatte Redford denn Erfolg?«
»Ja.«
»Dann sei meinetwegen Redford.«
Die Kellnerin brachte die Vorspeise: zwei Schüsseln mit grauen halbierten Grapefruits und gelben Orangenscheiben.
»Rennbahnfraß«, brummte Velinski ungnädig und schob sich dann alles auf einmal in den Mund.
»Also«, begann der kleine Mann seine Verteidigung, »Willie Denver ist nicht nervös, weil er etwa Angst vor diesem Job hätte. Damit kann man Willie Denver nicht so leicht schrekken. Aber er hat ein paar unangenehme Erinnerungen an Rennbahnen. Und diese Erinnerungen plagen ihn jetzt.«
Lou hatte noch den Mund halb voll, als er sagte: »Davon hast du mir noch nie erzählt.«
Willie zögerte, als eine Gruppe Gäste am Tisch vorbeikam und zu den Wettschaltern marschierte, die laut Ankündigung genau jetzt geöffnet werden sollten. Als sie wieder unter sich waren, beugte sich Willie über den Tisch vor und erklärte: »Vor drei Jahren, als Willie Denver zum letztenmal aus dem Knast entlassen wurde, mußte er sich zwei Jahre lang jede Woche bei seinem Bewährungshelfer melden und nachweisen, daß er ein ordentliches Leben gemäß der richterlichen Auflagen führte. Willie mußte den Job eines Verkäufers in einer Boutique für Herrenmoden annehmen. Eine ehrliche Arbeit, aber nichts für einen Mann von seiner Klasse. Willie Denver hatte etwas Geld von früheren Arbeiten zurückgelegt. Doch an dieses Geld kam er nicht so leicht heran, solange der Bewährungshelfer vorhanden war. Es waren zwei furchtbare Jahre.«
»Kann ich mir gut vorstellen.«
»Als Willie Denver dann den Bewährungshelfer nicht mehr aufsuchen mußte, ist er fast durchgedreht. Wollte in wenigen Tagen all das nachholen, was er in der Zeit vorher ent-

behren mußte. Er gab sein gespartes Geld mit vollen Händen aus, und es zerrann ihm zwischen den Fingern. Also mußte er zusehen, daß er wieder ein paar kleine Geschäftchen erledigen konnte. Nichts Großes. Nichts Gefährliches. Willie Denver hat sich unter anderem mit einer Buchmacherorganisation in Aqueduct zusammengetan.«
Velinski hörte auf zu kauen. Er sah zu den Nachbartischen. Niemand schien auf sie zu achten. »Du warst Verbindungsmann für die Buchmacher auf einem Rennplatz?«
»Nur zwei Monate lang.«
»Großer Gott, Willie!«
Der kleine Mann errötete. »Willie Denver weiß, auf was für eine niedere Arbeit er sich da eingelassen hat. Aber er brauchte dringend Geld.«
»Es stört mich nicht, was für schmutzige Arbeiten du schon in deinem Leben erledigt hast«, sagte Velinski besorgt und dachte konzentriert: *Dean Martin, Robert Redford. Dean Martin, Robert Redford ...* »Eben noch hast du gesagt, du hättest keine gefährlichen Dinger gedreht. Aber Verbindungsmann für Buchmacher zu sein, ist so ziemlich das letzte, was wir uns leisten können. Die Rennbahnpolizei hält doch unentwegt nach solchen Personen Ausschau.«
»Man macht eben seine Erfahrungen«, entgegnete Willie und schob sich einen Löffel Grapefruit in den Mund.
»Man hat dich erwischt?«
Willie nickte.
»Dafür wandert man in den Knast!«
»Willie Denver konnte seine Haut retten. Die Burschen, für die er gearbeitet hat, waren nicht gerade seine Freunde. Also hat Willie Denver, um sich zu schützen, der Rennbahnpolizei die Namen genannt, die sie wissen wollte.«
»Und dann haben sie dich gehen lassen? Einfach so?«
Willie kaute sehr langsam, so als wolle er sich die Antwort ersparen. Nach einer Weile sagte er jedoch: »Ein

Mann ist selten stolz darauf, seine Kumpane zu verpfeifen.«

Velinski schob seine leere Schüssel zum Tischrand. »Das stört mich nicht sonderlich. Und ich weiß auch, daß du mich nie verpfeifen würdest. Was mir nur Sorgen bereitet ... hast du jemals hier als Verbindungsmann gearbeitet?«

Willie sah überrascht von seiner Schüssel auf: »Selbstverständlich nicht!«

»Bist du dir da ganz sicher?« Velinski klang unerbittlich. Er war jetzt einer von den beinharten Detektiven im Film.

»Wofür hältst du Willie Denver eigentlich? Er war in seinem ganzen Leben noch nie auf Century Oaks. Und hier kennt ihn bestimmt niemand.«

»Nun ...« Lou hatte die buschigen Brauen zusammengezogen, so daß sie jetzt über seiner fleischigen Nase wie ein dicker Strich wirkten.

»Manchmal sollte man sich seinen Freunden offenbaren«, erklärte Willie. »Willie Denver wollte dir deutlich machen, warum er ein wenig nervös ist. Er wollte dir begreiflich machen, was für scheußliche Erinnerungen an die andere Rennbahn ihn plagen. Du sollst nicht denken, daß Willie Denver sich wegen diesem Job hier in die Hose macht. Unter anderen Umständen wäre er gar nicht erst auf dieses Thema zu sprechen gekommen.«

Velinski ertappte sich dabei, wie seine Finger versuchten, seine Hemdsärmel geradezuzupfen. Er zog rasch die Hand zurück. »Da hätten wir noch etwas, was man im Kino lernen kann.«

»Und das wäre?«

Velinski lächelte wieder freundlich: »Nun, du wirst niemals Dean Martin oder Robert Redford als Verbindungsmann auf einer Rennbahn sehen.«

JESSUP

Der Ausstellungsraum am Westende der dritten Etage im Klubhaus maß zwölf mal zwölf Meter. Er verfügte nur über einen Zugang, dessen Doppeltür jetzt weit geöffnet war. An den Wänden hingen Fotografien und Gemälde von Rennpferden. Doch der Mittelpunkt allen Interesses war ein zwei Meter hoher und ein Meter breiter Glaskasten in der Mitte des Raums. In dem Kasten lagen auf einem samtbezogenen Tisch eine Million Dollar. Dieser Anblick zog die Besucher an wie das Meer die Lemminge. Die meisten starrten den Haufen Bargeld an, als gäbe es nichts Schöneres auf der Welt, wie Dagobert Duck in Banknoten zu baden.

In einem solchen Haufen kann man auch ersticken. Nicht der schlechteste Tod, dachte Jessup, als er langsam mit der Menge um den Glaskasten herumlief. Er notierte sich in Gedanken die Lage der Bündel mit Zwanzigern, Fünfzigern und Hundertern.

»Das Glas darf nicht berührt werden, Sir.«

Jessup sah nach rechts und entdeckte den Wachmann. Er war groß, hatte lange Arme und lächelte schief. Über seiner rechten Brusttasche stand *Melkins-Peterson* und über der linken *Mike*.

»Wie bitte?« fragte Jessup etwas verwirrt.

»Wir müssen leider darauf achten, daß das Glas von den Besuchern nicht berührt wird«, sagte Mike, und mit einem freundlicheren Lächeln nahm er der Verordnung etwas von ihrer Schärfe.

Jessup folgte dem Blick des Wachmanns und stellte zu seiner Verblüffung fest, daß er tatsächlich das Glas berührte. Die Fingerspitzen seiner Rechten preßten sich so fest an die Scheibe, als wolle er nach dem Geld greifen. Er zog die Hand rasch zurück. »Tut mir leid, soll nicht wieder vorkommen.«

Der Wachmann nickte und sah woanders hin.
Jessup marschierte weiter dem Strom der Zuschauer folgend um den Kasten herum. Aber er richtete seine Aufmerksamkeit nicht mehr nur auf die Million. Insgeheim zählte er die Wachmänner: einer an der Tür, einer südlich vom Ausstellungskasten, einer nördlich davon. Alle drei waren bewaffnet. Und noch etwas fiel Jessup auf: Die Melkins-Peterson-Männer wirkten alle durchtrainiert. Keiner von ihnen sah aus wie ein Ex-Polizist. Und alle drei machten den Eindruck, als würden sie nicht lange überlegen, wenn sie für einen gezielten Schuß eine wöchentliche Gehaltserhöhung von zweihundert Dollar bekommen könnten.
Jessup lächelte Mike verlegen zu, als er an ihm vorbeikam, und verließ dann den Strom der Neugierigen. Er gesellte sich zu Vince Greenfield, der vor einem riesigen Ölgemälde stand und das darauf abgebildete Rennpferd betrachtete. »Was hältst du davon?« fragte er den alten Freund.
»Ich habe drei Wachmänner gezählt.«
»Ich auch.«
Greenfield sprach leise, flüsterte aber nicht, um keine unnötige Aufmerksamkeit auf sich zu lenken. »Keine Agenten in Zivil?«
»Höchstens einer.«
»Und draußen?«
»Woher soll ich das wissen?«
»Ist wohl anzunehmen.«
Ein Paar mittleren Alters näherte sich dem Gemälde. Sie hielt es für ausgesprochen hübsch. Er hielt es für die typisch kitschige Arbeit einer dreizehnjährigen Pferdenärrin.
»Wir sind zwei«, sagte Greenfield, als das Paar weitergegangen war. »Vier von ihnen, den Zivilagenten eingerechnet, gegen zwei von uns.« Er klang so, als würde er in seinem Kopf komplizierte Rechenoperationen durchführen.
»Und die Rosen«, sagte Jessup. Er richtete unmerklich sei-

nen Blick auf die lange, mit einem roten Band versehene Schachtel vom Blumenhändler, die Vince unter dem linken Arm trug. Heute morgen hatte Jessup drei Dutzend Rosen gekauft. Er hatte die Blumen in einen Mülleimer geworfen und statt dessen die leichte und kompakte Maschinenpistole belgischer Bauart, die er von McGill gekauft hatte, in der Schachtel untergebracht und befestigt. In Jessups Händen hätte die Schachtel einen mißtrauischen Polizisten sicher nervös gemacht. In den Händen eines schmächtigen jungen Yuppies wie Vince Greenfield wirkte sie ganz unschuldig. »Die Rosen machen den quantitativen Vorteil der anderen Seite wieder wett.«

»Es ist noch viel Zeit bis zum letzten Rennen«, sagte Greenfield, »und die Blumen werden mit jeder Minute schwerer. Wir wollen uns wieder an unseren Tisch setzen.«

»Geh du schon voraus«, sagte Jessup, »ich möchte noch ein paar Wetten plazieren.«

Das konnte Greenfield nicht verstehen. Er schüttelte leicht den Kopf, schloß die Augen und ging in Gedanken seine Notizen durch. Aber er kam einfach zu keiner Lösung. »Das meinst du doch wohl nicht im Ernst, oder?«

»Doch.«

»Aber es ist eine verdammte Zeitverschwendung. Heute gibt es für dich nur eine Sache, auf die du setzen mußt.«

»Wir müssen diese Scheine hier loswerden, nicht wahr?« entgegnete Jessup und zog ein Bündel Banknoten aus seiner Jackentasche. »Zur Tarnung. Wenn wir nicht ein paar Wetten plazieren, fallen wir an einem Ort wie diesem über kurz oder lang auf. Außerdem setze ich immer einen gewissen Betrag, wenn ich auf einer Rennbahn bin.«

Vince rieb sich nachdenklich das Kinn und sagte dann: »Ich schätze, du solltest für mich gleich mitsetzen.« Er zeigte auf das Programmheft, das Jessup in der Hand hielt. »Was könnte sich denn lohnen?«

»Beim Hauptrennen?«
»Das Hauptrennen ist doch im Grunde genommen nichts anderes als eine verdammte Lotterie«, entgegnete Greenfield. »Und darauf zu wetten, ist ein reines Glücksspiel.«
»Das weiß ich auch«, sagte Jessup. »Wenn ich in Las Vegas bin, spiele ich vornehmlich an den Black-Jack-Tischen und so. Aber hin und wieder juckt es mich, und dann setze ich auch beim Roulette ... Genauso halte ich es auch auf der Rennbahn. Ich plaziere Wetten bei den Rennen, bei denen man sich gewisse Chancen ausrechnen kann, aber von Zeit zu Zeit muß ich wie beim Roulette auf etwas setzen, was überhaupt keine Chancen hat. Manchmal kaufe ich einen Exacta-Schein, manchmal setze ich auf das Lotterie-Rennen.«
Greenfield nickte. »Das kann ich verstehen. Hat wohl etwas mit deinem Rubinring zu tun.«
Jessup verstand nicht, worauf Vince hinauswollte.
»Vergiß es«, sagte Greenfield. »Ich mache mit. Was sieht denn im Hauptrennen vielversprechend aus?«
Jessup schlug das Programmheft auf: »*Neat 'n' Clean* zusammen mit einem Dreijährigen namens *Trigonometry* auf Sieg und Platz.«
Greenfield lächelte. Er schob die Blumenschachtel unter den anderen Arm und zog einen Fünfer aus der Tasche. »Setz das bitte für mich. Die Namen der Pferde hören sich für mich sehr erfolgversprechend an.«
»Das dachte ich mir«, lächelte auch Jessup.
»Wieso?«
»Wie hätte dir diese Namenskombination nicht gefallen können?«
Greenfield machte noch immer eine verständnislose Miene.
»Vergiß es!« gab Jessup es ihm zurück.
In dem Bewußtsein, daß Greenfield nie mehr das Geld

ausgeben könnte (vorausgesetzt, er gewann bei seiner Wette), marschierte Jessup zum Wettschalter. Während er in der Schlange wartete, teilte er zwei Millionen Dollar durch sechs. 333 333 Dollar war jeder einzelne Mord wert, wenn er auf der Lichtung die anderen mit seiner Maschinenpistole niedermähte.
Er brauchte dann nie wieder zu arbeiten.
333 333 Dollar für jeden tödlichen Treffer.
Kein schlechter Schnitt.

3
DAS GELD

Zusätzlich zu den zwölf Schaltern im Horsemen's Club auf der vierten Etage, waren auf jeder anderen Etage vierzig Wettschalter für den Publikumsverkehr geöffnet. Auf jeder Etage waren diese Häuschen an der schwarzen Wand aufgestellt und in zwei Sektionen — zu acht Kassen und zwölf Wettannahmen — unterteilt. Im ersten Stock wurden die beiden Sektionen von Imbißständen getrennt, im zweiten vom Klubhauseingang und im dritten von den öffentlichen Toiletten und der Saddle-Bar. In den fünfundzwanzig Minuten vor jedem Rennen, wenn Wetten plaziert werden konnten, arbeiteten die vierundzwanzig Scheinverkäufer auf jeder Etage so rasch und effektiv wie Roboter.
Da für das erste Rennen an diesem Samstag eine Wetteinsatzzeit von anderthalb Stunden eingeräumt worden war, schlossen die Schalter erst etwas später, aber auf die Minute genau. Nur die Kassenhäuschen blieben geöffnet. Jeder, der zu diesem Zeitpunkt noch in einer der Schlangen vor den Wetthäuschen stand, hatte dann eben Pech. Century Oaks hielt sich strikt an die Öffnungs- und Schließungszeiten, denn die Rennbahn-

verordnungen duldeten keine verspäteten Plazierungen.
In dem Moment, in dem die Fenster geschlossen wurden, öffneten die Schalterbediensteten ihre Kassen. Sie legten einen gelben Zettel auf jedes Fach, ohne das Geld vorher zu zählen. Auf dem Zettel stand die Schalternummer. Die Bediensteten achteten natürlich peinlich genau darauf, daß alles Geld aus ihrem Häuschen ordnungsgemäß etikettiert wurde. Am Ende des Renntages war ein Schalterbediensteter persönlich dafür verantwortlich, daß die Bilanz an seinem Schalter stimmte. Wenn es zu einer Differenz zwischen den Werten, die seine Kasse anzeigte, und den Bündeln kam, die er in den Kassenraum geschickt hatte, mußte er die Differenz aus der eigenen Tasche begleichen. Nachdem er die gelben Zettel aufgelegt hatte, legte er einen Gummiring um jedes Bündel. Dann nahm er einen weiteren Zettel und vermerkte auf ihm die Gesamteinnahmen der letzten Wettperiode. Den Wert las er von der Kasse ab.
In jeder Halbreihe von zwanzig Schaltern fungierte ein Verkäufer als Sammler. Er marschierte zu den zwölf Annahmestellen und sammelte bei jedem in einem Leinensack die Geldbündel ein, die die Bediensteten hineinwarfen. Zusätzlich nahm er den Zettel mit den jeweiligen Gesamteinnahmen entgegen. Er zog den Sack nach dem letzten Häuschen ein paar Meter weiter bis vor die blauen Fahrstuhltüren. Er addierte in Gedanken die zwölf Gesamteinnahmen, zog fünfzehn Prozent ab und notierte diesen Wert auf einen rosafarbenen Block, den er in der Hemdtasche trug. Bis er das erledigt hatte, öffneten sich meistens schon die Fahrstuhltüren.
Es waren noch keine zwei Minuten seit dem Ende der Wettzeit für das erste Rennen vergangen. Auf dem Turf hatten die Pferdejungen und -mädchen die üblichen Schwierigkeiten, die hochgezüchteten Tiere in ihren Bo-

xen ruhig zu halten. Bis zum Start würde noch eine volle Minute verstreichen.
Kurz vor dem Startzeichen verließen zwei Wachmänner von Melkins-Peterson und zwei Agenten in Zivil den Kassenraum im Keller des Klubhauses. Sie zogen zwei Wäschekarren und begaben sich damit in verschiedene Richtungen, je ein Uniformierter und ein Mann in Zivil nach Osten und nach Westen. Die, die in Richtung Osten unterwegs waren, fuhren im Aufzug zum vierten Stock hinauf. Hier öffneten sich die Türen zwischen den Schaltern und dem Horsemen's Club. Das andere Paar fuhr in den dritten Stock. Beide hielten auf jeder Etage, und die Sammler warfen ihre Säcke und die rosafarbenen Zettel hinein. Beim Start auf dem Turf waren alle Einnahmen bereits im Keller angelangt. Als der Gewinner dieses Rennens, *Buttercup's Beau*, mit vier Längen in Führung lag, betraten die beiden Paare mit ihren Wagen den Kassenraum.
Die Uniformierten händigten die rosafarbenen Zettel Leroy Franson, dem Chefbuchhalter von Century Oaks, aus, der am ersten Tisch saß. Die fünfzehn Prozent Abzug auf den Zetteln waren die Summe, die erwartungsgemäß von den Kassen benötigt wurde, um die Gewinne des ersten Rennens auszuzahlen. Franson und seine vier Mitarbeiter öffneten den Safe, der das Anfangskapital enthielt. Dreihunderttausend Dollar, die heute morgen von der Bank gebracht worden waren. Sie zählten neun Päckchen Geldscheine ab und legten sie in die Säcke, die die Uniformierten bereithielten.
Oben, draußen, war das erste Rennen gelaufen. Das Pferd mit der Startnummer sechs, *Buttercup's Beau*, hatte das Rennen eindeutig für sich entschieden. Es gab allerdings einige Unstimmigkeiten darüber, ob *Golden Rulah* oder *Absolute Triumph* als Zweiter ins Ziel gegangen war. Die elektronische Schautafel im Innern des Turfs gab zwar *Golden Rulah* als

Zweiten bekannt, doch der Ansager mahnte, die Wettscheine noch nicht einzulösen, da die Jury noch zu keinem endgültigen Ergebnis gelangt sei. Eine Minute oder mehr würde vergehen, ehe die Jury sich entschieden hätte und der Gewinnkurs auf der Anzeigetafel erscheinen würde. Erst dann würde der große Run auf die Kassenschalter einsetzen.
Im Keller verließen die Wäschekarren den Kassenraum. Auf dem einen lagen fünf, auf dem anderen vier Säcke. Sie fuhren mit den Aufzügen hinauf und warfen auf jeder Etage dem dortigen Sammler seinen Beutel zu. Diese quittierten den Empfang und machten sich dann daran, das darin enthaltene Geld auf die Kassen zu verteilen.
Um 13.36 Uhr erschien das offizielle Ergebnis des ersten Rennens auf der Anzeigetafel: *Buttercup's Beau, Absolute Triumph, Golden Rulah.*
Die Kassenschalter öffneten ihre Fenster. Die anderen Schalter verkauften bereits Wettscheine, denn die Kaufperiode für das zweite Rennen hatte vor einer Minute begonnen. Auf allen Etagen drängten sich die glücklichen Gewinner, um für ein Stück Papier bares Geld zu erhalten. Daneben natürlich die enttäuschten oder brummelnden Verlierer, die sich überlegten, ob sie den Verlust schon beim nächsten oder erst bei einem späteren Rennen wieder hereinholen sollten.
Im Kassenraum im Keller zählten Leroy Franson und seine vier Mitarbeiter die Einnahmen des ersten Rennens. Sie verglichen die Summen mit denen, die der Kassencomputer angab, überprüften die Werte, trugen sie dann in die Rechnungsbücher ein und machten sich daran, die Geldmengen für das zweite Rennen zurechtzulegen.
Der Geldkreislauf hatte begonnen und verlief wie ein Strom, der in ein vielschichtiges Kanalsystem eindringt.

4
COOPER

Bud Teagarten war einer der beiden TRPB-Agenten, die am Westende des obersten Stockwerks postiert waren. Wie viele andere in der Agentur auch hatte Teagarten früher beim FBI gearbeitet. Aber Teagarten war nicht so stämmig wie Cooper und auch nicht so auf sein Äußeres bedacht. Er trug lange Koteletten und einen breiten Schnurrbart. Seine dunklen Augen kamen nie zur Ruhe. Cooper schätzte Teagarten als wertvollen Mitarbeiter.

Cooper trug eine zusammengefaltete Ausgabe des DAILY RACING FORM unter dem Arm, kämpfte sich behende durch die Menge und stellte sich neben Teagarten. »Wie steht's?«

»Zu viele Menschen hier«, antwortete der Agent mit besorgter Miene. »Manchmal glaube ich, der Betonboden biegt sich unter ihrem Gewicht.«

»Ist Ihnen irgend jemand aufgefallen?«

»Nein, bislang noch nicht.«

»Ich denke, ich habe eine Idee, die uns weiterhelfen könnte«, verkündete Cooper.

»Was für eine Idee?«

»Vor dem Fünf-Dollar-Schalter steht jemand, dessen Gesicht mir bekannt vorkommt. Ich habe das Gesicht irgendwo schon einmal gesehen, kann es aber noch nicht richtig einordnen. Kommen Sie doch bitte mit und sehen Sie sich den Herrn an.«

Sie begaben sich zu den Monitoren unweit der Schalter. Sie taten so, als würden sie sich für die Angaben zum zweiten Rennen interessieren, behielten aber in Wirklichkeit den Fünf-Dollar-Schalter im Auge.

»Wen meinen Sie?« fragte Teagarten.

»Im Moment ist er von anderen verdeckt. Gleich ist er an der Reihe. Passen Sie gut auf.«
»Der Kleine?«
»Ja, genau der.«
In diesem Augenblick wandte sich der kleine Mann vom Schalter ab. Er hielt ein paar Wettscheine in der Hand.
»Er geht in unsere Richtung«, sagte Cooper.
Der Mann sah gesund und gepflegt aus, war aber so schmächtig, daß man ihn leicht für einen Jockey hätte halten können. Er war kaum einssechzig groß und wog nur etwas mehr als fünfzig Kilo. Sein Gesicht war sonnengebräunt, und er trug dichtes und lockiges schwarzes Haar. Er war in einen grünen Anzug gekleidet und trug dazu ein gelbgrünes Hemd.
»Ein Mann, der sich zu kleiden versteht«, bemerkte Teagarten.
Der Fremde ging an ihnen vorüber und marschierte die Treppe zum Restaurant hinunter. Dort ließ er sich an einem kleinen Tisch nieder, an dem ein weißhaariger, schwergewichtiger Mann saß. Diesem reichte er eines der Tickets.
»Haben Sie den schon einmal gesehen?« fragte Cooper.
Teagarten nickte langsam: »Das Gesicht kommt mir bekannt vor. Aber woher? Sollen wir in der Kartei nachsehen?«
Das TRPB unterhielt ausführliche Karteien mit Fotografien von allen Arten von Betrügern, Buchmachern, Taschendieben und anderen Kriminellen, die vorzugsweise auf Rennbahnen ihr Unwesen trieben. Im Hauptquartier des TRPB auf Century Oaks, das aus fünf Räumen bestand, gab es sechs dicke Fahndungsbücher, die ständig durch Rundschreiben vom nationalen Hauptquartier auf dem neuesten Stand gehalten wurden. Hier fanden sich ausführliche Biografien von allen Betrügern, die jemals auf einer der Rennbahnen in den USA und in Kanada in

Erscheinung getreten waren. Jeder Agent nahm sich ein- bis zweimal in der Woche diese Bücher vor, um sich die Gesichter der Betreffenden einzuprägen, um sie möglichst schnell wiederzuerkennen, sobald sie sich in Century Oaks zeigten.

»Tja, da bleibt uns wohl nicht viel anderes übrig«, sagte Cooper enttäuscht.

Die beiden standen am Geländer über dem Restaurant und beobachteten die zwei Männer an dem kleinen Tisch.

»Kennen Sie den Dicken?« fragte Teagarten.

»Nein.«

»Ich habe ihn auch noch nie gesehen.«

»Ich möchte, daß Sie ins Hauptquartier gehen und die Bücher durchblättern«, sagte Cooper. »Wenn Sie auf den Kleinen stoßen, kommen Sie sofort zu mir.«

»Glauben Sie, das ist unser Freund?«

»Dafür ist es noch zu früh.«

Teagarten zog sich am Ohrläppchen. Ein besorgter Blick trat in seine dunklen Augen. »Auf ihn trifft aber nicht die Beschreibung zu, die wir von dem Lehrer aus Baltimore erhalten haben. Und der kleine Mann ist uns erst heute aufgefallen.«

»Ich weiß.«

»Aber möglicherweise arbeitet unser Freund nicht allein.«

»Ja«, brummte Cooper. »Könnte aber auch sein, daß der Mann überhaupt nichts mit den Wettscheinfälschungen zu tun hat. Ich habe so ein Gefühl, als könnte der Kleine uns einen ganz anderen Ärger bescheren.«

»Hübsche Vorstellung.«

»Ich möchte gern wissen, was das für ein Ärger sein könnte.«

»Bin schon unterwegs, Chef.«

Gegen vierzehn Uhr kam Jack Killigan endlich zu Hause an. Er bog von der Straße ab und parkte seinen weißen Thunderbird vor der Hintertür.

Rita wachte in diesem Moment auf und reckte den Kopf. Sie war immer noch atemberaubend schön, wenn auch nicht mehr so verführerisch wie in der vergangenen Nacht. Ihr schwarzes Haar war strähnig und hatte den Glanz verloren. Ihr Lippenstift war verschmiert. Ihre Augen waren blutunterlaufen, und ihr Mund stand offen wie bei einer Geistesgestörten. Rita war immer noch nackt, aber über und über mit Dreck bedeckt.

»Holen wir uns endlich neues Bier?« fragte sie benommen.

»Nein.«

»Ich hab aber noch Durst.«

»Du hast bereits mehr zu dir genommen, als du vertragen kannst.«

»Ich hab nie genug.«

»Du legst dich jetzt hin und schläfst ein paar Runden.«

Zu Jacks großer Überraschung gehorchte Rita, wenn auch auf ihre Weise. Sie schlief auf der Stelle ein.

»Großer Gott«, sagte Killigan, »wenn du doch nur auch bei anderen Gelegenheiten ein so braves Mädchen sein könntest.«

Rita schnarchte.

Jack schaltete alles im Wagen aus, lehnte seine schweißverklebte Stirn ans Steuer und versuchte, seine Gedanken zu ordnen. Er stand immer noch etwas unter dem Einfluß der Drogen, die Rita ihm verabreicht hatte. Wenn er etwas länger auf einen Punkt blickte, begann der zu verschwimmen. Sein Herz schlug immer noch wie rasend. Er ertappte sich dabei, wie er irgend etwas vor sich hin summte. Alle paar Minuten schüttelte er den Kopf und begann grundlos zu lachen.

Aber wenigstens bin ich wieder zu Hause, dachte er. *Und von hier aus kann ich auch zur Rennbahn kommen. Sicher sind dort wieder Probleme aufgetaucht, die ich lösen muß. Und ich werde diese verdammte Rennbahn nicht so verlieren wie die vorangegangenen!*
Er stieg aus dem Wagen und stöhnte, als die schwüle Luft sich wie eine schwere Decke über ihn legte. Er marschierte um den Wagen herum, öffnete die Beifahrertür und rüttelte Rita an der Schulter.
»Verpiß dich!« sagte sie mit schwerer Zunge.
»Du mußt ins Haus.«
Sie war schon wieder eingeschlafen.
»Rita?«
Keine Reaktion.
»Schlampe!«
Trotz seiner Benommenheit und Erschöpfung gelang es ihm irgendwie, Rita vom besudelten Beifahrersitz zu ziehen und in seinen Armen zu halten. Er schwankte und wäre fast gestürzt, doch im letzten Moment fand er sein Gleichgewicht wieder. Ohne darüber nachzudenken, was die Nachbarn wohl sagen würden, wenn sie ihn jetzt sehen könnten, zog und zerrte er Rita zur Hintertür. Im Haus selbst schaffte er es nur bis zum Wohnzimmer. Er legte sie auf die Couch und plumpste dann in einen Sessel, wo er japsend nach Atem rang.
Keine Zeit zum Ausruhen.
Genau in diesem Augenblick entglitt ihm Century Oaks. Er verlor seine letzte Chance. Jede Sekunde zählte jetzt. Minuten waren unbezahlbar.
Er hob Rita wieder hoch und schleppte sie hinauf ins Schlafzimmer. Er keuchte wie eine alte Dampfmaschine und mußte sich alle paar Stufen gegen das Geländer lehnen. Endlich lag Rita im Bett. Er zog ihr die Decke bis unter das Kinn.
Sie öffnete die Augen.

»Wo sind wir?«
»Daheim.«
»Bei dir?«
»Ja.«
»Wollen wir vögeln?«
»Nein, jetzt nicht.«
»Ich will mit dir schlafen.«
»Rita, ich muß ins Büro!«
»Ein einziges Mal ist Daddy stolz auf mich gewesen, und das war, als ich in Hollywood Erfolg hatte«, sagte sie. Ihre heisere Stimme klang fernab. Sie streckte einen Arm aus und bekam Killigans Hemd zu fassen. Ihre Finger waren stark wie Adlerkrallen. Er konnte sich nicht von ihr befreien. »Habe ich dir das jemals erzählt? Ein einziges Mal ist Daddy stolz ...«
»Du hast es mir schon mehrmals erzählt«, entgegnete er und versuchte, von ihr loszukommen.
»Als Daddy erfuhr, wieviel Geld ich machte, entdeckte er doch noch so etwas ... so etwas wie eine Verwandtschaft zwischen uns.«
»Rita, das hast du mir alles schon etliche Male erzählt.«
Sie besaß so viel Kraft in dem schlanken Arm, daß sie ihn fast von den Füßen gerissen und auf sich gezogen hätte.
»Hast du wirklich deine Mutter umgebracht?«
Jack schloß die Augen.
Sie schüttelte ihn. »Hast du?«
Er wollte sich jetzt wirklich von ihr befreien. Er zog an ihren beiden Händen. Doch was die Drogen ihm an Kraft und Energie genommen hatten, schienen sie Rita an zusätzlicher Stärke zu geben. Sie hielt ihn im Griff wie ein Vampir, der auch noch den letzten Blutstropfen haben will.
»Hast du sie umgebracht?«
»Selbstverständlich nicht!«
»Letzte Nacht hast du es aber gesagt.«

»Letzte Nacht war ich auch nicht bei Verstand.«
Sie zog sich an ihm hoch, bis sie saß. Ihr Gesicht war nicht mehr weit von seinem entfernt. »Öffne deine Augen, Jack.«
Er öffnete sie.
Ihre Augen waren wie Ölseen. »Du hast mir erzählt, deine arme alte Mutter hätte einen Herzanfall gehabt.«
»Hör auf!«
»Sie konnte nicht mehr sprechen«, fuhr Rita fort. »Erinnerst du dich jetzt? Ein Arm war gelähmt. Auch ihr Gesicht war paralysiert.« Rita hielt ihn wie einen ertappten Sünder fest und sah ihn an wie eine Schlange das Kaninchen. »Dein Daddy starb vor zehn Jahren. Er hinterließ kein Geld. Du mußtest bei deiner gräßlichen Tante leben. Du warst fünfzehn, deine Schwester dreizehn, nicht wahr? Deine arme Mutter war halb gelähmt, und du hast hinter ihrem Rücken deine Schwester gebumst.« Sie grinste ihn verächtlich an. Ihre Zähne waren gelb. Ihre Zunge war belegt und silbrig wie ein Stück vergammelten Schinkens.
Jack zitterte. Warum hatte er ihr das erzählt? Warum hatte er Rita solche Munition in die Hand gegeben, sich ihr gegenüber so angreifbar gemacht? »So ist es doch garnicht gewesen«, sagte er lahm. »Wir haben nichts miteinander angestellt. Wir haben uns nur ausgezogen und einander angesehen.«
»Ja, das ist natürlich etwas ganz anderes!« Sie klang sehr giftig.
»Es war ganz harmlos!«
»Warum mußte die alte Mutter auch mitten in der Nacht aufstehen und durchs Haus wandern?« sagte Rita ätzend scharf.
Tränen rannen Killigan übers Gesicht. »Dieses Haus«, stöhnte er, »du kannst dir ja nicht vorstellen, wie es dort zugegangen ist. Meine Schwester ... Wir hatten niemanden außer uns. Und wir haben nicht ...«

Rita lachte schrill: »Was hast du denn gesagt, als deine arme alte Mutter euch beide überrascht hat?«
Er gab ihr keine Antwort.
»Als ihr beide zusammen im Bett gelegen habt. Erinnerst du dich noch?«
»Es war etwas ganz Unschuldiges.«
»Ach, Jack!« rief sie. »Versuch' jetzt nicht, auf eine so lahme Tour alles ungeschehen zu machen. Gestern nacht hast du mir alles erzählt. Du hast es damals getan, also mußt du jetzt auch damit leben. Wate in deiner Sünde. Das ist es doch, was man euch Katholiken aufträgt, nicht wahr?«
»Ich bin schon lange kein Katholik mehr.«
»Weil du bis gestern nacht nie eine Beichte abgelegt hast! Natürlich bist du kein Katholik mehr. Kannst es ja auch gar nicht sein, jedenfalls kein guter. Du hast die Beichte zu lange zurückgehalten. Aber jetzt ist alles wieder im reinen. Ich erteile dir die Absolution.« Sie versuchte, ihn auf die Lippen zu küssen.
Killigan würgte, als er ihren fauligen Mundgeruch roch. In diesem Moment erkannte er mit aller Klarheit, daß Rita nichts weiter als ein gestörtes Geschöpf war, das nie so etwas wie ein inneres Gleichgewicht besessen hatte. Sie war wie eine Dämonin. Sie stank, und ihr Gesicht war eine einzige Fratze. Und dennoch ging von ihr noch so etwas wie Schönheit aus, allerdings keine menschliche Schönheit. Obwohl das auch auf die Drogen in seinem Körper zurückzuführen sein mochte, erschien sie ihm jetzt wie ein unheiliger Geist, ein Sukkubus, der sich nachts in eine Frau verwandelte, um Killigans Samen zu stehlen und in andere Körper zu verpflanzen.
Jesus, Maria und Josef, bin ich so krank? Bin ich wirklich so krank?
Sie kicherte leise wie ein Teufel, so als könne sie in diesem Moment seine Gedanken lesen. Sie ließ ihn endlich

los, fiel aufs Bett und war im nächsten Moment eingeschlafen.
Furchtsam und verwirrt marschierte Jack unter die Dusche. Das heiße Wasser reinigte ihn von getrocknetem Schweiß und sonstigem äußerlichen Unrat. Und es nahm ihm auch ein wenig von seiner Verzweiflung. Aber nachdem er sich abgetrocknet hatte und sich jetzt einen Anzug heraussuchte, konnte er wieder nur an das eine denken, nämlich wie er seinen Job auf der Rennbahn retten konnte. Die Furcht blieb, doch die Verwirrung machte grimmiger Entschlossenheit Platz. So wie die Dusche ihm die Verzweiflung fortgespült hatte, würde er jetzt auch die anderen Probleme abwaschen, die auf der Rennbahn entstanden waren oder noch entstehen würden.
Alles wird gut werden.
Sicher, da gab es noch den Wettscheinfälscher. Aber den hatte Cooper vermutlich schon gefaßt.
Er hatte die Sitzung mit Zuverbeck verpennt. Und wenn schon. Jeff Cassarian würde sicher sehr aufgebracht sein. Zuverbeck war wahrscheinlich immer noch wütend. Aber was konnte der Holländer schon gegen ihn ausrichten? Man würde eben eine neue Sitzung einberufen, und am Ende dieser Sitzung würde man zu den gleichen Resultaten kommen ... oder etwa nicht? Die Betriebsprüfer konnten doch keinen Vorteil aus der zeitlichen Verzögerung ziehen, oder?
Natürlich gab es da noch die anderen Schwierigkeiten: wie man riesige Menschenmengen auf die Parkplätze bringen und sie von dort auf die Tribüne und ins Klubhaus schaffen konnte. Doch dafür hatte Jack schließlich sein ausgezeichnetes Personal. In den letzten Monaten hatte er ein paar hundert gute Leute eingestellt. Die würden auch mit einem Massenansturm fertigwerden.
Alles wird gut werden.

5
GRIMES

Wenn er endlich etwas gewinnen wollte, sagte sich Ely Grimes Freitag nacht, dann mußte er endlich aufhören, dauernd Geld zu verlieren. Die ganze Woche hindurch hatte er an allem gespart, wo man nur sparen konnte. Täglich hatte er dutzendmal das ihm verbliebene Geld gezählt. Montag bis Freitag hatte er nur den Tribüneneintritt bezahlt, um die zwei Dollar Eintritt fürs Klubhaus zu sparen. Auch hatte er sich auf der Rennbahn nie an den Ständen etwas zu essen oder zu trinken gekauft. Und jede Nacht war er nach dem letzten Rennen gleich in das billige Motel mit seinem heruntergekommenen Mobiliar und dem fadenscheinigen Teppich zurückgekehrt.

Heute, am Samstag, war es jedoch ganz anders. Er fühlte sich als Gewinner und benahm sich auch entsprechend. Er saß an einem der kleinen Tische im Klubhaus-Restaurant. Er hatte dem Oberkellner ein paar Scheine zugesteckt, um den Tisch für sich allein behalten zu können. An einem überfüllten Tag wie diesem war das keine Selbstverständlichkeit. Vor ihm stand eine Flasche Weißwein.

Er wußte, daß er heute gewinnen würde. Sein Tippsystem hatte sich regelmäßig als gut und brauchbar erwiesen. Das Problem hatte bei ihm selbst gelegen. Er hatte sich einfach nicht genug konzentriert und die Dinge nicht sorgfältig genug geprüft. Doch diese Phase lag jetzt hinter ihm. Von heute an würde er nur noch gewinnen. Er wußte es, und deswegen konnte es auch gar nicht anders kommen.

Heute plazierte er lediglich für zwei Rennen Wetten, für das vierte und das letzte. Die anderen sieben Rennen waren etwas für Amateure, die auf Namen, die ihnen gefielen, setzten oder auf Startzahlen, die ihren Geburtsdaten

oder Telefonnummern entsprachen, oder für Glücksspieler, denen beim Mittagessen ein todsicheres System eingefallen war. Bei Grimes war das anders. Er ging methodisch vor. Den ganzen Morgen hatte er über seinen Tabellen, Graphiken und Dateien verbracht. Dann hatte festgestanden, daß er im vierten Rennen fünfhundert Dollar auf *Lucky Bucky* setzen wollte. Grimes rechnete sich aus, daß beim Start die Wetten acht zu eins auf dieses Pferd stehen würden. Im letzten, dem Großen Rennen, wollte er zweitausend Dollar auf *Magic Pitcher* setzen. Und er rechnete sich auch hier eine größere Gewinnsumme aus.
Von den achttausend Dollar, mit denen er Anfang der Woche hierhergekommen war — das Geld vom gemeinsamen Konto und der neuen Hypothek —, waren ihm nur noch zweitausendfünfhundert geblieben. Doch Grimes machte sich darüber keine großen Gedanken. Verdammt, zweitausendfünfhundert ließen sich leicht verzehnfachen, wenn man die Wetten nur mit System plazierte. Gut, fünfundzwanzigtausend waren nicht das Vermögen, das er sich hier erhofft hatte, aber mit der Summe konnte Clara bequem in den ersten Monaten nach seinem Tod über die Runden kommen.
Er trank einen Schluck Wein.
Er lächelte gönnerhaft, als er die schwatzenden und aufgeregten Gäste an den anderen Tischen bemerkte. Was für törichte Menschen, dachte er. Sie warfen ihr Geld zum Fenster hinaus, weil sie Pferderennen einfach nicht ernst genug nahmen. Die meisten von ihnen hatten für alle Rennen Tickets gekauft. Einige versuchten sich sogar an Exactas. Was für blutige Anfänger. Sollten sie nur. Ihr Geld würde seine Gewinne im vierten und neunten Rennen nur vergrößern.

COOPER

Cooper wartete am Geländer über dem Restaurant auf Teagartens Rückkehr und Bericht. Er konnte von hier aus den kleinen Mann und seinen schwergewichtigen Begleiter sehr gut im Auge behalten. Eine Gruppe Fans hatte sich ebenfalls ans Geländer gestellt, weil man von hier aus die Anzeigetafel, die paradierenden Pferde und die Rennen selbst sehr gut im Blick hatte. Der TRPB-Agent nutzte den Schutz dieser Gruppe und vertiefte sich immer wieder in die heutige Ausgabe des DAILY RACING FORM.

In der vergangenen Stunde hatten die beiden Verdächtigen nichts Außergewöhnliches getan. Sie tranken mehrere Tassen Kaffee, nahmen jeder einen Brandy zu sich und suchten nacheinander die Toilette auf. Aber keiner von ihnen trug eine Mappe oder ein größeres Kuvert bei sich, worin man eine Fälschergrundausstattung hätte unterbringen können. Und weder der eine noch der andere blieb länger als ein paar Minuten auf der Toilette. Sie hatten im zweiten, dritten und jetzt auch im vierten Rennen Wetten plaziert, doch anscheinend noch nichts gewonnen, denn sie hatten die Tickets für das zweite und dritte Rennen nach der Bekanntgabe der Sieger zerrissen.

Cooper bekämpfte seine immer wieder aufkeimende Langeweile mit gelegentlichen Blicken auf eine recht attraktive Frau, die unweit der Verdächtigen im Restaurant Platz genommen hatte. Dann war da auch noch eine atemberaubende Blondine, die etwas weiter ganz allein an einem Tisch saß. Sie trug ein kurzes Sommerkleid, das tiefen Einblick auf ihren großen, cremefarbenen Busen gestattete. Von seinem Standort aus hatte Cooper sogar einen ausgezeichneten Einblick.

Der TRPB-Agent gönnte sich gerade wieder einen aufregenden Blick, als sich Arthur Hudson, der schmächtige

Lehrer aus Baltimore, zu der Blondine an den Tisch setzte. Die junge Frau lächelte den Alten an, als wollte sie einen Stein zum Schmelzen bringen. Cooper glaubte, die Hitze ihres Blickes bis zu sich hinauf zu spüren.

Obwohl Cooper mit Leib und Seele Sicherheitsmann war, bedeutete das noch lange nicht, daß er für Frauen nichts übrig hatte. Er hatte sich mehr als einmal um eine bemüht, hatte schon einigen nachgestellt. Er wußte, daß er weder häßlich noch ohne Manieren noch übermäßig ungehobelt war, und damit war er für Frauen als Sexobjekt ebenso interessant wie die meisten anderen Männer auch. Aber in seinem ganzen Leben war er noch nie an eine so berauschende Blondine geraten wie die unten am Tisch mit Arthur Hudson.

Wie kann ein so alter Knacker an eine solche Frau geraten? Und was hat er an sich, daß sie bei ihm bleibt?

Kaum hatte er sich diese Fragen gestellt, gab ihm der Zufall die Antwort. Er sah nämlich, wie der pensionierte Lehrer der Blondine ein dickes Geldbündel übergab — etliche hundert, vielleicht sogar tausend Dollar —, das sie rasch in ihrer Handtasche verschwinden ließ. Wettgewinne? Besaß Arthur Hudson das absolute System? Hatte er als Mathematiklehrer eines Tages das todsichere System entdeckt?

Hudson glättete die Tischdecke und breitete dann Wettscheine darauf aus. Mindestens zwanzig Tickets, und kein einziges davon vom Zwei-Dollar-Schalter.

Der perfekte Systemtipper?

Oder hatte Arthur Hudson vielleicht etwas ganz anderes ausgeklügelt?

»Ich hab ihn!«

Cooper fuhr erschrocken zusammen. Er hatte Teagartens Kommen gar nicht bemerkt.

»Er steht tatsächlich im Fahndungsbuch!«

»Unser kleiner Freund heißt Willie Denver«, verkündete

Teagarten. Er stand mit dem Rücken zum Restaurant seinem Chef gegenüber. Sie konnten sich so ruhig unterhalten, ohne von jemandem in der Nähe belauscht zu werden. »Er hat zweimal wegen bewaffneten Raubüberfalls gesessen.«

»Warum haben wir dann eine Akte über ihn?«

»Weil er vor einiger Zeit für einen Buchmacher in Aqueduct gearbeitet hat.«

»Als Verbindungsmann auf der Rennbahn?«

»Ja.«

»Warum sitzt er dann nicht mehr?«

»Er war ein braver Junge und hat alle Namen ausgeplaudert.«

»Deswegen müßte ihm trotzdem der Zutritt zu Rennbahnen verboten sein.«

»Oh, aber er steht auf der schwarzen Liste«, sagte Teagarten.

»Und warum sitzt er dann hier?«

»Sie haben ihn doch die ganze Zeit über beobachtet.«

»Aber er hat nichts Verbotenes getan. Absolut nichts... Vielleicht will er hier ja wirklich nur wetten.«

»Könnte natürlich sein«, sagte Teagarten und drehte sich zum Restaurant um. »Aber das glauben weder Sie noch ich.«

»Nein«, bestätigte Cooper. »Haben Sie etwas über den Dicken herausgefunden?«

»Wir haben nichts über ihn.«

Die Pferde zum vierten Rennen standen in ihren Boxen. Die Gespräche verstummten überall.

»Sollen wir uns die beiden vorknöpfen?«

Cooper dachte kurz nach. »Nein, Sie bleiben jetzt hier und behalten die beiden im Auge.«

»Und wenn sie doch noch irgendwas anstellen?«

»Dann entscheiden Sie, was zu tun ist.«

»Wo gehen Sie denn hin?«
»Ich bleibe ganz in der Nähe«, sagte der Vorgesetzte. »Da gibt es noch einen Herrn, den ich gern beobachten möchte.«
»Wen denn?«
»Wenn Sie das wüßten, würden Sie sich nicht mehr nur auf den Kleinen konzentrieren. Observieren Sie Denver und den Dicken.«
»Ich würde ihm bis in die Toilette folgen, Chef, wenn es sein müßte.«
Cooper lächelte: »Bravo, und am Ende würde man Sie wegen unsittlicher Belästigung verhaften.«
Die Glocke zum Rennen ertönte.
Augenblicklich begannen die Gäste zu brüllen und zu schreien.
Ein Pferd namens *Lucky Bell* ging sofort in Führung, kam auf halber Strecke jedoch aus dem Tritt und fiel weit zurück. *Elmo's Fire* gewann schließlich bei einem Kopf-an-Kopf-Rennen. Die Wetten auf dieses Pferd standen sechs zu eins.
Als das Rennen vorüber war, verließ Cooper seinen Mitarbeiter, schlenderte ein paar Meter am Geländer entlang und blieb dann an einem neuen Standort stehen. Er achtete nicht mehr auf Denver und den Schwergewichtigen. Er wartete ab, ob Arthur Hudson die Tickets einlösen würde.

DAS GELD

Der Besucherstrom an diesem Samstag war ohne Zweifel der größte in der vierjährigen Geschichte von Century Oaks. Für einen Sitzplatz auf der Tribüne oder für einen Platz auf den provisorischen Podesten, die auf der ganzen Länge vor dem Klubhaus aufgestellt worden waren, hatten genau 25 262 Personen den Eintrittspreis von zwei Dollar bezahlt. Weitere 8710 Gäste hatten die vier Dollar für den Eintritt ins Klubhaus entrichtet. Zweihundert Personen mit Klubkarten waren gezählt worden. Insgesamt waren bei den Eingängen 85 364 Dollar eingenommen worden.

Und diese Summe lag bereits im Kassenraum.

Auf den Parkplätzen drängten sich 7800 Fahrzeuge. Den zusätzlichen Dollar für Service miteingerechnet, hatte man hier 8800 Dollar eingenommen.

Auch dieser Betrag befand sich bereits im Kassenraum.

24 200 Programmhefte waren zum Stückpreis von 50 Cent verkauft worden. Diese 12 100 Dollar lagerten ebenfalls im Kassenraum.

Bei den ersten vier Rennen waren 1 685 840 Dollar zusammengekommen. Etwa 15% davon, oder 252 822 Dollar, hatten den Weg in den Kassenraum gefunden. Rechnete man die Beträge dazu, die sich jetzt in den Kassen oder als Wechselgeld in den Verkaufsschaltern befanden, so hatte man bereits jetzt ein gutes durchschnittliches Tagesergebnis erzielt.

Bis zu dieser Stunde hatte man bereits dreihunderttausend Dollar gebündelt und in besonders gesicherten Stahlschränken am hinteren Ende des Kellerraums deponiert. Diese Summe war vorher für die Auszahlungen nach dem ersten Rennen entnommen worden. Der Geldkreislauf lief jetzt von allein. Keine Rücklagen mußten mehr angegriffen werden.

Im Kassenraum selbst lagerten momentan etwa 660 000 Dollar. Und dabei waren noch nicht einmal die Hälfte der heutigen Rennen gelaufen.

Sobald die Jury das offizielle Endergebnis für das vierte Rennen verkündet hatte, steckte Arthur Hudson die Tickets ein, die vor ihm auf dem Tisch lagen. Er schob vier davon in die Hemd- und die sechzehn anderen in die Hosentasche. Er machte seiner Begleiterin gegenüber eine kurze Bemerkung, was bei ihr wieder das atemberaubende Lächeln auslöste. Hudson verließ den Tisch und stieg die Treppe zu den Schaltern hinauf. Er schob sich durch die Menge und steuerte die Zwanzig-Dollar-Kasse an.

Cooper folgte ihm unauffällig.

Hudson klapperte vier Kassen ab, steckte überall seinen Gewinn ein und schob das Geld in die Hemdtasche. Dann steuerte er die Herrentoilette an.

Cooper wartete auf seine Rückkehr.

Sieben Minuten später verließ der pensionierte Lehrer die Örtlichkeit. Er marschierte an dem TRPB-Agenten vorbei, ohne ihn zu bemerken. Der schmächtige Mann wirkte angespannt und nervös. Er bewegte sich steif, hielt den Kopf krampfhaft nach oben und marschierte wie ein Roboter auf sein Ziel zu.

Keine Tasche und kein Umschlag, dachte Cooper. *Nichts, um all die nötigen Fälscherutensilien zu transportieren. Und er war nicht lange genug auf der Toilette gewesen, um sechzehn Scheine zu präparieren.*

Cooper folgte ihm dennoch.

Hudson trat vor die Monitore und studierte die Wetten für das nächste Rennen. Kurz darauf stellte sich ein älterer Herr zu ihm und reichte ihm unauffällig Geld. Der Lehrer schüttelte ihm freudig die Hand, gab ihm einen Zehn-Dollar-Schein und steckte den Rest ein.

Wo ist der alte Knabe hergekommen? wunderte sich der TRPB-Agent. *Höchstwahrscheinlich steckt er nicht unbedingt hinter den Manipulationen. Wo hat Hudson ihn getroffen? Auf der Toilette?*

Als der Alte wieder verschwunden war, begab sich Hudson zum Zwanzig-Dollar-Schalter am Westende dieser Etage. Dort reichte er zwei Gewinnscheine ein. Offenbar war er jetzt unvorsichtig geworden, warum sonst sollte er die gefälschten Tickets persönlich einlösen?

Jetzt habe ich ihn!

Kein Wunder, daß er so lange gebraucht hatte, dem Fälscher auf die Spur zu kommen. Der pensionierte Lehrer entsprach so gar nicht den Vorstellungen, die man sich im allgemeinen von einem Wettschein-Manipulator machte. Hudson hatte einen ehrbaren Beruf ausgeübt. Er war ein schmächtiger und leicht einzuschüchternder Mann. Dennoch hatte er am Anfang der Woche seine gefälschten Tickets selbst eingelöst. Und er hatte sich beim Verhör durch Cooper unglaublich geschickt angestellt. Also mußte der ehemalige Lehrer trotz seiner Angst Zähigkeit, Wagemut und Cleverneß besitzen. Nur jemand, der seit vielen Jahren auf Details achtete, konnte ihm auf die Schliche kommen. Hätte Cooper sich nicht gewundert, wie ein so unscheinbarer alter Mann an eine so aufregende Blondine geraten konnte, wäre ihm der kleine Mann nicht verdächtig vorgekommen. Cooper spürte ein Triumphgefühl.

Hudson strich seine Gewinne ein, eilte durch die Halle und fuhr mit dem Aufzug ein Stockwerk tiefer. Dort erstand er an einer Bude ein Päckchen Zigaretten und verwickelte anschließend eine junge Frau in ein Gespräch. Sie marschierte einige Minuten später zu einem Kassenschalter. Als Hudson von ihr einen gewissen Betrag entgegengenommen hatte, fuhr er ein weiteres Stockwerk hinab, begab sich zu einem Zehn-Dollar-Schalter und löste dort zwei weitere Gewinnscheine ein.

Cooper trat neben ihn. Er legte eine Hand auf die Tickets,

bevor der Kassierer sie nehmen konnte. »TRPB«, sagte Cooper nur. Er hielt die Tickets vor seine Augen und studierte sie.
»Oh, hallo«, sagte Hudson und blinzelte nervös. »Stimmt etwas nicht?«
»Gehören diese Scheine Ihnen?« fragte Cooper streng.
Der ehemalige Lehrer schien sich unglaublich schnell gefaßt zu haben, denn er fragte jetzt mit gespieltem Entsetzen: »Glauben Sie, man hat mich schon wieder benutzt?«
Cooper hätte fast laut gelacht.
»Haben Sie denn den Fälscher noch nicht gefaßt?« erkundigte sich Hudson besorgt.
Gerissenes kleines Arschloch, dachte Cooper und sagte dann laut: »Sie meinen den großen, blauäugigen und blondhaarigen Mann mit der klassischen Nase und dem dunklen Teint?«
»Ja, genau den«, antwortete der Ex-Lehrer und nickte eifrig.
»Nein, den haben wir noch nicht. Aber ich schätze, das hat noch Zeit. Ich habe gerade eben einen anderen Fälscher ertappt, und mit diesem Erfolg will ich mich für heute zufriedengeben. Man darf ja nicht unbescheiden sein, nicht wahr?«
Hudson versuchte immer noch, so zu tun, als hätte er keine Ahnung, wovon der TRPB-Mann eigentlich sprach.

6
KILLIGAN

Als Jack Killigan um sechzehn Uhr erwachte, lag er neben Rita auf dem Bett. Eine seiner Hände ruhte auf ihrem bloßen Oberschenkel. Er trug noch den Anzug, den er vor etwa einer Stunde angezogen hatte, aber er konnte sich nicht daran erinnern, wann und warum er sich hingelegt hatte. Er hatte es doch so eilig gehabt, nach Century Oaks zu kommen ...

Und ich muß immer noch dringend dorthin. Jetzt. Sofort. Auf der Stelle.

Er setzte sich auf die Bettkante, stöhnte und hielt den Kopf mit beiden Händen fest.

Rita murmelte etwas, so als wolle sie ihn dazu auffordern, sich endlich wieder intensiv mit ihr zu beschäftigen.

Jack erhob sich, machte ein paar Schritte und schwankte, als würde er sich auf Watte bewegen. Ihm war schlecht, und der Schädel wollte ihm zerplatzen. Irgendwie gelangte er zur Schlafzimmertür, dann in die Diele ... dort mußte er sich erst einmal hinsetzen und verschnaufen, bevor er die Treppe in Angriff nehmen konnte.

COOPER

Zwei Männer vom Melkins-Peterson-Wachdienst — ein stämmiger Kerl mit einer säuerlichen Miene und ein muskulöser, drahtiger Farbiger — betraten den Warteraum neben dem Büro des Managers. Der erste nickte Cooper zu und erklärte: »Ich kann Mr. Killigan nirgends finden. Eine Menge anderer Angestellter suchen ihn auch. Suchen ihn schon den ganzen Tag. Es hat ganz den Anschein, als wäre er heute gar nicht hier erschienen.«

»Am Tag des Großen Rennens und der Lotterie?« fragte Cooper ungläubig.

Der Wachmann zuckte nur die Achseln.

Cooper saß auf dem Schreibtischsessel von Molly Barnes, den er sich von ihr ausgeborgt hatte. Der Sessel stand zwischen der Zimmertür und der schwarzen, mit Kunstleder bezogenen Couch, auf der Arthur Hudson hockte. Der

TRPB-Agent wandte sich an den Farbigen: »Was ist mit der Blondine?«
»Sie saß nicht mehr an dem Tisch«, antwortete der Mann. »Also habe ich mich neben der Tür postiert und gewartet, ob sie zurückkehren würde.«
»Was sie aber nicht getan hat?« erriet Cooper.
»Vielleicht war es weibliche Intuition«, brummte der Farbige. »Vielleicht ist ihr auch aufgefallen, daß Sie diesem Herrn hier gefolgt sind. Nach einer Weile bin ich in den Wachraum gegangen und habe Ihre Beschreibung an alle unsere Männer weitergegeben.« Er klopfte auf das kleine Funkgerät an seinem Gürtel. »Ich erklärte den Männern, daß sie etwas mit der Wettscheinfälschung zu tun habe und sofort festzunehmen und ins Büro von Mr. Killigan zu bringen sei.«
»Tja, kann man nichts machen. Vielleicht haben wir ja Glück«, sagte Cooper. »Sie beide bleiben bitte hier. Ich brauche Sie vielleicht noch.« Er drehte sich zu dem kleinen ehemaligen Lehrer um, der von der Anwesenheit der drei großen Männer sichtlich eingeschüchtert war. »Nun, Mr. Hudson, ich hatte gehofft, Sie in Anwesenheit des Managers befragen zu können, aber ich fürchte, wir können unser Gespräch nicht länger aufschieben.«
Der kleine Mann fuhr sich mit der langen, blassen Hand über die Lippen, räusperte sich und schaute seine Füße an. Er hatte es mittlerweile aufgegeben, so zu tun, als hätte er von nichts eine Ahnung. Seit einer guten halben Stunde wartete Cooper auf das Erscheinen Killigans. Während dieser Zeit war Hudson offenbar zu der Einsicht gelangt, daß er so lange sicher war, wie er den Mund hielt. Das einzige, was er jetzt von sich gab, war: »Ich sage nichts ohne einen Anwalt.«
Cooper achtete gar nicht darauf und erklärte: »Sie haben mich angelogen, als ich mich Anfang der Woche mit Ihnen

unterhielt. Sie wohnen auch nicht in dem Motel, das Sie mir genannt haben. Daher wissen wir nicht, wo wir nach Ihrer blonden Gefährtin suchen sollen. Doch verlassen Sie sich drauf, früher oder später geht sie uns ins Netz. Sie kann nicht mehr einfach untertauchen. Also, erleichtern Sie Ihre Lage und nennen Sie uns ihren Namen.«

Hudson schwieg.

»Sind Sie wirklich pensionierter Lehrer?«

»Das wissen Sie doch.«

»Was hat Sie dann dazu bewogen, sich auf solche Manipulationen einzulassen?«

Keine Antwort.

»Und welche Rolle spielt Ihre Gefährtin in dem Spiel?«

Keine Reaktion.

»Sie hat Ihnen gehörig den Kopf verdreht, nicht wahr?«

Hudson starrte ihn mit funkelnden Augen an.

»Welche Fächer haben Sie unterrichtet?«

»Kunst«, platzte es aus Hudson heraus. Er schien gar nicht darüber nachgedacht zu haben, denn jetzt ärgerte er sich sichtlich über sich selbst.

Cooper lächelte zufrieden, entspannte sich ein wenig und sagte: »Ich wette, Sie sind ein wirklicher Künstler.«

Hudson blickte auf seine Hände.

»Wahrscheinlich können Sie Szenen gut wiedergeben«, fuhr der TRPB-Agent fort. »Sie malen oder zeichnen vermutlich sehr realistisch und legen größten Wert auf die Richtigkeit aller Details. Das würde erklären, warum Sie auf eine umfangreiche Werkstatt verzichten können, um Wettscheine zu fälschen. Wir haben auf Personen geachtet, die eine Tüte oder Tasche mit sich führen, aber das brauchen Sie ja gar nicht, nicht wahr? Sie benötigen lediglich einen harten Radiergummi, um die ursprüngliche Ziffer zu entfernen, und ein paar Stifte, um die gewünschte Zahl einzutragen. Sie sind ein Künstler, der so etwas von Hand ausführen kann.«

»Vielleicht gibt es Fälscher, die so etwas können«, widersprach Hudson. »Ich jedenfalls nicht. Ich kann lange nicht so gut wiedergeben, wie Sie es mir unterstellen.« Er klang überzeugend, wirkte aber sehr besorgt.
»Na, na, wer wird denn so bescheiden sein«, lächelte Cooper. Er wandte sich an die Uniformierten und sagte: »Er muß den Radiergummi und die Stifte noch bei sich tragen. Und sicher auch ein paar Wettscheine, gefälschte und originale. Durchsuchen Sie ihn bitte.«
Hudsons Kopf fuhr hoch: »Das dürfen Sie nicht!«
»Und warum nicht?«
»Dazu müßte mein Anwalt anwesend sein.«
»Das können wir später nachholen«, entgegnete Cooper.
»Nein, jetzt!«
»Fangen Sie an, meine Herren.«
Obwohl der ehemalige Lehrer sich wehrte, fanden die Uniformierten alles, was der TRPB-Agent bei Hudson vermutet hatte. Sie legten alles auf den Tisch, und dazu noch die Brieftasche und die Papiere des Ex-Lehrers.
»Das beweist gar nichts«, schimpfte Hudson, nagte aber nervös an seiner Unterlippe.
»In Mr. Killigans Büro befindet sich eine Bar«, erklärte Cooper dem Farbigen. »Holen Sie dort bitte ein paar Gläser und füllen Sie sie im Badezimmer mit heißem Wasser, damit wir diese Tickets hier sofort testen können.«
Die beiden Scheine, die Hudson in dem Moment einlösen wollte, als Cooper neben ihn getreten war, saugten sich voll und verfärbten dann das Wasser. Aber keines der zehn anderen Tickets — allesamt Zwanzig-Dollar-Wetten auf ein Pferd im vierten Rennen — war manipuliert worden.
»Was ist denn mit diesen hier?« fragte der TRPB-Agent.
Hudson blickte ihn nur feindselig an.
Cooper fragte die Melkins-Peterson-Männer: »Kennen Sie

zufällig die Gewinnquote für dieses Pferd im vierten Rennen?«
»Ein kleiner Gewinn war zu erwarten«, sagte der Stämmige. »Das Pferd hier hätte wohl zwei Dollar achtzig für zwei Dollar eingebracht.«
»Wie mager«, lächelte Cooper und wandte sich wieder an den Lehrer: »Sie bedienen sich aller möglichen Tickets, nicht wahr? Sie setzen nicht nur auf Sieg, sondern auch auf Platz. Im vierten Rennen haben Sie mit den Siegscheinen so viel gemacht, daß Sie die Platz-Tickets für dieses Pferd hier nicht mehr benötigt haben. Bei einem so bescheidenen Gewinn ist das ja auch selbstverständlich.«
»Selbst wenn ich mich schuldig gemacht hätte«, erklärte Hudson reichlich niedergeschlagen, »so machen Sie doch alles falsch. Sie haben ohne Haftbefehl nach mir gefahndet und mich festgenommen. Sie sind noch nicht einmal ein richtiger Polizist. Selbst wenn ich mich eines Vergehens schuldig gemacht hätte, würde jedes Gericht die Anklage gegen mich verwerfen — aufgrund Ihrer illegalen Vorgehensweise.«
Cooper erhob sich, stellte sich vor ihn und beugte sich zu ihm hinab: »Sie verstehen nicht recht, Mr. Hudson. Es ist mir völlig gleich, ob Sie hinter Gittern landen oder nicht!«
»So?«
»Ja, darauf können Sie sich verlassen.«
Hudson sah vorsichtig hoch: »Ich verstehe nicht ganz, worauf Sie hinauswollen.«
»Mein größtes Anliegen ist, Ihre Gefährtin zu finden und das Geld sicherzustellen, das Sie uns in dieser Woche gestohlen haben. Ich will dieses Geld zurückhaben, und zwar jeden einzelnen Cent davon. Danach werde ich dafür Sorge tragen, daß Sie auf jeder Rennbahn dieses Landes Zutrittsverbot erhalten. Des weiteren möchte ich Ihr Bild und Ihre persönlichen Angaben für unsere Kartei. Und

wenn Sie schließlich auch noch hinter Gittern landen, nun, dann würde ich das als persönlichen Bonus für mich sehen.« Er grinste den kleineren Mann unfreundlich an: »Die Blondine hat Sie ausgenommen, Mr. Hudson, ausgenommen wie eine Weihnachtsgans. Sehen Sie endlich den Tatsachen ins Auge. Irgendwo haben Sie beide sich getroffen, und sie hat gleich bemerkt, wie sie Sie ausnutzen kann. Sie fühlten sich natürlich geschmeichelt, und als diese Dame Sie ein wenig hat zappeln lassen, haben Sie in Ihrer Verzweiflung alles getan, um sie an sich zu binden. Sie haben von Mal zu Mal mehr Scheine gefälscht, bis Sie nicht mehr genug Ahnungslose finden konnten, die sich bereit fanden, diese Tickets für Sie einzulösen. Schließlich waren Sie gezwungen, die manipulierten Tickets selbst einzulösen. Und Ihre saubere Freundin hat Sie von Mal zu Mal mehr gedrängt, noch größere Summen zu erschwindeln. Sie wollte immer mehr, immer noch mehr ... Verstehen Sie mich richtig, ich habe seit mehreren Tagen nichts anderes getan, als dem Fälscher auf die Spur zu kommen. Ich habe nicht genug geschlafen und nur unregelmäßig gegessen. Ich habe sogar zum erstenmal Zweifel an meiner Befähigung zum Polizisten bekommen. Mr. Hudson, ich bin voller innerer Anspannung. Die kleinste Provokation könnte bei mir das Faß zum Überlaufen bringen.«

Hudson starrte ängstlich auf Coopers geballte Fäuste und fing an zu zittern. Er blickte hilfesuchend zu den Uniformierten: »Das würden Sie doch nicht zulassen, oder?«

Der Stämmige zuckte die Achseln.

Der Farbige pfiff nur vor sich hin und sah interessiert zur Decke hinauf.

»Okay!« sagte Hudson gepreßt. »Okay! Okay! Dann wollen wir es hinter uns bringen.«

KILLIGAN

Auf seinem Weg die Treppe hinunter kam Killigan plötzlich die Idee, daß er auf dem besten Wege war, vollkommen auszutrocknen. Seit vierundzwanzig Stunden hatte er nichts mehr gegessen und nur Bier, Bourbon und Wein zu sich genommen. Er wußte, wie sehr Alkohol dem Körper Wasser entzog. Deshalb wachten ja auch die meisten, die zuviel getrunken hatten, mitten in der Nacht mit einem fürchterlichen Durst auf. Und Gott allein mochte wissen, wie sehr die Drogen, die Rita ihm verabreicht hatte, außerdem dem Körper Wasser entzogen.

Er ging in die Küche und beugte sich über das Spülbecken. Er füllte ein Glas mit Wasser. Er trank es leer, dann ein zweites, und nach dem sechsten Glas wurde ihm bewußt, wie viel Flüssigkeit ihm gefehlt hatte. Seine Lippen waren so aufgesprungen, daß selbst das Wasser ihnen Schmerzen bereitete. Sein Gaumen und seine Kehle waren hart und trocken wie Pergamentpapier. Nach dem letzten Glas fühlte er sich nicht mehr ganz so verwirrt und schlecht wie vor einigen Stunden, als er mitten auf irgendeinem Feld in seinem Wagen erwacht war.

Wasser war das, was er jetzt brauchte. Nur noch etwas Wasser, und dann würde sich alles zum Guten wenden.

Sein Blick fiel auf die Küchenuhr. 16.30 Uhr.

Er trank ein weiteres Glas Wasser.

Er machte sich auf den Weg zu seinem Wagen.

Im Thunderbird stank es entsetzlich. Die Mischung aus Bier, getrocknetem Schweiß, Urin und anderem traf ihn wie ein Schlag in die Magengrube. Er wandte sich fluchtartig vom Wagen ab und stolperte ein paar Schritte zur Wiese. Dort hockte er sich hin und mußte feststellen, daß trotz Wasserverlust sein Magen noch nicht wieder in der Lage war, sieben Gläser Wasser zu verkraften.

DIE AMERICAN BROADCASTING COMPANY (ABC)

Um siebzehn Uhr sechs zeigten die Monitore auf Century Oaks noch einmal das achte Rennen. Dann wurde auf die Vorbereitungen zum Großen Rennen umgeschaltet. Die Kameras bei den Stallungen liefen jetzt und zeigten einen Mann und eine Frau vor roten Schuppen und wartenden Pferden. Der Mann war einer der Sportreporter von ABC, und die Frau war Penny Ellen Rupert, der Jockey, der *Moonlighter* im Großen Rennen reiten sollte. Als die Kameras der Rennbahn mit der Übertragung beginnen wollten, befand sich der Reporter gerade bei den Eröffnungsworten:

ABC: ... handelt es sich ganz ohne Zweifel um die ausgezeichnetsten und ausgesuchtesten Pferde des heutigen Rennsports. Jedermann hier wartet gespannt darauf, wer von diesen Superpferden das Rennen machen wird. Aber mir will es so scheinen, Penny, als gäbe es einen weiteren Faktor, der dieses Rennen zu einem der Höhepunkte dieser Saison macht. Ich spreche von der Prämie. Ohne diese gewaltige Prämie wäre wohl keines dieser Pferde auf die Reise nach Pennsylvania geschickt worden. Und ohne diese Superpferde hätte sich die Hälfte der anwesenden Gäste heute etwas anderes vorgenommen. Und ohne die vielen Fans würden wohl kaum solche Summen in die Wettschalter fließen. Die Prämie für das heutige neunte Rennen beläuft sich auf sage und schreibe 400 000 Dollar. Drei Viertel davon stammen von Century Oaks, und das letzte Viertel haben die Eigentümer der Pferde gestiftet, die bei diesem Rennen starten. Penny, wenn *Moonlighter* heute gewinnen sollte, wieviel dürfen Sie dann erwarten?

(Schwenk auf Pennys Gesicht. Großaufnahme.)

Penny: Nun, zuerst einmal müssen zehntausend Dollar abgezogen werden, die der Eigentümer gestiftet hat. Das Siegpferd macht dann allerdings nur 65% der Siegprämie . . .
ABC: Das wären immerhin noch 260 000.
Penny: Ja. Der Zweitplazierte erhält 25%. Und der dritte bekommt immerhin noch zehn Prozent. Die anderen sieben müssen sich mit der Ehre begnügen, dabeigewesen zu sein.

(Schwenk auf das Gesicht des Reporters.)

ABC: (lacht) Also gut . . . Wenn *Moonlighter* es schafft und die 260 000 einstreicht, bekommen Sie dann eine Prämie, oder sind Sie prozentual beteiligt?
Penny: Wenn *Moonlighter* als erster durchs Ziel gehen sollte, bekomme ich zehn Prozent. Für den zweiten oder dritten Platz darf ich fünf Prozent erwarten. Das hat mein Agent so für mich geregelt. Aber diese Regelung ist nicht so außergewöhnlich. Bei den meisten größeren Rennen kommt der Jockey auf einen solchen Schnitt.
ABC: Wenn Sie also einen der führenden Plätze erreichen, erhalten Sie entweder 25 000 oder 12 500 Dollar. Was aber dürften Sie für einen vierten oder noch niedrigeren Platz erwarten?
Penny: Dann erhalte ich das übliche Handgeld. Und das beträgt 40 Dollar.
ABC: Das sieht mir ganz so aus, als würde es einen gewaltigen Unterschied machen, ob man gewinnt oder auf den hinteren Plätzen landet, nicht wahr, Penny?
Penny: Tja, aber wo ist das nicht so?

(Plötzlich eine laute Explosion irgendwo zwischen den Stallungen.)

ABC: Was um alles in der Welt...

FOXEN

Um siebzehn Uhr, als alle bei den Stallungen die letzten Vorbereitungen für das Große Rennen trafen oder sich um die ABC-TV-Kameras drängten, verließ Danny Foxen sein Zimmer mit einem großen Karton voller Flaschen, Dosen und Tuben, die Salben, Öle, Arzneimittel und elastische Bandagen für die Pferde enthielten. Es war absolut normal, wenn hier ein Pferdeknecht mit solch einer Ausrüstung herumlief, und so schenkte niemand Foxen größere Beachtung.

Er marschierte über den Weg bis zum Ende der Stallungen und blieb vor den Strohballen stehen, die dort gelagert wurden. Er stellte den Karton auf einem Ballen ab. Er hockte sich daneben, und für jeden sah es so aus, als wollte er nur kurz verschnaufen.

Nachdem Foxen sich davon überzeugt hatte, daß niemand in der Nähe war und ihn beobachten konnte, machte er sich an die Arbeit. Er packte die Dosen, Tuben und Flaschen aus dem Karton und zog den 20-Liter-Kanister heraus. Er schuf zwischen zwei Strohballen eine Höhlung und schob den Kanister hinein. Dann packte er alles andere wieder in den Karton und stellte diesen beiseite, damit er ihn nicht behindern konnte.

Er sah sich noch einmal nach allen Seiten um. Niemand war in der Nähe.

Die Explosion würde brennendes Stroh auf alle Dächer in der Nähe fegen und auch in die Hütten der Hufschmiede. Binnen Minuten würde diese ganze Ecke in Flammen ste-

hen. Und die Chancen standen nicht schlecht, daß ein oder zwei der Superpferde, die noch nicht fortgeführt worden waren, in dieser Feuersbrunst verendeten.
Er zog die Schachtel Streichhölzer aus seiner Hosentasche, zündete ein Hölzchen an, betrachtete zufrieden die kleine Flamme und setzte es dann an die Lunte.
Zum erstenmal in seiner Karriere als Brandstifter hatte Danny einen Fehler gemacht. Damit er die Brandbombe sofort einsetzen konnte, sobald sich eine Gelegenheit dazu bot, hatte er den Kanister schon am frühen Nachmittag scharfgemacht. Er hatte den Metallkasten umgedreht, damit der Baumwollstreifen sich mit Benzin vollsaugen konnte. Dann hatte er den Bindfaden fest darum gebunden. Doch in den vergangenen vier Stunden hatte sich auch der Faden mit Benzin vollgesaugt. Als Danny nun die Flamme daran hielt, brannte die Lunte nicht langsam ab, sondern explodierte förmlich. Im Nu hatte sich das Feuer durch die Baumwolle gefressen und raste in den Kanister. Bevor Danny Foxen überhaupt begreifen konnte, was da vor sich ging, detonierte die Bombe in seinem Gesicht.
Es erging ihm so wie einem übereiligen Finanzier, der sich übernimmt.
Danny sah Goldmünzen vor sich — und im nächsten Moment nur noch Schwärze.
Schweigend und lichterloh brennend zuckte er, verdrehte sich und fiel zu Boden. Die Feuerwehr brauste bereits heran, aber Danny Foxen war schon tot.

COOPER

Henry Cooper tippte gerade Arthur Hudsons Geständnis ab, als Bud Teagarten in der offenen Tür erschien. Cooper schaltete sofort die Schreibmaschine aus und fragte: »Was ist geschehen?«

»Bei den Stallungen hat es eine Explosion gegeben«, berichtete Teagarten. »Ein Mann ist dabei verbrannt.«
»Lieber Himmel!«
Arthur Hudson machte ein gurgelndes Geräusch, so als wolle er andeuten, daß er damit nun wirklich nichts zu tun habe und daß er für heute genug habe.
»Der Tote befand sich mittendrin in der Explosion«, fuhr Teagarten fort. »Ansonsten scheint niemand verletzt worden zu sein. Und auch den Pferden ist nichts geschehen. Nur ein Schuppen von der Schmiede ist abgebrannt.«
»Weiß man schon, wie es zu dieser Explosion gekommen ist?«
Teagarten nickte: »Letzte Nacht hat man in einem Stall eine einsatzbereite Feuerbombe gefunden. Ein präparierter 20-Liter-Kanister. Haben Sie davon denn noch nichts gehört?«
»Nein«, antwortete Cooper. »Ich war so mit der Wettscheinfälschung beschäftigt, daß ich nichts anderes mitbekommen habe.«
»Wir vermuten, daß derselbe Verrückte heute die Bombe gelegt hat, der es gestern schon einmal versucht hat, aber wahrscheinlich von einem unserer Patrouillenwagen bei seinem Tun gestört worden ist.«
»Haben Sie schon eine Ahnung, wer es gewesen sein könnte?«
»Vielleicht war es der Mann, der dabei verbrannt ist. Vielleicht handelt es sich bei ihm aber auch nur um jemanden, der gerade zufällig in der Nähe war. Der Tote ist bis zur Unkenntlichkeit verkohlt. Nur ein Zahnarzt könnte ihn noch anhand seiner Zähne identifizieren. Bis wir genaueres herausgefunden haben, soll der ganze Komplex der Stallungen abgeriegelt werden, sagt Oscar. Niemand darf den Bereich verlassen. Oscar hat jeden verfügbaren Agenten aus dem Klubhaus abgezogen. Ich war mir unschlüssig,

ob ich hier benötigt werde oder zu den Stallungen gehen soll.«

»Und was ist mit Denver und seinem dicken Freund?«

Enttäuschung zeigte sich auf Teagartens Gesicht, als er antwortete: »Nichts. Absolut nichts. Ich schätze, die beiden sind nur gekommen, um hier ihr Glück beim Wetten zu versuchen. Der Tag ist fast vorüber, und sie haben noch nichts angestellt.«

»Okay«, sagte Cooper, »dann verärgern Sie mal nicht unseren Boß. Gehen Sie zu den Stallungen und helfen Sie dort mit. Ich mache hier weiter. Sobald ich etwas über die Blondine herausgefunden habe, begebe ich mich ins Restaurant und werfe noch einen Blick auf Denver.«

»Die Menge war heute sehr friedlich«, bemerkte Teagarten. »Vermutlich können Sie allein hier die Stellung halten.« Er lächelte zum Abschied und machte sich auf den Weg.

ASPIN

Auf Wunsch der Fernsehgesellschaft ABC war das letzte Rennen des heutigen Tages, das Große Rennen, von 17.30 auf 17.45 Uhr verschoben worden. Um diese Lücke zu schließen und um der Erwartungshaltung der Menge entgegenzukommen, die die ganze Woche über angeheizt worden war, sollte um 17.15 Uhr eine Tausend-Dollar-Ziehung stattfinden. Jack Killigan sollte die Ziehung vornehmen und vor dem Klubhaus den Gewinner bekanntgeben.

Aber der Manager war nirgendwo aufzutreiben.

Zehn Minuten nach dem vorgesehenen Zeitpunkt der Ziehung sagte sich Roy Aspin, Publicity-Chef von Century Oaks, daß er sie nicht länger aufschieben durfte. Er nahm

Killigans Platz an der Lostrommel ein, in der sich von jeder an diesem Tag verkauften Eintrittskarte ein Abschnitt befand. Er wartete, bis der Ansager die Trommel in Bewegung setzte. Tausend Papierschnipsel wurden durcheinandergewirbelt. Dann öffnete Aspin das Türchen, griff hinein und zog eine Nummer heraus. Er besah den Abschnitt kurz und reichte ihn dann dem Ansager weiter.
»Das glückliche Ticket trägt die Nummer ...« Der Ansager legte eine dramatische Kunstpause ein. Aspin wünschte sich, er würde endlich die Prozedur hinter sich haben. »Sehen Sie jetzt bitte alle auf Ihren Eintrittskarten nach ... Wer liest dort folgende Nummer? ... 000 224 ... Ich wiederhole 0-0-0-2-2-4. Muß eine der ersten Karten sein, die wir heute verkauft haben. Wenn Sie der glückliche Besitzer dieses Tickets sind, wenden Sie sich an den nächsten Mann in Uniform und lassen Sie sich von ihm hierher vors Klubhaus bringen. Fassen Sie sich ein Herz, Mr. oder Mrs. 000 224!«

GARRISON

Um siebzehn Uhr dreißig verließ Edgar Garrison seinen Platz in der überfüllten, verrauchten Saddle-Bar und marschierte zum Ostende des Gebäudes. Kühn und ohne sich umzusehen, ob jemand ihn beobachtete, öffnete Garrison eine schwarze Tür, obwohl ein Schild den Zutritt für Publikum untersagte. Edgar verließ sich auf die Menge der Anwesenden, die ihn vor den Blicken der Sicherheitsmänner verbergen würde. Er trat durch diese Tür, ließ sie hinter sich zufallen und wartete nach ein paar Schritten darauf, ob ihm jemand folgte. Das war nicht der Fall, und so eilte er die Betonstufen bis in den Keller hinab und wartete am Zugang zum langen Korridor vor dem Kassenraum.

Er knöpfte seine Jacke auf und zog die Browning aus dem Hosenbund. Er griff in seine rechte Hosentasche, um festzustellen (zum wiederholten Mal festzustellen), ob er sich ein Reservemagazin eingesteckt hatte. Er entsicherte die Pistole und wartete ab.
Schritte kamen die Treppe herunter.
Edgar hob die Waffe und richtete sie auf den Treppenabsatz. Seine Hand zitterte ein wenig. Er war überrascht, wie cool er sein konnte.
Willie Denver erschien auf der Treppe, erblickte sogleich den Pistolenlauf und fragte: »Wie tot würde Willie Denver jetzt sein, wenn er nicht Willie Denver wäre?«
»Sehr tot«, antwortete Garrison.
»Hört sich gefährlich an.«
»Ich schätze, ich kann gefährlich werden, wenn mir nichts anderes mehr übrigbleibt!«
Edgar hatte keinen Zweifel mehr, daß er im Ernstfall jemanden töten könnte. Dabei hätte er sich bis vor kurzem noch nicht vorstellen können, jemals zum Mörder zu werden. Doch in den letzten Wochen hatte er so oft und gründlich über diese Frage nachgedacht, daß es ihm jetzt nicht mehr ausgeschlossen schien. Zuerst war ihm bewußt geworden, daß er unter bestimmten Umständen zur Waffe greifen mußte. Dann hatte er sich klargemacht, daß man unter besonderen Umständen keine Skrupel vor Mord haben durfte: Entweder schoß man selbst, oder man wurde erschossen. Ein bißchen tot sein gab es genausowenig wie bei einer Frau ein bißchen schwanger. Wenn er also fähig war, zum Killer zu werden, mußte er diese Eigenschaft bewahren bis zu dem Moment, in dem es unabdingbar wurde, sie einzusetzen. Nach dieser Überlegung hatte er sich ganz deprimiert gefragt, was ihn eigentlich noch von Pat Jessup unterschied. Endlich hatte er den Unterschied zwischen sich und Jessup erkannt: Für ihn war das Töten eine

Notwendigkeit. Jessup hingegen empfand Freude und Lust daran.
»Lou wartet oben, ob jemand ihm und Willie gefolgt ist«, erklärte der kleine Mann.
Ein paar Augenblicke später stieg Velinski die Treppe hinunter. Im engen Treppenhaus wirkte er fast monströs. Doch im Gegensatz zu Willie kam Lou nahezu geräuschlos die Stufen herunter.
»Wißt ihr, wie ich mich jetzt fühle?« fragte Lou.
»Wie Robert Redford«, brummte Willie.
»Nein, nicht mehr Redford«, entgegnete der Dicke. »Jetzt fühle ich mich wie Richard Burton in *Agenten sterben einsam*. Ihr wißt doch, was ich meine, oder? Der Spezialist hinter den deutschen Linien, der durch die gegnerische Kanalisation schleicht und sich bewußt ist, daß jeder Schritt sein letzter sein kann . . .«
»Willst du Willie Angst machen, oder was?« fragte der Kleine.
»Nein, ich sage dir nur, wie ich mich fühle. Genau wie Richard Burton. Oder vielleicht wie Gregory Peck in *Die Kanonen von Navarone*. Spielt auch hinter den deutschen Linien.«
Garrison schüttelte den Kopf. »Sie sind mir schon einer!«
»Vielen Dank.«
»Seid ihr bereit, ein wenig hinter den feindlichen Linien herumzuschleichen?« fragte Edgar.
»Wie der Plan es vorsieht«, antwortete Velinski.
»Gehen Sie voran«, sagte Willie.
Edgar drückte sich mit dem Rücken an die Wand. *Ist tatsächlich so wie in einem der alten Filme,* dachte er.
Er spähte vorsichtig um die Ecke. Der Korridor war leer. Die Kamera an der Decke drehte sich gerade langsam zu ihm hin. Er zog den Kopf ein und zählte die Sekunden wie Annie jeden Morgen bei ihren Gymnastikübungen.

Und eins und hoch.
Und zwei und nieder.
Als Annie vor genau einer Woche ihren Rundgang durch das Gebäude gemacht hatte, hatte sie notiert, daß die Kamera achtundzwanzig Sekunden für eine Drehung um dreihundertsechzig Grad benötigte.
Drei und linkes Bein.
Vier und rechtes Bein.
Vierzehn Sekunden würde das Kameraauge in diese Richtung blicken, die nächsten vierzehn Sekunden in die andere.
Fünf und strecken.
Gleich würden sie losrennen. Einer nach dem anderen, um sich nicht gegenseitig zu behindern, um dem blinden Fleck zu erreichen, den die Kamera gerade nicht erfaßte.
Sechs und bücken.
Sieben und strecken.
Sobald sie direkt unter der Kamera standen, hatten sie beim Überfall auf den Kassenraum die Überraschung auf ihrer Seite.
Acht und bücken.
Die Schwierigkeit bestand nicht hauptsächlich darin, die neunzig Meter in vierzehn Sekunden zu durcheilen — was auch für einen normalen Läufer nicht unbedingt die leichteste Übung war —, das Problem war vielmehr, diese Strecke leise hinter sich zu bringen. Wenn sie zu viel Lärm veranstalteten, würden die Wachen auf sie aufmerksam werden.
Und neun und hoch.
Und zehn und nieder.
Elf und linkes Bein.
Sie hatten vorher den Spring geübt und es unter vierzehn Sekunden geschafft. Aber bei der inneren Anspannung im Ernstfall würden sie bestimmt nicht so schnell sein.

Zwölf und rechtes Bein.
Dreizehn und strecken.
Garrison dachte an splitterndes Glas, an sausende Kugeln und an Granitstufen voller Blut.
Vierzehn und bücken.
Edgar blickte um die Ecke.
Das Kameraauge entfernte sich von ihm.
Er sprintete los. Er lief auf den Zehenspitzen, um weniger Lärm zu machen. Er wedelte mit den Armen wie ein Vogel beim Flugstart. Die Browning hielt er vorgestreckt. Er erreichte die Stelle unter der Kamera und wäre fast darüber hinausgelangt, wo ihn die Kamera gleich erfaßt und Alarm ausgelöst hätte. Gerade noch konnte er sich zum Stehen bringen. Er schwankte auf den Zehenspitzen, ruderte mit den Armen und hatte endlich sein Gleichgewicht wieder.
Edgar drehte sich um und blickte zurück. Willie und Lou hatten seinen Lauf verfolgt und zogen sich jetzt rasch von der Ecke zurück, als die Kamera sich wieder in ihre Richtung drehte.
Die nächsten vierzehn Sekunden waren die längsten in Garrisons Leben. Er rechnete jeden Augenblick damit, daß die Stahltür auffliegen und bewaffnete Wachmänner ausspucken würde.
Als die Kamera sich von der Ecke fortdrehte, erschien Willie im Gang. Er rannte mit gesenktem Kopf los. Die weiße Krawatte flatterte ihm nach. Seine Augen traten hervor, und sein Mund war zu einem unterdrückten Schrei geöffnet. Er machte deutlich mehr Lärm als Garrison, aber noch nicht genug, um die Aufmerksamkeit der Wachmänner zu erregen.
Die nächsten vierzehn Sekunden vergingen in quälender Langsamkeit.
Wie eine Figur aus einem Comicfilm brauste Lou Velinski

los. Sein Bauch schwappte nach links und nach rechts. Seine Füße, die gegenüber dem Rest des Körpers absurd klein wirkten, hüpften eher, als daß sie liefen. Er erinnerte Garrison an ein Nilpferd, das aus einer Laune der Natur heraus mit Rehbeinen ausgestattet war.

Vier.

Fünf.

Er hatte die Arme ausgestreckt und hielt die Finger gespreizt, als wollte er aus einer kostbaren Porzellantasse trinken.

Sechs.

Wenn ihr Leben nicht von der Schnelligkeit Velinskis abgehangen hätte, hätte man über Lous Bewegungen schmunzeln müssen. Doch so, wie die Dinge standen, bekam Garrison große Angst. Velinski machte zwar so gut wie überhaupt keinen Lärm, aber er war entsetzlich langsam.

Sieben.

Die halbe Zeit war um, aber Lou hatte nicht einmal die halbe Strecke zurückgelegt.

Acht.

Willie flüsterte so laut, wie es ihm eben möglich war, ohne das Wachpersonal aufzuschrecken: »Nun mach schon!«

Neun.

Im nächsten Moment veränderte sich Velinskis Gesichtsausdruck. Hatte er vorher grimmig dreingeschaut, schweißbedeckt, zusammengepreßte Lippen und fast geschlossene Augen, so schien er sich jetzt an Richard Burton und Gregory Peck zu erinnern. Sein Gesicht strahlte, und die harten Züge verschwanden. Und, dem Himmel sei Dank, er bewegte sich rascher.

Zehn.

Elf.

Edgar starrte auf die Kamera. Sie näherte sich unerbittlich Lou. Garrison betete um einen Kurzschluß.

Zwölf.
Dreizehn.
Velinski landete wie ein überdimensionierter Strandball bei seinen Kumpanen. Gerade in dem Moment, in dem die Kamera herumfuhr. Er keuchte wie nach einem Marathonlauf, denn er hatte alles für den letzten Sprung gegeben. Natürlich schoß er über sein Ziel hinaus, kehrte dann grinsend zurück.
Keiner von ihnen sprach ein Wort.
Willie, der von der Aufregung noch zitterte, zog seine Pistole und entsicherte sie.
Velinski tat es ihm nach. Dann zog er die weiße Plastikkarte aus der Jackentasche. Wenn ihn sein New Yorker Kontaktmann nicht betrogen hatte, ließ sich damit die Stahltür öffnen. Lou sah Garrison fragend an.
Edgar nickte.
Velinski trat vor die Tür und schob die Karte in den Schlitz. Einen quälend langen Moment geschah überhaupt nichts. In den Köpfen der drei Männer machten sich die furchtbarsten Gedanken breit. Dann wurde die Karte ausgespuckt und fiel in Lous Hand. Die Stahltür glitt auf.
Die drei stürmten rasch hinein.
Zehn Personen befanden sich im Kassenraum. Fünf Zivilisten zählten an Tischen Geldbündel. Am anderen Ende des Raums hielten sich drei Uniformierte und zwei Männer in Zivilkleidung auf. Alle zehn starrten verwundert auf die drei Fremden, die ihre Waffen auf sie richteten. Ein Melkins-Peterson-Wachmann schrie etwas Unverständliches und griff nach seinem Revolver.
»Keine Bewegung!« fuhr Garrison ihn kalt an. »Sonst trifft die erste Kugel Sie in den Bauch!«

GRIMES

Ely Grimes folgte dem Uniformierten am Klubhaus entlang bis zum Eingang. Trotz des Schweißgeruchs der Pferde war die Luft frisch und rein. Der Himmel zeigte sich strahlend blau. Ely hatte sich schon seit vielen Monaten nicht mehr so gut gefühlt.

Als seine Nummer für den 1000-Dollar-Gewinn verlesen wurde, war das für Grimes mehr als nur ein glücklicher Zufall. Es kam ihm wie ein Omen auf bessere Zeiten vor, auf einen neuen Start. Von nun an würde er nicht mehr verlieren. Er wußte es einfach.

Aus irgendeinem dummen Grund hatte *Lucky Bucky* im vierten Rennen verloren. Dabei hatten die Wetten zwölf zu eins gestanden. Mit seinem fünfhundert Dollar Einsatz hätte Ely sechstausend machen können. Warum war dem verdammten Pferd auf einmal die Puste ausgegangen? Bei seiner Abstammung, seinen früheren Siegen, seiner Klasse! Gleich vom Start an war *Lucky Bucky* in Führung gegangen. Hatte lange das Feld angeführt. Die Bedingungen waren für dieses Tier geradezu ideal gewesen. Eine schnelle Bahn, ein starkes Herz, der unbestrittene Siegeswille, seine großartige Tagesform, ein hervorragender Jockey ... und dann war es aus dem Schritt gekommen, war gegen die Seitenplanke geprallt und hatte sich endlich am Schluß des Feldes wiedergefunden. Irgend etwas mußte das Tier erschreckt haben. Vielleicht eine Plastiktüte, auf der das Sonnenlicht reflektiert und *Lucky Bucky* geblendet hatte. Dabei wiesen überall Schilder darauf hin, keine reflektierenden Gegenstände auf die Tribüne mitzunehmen! Wie hatte es nur so weit kommen können?

Aber vorbei ist vorbei, dachte Grimes. *Vergiß den blöden Gaul. Konzentrier dich jetzt ganz auf die Zukunft, auf das letzte Rennen, in dem »Magic Pitcher« an den Start geht. Die Wetten auf ihn stehen sechs zu eins.*

Während Roy Aspin den Namen von Ely Grimes auf den 1000-Dollar-Scheck schrieb, verkündete der Ansager über sein Mikrofon: »Unser Gewinner heißt Ely Grimes und stammt aus Tenafly, New Jersey. Ich muß schon sagen, ein echter Frühaufsteher, wenn es um den Tag des Großen Rennens geht.« Er wandte sich an den Gewinner. »Sagen Sie mir bitte, was Sie mit den tausend Dollar anfangen wollen.«

Ely wich zurück, als ihm der Ansager das Mikrofon mitten vors Gesicht hielt. »Äh ... nun, verwetten«, stammelte er. »Auf ein Pferd!«

Das gefiel den Umstehenden. Sie applaudierten Grimes.

Als Roy Aspin die Hand von Ely schüttelte, wurden von den beiden Bilder geschossen. Der Ansager kehrte zu seinem Hochstand zurück, und Ely fand sich allein mit Aspin und den Reportern auf der Empore vor dem Eingang wieder.

Grimes macht sich nicht die Mühe, in die Kameras zu lächeln, und fragte den Publicity-Chef: »Kann ich diesen Scheck setzen?«

»Nein«, antwortete Aspin. »Das Gesetz schreibt den Schaltern vor, nur Bargeld zu akzeptieren.«

Die Kameras wurden ausgeschaltet, und Aspin zog seine Hand von Elys zurück.

Grimes hielt ihm den Scheck entgegen und sagte: »Würden Sie ihn dann bitte für mich einlösen?«

»Jetzt?«

»Ja, ich möchte das Geld auf eine Wette setzen.«

»Nun ja, gern ... sobald hier alles gelaufen ist ...« entgegnete Aspin.

»Aber ich möchte den Betrag im letzten Rennen setzen.«

Der Manager kratzte sich am Hinterkopf und dachte sichtlich angestrengt nach. Er blickte auf die Anzeigetafel und brummte: »Nur noch neun Minuten ... Ich fürchte, die

Zeit reicht nicht mehr aus, den Scheck zu Bargeld zu machen. Ich ...«

Ely war verzweifelt. Wenn er ein hübsches Paket für Clara zusammenbekommen wollte, mußte er auch diese tausend Dollar auf *Magic Pitcher* setzen. Seine Stimme klang schrill, als er rief: »Wenn Sie ihn mir nicht einlösen können, dann will ich ihn nicht mehr.«

Einer der Reporter fuhr herum: »Wie war das?«

Aspin nahm den Scheck aus Elys Hand und erklärte: »Nichts. Gar nichts.«

»Er will den Scheck nicht haben!« beharrte der Reporter.

»Er möchte lieber Bargeld«, beschwichtigte der Manager. Er lächelte erst Grimes und dann nacheinander die Reporter an: »Und diesen Wunsch wollen wir ihm gern erfüllen.«

»Auf der Stelle?« fragte Ely.

»Unser Zahlmeister sitzt im Keller im Kassenraum«, erklärte Aspin. »Er wird Ihnen für den Scheck Bargeld aushändigen. Wenn Sie sofort loslaufen, müßten Sie es eigentlich noch vor Annahmeschluß schaffen.«

»Dann nichts wie los«, freute sich Grimes und folgte dem Manager, der vorausging.

7
JESSUP

Er trat durch die Doppeltür. Greenfield ging direkt hinterher.

Acht Minuten vor dem Annahmeschluß für das neunte Rennen hielten sich nur noch fünf Personen im Display-Raum auf der dritten Etage auf. Die Fans waren entweder zu ihren Sitzplätzen zurückgekehrt, um das letzte Rennen zu verfolgen, oder standen in den Schlangen vor den

Schaltern. Ein junges Paar stand Arm in Arm vor dem Glaskasten, in dem sich die Million befand. Sie stellten einem der Wachmänner Fragen. Der gab ihnen bereitwillig Auskunft und starrte dabei unentwegt das Mädchen an. Die beiden anderen Wachmänner standen zusammen am anderen Ende des Raums. Ihre Aufmerksamkeit hatte deutlich nachgelassen, denn sie waren sich sicher, daß nun nicht mehr viel passieren konnte. Sie warfen nur einen flüchtigen Blick auf die beiden späten Besucher und stürzten sich dann wieder in ihre hitzige Debatte über die Siegesaussichten der Pferde, die beim neunten Rennen an den Start gingen.

»Wie sieht's aus?« fragte Jessup.

»Für mich sieht's großartig aus«, antwortete Greenfield.

»Dann wollen wir es ihnen geben.«

Greenfield stellte die große Tasche ab, die er mitgebracht hatte, und entnahm ihr ein fünfzig mal fünfzig Zentimeter großes Plakat, an dem eine Schnur zum Aufhängen befestigt war. GESCHLOSSEN stand darauf in großen roten Buchstaben. Vince hatte das Schild selbst angefertigt. Er bewegte sich so normal wie möglich, hängte das Schild draußen an die Tür und kehrte dann leise in den Raum zurück. Die Wachmänner hatten nichts davon bemerkt.

Pat Jessup stand ein halbes Dutzend Schritte von der Tür entfernt, als er den Deckel von der Blumenschachtel fallen ließ. Im selben Augenblick zog Greenfield die Doppeltür hinter sich zu und stellte sich davor.

»Was geht denn hier vor?« rief ein Wachmann verständnislos.

Pat ließ die andere Hälfte der Schachtel zu Boden fallen. Er hielt die gefährlich aussehende belgische Maschinenpistole in Hüfthöhe. In dieser Haltung konnte er in Sekundenschnelle alle fünf Anwesenden in ein blutiges Sieb verwandeln. Jessup grinste nur.

Die Uniformierten starrten unsicher auf den luftgekühlten Lauf der Schußwaffe. Sie alle hatten genug Gangster- und Kriegsfilme gesehen, um zu wissen, was ein kurzes Bellen dieser Maschinenpistole bewirken konnte ... Keiner der drei machte auch nur den Versuch, nach seiner Pistole zu greifen.

»Niemand wird verletzt, wenn sich alle schön an die Spielregeln halten«, knurrte Pat.

»Damit kommen Sie niemals durch«, widersprach ein Wächter, der auf der Brust den Namen Mike trug.

Jessup achtete nicht auf ihn. Er zeigte mit dem Lauf auf das Pärchen und den Wachmann, der die Fragen beantwortet hatte. »Fort vom Glaskasten.«

Sie zogen sich vorsichtig zurück.

»Fein«, lobte Pat. »Und nun legen sich alle, bis auf das Mädchen, flach auf den Bauch.«

Der Begleiter der jungen Frau machte ein empörtes Gesicht: »Was haben Sie mit ihr vor?«

»Nichts«, antwortete Jessup, »es sei denn, Ihnen fiele plötzlich ein, hier den großen Erretter spielen zu müssen. Sobald Sie eine falsche Bewegung machen, knall' ich Ihre Begleiterin ab.«

Niemand regte sich.

»Runter mit euch, Arschlöcher!«

Alle Männer ließen sich fallen und blieben auf dem Bauch liegen. Das Mädchen stand unglücklich da, ließ die Arme herabhängen und war außerordentlich blaß.

»Keine Bewegung«, knurrte Pat, »auch wenn Sie gleich fälschlicherweise den Eindruck gewinnen sollten, ich wäre unkonzentriert. Ein Griff zur Waffe bringt meine Maschinenpistole augenblicklich zum Bellen. Ich habe schon hundert solche Geschichten durchgezogen und habe dabei noch nicht einmal einen Streifschuß abbekommen. Haben wir uns verstanden?«

Niemand gab auch nur einen Mucks von sich.
Greenfield bewegte sich von der Doppeltür weg. Er stellte die große Tasche neben dem Mädchen ab. Er entnahm der Tasche einige Geräte und ein Paar Handschuhe. Dann begab er sich zum Glaskasten.
Jessup stellte sich vor die am Boden liegenden Männer und ließ den Lauf seiner Waffe von einem zum anderen wandern. »Okay«, sagte er jetzt, »wir legen hübsch unsere Hände auf den Rücken.« Zwei Männer verstanden nicht ganz. Er erklärte es ihnen noch einmal, diesmal jedoch wesentlich unfreundlicher. Dann wandte er sich an die junge Frau: »Name.«
»Mein Name?«
»Nein, der vom Papst!«
Sie war eine schlanke Brünette mit dunklen Augen und einem großen Mund. Ihre vollen Brüste gefielen Pat. Und die Beine waren auch nicht die schlechtesten.
»Pamela«, antwortete sie leise. Sie wirkte eingeschüchtert, schien aber keine große Angst zu haben.
»Pamela«, begann Jessup, »neben der Tasche liegen vier große Rollen Klebeband. Und eine Schere müßte auch dort sein. Ich möchte, daß Sie diese Gegenstände nehmen und damit den vier Männern die Hände zusammenbinden. Darüber hinaus verbinden Sie die Hände der Männer mit einem langen Streifen. Verstanden?«
Sie nickte.
»Danach kleben Sie ihnen ein Stück Band über den Mund. Sobald das erledigt ist, binden Sie ihnen die Füße aneinander. Wie bei den Händen machen Sie sich nicht die Mühe, nach jedem das Band abzuschneiden. Sie umwickeln die Füße und ziehen dann mit dem Band zum nächsten. Versuchen Sie keine Tricks, und machen Sie Ihre Arbeit ordentlich. Ich würde es sofort bemerken. Alles klar?«
Sie ging zu der Tasche.

»Noch etwas, Pamela.«
Sie sah ihn fragend an.
»Kommen Sie auf keine dummen Gedanken, wenn Sie die Schere in der Hand halten.« Jessup lächelte sie an. »Bevor Sie den zweiten Schritt auf mich zu gemacht haben, habe ich bereits zwanzig Kugeln in Ihre hübschen Titten gejagt.«
Ihre Miene zeigte nichts als Ekel. Sie starrte ihn kurz empört an und machte sich dann an die Arbeit. Sie stellte sich geschickt an und war drei Minuten vor Annahmeschluß an den Schaltern fertig. Greenfield war noch mit dem Glaskasten beschäftigt. Pat sah, daß Pamela keine besonders gründliche Arbeit geleistet hatte. Aber diese Fesseln würden die Männer eine Weile beschäftigt halten.
»Und jetzt auf den Bauch mit Ihnen«, sagte Jessup.
Sie legte sich hin und schob die Hände auf den Rücken.
Er beugte sich über sie, drückte ihr mit einer Hand den Lauf der Waffe an den Rücken und zog mit der anderen ihren Rock hoch.
»Hübsch«, sagte er anerkennend.
Sie bemühte sich, ruhig zu bleiben.
Er schob den Lauf zwischen ihre Schenkel und strich damit an ihren Strümpfen entlang.
Sie keuchte und verkrampfte sich.
Lachend schob Jessup den Lauf zwischen ihre Pobacken.
Als sie noch immer nichts sagte und nicht einmal zusammenzuckte, gab Pat sein Spielchen auf und fesselte Pamela mit dem Klebeband.
Sie war klug genug, sich nicht gegen diese Behandlung zu wehren, aber sie wollte sich auch nicht so feige geben wie die vier Männer. Als Jessup ihr den Mund zukleben wollte, biß sie ihm in die Finger. Der Biß schmerzte, aber Pat ließ sich nichts anmerken. Er lachte nur und schlug ihr zweimal ins Gesicht. Die Schläge betäubten sie halb. Sie setzte sich nicht mehr zur Wehr.

Greenfield war beinahe bis zum Geld vorgestoßen. Er hatte zwei Saugnäpfe an die kugelsichere Scheibe gesetzt und dann mit einem Glasschneider ein Rechteck hineingeritzt. Als nächstes sprühte er eine scharfe Säure auf die Schnittstellen. Die Säure verdampfte auf der glatten Oberfläche, brodelte und qualmte aber in den Schnittstellen.
Jessup bekam den ätzenden Geruch in die Nase und schimpfte: »Bah! Was stinkt das!«
Vince nickte nur.
»Hast du keine Angst um deine Haut?«
»Nein. Es handelt sich bei diesem Mittel um die Kombination von zwei Säuren, die verschieden agieren. Die eine zerfrißt Silikat-Moleküle. Die andere löst Blei auf.«
»Was, in der Scheibe ist auch Blei?«
»Natürlich, wie in jeder kugelsicheren Scheibe. Aber diese Säure wird damit rasch fertig.«
»Hoffen wir es.« Pat sah zu den fünf Gefangenen hinab. »Wie lange noch?« fragte er.
»Ungefähr bis jetzt!«
»Gleich ist Annahmeschluß.«
»Keine Bange«, beruhigte ihn Vince.
»Ich bin ganz ruhig. Ich wollte dich nur an die Zeit erinnern.«
»Bring mir die Tasche«, sagte Greenfield.
Jessup reichte sie ihm.
Greenfield packte die Griffe der beiden Saugnäpfe. Er zog einmal, zweimal fest daran, wartete einen Moment und zog dann wieder. Das Rechteck brach aus dem Glas. Vince legte alles vorsichtig auf den Boden. Er hatte die Alarmanlage geschickt umgangen. Obwohl ein Loch im Glaskasten war, schrillten keine Glocken oder Sirenen.

Als sich die Stahltür öffnete, folgte Ely Grimes dem Publicity-Chef in einen Raum voller bewaffneter Männer.
»Eine falsche Bewegung, und Sie sind tot«, warnte sie ein glatzköpfiger Mann. Er war groß und wirkte kalt und gewalttätig.
Trotz seiner Überraschung war Grimes sofort bewußt, was hier vor sich ging. Sieben Männer, darunter zwei uniformierte Wächter, standen mit erhobenen Händen an der Wand. Sie hielten die Hände weit auseinander und hatten die Beine gespreizt, so als sollten sie abgeklopft werden. Drei weitere Männer, von denen nur einer eine Uniform trug, lagen auf dem Boden und waren mit Klebeband gefesselt. Der Glatzköpfige und zwei weitere Bewaffnete führten offensichtlich gerade einen Überfall durch.
»An die Wand mit euch, zu den anderen!« befahl der Anführer.
»Damit kommen Sie doch nie durch«, bemerkte Aspin.
»An die Wand!« brummte der Glatzköpfige.
Aspin gehorchte.
Ely konnte nicht glauben, daß es seine Stimme war, die jetzt »Nein« sagte.
Die drei Räuber sahen ihn ungläubig an.
»Magic Pitcher«, sechs zu eins. Letzte Chance. Ich muß Clara etwas hinterlassen. »Magic Pitcher«. Eine todsichere Wette.
»Wir haben keine Zeit für dumme Witze«, sagte der Schwergewichtige aus dem Trio. Er sah Grimes an wie ein Kind, das man wegen einer Unartigkeit ausschimpft. Er besaß ein sympathisches Lachen, das so gar nicht zu seiner Waffe passen wollte.
»Sie verstehen nicht . . .« begann Ely. »Ich muß den Scheck zu Bargeld machen, damit ich alles auf *Magic Pitcher* setzen kann! Eine ganz sichere Wette. Ich will nur meinen Scheck

umtauschen und dann zum Schalter eilen. Ich verspreche Ihnen, niemandem etwas von dieser Geschichte hier zu sagen. Ehrlich!«

»Ein Irrer«, erklärte der Dicke seinen Kumpanen. Dann marschierte er auf Grimes zu.

»Nein, warten Sie«, brach es aus Ely heraus. »Ich habe in dieser Woche schon sechstausend verloren. Das System funktioniert, nur ich bin zu blöde dafür gewesen. Und das Geld habe ich von unserem Konto genommen. Und eine Hypothek aufgenommen. Ich muß einfach einen Gewinn machen, verstehen Sie? Ich muß Clara versorgen. Wenn ich tot bin ... Ich ... Begreifen Sie denn nicht?«

»Doch, doch«, sagte der Übergewichtige und streckte lächelnd einen Arm aus.

»Verdammt, nein!« schrie Grimes. Er machte auf dem Absatz kehrt und rannte durch die noch immer offenstehende Tür hinaus.

Der Dicke rief ihm etwas nach.

Ely warf im Laufen einen Blick über die Schulter und entdeckte, daß der Mann eine Pistole auf ihn richtete.

Grimes hörte einen Knall und spürte einen schweren Stoß im Rücken. Er stolperte, fiel und rutschte über den Fußboden.

Seine letzten Gedanken waren wie die herumfliegenden Teile einer explodierenden Handgranate: *Lebensversicherung. Zehntausend. Risikoversicherung. Aufgestockt auf zwanzigtausend. Claras Sparstrumpf. Mein System funktioniert, funktioniert tatsächlich! Zwanzigtausend hätte ich damit spielend machen können. Warum habe ich das System nicht schon früher ausprobiert?*

Dann hörte er, wie Pferdehufe über ihn hinwegdonnerten, obwohl er doch nirgendwo ein Pferd entdecken konnte. Donnern ... Donnern ... Als das unsichtbare Tier an ihm vorüberkam, streifte es ihn mit seinem endlosen, tiefschwarzen Schweif.

Greenfield holte die letzten Geldbündel aus dem Kasten. Er mußte jetzt schieben und drücken, um alles in der Tasche unterzubringen. »Da paßt kein Cent mehr hinein«, brummte er.
»Noch eine Minute bis zum Annahmeschluß!« ertönte dröhnend die Stimme des Ansagers.
»Das paßt ja auf die Minute genau«, lächelte Pat.
Greenfield beugte sich über die Tasche. »Du packst jetzt besser deine Kanone wieder in die Schachtel.«
Jessup stand direkt hinter ihm und erklärte: »Ja, natürlich. Du hast vollkommen recht.« Er hob den Lauf der Waffe, packte ihn mit beiden Händen, holte weit aus und ließ den Stahlkolben auf den Schädel seines Kumpanen krachen.
Vince fiel über die Tasche und rollte auf den Boden. Blut rann hinter seinem Ohr über den Hals. Seine Augen waren weit aufgerissen und starr.
»Das wären die ersten 333 333 Dollar«, lächelte Pat.
Die Gefangenen waren Zeugen dieses Mordes geworden. Unruhe machte sich unter ihnen breit. Sie strampelten und zerrten, um sich von ihren Fesseln zu befreien.
»Ruhe da unten«, befahl Jessup. »Es nützt mir gar nichts, wenn ich euch abknalle.«
Er legte die Maschinenpistole in die Blumenschachtel und schob sie unter seinen linken Arm. Mit der Rechten hob er die Geldtasche. Sie war nicht leicht, aber Jessup war ein kräftiger Mann. Er marschierte zur Tür, öffnete eine Hälfte, trat hinaus und ließ sie hinter sich ins Schloß fallen.
Auf dieser Etage wimmelte es von aufgeregten Menschen, die das Große Rennen nicht abwarten konnten. Das Geländer über dem Restaurant war von einer Men-

schenkette verdeckt. Männer, die sich nervös die Hände rieben oder eine Zigarette nach der anderen rauchten. Jessup kämpfte sich durch die Menge, fand einen Aufzug und fuhr nach unten.

COOPER

Die Blondine hieß Elsa Dorsey. Sie war neunundzwanzig, geboren in Macon und aufgewachsen in Philadelphia. Sie hatte auf verschiedenen Rennbahnen im Schalterdienst gearbeitet, bevor ihr Arthur Hudson über den Weg gelaufen war. Es war ihr nicht schwergefallen, ihn dazu zu bewegen, sein Talent für Wettscheinmanipulationen einzusetzen. Elsa hatte zweimal geheiratet und war zweimal geschieden. Und obwohl Hudson allmählich glaubte, daß Sex ihr keinen großen Spaß machte, wußte sie ihren Körper sehr genau als Waffe einzusetzen.

Als die Nachricht eintraf, daß man Elsa festgenommen hatte (sie hatte gerade mit einer Tasche voller Geld ihr Motelzimmer verlassen wollen), schrie Cooper vor Freude auf. Er übergab Arthur Hudson den beiden richtigen Polizisten, die auf seinen Anruf hin erschienen waren. Trotz der langen Tage und nahezu schlaflosen Nächte, die hinter ihm lagen, fühlte Cooper sich jetzt in Bestform. Er pfiff sogar vor sich hin.

Er fuhr ein Stockwerk tiefer, um wenigstens noch einen kurzen Blick auf Willie Denver zu werfen. Doch als er das Geländer erreichte und ins Restaurant hinuntersah, entdeckte er, daß Willies Tisch leer war.

»Annahmeschluß«, verkündete der Ansager. »Die Schalter schließen jetzt.«

Seinem sechsten Sinn folgend, der ihn wie jeden guten Polizisten auszeichnete, sagte sich der TRPB-Agent, daß etwas nicht stimmte. Das Große Rennen würde gleich beginnen, und die Menge befand sich bereits in außerordentlicher Erregung. Als Cooper an den Schaltern vorbeigekommen war, hatten nur noch wenige Wetter davorgestanden. Denver und sein schwergewichtiger Freund waren nicht darunter gewesen. Die Schalter wurden geschlossen. Alle Einnahmen befanden sich auf dem Weg in den Keller. Die Pferde wurden in die Startboxen gebracht. Denver und sein Freund müßten eigentlich an ihrem Tisch sitzen. Um an einem solchen Tag ohne besondere Einladung einen solchen Tisch zu bekommen, mußte man dem Oberkellner ein Trinkgeld zustecken, von dem eine mexikanische Familie sechs Monate lang leben konnte. Einen solchen Tisch gab man nicht grundlos kurz vor dem Großen Rennen auf. Nein, nicht grundlos.

Irgend etwas kribbelte auf Coopers Rücken, und in seinen Gedanken rumorte etwas, was er schon viel früher hätte wahrnehmen sollen. Er versuchte, sich darauf zu konzentrieren. Aber wie ein Schmetterling, den man mit einem Netz fangen will, entwischte der Gedanke immer wieder.

Die ganze Woche über und ganz besonders heute hast du dich nur um diesen Fälscher gekümmert, sagte sich Cooper. *Du hast an gar nichts anderes mehr gedacht. Du warst blind. Du hast alle anderen verdächtigen Entwicklungen außer acht gelassen. Wenn nun Arthur Hudson gar nicht das größte Problem dieser Woche war? Wenn sich die ganze Zeit hinter deinem Rücken etwas viel Größeres angebahnt hat?*

Kaum war ihm der letzte Gedanke gekommen, da wußte er, daß es so war. Die Luft roch mit einem Mal elektrisch aufgeladen.

Der Schmetterling tanzte immer noch hierhin und dorthin ...

... und dann bekam er ihn zu fassen.

»Oh, mein Gott!« stöhnte er.
Seit Teagartens Bericht hatte er in Denver nicht viel mehr gesehen als einen kleinen Verbindungsmann für irgendeinen Buchmacher; denn genau aus diesem Grund war Denver auf allen Rennbahnen registriert. Aber Teagarten hatte auch berichtet, daß Denver bereits zweimal wegen bewaffneten Raubüberfalls gesessen hatte. Sofort begriff der TRPB-Agent, daß Denver etwas in letzterer Hinsicht plante und hier keineswegs als windiger Buchmachergehilfe tätig war.
Aber was um alles in der Welt konnte man hier stehlen? Eine Rennbahn war besser gesichert als eine Schweizer Bank, und Century Oaks war darüber hinaus noch von Pro-Teck ausgerüstet worden. Hier wurden nicht, wie auf anderen Rennbahnen üblich, die gefüllten Geldsäcke einfach in den leeren Schacht geworfen, nein, nicht hier. Hier wurde der Geldtransport besonders gesichert. Wollte Denver mit seinem Kumpan einen Schalter ausrauben? Einen einzigen lausigen Schalter? Dort ein paar tausend Dollar erbeuten, dafür ein ungeheures Risiko eingehen . . . Litten sie so sehr unter Geldmangel, oder waren sie schlichtweg dämlich?
In diesem Moment sagte sich Cooper, daß er gar nicht wußte, ob Denver eigentlich kleine Spielsalons ausgeraubt hatte oder ob er an wirklich großen Unternehmungen beteiligt gewesen war?
»Die Pferde sind am Start«, verkündete der Ansager.
Das allgemeine Geschrei dämpfte sich zu einem leisen Plätschern. Alle im Restaurant saßen kerzengerade auf ihren Stühlen. Frauen spielten nervös mit ihren Tickets. Männer klopften unruhig mit den Fingern auf die Tischplatte.
Keine Zeit, sagte sich der TRPB-Agent. *Überhaupt keine Zeit. Wenn hier in irgendeiner Form ein Raubüberfall stattfinden soll,*

dann hat er schon stattgefunden oder geht in der nächsten Sekunde los ...

Panik stieg in ihm auf. Er wandte sich vom Geländer ab und eilte über die freie Fläche.

Und das blöde Feuer in den Stallungen kam Denver gerade gelegen. Vermutlich bin ich der einzige Wachmann auf dieser ganzen verfluchten Etage. Vielleicht sogar der einzige im ganzen Klubhaus!

Cooper blieb in der Menschentraube vor den Monitoren stecken. Er zögerte. Wo sollte er überhaupt nachsehen, falls Denver ein Verbrechen plante oder durchführte? Er fragte sich kurz, ob er nicht nur Gespenster sah. Dann fiel ihm der Display-Raum mit der einen Million Dollar in bar ein. Genau, das und nur das konnte Gauner anlocken. Er rannte, so schnell es ging, stieß empörte Fans beiseite und brüllte vor Enttäuschung, als er das Schild entdeckte, das an der Tür zum Display-Raum hing. GESCHLOSSEN verkündete es.

8
DAS GELD

Die Anzeigetafel präsentierte eine Menge interessanter Zahlen und Werte. Neben der Uhrzeit, der Temperatur, dem Wettstand, der Gewinnquote, der Plazierung der Pferde und den Namen der Jockeys verkündete sie die höchste Gewinnquote dieses Tages: 2340 Dollar für die richtige Exacta-Kombination im sechsten Rennen. Die Tafel führte außerdem die Wetteinsätze der ersten acht Rennen auf. Insgesamt 3 485 900 Dollar. Und darunter standen die Einsätze für das neunte, das Große Rennen, bei dem anscheinend jedermann plaziert hatte: 640 100 Dollar.

Bei Annahmeschluß zum neunten Rennen lagerten im Kassenraum 850 000 Dollar. Die Einsammler der einzelnen Etagen machten sich daran, weitere 640 000 Dollar in den Keller zu schicken.

SHERRED

Während des achten Rennens hatte Annie Sherred ihren Sitzplatz auf der Tribüne verlassen, wo sie den Großteil des Nachmittags verbracht hatte. Auf dem Weg zum Klubhaus nahm sie den gefälschten Presseausweis aus ihrer Handtasche und steckte ihn ans rechte Revers ihres Jacketts. Der uniformierte Wachmann vor dem Klubhaus lächelte sie an und zeigte ihr, ohne Fragen zu stellen, den Weg zu den oberen Stockwerken.

Im dritten Stock fand sie rasch die schwarze Tür mit der roten Aufschrift KEIN ÖFFENTLICHER ZUTRITT, schritt hindurch und begab sich wie selbstverständlich nach oben. Doch statt in den Presseraum eilte sie in das kleine Zimmer, schloß die Tür hinter sich und wartete auf den Annahmeschluß für das letzte Rennen.

Um Viertel vor sechs stand sie neben dem Fenster und spähte vorsichtig hinaus auf die Rennbahn. Als sie entdeckte, daß die Pferde in ihren Startboxen standen und auch sonst alles einen ganz normalen Eindruck machte, stellte sie sich direkt vor das Fenster, um Savestio das vereinbarte Signal zu geben.

Die ganze Zeit über beschlich sie die Furcht, die Tür könnte sich hinter ihr öffnen.

Doch niemand hatte in diesen Minuten in dem kleinen Raum etwas zu erledigen.

Annie mußte das Signal im rechten Moment geben, damit der Helikopter nicht zu früh auf dem Dach des Klubhauses landete. Ein Hubschrauber, der das Gelände überflog und dann auch noch auf dem Dach des Hauptgebäudes niederging, würde nicht lange unbemerkt bleiben. Wenn Savestio zu früh kam, wurde damit das Unternehmen stark gefährdet. Und wenn er zu spät erschien, war das eine genauso große Gefahr für sie.

Als eine ganze Minute verstrichen war, wandte sich Annie vom Fenster ab und ging zur Tür. Sie öffnete sie einen Spalt und erstarrte, als sie zwei richtige Polizisten und einen dritten Mann in der Halle entdeckte. Der Mann in Zivil wurde offenbar abgeführt. Er war klein und schmächtig, und für einen furchtbaren Augenblick lang hielt Annie ihn für Willie. War denn jetzt schon etwas schiefgegangen? Sie öffnete die Tür ein Stück weiter, um sich Klarheit zu verschaffen. Die Männer kehrten ihr den Rücken zu. Dann erkannte sie, daß der Kleine nicht Willie Denver sein konnte, denn er war schlampig gekleidet und trug einen zerknitterten Anzug von der Stange.

Als die drei verschwunden waren, verließ Annie den Raum und kehrte auf die vierte Etage zurück. Dort nahm sie den Fahrstuhl und ließ sich in den zweiten Stock befördern. Sie drängte sich durch die Menge und verließ das Klubhaus durch den Hauptausgang.

Sie war ständig darauf gefaßt, daß jemand ihr nachrufen oder gar eine feste Hand auf ihre Schulter legen würde.

Auf dem Parkplatz machte sie Pat Jessup aus. Er war gut fünfzig Meter von ihr entfernt und eilte über das Hitzeflimmern, das von dem sonnengebackenen Asphalt aufstieg. Sein Ziel war ein blauer Chevrolet, den er eine Stunde vor seinem Erscheinen auf der Rennbahn in Harrisburg in einer Seitenstraße gestohlen hatte. Vince Greenfield mußte schon in dem Wagen sitzen, denn Annie konnte ihn nirgendwo sehen.

Annie begab sich zu ihrem schwarzen Corvette, setzte sich

hinters Steuer, legte den Sicherheitsgurt an und startete den Motor. In diesem Moment begann sie am ganzen Körper so zu zittern, daß sie sich nicht mehr zutraute, den Wagen zu steuern.

SAVESTIO

Auf halbem Wege den Hang hinunter, kam Dominick Savestio plötzlich eine sehr lebendige Erinnerung an den Waldweg in Vietnam, wo er an den Stolperdraht gestoßen war und damit die Mine zur Explosion gebracht hatte. Er erschrak so sehr darüber, daß er stolperte und vornüberfiel. Dominick purzelte durch die Brombeerranken, wedelte hilflos mit den Armen durch die Luft und schrie jedesmal auf, wenn die Dornen ihn an den Armen oder im Gesicht verletzten. Er bekam ein Büschel Lorbeer zu fassen und hielt sich daran fest. Die Blätter rissen unter seinem Griff ab und bedeckten seine Hände mit ihrem grünen Saft. Die dünnen Zweige rissen auseinander. Savestio rollte weiter, prallte gegen einen Fels und schlug mit dem Kopf daran. Schwärze machte sich in seinem Bewußtsein breit.

Er kam mit Mühe auf die Knie und hielt sich wie ein Bergsteiger an dem Stück Stein fest. Er hatte Schwierigkeiten, zu Atem zu kommen. Ein tonnenschweres Gewicht schien auf seiner Brust zu lasten. Er zog sich an dem Fels hoch. Als er wieder auf den Füßen stand, schaffte er nur ein paar Schritte, dann gaben die Beine unter ihm nach.

Blut rann über sein Gesicht. Er mußte auf der Stirn eine Platzwunde haben. Das Blut drang in sein rechtes Auge und vermischte sich mit den Tränen. Als diese Mischung in seinen Mund lief, mußte er würgen.

Er war benommen, und alles tat ihm weh. Er wollte nie wieder aufstehen.

Zweihundert Hektar, schoß es ihm plötzlich durch den Kopf. Hämmerte und hämmerte in seinem schmerzenden Schädel.
Er kam wieder hoch und stolperte weiter den Hang hinunter.

GARRISON

Leroy Franson, der schwarze Buchhalter, entgegnete: »Aber Sie können uns doch nicht alle sechs in den Tresor sperren!«
»Halten Sie endlich den Mund und bewegen Sie Ihren Hintern«, fuhr Edgar Garrison ihn an. Er hielt den Lauf der Browning auf den Farbigen gerichtet. »Uns bleibt nicht die Zeit, Sie alle zu fesseln. Also bleibt Ihnen nur die Wahl, Tresor oder Kugel in den Kopf. Entscheiden Sie sich bitte schnell.«
»Aber für sechs Personen gibt es im Tresor nicht genügend Sauerstoff.«
»Ach was, es wird schon reichen!«
»Wir überleben keine Viertelstunde!«
»Das ist mehr als genug«, sagte Garrison. »In zehn Minuten wimmelt es hier von Wachmännern und Polizisten. Die holen Sie schon wieder raus.«
Die vier anderen Rennbahnangestellten und Roy Aspin standen hinter Franson. Anscheinend hatten sie ihn zu ihrem Sprecher erkoren. Andererseits wirkten sie fassungslos über die Kühnheit des Chefbuchhalters.
»Ich weigere mich . . .«, erklärte der Farbige.
Zu seiner eigenen Verwunderung schlug Garrison dem Mann den Griff seiner Waffe ans Kinn. Der Farbige spuckte Blut.
»Bewegen Sie sich, verdammt noch mal!« knurrte Edgar.

Edgar wußte, daß er jetzt seine Nerven behalten mußte. Eine so komplexe Unternehmung wie die ihre mußte geradezu Überraschungen und unvorhergesehene Probleme mit sich bringen. Und dennoch hatte ihn die Erschießung des eigenartigen Fremden, der so plötzlich mit Aspin in den Kassenraum gekommen war, fast aus dem Gleichgewicht gebracht. Seine Nerven waren immer noch angespannt. Er fragte sich wieder und wieder, wie die Bankräuber vor sechzehn Jahren auf eine so unerwartete Wendung reagiert hätten.

Widerstrebend drängten sich der Chefbuchhalter und die fünf anderen in den Tresor. Sie paßten gerade noch alle dort hinein.

Edgar schob die schwere Tür hinter ihnen zu und drehte das Rad. Der Tresor war versperrt.

In weniger als fünfzehn Minuten hat man sie gefunden und befreit, sagte er sich.

Er marschierte zu seinen Freunden. Willie war gerade damit fertig geworden, die Säcke auf die beiden Wäschekarren zu laden.

»Alles klar?« fragte Edgar.

»Nach meiner Uhr dürfte jeden Moment Annahmeschluß sein«, sagte Velinski. Er bewachte die drei Männer, die gebunden und geknebelt am Boden lagen. Mit seiner Waffe hielt er die zwei Wachmänner von Melkins-Peterson in Schach, die man nicht gefesselt, aber entwaffnet hatte. »Ihr zwei kommt mit uns«, erklärte Lou ihnen jetzt.

Sie nickten, zeigten aber eine finstere Miene.

Willie und Edgar schoben die Karren aus dem Kassenraum.

»Wartet auf mich«, sagte Velinski.

»O Gott!« spielte Willie den Entsetzten. »Du hast so viel Geld dabei, daß dich schon keiner vergessen wird!«

Einer der Uniformierten mußte einen Karren zum West-

ende des Korridors schieben. Lou folgte ihm und hielt ihm seine Pistole ins Kreuz.
Edgar und Willie machten sich mit dem anderen Wachmann auf den Weg zum Ostende. Sie kamen an dem Toten vorbei.
»Hältst du es für klug, ihn hier liegen zu lassen?« fragte Edgar. »Wenn jemand zufällig hier vorbeikommen sollte . . .«
»Hier ist zuviel Blut«, antwortete der kleine Mann. »Auch wenn wir die Leiche verstecken, die Blutflecke bleiben. Darum können wir uns jetzt nicht mehr kümmern. Also bleibt der Tote auch hier.«
Garrison nickte.
»Bist du okay?«
»Alles bestens.«
Der Uniformierte stieg mit dem Karren in den Aufzug. Garrison folgte ihm. Willie blieb auf dem Gang zurück. Die Einsammler auf den Etagen waren es gewohnt, daß ein in Zivil gekleideter und ein uniformierter Mann im Fahrstuhl das Geld entgegennahmen. Ein dritter Mann hätte sie mißtrauisch gemacht.
»Alles läuft wie im Bilderbuch«, lächelte Willie. Er schien Garrisons Unruhe zu spüren.
»Ja, bis jetzt.«
Die Aufzugtüren glitten zu. Sie fuhren hinauf ins Erdgeschoß. Edgar erklärte dem Gefangenen: »Ich habe die Pistole in meiner Jackentasche. Sie ist entsichert und geladen. Wenn Sie nur den Mund aufmachen, drücke ich ab.«
»Werden Sie bloß nicht nervös«, entgegnete der Uniformierte. »Ich bin nicht der Typ, der unbedingt den Helden spielen will. Davon abgesehen, fassen wir Sie über kurz oder lang sowieso.«
Die Türen glitten auf.
Draußen stand der Einsammler. Er war ein kurzer, stämmiger Mann mit Stirnglatze und buschigen Koteletten. Er lä-

chelte und warf den Geldsack den Männern zu. Der Uniformierte nahm den rosafarbenen Zettel entgegen. Der Einsammler schien gar nicht bemerkt zu haben, daß dieser Aufzug von unten und nicht wie sonst üblich von oben kam. Vermutlich war er froh, das letzte Rennen hinter sich zu haben und freute sich schon auf seinen Feierabend. »Diesmal haben wir sicher ein Vermögen gemacht«, erklärte er. Nicht die leiseste Spur von Mißtrauen war in seiner Stimme.
Die Türen schlossen sich.
Der Fahrstuhl setzte seine Reise fort.
Es funktionierte.
Aber uns erwarten sicher noch weitere Überraschungen, sagte sich Edgar.

FRANSON

Nach einigen Sekunden des Schweigens im dunklen Tresor, sagte einer der Angestellten: »Meine Güte, Mr. Franson, Sie haben ja wirklich Talent, Sie hätten Schauspieler werden sollen!«
»Reif für den Oscar«, bemerkte ein anderer.
»Immerhin habe ich mir dabei eine aufgeplatzte Lippe eingehandelt«, sagte Franson. »Aber ich schätze, das war es wert.«
Ein anderer brummte: »Ein Spaziergang wird es trotzdem nicht. Schließlich stehen wir hier so eng wie die Ölsardinen.« Er grunzte, als jemand sich bewegte und ihm dabei den Ellbogen in den Bauch rammte.
Roy Aspin räusperte sich nervös. Seine Stimme klang rauh, als er fragte: »Kann mir, zum Donnerwetter, vielleicht mal jemand erklären, worüber hier eigentlich geredet wird?«
Der Chefbuchhalter blinzelte angestrengt in die Dunkel-

heit, konnte aber beim besten Willen nicht einmal die Silhouette des Publicity-Chefs ausmachen: »Irgendwo in einem dieser Fächer hängt ein Telefon.«
»Großer Gott, wo denn?« wollte Aspin wissen.
»Ich versuche gerade, mich zu erinnern«, antwortete Franson. »Ich leide an Klaustrophobie, und die Dunkelheit tut ein übriges, ich kann mich kaum orientieren . . .«
Etwas klapperte zu seiner Linken, und eine Stimme verkündete: »Ich habe es! Direkt hier neben meinem Kopf.«
Bevor Franson etwas sagen konnte, wurde der Hörer schon durchgereicht und landete schließlich in seiner Hand. Er drückte auf die Tastatur, die im Hörer eingelassen war, und wartete auf die Vermittlung. Doch er hörte nur statisches Brummen. Er drückte alle möglichen Knöpfe, doch er erhielt keine Verbindung.
»Was ist denn los?« erkundigte sich Aspin.
»Gottverdammte Schlampe!« schimpfte der Farbige. »Während die Rennen laufen, gibt es so gut wie keine Anrufer, die verbunden werden wollen. Die Damen und Herren der Vermittlung nutzen diese paar Minuten gern, um ihren Platz zu verlassen und sich irgendwo einen Happen zu essen oder eine Cola zu kaufen.«
»Und Sie glauben, die Frau in der Vermittlung ist gerade unterwegs?« fragte Aspin enttäuscht.
Franson drückte wieder auf ein paar Knöpfe. Dann sagte er: »Ich fürchte, ja.«
Eine Minute verging.
Eine zweite.
Die Wände und die Decke schienen näher zu rücken.
Immer noch keine Verbindung.
»Ich bringe sie um, sobald ich hier raus bin!« murmelte Aspin.
»Da müssen Sie warten, bis Sie an der Reihe sind«, knurrte Franson.

9
GARRISON

Edgar und der Melkins-Peterson-Wachmann verließen auf der vierten Etage den Aufzug. Garrison schickte ihn zu Willie in den Keller zurück.

»Was ist denn los?« fragte der hiesige Einsammler, der sich diese Abweichung von der Routine nicht erklären konnte.

Edgar zeigte ihm seine Browning, denn er wußte, daß er dem Mann keine dumme Geschichte erzählen konnte.

»Dreizehn Schuß«, erläuterte er kalt. »Und ich bin ein guter Schütze. Eine für Sie, für jeden Ihrer Verkäufer und Kassierer eine und schließlich eine für meinen Freund hier in der Uniform.«

»Was ... wieso?« stammelte der Einsammler.

»Sie brauchen die Gründe nicht zu erfahren«, unterbrach ihn Garrison. »Sorgen Sie lediglich dafür, daß in den nächsten Minuten hier alles ruhig bleibt.« Er warf einen Blick durch ein Türfenster ins Restaurant. »Alle Gäste verfolgen das Rennen. Sogar die Mädchen vom Pony-Expreß-Dienst. Solange das so bleibt, kommt auch niemand zu Schaden.« Er sah den Mann streng an. »Haben Sie mich verstanden? Sie wollen doch wohl nicht ein Blutbad auf dem Gewissen haben, oder?«

Der Einsammler war schlank und trug einen Schnurrbart und einen Spitzbart. Er schüttelte den Kopf. Zusammen mit dem Spitzbart wirkte sein Gesicht wie ein Ausrufezeichen. Er schluckte so laut, daß Garrison fürchtete, selbst im Restaurant würden alle darauf aufmerksam.

Der Fahrstuhl öffnete sich, und Willie Denver stieg aus.

»Jetzt sind es schon zwei Pistolen«, erklärte Edgar dem Einsammler. Die Kassierer und Verkäufer waren mittlerweile auf die Szene aufmerksam geworden, verhielten sich aber abwartend. »Zwei Waffen. Sechsundzwanzig Schuß.« Garrison fühlte sich beobachtet. Die Rennbahnangestellten starrten ihn an wie eine Kobra. »Sie haben zwei Möglichkeiten, von hier fortzukommen. Entweder mit dem Fahrstuhl oder durch das Restaurant. Doch gleich, für welchen Weg Sie sich entscheiden, Sie müssen an mir vorbei. Versuchen Sie es lieber gar nicht erst.« Er redete auf die Angestellten ein, sagte immer wieder das gleiche, denn er wußte: solange sie ihm zuhörten, konnten sie kaum auf dumme Gedanken kommen.

Eine Glocke ertönte.

Edgar fuhr zusammen.

»Da rennen sie hin!« verkündete der Ansager.

VELINSKI

Als Lou Velinski mit seinem Uniformierten am Westende der vierten Etage aus dem Fahrstuhl stieg, ließ er seinen Gefangenen vorausgehen und den Wagen schieben. Lou folgte ihm dichtauf und hätte ihn bei der geringsten falschen Bewegung sofort niedergeschossen.

Der nicht ungefährliche und eilige Marsch den langen Korridor hinunter verlief so reibungslos, daß Lou die Vorstellung gewann, er bewege sich nach einem Drehbuch. Er fragte sich, wer ein solches Drehbuch verfassen konnte, wer so viel Gespür für Abläufe hatte. Herrmann Mankiewicz oder Lillian Hellman? Nein, es mußte jemand sein, der sehr talentiert war, aber auch eine Vorliebe für Actionszenen besaß. Vielleicht William Goldman? oder David S. Ward. Oder Peter Stone.

Velinski hielt seine Browning bereit, aber er brauchte sie nicht einzusetzen. Sie kamen an verlassenen Büros und

Abstellkammern vorbei. Trotz der Lotterie und des Großen Rennens arbeitete an einem Samstag niemand aus der Verwaltung länger als vorgeschrieben. Die Türen der Aufenthaltsräume für Angestellte standen zwar auf, aber jeder darin schien nur Augen für das Hauptrennen des Tages zu haben. Auch die Reporter hatten offenbar keine Zeit, sich um das zu kümmern, was hinter ihrem Rücken auf dem Gang vor sich ging.

Als sie den Horsemen's Club erreichten, verkündete der Ansager gerade den Start der Pferde.

»Keine Zeit zum Herumtrödeln«, flüsterte Lou seinem Gefangenen zu.

Sie betraten den Horsemen's Club. Bis auf die Männer und Frauen an den Schaltern — die von Edgar und Willie in Schach gehalten wurden —, bekam niemand von den Gästen mit, daß unerwünschter Besuch erschienen war. Alle starrten wie gebannt auf das Rennen über fünf Viertelmeilen.

Als sie zwei Drittel des großen Raums durchquert hatten, kam Edgar zu ihnen und bedeutete dem Uniformierten, sich zu den anderen zu stellen. Der Melkins-Peterson-Wachmann zögerte, gehorchte dann aber rasch, als Lou ihm die Pistole an die Nieren hielt.

»*Moonlighter* liegt mit einer Kopflänge in Führung, dicht gefolgt von *Mike's Daughter. Shadow Show* holt auf der Außenbahn auf!« verkündete der Ansager enthusiastisch.

Lou schob den Wäschekarren bis zur Dachtür. Edgar überließ es Willie, alle Angestellten und Uniformierten im Auge zu behalten und half Velinski, die Karren nach oben zu befördern. Sie schoben und trugen den Wagen die Stufen hinauf, mußten noch eine Tür öffnen und standen dann auf dem Dach.

Der Hubschrauber war noch nicht da.

»Er kommt sicher gleich«, sagte Edgar.

»Wollen wir's hoffen.«
Sie eilten die Stufen hinunter zurück zum Horsemen's Club.
Das bringt mich noch um, dachte Lou. Sein Herz donnerte wie Urwaldtrommeln in einem *Tarzan*-Film.
Der Ansager befand sich an der Grenze zur Hysterie: »Nun übernimmt *Shadow Show* die Führung, und *Ironclad* schiebt nach vorn, um zweiter zu werden. Um den dritten Platz findet ein Kopf-an-Kopf-Rennen zwischen *Mike's Daughter* und *Moonlighter* statt!«
Edgar und Lou beförderten keuchend den zweiten Karren aufs Dach. Am Ende ihrer Kräfte stellten sie ihn neben den ersten.
Selbst hier oben entkamen sie dem Geschrei des Ansagers nicht. »Und jetzt kommt *Shadow Show! Shadow Show!* Um eine Nasenlänge in Führung! *Shadow Show* macht das Rennen!«
Willie kam die Treppe heraufgerannt. »Wo bleibt der gottverdammte Helikopter?« Er hüpfte hierhin und dorthin, als hätte sich der Hubschrauber hinter seinen Kumpanen versteckt. »In einer Minute ist hier die Hölle los!«
Willies letztes Wort ging im Dröhnen einer großen Maschine unter. Vier Räder berührten das Dach. Die Drehflügel wirbelten ohrenbetäubend durch die Luft und hätten die Wartenden fast von den Füßen gerissen. Die Nottür an der Seite des Kaman Huskie glitt automatisch auf.
Edgar und Lou rannten mit eingezogenen Köpfen zu der Luke und hoben die Karren nacheinander hinein.
Velinski war blau und rot angelaufen. Er ächzte und keuchte und dachte dabei: *Gott, so ist es in den Filmen nie! In den Filmen geht immer alles so einfach!*

Die Vermittlung war immer noch nicht besetzt.
»Umbringen ist noch viel zu gut für sie«, schimpfte Roy Aspin. »Wir sollten sie vorher noch ausgiebig foltern!«
Franson drückte immer noch Knöpfe. Er konnte sich nicht mehr erinnern, wann er damit angefangen hatte.
»Hallo?« meldete sich plötzlich eine weibliche Stimme.
Der Chefbuchhalter wollte seinen Ohren nicht trauen. »Minerva?« erkundigte er sich vorsichtig.
»Was ist denn da los?« wollte die Frau wissen. »Wer auch immer da dran ist, hören Sie auf damit, an den Knöpfen herumzuspielen!«
Franson hörte auf, an den Knöpfen herumzuspielen. Gefaßt sagte er: »Minerva, hier spricht Leroy Franson.«
»Oh, hallo«, erwiderte sie erfreut.
»Minerva, verbinden Sie mich auf der Stelle mit dem TRPB-Büro im Hause. Danach rufen Sie die Staatspolizei an und erklären ihr, daß wir ...«
»Die Polizei? Wozu das denn?«
»Man hat uns ausgeraubt«, antwortete der Chefbuchhalter immer noch gefaßt. »Und man hat uns ...«
»Ausgeraubt ...«
»Minerva! Man hat mich und fünf weitere Herrschaften im Tresor des Kassenraums eingesperrt«, fuhr Franson fort. »Drei Männer sind erschienen und haben uns um die Tageseinnahmen erleichtert, und ...«
Minerva kicherte. »Leroy, für was für eine dumme Gans halten Sie mich eigentlich?« Sie kicherte wieder und legte kurz den Hörer beiseite.
Franson konnte nicht mehr an sich halten. Verschlimmernd kam hinzu, daß seine Klaustrophobie ihren Höhepunkt erreichte. »Minerva! Sie blöde Kuh!« brüllte er. »Machen Sie die Ohren auf und schalten Sie ausnahmsweise

einmal Ihren Verstand ein! Ich mache keine Witze! Man hat uns ausgeraubt! Ausgeraubt! Überfallen! Ausgenommen! Kapiert? Stellen Sie mich jetzt endlich zum TRPB-Büro durch und rufen Sie dann die Polizei an!«
»Ich muß schon sehr bitten«, entgegnete die Frau ungehalten. »Das ist noch lange kein Grund, unverschämt zu werden. Ich verbinde Sie jetzt mit dem Sicherheitsdienst.«

COOPER

Als er im Display-Raum den Toten und die Gefesselten entdeckte, machte sich Henry Cooper gar nicht erst die Mühe, die fünf Personen loszubinden. Er rannte nach draußen und stürmte durch die Halle zum nächsten Telefon. Er mußte bis zur Saddle-Bar. Er riß den Hörer von der Gabel und wählte.
Minerva war offenbar nicht da.
»Verdammte Scheiße!«
Da er keine Lust hatte, zehn Minuten oder länger auf ihre Rückkehr zu warten, ließ Cooper den Hörer fallen und eilte aus der Bar. Draußen traf er auf einen Melkins-Peterson-Wachmann und teilte ihm mit, wie es im Display-Raum aussah. Dann rannte er die Treppe hinunter, bis er im Erdgeschoß des Klubhauses angelangt war. Er verließ das Gebäude durch den Angestellteneingang und lief über den Sattelplatz, wo die Pferdejungen und -mädchen gerade Pferdemist aufkehrten und in eine Tonne kippten.
»*Moonlighter* liegt um eine Kopflänge vorn. Gefolgt von *Mike's Daughter*. Und auf der Außenbahn schiebt sich *Shadow Show* nach vorn!« rief der Ansager.
Zwanzig Minuten vor ihrem Start wurden die Pferde auf den Sattelplatz geführt. Ein hell beleuchteter Tunnel führte von den Stallungen hierher. Man brachte die Tiere

durch den Tunnel und führte sie nach ihrem Rennen auf dem gleichen Weg wieder zurück.
Coopers Schritte hallten wie Schüsse aus einem Schrotgewehr durch den Tunnel, konnten aber die laute Stimme des Ansagers nicht übertönen. Als er den Tunnel wieder verließ und unweit der TRPB-Büros ans Tageslicht gelangte, hörte Cooper wieder den Ansager:
»*Shadow Show* um eine Nasenlänge! *Shadow Show! Shadow Show* macht das Rennen!«
Stark gerötet, keuchend und schwitzend stürzte Cooper in den Aufenthaltsraum seiner Organisation. Zwölf Männer waren dort an ihren Schränken beschäftigt. Sie hielten entweder ihre Waffen in den Händen oder schoben sie gerade ins Holster unter dem Arm. Cooper entdeckte Teagarten und packte ihn: »Bud, Bud, man ... man hat uns überfallen!«
»Wissen wir«, antwortete der Mann.
»Sie wissen Bescheid über den Display-Raum?« entfuhr es Cooper. Er konnte sich nicht erklären, wie die Meldung vor ihm hier angekommen war.
»Display-Raum?« Teagarten sah ihn mit großen Augen an.
»Die ausgestellte Million in bar. Alles fort!«
»Großer Gott!« stöhnte Teagarten. »Die Burschen haben gründliche Arbeit geleistet!«
»Was denn noch?« wollte Cooper wissen.
»Sie haben den Kassenraum im Keller ausgeräumt«, antwortete Teagarten. »Und sie haben vermutlich auch noch die Einnahmen des letzten Rennens eingesackt.«
Cooper fühlte sich wie betäubt. »Sie sprechen von nahezu hundert Kilo Geld ... wie um alles in der Welt sollte jemand diese Menge von hier fortschaffen können?«
»Mit einem Helikopter«, erklärte Teagarten. »Ein riesiger verdammter Hubschrauber ist über die Stallungen herangekommen und vor wenigen Sekunden auf dem Dach des Klubhauses gelandet.«

Cooper griff nach seiner eigenen Waffe und hörte jetzt zum erstenmal in einiger Entfernung die Geräusche eines Helikopters. Er rannte hinter Teagarten nach draußen.

GARRISON

Sobald die beiden Karren voller Geld im Hubschrauber standen, überstieg Edgar die Trennwand zwischen dem Laderaum und der Kanzel, nahm auf dem Kopilotensitz Platz und schnallte sich an.
»Alles glattgegangen?« rief Savestio.
»Bis jetzt, ja!«
»Dann nichts wie fort von hier!«
Dominick hatte eine große Platzwunde auf der Stirn. Getrocknetes Blut klebte auf seinem Gesicht.
»Was ist denn mit Ihnen geschehen?« erkundigte sich Garrison.
»Bin ausgeglitten. Auf dem Hang. Hätte fast das Bewußtsein verloren.«
Garrison machte ein besorgtes Gesicht.
»Ist aber schon wieder gut.«
»Sind Sie sich da sicher?«
»Ein klein wenig benommen«, entgegnete Dominick. »Aber das geht vorbei.«
Edgar drehte sich um und sah, wie Lou Willie in den Frachtraum half. »Alles an Bord!« erklärte er dem Piloten. »Starten Sie!«
Mit einem gewaltigen Schub hob der Kaman Huskie ab. Er stieg wie eine Hummel höher, die alle Luftströmungen ausnutzt. Der Helikopter stand für einen Moment in der Luft und bog dann zu den Stallungen ab, auf die Reihe der Eichenbäume zu.
»Zwei Millionen?« fragte Savestio.

»Mindestens!«
»Alles glattgegangen?«
»Das haben Sie eben schon gefragt?«
»Tatsächlich?« Dominick wischte sich mit einer Hand über die Augen. Danach klebte Blut an seinen Fingern.
Als sie die Stallungen überflogen, eröffneten unter ihnen etwa zwanzig Männer das Feuer auf sie.
»Verdammte Idioten«, brummte Savestio. »Wenn sie uns gut genug treffen, stürzen wir genau auf die Tiere in ihren Boxen!«
Kugeln prallten vom Metall des Hubschraubers ab und platzten lautstark gegen die zweieinhalb Zentimeter dicke Kuppel aus Plexiglas. Direkt vor Edgars Brust wurde ein Loch ins Plexiglas geschlagen. Aber das Material zersplitterte nicht.
Savestio ließ den Helikopter zwanzig, dann dreißig Meter höher steigen. Sie hatten die Stallungen jetzt überflogen und näherten sich dem Höhenzug und dem Wald. Dahinter wartete auf einer Lichtung der Mazda.
Garrison hielt sich krampfhaft am Rand seines Sitzes fest. Der Hubschrauber flog mit der Nase nach unten, und diese ungewohnte Perspektive rief bei ihm Brechreiz hervor. Er wagte es kaum zu atmen, als der Wald unter ihnen vorbeihuschte. Dann atmete er jedoch sehr scharf ein, als der Helikopter einen engen Bogen zog. Er warf einen beunruhigten Blick auf den Piloten. Savestio war über dem Steuer zusammengebrochen. Er erinnerte in seiner Haltung an einen hilflosen Betrunkenen am Steuer eines rasenden Wagens.
Er ist ausgeglitten! Warum mußte er am Hang ausrutschen? dachte Edgar bitter. *Ist das die gottverdammte Überraschung, die noch kommen mußte? Was für ein Witz des Schicksals! Ein Mann gleitet aus! Nach all dem, was wir durchgemacht haben, soll es jetzt daran scheitern? Nein, das ist nicht fair!*
Er beugte sich so weit zur Seite, wie es seine Gurte zulie-

ßen, und packte Dominick an der Schulter. Er schüttelte ihn. Brüllte ihn an.
Savestio hatte das Bewußtsein verloren.
Der Helikopter ächzte unangenehm und verlor an Höhe.
Er streifte die Wipfel.
Die Lichtung tauchte auf.
So weit sind wir gekommen, dachte Edgar.
Er hörte, wie Willie irgend etwas schrie, was er jedoch nicht verstehen konnte.
»Dominick!« Edgar stand kurz vor einer Panik.
Savestio hing schlaff in seinen Gurten.
»Die Steuerung!« rief Denver. Er steckte seinen Kopf in die Kanzel. Seine Oberlippe war aufgeschlagen, und seine Zähne waren rot vor Blut. »Übernimm doch die verdammte Steuerung!«
»Ich kann keinen Hubschrauber fliegen!« schrie Garrison.
Kurz vor dem Rand der Lichtung verhedderten sich die Räder des Kaman Huskie in den Ästen der höheren Bäume. Metall kreischte. Splitter pfiffen schrill. Die Männer im Helikopter kamen sich vor wie in einem umstürzenden Panzer. Der Kaman Huskie machte in der Luft einen Looping, gelangte über die Lichtung und stand dann wie eine Mondrakete dreißig Meter über dem Boden auf seinem Schwanz.
Garrison sah den Himmel. Sah nichts anderes als Himmel, wohin er auch blickte.
Raus! Nichts wie raus hier!
Angesichts des Todes und nur von dem Wunsch beseelt, hier hinauszukommen, zerrte er an seinen Gurten. Er wollte sich von ihnen lösen, dann die Tür öffnen und nach unten springen, bevor der Hubschrauber aufprallen konnte. Ja. So mußte es gehen. Nur so konnte es gehen. Warum war ihm diese Idee nicht früher gekommen? Warum ließ sich dieser elende Gurt nicht öffnen?

Und dann sauste plötzlich der Boden auf den Helikopter zu. Das Heck schlug auf, knickte um und krachte in die Tragfläche. Die Drehflügel wühlten die Erde auf und wurden abgerissen. Die ganze Welt verwandelte sich in ein Tohuwabohu von Krachen, Reißen und undefinierbarem Getöse.

KILLIGAN

Als er im dritten Stockwerk des Klubhauses aus dem Fahrstuhl stieg (wenige Minuten nach dem Großen Rennen), fand sich Jack Killigan inmitten eines lärmenden Chaos wieder. Hunderte von Männern und Frauen hatten einen dichten Belagerungskordon vor den Auszahlungsschaltern gebildet und machten Miene, die Fenster zu stürmen. Sie fuchtelten mit Wettscheinen herum, brüllten, kreischten, drohten, wedelten mit den Händen in der Luft herum, stießen Flüche aus, wie Killigan sie zum Teil noch nie gehört hatte, und bedrohten die Melkins-Peterson-Wachleute, die allesamt sehr blaß und angespannt wirkten. Die meisten von ihnen überlegten wohl, daß sie ohne Gewaltanwendung die Menge nicht mehr lange zurückhalten konnten. Natürlich war es undenkbar, von der Schußwaffe Gebrauch zu machen, aber die Situation spitzte sich zu. Killigan hatte so etwas noch nie auf einer Rennbahn erlebt. Die Liebhaber von Pferderennen gehörten zu den gesittetsten und wohlerzogensten aller Sportarten. Doch die Masse hier schien dieses Urteil widerlegen zu wollen. Heute war alles anders. Heute schienen die Fans durchzudrehen.
Killigan hatte erhebliche Mühe, zu der Treppe zu gelangen, die ihn eine Etage höher zu seinem Büro führte. Vor der Tür stieß er auf Roy Aspin. »Was um alles in der Welt geht denn hier vor?« fragte er den Publicity-Chef.

»Wo haben Sie denn die ganze Zeit gesteckt?« fragte Aspin außer Atem zurück. »Alles geht hier drunter und drüber. Ich war eben im Kassenraum. Man hat uns ausgeraubt. Und jetzt haben wir kein Geld mehr, um die Gewinne auszuzahlen. In ein paar Minuten schlagen die Besucher hier alles kurz und klein!«
Jack packte den Mann an der Schulter. Die Nachwirkungen der Drogen machten ihn immer noch matt, und so war sein Griff nicht sehr fest. Aber er reichte aus, um Roy zum Schweigen zu bringen. »Ich habe kein Wort verstanden. Also beruhigen Sie sich und erzählen Sie mir alles der Reihe nach.«
Aspin berichtete, was vorgefallen war. Er begann mit den drei Männern, die den Kassenraum überfallen hatten, kehrte dann zurück zum Feuer in den Stallungen und kam endlich zum Raub im Display-Raum. Er sprach so hastig, daß seine Stimme sich fast überschlug.
Als Killigan das Ausmaß der ganzen Sache erkannte, ließ er sich hinter seinem Steinway-Schreibtisch in den Sessel fallen. Er befand sich in einer furchtbaren Katastrophe. Schlimmer als alles, was ihm je auf einer Rennbahn widerfahren war. Schlimmer auch als alle Alpträume unter Drogen.
»Was sollen wir nur tun?« fragte der Publicity-Chef.
Ohne ihm eine Antwort zu geben, nahm Killigan den Telefonhörer und rief den Küchenchef der auf Century Oaks stationierten M.-Stevens-Imbißstände an. »Peter, wieviel Wein haben Sie noch auf Lager?«
»Was für Wein?«
»Roten, weißen, ganz egal, wie viele Flaschen?«
»Tausend. Vielleicht elfhundert.«
»Das müßte reichen.«
»Wofür?«
»Öffnen Sie alle Flaschen. Trommeln Sie alle Kellner zusammen, auch die, die gerade Pause haben. Wir veranstal-

ten eine Party mit freiem Wein für alle Gäste, die sich noch im Haus aufhalten.«

»Freier Weinausschank?« erkundigte sich Peter erstaunt.

»Wir haben hier etwa dreitausend Personen, die einen Gewinnschein einlösen wollen. Aber im Moment stehen uns zu wenig Mittel zur Verfügung, sie auszuzahlen. Ich möchte nicht, daß es hier zu häßlichen Szenen kommt, nicht wahr? Wir wollen sie glücklich und zufrieden halten, bis ich irgendwo Geld besorgt habe. Sobald ich eingehängt habe, rufe ich in der Saddle-Bar an und ordne an, daß dort Drinks auf Kosten des Hauses ausgegeben werden. Damit und mit Ihrem Wein dürften wir die Meute für eine Weile ruhig halten.«

»Die Rennbahngesellschaft wird uns doch wohl die Kosten erstatten, oder?«

»Ja, und jeden Ihrer Kellner mit einer hübschen Prämie glücklich machen«, antwortete der Manager. »Und nun bringen Sie die Räder ins Rollen, ja?«

»Bin schon dabei«, sagte Peter.

Killigan hängte ein. Seine Hände zitterten. Kalte Schweißperlen rannen langsam sein Rückgrat hinunter und erreichten seinen Hintern.

»Eine Wahnsinnsidee!« lobte Aspin. »Ich gehe sofort hinunter und verkünde allen die frohe Botschaft. Freie Getränke! Das sollte ihnen die Wartezeit versüßen.« Er eilte aus dem Büro und lächelte erleichtert.

Nachdem Jack den Chef der Saddle-Bar informiert hatte, rief er den Präsidenten der Harrisburg-Bank zu Hause an. Century Oaks wickelte alle Bankgeschäfte über dieses Institut ab. Es war zwar Wochenende, und die Bank hatte geschlossen, aber Killigan konnte dem Präsidenten dennoch die Zusicherung abringen, eine halbe Million Dollar zusammenzubringen und zur Rennbahn zu schaffen. In anderthalb Stunden sollte das Geld angekommen sein.

Jack hatte gerade eingehängt, als ein Polizeibeamter in sein Büro kam, um ihn zu befragen. Er war groß und gepflegt und hatte ein breites, eckiges Kinn. »Wir brauchen Täterbeschreibungen, um die Fahndung einzuleiten«, erklärte er.
»Sie wollen doch wohl hoffentlich nicht meine Daten«, antwortete Killigan. Er rief den Kassenraum und den Display-Raum an. »Wenden Sie sich bitte dorthin. Dort finden Sie Personen, die Zeugen der Überfälle waren. Sie können Ihnen sicher mehr sagen als ich.«
»Vielen Dank, Sir.« Der Mann wandte sich zur Tür.
»Einen Augenblick, bitte«, rief Jack ihm nach.
Der Polizist drehte sich um.
»Was unternehmen Sie eigentlich im Augenblick?«
»Sir, die Meldung vom Überfall ist erst vor fünfzehn Minuten bei uns eingegangen«, verteidigte sich der Polizist.
»In einer Viertelstunde gehen unsere Hubschrauber in die Luft. Und in zehn Minuten kann ich die Täterbeschreibungen über Funk durchgeben.«
»Verstehe.«
»Die Bande kommt nicht weit.«
»Das hoffe ich.«
Der Polizist verließ das Büro.
Aspin erschien kurz darauf, um vom Erfolg seiner Bemühungen zu berichten: »Erstaunlich«, rief er atemlos, »einfach unglaublich. Der Wein und die Drinks vollführen wahre Wunder. Dann ist irgendwie die Nachricht vom Überfall durchgesickert. Die Leute sind ganz aus dem Häuschen. Alle trinken, und jeder weiß den Gerüchten noch seine eigene Darstellung der Ereignisse hinzuzufügen. Die perfekte Kombination. Noch vor ein paar Minuten standen wir hier kurz vor dem Ausbruch eines Aufstands. Und nun herrscht im ganzen Klubhaus ausgelassene Feststimmung, und auf der Tribüne läuft es sogar noch fröhlicher ab.« Er schüttelte den Kopf. »Jack, ganz

ehrlich, so etwas habe ich noch nicht erlebt. Sie halten alle Fäden in der Hand. Sie ganz allein retten Century Oaks.«
Jack lächelte matt.
»Doch, ich sage so etwas nicht oft!«
»Vielleicht habe ich tatsächlich etwas zur Rettung beigetragen.« Doch er wußte viel zu gut, daß er Century Oaks verloren hatte, mochte er die Krise noch so gut meistern.

GARRISON

Er war nicht verletzt. Als das Heck des Kaman Huskie umgeknickt war, erhielt die Kanzel zwar einen derben Stoß, zerbrach aber nicht. Der Hubschrauber stand auf dem Kopf, schwankte leicht und fast schon elegant, kippte aber nicht um. Die Plexiglaskuppel, die dem Beschuß von Handfeuerwaffen standhalten konnte, hatte auch den Schlag des Hecks ausgehalten. Aber noch war man nicht außer Gefahr. Die Maschine konnte jeden Moment Feuer fangen. Benzin lief aus und konnte sich so leicht entzünden. Garrison war beim Aufprall nicht verletzt worden. Er konnte nicht darauf bauen, daß er auch weiterhin Glück hatte.
»Edgar?« Die Stimme kam ihm bekannt und dennoch verfremdet vor. Dünn und matt, so als sei der Mund voller Blut. Die Stimme ertönte aus dem Frachtraum.
»Willie? Bist du das?«
Willie hustete, würgte und spuckte aus.
»Bist du in Ordnung?«
»Kann nicht ... Willie kann sich nicht bewegen ... tut ... tut so weh!«
Edgar kämpfte wieder mit seinen Gurten. Er war immer noch zu sehr in Panik, um die Schnallen lösen zu können. Entmutigung stieg in ihm auf wie bei einem kleinen Jungen, dem es noch nicht gelingt, Seemannsknoten zu knüpfen.

»Halt aus, Willie.«
»Kann nicht ... kann nicht ...«
»Doch, du wirst es schaffen.«
»Schwer verletzt ... viel Blut ...«
»Verdammt noch mal, halt aus! Kämpf dagegen an!« Edgar hörte sich selbst schreien, ein irrationales Verhalten, aber er konnte nichts dagegen tun. *Wir haben das Geld. Wir haben das große Los gezogen! Und jetzt ist zuletzt doch noch alles schiefgegangen!*
Und der gottverdammte Gurt wollte einfach nicht aufgehen.
Garrison lag hilflos auf dem Kopilotensitz. Zu seiner Rechten breitete sich der Boden aus. Die Tür auf dieser Seite ließ sich daher nicht öffnen. Zu seiner Linken hing über ihm im kopfstehenden Kaman Huskie Dominick Savestio. Und darüber war die einzige Tür, durch die er nach draußen gelangen konnte. Wenn er nur den elenden Gurt lösen könnte. Dann würde er hinaufsteigen, sich am bewußtlosen Piloten vorbeizwängen, die Tür aufreißen und dann Dominick und Willie hinaus auf die Lichtung schaffen, bevor der verfluchte Kasten in die Luft flog. Aber die Gurte blieben stur.
»Lou ist tot«, wimmerte Willie.
»Nein, das glaube ich nicht.«
Willie stieß ein schrilles, humorloses Lachen aus, in dem viel Hysterie mitschwang. »Oh, doch, das solltest du aber. Er ist mausetot. Ein ... ein Stahlrohr hat seine Brust durchbohrt.«
Edgars Panik machte tiefer Verzweiflung Platz. Bei der Suche nach dem Glück trat um ihm herum überall nur der Tod ein. Warum war ihm selbst noch nichts passiert? Oder war er der nächste? »Halt bitte durch«, sagte er. »Willie, tust du mir den Gefallen? Halt bitte durch. Ja, Willie?«
Schweigen.
»Willie, Herrgott noch mal!«

Der Benzingestank war mittlerweile kaum noch zu ertragen. Die Dämpfe brachten Tränen in Edgars Augen und füllten seinen Mund mit einem scharfen Geschmack.
In diesem Moment öffnete sich die Schnalle. Edgar war frei. Er erhob sich, so gut es ging, und stieg mühselig am Fußboden hoch. Er bekam eine Kante vom Pilotensitz zu fassen und zog sich daran hoch. Mit der anderen Hand konnte er sich jetzt an der halbhohen Trennwand zum Frachtraum festhalten. Er zog die Füße an und stemmte sie gegen die Rückseite des Pilotensitzes. Wenn er jetzt irgendwo abglitt, würde er wieder in seinen Sitz fallen. Und dabei würde er sich einen oder mehrere Knochen brechen.
Savestio murmelte etwas vor sich hin und hustete. »Dominick?«
Aber der Pilot war schon wieder in seine Bewußtlosigkeit zurückgefallen.
Garrison atmete schnell, um Luft zu bekommen. Dabei drangen fast nur Benzindämpfe in seine Lungen. Er fühlte sich schwindlig, alles drehte sich in seinem Kopf, und seine Kräfte erlahmten. Er konnte nur noch verschwommen sehen. Wenn er nicht innerhalb der nächsten Sekunden die Tür geöffnet hatte, würde er das Bewußtsein verlieren. Und es war nicht klar, ob er dann jemals wieder aufwachen würde.
Er würde im Helikopter sterben. Entweder ersticken oder verbrennen.
Was für eine Alternative, dachte er bitter.
Er zwängte sich an Dominick vorbei und schob sich in den engen Raum zwischen Tür und Pilotensitz. Er fand den Griff und drückte ihn nach unten. Er drückte gegen die Tür.
Sie bewegte sich keinen Millimeter.
Vielleicht hatte sich beim Aufprall der Rahmen verzogen. Oder war der Öffnungsmechanismus beschädigt worden?

Gütiger Himmel, bitte das nicht!
Seine Lungen brannten. Die Augen tränten. Schon setzte sich die Frage in seinem Bewußtsein fest, ob er nicht lieber aufgeben, hier einfach liegenbleiben und die Ruhe genießen sollte.
Er drückte mit der Schulter gegen die Tür, bis ihm das Blut in den Schläfen raste. Er gab sich der Vorstellung hin, wie ein Rennpferd noch einmal sein Bestes zu geben, um ein Rennen für sich zu entscheiden. Er keuchte, stöhnte, schluchzte und murmelte gleichzeitig. Tränen und Schweißperlen rannen über sein Gesicht hinab. Die Tür hielt, als wäre sie festgeschweißt. Und dann flog sie mit einem unangenehmen Kreischen von verbogenem Metall auf.
Garrison sagte sich im selben Moment, daß dabei Funken entstanden sein mußten.
Doch keine Explosion erfolgte.
Er hob sich aus der Kanzel, rutschte an der Seite des Hubschraubers nach unten und blieb — alle viere ausgestreckt — auf dem Boden liegen. Wie angenehm die Luft hier draußen war. So süß wie frisch gemolkene Milch.
Zwei Minuten später, als er wieder zu sich gekommen war, machte er sich daran, Savestio aus der Kanzel zu bergen. Garrison hatte erhebliche Mühe damit, und einem schwächeren Mann wäre das wohl nicht gelungen. Doch nach fünf Minuten lag Dominick auf dem Rücksitz des Mazdas.
Der Helikopter hatte immer noch kein Feuer gefangen.
Edgar kehrte zu ihm zurück. Er kletterte an der Seite hoch, zögerte nur einen Moment und stieg dann in die Kanzel. Es stank hier immer noch zum Gotterbarmen nach Benzin, aber da jetzt frische Luft hineingelangen konnte, raubte der Geruch ihm nicht gleich die Besinnung. Er kletterte über die Trennwand und kniete kurz darauf neben Willie Denver nieder.
Der kleine Mann wirkte wie eine stark mitgenommene

Kinderpuppe. Er lag auf der ehemaligen Seite des Frachtraums, die jetzt zum Boden geworden war. Er lag unter einem Teil des Schwanzes begraben, der vorhin umgeknickt und in den Frachtraum gestoßen war. Willies Beine waren fast vom Rumpf getrennt. Er hatte wirklich sehr viel Blut verloren. Daß er überhaupt noch lebte, hatte er nur dem Umstand zu verdanken, daß die Stahlstreben des Hecks wie Kompressen auf die Arterien drückten, die sie aufgerissen hatten.

»Willie?« sagte Garrison leise.

Der kleine Mann öffnete die Augen. Die Lider flatterten.

»Ich schaffe dich hier raus!«

»Kann ... kann kaum atmen.«

»Das liegt an den Benzindämpfen.«

»Nein, nicht ... nicht nur daran.«

»Kann ... kann nicht bewegt werden ...«

»Unsinn!«

Willie hustete, und ein dicker Strom dunklen Blutes quoll über seine Lippen.

Edgar betrachtete die verbogenen Streben und Stangen. Es mußte doch eine Stelle geben, an der er dieses Gewirr anheben konnte, um Willie darunter hervorzuziehen.

»Hör zu!« flüsterte der kleine Mann. »Hör Willie Denver zu.«

Garrison sah ihn an.

»Wenn's zu Ende geht, kann man nichts mehr dran ändern, verstanden? Willie ist am Ende, fertig, erledigt. Wenn du hier bleibst ... schnappen sie dich. Die Bullen ... Sind bestimmt schon auf dem Weg hierher ... und jeden Moment fliegt der ganze Kasten in die Luft ...« Sein Gesicht war mit Schweißperlen übersät.

»Willie, ich will dich hier nicht liegenlassen. Das ... das wäre mir einfach unmöglich.«

Willie wurde zornig. »Du mußt fort ... mit dem Geld ...

Raus mit dir ... Zum erstenmal ... zum erstenmal in seinem nichtswürdigen Leben ... hat Willie Denver ... an einer wirklich großen Sache teilgenommen ... An einem der größten Coups des Jahrzehnts ... Von der Sache wird ... man noch jahrelang sprechen ... und der Wurm Willie Denver war dabei ... der kleine Mistkerl, der seinen Namen geändert hat ... Der kleine Bastard ... war bei der großen Sache dabei ... Noch Jahre ... Du darfst ... jetzt nicht ... noch alles scheitern lassen ... Wäre Willie gegenüber nicht fair ... Willie war dabei ... Sollen die Leute sagen, Willie war beim größten Fehlschlag des Jahrhunderts dabei ... Jemand muß durchkommen ... mit dem Geld durchkommen ... Jemand, gleich wer, aber einer muß durchkommen ... Das darfst ... darfst du Willie nicht verwehren ... Er hat es endlich geschafft ... Das ... das darfst du ihm nicht verwehren ... *Nicht verwehren!*«

»Willie, ich ...«

»Du hast Annie«, flüsterte Willie. Seine Zunge war scharlachrot. »Eine tolle Frau ... eine wunderbare Frau ... Bedeutet sie dir ... dir denn gar nichts? Nun mach schon ... Pack das Geld ... zusammen ... Mach, daß du raus kommst ... Geh zu ... Annie.« Er versuchte zu lächeln, zuckte jedoch schmerzhaft zusammen. »Und ... richte Annie aus ... aus, wie sehr Willie sie geliebt hat ... Oh, mein Gott ...« Er hustete und spuckte einen neuen Blutschwall aus. »Richte ihr aus ... aus, daß ich sie ... auf meine Art geliebt habe ... Verstanden?«

Edgar nickte. »Wird gemacht, Willie.«

»Sag ihr ... wie Willie es gesagt hat ... Willie hat nicht gesagt, Willie hat sie geliebt, sondern ... sondern ich habe habe sie ... auf meine Art geliebt ... Ich, verstehst du?«

»Ich habe verstanden, Willie.«

»Ich habe es geschafft ... doch noch geschafft ... endlich bin ich wer.«

»Das bist du und warst du auch vorher schon.«
»Versprich mir, daß ihr zwei es euch gutgehen laßt.«
»Wir wollen uns die größte Mühe geben, Willie!«
»Versprich es ... Ihr müßt Spaß haben ... es euch gutgehen lassen ... das Geld genießen ... Das Geld war doch das Ziel ... Alles andere ... ist doch sowieso Scheiße ... Große Sache ... jetzt bloß kein Fehlschlag ... Verstanden?«
»Verstanden, Willie.«
Willie stöhnte. Das Stöhnen verwandelte sich in Würgen und Erbrechen. Willie zitterte am ganzen Leib. Blut schoß aus seinen Nasenlöchern. Er schloß die Augen und machte sie nie wieder auf.
Edgar fühlte sich dem toten Freund ebenso verpflichtet wie Annie und sich selbst. Er erhob sich mit einem Ruck und sammelte die Säcke ein, die beim Aufprall durch den Frachtraum geflogen waren. Auf zweien lag der massige Körper von Lou Velinski. Garrison hätte es fast nicht geschafft, sie darunter hervorzuziehen. Nicht nur Lous Gewicht hinderte ihn daran, sondern auch die Erinnerung an den Mann, der für kurze Zeit Teil seines Lebens gewesen war. Er schaffte alle Säcke in die Kanzel und warf sie einen nach dem anderen durch die aufgebrochene Tür. Einige fielen wieder zurück, und er mußte sie ein zweites Mal hochheben. Die Arme schmerzten ihm, als er damit endlich fertig war.
In ein paar Minuten hatte er das ganze Geld in den Mazda geschafft. Er konnte davonfahren.
Doch da kam ihm ein Gedanke. Er nahm ein Bündel Zehn-Dollar-Scheine aus dem Sack, setzte es mit dem Zigarettenanzünder des Wagens in Brand und warf es in die Helikopterkanzel.
Das ausgelaufene Benzin fing sofort Feuer.
Wenn die Polizei hier eintraf, würde sie abwarten müssen, bis sich der ausgebrannte Hubschrauber weit genug abgekühlt hatte. Und es würde noch mehr Zeit vergehen, bis

sie erkannten, daß nicht alle Diebe in den Trümmern den Tod gefunden hatten.
Edgar zog sich die Jacke aus, nahm die Krawatte ab und öffnete die beiden obersten Knöpfe seines Hemds. Er stieg in den Wagen und schloß die Tür hinter sich.

COOPER

Trotz des langen Laufs atmete Henry Cooper nur ein wenig rascher als sonst. Er erreichte den Kamm des Höhenzugs hinter dem Gelände der Stallungen. Er blieb kurz stehen, um die vier anderen Männer aufholen zu lassen.
»Nun macht schon!« rief er ihnen zu.
Sie hatten schon zu viel Zeit verschwendet. Cooper hatte schon gleich geahnt, daß der Hubschrauber irgendwo im Wald gelandet war. Der Pilot war ein schlechter Flieger. Der Helikopter hatte geschlingert und war ausgebrochen, als er die Rennbahn hinter sich gelassen hatte. Und die Maschine war zu tief über den Baumspitzen geflogen. Vielleicht hatte ja eine Kugel den Weg durch das Plexiglas gefunden. Wie auch immer, sein Instinkt sagte ihm, daß der Helikopter nicht weit gekommen sein konnte. Leider hatte er fünf Minuten gebraucht, um seine Mitarbeiter davon zu überzeugen. Nachdem der Hubschrauber über dem Wald angelangt war, hatten die meisten Agenten alle Hoffnung aufgegeben. Und als Cooper dann vier Männer überredet hatte, mit ihm zu kommen, war weitere kostbare Zeit damit verloren gegangen, Oscar Fletcher, den Chef der TRPB-Einheit auf Century Oaks, vom Sinn und Zweck dieses Unternehmens zu überzeugen. Denn außerhalb der Rennbahn besaß das TRPB keinerlei Exekutivgewalt. Und als wäre das alles noch nicht genug, hatten sie einige Minuten damit vergeudet, an die Gewehre und die Munition zu

gelangen. Der Gewehrschrank war selbstverständlich verschlossen gewesen und niemand konnte den Schlüssel finden. In seiner Not hatte Cooper schließlich die Glasfront eingetreten. Nachdem sie ihre Waffen geladen und sich endlich an die Verfolgung gemacht hatten, glaubte Cooper fast schon nicht mehr an einen Erfolg des Unternehmens.

Bud Teagarten und die drei anderen stapften zu ihrem Chef hinauf und eilten mit ihm in den Schatten der Bäume.

»Eine Minute Verschnaufpause«, verkündete Cooper. »Und keine Sekunde länger. Wenn wir weiterlaufen, folgt einer dem anderen im Abstand von zehn Metern. Wir schwärmen in einer Linie aus und bringen möglichst rasch und heil den Hang hinter uns. Eine gründlichere Suche heben wir uns für unten auf, wenn wir ebenes Gelände erreicht haben. Sie werden den Helikopter nicht an einem Hang abgestellt haben. Unten steht eine Menge Wald, den wir absuchen müssen. Vielleicht haben wir Glück. Es wird höchste Zeit, daß auch wir einmal ein bißchen Glück haben.«

»Das denke ich auch«, brummte Teagarten.

»Alles bereit?« fragte Cooper.

Alle nickten.

GARRISON

Im Wagen setzte sich Garrison eine braune Perücke auf den Kopf und schob und zog so lange daran herum, bis sie perfekt saß. Die Brille mit den dicken Gläsern hatte er unterwegs fortgeworfen. Er sah nicht nur so aus wie ein neuer Mensch, er fühlte sich auch so. Edgar legte den Sicherheitsgurt an und hatte kurz ein unangenehmes Gefühl in der Magengegend, als er sich an die störrischen Gurte in der Kanzel erinnerte. Er startete den Wagen und

fuhr in dem Moment davon, als der erste Zusatztank des Kaman Huskie wie eine 100-Kilo-Bombe hochging.
Wie schon vor sechs Tagen verlangte Edgar dem Mazda das Letzte ab. Diesmal nicht ohne Grund. Er konnte sich ausrechnen, daß die Polizeihubschrauber in wenigen Minuten in der Luft sein würden. Und bis dahin wollte er möglichst viele Kilometer hinter sich gebracht haben, am besten ganz aus dieser Gegend verschwunden sein. Er erledigte alle Kurven auf zwei Rädern. Er krachte mehrmals gegen offenliegende Wurzeln und verschaffte beiden Wagenseiten etliche Schrammen und Dellen. Einmal raste er mit Vollgas durch zwei Kiefern. Zwischen ihnen war gerade noch Platz für den Mazda.
Er erreichte den Kamm des Hügels, auf dem er letzten Sonntag große Schwierigkeiten gehabt hatte. Er donnerte die halbe Meile der Piste hinunter, erreichte unten das Schlammland und gelangte in den dunklen Tunnel der Kiefern. Er hatte sich die Strecke gut eingeprägt, befuhr sie sicher wie ein alter Hase eine Grand-Prix-Route. Diesmal kam ihm der Weg auch nicht mehr so trügerisch vor. Er brauste dahin, als wäre er sein Leben lang täglich diese Strecke gefahren. Er schaffte aber nur die halbe Strecke, dann stand Pat Jessup ihm im Weg.
Annie hatte recht gehabt. Bei einer so gewaltigen Summe durfte man einem Mann wie Pat Jessup nicht trauen.
»Sie haben einen Fehler gemacht«, sagte Garrison, auch wenn Jessup ihn nicht hören konnte. »Sie haben einen großen Fehler gemacht.«
Auf dem Rücksitz stöhnte Savestio.
»Wenn Sie mich hören können!« brüllte Edgar nach hinten. »Wenn Sie mich hören können, dann halten Sie sich jetzt gut fest!«

Sie hatten den größten Teil des Hangs hinter sich gebracht, als die Explosion durch den Wald dröhnte und vom dichten Laub über ihnen widerhallte. Alle blieben auf der Stelle stehen, nur Cooper nicht. Ein Agent fiel auf die Knie, riß sein Gewehr hoch und suchte aufmerksam nach einem Ziel, auf das er feuern konnte.

Cooper drehte sich um und rief seinen Männern zu: »Nun kommen Sie schon, verdammt noch mal! Hier wirft niemand mit Bomben oder Handgranaten um sich!«

Knapp eine Minute später erreichten sie die Lichtung und näherten sich vorsichtig dem brennenden Kaman Huskie.

»Sie hatten recht!« rief Teagarten laut genug, um das Zischen und Prasseln der Flammen zu übertönen. »Glauben Sie, die Burschen sitzen noch da drin?«

Bevor Cooper eine Antwort geben konnte, knatterte eine Maschinenpistole los. Die Männer ließen sich fallen oder suchten verzweifelt sonstwo Deckung.

Nach ein paar Sekunden hob Cooper den Kopf, ließ seinen Blick über die Baumstämme fahren und beruhigte sich wieder: »Das hat nicht uns gegolten. Die Schüsse waren mindestens eine Meile weit weg.«

»Halten Sie es für möglich, daß sie sich gegenseitig abknallen?« fragte Teagarten. »Daß sie sich über die Beute nicht einig werden konnten?«

Cooper nickte. »Nicht ausgeschlossen. Was meinen Sie, aus welcher Richtung die Schußgeräusche gekommen sind?«

»Von Osten«, antwortete der Mann, ohne zu zögern.

»Ja, scheint mir auch so.« Cooper erhob sich und zeigte mit seinem Gewehr zur Ostseite der Lichtung. »Sehen Sie den Busch dort hinten? Macht er auf Sie auch den Eindruck, als sei er vor einer Weile von einem Wagen überfahren worden?«

»Ja, verdammt, Sie haben recht.«

Die anderen Männer verließen ihre Deckung.
»Wenn sie sich jetzt gegenseitig beschießen«, sagte Cooper, »sitzen sie wahrscheinlich nicht mehr in einem Wagen. Wir wollen nachsehen, was inzwischen geschehen ist.«

GARRISON

Auf halbem Weg zwischen der Piste und dem ebenen Schlammland hatte Jessup seinen gestohlenen Chevrolet quergestellt. Er stand zehn Meter davon entfernt und hielt die Maschinenpistole in den Händen, so als wollte er den Wagen bewachen.
Edgar trat wiederholt auf die Bremse, bis sein Wagen nur noch fünf Meilen in der Stunde fuhr. Er steuerte direkt auf Jessup zu.
Jessup grinste. Er verließ die Straße und stellte sich an den Rand, damit Garrison ausreichend Platz zum Anhalten hatte. Er glaubte wohl, Garrison würde den Wagen zum Stehen bringen und ihm seinen Anteil an der Beute aushändigen wollen.
Vielleicht hätte ich das früher auch getan. Vielleicht wäre ich früher wirklich so dumm gewesen. Aber Sie haben einen dummen Fehler gemacht, Pat Jessup. Und was für einen Fehler!
Garrison wollte, daß der Mann glaubte, er wäre tatsächlich ahnungslos. Jessup fiel darauf herein. Als er sich seiner sicher fühlte, senkte er den Lauf der Waffe. Augenblicklich trat Garrison das Gaspedal bis zum Boden durch und lenkte den Wagen in Jessups Richtung.
Der Rubinring glitzerte im Sonnenlicht, als der Mann seine Waffe wieder hochriß. Er war schnell, aber nicht schnell genug. Der Mazda erfaßte ihn an der rechten Hüfte, hob ihn vom Boden und schleuderte ihn ins Unterholz.
Edgar hielt den Wagen an und sprang hinaus.

Zuerst fand er die belgische Maschinenpistole und dann Jessup. Die Hüfte des Mannes war zerschmettert, das Bein an mehreren Stellen gebrochen. Weißer Knochen, mit Blut bespritzt, stach durch das zerrissene Hosenbein. Jessup war noch bei Bewußtsein. Aber er litt solche Schmerzen, daß Garrison schon aus ein paar Meter Entfernung hören konnte, wie er die Zähne zusammenbiß.

»Wie um alles in der Welt . . .« stöhnte Jessup, als Garrison über ihm stand. Sein Gesicht war von den Schmerzen und von Verständnislosigkeit verzerrt.

Eine Grille begann irgendwo zu zirpen.

»Sie hätten mich erschießen müssen, als ich die Piste hinunterfuhr. Aber ich schätze, das hätte Ihnen kein Vergnügen bereitet. Sie wollten meinen Gesichtsausdruck sehen, wenn die Kugeln in meinen Körper fahren. Ja, ich denke, Sie sind ein Mensch, der an so etwas Vergnügen empfindet.«

»Ich wollte nicht . . . nicht Sie umbringen.«

»Doch. Und danach wollten Sie Annie in Ihre Gewalt bringen, nicht wahr? Vermutlich hätten Sie sie auf ihrer Farm überfallen. Sie vergewaltigt und vermutlich auch verprügelt. Und dann hätten Sie Annie auch ermordet. Ich glaube, so sind Sie schon immer gewesen.« Er blickte auf Jessup hinab wie auf ein Tier, das er in einer Falle gefangen hatte. »Selbst als Kind sind Sie wohl nicht anders gewesen. Haben sich ständig Quälereien und andere Grausamkeiten ausgedacht. Vielleicht steckt das bei Ihnen in den Genen. Vielleicht ist bei Ihnen aber auch nur etwas vergessen worden.«

»Um Himmels willen, so helfen Sie mir doch!« stöhnte Jessup und zog sinnloserweise an seinem kaputten Bein.

»Weil Sie schon immer so gewesen sind und sich nie geändert haben«, fuhr Edgar fort, »konnten Sie sich auch nie vorstellen, daß andere Menschen sich durchaus ändern können. So etwas können Sie nicht begreifen. Für Sie ist ein Mann immer so, wie er ist. Und wird nie etwas anderes sein.«

Jessup versuchte, sich zu erheben. Es gelang ihm natürlich nicht. Er fiel nach hinten um, mitten hinein in den Schlamm.

»Als Sie mich kennengelernt haben«, sagte Garrison, »war ich ein harmloser Mann, der sich nicht durchsetzen konnte und sich von der Welt übervorteilen ließ. Ein lieber, aber auch beschränkter Bursche. Und dieses Bild von mir hat sich in Ihnen festgesetzt. Deshalb haben Sie sich eben mitten auf die Straße gestellt und mein Kommen abgewartet. Ich will nicht sagen, daß Sie mir vertraut haben, nein, Sie haben mir nichts anderes zugetraut. Aber ich habe mich geändert. Ich wollte das Geld, und dafür habe ich mich geändert. Ich hoffe nur, daß ich einen Teil des alten Edgar jetzt, wo ich das Geld habe, wiederfinden kann.«

Jessup hielt ihm die Rechte hin. »Wir sind doch Kumpel! Kameraden! Haben wir nicht zusammen eine große Sache durchgezogen?«

»Was ist aus Vince Greenfield geworden?«

Jessup sah ihn verständnislos an.

»Ist er tot?«

»Tot? Aber wie kommen Sie denn darauf? Natürlich ist er nicht tot!«

»Tut mir leid«, entgegnete Edgar, »aber es geht nicht. Ich kann Ihnen nicht trauen. Sobald es Ihnen etwas besser geht, suchen Sie mich. Aber Sie können sich ja nicht ändern. Sie bleiben so, wie Sie immer waren. Wenn die Bullen Sie fassen, spucken Sie alles aus, um für sich eine geringere Haftstrafe zu erwirken. Sie würde selbst Ihre eigene Mutter an den Pranger stellen, wenn dabei für Sie ein Vorteil herausspringen würde. Nein. Ich habe die Beute,

und ich entwickle gerade die Spürnase eines guten Bankiers. Es tut mir leid. Ehrlich.«
Er richtete die Maschinenpistole auf Pat Jessup.
Das *Rattattattattatt* brachte die Grille zum Verstummen.

COOPER

Cooper bemühte sich, dem Toten nicht ins Gesicht zu sehen und sich nicht mit dem Blut zu beflecken, als er die Taschen des braunen Anzugs durchsuchte. Teagarten stellte sich neben ihn. Er hatte mit den anderen Agenten den Chevrolet überprüft, den irgend jemand hier mitten auf der Straße abgestellt hatte. Teagarten machte ein unglückliches Gesicht.
»Und?« fragte Cooper.
»Kein Geld.«
»Damit haben wir ja auch nicht gerechnet, oder?«
»Sie können die Beute in die Sitze eingenäht haben.«
»Dazu blieb ihnen keine Zeit.«
»Ja, keine Zeit«, erklärte Teagarten niedergeschlagen.
Die beiden standen nebeneinander und lauschten dem Zirpen der Grillen.
Dann seufzte Cooper und brummte: »Das war's dann wohl. Mindestens einer von ihnen ist mit der Beute entkommen.«
»Aber jetzt ist die Staatspolizei hinter ihnen her«, wandte Teagarten ein.
»Sicher«, sagte Cooper leise. »Sie hatten einen Haufen Pech, aber wir haben unsere Chance nicht genutzt. Wenn wir nur ein paar Minuten schneller gewesen wären. Aber wir haben alles vermasselt.«
»Na ja, ich gebe es nur ungern zu . . . aber ich fürchte, Sie haben wie immer recht.«

»Mein Instinkt sagt es mir. Und der hat mich noch nie betrogen.«

Teagarten blickte auf die Leiche, runzelte die Stirn und wandte dem Toten den Rücken zu. »Na ja, kann schon sein, daß jemand hierfür bezahlen muß, aber ganz gewiß nicht Sie. Man wird Ihnen mindestens einen Orden verleihen.«

»Wie kommen Sie denn darauf?«

»Kann man sich doch an fünf Fingern abzählen«, antwortete Teagarten. »Sie waren derjenige, der den Wettscheinfälscher enttarnt und gefaßt hat. Sie waren derjenige, dem Willie Denver aufgefallen ist. Sie waren derjenige, der den Raub im Ausstellungsraum entdeckt hat. Sie waren derjenige, der erkannt hat, daß der Hubschrauber im Wald gelandet sein mußte. Soll ich fortfahren? Großer Gott, Mann, die Zentrale wird sich doch auch ihre Gedanken machen. Was hat Oscar Fletcher dagegen zu bieten? Unter seinem Hintern hat ein Pyromane in den Stallungen eine Brandbombe gezündet. Er hat alle Agenten vom Klubhaus abgezogen, als dort gerade der größte Raubüberfall auf eine Rennbahn durchgeführt wurde. Und ...«

»Er konnte doch nicht wissen, daß jemand beabsichtigte, die Rennbahn zu überfallen«, erwiderte Cooper. »Kommen Sie, auch die Zentrale muß fair bleiben.«

»Die Zentrale interessiert sich einen feuchten Kehricht dafür, was Oscar gewußt haben könnte und was nicht. Für die Zentrale zählen die Ergebnisse. Man wird dort seine Ergebnisse den Ihren gegenüberstellen. Und da kommt sicher auch noch der fünfte Punkt ins Spiel: Als Sie hinaus in den Wald wollten, war es vor allem Oscar, der versuchte, Sie aufzuhalten.«

Er pflückte ein paar Blätter von einem Strauch. »Man wird Sie auf Century Oaks die Treppe hinauffallen lassen. Ich wette hundert zu eins auf Sie als neuen Chef.«

»Sie sind ja verrückt«, sagte Cooper. »Fletcher ist ein guter Mann. Die Zentrale wird ihn nicht absägen wollen.«
»Nicht unbedingt absägen. Aber er hat das Rentenalter so gut wie erreicht. Dann gibt es eben einen vorzeitig Pensionierten mehr.«
Cooper lauschte dem Schrei einer Eule, die irgendwo in den Bäumen saß. Plötzlich lachte er: »Wissen Sie was, Ihre Überlegungen klingen gar nicht so dumm!«
»Die Beförderung ist Ihnen doch hoffentlich lieber als die Millionenbeute, die man uns heute gestohlen hat, oder?« fragte Teagarten.
»Sicher.«
»Sie sind mir einer.«
»Ich bin eben mit Leib und Seele Bulle. Mir macht dieser Beruf Spaß«, sagte Cooper. »Geld ist nicht der einzige Lohn, den ich dafür erhalte. Nein, da gibt es noch einiges mehr.«

EPILOG

DER GROSSE PREIS

Rita wartete auf ihn, als er an diesem Abend um zweiundzwanzig Uhr nach Hause kam. Sie hatte am Küchentisch für zwei Personen gedeckt. Zwei lange Kerzen schufen das einzige Licht in diesem Raum. Für den Hunger lagen gebackene Kartoffeln im Backofen, und zwei schwere Steaks waren fix und fertig zubereitet und brauchten nur noch in die Pfanne gelegt zu werden.

Rita führte ihn zum Küchentisch, drückte ihn in einen Stuhl und küßte ihn züchtig auf die Stirn.

»Ich besorg' uns einen Drink«, sagte sie.

»Nein«, erwiderte er, »ich brauche keinen.«

»Ach was!« Sie stellte ihm einen Bourbon mit Eis hin.

Er ließ das Glas unberührt stehen.

»Ich habe gehört, es hat heute auf der Rennbahn einige Aufregung gegeben«, lächelte sie. Sie kniete sich vor ihm hin und nahm seine Hände. »Erzähl mir doch bitte alles.«

»Ich habe Century Oaks verloren.«

»Das bildest du dir nur ein.«

»Es ist die Wahrheit.«

»Wer hat das gesagt?«

»Bis jetzt noch keiner.«

»Na bitte!«

»Aber morgen wird es bekanntgegeben.«

»Niemand wird dich feuern«, versicherte sie ihm. »Niemand wird dir den Stuhl unterm Hintern wegziehen. Wart's nur ab, ich rede mit Daddy darüber. Und jetzt sei ein artiger Junge und trink deinen Bourbon.«

Er sah sie nicht an und starrte in die Flamme einer Kerze. »Irgendwann letzte Nacht«, begann er leise, »ich weiß nicht mehr genau, wann oder wo das war, habe ich etwas sehr Wichtiges über mich herausgefunden. Nichts Schönes. Ich bin ein Gefühlskrüppel. Es gibt nur eine Sache auf der Welt, die mir Freude bereitet: Geld. Große Summen verwalten, große Summen besitzen, Menschen manipulieren, um an ihr Geld zu kommen, mich selbst benutzen lassen, wenn nur ein Profit dabei herausspringt. Das ist meine Welt. Oh, keine Frage, ich bin ein sehr guter Geschäftsmann. Ein Finanzgenie. Agroco, Zuverbeck und wie ich heute abend die Menge beruhigt habe, das macht mir so schnell keiner nach. Aber ich kann meine Gefühle nicht unter Kontrolle halten. Und wenn mein Privatleben zu großen Einfluß auf mein Berufsleben hat . . .«

»Ach, Schatz«, sagte Rita, »ich kann grüblerische Männer, die Nabelschau betreiben, nicht ausstehen.« Sie trug ein langes, halb durchsichtiges weißes Negligé, das er noch nie an ihr gesehen hatte. Sie legte eine seiner Hände auf ihre Brust. Die Brustwarze war hart und geschwollen. »Ich stehe viel mehr auf romantische Männer.«

»Wenn ich Century Oaks verliere, ist damit meine letzte Chance auf einen Job vertan, der mit viel Geld zu tun hat. Ich werde dann nie wieder Macht haben. Dann wird es mir nie wieder vergönnt sein, das zu tun, was ich am liebsten tue.«

Mit flinken Fingern zog sie seinen Reißverschluß herunter, griff in seine Hose und fand das, was sie suchte. Ihre Finger waren erfahren und machten die richtigen Bewegungen.

»Nein, Rita. Heute nicht.«
»Red nicht so einen Mist«, sagte sie und klang entschieden unfreundlicher. »Ich kenne dich besser als du dich selbst.«
Obwohl sein Glied sich unter ihren Berührungen rasch versteifte, verspürte Killigan nur Ekel, aber keine Lust.
»Weißt du, was du noch viel lieber hast als Geld und den großen Manager spielen?«
Er wollte ihre Hand aus seiner Hose ziehen, aber statt dessen lehnte er sich zurück und seufzte, als sie seinen Penis aus der Hose holte, um ihn mit beiden Händen zu bearbeiten. Er haßte sich, doch er sah ihren langen Fingern bei ihrer obszönen Tätigkeit zu.
»Am allerliebsten haßt du dich selbst«, erklärte sie. »Und du solltest dir klarmachen, möglichst schnell klarmachen, daß du beides verlieren kannst: Century Oaks und mich. Du mußt aufhören, dich selbst zu hassen. Sonst verlierst du wirklich alles, sogar deinen Verstand.«
»Das ... das ist nicht wahr!«
»Natürlich ist es nicht wahr«, lächelte sie boshaft. »Du hast Angst davor, mich und die Rennbahn zu verlieren, denn dann bleibt dir gar nichts mehr. Was soll dann aus dir werden?«
Er starrte sie an und erkannte unter ihrer Schönheit den korrupten Dämon, den Sukkubus wieder, der wie eine Leiche in einem See unter der Oberfläche dahintrieb.
»Ich kann auch ohne dich auskommen«, sagte er ganz ruhig.
Sie lachte laut.
Ja, das war komisch, sagte er sich mit grimmiger Entschlossenheit, wirklich komisch.
Sie ließ seinen Penis los und nahm das Whiskeyglas. Sie hielt es ihm an die Lippen. »Trink aus, Schatz, damit ich

dir einen neuen Bourbon holen kann. Danach gehen wir beide hinaus auf den Rasen, legen uns ins taunasse Gras und rammeln wie die Kaninchen.«
Er seufzte und leerte das Glas.

10. JUNI

Dominick schüttete die eine Million Dollar aus seiner Aktentasche auf den Schreibtisch. Ein ansehnlicher Haufen kam zusammen.
»Große Scheiße!« entfuhr es Barry St. Cyr. Er lief in die Küche und kehrte mit einem Sechserpack Bier zurück. Er blieb vor dem Haufen stehen und starrte ihn an.
Savestio nahm sich eine Dose Budweiser und öffnete sie. »Meinst du, du kannst diesen Betrag waschen? Für, sagen wir, fünfzig Cent pro Dollar?«
St. Cyr nickte nur.
»Okay, dann machen wir halbe-halbe.«
»Nein.«
»Entweder jeder die Hälfte oder gar nichts.«
»Will es dir nicht in deinen verdammten Dickschädel, daß du mir nichts, rein gar nichts schuldig bist. Im Gegenteil, ich habe einiges bei dir gutzumachen.«
Dominick trank aus seiner Dose. »Die Dinge haben sich verändert, Barry. Ich bin dir sehr dankbar für alles, was du getan hast. Aber ich kann es nicht zulassen, daß du mir überall und immerzu aus der Patsche hilfst. Das kann auf die Dauer nicht gutgehen. Ich habe jetzt diesen Haufen Geld und kann mir damit mein eigenes Leben kaufen. Und diese Million hier ist noch nicht alles, was mir die Rennbahn-Geschichte eingebracht hat. Am Ende mußten wir nur noch durch drei teilen. Ich habe noch ein paar Hunderttausender anderswo untergebracht. Zum er-

stenmal kann ich über mein Leben selbst bestimmen. Verdammt, ich fühle mich schon wieder ein bißchen wie ein Mann. Selbst ... selbst ohne Frauen bin ich wieder ein Mann, wenn ich für mich selbst bezahlen kann. Hast du das jetzt endlich kapiert?«

St. Cyr starrte ihn eine Weile an. Dann lächelte er. »Alles klar, Dom, ich denke, ich habe kapiert.«

»Halbe-halbe?«

»Einverstanden.«

15. SEPTEMBER

Das Pferd traf am Nachmittag um vierzehn Uhr ein. Es war ein hübscher, schwarzer zweijähriger Hengst mit einer dreieckigen weißen Blesse auf der Nase. Er war als Nachkomme von *Bold Ruler* und von *Narragansett* geboren worden. *Narragansett* war eine Stute mit einer absolut reinrassigen Abstammung. Auf der Auktion vor zwei Wochen hatte er fünfzigtausend eingebracht. Und nun war er das Prunkstück des Garrison-Stalls in Hollywood Park, Kalifornien.

Edgar und Annie verbrachten an diesem Nachmittag fast drei Stunden mit dem Tier. Sie rieben es gründlich ab, ließen es schnell und langsam laufen und gaben ihm mehr Würfelzucker, als gut für ihn war.

»Wie wollen wir ihn nennen?« fragte Annie.

»Na ja, so wie er mit dir flirtet, um noch mehr Zucker zu erhalten ... wie wäre es mit *Annie's Beau*?«

»Oder *Edgar Rival*.«

Er verdrehte die Augen.

»Doch, ich habe einen Namen«, erklärte sie ernster. »Er ist allerdings ein wenig sentimental. Kann sein, daß er dir nicht gefällt.«

»Nur heraus damit.«

»*Willie's Memory.*«

Sein Lächeln gefror, taute aber im nächsten Augenblick wieder auf. »Okay, aber keine Tränen. Willie hat uns zu sehr viel Geld verholfen. Und dieser Willie hier wird viele Rennen gewinnen und uns zu noch mehr Geld verhelfen. Ja, der Name paßt und ist ein besseres Andenken an unseren Freund als ein Marmorgrabstein.«

Um siebzehn Uhr kehrten sie ins Haus mit den sechzehn Zimmern zurück, wo bereits die Tische für die Party zu Ehren von *Willie's Memory* aufgestellt wurden. Ab zwanzig Uhr erschienen die Gäste paarweise und in kleinen Gruppen. Wein und andere Getränke flossen in Strömen. Das Essen wurde von jedermann in den höchsten Tönen gelobt. Als um drei Uhr morgens die letzten Gäste gegangen waren, zogen Edgar und Annie sich aus und sprangen ins beheizte Schwimmbecken im Mittelteil ihres U-förmigen Anwesens.

Edgar hielt sie im Wasser fest, küßte ihre nassen Brüste und vergrub dann sein Gesicht in ihrem kastanienroten Haar. »Du kennst doch das alte Sprichwort?« fragte er leise.

»Welches Sprichwort?«

»Daß Geld allein nicht glücklich macht.«

Sie küßte ihn leicht auf die Lippen, umarmte ihn und drückte ihn leicht unter Wasser. »Ja und? Was ist damit?«

»Blödsinn«, lachte Edgar. »Der reine Blödsinn!«

Nackte Angst

Für
Barbara Norville

ERSTER TEIL

FREITAG

00.01 Uhr bis 20.00 Uhr

1

Er erwartete eigentlich keine Schwierigkeiten, aber er war auf alles vorbereitet, als er seinen Wagen gegenüber dem dreigeschossigen Sandsteingebäude parkte. Beim Aussteigen hörte er in einer Seitenstraße die Sirene aufheulen.

Sie sind hinter mir her, dachte er. Irgendwie haben sie herausgefunden, daß ich derjenige bin.

Er lächelte und stieg wieder ein. So einfach würde er sich nicht ergeben und sich Handschellen anlegen lassen. Das war nicht sein Stil.

Frank Bollinger ließ sich nicht leicht schrecken. Er konnte sich nicht erinnern, jemals Angst gehabt zu haben. Dafür wußte er viel zu gut, wie man sich schützte. Mit dreizehn hatte er schon eine Größe von einsachtzig erreicht, und er war immer noch weiter gewachsen, bis er einen Meter und dreiundneunzig maß. Bollinger hatte einen Stiernacken, breite Schultern und den Bizeps eines Bodybuilders.

Mit seinen siebenunddreißig Jahren war er immer noch in ausgezeichneter Verfassung, unterschied sich rein äußerlich in nichts von der Zeit, als er siebenundzwanzig oder siebzehn gewesen war. Dabei hatte er nie Sport getrieben.

Er hatte weder die Zeit gehabt noch jemals Lust verspürt, sich mit endlosen Kniebeugen, Liegestützen oder ähnlichen Übungen abzuplagen. Sein mächtiger Körper und die schweren Muskelpakete waren ein Geschenk der Natur, waren ihm einfach vererbt worden. Trotz seines guten Appetits und obwohl er sich noch nie irgendeiner Diätkur unterzogen hatte, waren ihm die Fettwülste an Hüften und Bauch erspart geblieben, gegen die so viele Männer in seinem Alter anzukämpfen hatten. Sein Arzt hatte es ihm so erklärt: Da er ständig unter extremer nervlicher Anspannung stand und sich weigerte, die Mittel einzunehmen, die seinen Zustand hätten unter Kontrolle bringen können, würde er vermutlich nicht alt werden und an Hypertonie sterben. Streß, innere Unruhe und nervliche Anspannung seien allerdings auch die Faktoren, die ihn kein Fett ansetzen ließen. Er sei aufgezogen wie ein Uhrwerk, und sein innerer Motor beschleunige auf immer höhere Touren, wodurch alles Fett gleich wieder verbrannt würde, ganz gleich, wieviel er zu sich nähme — soweit sein Arzt.
Bollinger konnte dieser Diagnose allerdings nur zur Hälfte zustimmen. Nervosität: nein. Anspannung: ja. Er war noch nie nervös gewesen. Dieser Begriff existierte für ihn einfach nicht. Aber er stand permanent unter Hochspannung. Es drängte ihn nach Spannung, und er bemühte sich, sie aufzubauen, denn er hielt sie für einen Überlebensfaktor. Er war immer wachsam, immer bereit, immer unter explosiver Anspannung. War bereit für jede nur denkbare Lage. Aus diesem Grund gab es auch nichts, vor dem er sich fürchtete: Nichts auf der ganzen Welt konnte ihn überrumpeln.
Als die Sirene lauter wurde, warf Bollinger einen Blick in den Rückspiegel. Einen Häuserblock entfernt pulsierte rotes Licht in der Nacht.

Er zog die 38er aus dem Schulterhalfter, legte eine Hand auf den Türgriff und wartete auf den geeigneten Moment, die Tür aufzustoßen.
Der Streifenwagen kam immer näher . . . und brauste vorüber. Zwei Straßen weiter bog er ab.
Sie waren ihm also nicht auf den Fersen.
Bollinger war ein wenig enttäuscht.
Er steckte die Waffe wieder ein und konzentrierte sich auf die Straße. Sechs Laternen — zwei an jedem Ende des Häuserblocks und zwei in der Mitte — tauchten das Pflaster, die Fahrzeuge und die Häuser in ein unwirklich violett-weißes Licht. An der Straße ragten drei- und viergeschossige Gebäude auf, teilweise aus Sandstein und teilweise aus Ziegeln erbaut. Die meisten machten einen gepflegten Eindruck.
Niemand war hinter den erleuchteten Fenstern zu erkennen. Sehr gut, dachte Bollinger, denn er wollte nicht gesehen werden. Ein paar Bäume rangen an den Rändern der Bürgersteige ums Überleben; verkrüppelte Platanen, Ahornbäume und Birken — das einzige, mit dem New York City außerhalb seiner Parks noch aufwarten konnte. Die Stämme waren verstümmelt und reckten ihre skelettartigen Äste wie verkohlte Knochen in den Mitternachtshimmel. Ein leichter, aber frostiger Januarwind wehte Papierfetzen durch die Rinnsteine. Wenn der Wind auffrischte, klapperten die Äste, als würde man mit Stöcken an einem Gatterzaun entlangstreichen. Die geparkten Wagen wirkten wie Tiere, die sich vor der Kälte verkrochen. Die Fahrzeuge waren allesamt leer. Auch auf den Bürgersteigen war niemand zu sehen.
Bollinger stieg aus einem Wagen, überquerte rasch die Straße und stieg die wenigen Stufen zum Eingang eines Apartmenthauses hinauf.
Das hell erleuchtete Foyer machte einen blitzsauberen

Eindruck. In dem frisch polierten Mosaik auf dem Fußboden — eine Girlande aus verblühenden Rosen auf einem beigefarbenen Untergrund — schien nicht ein Steinchen zu fehlen. Die Tür zum Treppenhaus war verschlossen. In den beiden oberen Etagen des zweistöckigen Hauses lagen drei, im Parterre zwei Apartments. Die Wohnung ›Part. A‹ gehörte Mr. und Mrs. Harold Nagly, den Hausbesitzern, die sich zu ihrem alljährlichen Erholungsurlaub in Miami Beach befanden. Das kleinere Apartment im hinteren Teil bewohnte Edna Mowry. Bollinger vermutete, daß Edna in diesem Moment einen Mitternachtsimbiß zu sich nahm oder sich einen Martini mixte, um sich von der langen Nachtarbeit zu erholen.
Er war gekommen, um Edna einen Besuch abzustatten. Er wußte, daß sie um diese Zeit zu Hause war. Sechs Nächte hatte er sie nun schon beobachtet und dabei herausgefunden, daß sie nach einem strengen Zeitplan lebte; für seinen Geschmack etwas zu strenge Regeln für eine so junge und attraktive Frau. Sie kehrte stets gegen Mitternacht von ihrer Arbeit zurück; nur selten wurde es fünf Minuten später.
Hübsche kleine Edna, dachte er. Du hast so wunderbar lange Beine.
Bollinger lächelte.
Er drückte die Klingel der Wohnung von Mr. und Mrs. Yardley im zweiten Stock.
Eine Männerstimme ertönte blechern aus dem kleinen Lautsprecher über den Briefkästen. »Wer ist denn da?«
»Ist das die Wohnung der Hutchinsons?« fragte Bollinger, obwohl er genau wußte, mit wem er verbunden war.
»Da haben Sie den falschen Knopf gedrückt, Mister. Die Hutchinsons wohnen im ersten Stock. Ihr Briefkasten befindet sich direkt neben dem unseren.«
»Entschuldigung«, sagte Bollinger, als Yardley die Verbindung abbrach.

Er klingelte bei den Hutchinsons.
Die Hutchinsons erwarteten offensichtlich Besuch und waren weniger vorsichtig als die Yardleys. Bollinger wurde die Tür aufgedrückt, und niemand fragte, wer er sei und was er wolle.
Im Treppenhaus war es angenehm warm. Auf halbem Weg durch den braun gefliesten Korridor mit ockerfarbenen Wänden stand eine Marmorbank, über der ein Spiegel aus facettiertem Glas hing. Beide Apartmenttüren (aus dunklem Holz und mit Messingbeschlägen) befanden sich auf der rechten Seite.
Bollinger blieb vor der zweiten Tür stehen und spreizte die Finger. Dann holte er die Brieftasche aus der Jacke und zog ein Messer aus dem Mantel. Als er den Knopf am Heft drückte, klappte durch Federdruck die Klinge auf. Sie war schmal, über zwanzig Zentimeter lang und so scharf wie ein Rasiermesser.
Die glänzende Klinge hypnotisierte Bollinger, und vor seinem geistigen Auge tauchten grelle Bilder auf.
Er liebte die Poesie von William Blake, hielt sich sogar für seelenverwandt mit dem großen Dichter. Es überraschte ihn daher nicht, daß ihm in eben diesem Moment ein paar Zeilen aus Blakes Werk einfielen, die wie Blut in den Rinnen eines Autopsietisches durch seinen Verstand strömten.

Dann spürten die Bewohner dieser Städte,
Wie ihre Nerven sich verwandelten in Mark
Und es begannen die Knochen zu splittern
Unter rasenden Qualen,
Unter Schüssen, Stoßen und Mahlen
An allen Gestaden;
Bis, der Erschöpfung nah,
Die Sinne sich ins Innere
flüchteten vor den Netzen des Gifts.

Ich sauge ihnen das Mark aus den Knochen, dachte er, so wahr ich Bollinger bin. Ich sorge dafür, daß die Bewohner *dieser* Stadt sich nachts hinter ihren Türen verbergen. Nur bin ich nicht das Gift, sondern die Heilung. Ich bin die Heilung für alles, was in dieser Welt schlecht ist.
Er drückte auf die Klingel. Einen Augenblick später hörte er sie hinter der Tür. Er läutete ein zweites Mal.
»Wer ist da?« fragte sie. Sie hatte eine angenehme, fast melodische Stimme, in der jetzt jedoch ein leichter Unterton von Furcht mitschwang.
»Miß Mowry?« erkundigte er sich.
»Ja.«
»Polizei.«
Keine Antwort.
»Miß Mowry? Sind Sie noch da?«
»Was gibt's denn?«
»Es hat an Ihrer Arbeitsstelle Ärger gegeben.«
»Ich mache nie Ärger.«
»Das habe ich ja auch nicht gesagt. Der Ärger betrifft Sie nicht, zumindest nicht direkt. Aber vielleicht haben Sie etwas gesehen oder sonstwie bemerkt. Vielleicht waren Sie sogar Augenzeuge.«
»Bei oder von was?«
»Das läßt sich leider nicht mit ein, zwei Sätzen erklären.«
»Ich kann keine Augenzeugin gewesen sein, ich nicht, denn ich trage bei der Arbeit Ohrenschützer und Augenklappen.«
»Miß Mowry«, beharrte Bollinger streng, »wenn Sie sich nicht mit mir unterhalten wollen, habe ich keine andere Wahl, als Sie gerichtlich vorführen zu lassen, um von Ihnen die gewünschten Antworten zu erhalten.«
»Woher soll ich wissen, ob Sie wirklich von der Polizei sind?«

»New York«, stöhnte Bollinger in gespielter Entrüstung. »In dieser Stadt verdächtigt doch wirklich jeder jeden.«
»Dazu besteht auch einiger Anlaß.«
Er seufzte. »Vielleicht haben Sie recht. Hören Sie, Miß Mowry, haben Sie eine Kette an der Tür?«
»Selbstverständlich.«
»Selbstverständlich. Nun, dann lassen Sie doch einfach die Kette vor, und öffnen Sie die Tür. Ich zeige Ihnen dann durch den Spalt meinen Dienstausweis.«
Zögernd zog sie den Riegel zurück. Durch die Kette ließ sich die Tür nur wenige Zentimeter weit öffnen.
Er hielt seine aufgeklappte Brieftasche an den Spalt. »Detective Bollinger«, erklärte er. Das Messer preßte er mit der Linken gegen seinen Mantel und hielt die Spitze zu Boden gerichtet.
Sie spähte durch den Spalt. Ein paar Sekunden lang studierte sie das Abzeichen, das in der Brieftasche angepinnt war, und beäugte dann noch intensiver den Lichtbildausweis, der neben dem Abzeichen steckte.
Als sie wieder aufblickte und ihn ansah, bemerkte er, daß ihre Augen nicht, wie er gedacht hatte, blau waren — er hatte sie nur auf der Bühne erlebt und dabei im schummrigen Zuschauerraum gesessen —, sondern daß sie eine tiefgrüne Tönung aufwiesen. Es waren die wunderbarsten Augen, die er je bei einer Frau gesehen hatte. »Zufrieden?« fragte er.
Das dicke schwarze Haar war ihr über eines der Augen gerutscht. Sie schob die Strähne rasch aus dem Gesicht. Ihre Finger waren lang und wirkten wie modelliert. Die Fingernägel waren blutrot angemalt. Wenn sie auf der Bühne stand und ins grelle Scheinwerferlicht getaucht wurde, wirkten ihre Fingernägel schwarz. »Was ist das denn für ein Ärger, von dem Sie gesprochen haben?« wollte sie nun wissen.

»Ich muß Ihnen eine ganze Reihe von Fragen stellen, Miß Mowry. Wir sollten uns vielleicht nicht die nächsten zwanzig Minuten durch einen Türspalt unterhalten, oder?«

Sie runzelte die Stirn. »Nein, vermutlich nicht. Warten Sie bitte eine Minute, damit ich mir etwas überziehen kann.«

»Ich kann warten. Geduld ist der Schlüssel zur Zufriedenheit.«

Sie sah ihn neugierig an.

»Mohammed«, erläuterte er.

»Ein Bulle, der Mohammed zitiert?«

»Warum nicht?«

»Sind Sie . . . gehören Sie dieser Religionsgemeinschaft an?«

»Nein.« Er schmunzelte darüber, wie vorsichtig sie sich ausgedrückt hatte. »Es ist nur so, daß ich über einen kleinen Zitatenschatz verfüge, mit dem ich hoffentlich im geeigneten Augenblick die Menschen schockiere, die glauben, Polizisten hätten grundsätzlich einen IQ von unter Zimmertemperatur.«

Sie zuckte zusammen. »Tut mir leid, Verzeihung.« Dann lächelte sie. Er hatte sie in all den Wochen, seit sie ihm aufgefallen war, noch nie lachen gesehen. Sie stand jeden Abend im Scheinwerferlicht, bewegte sich zur Musik, streifte in festgelegter Reihenfolge die Kleidungsstücke ab, streichelte und preßte ihre Brüste und betrachtete dabei das Publikum mit kalten Augen und der starren Miene einer Schlange. Ihr Lächeln jetzt war überwältigend.

»Dann ziehen Sie sich etwas über, Miß Mowry.«

Sie schloß die Tür.

Bollinger behielt die Haustür im Auge und hoffte, niemand würde kommen, solange er hier deutlich sichtbar stand.

Er steckte die Brieftasche wieder ein.
Das Messer ließ er in der Linken.
Nach kaum einer Minute kehrte sie zurück, löste die Kette, öffnete die Tür und sagte: »Treten Sie ein.«
Er machte einen Schritt an ihr vorbei in die Wohnung.
Sie schloß hinter ihm die Tür und verriegelte sie wieder.
Sie wandte sich zu ihm um und sagte: »Also, was hat es nun mit diesem Ärger . . .«
Mit einer für einen so massigen Mann sehr raschen Bewegung schleuderte er sie gegen die Tür, nahm blitzschnell das Messer in die Rechte und drückte der Frau die Spitze an die Kehle.
Ihre grünen Augen waren weit aufgerissen. Ihr stockte der Atem, und sie konnte nicht einmal schreien.
»Keinen Laut«, sagte Bollinger bestimmt. »Wenn du auch nur den Versuch machen solltest, um Hilfe zu rufen, stoße ich dir dieses Fleischmesser in den Hals, bis es am Nacken wieder rauskommt! Hast du mich verstanden?«
Sie starrte ihn nur an.
»Ob du mich verstanden hast!«
»Ja«, krächzte sie.
»Willst du nun vernünftig sein?«
Sie antwortete nicht. Ihr Blick wanderte von seinen Augen über seine feste Nase, die vollen Lippen und das energische Kinn bis hinab zu der Faust, die den Messergriff umklammerte.
»Wenn du dich störrisch gibst, schlachte ich dich gleich hier an der Tür ab. Ich nagele dich an die verdammte Tür.«
Er atmete tief und schwer.
Sie bebte am ganzen Leib.
Bollinger grinste.
»Was wollen Sie?«
»Nicht viel. Nein, eigentlich wirklich nicht viel. Nur ein wenig Zuwendung und Hingabe.«

Sie schloß die Augen. »Sind Sie . . . sind Sie *er?*«
Ein kaum sichtbarer Blutfaden rann von der nadelfeinen Messerspitze und erreichte schließlich den Kragen ihres hellroten Morgenmantels. Bollinger betrachtete das Rinnsal wie ein Wissenschaftler eine seltene Bakterie unter dem Mikroskop. Gebannt starrte er auf ihren Hals. »Er?« fragte er. »Wer ist *er?* Ich habe keine Ahnung, von wem du sprichst.«
»Sie wissen es genau«, sagte sie zitternd.
»Ich fürchte, ich weiß es nicht.«
»Sind Sie *er?*« Sie biß sich auf die Unterlippe. »Sind Sie derjenige . . . der all die anderen Frauen aufgeschlitzt hat?«
Er wandte leicht unmutig den Blick von ihrer Kehle und sah ihr ins Gesicht. »Aha, jetzt verstehe ich«, sagte er. »Jetzt weiß ich, wen du meinst. Diesen Burschen, den man den Schlächter nennt. Du denkst, ich sei der Schlächter.«
»Sind Sie der Schlächter?«
»Ich lese alles über ihn in den *Daily News*. Er schlitzt den Frauen die Kehlen auf, nicht war? Von einem Ohr zum anderen, oder?« Es begeisterte ihn außerordentlich, sie auf diese Weise zu quälen. »Manchmal schneidet er den Frauen auch die Bäuche auf und weidet sie aus, nicht wahr? Bitte berichtige mich, wenn ich mich irren sollte. Aber das macht er nur manchmal, oder . . . oder macht er das regelmäßig?«
Sie senkte den Blick und schwieg.
»Wenn ich mich recht entsinne, habe ich in den *News* gelesen, daß er einem Opfer auch noch die Ohren abgeschnitten hat. Als die Polizei die Frau gefunden hat, lagen ihre Ohren hübsch ordentlich auf dem Nachttisch neben ihrem Bett.«
Ihr Zittern verstärkte sich.

»Arme kleine Edna. Du glaubst, ich sei der Schlächter. Kein Wunder, daß du solche Angst hast.« Er tätschelte ihre Schulter und strich ihr über das lange schwarze Haar, als wollte er ein Schoßhündchen beruhigen. »Aber ich hätte auch mächtige Angst, wenn ich jetzt an deiner Stelle wäre. Gott sei Dank bin ich das ja nicht, oder? Und ich bin nicht der Bursche, den man den Schlächter nennt. Du kannst dich also wieder beruhigen.«
Sie öffnete die Augen und betrachtete ihn prüfend, um herauszufinden, ob er die Wahrheit sprach oder nicht.
»Für was für einen Kerl hältst du mich denn, Kleines?« fragte er und tat so, als hätte ihn ihr Verdacht tief beleidigt. »Ich will dir doch nichts zuleide tun, aber ich kenne kein Erbarmen, wenn ich zur Tat schreiten muß. Ich bereite dir einige Unannehmlichkeiten, wenn du dich nicht kooperativ verhältst. Aber wenn du brav und fügsam bist, wenn du lieb zu mir bist, werde ich dich belohnen und auch lieb zu dir sein. Ich werde dich sehr glücklich machen und verlasse dich in dem Zustand, in dem ich dich angetroffen habe. Makellos und unbeschädigt. Du bist nämlich makellos. Eine richtige Schönheit. Und dein Atem riecht nach Erdbeeren. Ist das nicht hübsch? Könnten wir beide uns einen besseren Anfang wünschen? Es ist wie eine Art Begleitmusik, daß dein Atem nach Erdbeeren duftet. Hast du gerade Erdbeeren gegessen, als ich an die Tür geklopft habe?«
»Sie sind wahnsinnig«, kam es leise von ihr.
»Na, na, Edna, wir wollen uns doch nicht störrisch geben. Wenn wir kooperieren, wird alles wunderbar. Also, hast du gerade Erdbeeren gegessen?«
Tränen rollten aus ihren Augenwinkeln.
Er drückte die Messerspitze etwas fester an ihre Kehle.
Sie wimmerte.
»Nun?« fragte er streng.

»Wein.«
»Wie war das?«
»Es war Wein.«
»Erdbeerwein?«
»Ja.«
»Ist davon noch etwas übrig?«
»Ja.«
»Dann würde ich gern davon probieren.«
»Ich hole Ihnen die Flasche.«
»Die hole ich mir lieber selbst«, erklärte er. »Doch zuvor will ich dich ins Schlafzimmer bringen und dort ans Bett fesseln. — Na, na, davor braucht man doch keine Angst zu haben. Wenn ich dich nicht festbinde, würdest du früher oder später auf dumme, unartige Gedanken kommen und zu fliehen versuchen. Und wenn du das versuchen solltest, müßte ich dich leider töten. Du bist doch ein großes und vernünftiges Mädchen und verstehst sicher, daß ich dich nur zu deinem eigenen Besten fessele, damit ich dir nichts antun muß, nicht wahr?«
Er küßte ihre kalten Lippen, hielt dabei aber immer noch die Messerspitze an ihren Hals.
»Bitte nicht«, flehte sie leise.
»Na, das war aber nicht nett von dir, Edna. Nun beruhige dich doch und hab Vergnügen daran.« Er löste den Gürtel. Der Morgenrock öffnete sich. Darunter war sie nackt. Er drückte sanft ihre Brüste. »Wenn du schön brav mitmachst, wird dir nichts geschehen. Und ich garantiere dir, daß du Dinge erleben wirst, die du dir nie hättest träumen lassen. Auf jeden Fall wirst du viel Spaß haben. Ich werde dich nicht töten, es sei denn, du zwingst mich dazu. Ich bin nicht der Schlächter, Edna. Ich . . . ich bin nichts weiter als ein ganz gewöhnlicher Freizeitvergewaltiger.«

2

Graham Harris spürte, daß es Ärger geben würde. Er rutschte in seinem Sessel herum, konnte aber keine bequemere Position finden. Er warf einen Blick auf die drei Fernsehkameras und kam sich plötzlich so vor, als wäre er von intelligenten, feindseligen Robotern umzingelt. Einen Moment später hätte er beinahe über diese bizarre Vorstellung gelacht. Die Nervenanspannung rief ein leichtes Schwindelgefühl in ihm hervor.

»Nervös?« erkundigte sich Anthony Prine.

»Ein bißchen.«

»Dazu besteht wirklich kein Anlaß.«

»Sicher nicht, solange die Werbespots laufen, aber . . .«

»Und auch nicht dann, wenn wir wieder auf Sendung sind«, sagte Prine. »Sie haben sich bislang recht gut gehalten.« Obwohl Prine genauso Amerikaner war wie Harris, wirkte er wie ein britischer Bilderbuch-Gentleman: etwas blasiert, leicht ermüdet, doch in Wahrheit nur gelangweilt, völlig entspannt und voller Selbstvertrauen. Prine saß in einem leichten Ledersessel mit hoher Lehne, das Pendant zu dem Möbel, in dem Harris sich eben noch so unbehaglich gefühlt hatte. »Sie sind ein hochinteressanter Gast, Mr. Harris.«

»Vielen Dank. Ich kann das Kompliment nur zurückgeben. Allerdings verstehe ich nicht, wie Sie das durchstehen . . . fünf Nächte in der Woche Live-Sendungen im Fernsehen . . .«

»Gerade der Umstand, daß live übertragen wird, macht die Sache so anregend und spannend«, antwortete Prine. »Wenn man live gesendet wird, riskiert man alles. Sogar, sich selbst zum Narren zu machen. Das hält die Säfte in Gang. Deswegen zögere ich ja auch, die Show an andere Stationen zu verkaufen oder sie landesweit ausstrahlen zu lassen. Dann müßte ich die Sendung nämlich aufzeichnen lassen, damit die Cutter sie von zwei Stunden oder mehr auf neunzig Minuten kürzen können. Und dann wäre es wirklich nicht mehr dasselbe.«

Der Programmdirektor, ein massiger Mann in einem weißen Sweater und einer kleinkarierten Bundfaltenhose, rief: »Noch zwanzig Sekunden, Tony.«

»Entspannen Sie sich«, sagte Prine zu Harris, »in fünfzehn Minuten haben Sie alles hinter sich.«

Harris nickte. Prine war ein sehr zuvorkommender und freundlicher Mann . . . dennoch konnte Harris das Gefühl nicht abschütteln, daß der Abend noch eine böse Überraschung für ihn bereithielt, die ihn in sehr kurzer Zeit erwarten würde.

Anthony Prine war der Talkmaster von *Manhattan um Mitternacht*, einer zwanglosen, zweistündigen Talkshow, die von einem lokalen New Yorker Sender ausgestrahlt wurde. Die Sendung bot die gleiche Art von Unterhaltung wie andere Talkshows auch: Filmstars, die Werbung für ihren neuesten Film machten, Schriftsteller, die ihre neuen Bücher vorstellten, Popstars, die für ihre letzten Alben kräftig auf die Werbepauke schlugen, oder Politiker, die für ihren Wahlfeldzug Publicity brauchten (natürlich unter der Vorgabe, daß sie erstmals in dieser Sendung ankündigten, sich nach langem inneren Ringen zur Kandidatur entschlossen zu haben; das bewahrte sie davor, unter das Sendezeitabkommen der Parteien zu fallen), und so weiter und so fort — doch Prines Show präsentierte darüber hinaus auch etliche Gedankenleser, Hellseher, UFO-Gläubige und ähnliche ›Experten‹ (vor denen sich die meisten anderen Sender drückten). Prine selbst gehörte zu denen, die an solche Phänomene glaubten. Außerdem war er ein wirkliches As unter den Talkmastern. Es hieß sogar, daß ABC ihn für eine landesweite Show haben wollte. Prine war nicht ganz so schlagfertig wie der Altmeister Johnny Carson, aber auch nicht so heimelig gemütlich wie Mike Douglas. Doch niemand stellte so prägnante und bohrende Fragen wie Anthony Prine. Er war gelassen und leitete seine Show mit sicherer Hand. Und solange alles bestens lief, machte er nicht selten den Eindruck eines Nikolaus nach einer Abmagerungskur: schneeweißes Haar, ein freundliches, rundes Gesicht und fröhliche blaue Augen. Niemand hätte ihm in solchen Momenten zugetraut, auch nur ein böses Wort über die Lippen zu bringen. Dennoch gab es Momente — nicht öfter als einmal pro Show, manchmal auch nur einmal in der Woche —, in denen er einen Gast unerbittlich an den Pranger stellte. Entweder entlarvte er ihn als Lügner, oder er brachte ihn mit einer Serie von hinterhältigen, gleichwohl pointierten Fragen in Verlegenheit, machte ihn vor dem Publikum unmöglich oder demütigte ihn. Ein solcher Angriff währte nie länger als drei oder vier Minuten, doch er erfolgte ebenso erbarmungslos wie völlig unvermittelt.

Manhattan um Mitternacht besaß ein großes und treues Publikum, das vor allem wegen dieser Überraschungsattacken einschaltete, die von allen als Höhepunkt der Prine-Show angesehen wurden. Wenn er jeden Gast einer solchen Behandlung ausgesetzt hätte, wäre die Show sicher rasch langweilig geworden. Aber seine Unberechenbarkeit machte ihn so faszinierend wie eine Kobra. Die Millionen New Yorker, die ihre Freizeit am liebsten vor dem Fernseher verbrachten, genossen offensichtlich diese Art von Gewalt aus zweiter Hand mehr als jede andere Art von Unterhaltung. Sie sahen gern brutale Krimiserien, in denen Menschen zusammengeschlagen, ausge-

raubt oder ermordet wurden; und sie freuten sich auf die unerwarteten Momente, in denen Prine mit Worten wie Keulen auf einen Gast eindrosch.
Prine hatte vor fünfundzwanzig Jahren als Nachtclub-Entertainer angefangen, Witze erzählt, ein paar Tricks vorgeführt und Stars parodiert. Er gehörte zu den Leuten, die es von ganz unten bis an die Spitze geschafft hatten.
Der Programmdirektor gab Prine ein Zeichen. Auf einer Kamera leuchtete ein rotes Licht auf.
Der Talkmaster wandte sich an sein unsichtbares Publikum: »Ich habe gerade Mr. Graham Harris zu Gast. Er kommt aus Manhattan und bezeichnet sich als . . . ›Hellseher‹. Habe ich das richtig wiedergegeben, Mr. Harris?«
»So ungefähr«, antwortete Harris, »obwohl es so, wie Sie es sagen, einen religiösen Beigeschmack hat. Und damit hat meine Begabung absolut nichts zu tun. Ich schreibe meine Wahrnehmungen keineswegs Gott zu . . . und auch keiner anderen übernatürlichen Macht.«
»Wie Sie früher schon sagten, sind Sie davon überzeugt, daß Ihre Gabe des Hellsehens von einer Kopfverletzung herrührt, die Sie infolge eines schweren Unfalls erlitten haben. Seit damals haben Sie Visionen. Falls das nun Gottes Fügung sein sollte, sind Seine Wege noch unergründlicher, als wir uns das bisher vorgestellt haben.«
»Richtig.« Harris lächelte.
»Nun denn, jeder, der hin und wieder einmal einen Blick in die Zeitung wirft, weiß, daß Sie von der Polizei gebeten wurden, einen Hinweis auf den Mann zu geben, der allgemein als der Schlächter bekannt geworden ist. Dann gab es da aber noch einen anderen Fall, den Mord an den Havelock-Schwestern aus Boston, bei dessen Aufklärung Sie mitgeholfen haben. Eine recht interessante Geschichte. Erzählen Sie uns doch bitte davon.«
Harris rutschte wieder auf seinem Sessel herum. Er spür-

te immer noch nahendes Unheil, aber er bekam einfach keine Vorstellung, worum es sich dabei handeln würde und wie er ihm entgegentreten könnte. »Also, die Havelock-Schwestern . . .«

Die neunzehnjährige Paula Havelock hatte zusammen mit ihrer Schwester Paige ein hübsches kleines Apartment nahe der Universität in Boston bewohnt. Paula war noch mitten in ihrem Studium gewesen, während Paige sich auf ihren Magisterabschluß in Soziologie vorbereitet hatte. Am 2. November des vergangenen Jahres fuhr Michael Shute vor dem Haus der beiden vor, um Paige zum Essen abzuholen. Er hatte sich am Abend zuvor telefonisch mit ihr verabredet. Michael und Paige waren seit einiger Zeit zusammen, und er besaß einen Schlüssel zu ihrer Wohnung. Nachdem er geläutet hatte, ohne daß ihm jemand öffnete, beschloß er, in die Wohnung zu gehen und dort auf die Schwestern zu warten. Im Apartment mußte er allerdings feststellen, daß die beiden Mädchen im Haus waren. Paula und Paige waren in der Nacht von einem oder mehreren Männern überfallen worden. Die Nachthemden der Mädchen waren zerrissen, und ihre sonstigen Kleider lagen auf dem Boden verstreut. Man hatte die Frauen mit einer Schnur gebunden und dann mehrfach vergewaltigt, bevor man sie in ihr Wohnzimmer gezerrt und dort erschossen hatte.

Weil es der Polizei nicht gelungen war, auch nur eine einzige brauchbare Spur zu finden, setzten die Eltern der toten Mädchen sich am 10. November mit Graham Harris in Verbindung und baten ihn um seine Hilfe. Er traf zwei Tage später in Boston ein. Obwohl die Polizei sich ihm gegenüber sehr skeptisch verhielt — einige Beamte waren ihm gegenüber sogar ausgesprochen feindselig eingestellt —, wollte man andererseits nicht die Havelocks verärgern, die in der Stadt über einigen politischen Einfluß verfügten. Man führte Harris in das versiegelte Apartment und gestattete ihm, sich am Tatort umzusehen. Doch er empfing nichts: weder irgendeine Ausstrahlung noch übersinnliche Visionen. Nur ein Frösteln stellte sich bei ihm ein, das ihm über den Rücken kroch und sich im Magen einnistete. Später wurde ihm unter den mißtrauischen Blicken eines Ermittlungsbeamten gestattet, das Kopfkissen in die Hand zu nehmen, mit dem der Mörder die Schußgeräusche gedämpft hatte; danach durfte er auch die Nachthemden und die Kleider berühren, die bei den Leichen gefunden worden waren. Während er über den blutverschmierten Stoff strich, erwachte mit einem Schlag sein paranormales Talent zum Leben. Sein Geist wurde von Visionen überschwemmt.

Prine unterbrach seinen Gast: »Einen Moment, bitte. Ich meine, Sie sollten uns das etwas näher erklären. Sie sagen also, die simple Berührung von blutverschmierten Nachthemden hätte in Ihnen hellseherische Visionen hervorgerufen?«

»Nicht direkt. Ich habe die Visionen nicht hervorgebracht, sondern sie *freigelassen*. Die Nachthemden waren so eine Art von Schlüssel, der das Schloß zum Teil meines Gehirns öffnete, in dem sich meine besondere Begabung befindet. Diese besondere Eigenschaft weisen nahezu alle Mordwaffen und auch die Kleidungsstücke auf, die das Opfer im letzten Moment getragen hat.«

»Wie ist das Ihrer Ansicht nach zu erklären?«

»Ich habe noch keine Erklärung dafür gefunden«, antwortete Harris.

»Aber Sie haben sich doch sicher schon darüber Gedanken gemacht, oder?«

»Ich denke pausenlos darüber nach. Aber ich bin nie zu einer halbwegs plausiblen Antwort gekommen.«

Obwohl Prines Stimme nicht den leisesten Hinweis auf

Feindseligkeit enthielt, war Harris überzeugt, daß sein Gegenüber nur auf den geeigneten Moment wartete, einen seiner gefürchteten Angriffe zu starten.
Für einen Augenblick glaubte Harris, dies sei das Unheil, das er schon seit einiger Zeit kommen sah. Dann begriff er mittels seines sechsten Sinnes rasch, daß das Unheil über jemand anderen hereinbrechen würde; über jemanden, der sich außerhalb des Senders befand.
»Als Sie das Nachthemd berührten«, fragte Prine weiter, »haben Sie da den oder die Mörder deutlich vor sich gesehen, so als stünden sie Ihnen gegenüber? Oder wie war das?«
»Nicht ganz. Ich sah den ganzen scheußlichen Vorgang, allerdings vor meinem geistigen Auge.«
»Wie darf ich das verstehen? Sind Ihre Visionen Tagträumen vergleichbar?«
»In gewisser Weise. Sie sind plastisch und voller Farben und Geräusche.«
»Haben Sie denn den Mörder der beiden Frauen in dieser Vision *gesehen?*«
»Ja, ziemlich deutlich.«
»Ist Ihnen auch sein Name bekannt geworden?«
»Nein, natürlich nicht«, antwortete Harris. »Doch ich konnte der Polizei eine sehr deutliche Beschreibung von ihm geben. Der Mörder war ein Mann Anfang Dreißig, fast einen Meter achtzig groß und von kräftiger Gestalt. Er hatte eine beginnende Glatze, blaue Augen, eine schmale Nase und ansonsten scharf geschnittene Züge. Und auf seinem Kinn war ein kleines Muttermal in Form einer Erdbeere . . . Wie sich später herausstellte, war das die exakte Beschreibung des dortigen Hausmeisters.«
»Und Sie hatten ihn nie zuvor gesehen?«
»Nein. Zum ersten Mal trat er mir in dieser Vision vor Augen.«

»Und Sie hatten auch nie zuvor eine Fotografie von ihm gesehen?«

»Nein.«

»Gehörte er zum Kreis der Verdächtigen, bevor Sie der Polizei seine Beschreibung gaben?«

»Ja, anfangs. Doch der Mord ereignete sich in den Morgenstunden seines freien Tages. Er erklärte, er sei noch am Vorabend zu seiner Schwester gefahren und hätte dort die Nacht verbracht — also Stunden vor dem Doppelmord. Seine Schwester bestätigte diese Angaben. Da sie über achtzig Meilen entfernt wohnte, schien der Hausmeister damit über ein hieb- und stichfestes Alibi zu verfügen.«

»Dann hat seine Schwester also gelogen, oder?«

»Ja.«

»Wie haben Sie ihr das nachweisen können?«

Während Harris noch die Kleidungsstücke der Ermordeten betastete, spürte er, daß der Mörder zwei Stunden nach der Tat zu seiner Schwester gefahren war — und nicht schon am Abend, wie er und sie behaupteten. Harris nahm auch wahr, daß die Tatwaffe — eine 32er Smith & Wesson Terrier — im Hause der Schwester in der untersten Schublade eines Geschirrschranks versteckt worden war.

Harris fuhr mit einem Polizisten aus Boston und zwei Beamten der Staatspolizei zum Haus der Schwester. Sie erschienen dort unangemeldet und erklärten, neue Indizien seien aufgetaucht, über die sie sie befragen müßten. Kaum war Harris im Haus, da fragte er die Frau, die sich von ihrer Überraschung noch nicht erholt hatte, warum sie erklärt habe, ihr Bruder sei am Abend des ersten November hier eingetroffen, obwohl er doch erst am nächsten Morgen angekommen sei. Bevor sie ihm antworten und auch nur ihre Gedanken ordnen konnte, fragte er gleich weiter, warum sie die Tatwaffe in der untersten Schublade ihres Geschirrschrankes aufbewahre. Von seinem Wissen überwältigt, gab die Frau kurz darauf allen Widerstand auf und gestand die Wahrheit.

»Unfaßbar«, sagte Prine. »Und Sie haben das Innere dieses Hauses vor Ihrer Vision nie gesehen?«

»Ich habe es vorher nicht einmal von außen gesehen.«

»Warum hat die Frau aber ihren Bruder gedeckt? Sie mußte doch über seine furchtbare Tat Bescheid wissen!«

»Keine Ahnung. Ich kann Dinge sehen, die geschehen sind; seltener sogar Ereignisse, die sich in naher Zukunft abspielen — auch an Orten, die ich nicht kenne. Aber ich kann keine Gedanken lesen. Die Motive der Menschen bleiben mir genauso verborgen wie allen anderen auch.«

Der Programmdirektor gab Prine ein Zeichen. Noch fünf Minuten bis zum nächsten Werbeblock.

Prine beugte sich etwas zu Harris vor und fragte: »Wer hat sich an Sie gewandt, um den Mann zu fangen, den man den Schlächter nennt? Etwa die Eltern von einer der ermordeten Frauen?«

»Nein. Einer der Ermittlungsbeamten hat offenbar nicht so große Vorbehalte gegen meine Fähigkeiten wie der Großteil seiner Kollegen. Dieser Mann glaubt sogar, daß ich das vermag, was ich von mir behaupte. Zumindest will er mir eine Chance geben.«

»Und nun haben Sie die neun Tatorte untersucht?«

»Ich habe erst fünf gesehen.«

»Und die Kleider der Opfer?«

»Ja, einige.«

Prine glitt bis an den Rand seines Sessels und beugte sich in verschwörerischer Manier zu Harris vor. »Was können Sie uns denn über den Schlächter sagen?«

»Nicht viel«, antwortete Harris und runzelte die Stirn, weil es ihn sehr beschäftigte, daß er in diesem Fall noch

nicht weitergekommen war. Der Schlächter bereitete ihm mehr Kopfzerbrechen, als er das von früheren Ermittlungen gewohnt war. »Nun, er ist ein sehr großer und kräftiger Mann, sieht gut aus und ist noch relativ jung. Er ist sehr von sich überzeugt und . . .«
»Wieviel bezahlt man Ihnen dafür?«
Diese Frage brachte Harris aus der Fassung. »Wie bitte? Wofür bezahlt man mich?«
»Daß Sie der Polizei helfen.«
»Niemand bezahlt mich dafür.«
»Dann sind Sie wohl so eine Art Wohltäter, wie? Jemand, der den Menschen Gutes tun will?«
»Ich helfe, weil ich helfen muß. Ein innerer Zwang drängt mich dazu . . .«
»Wieviel haben die Havelocks Ihnen gezahlt?«
Harris begriff, daß Prine sich nicht in verschwörerischer Absicht zu ihm vorgebeugt hatte, sondern eher mit einem hungrigen Raubtier vergleichbar war, das im Begriff war, sich auf seine Beute zu stürzen. Seine Vorahnung hatte ihn nicht getrogen: dieser Mistkerl hatte ihn zu seinem nächtlichen Schlachtopfer erkoren. Aber warum gerade mich, fragte sich Harris.
»Mr. Harris?«
Er hatte für einen Moment die Kameras (wie überhaupt das ganze Studio) vergessen, und nun wurden sie ihm auf unangenehme Weise wieder bewußt. »Die Havelocks haben mir keinen Cent gezahlt.«
»Sind Sie da ganz sicher?«
»Natürlich bin ich mir da ganz sicher!«
»Aber manchmal nehmen Sie ein Honorar für Ihre Dienste an, nicht wahr?«
»Nein, nie, ich verdiene meinen Unterhalt mit . . .«
»Vor sechzehn Monaten wurde irgendwo im Mittelwesten ein Junge brutal ermordet. Wir lassen den Namen des Or-

tes, in dem dies geschah, hier aus, um der Familie unerwünschte Publicity zu ersparen. Die Mutter des Jungen bat Sie um Hilfe bei der Suche nach dem Mörder. Ich habe gestern mit ihr gesprochen. Sie erklärte, sie habe Ihnen etwas mehr als tausend Dollar bezahlt, und dann ist es Ihnen nicht gelungen, den Mörder zu entdecken.«

Was um alles in der Welt will er mir da anhängen? fragte sich Harris. Prine bereitet sich doch immer gut auf seine Gäste vor und müßte daher wissen, daß ich keinesfalls arm zu nennen bin; daß ich es kaum nötig habe, kreuz und quer durchs Land zu reisen, um hier und da ein paar Dollar abzustauben. »Erstens habe ich der Frau sagen können, wer der Mörder war, und auch, wo man ausreichend Beweise finden könnte, um den Täter zu überführen. Doch dann haben sich sowohl die Polizei als auch die Mutter geweigert, meinen Hinweisen zu folgen.«

»Und warum haben sie sich geweigert?«

»Weil der Mann, den ich als Mörder entdeckt hatte, der Sohn einer sehr wohlhabenden und einflußreichen Familie in jener Stadt ist. Er selbst ist ein angesehener Geistlicher . . . und er ist der Stiefvater des ermordeten Jungen.«

Prines Gesichtsausdruck bewies, daß die Frau ihm davon nichts berichtet hatte. Dennoch gab er seinen Angriff nicht auf. Und das paßte eigentlich nicht zu ihm. Normalerweise fiel er nur dann über einen Gast her, wenn er sich wirklich sicher war, mit seinen Recherchen den Betreffenden ruinieren zu können. Prine war ein kalter Mann, der keinen Fehler zu machen pflegte. »Aber sie hat Ihnen doch tausend Dollar gezahlt, oder?«

»Das war für meine Unkosten. Für die Flugtickets, die Leihwagen, Unterkunft, Verpflegung und so weiter.«

Der Talkmaster lächelte, als hätte sein Opfer jetzt endlich den Kopf in der Schlinge. »Sie lassen sich also immer die Unkosten erstatten?«

»Selbstverständlich. Man wird ja wohl kaum von mir erwarten dürfen, daß ich überall herumreise und die Unkosten aus der eigenen Tasche bestreite . . .«
»Haben die Havelocks Ihnen etwas gezahlt?«
»Ja, meine Unkosten haben sie erstattet.«
»Aber haben Sie nicht vor einer Minute gesagt, die Havelocks hätten Ihnen keinen Cent gegeben?«
Empört entgegnete Harris: »Sie haben mich nicht bezahlt. Sie haben mir nur meine Auslagen . . .«
»Mr. Harris, verzeihen Sie bitte, wenn ich Ihnen so vorkomme, als wollte ich Sie für etwas beschuldigen, das nicht auf Ihr Konto geht. Aber mir kommt es ein wenig eigenartig vor, wenn ein Mann mit Ihrem Ruf als Wundertäter nicht danach trachtet, aus der Leichtgläubigkeit der Zeitgenossen Zehntausende von Dollars zu schlagen. Natürlich gehört dazu eine gute Portion Skrupellosigkeit, doch . . .«
»Hören Sie . . .
»Wenn Sie an einem Fall arbeiten, könnte es da schon einmal vorkommen, daß Sie Ihre Spesen nach oben korrigieren?« bohrte Prine weiter.
Harris war wie betäubt. Erst nach einem Moment beugte er sich vor. »Das ist eine unverschämte Unterstellung!«
Er bemerkte, daß Prine sich in dem Moment zurückgelehnt und die Beine übereinandergeschlagen hatte, als sein Gast vorgeprescht war. Ein geschickter Schachzug, die Harris' Reaktion als deutlich übertrieben erscheinen ließ. Er kam sich plötzlich so vor, als sei er an den Pranger gestellt. Prines Manöver ließ ihn wie einen Schuldigen erscheinen, der ertappt worden war und sich nun mit verzweifelten Mitteln zur Wehr zu setzen versuchte.
»Sie wissen sehr gut, daß ich auf solches Geld nicht angewiesen bin. Ich bin zwar kein Millionär, aber einigermaßen wohlhabend. Mein Vater war ein erfolgreicher Ver-

leger. Er hat mir ein kleines Vermögen hinterlassen. Darüber hinaus betreibe ich selbst ein einigermaßen gutgehendes Geschäft.«

»Ich weiß, daß Sie zwei teure Zeitschriften über Bergsteigen herausgeben«, antwortete der Talkmaster ungerührt. »Allerdings haben beide eine recht bescheidene Auflage. Und was das Vermögen angeht, so ist mir davon nichts bekannt.«

Er lügt, dachte Harris. Er bereitet sich geradezu vorzüglich auf seine Gäste vor. Als ich ins Studio kam, wußte er über mich fast soviel wie ich selbst. Warum lügt er? Was verspricht er sich davon, wenn er mich hier öffentlich hinrichtet? Was um alles in der Welt geht hier eigentlich vor?

Die Frau hat grüne Augen, klare und wunderschöne Augen, doch jetzt sind sie von Panik erfüllt. Sie starrt hoch zu der Klinge, zu der blitzenden Klinge, und holt tief Luft, um einen Schrei auszustoßen, als das Messer in hohem Bogen zum Sturzflug ansetzt . . .

Die Bilder verschwanden so rasch wieder, wie sie gekommen waren. Harris wußte, daß es einigen Hellsehern — darunter den beiden berühmtesten, Peter Hurkos und dem Niederländer Gerard Croiset — möglich war, Visionen zu empfangen und zu interpretieren, während sie sich gleichzeitig äußerlich ungerührt mit jemandem unterhielten. Das war Graham Harris nur in Ausnahmefällen möglich. Normalerweise nahmen ihn Visionen gefangen, lenkten ihn mindestens von seiner Umgebung ab. Wenn er es mit einem Mordfall zu tun hatte, wurde er von den Bildern so überwältigt, daß er vorübergehend den Kontakt zur Wirklichkeit verlor. Die Visionen waren für ihn mehr als geistige Erlebnisse. Sie trafen ihn im Innersten. In dem Augenblick, in dem ihm die grünäugige Frau erschienen war, hatte er den Kontakt zum Studio weitgehend verloren. Kameras, Publikum, Techniker, Assistenten und selbst Prine waren für ihn nicht mehr da. Harris zitterte.

»Mr. Harris?« erkundigte sich der Talkmaster.

Der Hellseher hob den Kopf.

»Ich habe Ihnen eine Frage gestellt«, beharrte Prine.

»Es tut mir leid. Ich habe sie nicht gehört.«

Als das Blut in einer Fontäne aus ihrem Hals spritzt und ihr Schrei lautlos vergeht, zieht er die Klinge heraus, hebt sie rasch über den Kopf und stößt dann wieder zu, stößt wieder und wieder mit aller Kraft zu. Er sticht ihr in den Hals und hinab bis zwischen die Brüste. Er grinst nicht, er hat keine Falten auf der Stirn, und er atmet nicht schwer. Er ersticht sein Opfer planvoll und präzise, als wäre dies sein Beruf, als stünde er am Fließband. Er unterscheidet sich in seiner Konzentration in nichts von einem Computeroperator, von einem Gebrauchtwagenhändler oder von einem Handwerker. Er hat seine Arbeit zu erledigen, die darin besteht, zu stechen, zu schlitzen und Unmengen von Blut zu vergießen . . . Danach richtet er sich auf, sieht sich noch einmal um und geht dann nach Hause, um sich ins Bett zu legen und zufrieden einzuschlafen, weil er heute wieder seinen Beitrag geleistet hat . . .

Harris zitterte unkontrolliert. Sein Gesicht war schweißbedeckt und klebrig; dabei kam er sich so vor, als würde er im Durchzug sitzen. Die Kraft seiner übersinnlichen Fähigkeiten erschreckte ihn. Seit dem Unfall vor einigen Jahren, bei dem er beinahe das Leben verloren hatte, war er in vielerlei Hinsicht vorsichtiger geworden, und eine Menge Dinge ängstigten ihn. Doch diese Visionen, diese unerklärlichen Visionen riefen *absolute* Angst in ihm hervor.

»Mr. Harris?« machte sich der Talkmaster wieder bemerkbar. »Ist mit Ihnen alles in Ordnung?«

Die zweite Flut von Bildern hatte nur drei oder vier Sekunden angedauert; auch wenn ihm der Zeitraum endlos

erschienen war. Während dieses Moments war er vom Studio und den Kameras losgelöst gewesen.
»Er schlägt wieder zu«, flüsterte Harris. »In eben dieser Minute . . .«
Prine runzelte die Stirn. »Wer? Wer tut was?«
»Er mordet.«
»Sie . . . Sie meinen den Schlächter?«
Harris nickte und leckte sich über die spröden Lippen. Er hatte einen unangenehmen metallischen Geschmack im Mund.
Der Talkmaster wirkte erregt. Er sah direkt in die laufende Kamera und rief: »Vergessen Sie nicht, New Yorker, in dieser Show haben Sie es zum ersten Mal live miterlebt!« Er wandte sich wieder Harris zu. »Wen bringt er gerade um?«
Prine hatte sich nun in einen sensationslüsternen Voyeur verwandelt.
»Eine Frau . . . mit grünen Augen . . . und sehr attraktiv.«
»Wie heißt sie?«
Schweißtropfen rannen Harris seitlich in die Augen und brannten. Er wischte sich mit dem Handrücken über die Stirn. Erst allmählich kam ihm zu Bewußtsein, was für einen dämlichen Anblick er den Hunderttausenden Zuschauern in diesem Moment bieten mußte.
»Können Sie mir ihren Namen sagen?« drängte der Talkmaster.
Edna . . . hübsches kleines Ding . . . arme, kleine Edna . . .
»Edna«, antwortete Harris.
»Weiter, der Nachname!«
»Ich kann . . . Ich kann ihn nicht erkennen.«
»Versuchen Sie es. Sie müssen es versuchen!«
»Ich kann nicht . . . vielleicht Stripper . . .«
»Edna Stripper?«
»Ich weiß nicht . . . wohl kaum . . . vielleicht habe ich

da etwas durcheinandergebracht ... möglich, daß sie nur ... nur Edna heißt ...«
»Strengen Sie sich an«, forderte Prine. »Versuchen Sie es stärker. Können Sie denn nicht ein bißchen nachhelfen?«
»Ich habe keinen Einfluß darauf ...«
»Wie lautet *sein* Name?«
»Daryl ... nein, Dwight ...«
»Dwight wie Dwight Eisenhower?«
»Ich weiß nicht, ob das sein Taufname ist ... weiß nicht einmal, ob das der Vor- oder der Zuname ist ... einige Menschen rufen ihn so ... Dwight ... ja, so ruft man ihn, und darauf reagiert er.«
»Unglaublich!« entfuhr es Prine. Offensichtlich hatte er ganz vergessen, daß er eben noch dabeigewesen war, seinen Gast unmöglich zu machen. »Erkennen Sie noch einen anderen Namen?«
»Nein, aber ich spüre, daß die Polizei ihn kennt ... irgendwie kennt sie ihn ... sogar sehr gut ...«
»Heißt das, er wird bereits verdächtigt, man ist ihm auf der Spur?«
Die Kameras schienen immer näher zu kommen.
Harris wünschte, sie würden ihn in Ruhe lassen. Er wünschte, Prine wäre meilenweit fort. Er hätte nie in dieses Studio kommen dürfen. Am meisten aber wünschte er sich, die Visionen würden ihn in Ruhe lassen, würden in die Tiefe seines Unterbewußtseins zurückkehren, aus der sie sich durch den Unfall befreit hatten.
»Weiß nicht«, stöhnte Harris. »Ich vermute, er gehört zum Kreis der Verdächtigen ... Aber ganz gleich, wie es ist, die Polizei kennt ihn ... Sie ...« Er zuckte krampfhaft zusammen.
»Was ist?« wollte Prine wissen.
»Edna ...«

»Ja, was ist mit Edna?«
»Sie ist jetzt tot.«
Harris fühlte sich so, als müßte er sich im nächsten Augenblick übergeben.
»Wo wurde sie ermordet?«
Harris sank schwer in seinen Sessel zurück und kämpfte mit aller Macht dagegen an, die Kontrolle über sich zu verlieren. Er fühlte sich an Ednas Stelle, spürte die Messerstiche in sich.
»Wo ist sie ermordet worden?«
»In ihrer Wohnung.«
»Wie lautet die Adresse?«
»Das weiß ich nicht.«
»Wenn die Polizei noch rechtzeitig dort eintreffen könnte . . .«
»Ich habe sie verloren«, sagte Harris. »Vorbei. Tut mir leid. Es ist alles vorbei.«
Ihm war kalt, er fühlte sich wie ausgebrannt.

3

Kurz nach zwei Uhr in der Frühe, nach einer Besprechung mit dem Programmdirektor, verließ Anthony Prine das Studio und lief den Gang hinunter bis zu seiner Garderobe, in der er auch übernachtete, wenn er nicht nach Hause konnte. Er marschierte direkt zur Bar, ließ zwei Eiswürfel in ein Glas fallen und griff nach der Bourbon-Flasche.

Paul Stevenson, sein Manager und Freund, hockte auf der Couch. Er trug stets teure, maßgeschneiderte Kleidung. Prine legte Wert auf geschmackvolle und gepflegte Konfektion, und er wußte es zu schätzen, wenn andere Männer darin Geschick bewiesen. Leider brachte es Stevenson regelmäßig fertig, sein äußeres Erscheinungsbild durch ein kleines, bizarres Detail vollkommen zu ruinieren. Heute abend trug er einen Seville-Row-Anzug — ein hochaktuelles graues Stück aus Kammgarn mit mitternachtsblauen nadelfeinen Streifen aus Thai-Seide —, ein maßgeschneidertes hellblaues Hemd, eine kastanienbraune Krawatte und schwarze Schuhe aus Alligatorleder. Seine rosafarbenen, grellen Socken, mit einem Muster aus grünen Uhren, paßten dazu wie Küchenschaben auf einer Hochzeitstorte.

Aus zwei Gründen war Stevenson der ideale Partner für Prine: Erstens war er reich, und zweitens machte er das, was man ihm sagte. Prine hatte großen Respekt vor dem Dollar. Und er war fest davon überzeugt, daß kein Zeitgenosse über die Erfahrung, die Intelligenz oder das Vermögen verfügte, ihm vorzuschreiben, was er zu tun oder zu lassen hatte.

»Sind irgendwelche Privatanrufe für mich gekommen?« fragte der Talkmaster.
»Keine Anrufe.«
»Bist du ganz sicher?«
»Natürlich.«
»Bist du die ganze Zeit hiergewesen?«
»Ich hab mir die Show im Fernsehen angesehen.«
»Ich erwarte dringend einen Anruf.«
»Tut mir leid. Es hat nicht geläutet.«
Prine verzog das Gesicht.
»Die Show war wieder einmalig«, sagte Stevenson.
»Ach was, nur die ersten dreißig Minuten waren brauchbar. Alle Gäste, die nach Harris kamen, wirkten schwach und platt im Verhältnis zu ihm. Sind irgendwelche Zuschaueranrufe gekommen?«
»Weit über hundert, und alle positiv bis begeistert. Glaubst du, er hat wirklich eine Vision von dem Mordgeschehen gehabt?«
»Du hast doch wohl mitbekommen, wie viele Details er geben konnte. Die Farbe der Augen des Opfers. Ihren Namen und so weiter. Also, mich hat er überzeugt.«
»Solange das Opfer nicht gefunden wurde, kannst du nicht beurteilen, ob diese Auskünfte der Wahrheit entsprechen.«
»Sie entsprechen der Wahrheit«, erklärte der Talkmaster entschieden. Er leerte sein Glas und schenkte sich erneut ein. Prine konnte eine Menge Whiskey vertragen, ohne betrunken zu werden. Auch beim Essen konnte er riesige Portionen zu sich nehmen, ohne deshalb Gewicht anzusetzen. Noch größer aber war sein Appetit auf Sex. Er stellte unablässig jungen Frauen nach, und wenn er einmal nicht landen konnte, mietete er sich zwei Callgirls gleichzeitig, denn ob er für den Sex bezahlen mußte oder nicht, war ihm im Grunde gleichgültig. Dabei war er kein

Mann in der Midlife-Crisis, der sich unbedingt selbst beweisen mußte und sich noch einmal austoben wollte. Er brauchte Whiskey, viel Nahrung und Frauen wie Treibstoff, um sich fit zu halten. Und er benötigte von alldem gewaltige Mengen. Zeit seines Lebens hatte er gegen die Langeweile angekämpft, gegen den Stumpfsinn, den die Welt, da sie so war, wie sie war, für ihn bereithielt. Er bewegte sich jetzt wie ein Raubtier auf Beutesuche, trank dabei seinen Bourbon und sagte: »Eine Frau mit grünen Augen namens Edna ... Damit hat er hundertprozentig recht. Morgen wird uns dieser Name aus den Zeitungen entgegenspringen.«
»Woher willst du das wissen?«
»Wenn du eine halbe Stunde lang neben ihm gesessen hättest, Paul, würdest du nicht den geringsten Zweifel haben.«
»Kam es dir denn nicht merkwürdig vor, daß er seine Vision genau in dem Augenblick bekam, in dem du ihn schon so gut wie an die Wand genagelt hattest?«
»Wieso an die Wand genagelt?«
»Nun, dafür ... dafür, daß er Geld genommen hat. Dafür, daß er ...«
»Falls er jemals mehr erhalten haben sollte, als seine Unkosten betragen haben, so fehlt mir dafür der geringste Beweis.«
Stevenson war so verblüfft, daß er erst nach einem Moment fragen konnte: »Warum bist du dann überhaupt so gegen ihn vorgegangen?«
»Ich wollte ihn fertigmachen. Wollte ihn als Idioten bloßstellen, der sich nicht mehr aus der Schlinge herauswinden kann und nur noch dummes Zeug babbelt.« Sonderbarerweise lächelte der Talkmaster.
»Aber wenn du ihm nichts nachweisen konntest, wenn er sich also keines Vergehens schuldig gemacht hat?«

»Er hat auch seine Flecken auf der Weste.«
»So? Was denn zum Beispiel?«
»Das wirst du noch früh genug erfahren.«
Stevenson seufzte. »Du genießt es, sie im Fernsehen bloßzustellen, nicht wahr?«
»Natürlich.«
»Warum bereitet dir das nur solches Vergnügen?«
»Warum sollte es mir kein Vergnügen bereiten?«
»Befriedigst du damit vielleicht deine Machtgelüste?«
»Überhaupt nicht«, antwortete Prine. »Mir gefällt es nur, sie als die Narren zu entblößen, die sie in Wahrheit sind. Die meisten Menschen sind Idioten und Narren. Politiker, Geistliche, Dichter, Philosophen, Geschäftsleute, Generäle und Admirale. Ich stelle die führenden Köpfe auf allen Gebieten bloß, führe sie nach und nach allesamt vor. Ich zeige damit den Massen, daß ihre Führer genauso debil sind wie der Durchschnittsbürger.« Er nahm einen größeren Schluck. Als er fortfuhr, klang seine Stimme hart: »Nicht auszuschließen, daß diese Narren sich eines Tages gegenseitig an die Gurgel fahren und die Welt endlich den wenigen überlassen, die sie zu würdigen wissen.«
»Was sagst du da?«
»Ich habe doch englisch gesprochen, oder?«
»Du . . . du klingst so bitter.«
»Dazu habe ich auch jedes Recht.«
»Du hast ein Recht, dich zu beklagen? Nach deinem enormen Erfolg?«
»Willst du nichts trinken, Paul?«
»Nein, Tony, danke. Ich verstehe wirklich nicht . . .«
»Ich denke, du solltest dir ein Glas genehmigen.«
Stevenson wußte, wann von ihm erwartet wurde, ein neues Thema anzuschneiden. »Im Moment möchte ich wirklich nichts trinken.«
»Hast du dich noch nie so richtig vollaufen lassen?«

»Nein, ich halte nicht viel von Alkohol.«
»Bist du schon einmal mit zwei Frauen gleichzeitig im Bett gewesen?«
»Was soll das denn nun schon wieder?«
»Du genießt das Leben nicht, Paul«, erklärte Prine. »Du bist nicht wild auf neue Erfahrungen, und deshalb machst du auch nie welche. Du gehst einfach nicht aus dir heraus, läßt niemals fünf gerade sein. Das ist aber dein einziger großer Fehler, Paul . . . wenn man einmal von deinen Socken absieht.«
Stevenson sah auf seine Füße. »Was stimmt denn mit meinen Socken nicht?«
Prine trat ans Fenster. Er starrte hinaus, doch er sah nicht die Lichter der Stadt. Er konzentrierte sich auf sein Spiegelbild in der Scheibe. Prine grinste. Er fühlte sich mehr als großartig, fühlte sich so gut wie in den vergangenen Wochen schon lange nicht mehr. Und das hatte er Harris zu verdanken. Der Hellseher hatte seinem Leben eine neue Qualität von Gefahr und Erregung beschert, hatte es mit neuem Sinn und Interesse gefüllt. Harris konnte es natürlich nicht ahnen, aber er war an diesem Abend zum wichtigsten Ziel in Prines Karriere geworden. Wir werden ihn zerstören, dachte der Talkmaster, wir vernichten ihn, machen ihn so kaputt, daß nichts mehr von ihm übrigbleibt. Er wandte sich an Stevenson: »Bist du dir wirklich sicher, daß das Telefon nicht geläutet hat? Ich warte wirklich dringend auf einen Anruf.«
»Nein, da war nichts.«
»Vielleicht bist du mal für ein oder zwei Minuten hinausgegangen?«
»Tony, für was für eine Art von Trottel hältst du mich eigentlich? Hab doch ein bißchen Vertrauen zu mir. Ich habe das Zimmer die ganze Zeit über nicht verlassen, und dein Privatanschluß hat keinen Pieps gemacht.«

Prine leerte das zweite Glas. Der Whiskey brannte leicht in seinem Rachen. Eine angenehme Wärme stieg in ihm auf. »Warum willst du nicht ein Gläschen mit mir trinken?«
Stevenson stand auf und streckte sich. »Nein, danke, aber ich denke, ich sollte jetzt gehen.«
Prine begab sich zur Hausbar.
»Du schüttest das Zeug ja nur so in dich hinein, Tony.«
»Ich feiere«, sagte Prine, während er sein Glas zum dritten Mal mit Eis und Bourbon füllte.
»Was hast du denn zu feiern?«
»Den Untergang eines weiteren Narren.«

4

Connie Davis wartete auf Graham Harris, als er in das Stadthaus heimkehrte, das sie beide in Greenwich Village bewohnten. Sie nahm ihm den Mantel ab und hängte ihn in die Garderobe.

Sie war eine anziehende Frau von vierunddreißig Jahren. Eine schlanke Brünette mit grauen Augen. Eine vornehme Nase. Ein sinnlicher Mund. Eine rundherum erregende Erscheinung.

Ihr gehörte ein gutgehendes, gemütliches kleines Antiquitätengeschäft in der Zehnten Straße. Im Geschäftsleben war sie genauso knallhart, wie sie hübsch war.

Sie und Graham lebten nun seit achtzehn Monaten zusammen. Ihre Beziehung war die ehrlichste und romantischste, die sie beide in ihrem ganzen Leben erfahren hatten.

Eigentlich war es mehr als bloß Romantik. Sie war nicht nur seine Geliebte, sondern auch seine Ärztin und Krankenschwester. Seit seinem Unfall vor fünf Jahren hatte er alles Selbstvertrauen verloren. Von Jahr zu Jahr schwand sein Respekt vor sich selbst. Sie fühlte sich verpflichtet, ihm zu helfen und ihn zu heilen. Sie war sich allerdings nicht sicher, ob er ihre Bemühungen zu würdigen wußte. Dennoch begriff sie diese Anstrengungen als die wichtigste Aufgabe ihres Lebens.

»Wo bist du gewesen?« fragte sie, kaum daß er ins Wohnzimmer gekommen war. »Es ist schon halb drei!«

»Ich mußte nachdenken, und da bin ich noch ein wenig spazierengegangen. Hast du die Show gesehen?«

»Darüber können wir später immer noch reden. Zuerst mußt du dich einmal aufwärmen.«

»Nichts lieber als das. Draußen sind es mindestens zwanzig Grad unter Null.«

»Jetzt gehst du schön in die Bibliothek und setzt dich in den Sessel. Ich habe Feuer im Kamin gemacht. Ich komme gleich nach und bringe dir einen Drink mit.«

»Möglicherweise Brandy?«

»Was wäre wohl in einer solchen Nacht angebrachter?«

»Du bist die fast perfekte Gespielin.«

»*Fast?*«

»Ich sehe es nicht gerne, wenn dir der Kamm schwillt!«

»Ich bin viel zu vornehm, um dir auf eine solche Dreistigkeit die passende Antwort zu geben.«

Er lachte.

Sie machte nur »Pah!«, drehte sich auf dem Absatz herum und begab sich zur Hausbar am anderen Ende des Wohnzimmers.

Mit dem ihr eigenen weiblichen Instinkt wußte sie genau, daß er ihr noch einen Moment nachstarren würde, bevor er in die Bibliothek ging. Fein. Ganz, wie sie es wollte. Er sollte ihr nachstarren. Sie trug einen engen weißen Sweater und stramm sitzende Jeans, die nicht nur ihre schlanke Taille zur Geltung brachten, sondern auch ihr rundes Hinterteil betonten. Wenn er ihr nicht nachgestarrt hätte, wäre sie leicht verärgert gewesen. Nach dem, was er in dieser Nacht durchgemacht hatte, brauchte er jetzt mehr als ein warmes Plätzchen vor dem Kamin und einen Brandy. Er *brauchte* sie. Davon war sie felsenfest überzeugt. Zärtliche Berührungen. Küsse. Liebe. Und sie war gern bereit — nicht nur bereit, sondern geradezu wild darauf —, ihm diesen Gefallen zu tun.

Schön, es sah vielleicht so aus, als würde sie sich wieder kopfüber in die Mutterrolle stürzen. Doch es war mehr. Zugegeben, sie hatte die Tendenz, ihre Männer mit Mütterlichkeit zu überschwemmen, sie so sehr mit Zunei-

gung, Fürsorge und Verständnis zu bedrängen, daß ihre Partner sich bald wie in einem Gefängnis fühlten oder von ihr sozusagen entmündigt wurden. Doch ihre Beziehung zu Graham war etwas ganz anderes. Sie wollte es nicht nur, sie verlangte geradezu von Graham, daß er ihr genausoviel Verständnis entgegenbrachte, wie sie es ihm schenkte. Nach einigen mehr oder weniger gescheiterten Beziehungen war sie nun davon überzeugt, daß sie ein Recht darauf hatte, genausoviel zurückzuerhalten, wie sie gab. Und Graham hatte das gefälligst einzusehen. Er war der erste Mann, bei dem sie solche Ansprüche stellte. Sie wollte ihm im Bett Liebe geben, um ihn gesund zu machen, aber sie wollte von ihm gleichermaßen gepflegt werden. Sie hatte ihrer Überzeugung nach schon immer ein starkes und gesundes sexuelles Verlangen gehabt, doch Graham hatte dieses Bedürfnis durch eine neue Qualität verschönt und gekrönt.
Sie trug die zwei Gläser mit Remy Martin in die Bibliothek und setzte sich lächelnd neben ihn aufs Sofa (er hatte sich also nicht für den Sessel entschieden).
Nach einer Weile des Schweigens sagte er und starrte dabei immer noch ins Feuer: »Warum dieses Verhör? Was wollte er von mir?«
»Prine?«
»Wer sonst!«
»Du hast seine Show doch schon öfters gesehen und weißt, was für ein hinterhältiger Bursche er ist.«
»Aber in der Regel hat er handfeste Gründe dafür, einen Gast fertigzumachen. Und er bereitet sich sehr gründlich auf solche Attacken vor.«
»Nun, zumindest hast du ihm mit deinen Visionen vom zehnten Mord die Schau gestohlen.«
»Sie waren real«, sagte er leise.
»Ich weiß, daß es keine Hirngespinste waren.«

»Sie waren so lebendig ... als wenn ich mich mit dem Mörder und dem Opfer in einem Raum befunden hätte.«

»War es schlimm? War es sehr blutrünstig?«

»Eine der schlimmsten Visionen. Ich habe ihn gesehen ... wie er ihr das Messer geradezu in den Hals rammte und die Klinge dann in der Wunde um dreihundertsechzig Grad drehte.« Er nahm rasch einen Schluck Brandy zu sich.

Connie beugte sich vor und küßte ihn auf Stirn und Wangen.

»Ich kann diesen Schlächter nicht sehen«, erklärte er besorgt. »Ich hatte noch nie solche Schwierigkeiten, das Bild von einem Mörder zu bekommen.«

»Aber du hast seinen Namen herausgefunden.«

»Vielleicht ... Dwight ... ich bin mir nicht einmal sicher, ob das sein richtiger Name ist.«

»Immerhin hast du der Polizei eine ganz passable Beschreibung von ihm gegeben.«

»Ach, das war doch so gut wie nichts ... und mehr kriege ich über ihn einfach nicht heraus«, sagte er düster. »Wenn die Visionen kommen und ich ein Bild von diesem Mann, diesem Schlächter, zu erzwingen versuche, wenn ich mich voll auf ihn konzentriere, erhalte ich nicht mehr als diffuse Wogen von ... vom Bösen. Das wahre Böse und nicht etwa ein krankes Hirn. Das vollkommene, überwältigende Böse ... Ach, ich weiß auch nicht, wie ich es erklären soll ... Ich weiß nur, daß es sich bei dem Schlächter nicht um einen besessenen, geistesgestörten Mörder handelt — zumindest nicht im klassischen Sinne. Er mordet nicht in einer Art von krankhaftem Blutrausch.«

»Jedenfalls hat er neun unschuldige Frauen brutal abgeschlachtet«, sagte Connie. »Eigentlich zehn, wenn man die von heute abend hinzurechnet, die noch nicht gefun-

den wurde. Manchmal schneidet er ihnen die Ohren und die Finger ab. Manchmal schlitzt er ihnen den Bauch auf und weidet sie regelrecht aus. Und da willst du mir erzählen, er sei nicht geistesgestört?«
»Er ist kein Wahnsinniger. Keine unserer Definitionen von Wahnsinn trifft auf ihn zu. Darauf verwette ich meinen Kopf!«
»Vielleicht spürst du bei ihm keine Geistesgestörtheit, weil er sich selbst dessen gar nicht bewußt ist. Möglicherweise leidet er an einer Form von Amnesie . . .«
»Nein, keine Amnesie. Und auch keine Schizophrenie. Er ist sich seiner Morde sehr, sehr bewußt. Ein Vergleich mit Dr. Jekyll und Mr. Hyde greift bei ihm nicht. Ich bin überzeugt, er würde jede psychologische Untersuchung bestehen, sogar als vollkommen normal und gesund daraus hervorgehen. Es fällt mir sehr schwer, es dir zu erklären — dir irgendwie einen Begriff davon zu geben. Ich habe nur das sehr starke Gefühl, daß er einer ganz neuen Gattung von Wahnsinn angehören muß, wenn er sich tatsächlich als Psychopath entpuppen sollte. Ein Mensch wie er ist etwas . . . etwas Neues, eine andere Art . . . Ich glaube . . . nein, ich weiß es . . . ich weiß, daß ihn kein Haß antreibt und daß er nicht sonderlich erregt ist, wenn er die Frauen zerstückelt. Er ist . . . er geht ganz kühl und methodisch vor.«
»Unvorstellbar — ich habe eine richtige Gänsehaut.«
»Du? Mir kommt es jetzt so vor, als hätte er direkt in meinem Kopf gesessen. Bei mir hört die Gänsehaut gar nicht mehr auf!«
Ein Kohlenstück im Kamin knackte und zerplatzte.
Sie nahm seine Hand. »Wir wollen nicht mehr über Prine und die Morde reden.«
»Wie sollte ich sie nach einer solchen Nacht vergessen können?«

»Du hast wunderbar ausgesehen, als du im Fernsehen warst«, sagte sie rasch bei dem Versuch, ihn abzulenken.
»Ja, ganz wunderbar. Ganz wunderbar blaß, verschwitzt und stammelnd . . .«
»Nicht, als du die Visionen bekommen hast, Dummkopf. Ich meinte vielmehr die Zeit davor. Du bist fürs Fernsehen wie geschaffen. Aus dir könnte ein toller Filmstar werden. Ein männlicher Hauptdarsteller, dem alle Mädchenherzen zufliegen.«
Es stimmte, Graham Harris sah recht attraktiv aus. Dichtes rotblondes Haar. Blaue Augen mit vielen Lachfältchen in den Winkeln. Wettergegerbte Haut mit tiefen Linien von den vielen Jahren, die er im Gebirge verbracht hatte. Von Kopf bis Fuß einen Meter fünfundsiebzig; nicht direkt ein Riese, aber von schlanker und durchtrainierter Gestalt. Er zählte nun achtunddreißig Jahre, besaß aber immer noch einen Zug von knabenhafter Verwundbarkeit.
›Hauptdarsteller, was?« wiederholte er grinsend. »Vermutlich hast du gar nicht einmal so unrecht. Weißt du was, ich gebe die Zeitschriften und diese blutrünstige Hellseherei auf und melde mich schon morgen beim nächsten Filmstudio.«
»Der neue Robert Redford!«
»Robert Redford? Mir schwebte eher ein neuer Boris Karloff vor.«
»Hm, nein, doch eher Redford«, beharrte Connie.
»Wenn ich darüber nachdenke, dann war Karloff ein eleganter Gentleman, solange man ihn nicht geschminkt hatte. Vielleicht läge mir Wallace Beery eher.«
»Wenn du Wallace Beery sein willst, dann bin ich Marie Dressler.«
»Hallo, Marie.«
»Leidest du wirklich unter einem Minderwertigkeitskom-

plex, oder bildest du dir ein, es wäre so etwas wie ein charmantes Understatement?«

Er lächelte verschmitzt und nahm noch einen Schluck Brandy. »Erinnerst du dich noch an den alten Film *Tugboat Annie* mit Beery und der Dressler? Kannst du dir vorstellen, daß Annie jemals mit ihrem Mann ins Bett gegangen ist?«

»Natürlich!«

»Sie haben sich doch den ganzen Film über nur gestritten. Sobald er eine Chance dazu hatte, hat er Annie angelogen, und den Rest der Zeit hat er an der Flasche gehangen.«

»Aber auf ihre Weise haben die beiden sich geliebt«, entgegnete Connie. »Sie waren wie füreinander geschaffen und hätten niemand anderen heiraten können.«

»Ich frage mich, wie die Ehe wohl für sie gewesen ist. Er war so ein Schwächling und sie eine so starke Frau.«

»Du darfst nicht vergessen, daß er sich immer als ganzer Kerl entpuppte, sobald es hart auf hart kam. Am Ende des Films zum Beispiel, da zeigt er doch alles, was in ihm steckt.«

»Ein guter Kern steckt offensichtlich in jedem von uns, was?«

»Er hätte von Anfang an so entschlossen auftreten können, aber bis kurz vor Ende des Films besaß er einfach nicht genug Respekt vor sich selbst.«

Graham starrte ins Feuer. Er drehte mit beiden Händen unablässig den Cognac-Schwenker.

»Wie wäre es mit William Powell und Myrna Loy?« schlug sie vor.

»Die beiden aus den *Mordsache-Dünner-Mann*-Filmen?«

»Sowohl er als auch sie waren starke Persönlichkeiten«, erklärte sie. »Und diese beiden wollen wir auch sein. Wir sind die, die sie im Film waren, Nick und Nora Charles.«

»Mir hat immer ihr Hund am besten gefallen. Asta hieß das Tier. *Die* Rolle hat mir wirklich gut gefallen.«
»Was meinst du, wie es zwischen Nick und Nora im Bett war?« fragte Connie mit spitzbübischem Lächeln.
»Wahnsinnig leidenschaftlich.«
»Aber auch mit viel Spaß und noch mehr witzigen Bemerkungen.«
»Ja, mit 'ner Menge Bonmots.«
»Ganz genau so!« erklärte sie entschieden, nahm ihm den Schwenker aus der Hand und stellte ihn neben ihr Glas vor den Kamin. Sie küßte ihn neckisch und spielte mit ihrer Zunge an seinen Lippen. »Ich wette, wir sind besser als Nick und Nora.«
»Weiß nicht, ich stelle es mir ganz schön stressig vor, im Bett miteinander zu ringen und dabei auch noch witzig zu sein.«
Sie setzte sich auf seinen Schoß. Sie legte ihm die Arme um den Hals. Sie küßte ihn drängender und immer wilder. Sie lehnte sich erst ein Stück zurück, als seine Hand unter ihren Sweater kroch.
»Nora?«
»Ja, Nicky?«
»Wo ist Asta?«
»Ich habe sie zu Bett gebracht.«
»Du möchtest nicht, daß sie uns unterbricht, nicht wahr?«
»Sie schläft schon fest.«
»Könnte bei dem armen kleinen Mädchen ein Trauma hervorrufen, wenn sie uns sehen könnte, wie wir . . .«
»Ich habe dafür gesorgt, daß sie schläft.«
»Oho, und wie?«
»Habe ihr ein Schlafmittel ins Futter getan.«
»Was für ein gerissenes Frauchen.«
»Und dazu hat sie noch einen so hinreißenden Körper.«

»Ja, einen wahnsinnig hinreißenden Körper.«
»Tatsächlich?«
»Und wie!«
»Worauf wartest du dann noch? Warum läßt du dich nicht hinreißen?«
»Es ist mir ein Vergnügen, Madame.«
»Das will ich auch für dich hoffen, Bursche!«

5

Eine Stunde später schlief er fest. Connie lag allerdings noch wach. Sie betrachtete im schwachen Licht der Nachttischlampe seine Züge.

Seine Erfahrungen und seine Charakterzüge waren dort deutlich ausgeprägt. Seine Zähigkeit trat ebenso zutage wie seine Jungenhaftigkeit. Seine Freundlichkeit. Seine Intelligenz. Sein Humor. Seine Sensibilität. Er war ein grundanständiger, guter Mann. Doch in seinen Zügen war auch Angst, die Angst vorm Abstürzen und all den häßlichen Dingen, die dem tatsächlichen Absturz gefolgt waren.

Während seiner zwanziger und frühen dreißiger Jahre hatte Graham Harris zur Weltelite der Bergsteiger gezählt. Er hatte nur für den Direktaufstieg gelebt, seine Risiken und Triumphe. Nichts sonst konnte ihm eine ähnliche Befriedigung verschaffen. Seit seinem dreizehnten Lebensjahr war er aktiver Bergsteiger gewesen und hatte sich von Jahr zu Jahr höhere und schwierigere Berge zum Ziel gesetzt. Mit sechsundzwanzig organisierte er bereits Teams, die unter seiner Führung die schwierigsten Gipfel in Asien, Europa und Südamerika bezwangen. Mit dreißig leitete er eine Expedition, die über die Südroute den Mount Everest besteigen wollte. Er überquerte den Westhang und kehrte endlich über den Südsattel zurück. Im Alter von einunddreißig Jahren bezwang er die Eiger-Nordwand im Alpinstil; das heißt, er stieg die fast senkrechte Wand direkt und ohne Verwendung von fest angebrachten Seilen hinauf. Solche Leistungen, verbunden mit seinem guten Aussehen, seinem Witz und sei-

nem Ruf als Casanova (der allerdings gewaltig von seinen Bekannten und der Presse aufgebauscht wurde) machten ihn damals zur schillerndsten und populärsten Figur unter den internationalen Bergsteigern.
Vor fünf Jahren, als nur noch wenige waghalsige Ziele für ihn übriggeblieben waren, hatte er ein Team zusammengestellt, um die gefährlichste Felswand der ganzen Welt in Angriff zu nehmen: die Südwestflanke des Mount Everest; eine Route, die noch nie in direkter Linie bis zum Gipfel durchstiegen worden war. Nachdem er zwei Drittel des Aufstiegs hinter sich gebracht hatte, stürzte er ab. Er brach sich sechzehn Knochen und erlitt eine Reihe von inneren Verletzungen. In Nepal war er notdürftig versorgt worden, bevor man ihn, begleitet von einem Arzt und zwei guten Freunden, nach Europa geflogen hatte. Es bestand die Gefahr, daß er den Transport nicht überleben würde. Anstelle eines weiteren Triumphes, den er an seine Fahnen hätte heften können, folgten sieben Monate in einer Schweizer Privatklinik. Seine Heimsuchung war jedoch noch nicht vorüber, als er die Klinik verlassen durfte. Sein Schicksal hielt noch eine bleibende Warnung für ihn bereit: Graham hinkte.
Die Ärzte erklärten ihm, er könne als Freizeitvergnügen immer noch leichte Felsen und Steilhänge erklimmen. Nach ausreichendem Training würde es ihm wahrscheinlich sogar möglich sein, die Behinderung seines teilweise gelähmten rechten Beines auszugleichen und sich dann schwierigere Aufstiege vorzunehmen. Zwar nicht gerade die Eiger-Nordwand und auch den Mount Everest nicht, aber es gäbe ja noch Hunderte von kleineren Gipfeln, die zu erklimmen für ihn lohnend sein könnten.
Zuerst war er davon überzeugt, nach Jahresfrist wieder auf dem Mount Everest zu sein. Dreimal bestieg er einen Berg, und jedesmal erfaßte ihn schon nach dreißig oder

vierzig Metern eine solche Panik, daß er die Unternehmung abbrechen mußte. Da er nun selbst die Idiotenhügel nicht mehr bezwang, erkannte er rasch, daß der Mount Everest und ähnliche Ziele ihn vermutlich in Todesangst versetzen würden.
Im Lauf der folgenden Jahre hatte diese Angst ein Eigenleben entwickelt und sich in ihm wie eine Geschwulst ausgebreitet. Seine Furcht vor dem Klettern erweiterte sich zu einer Angst vor dem ganzen Leben. Bald war er überzeugt, daß seine ererbten Papiere schlecht angelegt waren, und er fing an, die täglichen Börsenkurse mit einem so zwanghaften Interesse zu verfolgen, daß er seinen Makler fast in den Wahnsinn trieb. Er startete dann die drei Bergsteigermagazine, um sich zumindest ein wenig gegen den vermuteten Kursverfall der Papiere abzusichern. Sie erschienen in niedrigen Auflagen und waren einem exklusiven Publikum vorbehalten. Doch obwohl die Magazine sich gut einführten und recht einträglich waren, prophezeite Graham in regelmäßigen Abständen deren Eingehen. Bei jeder Erkältung, jedem Kopfschmerz und jeder Magenverstimmung wähnte er sich schon als unheilbar krebskrank. Dazu kamen seine hellseherischen Fähigkeiten, die ihm große Angst machten. Er befaßte sich nur deswegen mit ihnen, weil er ihnen nicht entkommen konnte. Manchmal überfiel ihn die Angst in den intimsten Momenten mit Connie, und dann ging gar nichts mehr.
In den letzten Wochen war er in tiefere Depressionen versunken als je zuvor, und einige Tage lang hatte er nicht einmal mehr die Kraft und den Willen, seinen Weg aus dieser Hölle zu suchen. Vor zwei Wochen war er Zeuge eines Straßenüberfalls geworden. Er hatte die Schreie des Opfers gehört und war weitergegangen. Vor fünf Jahren hätte er keine Sekunde gezögert, der Überfallenen zu Hil-

fe zu eilen. Als er nach Hause gekommen war, hatte er Connie von dem Vorfall erzählt und sich dann selbst verurteilt. Er hatte sich mit allerlei Schimpfwörtern belegt und es mit Connie zu einem Krach kommen lassen, als sie ihn in mütterlicher Manier verteidigte. Sie erkannte, daß er auf dem besten Wege war, sich selbst zu verabscheuen, und stellte sich vor, daß eine solche Haltung bei einem Mann wie Graham Harris unweigerlich in einer Form von Wahnsinn enden würde.

Bald plagten auch Connie Zweifel, und sie fragte sich, ob sie überhaupt qualifiziert war, einen gebrochenen Mann wieder aufzurichten. Mit ihrem starken Willen, ihrer Selbstgerechtigkeit und ihrem ausgeprägten Sinn für Selbständigkeit hatte sie bei ihren früheren Partnern mehr Schaden angerichtet als Gutes bewirkt, hatte sie vergrault, aber auch in erhebliche Aggressionen ihr gegenüber getrieben. Connie sah sich selbst durchaus nicht als kämpferische Emanze und schon gar nicht als männermordenden Blaustrumpf. Doch seit Anfang Zwanzig hatte sie sich allen Männern, die sie kennengelernt hatte, überlegen gefühlt, war sich selbständiger, selbstsicherer und zäher als sie vorgekommen. Die früheren Liebhaber waren ihr in intellektueller wie emotionaler Hinsicht als schwächer erschienen. Und sie hatte aufgrund ihrer Erfahrungen den Eindruck gewonnen, daß Männer nur mit Frauen zurechtkamen, die ihnen unterlegen waren. Den Mann, mit dem sie vor Graham zusammengelebt hatte, hatte sie geradezu ruiniert mit ihrem Beharren auf ihrer Gleichwertigkeit und Gleichberechtigung in jeglicher Beziehung. Sie hatte es verstanden, sein Bild von der Männerrolle zu zerstören, das er dringend für sein psychisches und emotionales Gleichgewicht zu benötigen schien.

Und dann hatte sie Graham kennengelernt, einen Mann,

dessen Ego bereits in Trümmern am Boden lag. Sie hatte sich vorgenommen, ihre dominierende Persönlichkeit gehörig zurückzunehmen; und das war ihr in einem Maße gelungen, wie sie es selbst nicht für möglich gehalten hätte. Die Anstrengung war es ihr jedoch wert, denn sie erkannte in ihm den Mann, der er vor seinem Unfall gewesen war. Sie wollte den Panzer der Angst durchstoßen, um darunter den alten Graham Harris zum Vorschein kommen zu lassen. Was er früher gewesen war, war der Mann, nach dem sie so lange gesucht hatte: ein Mann, der ihr ebenbürtig war und der sich von keiner starken Frau bedroht gefühlt hatte. Allerdings mußte sie sich in Geduld und Behutsamkeit üben, um den alten Graham ins Leben zurückzurufen, denn der jetzige Graham konnte allzuleicht zerbrechen.

Ein Windstoß ratterte an den Fensterläden.

Sie zitterte, obwohl sie unter der Decke warm eingepackt lag.

Das Telefon läutete.

Erschrocken rollte sie sich fort von Graham.

Der Apparat gab keine Ruhe. Wie ein Waldgeist heulte er unheimlich und hallte von überall im Schlafzimmer wider.

Sie riß den Hörer von der Gabel, ehe Graham vom Läuten aufwachen konnte. »Hallo?« sagte sie leise.

»Ich möchte Mr. Harris sprechen.«

»Wer ist denn da?«

»Ira Preduski.«

»Tut mir leid, aber ich . . .«

»Detective Ira Preduski von der New Yorker Polizei.«

»Es ist erst vier Uhr in der Frühe«, wandte sie ein.

»Tut mir wirklich leid, ehrlich. Sollte ich Sie aufgeweckt haben, wäre mir das schrecklich peinlich. Aber verstehen Sie bitte, er sagte, wir sollten ihm sofort Bescheid geben, wenn wir . . . wenn es eine wichtige neue Entwicklung beim Schlächter-Mordfall gäbe.«

»Einen Augenblick, bitte.« Sie warf einen Blick auf Graham.

Er hatte die Augen geöffnet und beobachtete sie.

»Preduski«, erklärte sie ihm.

Er nahm den Hörer. »Hier spricht Harris.«

Eine Minute später, als das Gespräch beendet war, hängte sie für ihn ein. »Und? Haben sie das Opfer Nummer zehn gefunden?«

»Ja.«

»Und wie heißt sie?«

»Edna. Edna Mowry.«

6

Das Bettzeug war blutgetränkt. Auf dem Vorleger neben dem Bett zeigte sich ein dunkler Fleck, der an ein Bild aus dem Rorschach-Test erinnerte. Getrocknetes Blut formte ein neues Muster auf der Wand hinter dem Kopfende des Bettes.

Unter der Leitung des Gerichtsmediziners untersuchten drei Beamte von der Spurensicherung den Raum. Zwei von ihnen krochen auf Händen und Knien um das Bett herum. Der dritte suchte auf dem Nachtschränkchen nach Fingerabdrücken, obwohl jeder in dem Zimmer wußte, daß dieser Täter keine solchen Spuren hinterließ. Dies war das Werk des Schlächters, und der Schlächter trug bei der Arbeit stets Handschuhe. Der Gerichtsmediziner untersuchte die Blutspuren an der Wand, um herauszufinden, ob der Täter Links- oder Rechtshänder war.

»Wo ist die Leiche?« fragte Graham.

»Tut mir leid, aber man hat sie vor zehn Minuten in die Leichenhalle gebracht«, erklärte Detective Preduski bedauernd, so als hätte er ein schlechtes Gewissen deswegen. Graham Harris fragte sich, ob das Leben dieses Mannes aus einer endlosen Folge von Entschuldigungen bestand. Der Detective war immer schnell bereit, die Schuld für alles mögliche auf sich zu nehmen; und selbst wenn es an seinem Verhalten keinen Grund zur Beanstandung gab, fand er stets noch etwas an sich auszusetzen. Er war ein unauffälliger Mann mit einer blassen Haut und wäßrigen brauen Augen. Doch trotz dieses Erscheinungsbildes und seines anscheinend angeborenen Minderwertigkeitskomplexes wurde er in der Mordkommission von Manhattan allseits geschätzt und geachtet. Mehr als ein Mitarbeiter von Preduski erwähnte Harris gegenüber, daß der beste Mann sich dieses Falles angenommen hätte, daß Ira Preduski der Top-Mann der ganzen Abteilung sei. »Ich habe die Ambulanz so lange aufgehalten, wie mir das möglich war«, erklärte der Detective weiter. »Aber leider haben Sie eine halbe Ewigkeit gebraucht, bis Sie hier erscheinen konnten. Nun gut, oder besser schlecht, ich habe Sie mitten in der Nacht aus dem Bett gerissen, und das war ein unverzeihlicher Fauxpas. Dann mußten Sie sicher auch noch ein Taxi bestellen, und das hat Sie zusätzlich Zeit gekostet. Es tut mir so leid. Wahrscheinlich habe ich Ihnen jetzt alles kaputtgemacht. Ach, verdammt, ich hätte mich etwas mehr anstrengen und dafür sorgen müssen, daß die Leiche noch länger hiergeblieben wäre. Ich hätte doch wissen können, daß Sie die Leiche am Tatort sehen müssen.«

»Ist schon in Ordnung«, beschwichtigte Harris. »In gewisser Weise habe ich ja schon einen Blick auf sie werfen können.«

»Ja, natürlich. Ich habe Sie heute abend in der Prine-Show gesehen.«

»Ihre Augen waren doch grün, oder?« erkundigte sich Harris.

»Genau so, wie Sie es in der Show gesagt haben.«

»Und man hat sie nackt aufgefunden?«

»Ja.«

»Von mehreren Stichwunden verunstaltet?«

»Ja.«

»Und eine besonders brutale Wunde am Hals?«

»Stimmt.«

»Er hat sie auch verstümmelt, nicht wahr?«

»Ja.«

»Wie?«
»Eine scheußliche Geschichte«, antwortete der Detective. »Ich wünschte, es würde mir erspart bleiben, Ihnen davon zu berichten. Niemand sollte sich etwas so Furchtbares anhören müssen.« Preduski rang die Hände. »Er hat ihr einen Pfropfen aus dem Bauch geschnitten. Wie ein Korken, mit dem Nabel in der Mitte. Grauenhaft.«
Harris schloß die Augen, und ein Schaudern lief ihm über den Rücken. »Dieser ... dieser Pfropfen ...« Schweiß trat ihm aus den Poren. Er fühlte sich schlecht. Er erhielt keine echte Vision, sondern vielmehr ein starkes Gefühl von dem, was sich hier zugetragen hatte. Eine Art Vorahnung, die sich nicht abschütteln ließ. »Er hat diesen Pfropfen in ihre rechte Hand gelegte und die Finger darum geschlossen, nicht wahr? Und dort haben Sie ihn auch gefunden.«
»Ja.«
Der Gerichtsmediziner wandte die Augen von der blutbespritzten Wand und starrte Harris eigenartig an.
Sieh mich nicht so an, dachte Harris. Ich reiße mich nicht darum, solche Dinge zu wissen.
Er hätte es begrüßt, wenn seine Gabe ihm die Entwicklungen am Aktienmarkt vorausgesagt hätte; nicht aber die brutalsten Morde von Wahnsinnigen und Psychopathen. Er hätte lieber vor seinem geistigen Auge die Sieger bei den Pferderennen gesehen, statt die Namen der Opfer von Morden zu erfahren, die noch nicht begangen worden waren.
Wenn er ein Mittel gekannt hätte, seine Gabe erlöschen zu lassen, hätte er das schon längst benutzt. Doch das war natürlich nicht möglich, und so spürte er eine besondere Verantwortung, seine Fähigkeiten weiterzuentwickeln und zu vervollkommnen. Er glaubte mittlerweile (auch wenn ihm das gelegentlich etwas irrational er-

schien), daß er mit diesem Training zumindest teilweise die Feigheit kompensieren könnte, die ihn in den letzten fünf Jahren immer stärker im Griff hielt.
»Was halten Sie von der Botschaft, die er uns hinterlassen hat?« fragte Preduski.
Auf der Wand neben der Frisierkommode war mit Blut ein Vers geschrieben:

Rintah brüllt und schürt seine Feuer
In der drückenden Luft;
Hungrige Wolken gieren über dem Abgrund.

»Haben Sie irgendeine Ahnung, was das bedeuten könnte?« wollte der Detective wissen.
»Ich fürchte, nein.«
»Wissen Sie wenigstens, wer das geschrieben haben könnte?«
»Keine Ahnung.«
»Ich auch nicht.« Preduski schüttelte traurig den Kopf. »Ich fürchte, meine Allgemeinbildung reicht nicht sehr weit. Immerhin habe ich nur ein Jahr lang das College besucht. Mehr konnte ich mir damals nicht leisten. Ich lese viel, aber es gibt ja so viel, das man lesen sollte. Wenn ich mehr Bildung hätte, würde ich vielleicht erkennen können, wer diese Zeilen verfaßt hat. Zumindest würde ich wissen, wo ich das feststellen könnte. Wenn der Schlächter sich schon die Zeit nimmt, diesen Vers an die Wand zu schreiben, dann muß er für ihn irgendeine besondere Bedeutung haben. Vermutlich handelt es sich dabei sogar um einen Hinweis. Was bin ich für ein Kriminalbeamter, wenn ich noch nicht einmal einem Hinweis folgen kann, der so deutlich vor mir liegt?« Er schüttelte wieder den Kopf und schämte sich ganz offensichtlich für seine Inkompetenz. »Nein, kein guter Polizist. Eher ein verdammt schlechter.«

»Vielleicht ist der Schlächter selbst Dichter und hat diese Zeilen ersonnen«, bemerkte Harris.
»Der Schlächter ein Dichter?«
»Könnte doch sein.«
»Ein mordender Poet? Ein neuer T. S. Eliot mit einem unstillbaren Drang zum Abstechen und Verstümmeln?«
Graham zuckte die Achseln.
»Nein«, erklärte Preduski. »Ein Mann begeht ein solches Verbrechen in der Regel allein aus dem Grund, ein großes Feuer zu stillen, das in ihm wütet. Das Morden erlöst ihn von einem starken inneren Druck, der sich in ihm aufgebaut hat. Ein Dichter hingegen vermag seine Gefühle und seine inneren Spannungen mit Worten zum Ausdruck zu bringen. Nein, wenn hier irgendwelches Geschmiere an der Wand stünde, könnte es vielleicht vom Schlächter stammen. Aber diese Verse haben Tiefe, sie sind gut. Außerdem bringen sie etwas in mir zum Klingen. Tief unten in meinem dummen Kopf bringen sie etwas zum Klingen.« Der Detective studierte die Worte für eine Weile, wandte sich dann ab und ging zur Tür. Sie stand offen, und er schloß sie. »Dann hätten wir noch das hier«, sagte er.
Auf der Tür waren fünf Worte mit dem Blut der Ermordeten geschrieben.

Ein Seil über dem Abgrund

»Hinterläßt er häufiger solche Botschaften?« erkundigte sich Harris.
»Nein, das hätte ich Ihnen längst mitgeteilt. Aber solche ›Hinterlassenschaften‹ sind bei Mördern durchaus nicht unüblich. Gewisse Psychopathen lieben es, auf diese Weise mit der Polizei zu kommunizieren. Jack the Ripper hat für Scotland Yard gern Notizen hinterlassen. Die Man-

son-Familie hat mit Blut kleine Nachrichten, die meist nur aus einem Wort bestanden, an die Wände geschrieben. ›Ein Seil über dem Abgrund‹? Was mag er uns damit sagen wollen?«
»Stammt das vielleicht aus demselben Gedicht?«
»Ich habe nicht den blassesten Schimmer«, seufzte Preduski und schob die Hände in die Taschen. Er wirkte sehr niedergeschlagen. »Ich frage mich allmählich, ob ich diesem Burschen jemals auf die Spur kommen werde.«

Edna Mowrys Wohnzimmer war zwar klein, aber mit Geschmack eingerichtet. Indirektes Licht badete den Raum in einen freundlichen, bernsteinfarbenen Schein. Golddurchwirkte Samtvorhänge. Hellbraune Juteleinen-Tapeten. Ein brauner Plüschteppich. Ein beigefarbenes Velours-Sofa, zwei passende Sessel. Ein schwerer Couchtisch mit Rauchglasplatte und Messingbeinen. Chrom- und Glasregale voller Bücher und Nippes. An den Wänden limitierte Drucke von zeitgenössischen Künstlern. Alles sehr elegant, gemütlich und teuer.
Preduski forderte Harris auf, sich zu setzen. Graham nahm in einem der Sessel Platz.
Sarah Piper saß an einem Ende des Sofas. Sie wirkte ebenso exquisit wie die Zimmereinrichtung. Sie trug einen gestrickten Hosenanzug — dunkelblau mit hellgrünem Muster —, goldene Ohrringe und eine elegante, nur wenige Millimeter dünne Uhr. Sarah Piper war kaum älter als fünfundzwanzig, eine außerordentlich attraktive Blondine, deren Züge einige Lebenserfahrung zeigten.
Sie mußte wohl vorhin geweint haben, denn ihre Augen waren noch rot und verquollen. Im Augenblick wirkte sie jedoch gefaßt.
»Wir haben das doch alles schon durchgekaut«, murrte sie.

Preduski saß neben ihr auf der Couch. »Ich weiß«, sagte er, »und es tut mir auch sehr leid, ehrlich. Und es ist bereits sehr spät geworden; zu spät, um Sie noch einmal einer solchen Tortur auszusetzen. Doch es ergeben sich oft neue Hinweise, wenn man dieselben Fragen zwei- und dreimal stellt. Sie sagen, Sie haben mir alle wichtigen Details und Fakten erzählt. Aber es könnte doch möglich sein, daß Sie eine Kleinigkeit vergessen haben. Gott ist mein Zeuge, ich vergesse andauernd etwas. Diese neuerliche Befragung mag Ihnen überflüssig vorkommen, aber das ist eben die Methode, nach der ich bei meinen Ermittlungen vorgehe. Ich muß alles doppelt und dreifach machen, um sicherzustellen, daß ich auch wirklich nichts übersehen habe. Sie können mir glauben, ich bin nicht stolz darauf. Doch leider ist das nun einmal meine Natur. Mancher andere Inspektor oder Kommissar mag schon bei der ersten Befragung alles herausfinden, was er wissen muß. Doch ich fürchte, bei mir sind Sie an einen Umstandskrämer geraten. Es ist eben Ihr Pech, daß uns der Mord gerade zu der Zeit gemeldet wurde, als ich Dienst hatte. Versuchen Sie bitte, es noch ein Weilchen mit mir auszuhalten. Ich will Sie auch ganz gewiß nicht mehr allzulange festhalten. Das verspreche ich Ihnen.«

Die Frau warf Harris einen Blick zu, als wollte sie fragen: ›Tickt der Knabe noch ganz richtig?‹

Graham lächelte verständnisvoll.

»Wie lange kennen Sie die . . . die Verstorbene schon?« begann Preduski.

»Etwa seit einem Jahr«, antwortete Sarah Piper.

»Wie gut kannten Sie beide sich?«

»Sie war meine beste Freundin.«

»Glauben Sie, daß Sie in ihren Augen auch die beste Freundin waren?«

»Ich denke schon. Immerhin war ich ihre einzige Freundin.«

Preduski zog die Brauen hoch. »Dann kam sie wohl nicht sehr gut mit Menschen zurecht?«
»Och, sie war eigentlich ziemlich beliebt«, antwortete die Piper. »Ich meine, sie war doch auch nett. Es fiel ihr eben nur schwer, zu anderen Vertrauen zu haben. Sie war eher der stille Typ und in ihrer freien Zeit meist allein.«
»Wo haben Sie sich kennengelernt?«
»Bei der Arbeit.«
»Was ist das für eine Arbeit?«
»Das wissen Sie doch sehr gut. Das *Rhinestone Palace.*«
»Und was hat Edna Mowry dort getan?«
»Auch das wissen Sie verdammt gut.«
Der Detective nickte und klopfte ihr rein väterlich auf die Knie. »Das stimmt, ich weiß es. Aber sehen Sie, Mr. Harris hier weiß es nicht. Ich habe es bislang leider versäumt, ihn darüber zu informieren. Ganz allein meine Schuld. Verzeihen Sie bitte. Würden Sie jetzt die Güte haben, es ihm zu sagen?«
Sie wandte sich an Harris. »Edna war Stripperin. Genau wie ich.«
»Ich kenne das *Rhinestone Palace*«, erklärte Graham.
»Sie sind schon dort gewesen?« erkundigte sich Preduski.
»Nein, aber ich weiß, daß es ein gepflegter Laden ist. Keiner von diesen Bumsschuppen.«
Einen Augenblick lang wirkten die Augen des Detectives weniger abwesend als üblich. Er blickte Graham Harris intensiv ins Auge. »Edna Mowry eine Stripperin . . . was sagt man dazu?«
Harris wußte genau, was der Beamte jetzt dachte. In der Prine-Show hatte Graham während seiner Vision erklärt, der Name des Opfers könnte Stripper sein. Das stimmte natürlich nicht, aber so ganz falsch hatte er damit auch nicht gelegen. Die Ermordete hieß zwar Mowry, aber sie hatte ihren Lebensunterhalt als Stripperin verdient.

Nach Sarah Pipers Aussage war Edna gegen siebzehn Uhr zur Arbeit erschienen. Zweimal pro Stunde gab sie eine zehnminütige Darbietung, und das bis etwa Mitternacht. Sie wechselte mehrmals die Kleidung und schälte sich aus einer Vielzahl von Kostümen, bis sie gänzlich nackt war. Zwischen ihren Auftritten trug sie ein schwarzes Cocktailkleid mit tiefem Ausschnitt und mischte sich unter die Gäste. Dabei handelte es sich überwiegend um Männer, die entweder allein oder in Gruppen gekommen waren. Sie animierte sie in einer sorgfältig eingeübten, stilvoll-gezierten Weise, die sich ziemlich am Rand der staatlichen Prostitutionsgesetze befand, zum Kauf der überteuerten Getränke. Sie hatte ihren letzten Auftritt um zwanzig Minuten vor Mitternacht und verließ kurz darauf das *Rhinestone Palace.*

»Glauben Sie, daß sie auf direktem Wege nach Hause gefahren ist?« fragte der Detective.

»Das hat sie stets getan«, antwortete die Frau. »Sie wollte nie mit uns noch einen Zug durch die Gemeinde machen. Das *Rhinestone* war nicht nur ihre Arbeitsstätte, es deckte auch ihren Bedarf an Nachtleben vollkommen ab. Und wer wollte ihr daraus einen Vorwurf machen?«

Ihre Stimme schwankte, so als würde sie jeden Moment wieder in Tränen ausbrechen.

Preduski nahm ihre Hand und drückte sie sanft. Sie ließ ihn gewähren, und das bereitete ihm eine geradezu kindliche Freude. »Sind Sie letzte Nacht auch aufgetreten?«

»Ja. Meine Schicht ging ebenfalls bis Mitternacht.«

»Und wann sind Sie hierhergekommen?«

»Um Viertel vor drei.«

»Warum wollten Sie Edna zu so später Stunde besuchen?«

»Edna hat gern die ganze Nacht auf der Couch gesessen und gelesen. Sie ist nie vor acht oder neun Uhr morgens ins Bett gegangen. Ich habe ihr gestern noch gesagt, ich würde sie besuchen kommen, damit wir gemeinsam frühstücken und tratschen könnten. Das habe ich öfters gemacht.«

»Wahrscheinlich haben Sie es schon gesagt . . .« Der Detective verzog sein Gesicht zu einer Miene der Beschämung, der Entschuldigung und der Frustration. »Ach, dieses Gedächtnis, wie ein Sieb. Haben Sie schon gesagt, warum Sie nicht gleich nach Dienstschluß, also gegen Mitternacht, hierhergekommen sind?«

»Ich hatte noch eine Verabredung.«

Graham erkannte an ihrem eher beiläufigen Tonfall, daß es sich dabei wohl um eine zahlungskräftige Verabredung gehandelt haben mußte. Das enttäuschte ihn ein wenig, denn bislang war Sarah ihm sehr sympathisch gewesen. Er konnte auch gar nicht anders, als sie zu mögen. Er empfing von ihr unterschwellige, tiefe psychische Vibrationen; äußerst positive, sanfte und warme Vibrationen. Sarah war eine wirklich nette Person. Er wußte es, weil er es von ihrer Ausstrahlung erfahren hatte. Und in seiner Vorstellung waren Freier nicht das, was man unter angenehmen Erfahrungen buchen konnte.

»Hatte Edna heute keine Verabredung?« frage Preduski.

»Nein. Ich habe Ihnen doch schon erklärt, daß sie direkt nach Hause gefahren ist.«

»Hatte sie vielleicht einen Freund, der hier auf sie warten würde?«

»Sie war zur Zeit solo.«

»Könnte ein ehemaliger Freund auf die Idee gekommen sein, sie noch einmal zu besuchen?«

»Kaum möglich. Wenn eine Affäre zu Ende war, gab es für Edna nie eine Neuauflage.«

Preduski seufzte, zwickte sich in die Nasenspitze und schüttelte traurig den Kopf. »Ich frage Sie das wirklich höchst ungern ... Sie waren ihre beste Freundin ... Aber was ich eigentlich wissen will, ist ... bitte, verstehen Sie mich nicht falsch, ich will Edna ganz gewiß nicht im nachhinein schlechtmachen. Aber das Leben ist hart, und wir alle sind gezwungen, Dinge zu tun, die wir eigentlich nicht sehr mögen. Ich bin ganz gewiß nicht froh über das, was ich tagtäglich zu tun habe, Gott sei mein Zeuge. Nur nicht vorschnell ein Urteil fällen, das ist mein Motto. Es gibt nur eine Art von Verbrechen, die ich mir logisch nicht erklären kann. Und das ist Mord ... Ich hasse mich wirklich dafür, Sie das fragen zu müssen ... Nun, äh, hat sie ... hat Edna ... halten Sie es eventuell für möglich, daß sie jemals ...«

»Daß Edna eine Prostituierte war?« ergänzte Sarah.

»O bitte, so wollte ich es nicht ausdrücken! Das ist ein so häßlicher Ausdruck für eine im Grunde genommen natürliche ... Ich meinte eigentlich ...«

»Machen Sie sich keine Gedanken«, erklärte sie und lächelte ihn süßlich an. »Ich fühle mich keineswegs verletzt.«

Harris lächelte amüsiert in sich hinein, als er bemerkte, daß nun Sarah die Hand des Detectives hielt und ihn tröstete.

»Ich selbst habe auch schon Geld dafür genommen«, erklärte sie. »Nicht oft. Nicht regelmäßig. Einmal die Woche vielleicht. Der Mann muß mir gefallen. Und er muß zweihundert Dollar in der Tasche haben. Für mich ist das im Grunde nichts anderes als das Strippen. Aber ein solcher Zusatzverdienst wäre nichts für Edna gewesen. In solchen Dingen war sie erstaunlich — äh — prinzipientreu.«

»Ich hätte gar nicht fragen dürfen. Und es geht mich auch wirklich nichts an«, erklärte Preduski. »Mir kam nur eben in den Sinn, daß es für eine junge Frau, die noch etwas

Einkommen gebrauchen kann, an einem Ort wie dem *Rhinestone* eine Menge Versuchungen gibt.«
»Sie bekam achthundert die Woche, fürs Strippen und fürs Animieren an der Bar«, sagte Sarah. »Sie hat ihr Geld für Bücher und die Einrichtung ihres Apartments ausgegeben. Und jeden Monat hat sie etwas für ihr Sparkonto abgezwackt. Ich denke, mehr brauchte sie gar nicht.«
Preduski machte eine zerknirschte Miene. »Sie verstehen doch hoffentlich, warum ich Sie das fragen mußte. So, wie es aussieht, hat Edna dem Mörder freiwillig die Tür geöffnet. Also muß sie ihn gekannt haben, ob gut oder flüchtig, sei hier einmal dahingestellt. Und dieser Punkt beschäftigt mich in diesem Fall am meisten. Wie bringt der Schlächter seine Opfer dazu, ihm die Tür zu öffnen?«
Graham hatte noch gar nicht darüber nachgedacht. Die ermordeten Frauen waren alle jung gewesen, aber das war auch fast schon ihre einzige Gemeinsamkeit. Sie entstammten verschiedenen Gesellschaftsschichten, von der Hausfrau bis zur Anwältin. Zwei Lehrerinnen waren unter den Opfern, drei Sekretärinnen, ein Fotomodell, eine kaufmännische Angestellte ... Wie brachte der Schlächter so verschiedene Frauen dazu, ihn mitten in der Nacht in die Wohnung zu lassen?
Der Küchentisch war mit den Resten eines hastig zubereiteten und verschlungenen Nachtmahls übersät. Brotstückchen. Die getrocknete Pelle einer dicken Scheibe Salami. Getrocknete Flecken von Senf und Mayonnaise. Zwei Apfelkrieben. Eine leere Dose geschälter Pfirsiche, in der sich nur noch ein Rest Sirup befand. Eine Hähnchenkeule, die bis auf den Knochen abgenagt war. Drei zerdrückte Bierdosen. Der Schlächter war ebenso hungrig wie schlampig gewesen.
»Zehn Morde«, sagte Preduski, »und jedesmal begibt er

sich danach in die Küche, um seinen gewaltigen Hunger zu stillen.«

Graham konnte nur nicken. Die psychische Aura der Küche lähmte ihn. Die mächtige, lauernde Gegenwart des Mörders war hier beinahe ebenso stark zu spüren wie im Schlafzimmer von Edna. Die Schweinerei auf dem Küchentisch, die in starkem Kontrast zur ansonsten sauberen und aufgeräumten Küche stand, irritierte Graham zusätzlich. Die Konserven- und Bierdosen waren mit roten Flecken übersät. Der Schlächter hatte seine blutbeschmierten Handschuhe zum Essen nicht ausgezogen.

Preduski schlurfte mit elender Miene zum Fenster an der Spüle und starrte hinaus auf das Nachbarhaus. »Ich habe mich mit einigen Psychiatern über die Festgelage unterhalten, die der Mörder nach ›getaner Arbeit‹ abhält. Wenn ich recht informiert bin, gibt es zwei Möglichkeiten, wie ein Psychopath vorgeht, sobald er mit seinem Opfer fertig ist. Nummer eins, nennen wir ihn den Ruhigen, bedeutet der Mord an sich alles. Er ist sein Lebenselixier, ist das einzige, was etwas Farbe in sein Leben bringt. Sobald er einen Mord begangen hat, ist alles vorbei, ist nichts mehr in ihm. Er geht dann wieder nach Hause und stellt den Fernseher an. Er schläft viel und leidet immer mehr unter Langeweile. Die Langeweile baut sich in ihm zu einem starken Druck auf, der ihn nach einer gewissen Zeit dazu zwingt, erneut zu morden. Dazu im Gegensatz steht Nummer zwei, nennen wir ihn den Abhängigen, der erst durch den Mord aufgeputscht wird. Bei ihm tritt die Erregung nicht beim, sondern erst nach dem Mord zutage. Nach der Tat geht er in eine Bar und trinkt dort jeden unter den Tisch. Er steht unter einem ungeheuren Adrenalinzustrom. Sein Herz hämmert wie ein Maschinengewehr. Er ißt ungeheure Mengen und nimmt sich mehrere Nutten gleichzeitig, manchmal bis zu einem halben Dut-

zend. Offensichtlich gehört unser Mann zur zweiten Gruppe. Allerdings stört da ein Faktor . . .«
»Was für ein Faktor?« fragte Graham.
Der Detective wandte sich vom Fenster ab und drehte sich zu Harris um. »Siebenmal hat er in den Wohnungen der ermordeten Frauen eine Freßorgie abgehalten. Doch bei den drei anderen Malen hat er nur die Dosen und Päckchen aus dem Kühlschrank geholt und ein Festmahl vorgetäuscht.«
»Vorgetäuscht? Das verstehe ich nicht ganz.«
»Zum Beispiel beim fünften Mord, an einer gewissen Liedstrom«, sagte Preduski, schloß die Augen und verzog das Gesicht, als würde er die verstümmelte Leiche wieder vor sich sehen. »Damals wußten wir schon, nach welcher Methode er vorgeht. Deshalb haben wir auch gleich die Küche untersucht. Auf dem Tisch lagen eine leere Pfirsichdose, ein leeres Päckchen Frischkäse, Stückchen von einem Apfel und noch ein paar andere Nahrungsreste. Aber es sah auf dem Tisch nicht so aus, als wäre eine Bombe eingeschlagen. Die vier Male davor hatte der Mörder sich wie ein Schwein aufgeführt, so ähnlich wie hier in der Küche. Doch bei der Liedstrom hatte er kaum Krümel oder Flecken hinterlassen; nirgends Mayonnaise, Ketchup, Butter oder Senf. Und kein Blut auf der Bierdose.«
Er öffnete die Augen und trat an den Tisch. »In den beiden ersten Küchen fanden wir Äpfel, die bis aufs Gehäuse abgekaut waren.« Er zeigte auf einen Rest auf dem Tisch. »Wie der hier. Das Labor hat die Gebißabdrücke darauf untersucht. Aber in der Liedstromküche hat der Mörder den Apfel zuerst geschält und dann auch fein säuberlich das Gehäuse herausgeschnitten. Schale und Gehäuse lagen sauber aufgehäuft am Rand seines Tellers. Das paßte so gar nicht zu den früheren Funden. Es brachte mich zum Nachdenken. Warum hatte er sich hier nicht

wie ein Wilder aufgeführt? Warum hatte er sich in der fünften Wohnung gesittet wie ein Gentleman benommen? Ich wies die Jungs von der Spurensicherung an, die Wasserleitung unter der Spüle zu öffnen und den dortigen Abfallauffänger herauszunehmen. Sie untersuchten dieses Sieb gründlich und stellten fest, daß alle acht Arten von Speisen und Getränken in den letzten Stunden dort durchgespült worden waren. Um es kurz zu machen: Der Schlächter hatte dort nicht einen einzigen Bissen zu sich genommen. Er hat lediglich die Speisen aus dem Kühlschrank geholt, sie zerkleinert und dann durch den Abfluß geschickt. Danach hat er den Tisch so hergerichtet, daß es so *aussah*, als hätte er ein opulentes Mahl zu sich genommen. Genauso eigenartig ist er bei den Morden Nummer sieben und acht verfahren.«

Ein solches Verhalten kam Harris besonders unheimlich vor. Die Luft in der Küche war von einer Sekunde zur anderen bedrückender und feuchter als vorher. »Sie sagten eben, dieses Nahrungsverschlingen nach einem Mord sei eine Art psychotischer Zwang, nicht wahr?«

»Ja.«

»Wenn er nun in der Wohnung der Liedstrom diesen Freßzwang nicht verspürte, warum hat er sich dann die Mühe gemacht, der Nachwelt ein Gelage vorzutäuschen?«

»Keine Ahnung«, antwortete der Detective. Er wischte sich mit einer seiner schlanken Hände über das Gesicht, als wollte er so seine Erschöpfung loswerden. »Das geht mir einfach über den Verstand. Ehrlich, das ist zuviel für mich. Wenn es sich bei dem Schlächter wirklich um einen Psychopathen handelt, warum benimmt er sich dann nicht immer so? Warum macht er manchmal alles ganz anders?«

Graham dachte einen Moment nach und sagte dann: »Ich denke, kein Gerichtsgutachter würde ihn für wahnsinnig halten.«

»Wie war das?«
»Um ganz ehrlich zu sein, ich glaube, nicht einmal der beste Psychiater würde diesen Mann, einmal abgesehen von den grausigen Morden, für wahnsinnig halten. Er würde ihm wahrscheinlich bescheinigen, vernünftiger und geistig gesünder zu sein als die meisten von uns.«
Preduski blinzelte überrascht. »Na, hören Sie mal, er schlitzt zehn Frauen auf und verstümmelt sie bis zur Unkenntlichkeit, und da soll er nicht geistig ein wenig daneben sein?«
»Eine solche Antwort habe ich auch von einer Freundin erhalten, als ich ihr davon erzählte.«
»Ich kann es ihr nicht verdenken.«
»Aber ich bleibe bei meiner Theorie. Vielleicht ist er geistig nicht normal. Doch dann in einer anderen Richtung. Er ist nicht im traditionellen Maße verrückt. Der Schlächter ist etwas vollkommen Neues, etwas anderes.«
»Wissen Sie das, oder nehmen Sie es wahr?«
»Ich spüre es.«
»Ich meine, Sie nehmen es parapsychisch wahr?«
»Ja.«
»Könnten Sie mir das etwas genauer erklären?«
»Nein, leider nicht.«
»Spüren Sie vielleicht noch etwas anderes?«
»Nur das, was ich in der Prine-Show gesagt habe.«
»Und seit Sie hierhergekommen sind, ist nichts Neues hinzugekommen?«
»Nichts. Gar nichts.«
»Einmal angenommen, er ist nicht wahnsinnig«, begann der Detective nachdenklich, »dann müßte diesen Morden doch ein System zugrunde liegen. Es müßte dann eine Verbindung zwischen ihnen geben. Ist es vielleicht das, was Sie mir sagen wollen?«
»Ich weiß selbst nicht so recht, was ich damit sagen will.«

»Ich entdecke nichts, was auf eine Verbindung hindeuten könnte.«

»Ich auch nicht.«

»Ich habe wirklich hart nach einem Verbindungsglied gesucht. Meine einzige Hoffnung waren schließlich Sie. Ich hoffte, die blutigen Bettlaken oder die Unordnung auf dem Küchentisch würden Sie auf eine neue Spur bringen.«

»Tut mir leid«, sagte Harris, »aber da ist nichts. Deswegen bin ich ja auch davon überzeugt, daß der Mörder entweder geistig völlig normal ist oder an einer vollkommen neuen Art von Wahnsinn leidet. Normalerweise spüre ich, sobald ich einen Gegenstand berühre, der mit dem Mord zu tun hat, einiges von den Gefühlen oder der Manie, die hinter dieser Tat gesteckt haben. Sie müssen es sich so vorstellen, als würden sie in einen Fluß springen, in dem statt Wasser erregte Gedanken, Gefühle und Bilder fließen ... Aber hier spüre ich nichts als eine kalte, unerschütterliche und durch und durch böse Logik. Ich hatte noch nie solche Schwierigkeiten, einen Mörder zu identifizieren.«

»Mir ergeht es ebenso«, gestand Preduski. »Ich habe nie behauptet, ein neuer Sherlock Holmes zu sein. Ich bin ganz gewiß kein Genie; dafür arbeite ich viel zu schwerfällig. Das war leider schon immer so. Aber ich habe ein paarmal großes Glück gehabt. Gott sei mein Zeuge, es war mehr Glück als Können, daß meine Aufklärungsquote relativ hoch liegt. Aber bei diesem Fall hat mich das Glück verlassen. Es ist weg und kommt vielleicht nie wieder. Wahrscheinlich ist meine Dienstuhr abgelaufen, und ich sollte mich aufs Altenteil setzen.«

Graham Harris ließ Ira Preduski in der Küche zurück, damit er sich dort weiterhin den Kopf über die Reste des makabren Schmauses zerbrechen konnte. Als Graham am Wohnzimmer vorbeikam, entdeckte er Sarah Piper. Der Detective hatte sie noch nicht entlassen. Sie saß auf dem Sofa und hatte die Füße auf den Couchtisch gelegt. Im Moment rauchte sie eine Zigarette und starrte die Decke an. Der Rauch drehte sich spiralförmig hoch und sah aus wie Träume, die ihren Kopf verließen. Sie hatte Harris den Rücken zugekehrt.

In dem Augenblick, in dem er sie sah, tauchte ein grelles, intensives und bestürzendes Bild vor seinem geistigen Auge auf: Sarah Piper, die mit starrem Blick in ihrem eigenen Blut lag.

Harris blieb zitternd stehen und wartete auf eine Fortsetzung der Vision.

Nichts.

Er konzentrierte sich, versuchte, neue Bilder heranzuziehen.

Nichts. Nur die starren Augen und das Blut. Und dieses Bild verschwand genauso schnell, wie es gekommen war.

Sie bemerkte ihn. Sie drehte sich um und sagte: »Hallo.«

Er leckte sich über die trockenen Lippen und zwang sich zu einem Lächeln.

»Haben Sie das hier wirklich vorausgesagt?« fragte sie und zeigte mit einer lässigen Handbewegung auf Ednas Schlafzimmer.

»Ich fürchte, ja.«

»Wie gespenstisch.«

»Ich wollte gern noch sagen . . .«

»Ja?«

»Es war nett, Sie kennengelernt zu haben.«

Jetzt lächelte sie auch.

»Ich wünschte, wir hätten uns unter anderen Umständen kennenlernen können«, sagte Graham. Er fühlte sich nie-

dergeschlagen und überlegte, wie er ihr wohl von der Vision erzählen konnte; oder ob er ihr dieses kurze Bild lieber verschweigen sollte.
»Vielleicht kommt es ja doch noch«, erklärte sie.
»Was bitte?«
»Daß wir uns unter erfreulicheren Umständen noch einmal begegnen.«
»Miß Piper . . . seien Sie bitte vorsichtig.«
»Ich bin immer vorsichtig.«
»Seien Sie bitte in den nächsten Tagen noch vorsichtiger.«
»Nach dem, was ich heute abend hier gesehen habe«, antwortete sie und lächelte nicht mehr, »können Sie sich bestimmt darauf verlassen.«

7

Frank Bollingers Apartment in der Nähe des Metropolitan Museum of Art war spartanisch eingerichtet und klein. Kakaobraune Wände und ein bloßer, glänzender Holzfußboden im Schlafzimmer. Die einzigen Möbel hier waren ein überbreites Bett, ein Nachttisch und ein tragbarer Fernseher. Bollinger hatte in dem Wandschrank Regale angebracht, um seine Kleider unterzubringen. Das Wohnzimmer hatte den gleichen Boden, aber weiße Wände. Dort standen eine schwarze Ledercouch, ein Korbstuhl mit schwarzen Kissen, ein verspiegelter Kaffeetisch und einige gefüllte Bücherregale. Die Küche enthielt die übliche Standardausrüstung, dazu einen nicht sehr großen Tisch und zwei Stühle. An den Fenstern hingen nur Jalousien, nirgendwo ein Vorhang oder Stores. Das Apartment ähnelte mehr einer Mönchszelle als einem Zuhause; und genauso gefiel es Frank Bollinger.

Um neun Uhr am Freitag morgen stand er auf, nahm eine Dusche, steckte das Telefon wieder ein und kochte sich eine Kanne Kaffee.

Er war von Edna Mowrys Wohnung ohne Umwege hierher zurückgekehrt und hatte den Rest der Nacht damit verbracht, mehrere Gläser Scotch zu trinken und Gedichte von Blake zu lesen. Als er die Flasche zur Hälfte geleert hatte, war er nicht betrunken und nur glücklich, überglücklich. Er ging ins Bett und rezitierte vor dem Einschlafen Verse aus *Die Vier Zoas*. Als er fünf Stunden später wieder aufwachte, fühlte er sich so frisch und rein, als wäre er neugeboren.

Er gönnte sich gerade die erste Tasse Kaffee, als das Telefon läutete.

»Ja?«
»Dwight?«
»Ja, wer sonst?«
»Hier spricht Billy.«
»Wer sonst?«
Dwight war sein zweiter Vorname — Franklin Dwight Bollinger; es war der Name seines Großvaters mütterlicherseits gewesen, der gestorben war, als Frank noch nicht das erste Lebensjahr vollendet hatte. Bis zu dem Zeitpunkt, an dem er Billy kennenlernte, besser gesagt, bis er Billy vertraute, hatte ihn nur seine Großmutter Dwight gerufen. Kurz nach seinem vierten Geburtstag hatte sein Vater Frau und Familie verlassen. Kurz darauf hatte seine Mutter festgestellt, daß ein vierjähriger Junge einer geschiedenen Frau ganz schön im Weg sein konnte, die sich einen neuen Freundeskreis aufzubauen versuchte. Bis auf ein paar vereinzelte Wochen (mit reichlich Abstand dazwischen) bei der Mutter, die weder fröhlich noch herzlich gewesen waren, hatte er seine Kindheit und Jugend bei der Großmutter verbracht. Sie war verrückt nach dem Jungen und wollte nichts lieber, als ihn bei sich aufzunehmen; ganz im Gegensatz zur Mutter, die ihm nur dann, und zwar fast unerträglich heftig, Zuneigung schenkte, wenn ein Anfall von Gewissensbissen sie plagte. Die Großmutter dagegen verwöhnte den Jungen. Für sie stand er nicht nur im Mittelpunkt ihres Lebens, um ihn drehte sich auch die ganze Erde.
»Franklin ist ein so alltäglicher Name«, pflegte die Großmutter zu sagen. »Dwight hört sich dagegen ... nun, es ist ein ganz besonderer Name. Dein Großvater trug diesen Namen, und er war ein ganz wunderbarer Mann. Viel, viel netter als all die anderen. Du wirst wie er sein, wenn du groß bist. Dann bist du auch etwas Besonderes, dann bist du anders, bist du wichtiger als die anderen. Sollen die an-

deren dich doch Franklin nennen, für mich bist und bleibst du Dwight.« Die Großmutter war vor zehn Jahren gestorben. Neuneinhalb Jahre lang hatte ihn dann niemand mehr Dwight genannt. Vor sechs Monaten war er Billy begegnet. Billy hatte sofort verstanden, was es hieß, zu einer neuen Rasse zu gehören, von Geburt an den anderen Menschen überlegen zu sein. Denn auch Billy gehörte zu den Überlegenen und hatte daher das Recht, ihn Dwight zu nennen. Es gefiel ihm, nach so langer Zeit wieder mit diesem Namen angesprochen zu werden. Dwight, das war so etwas wie ein Schlüssel zu seiner Seele, wie ein Knopfdruck, der ihn augenblicklich in Hochstimmung versetzte, wie eine Erinnerung daran, daß er zu etwas Höherem, zu etwas schwindelerregend Höherem berufen war.
»Ich habe letzte Nacht einige Male versucht, dich zu erreichen«, sagte Billy.
»Ich habe den Telefonstecker herausgezogen, um in Ruhe meinen Scotch genießen und danach ungestört schlafen zu können.«
»Hast du heute schon in die Zeitung gesehen?«
»Bin gerade erst aufgestanden.«
»Hast du irgendwas von Harris gehört?«
»Von wem?«
»Von Graham Harris, diesem Hellseher.«
»Ach, von dem. Nein, nichts. Was gibt es denn Dringendes?«
»Besorg dir eine Zeitung, Dwight. Und dann sollten wir uns besser zum Mittagessen treffen. Du hast heute frei, nicht wahr?«
»Ja, wie jeden Donnerstag und Freitag. Aber nun sag doch endlich, was eigentlich los ist?«
»Die *Daily News* werden dir schon sagen, was los ist. Kauf dir ein Exemplar. Wir treffen uns dann um halb zwölf im *Leopard*.«

Bollinger runzelte die Stirn und sagte: »Warum willst du mir nicht ...«
»Halb zwölf, Dwight.«
Billy hatte eingehängt.

Draußen war es trübe und kalt. Dicke, dunkle Wolken trieben nach Süden. Sie hingen so tief, daß sie die Spitzen der Gebäude verhüllten.
Drei Häuserblocks vor *The Leopard* verließ Bollinger das Taxi und kaufte sich an einem Kiosk eine Ausgabe der *Daily News*. Der Verkäufer wirkte in seinem dicken Mantel, den drei Pullovern, den unförmigen Handschuhen, den zwei Schals und der uralten Pudelmütze wie eine Mumie.
Die untere Hälfte der Titelseite wurde von einem Foto eingenommen, das Edna Mowry zeigte und offenbar vom *Rhinestone Palace* zur Verfügung gestellt worden war. Sie lächelte und wirkte sehr verführerisch. Die obere Hälfte der Titelseite wurde von einer fetten Schlagzeile gekrönt:

Schlächter mordet Opfer Nummer 10
Hellseher sagt Mord voraus

An der Straßenecke blätterte Bollinger Seite 2 auf und versuchte, während er darauf wartete, daß die Ampel umschaltete, den Mordbericht zu lesen. Der Wind stach ihm in die Augen und brachte sie zum Tränen. Er zerrte und riß an der Zeitung, so daß es Bollinger unmöglich war, die Story zu lesen.
Er überquerte die Straße und trat in den windgeschützten Eingang eines Bürohochhauses. Mit klappernden Zähnen, weil es auch hier noch bitterkalt war, las er alles über Graham Harris und dessen Auftritt in *Manhattan um Mitternacht*.
Der Name des Mörders laute Dwight, hatte der Hellseher erklärt.

Die Polizei kennt ihn, hatte Harris erklärt.
Herr im Himmel! Woher wollte dieser Mistkerl das wissen? Hellsehen? Präkognition? Alles Quatsch, alles der blanke Unsinn. Zeugs, das sich Scharlatane ausdachten, um Spinnern das Geld aus der Tasche zu locken. So etwas gab es nicht! Oder vielleicht doch?
Besorgt verließ Bollinger den Hauseingang, warf die Zeitung in einen Papierkorb, beugte sich gegen den Wind vor und eilte zum Restaurant.

The Leopard befand sich unweit der Second Avenue in der 50. Straße und war ein bezauberndes kleines Restaurant mit lediglich einer Handvoll Tischen. Dafür waren die Speisen und Menüs um so besser. Der Gästeraum war kaum größer als ein normales Wohnzimmer. Ein etwas zu grelles Arrangement von Kunstblumen zierte die Mitte des Raums, aber das war auch schon der einzige Fauxpas in der ansonsten geschmackvollen Einrichtung.
Billy saß wie gewöhnlich am Fensterplatz seines Lieblingstisches. In spätestens einer Stunde würde es im *Leopard* von Hungrigen wimmeln, die sich allesamt lautstark unterhielten. Bis es losging, würden noch fünfzehn Minuten oder mehr vergehen; würden die zukünftigen Gäste noch bis zur Mittagspause in ihren Konferenzzimmern und Büroräumen verharren müssen. Im Augenblick war Billy der einzige Gast. Bollinger nahm ihm gegenüber Platz, nachdem sie sich die Hände geschüttelt und beim Kellner Aperitifs bestellt hatten.
»Ein Sauwetter«, brummte Billy. Er hatte einen unüberhörbaren Südstaatenakzent.
»Das kannst du laut sagen.«
Sie blickten einander über die Ziervase mit der einzelnen Rose an, die in der Mitte des Tisches stand.
»Unangenehme Neuigkeiten«, sagte Billy schließlich.

»Ja.«
»Was hältst du davon?«
»Dieser Harris ist doch nichts als ein Wichtigtuer«, sagte Bollinger.
»Dwight . . . Niemand außer mir kennt diesen Namen. Aber mit dem Hinweis allein kann die Polizei nicht allzuviel anfangen.«
»Mein zweiter Vorname steht in allen Akten, auch auf der Personalakte in der Polizeistation.«
Billy entfaltete seine Stoffserviette und sagte: »Sie haben keinen Anlaß anzunehmen, hinter dem Schlächter könnte sich ein Polizist verbergen.«
»Harris hat erklärt, die Polizei kenne den Schlächter.«
»Man wird annehmen, jemand, der schon vernommen wurde, sei der Täter.«
Bollinger runzelte die Stirn: »Wenn Harris der Polizei noch einen einzigen Hinweis, und sei es nur ein kleines Detail, geben kann, bin ich geliefert.«
»Ich dachte, du würdest Hellseherei und ähnliches als Blödsinn abtun.«
»Vielleicht habe ich da etwas vorschnell geurteilt. Vermutlich muß ich einräumen, daß du mit deiner Überzeugung recht hast.«
»Entschuldigung angenommen«, erklärte Billy und lächelte leicht.
»Meinst du, wir könnten mit Harris reden?«
»Nein.«
»Er würde uns nicht verstehen, oder was?«
»Er ist keiner von uns.«
Der Kellner kam mit den Getränken.
Als sie wieder allein waren, sagte Bollinger: »Ich habe diesen Burschen noch nie gesehen. Wie sieht er denn aus?«
»Ich werde ihn dir später beschreiben. Im Augenblick . . . ich würde es jetzt für wichtiger halten, wenn du mir

sagst, was du in dieser Sache zu unternehmen gedenkst.«
Da brauchte Bollinger nicht lange nachzudenken. Ohne zu zögern, antwortete er: »Ich leg ihn um.«
»Aha«, sagte Billy nur.
»Irgendwelche Einwände?«
»Absolut keine.«
»Fein.« Bollinger nahm einen großen Schluck aus seinem Glas. »Ich würde ihn nämlich auch dann umlegen, wenn du Einwände hättest.«
Der Oberkellner erschien mit der Speisekarte und fragte sie nach ihren Wünschen.
»Lassen Sie uns bitte noch ein paar Minuten Zeit«, erklärte ihm Billy. Nachdem der Oberkellner sich zurückgezogen hatte, fragte Billy: »Wenn du diesen Hellseher beseitigst, wirst du ihn dann nach Schlächter-Art zurichten?«
»Warum nicht?«
»Na ja, die anderen Opfer waren Frauen.«
»Das wird die Ermittlungsbeamten noch mehr verwirren und an sich selbst zweifeln lassen«, antwortete Bollinger.
»Und wann willst du es tun?«
»Heute nacht.«
»Ich glaube«, wandte Billy ein, »er wohnt nicht allein.«
»Lebt er bei seiner Mutter?« fragte Bollinger grimmig.
»Nein, soviel ich weiß, teilt er sich die Wohnung mit seiner Lebensgefährtin.«
»Ist sie jung?«
»Könnte ich mir durchaus vorstellen.«
»Attraktiv?«
»Er machte auf mich den Eindruck eines Mannes, der weibliche Attraktivität zu schätzen weiß.«
»Na, um so besser«, sagte Bollinger.
»Ich dachte mir schon, daß du es so sehen würdest.«
»Dann schlage ich also zwei Fliegen mit einer Klappe«, sagte Bollinger. »So habe ich mir meine Arbeit immer gewünscht.« Er grinste.

8

Detective Preduski möchte Sie sprechen, Mr. Harris.«
»Danke, stellen Sie bitte durch. Hallo?«
»Tut mir leid, wenn ich Sie stören muß, Graham. Könnten wir die Förmlichkeiten hinter uns bringen, ja? Ich darf Sie doch Graham nennen, oder?«
»Selbstverständlich.«
»Dann nennen Sie mich bitte Ira.«
»Ist mir eine Ehre und ein Vergnügen.«
»Sie sind wirklich sehr freundlich. Ich hoffe, ich störe Sie nicht gerade bei etwas Wichtigem.«
»Überhaupt nicht.«
»Ich weiß, daß Sie ein vielbeschäftigter Mann sind. Wäre es Ihnen lieber, wenn ich später noch mal anrufe? Oder möchten Sie mich zurückrufen, sobald Sie Zeit dafür haben?«
»Sie haben mich nicht bei etwas gestört. Was haben Sie also auf dem Herzen?«
»Erinnern Sie sich an die Verse auf den Wänden und der Tür in der Wohnung von Miß Mowry?«
»Sehr gut sogar.«
»Nun, ich habe die letzten Stunden damit verbracht, nach den Werken zu suchen, aus denen sie stammen. Und . . .«
»Sie sitzen um vierzehn Uhr immer noch in Ihrem Büro?«
»Nein, nein, ich bin zu Hause.«
»Brauchen Sie eigentlich keinen Schlaf?«
»Leider doch. Ich wünschte, ich könnte etwas mehr davon bekommen. In den letzten zwanzig Jahren bin ich kei-

ne Nacht dazu gekommen, länger als vier oder fünf Stunden zu schlafen. Wahrscheinlich habe ich mir damit längst meine Gesundheit gründlich ruiniert. Ach was, wahrscheinlich, es ist hundertprozentig so. Aber ich muß ja mit meinem verdrehten Gehirn leben. Mein Kopf ist ein richtiger Schuttabladeplatz, eine Ansammlung von Tausenden von unnützen kleinen Fakten und Details. Und ich kann mich einfach nicht daran hindern, mich mit ihnen zu beschäftigen. Ich grüble tagelang über die blödsinnigsten Dinge nach. Wie zum Beispiel die mit Blut geschriebenen Zeilen in der Mowry-Wohnung. Zum Schlafen bin ich da natürlich nicht gekommen, weil mir diese Verse unablässig die Gedanken durcheinandergebracht haben.«

»Und jetzt sind Sie auf etwas gestoßen?«

»Na ja, ich sagte Ihnen ja schon letzte Nacht, daß mir die Zeilen vage bekannt vorkamen. *Rintah brüllt und schürt seine Feuer / In der drückenden Luft;/ Hungrige Wolken gieren über dem Abgrund*. Im selben Moment, in dem ich diesen Vers sah, sagte ich mir: ›Ira, das muß von William Blake sein.‹ Wissen Sie, als ich das eine Jahr lang das College besuchte, war mein Hauptfach Literaturwissenschaft. Ich mußte sogar einmal eine Hausarbeit über Blake anfertigen. Fünfundzwanzig Jahre ist das jetzt her. Verstehen Sie jetzt, was ich mit dem Schuttabladeplatz gemeint habe? An solche Dinge erinnere ich mich pausenlos. Wie dem auch sei, heute morgen habe ich mir eine Gesamtausgabe von Blakes Werken gekauft. Und dann habe ich diese drei Zeilen in *Der Streit* gefunden. Das ist ein Teil von *Die Vermählung von Himmel und Hölle*. Kennen Sie eigentlich Blake?«

»Ich fürchte, ich bin kein Kenner seiner Werke.«

»Er war ein Mystiker und Visionär.«

»Ein Hellseher?«

»Nein, aber er besaß gewisse prophetische Züge. Er glaubte, die Menschen besäßen die Macht, den Göttern gleich zu werden. Lange Zeit seiner poetischen Laufbahn war er der Verkünder von Chaos und Vernichtung; dabei war er im Grunde genommen ein unverbesserlicher Optimist. Können Sie sich auch noch an die Zeile erinnern, die der Schlächter an die Schlafzimmertür geschmiert hat?«
»Ja: *Ein Seil über dem Abgrund.*«
»Haben Sie eine Vorstellung, woraus das stammt?«
»Nicht die mindeste.«
»Gestern nacht hatte ich auch noch keinen Schimmer ... Sie wissen ja, mein Kopf ist mit allem möglichen vollgestopft, da bleibt kein Platz mehr für die wirklich wichtigen Dinge. Und über eine halbwegs fundierte Bildung verfüge ich ohnehin nicht. Man kann mir sicher noch nicht einmal eine Halbbildung bescheinigen. Da es bei mir selbst also zwecklos war, habe ich einen Freund von mir angerufen, einen Englisch-Professor an der Universität von Columbia. Er erkannte die Zeile auch nicht wieder, aber er hat sie ein paar seiner Kollegen vorgelegt. Und einer von denen ist draufgekommen. Er besorgte sich eine Konkordanz aller bedeutenden Philosophen und fand so schließlich das komplette Zitat. ›Der Mensch ist ein Seil, geknüpft zwischen Tier und Übermensch — ein Seil über dem Abgrund.‹«
»Von wem ist denn das?«
»Von Hitlers Lieblingsphilosophen.«
»Etwa Nietzsche?«
»Ja. Sind Sie mit seinem Werk vertraut?«
»Flüchtig.«
»Er glaubte ebenfalls, daß Menschen Götter sein könnten; oder zumindest, daß bestimmten Menschen das möglich sei, insofern die Gesellschaft, in der sie leben, es ihnen gestattet, zu wachsen, sich zu entfalten und ihre

Macht auszuüben. Nietzsche glaubte auch, daß die Menschheit sich zum Göttlichen hin entwickelt. Und sehen Sie, da haben wir schon ein Verbindungsglied zwischen Blake und Nietzsche. Deshalb wird der Schlächter auch beide zitiert haben. Allerdings gibt es da ein Problem.«

»Und welches?«

»Nun, Blake war durch und durch Optimist. Nietzsche hingegen sah überall schwarz, war ein düsterer Pessimist. Blake glaubte, der Menschheit stehe eine wunderbare Zukunft bevor. Nietzsche dagegen glaubte, daß die Menschheit zwar eine wunderbare Zukunft verdient habe, diese aber nie erlangt, weil sie sich selbst vernichtet, bevor die Übermenschen sich entwickelt haben. Weiter: Blake schätzte die Frauen. Nietzsche hatte für alles Weibliche nur Verachtung übrig. Er war sogar der Überzeugung, daß Frauen eines der Haupthindernisse auf dem Weg des Menschen zum Gottähnlichen seien. Verstehen Sie nun, worauf ich hinauswill?«

»Sie wollen sagen, der Schlächter sei ein Schizophrener, wenn er sowohl der Philosophie von Blake als auch der von Nietzsche anhängt, nicht wahr?«

»Jawohl, und das, obwohl Sie erklären, der Schlächter sei kein Wahnsinniger.«

»Einen Augenblick bitte, Sie können doch nicht . . .«

»Sie haben es letzte Nacht gesagt . . .«

»Ich habe nur gesagt, wenn er dem Wahnsinn anheimgefallen sein sollte, dann müsse es sich dabei um eine neue, eine bislang unbekannte Form von Geistesgestörtheit handeln. Ich habe gesagt, er sei nicht in einer der klassischen Formen wahnsinnig.«

»Zu den klassischen Formen gehört die Schizophrenie?«

»Ich denke schon, Ira.«

»Ich halte das trotzdem für eine brauchbare Theorie . . .

nun, vielleicht liege ich da wieder einmal völlig falsch ... Gott sei mein Zeuge ... Es könnte doch sein, daß der Schlächter sich für einen Übermenschen im Sinne von Nietzsche hält ... Ein Psychiater würde so etwas sicher Größenwahn nennen. Und Größenwahn ist charakteristisch für Schizophrenie und Paranoia. Glauben Sie immer noch, der Schlächter würde jeden psychiatrischen Test bestehen?«

»Ja.«

»Wissen Sie das, oder spüren Sie das mit Ihren übersinnlichen Gaben?«

»Letzteres.«

»Haben Sie mit dieser Gabe jemals etwas wahrgenommen, das sich später als falsch herausgestellt hat?«

»Nein, nicht direkt falsch. Höchstens solche Dinge wie die Vorstellung, der Name von Edna Mowry sei Edna Stripper.«

»Natürlich, ich kenne Ihren Ruf. Ich weiß, daß man Sie zu den Besten zählt. Ich wollte Ihnen auch nichts unterstellen, Graham. Das verstehen Sie doch sicher, oder? Aber dennoch ... Ach, ich weiß nicht mehr weiter.«

»So ergeht es mir auch.«

»Graham ... wenn Sie sich ein Buch mit Gedichten von Blake vornehmen würden, wenn Sie sich eine Stunde lang darin vertiefen würden ... könnte Sie das auf die gleiche Wellenlänge mit dem Schlächter bringen? Würden Sie daraus eine neue Erkenntnis gewinnen ... wenn schon nicht eine komplette Vision, so dann doch wenigstens einen Hinweis?«

»Vielleicht könnte das etwas bringen.«

»Würden Sie mir dann einen großen Gefallen tun?«

»Nur heraus damit.«

»Wenn ich gleich einen Boten mit einem Gedichtband von Blake zu Ihnen schicke, würden Sie sich dann eine Stunde oder so damit beschäftigen, um herauszufinden, ob etwas dabei herumkommt oder nicht?«

»Sie können es gleich losschicken, aber ich fürchte, ich komme vor morgen nicht zum Lesen.«

»Nicht einmal eine halbe Stunde?«

»Nicht einmal das. Ich muß eines meiner Magazine fertigstellen und bis morgen früh zum Drucker gebracht haben. Ich bin mit dieser Ausgabe bereits drei Tage im Rückstand, das heißt, ich muß die ganze Nacht durcharbeiten. Aber morgen nachmittag oder am frühen Abend will ich mir gern Blake vornehmen.«

»Vielen Dank. Ich weiß das zu schätzen. Wirklich. Ich zähle auf Sie, denn Sie sind meine letzte Hoffnung. Dieser Schlächter ist mir einfach eine Nummer zu groß. Er ist viel schlauer als ich. Ich drehe mich nur im Kreise und gelange nirgendwohin. Absolut nirgendwohin. Wenn wir nicht bald auf eine solide Spur stoßen, weiß ich nicht mehr ein noch aus.«

9

Paul Stevenson trug ein maßgeschneidertes blaues Hemd, eine schwarz und blau gestreifte Seidenkrawatte, einen exklusiven schwarzen Anzug, schwarze Socken und braune Schuhe mit weißen Zierstichen. Als er gegen vierzehn Uhr das Zimmer von Anthony Prine betrat, war er so erregt, daß er gar nicht bemerkte, wie der Showmaster beim Anblick der Schuhe heftig zusammenzuckte. Da es Stevenson nicht möglich war, Prine anzubrüllen oder lautstark mit ihm zu streiten, zog er einen Schmollmund. »Tony, warum hast du Geheimnisse vor mir?«

Prine lag auf der Couch und hatte sich ein Polsterkissen unter den Kopf geschoben. Er las gerade in der *New York Times* und brummte: »Was für Geheimnisse?«

»Ich habe eben herausgefunden, daß die Gesellschaft auf deine Anweisung hin einen Privatdetektiv angeheuert hat, der Graham Harris nachschnüffeln soll.«

»Nicht nachschnüffeln. Ich habe der Agentur nur den Auftrag erteilt, für mich herauszufinden, wo sich Harris zu bestimmten Stunden an bestimmten Tagen aufgehalten hat.«

»Du hast die Anweisung gegeben, der Detektiv dürfe sich Harris oder seiner Freundin nicht direkt nähern. So etwas nenne ich nachschnüffeln. Und du verlangst binnen achtundvierzig Stunden einen Bericht. Das heißt, der Junge muß sich sputen, und du bezahlst das dreifache Honorar. Wenn du schon unbedingt wissen willst, wo er sich herumgetrieben hat, warum fragst du ihn dann nicht einfach danach?«

»Weil ich denke, daß er mich anlügen würde.«

»Warum sollte er lügen? Und was sind das für Stunden und Tage?«
Prine legte ungehalten die Zeitung beiseite, erhob sich und streckte sich ausgiebig. »Ich möchte in Erfahrung bringen, wo Harris sich aufgehalten hat, als die zehn Frauen ermordet wurden.«
Vor Verblüffung vergaß Stevenson, den Mund zu schließen. Er schluckte und fragte dann: »Aus welchem Grund?«
»Wenn er zu allen zehn Tatzeiten allein war — ob er nun vorgibt, allein gearbeitet zu haben, sich allein einen Film angesehen zu haben, allein einen Spaziergang gemacht zu haben oder was weiß ich —, dann hat er für diese Stunden kein Alibi, und das heißt, er könnte der Schlächter sein.«
»Harris? Der Mörder . . . der Schlächter?«
»Könnte doch sein.«
»Du engagierst auf eine vage Vermutung hin einen Privatdetektiv?«
»Ich habe dir schon gesagt, daß ich bei diesem ›Hellseher‹ vom ersten Augenblick an mißtrauisch war. Und wenn sich mein Verdacht bestätigen sollte, dann hätten wir vielleicht einen Knüller an Land gezogen!«
»Aber Harris ist kein Mörder. Er *fängt* und überführt Mörder!«
Prine begab sich an die Bar. »Wenn ein Arzt eine Woche lang fünfzig Patienten gegen Grippe behandelt und in der nächsten Woche noch mal fünfzig, wäre es dann verwunderlich, wenn er sich spätestens in der dritten Woche auch infiziert hätte?«
»Ich bin mir nicht sicher, ob ich dir da folgen kann.«
Prine füllte sein Glas mit Bourbon. »Jahrelang schon befaßt sich Harris mit Mord, befaßt sich mit den tiefsten Fasern seines Bewußtseins mit gewaltsamem Tod. Er setzt

sich dabei jedesmal einem Trauma aus, wie es kaum ein anderer erlebt. Er hat sich buchstäblich in die Gedanken von Frauen-, Kinder- und Massenmördern versetzt . . . Er hat vermutlich mehr Blut und Gewalt gesehen als die dienstältesten Polizisten in New York. Wäre es da nicht denkbar, daß ein Mann, darüber hinaus ein labiler Mann, unter dem Ansturm von soviel Gewalt zerbricht? Wäre es so abwegig, wenn er selber zu einem der Psychopathen geworden ist, denen er jahrelang auf der Spur war?«

»Labil?« Stevenson runzelte die Stirn. »Graham Harris ist genausowenig labil wie du oder ich.«

»Wie gut kennst du ihn denn?«

»Ich habe ihn in der Show gesehen.«

»Ein bißchen mehr solltest du dich schon über ihn informieren.« Prines Blick fiel auf den Spiegel, in dem er sich selbst erkannte. Er strich sich mit einer Hand über das mattweiße Haar.

»Was müßte ich denn noch über ihn wissen?«

»Ich komme dir jetzt vielleicht wie ein Küchenpsychologe vor. Natürlich bin ich nur ein Amateur, aber das heißt nicht, daß ich unbedingt falsch liegen muß. Punkt eins, Graham Harris kam in eher ärmlichen Verhältnissen zur Welt.«

»Einen Moment mal. Sein Vater war Evan Harris, ein bekannter Verleger!«

»Das war sein Stiefvater. Sein richtiger Vater starb, als Graham gerade ein Jahr alt war. Die Mutter arbeitete als Kellnerin, und du weißt ja, wie wenig das Gaststättenpersonal in diesem Land verdient. Die Frau hatte jedenfalls große Mühe, für das Nötigste zu sorgen und auch noch die hohen Arzt- und Medikamentenrechnungen für ihren kranken Mann zu bezahlen. Einige Jahre lang haben Mutter und Sohn von der Hand in den Mund gelebt, und zwar am Rand des Ruins. Solche Verhältnisse hinterlassen unauslöschliche Spuren bei einem Menschen.«

»Und wie hat sie Evan Harris kennengelernt?« frage Stevenson.
»Das weiß ich nicht. Jedenfalls haben sie geheiratet, und danach hat Graham den Namen seines Stiefvaters angenommen. Seine weitere Kindheit verbrachte er dann in einem vornehmen Haus. Nachdem er die Universität abgeschlossen hatte, verfügte er über genügend Zeit und Geld, um sich der Bergsteigerei zu verschreiben und es dort zu einiger Reputation zu bringen. Der Stiefvater ermutigte ihn dazu. In einschlägigen Kreisen galt Graham Harris als Star. Hast du eine Vorstellung davon, wie viele Frauen einen berühmten Bergsteiger als Helden ansehen und entsprechend anhimmeln?«
Stevenson zuckte die Achseln.
»Damit wir uns recht verstehen«, fuhr Prine fort, »diese Damen sind nicht unbedingt wild darauf, an einer Bergexpedition teilzunehmen. Sie zeigen sich lieber mit dem Helden in der Öffentlichkeit, suchen seine Nähe und legen sich auch zu ihm ins Bett. Einer solchen Faszination erliegen mehr Frauen, als man gemeinhin annimmt. Ich weiß auch nicht, was Helden für sie so anziehend macht. Jedenfalls ist Graham Harris gut zehn Jahre lang von Frauen umschwärmt gewesen. Dann stürzte er ab. Als man ihm die Knochen wieder zusammengeflickt hatte, fürchtete er sich vor dem Bergsteigen.« Prine hörte seine eigene Stimme und berauschte sich an der Theorie, die er in diesem Moment entwickelte. »Er hat seitdem geradezu Panik vor allem, was hoch ist. Verstehst du nun, Paul? Graham kam als ein Niemand auf die Welt, hat die ersten sechs Jahre als Niemand verbracht und wurde über Nacht jemand, als seine Mutter Evan Harris heiratete. Nun ist es seit einiger Zeit auch mit der Bergsteigerei wieder zu Ende. Wäre es da ein Wunder, wenn er in ständiger Angst davor leben würde, wieder ein Niemand zu werden?«

Stevenson trat an die Bar und goß sich einen Bourbon ein. »Ist doch wohl kaum wahrscheinlich, daß er wieder ein Niemand wird. Immerhin hat er das Vermögen seines Stiefvaters geerbt.«
»Geld ist nicht dasselbe wie Ruhm. Er war einmal eine gefeierte Persönlichkeit. Selbst im kleinen Kreis der Weltelite unter den Bergsteigern genoß er großes Ansehen. Das geht vielen Menschen so, daß man, hat man Bewunderung einmal genossen, nicht mehr davon lassen kann. Vermutlich ist Graham nun süchtig danach, wieder ein gefeierter Star zu werden. Das kann wirklich auch den Besten widerfahren. Ich habe schon einige Stars erlebt, die in Vergessenheit geraten waren.«
»Ich auch.«
»Wenn ich also mit meiner Theorie richtig liege . . . na ja, vielleicht ist Harris zu dem Schluß gekommen, daß berüchtigt unter dem Strich genauso gut ist wie berühmt. Als König der Bergsteiger ist er in die Schlagzeilen gekommen. Als Schlächter kommt er auch in die Schlagzeilen. Er hat wieder seinen Ruhm, auch wenn er unter einem *nom de guerre* auftreten muß.«
»Aber er saß doch letzte Nacht, als Edna Mowry ermordet wurde, bei dir im Studio!«
»Vielleicht. Vielleicht auch nicht.«
»Wie bitte? Er hat doch ihren Tod vorausgesagt!«
»Tatsächlich? Und wenn er uns auf diese Weise nur mitgeteilt hat, wen er zum nächsten Opfer auserkoren hatte?«
Stevenson starrte ihn an, als hätte sein Freund den Verstand verloren.
Der Talkmaster lachte und sagte: »Natürlich hat Graham zusammen mit mir im Studio gesessen. Aber er könnte den Mord ja auch danach begangen haben. Ich habe ein paar Verbindungen spielen lassen und eine Kopie vom Bericht des Gerichtsmediziners erhalten. Darin steht, daß

Edna Mowry irgendwann zwischen dreiundzwanzig Uhr dreißig am Donnerstag und ein Uhr dreißig am Freitag ermordet worden ist. Graham hatte also eine gute Stunde Zeit, um zu Edna zu gelangen.«

Stevenson leerte sein Glas in einem Zug. »Großer Gott, Tony, wenn du recht hättest, wenn du eine solche Story bringen könntest, wird ABC dir sofort eine Live-Show geben! Live und nach deinen eigenen Vorstellungen!«

»Könnte sein.«

Stevenson goß sich ein neues Glas ein und fuhr deutlich ruhiger fort: »Allerdings hast du noch keine Beweise dafür. Mehr als eine Theorie ist es ja leider nicht, und dazu noch eine ziemlich weit hergeholte. Man kann einen Mann nicht schon deswegen verdammen oder verdächtigen, bloß weil er arm zur Welt gekommen ist. Herr im Himmel, deine eigene Kindheit war schlimmer als die von Graham, und aus dir ist kein Massenmörder geworden!«

»Im Augenblick habe ich noch keine Beweise, das ist richtig«, antwortete Prine. Aber wenn man einen Beweis nicht findet, kann man ihn vielleicht konstruieren, fügte er in Gedanken hinzu.

10

Sarah Piper verbrachte die erste Hälfte des Freitagnachmittags damit, ihre Koffer für eine fünftägige Reise nach Las Vegas zu packen. Ernie Nolan, ein Herrenausstatter von der exklusiveren Sorte, der schon seit drei Jahren auf ihrer speziellen Kundenliste stand, fuhr zweimal im Jahr nach Las Vegas und ließ sich dabei gern von Sarah begleiten. Er zahlte ihr fünfzehnhundert Dollar für das Liebesspiel und gab ihr darüber hinaus fünfhundert Dollar für die Casinos.

Sie hatte sich, heute eingerechnet, eine Woche vom *Rhinestone Palace* freigenommen und war jetzt froh darüber, daß sie am Vorabend ihrer Reise, die morgen in der Frühe beginnen würde, nicht mehr arbeiten mußte. Nachdem sie von Ednas Wohnung zurückgekehrt war, hatte sie nicht länger als zwei Stunden schlafen können. Und diese zwei Stunden waren, was nicht verwundern konnte, voller Alpträume gewesen. Sie wollte heute abend früh ins Bett, um morgen für Ernie ausgeruht und in Form zu sein.

Während sie packte, fragte sie sich, ob mit ihr eigentlich noch alles in Ordnung war. Hatte sie noch ein Herz? Verfügte sie noch über normale Emotionen? Sie hatte letzte Nacht viel geweint, und Ednas Tod war ihr auch sonst sehr nahegegangen. Doch jetzt, am Nachmittag, fühlte sie sich gut und war fröhlich. Sie war sogar richtiggehend aufgeregt, endlich mal wieder für eine Weile aus New York hinauszukommen. Sie horchte in sich hinein, entdeckte aber nirgends eine Spur von Schuldgefühlen. Sie hatte viel von der Welt gesehen, von manchem auch zu viel — zuviel Gewalttätigkeit, Verzweiflung, Selbstsucht und Schmutz. Sie vermochte sich daher jetzt keinen Vorwurf zu machen, weil ihr Kummer so rasch verflogen war. Das war eben die Art, in der die Menschen in diesen Zeiten überleben konnten, vielleicht nur so überleben konnten. Die Vergeßlichkeit, das Verdrängenkönnen, das war die Nabe des Lebensrads, die geistige Einrichtung, die den Verstand gesund erhielt. Das mochte nicht die edelste menschliche Charaktereigenschaft sein, aber es blieb unbestreitbar die Wahrheit.

Gegen fünfzehn Uhr, als sie gerade den dritten Koffer zuklappte, rief ein Mann an. Er wollte für diesen Abend einen Termin. Sie kannte ihn nicht und sagte ihm das auch, aber er erklärte, sie sei ihm von einem ihrer Stammkunden empfohlen worden. Obwohl er einen nicht unsympathischen Eindruck machte — vor allem gefiel ihr sein weicher Südstaaten-Akzent —, mußte sie ihm absagen.

»Wenn Sie schon einen anderen Termin haben«, beharrte der Mann, »kann ich Ihnen genug bieten, daß Sie ihn schlicht vergessen.«

»Es gibt heute abend keinen anderen. Das Problem ist nur, daß ich morgen in aller Frühe nach Las Vegas muß. Und für diese Reise brauche ich meinen Schlaf.«

»Wie hoch ist Ihr üblicher Preis?«

»Zweihundert, aber . . .«

»Okay, ich gebe Ihnen dreihundert.«

Sarah zögerte.

»Vierhundert?«

»Ich kann Ihnen gern ein paar andere Mädchen empfehlen . . .«

»Ich möchte aber nur Sie kennenlernen. Wie ich hörte, sollen Sie die aufregendste Frau in ganz Manhattan sein.«

Sarah lachte. »Das würde sicher eine große Enttäuschung für Sie werden.«

»Ich bin dennoch fest entschlossen. Und wenn ich mich einmal zu etwas entschlossen habe, kann mich nichts auf Gottes Erde mehr davon abbringen. Fünfhundert.«
»Das ist zuviel. Wenn Sie . . .«
»Junge Frau, das ist ein Klacks für mich. Ich habe Millionen im Ölgeschäft gemacht. Fünfhundert, und ich will Sie nicht die ganze Nacht. Ich bin um achtzehn Uhr bei Ihnen. Wir vergnügen uns ein Weilchen, dann lade ich Sie in ein Restaurant ein, und um zweiundzwanzig Uhr sind Sie wieder zu Hause. Da bleibt Ihnen doch wohl noch genügend Zeit, sich für Las Vegas auszuruhen.«
»Sie geben wirklich nicht schnell auf, was?«
»Das ist mein Markenzeichen. Ich bin mit der Gabe der Hartnäckigkeit gesegnet. Bei mir zu Hause nennt man das die Störrigkeit eines Esels.«
Sarah lächelte, als sie antwortete: »Okay, Sie haben gewonnen. Fünfhundert, und Sie versprechen mir, daß ich ab zweiundzwanzig Uhr allein bin.«
»Großes Indianerehrenwort.«
»Sie haben mir noch nicht Ihren Namen genannt.«
»Plover«, antwortete er. »Billy James Plover.«
»Und wie soll ich Sie nennen, Billy James?«
»Billy genügt.«
»Wer hat mich Ihnen empfohlen?«
»Ich möchte seinen Namen nur ungern am Telefon preisgeben.«
»Auch gut. Dann um achtzehn Uhr?«
»Ja, vergessen Sie es bitte nicht.«
»Ich freue mich schon darauf«, lächelte sie.
»Kaum so sehr wie ich«, antwortete Billy.

11

Obwohl Connie Davis lange geschlafen und ihr Antiquitätengeschäft erst nachmittags geöffnet hatte, und obwohl erst ein Kunde gekommen war, war es bereits ein erfolgreicher Tag gewesen. Connie hatte sechs ausgezeichnet erhaltene spanische Stühle aus dem siebzehnten Jahrhundert verkaufen können. Jedes Stück war aus dunklem Eichenholz, hatte nach außen gebogene Beine, die in Tierpfoten ausliefen, und besaß Lehnen mit Dämonenköpfen an den Enden, wunderbar geschnitzte Schädel von Orangengröße. Die Frau, die diese Stühle erstanden hatte, besaß eine Wohnung mit vierzehn Zimmern, von der man einen ausgezeichneten Ausblick auf die Fifth Avenue und den Central Park hatte. Die Stühle gefielen ihr, und sie wollte sie für das Zimmer erwerben, in dem sie gelegentlich ihre Séancen abhielt.

Als Connie später wieder allein in ihrem Geschäft war, begab sie sich in das Büro, das in einem Alkoven im hinteren Teil des Verkaufsraums lag. Sie öffnete ein neues Paket Kaffee und füllte die Kaffeemaschine.

Während das heiße Wasser durch den Filter lief, hörte Connie ein lautes Beben der Frontfenster. Sie warf einen Blick zur Eingangstür, um nachzusehen, wer gekommen war. Aber da war niemand. Die Fenster vibrierten von einer plötzlich aufgekommenen winterlichen Wetterbö. Ein frischer Wind fegte durch die Straßen.

Connie ließ sich an ihrem aufgeräumten Sheraton-Schreibtisch aus dem späten achtzehnten Jahrhundert nieder und wählte die Nummer von Grahams Büro. Sie ließ sich von seiner Sekretärin durchstellen, und als er sich meldete, sagte sie: »Hallo, Nick.«

»Hallo, Nora.«
»Wenn du mit deiner Arbeit einigermaßen vorangekommen bist, möchte ich dich heute abend gern zum Essen einladen. Ich habe eben den ganzen Satz der spanischen Stühle verkauft und will unbedingt feiern.«
»Tut mir leid, aber ich komme hier nicht weg. Wahrscheinlich muß ich die ganze Nacht durcharbeiten, um die Ausgabe fertigzubekommen.«
»Können deine Mitarbeiter nicht einmal ein paar Überstunden einlegen?«
»Sie haben ihre Arbeit erledigt. Jetzt bin ich an der Reihe, und du weißt ja, wie ich bin. Ich muß alles zweimal und dreimal durchgehen, bevor ich wenigstens ein bißchen zufrieden bin.«
»Gut, dann komme ich in dein Büro und helfe dir.«
»Hier gibt es kaum etwas, bei dem du mir helfen könntest.«
»Dann setze ich mich still in eine Ecke und lese.«
»Ach, Connie, du würdest dich zu Tode langweilen. Geh lieber nach Hause und entspann dich. Ich versuche, gegen ein oder zwei Uhr in der Nacht bei dir zu sein.«
»Nichts da, mein Lieber. Ich verspreche dir, daß ich dir nicht im Weg sein werde, und es macht mir sicher Freude, auf einem Stuhl zu sitzen, etwas zu lesen und dich zu beobachten. Nora braucht heute nacht ihren Nick nämlich sehr. Und ich bringe uns beiden was zu essen mit.«
»Also gut, warum mache ich mir eigentlich selbst etwas vor? Ich sollte doch allmählich wissen, daß ich mich gegen deinen Kopf nicht durchsetzen kann.«
»Eine große Pizza und eine Flasche Wein. Was hältst du davon?«
»Hört sich nicht schlecht an.«
»Wann darf ich kommen?« fragte sie.
»Ich bin eben fast über der Schreibmaschine eingenickt.

Wenn ich heute nacht noch fertig werden will, sollte ich mich ein oder zwei Stunden aufs Ohr legen, am besten, sobald die Belegschaft Feierabend macht. Hm, komm doch so gegen halb acht.«
»Worauf du dich verlassen kannst.«
»Um halb neun dürfen wir uns auf Besuch freuen.«
»Wer denn?«
»Ein Detective von der Polizei. Er möchte über ein paar neue Fakten sprechen, die sich im Schlächter-Fall ergeben haben.«
»Preduski!« seufzte Connie.
»Nein, einer von seinen Mitarbeitern. Er heißt Bollinger und hat vor ein paar Minuten hier angerufen. Eigentlich wollte er zu uns nach Hause kommen, aber ich habe ihm erklärt, daß wir beide hier bis spät in der Nacht noch arbeiten müßten.«
»Na ja, zumindest können wir vorher noch essen. Ein Gespräch über den Schlächter vor dem Essen würde mir den ganzen Appetit verderben.«
»Dann bis halb acht.«
»Erhol dich gut, Nicky.«

Als das Wasser durchgelaufen war, goß Connie sich heißen Kaffee in eine Tasse, gab Dosenmilch hinzu und ging in den vorderen Teil des Ladens. Sie hockte sich in einen Sessel neben das große, unterteilte Schaufenster. Von dort aus konnte sie zwischen den Fensterspiegelungen ihrer Antiquitäten einen Blick auf die winddurchtoste Zehnte Straße werfen.
Nur wenige Passanten eilten vorgebeugt vorüber. Sie trugen schwere Mäntel, hatten die Hände in den Taschen vergraben und Hut oder Kapuze tief ins Gesicht gezogen.
Vereinzelte Schneeflocken folgten den Luftströmungen

entlang den Gebäudefassaden und wirbelten ziellos über die Bürgersteige.
Connie genoß den heißen Kaffee und fühlte sich behaglich wie eine Katze im Warmen. Fast hätte sie begonnen zu schnurren.
Sie dachte an Graham, und noch mehr Wärme breitete sich in ihr aus. Keine Kälte konnte ihr etwas anhaben, wenn Graham in ihren Gedanken war. Kein Wind. Kein Schnee. Und auch kein Schlächter. Sie fühlte sich bei Graham sicher und geborgen; auch dann, wenn sie nur in Gedanken mit ihm zusammen war. Sie wußte, daß Graham, trotz aller Ängste, die sich nach seinem Absturz in ihm aufgebaut hatten, sein Leben für sie hergeben würde, falls das jemals von ihm verlangt werden sollte. Und eigentlich hätte sie auch ihr Leben für ihn hingegeben, entschied sie in einem romantischen Anflug, wurde dann aber wieder nüchterner. Unwahrscheinlich, daß einer von ihnen beiden jemals vor eine solche Wahl gestellt würde. Dennoch war sie felsenfest davon überzeugt, daß Graham in den kommenden Wochen und Monaten seinen Mut und seine Selbstachtung wiederfinden würde; wiederfinden würde, ohne dafür durch eine schwere Krise gehen zu müssen.
Plötzlich fuhr der Wind mit Macht gegen das Schaufenster. Heulte, stöhnte und klebte Schneeflocken wie Gebilde aus Schaum und Speichel ans Glas.

12

Der Raum war lang und schmal. Er hatte einen braunen Kachelboden, beigefarbene Wände, eine hohe Decke und wurde von Leuchtröhren erhellt. Zwei Metallschreibtische befanden sich direkt hinter der Tür. Auf ihnen standen Schreibmaschinen, Briefablagen, Vasen mit Kunstblumen, und es fand sich auch die kleine Unordnung, die für das Ende eines Arbeitstages typisch war. Zwei gepflegt gekleidete Frauen im gesetzteren Alter saßen hinter den Schreibtischen. Sie waren trotz der eher kalten Atmosphäre in diesem Bürohochhaus von erstaunlicher Freundlichkeit. Fünf Cafeteriatische standen in einer Reihe in einem Neunzig-Grad-Winkel zu den Schreibtischen. Dahinter waren ordentlich zehn Metallstühle aufgestellt. Man hätte diese Einrichtung auf den ersten Blick für ein Schulklassenzimmer halten können.
Frank Bollinger stellte sich als Ben Frank vor und erklärte, er arbeite für ein großes New Yorker Architektenbüro. Er benötige die kompletten Baupläne des Bowerton-Hauses. Dann nahm er den Mantel ab und setzte sich hinter den ersten Tisch.
Die beiden Frauen erwiesen sich als so kompetent, wie er sie gleich beim Eintreten eingeschätzt hatte. Es dauerte nicht lange, da brachten sie auch schon aus einem angrenzenden Lagerraum die gewünschten Unterlagen: die Original-Baupläne, Zusatzpläne von Umbauten und anderen Veränderungen, Kostenaufstellungen, Dutzende von unterschiedlichen Bauanträgen, Endkostenabrechnungen, Umbaukalkulationen, Fotografien, Schriftwechsel . . . alle Unterlagen, die — gemäß den Datenschutzvor-

schriften — im Zusammenhang mit dem Bowerton-Gebäude standen und im Laufe der Jahre über die städtischen und staatlichen Schreibtische gegangen waren. Ein beachtlicher Papierstoß lag nun vor Frank Bollinger; jedes einzelne Blatt kategorisiert, gekennzeichnet und in der richtigen Reihenfolge eingeordnet.

Das Bowerton-Hochhaus wies zweiundvierzig Stockwerke auf, lag in einem Geschäftskomplex in der Lexington Avenue, war im Jahre 1929 fertiggestellt worden und hatte seitdem keine substantiellen baulichen Veränderungen erfahren. Es gehörte zu den Art-Deco-Vorzeigegebäuden in Manhattan, war stilistisch eigentlich noch typischer als das zu Recht gerühmte Chanin-Hochhaus aus derselben Periode, das sich nur wenige Straßen weiter erhob. Vor gut einem Jahr hatte eine Gruppe von besorgten Bürgern eine Initiative gestartet, deren Ziel es war, das Bowerton-Haus unter Denkmalschutz zu stellen, um die einmalige Fassade davon zu verschonen, im Zuge irgendeiner ›Modernisierung‹ oder ›Stadtsanierung‹ verunstaltet oder gar abgerissen zu werden. Viel mehr interessierte Bollinger jedoch das Büro von Graham Harris im vierzigsten Stock des Gebäudes.

Eine Stunde und zehn Minuten lang studierte Bollinger die Pläne und sonstigen Unterlagen. Er prägte sich alles ein: die Haupteingänge, Lieferanteneingänge, Notausgänge, Standorte und technische Ausstattung der sechzehn Fahrstühle. Die Lage der beiden Treppenhäuser. Das eher bescheidene elektronische Überwachungssystem (praktisch nur eine Wachstation mit Monitoren und Fernsehkameras, die man im Jahre 1969 installiert hatte). Und er studierte das alles mehrere Male, bis er sicher war, kein noch so kleines Detail übersehen zu haben.

Kurz nach sechzehn Uhr dreißig erhob er sich von seiner Lektüre, gähnte und streckte sich. Er lächelte und pfiff leise vor sich hin, als er seinen Mantel anzog.

Zwei Straßen weiter betrat er eine Telefonzelle und rief Billy an. »Ich habe alles abgecheckt.«
»Das Bowerton?«
»Genau.«
»Was hältst du davon?«
»Dürfte zu schaffen sein.«
»Guter Gott. Bist du dir auch ganz sicher, Frank?«
»So sicher, wie man nur sein kann, bevor es losgeht.«
»Vielleicht sollte ich dir irgendwie helfen. Vielleicht könnte ich . . .«
»Nein«, antwortete Bollinger entschieden. »Falls irgend etwas schiefgehen sollte, kann ich immer noch meine Polizeimarke anstecken und sagen, ich müsse hier einige Ermittlungen anstellen. Danach findet sich sicher eine Möglichkeit zum unauffälligen Verschwinden. Wenn wir hingegen beide dort angetroffen würden, wie wollten wir dann deine Anwesenheit erklären?«
»Wahrscheinlich hast du recht.«
»Wir bleiben beim ursprünglichen Plan.«
»Einverstanden.«
»Du bist um zweiundzwanzig Uhr am Hintereingang.«
»Und was, wenn du ins Haus gelangst und dann feststellen mußt, daß es so nicht funktioniert?« fragte Billy. »Ich möchte nicht ewig am Treffpunkt warten . . .«
»Falls ich das Projekt wirklich abbrechen sollte«, antwortete Bollinger, »rufe ich dich rechtzeitig an. Wenn du also keinen Anruf von mir erhältst, *stehst du um zweiundzwanzig Uhr am Hintereingang!*«
»Natürlich. Und was dann? Ich warte dort nicht länger als eine halbe Stunde. Länger kann ich da wirklich nicht bleiben.«
»Das reicht völlig aus.«
Billy atmete hörbar erleichtert aus. »Und wir beide stellen diese Stadt auf den Kopf!«

»Morgen nacht macht die ganze Stadt kein Auge zu.«
»Hast du dir schon überlegt, was du diesmal an die Wand schreiben willst?«
Bollinger wartete, bis ein rumpelnder Omnibus an der Zelle vorübergefahren war. Er hatte sich etwas Besonderes einfallen lassen und wollte jetzt, daß Billy diese Wahl gebührend schätzen konnte. »Klar doch. Ich habe mir was Hübsches von Nietzsche ausgesucht: ›Ich will die Menschen den Sinn ihrer Existenz lehren, welcher ist der Übermensch, der Blitz aus der dunklen Wolke Mensch.‹«
»Oh, das ist ja großartig«, rief Billy. »Mir wäre selbst wahrscheinlich nichts Besseres eingefallen!«
»Danke.«
»Und nichts von Blake?«
»Nur ein Fragment aus der Siebenten Nacht in den *Vier Zoas:* ›Herzen, dem Lichte bloßgelegt . . .‹«
Billy lachte grimmig.
»Ich wußte, es würde dir gefallen.«
»Ich schließe daraus, daß du dir für diese Herrschaften vorgenommen hast, ihre Herzen bloßzulegen?«
»Natürlich«, sagte Bollinger. »Ihre Herzen und alles andere, von der Kehle bis zum Unterleib.«

13

Pünktlich um achtzehn Uhr ging die Türglocke.

Sarah Piper öffnete. Ihr berufsmäßiges Lächeln verschwand, als sie den Mann sah, der im Korridor stand.

»Was machen *Sie* denn hier?« fragte sie überrascht.

»Darf ich hereinkommen?«

»Also . . .«

»Sie sehen heute abend bezaubernd aus. Geradezu phantastisch.«

Sarah trug einen dunkelorangefarbenen Hosenanzug aus einem dünnen, halbtransparenten Material. Ein tiefer Ausschnitt verriet fast zuviel von ihren cremeweißen Brüsten. Verlegen schob sie rasch eine Hand über das Dekolleté und zog mit den Fingern den Stoff zusammen. »Es tut mir leid, aber ich kann Sie nicht hereinbitten. Ich erwarte gleich Besuch.«

»Ganz recht, Sie erwarten mich«, erklärte er. »Billy James Plover.«

»Wie bitte? So heißen Sie doch nicht.«

»Leider doch. Unter diesem Namen wurde ich geboren. Später habe ich ihn dann geändert.«

»Warum haben Sie mir am Telefon nicht Ihren richtigen Namen genannt?«

»Ich habe einen Ruf, auf den ich achten muß.«

Immer noch etwas verwirrt trat Sarah zur Seite, um ihren Gast in die Wohnung zu lassen. Sie schloß hinter ihm die Tür und schob die Kette vor. Sie war sich bewußt, daß sie sich sehr unhöflich verhielt, aber sie konnte einfach nicht anders, als diesen Mann anzustarren. Außerdem fiel ihr nichts ein, was sie hätte sagen können.

»Sie wirken etwas schockiert, Sarah.«
»Ja«, schluckte sie, »wahrscheinlich bin ich das auch. Es ist nur so, daß Sie auf mich nicht den Eindruck eines Mannes machen, der Frauen ... der zu einer wie mir kommt.«
Er hatte, seit sie die Tür geöffnet hatte, sein Lächeln nicht abgesetzt. Nun wurde aus dem Lächeln ein breites Grinsen. »Was sollte mit jemandem wie Ihnen nicht stimmen? Was sollte falsch daran sein, wenn jemand wie ich zu Ihnen geht? Außerdem sehen Sie wahrlich umwerfend aus.«
Das ist doch verrückt, dachte sie.
»Ihre Stimme ...« sagte sie leise.
»Der Südstaaten-Akzent?«
»Ja.«
»Die ist ebenso wie mein Geburtsname Teil meiner Vergangenheit. Wäre es Ihnen lieber, wenn ich auf den Akzent verzichten würde?«
»Ja, bitte. Sie reden wie dieser, wie dieser ... nein, es hört sich einfach nicht richtig an. Geradezu unheimlich.« Sie preßte die Arme um den Leib, als ihr plötzlich ein Frösteln über den Rücken kroch.
»Unheimlich? Schade, ich dachte, es würde Sie amüsieren. Nun, wenn ich wieder Billy bin ... wie soll ich es erklären ... es gehört einfach dazu, macht mir großen Spaß ... dann komme ich mir wie eine ganz neue Persönlichkeit vor.« Das Grinsen blieb, aber seine Augen sahen sie hart an. »Irgend etwas stimmt nicht«, sagte er. »Irgendwie ist der Anfang zwischen uns total danebengegangen. Vielleicht steckt sogar etwas noch Schlimmeres dahinter. Ich habe recht, nicht wahr, etwas noch Schlimmeres ... Wenn Sie nicht mit mir ins Bett wollen, dann sagen Sie es am besten jetzt gleich. Vermutlich ist etwas an mir, das Sie abstößt. Ich habe bei Frauen nicht nur Er-

folge vorzuweisen. Um ehrlich zu sein, in der Mehrzahl der Fälle habe ich Pech gehabt. Gott sei mein Zeuge. Also sagen Sie es lieber gleich, und dann verschwinde ich auf der Stelle. Ich hätte vermutlich sogar Verständnis dafür und wäre Ihnen keineswegs böse.«

Sarah fand zu ihrem professionellen Lächeln zurück und schüttelte den Kopf. Das lange blonde Haar tanzte unnachahmlich auf und ab. »Verzeihen Sie bitte. Es besteht kein Grund für Sie, mich so schnell wieder zu verlassen. Ich war nur so überrascht, Sie hier zu sehen. Mehr war wirklich nicht dahinter.«

»Ganz ehrlich?«

»Ganz ehrlich.«

Er warf von der Diele aus einen Blick in ihr Wohnzimmer und berührte mit einem Finger das antike Gefäß neben der Tür, das als Schirmständer diente. »Sie haben es wirklich nett hier.«

»Vielen Dank.« Sie öffnete die Tür zur Dielengarderobe und nahm einen freien Kleiderhaken von der Stange. »Geben Sie mir Ihren Mantel.«

Er befreite sich von dem schweren Stück und reichte es ihr.

Nachdem sie den Mantel aufgehängt hatte, sagte sie: »Ihre Handschuhe auch. Ich schiebe sie in die Manteltaschen.«

»Die Handschuhe möchte ich lieber anbehalten.«

Als sie sich wieder zu ihm umdrehte, stand er zwischen ihr und der Wohnungstür. Er hielt ein Klappmesser mit einer gefährlich aussehenden Klinge in der Rechten.

»Stecken Sie das wieder weg«, sagte sie streng.

»Wie bitte?«

»Stecken Sie das wieder weg!«

Er lachte.

»Mir ist es ernst damit!«

»Sie sind die coolste Braut, die mir je über den Weg gelaufen ist.«
»Stecken Sie das Messer wieder in die Tasche. Stecken Sie es weg, und dann machen Sie, daß Sie von hier verschwinden.«
Er zeigte mit der Klingenspitze auf sie und sagte: »Sobald sie begriffen haben, daß ich ihnen die Kehle aufschlitzen werde, brabbeln sie meistens die dümmsten Sachen. Ich glaube nicht, daß eine von ihnen wirklich gedacht hat, sie könnte mich mit solchen Sprüchen loswerden. Und jetzt stehen Sie vor mir. So cool. So abgebrüht.«
Sie wich zur Seite und rannte aus der Diele ins Wohnzimmer. Ihr Herz hämmerte wie wild, und sie zitterte am ganzen Leib. Aber sie war fest entschlossen, sich von der Angst nicht lähmen zu lassen. Ein Revolver lag in der Schublade ihres Nachttischchens. Wenn sie ins Schlafzimmer gelangen und vor dem Mann die Tür schließen und versperren konnte, gewann sie vielleicht die nötigen Sekunden, um die Waffe in die Hand bekommen zu können.
Mit zwei oder drei Schritten hatte er sie eingeholt und packte sie an der Schulter.
Sie versuchte sich loszureißen.
Er war stärker, als er auf den ersten Blick wirkte. Seine Finger stachen wie Klauen in ihr Fleisch. Er drehte sie herum und stieß sie.
Sie verlor das Gleichgewicht, prallte gegen den Couchtisch und stolperte darüber. Ihr Oberschenkel stieß schmerzhaft mit einem der Holzbeine zusammen. Der Schmerz drohte im ersten Augenblick das ganze Bein zu lähmen.
Er stand über ihr. Die Rechte hielt noch das Messer, und er grinste.
»Schweinehund«, zischte sie.

»Es gibt zwei Möglichkeiten für Sie zu sterben, teuerste Sarah. Entweder versuchen Sie, mir zu entkommen und mir Widerstand zu leisten. Damit würden Sie mich zwingen, Sie auf der Stelle zu töten. Es würde mit Sicherheit langsam, schmerzhaft und quälend. Oder: Sie kooperieren. Sie gehen mit mir ins Schlafzimmer und bereiten mir den Spaß, für den Sie gewöhnlich bezahlt werden. Dafür würde ich Ihnen versprechen, Ihnen einen raschen und schmerzfreien Tod zukommen zu lassen.«

Jetzt nur keine Panik, hämmerte sie sich in Gedanken ein. Du bist Sarah Piper, und du hast dich aus dem Nichts nach oben gearbeitet. Du hast etwas aus deinem Leben gemacht, und du bist schon ein Dutzendmal zu Boden gegangen; sowohl im wortwörtlichen wie auch im übertragenen Sinne, und jedesmal bist du aus eigener Kraft wieder auf die Füße gekommen. Auch diesmal wirst du wieder auf die Füße kommen. Du wirst diese Geschichte hier überleben. Du wirst, verdammt noch mal! Du wirst, du wirst, du wirst!

»Okay«, sagte sie und stand auf.

»Braves Mädchen.« Er behielt das Messer in der Rechten und knöpfte das Oberteil ihres Hosenanzugs auf. Seine Finger glitten unter den dünnen Stoff. »Hm, nicht schlecht«, grinste er anerkennend.

Sie schloß die Augen, als er seinen Körper näher an sie heranschob.

»Ich sorge dafür, daß du auch etwas Spaß daran haben wirst.«

Das plump-vertrauliche ›Du‹ versetzte sie in Alarmzustand. Sie zog das Knie an und stieß es ihm in den Schritt.

Obwohl sie das Ziel nicht direkt traf, wankte er einen Schritt zurück.

Ihre Finger bekamen die Tischlampe zu fassen. Sie warf

sie nach ihm. Ohne abzuwarten, ob das Geschoß ihn getroffen hatte, sprang sie auf, stürzte ins Schlafzimmer und warf die Tür hinter sich ins Schloß.

Bevor sie abschließen konnte, warf er sich mit aller Kraft auf der anderen Seite dagegen und drückte sie eine Handbreit weit auf.

Sie drückte dagegen, so fest sie konnte, doch er war stärker als sie. Sie wußte, daß sie ihn kaum länger als ein oder zwei Minuten aufhalten konnte. Sie beschloß, in dem Moment, in dem er sich wieder gegen die Tür werfen würde, keinen Widerstand zu leisten, sondern zum Nachttisch zu rennen, wenn er überrascht zu Fall kommen würde.

Er polterte in den Raum und verlor für einen Sekundenbruchteil die Balance.

Sie riß die Schublade auf und griff nach der Pistole.

Eine Faust schlug sie ihr aus der Hand. Die Waffe krachte klappernd gegen die Wand, fiel zu Boden und war außerhalb von Sarahs Reichweite.

Warum schreist du nicht? fragte sie sich überrascht. Warum hast du nicht das Haus zusammengebrüllt, solange du ihn noch an der Schlafzimmertür aufhalten konntest? Es ist zwar unwahrscheinlich, daß dich jemand in den schalldicht abgedämmten Wohnungen gehört hätte, aber zumindest hättest du es versuchen können, als du noch eine Chance hattest!

Sie wußte, warum sie nicht um Hilfe gerufen hatte. Sie war Sarah Piper, und Sarah Piper hatte in ihrem Leben noch nie jemanden um Hilfe gebeten. Sie hatte stets ihre Probleme selbst gelöst, hatte ihre Schlachten allein geschlagen. Sie war zäh und hart, und sie war stolz darauf. Eine Sarah Piper schrie nicht.

Sie hatte Angst, und ihr war schlecht, aber sie wußte, daß sie ebenso sterben würde, wie sie gelebt hatte. Wenn sie jetzt zusammenbrach, wenn sie jetzt, da es keine Rettung mehr gab, wimmern und jammern würde, wäre ihr ganzes Leben eine Lüge gewesen. Wenn ihr Leben etwas bedeutet hatte, irgend etwas bedeutet hatte, dann mußte sie auch so sterben, wie sie gelebt hatte: zäh, hart und stolz. Sie spuckte ihm ins Gesicht.

14

Morddezernat.«

»Ich möchte mit einem Detective sprechen.«

»Mit welchem?«

»Ganz gleich, mit irgendeinem. Ist mir egal.«

»Liegt ein Notfall vor?«

»Ja.«

»Von wo rufen Sie an?«

»Tut nichts zur Sache. Ich will einen Kriminalbeamten sprechen.«

»Ich bin verpflichtet, Ihren Namen, Ihre Adresse und Ihre Telefonnummer zu notieren . . .«

»Vergessen Sie den Scheiß. Entweder ich bekomme einen Detective an den Hörer, oder ich hänge augenblicklich ein!«

»Hier spricht Detective Martin.«

»Ich habe gerade eine Frau umgebracht.«

»Von wo rufen Sie an?«

»Aus ihrer Wohnung.«

»Wie lautet die Adresse?«

»Sie war ein flotter Käfer.«

»Wie hieß sie?«

»Sarah.«

»Kennen Sie ihren Nachnamen?«

»Piper.«

»Buchstabieren Sie bitte.«

»Pi-p-e-r. Piper.«

»Sarah Piper?«

»Richtig.«

»Und wie heißen Sie?«
»Der Schlächter.«
»Wie heißen Sie richtig?«
»Das sage ich Ihnen nicht.«
»Doch, das werden Sie mir sagen. Denn nur aus diesem Grund haben Sie hier angerufen.«
»Nein, ich habe angerufen, um Ihnen mitzuteilen, daß ich in dieser Nacht noch ein paar Menschen mehr ermorden werde.«
»Wen zum Beispiel?«
»Darunter ist die Frau, die ich liebe.«
»Und wie heißt sie?«
»Ich wünschte, es bliebe mir erspart, sie zu ermorden.«
»Dann lassen Sie es doch.«
»Ich fürchte, sie verdächtigt mich.«
»Warum können wir dann nicht eine andere Lösung . . .«
»Nietzsche hatte recht.«
»Wer?«
»Nietzsche.«
»Wer ist das denn nun schon wieder?«
»Ein Philosoph.«
»Aha.«
»Er hatte recht mit dem, was er über Frauen sagte.«
»Und was hatte er über Frauen zu sagen?«
»Daß sie uns immerzu im Weg sind. Sie hindern uns daran, perfekt zu werden. All die Energien, die wir damit verschwenden, ihnen den Hof zu machen, all die Zeit und Mühe, die wir aufwenden, bis wir sie vögeln können. Die pure Verschwendung! All diese verschwendete Energie, die wir aufbringen, könnte einem besseren Zweck zugeführt werden, könnte zum Nachdenken und Forschen verwendet werden. Wenn wir unsere Kräfte nicht so sehr mit Frauen vergeuden würden, könnten wir uns zu dem entwickeln, wozu wir ausersehen sind.«

»Und wozu sind wir ausersehen?«
»Versuchen Sie, mich hinzuhalten, um den Apparat ausfindig zu machen, von dem ich spreche?«
»Nein, keineswegs.«
»Doch, natürlich versuchen Sie das.«
»Nein, wirklich nicht.«
»Ich verlasse diese Wohnung in spätestens einer Minute. Ich wollte Ihnen ohnehin nur mitteilen, daß Sie morgen erfahren werden, wer ich bin. Morgen wissen Sie, wer der Schlächter ist. Aber fangen können Sie mich trotzdem nicht. Denn ich bin der Blitz aus der dunklen Wolke Mensch.«
»Lassen Sie uns doch versuchen . . .«
»Auf Wiedersehen, Detective Martin.«

15

Freitag abend gegen neunzehn Uhr fiel feiner Pulverschnee auf Manhattan, der sich bald zu einem regelrechten Schneesturm auswuchs. Die Flocken sanken in endlosen Reihen aus dem schwarzen Himmel und schufen auf den dunklen Straßen eigenartige Muster, die sich ständig veränderten.

Frank Bollinger saß in seinem Wohnzimmer und betrachtete die Abermillionen kleiner Flocken, die an seinem Fenster vorüberzogen. Der Schneefall kam ihm äußerst gelegen. Das Wochenende stand bevor, und besonders nach einem solchen Wettersturz würde sich bis auf Harris und seine Freundin niemand länger als nötig im Bowerton-Gebäude aufhalten. Die Chancen, zu den beiden zu gelangen und seinen Plan Punkt für Punkt durchzuführen, hatten sich erheblich verbessert. Der Schnee war sein Verbündeter.

Um neunzehn Uhr zwanzig nahm er seinen Mantel vom Garderobenhaken, zog ihn an und knöpfte ihn zu.

Die Pistole befand sich bereits in der rechten Manteltasche. Er hatte sich gegen seine Dienstwaffe entschieden, denn deren Patronenhülsen wären zu leicht zu identifizieren gewesen. Er hatte sich mit einer Walther PPK ausgestattet, einer kompakten 38er, die seit 1969 nicht mehr in die USA eingeführt werden durfte. (Mittlerweile war eine etwas klobigere Ausführung, die Walther PPK/S, für den amerikanischen Markt entwickelt worden; sie ließ sich nicht so unauffällig am Körper tragen wie das ursprüngliche Modell.) Bollinger hatte einen Schalldämpfer an den Lauf geschraubt; kein selbstgebastelter Tand, sondern ein

eigens für diese Ausführung von Walther angefertigtes Stück, das aufgrund seiner Präzision bei verschiedenen europäischen Polizei-Eliteeinheiten Verwendung fand. Selbst mit dem Schalldämpfer ließ sich die Waffe bequem und unauffällig in der Manteltasche unterbringen. Bollinger hatte die Pistole einem Toten abgenommen, einem Mann, der des Drogenhandels und der Zuhälterei verdächtigt worden war. Kaum hatte er damals die Waffe entdeckt, da wußte er auch schon, daß er sie unbedingt in seinen Besitz bringen mußte. Er hatte sie eingesteckt und den Fund nicht angegeben, wie es seine Pflicht gewesen wäre. Das war nun ein Jahr her, aber erst heute fand er eine Gelegenheit, sie einzusetzen.
In der linken Manteltasche befand sich eine Schachtel mit fünfzig Patronen. Er glaubte zwar nicht, daß er mehr Munition benötigen würde, als im Magazin der Pistole enthalten war, aber Bollinger gehörte zu den Menschen, die sich auf keine Eventualitäten einlassen.
Er verließ seine Wohnung und nahm im Treppenhaus zwei Stufen gleichzeitig. Er konnte den Beginn der Jagd kaum erwarten.
Draußen trieb der Wind die härter gewordenen Schneeflocken wie Geschosse vor sich her. Sie stachen im Gesicht wie Glassplitter. Die Nachtböen heulten gespenstisch durch die Schluchten zwischen den Wolkenkratzern und zerrten wie von Sinnen an den Ästen der Bäume.

Grahams Büro war das größte von fünf Zimmern in der Harris-Publications-Suite im vierzigsten Stock des Bowerton-Gebäudes. Der Raum sah nicht so aus, als würden hier Geschäfte abgewickelt. Er war mit echtem, nicht furniertem, dunklen Holz getäfelt. Die schalldämmende Decke war beige gestrichen. Die von der Decke bis zum

Boden reichenden dunkelgrünen Übergardinen paßten zum Plüschteppich. Der Schreibtisch war früher ein Flügel von Steinway gewesen. Die Saiten und das sonstige Innenleben waren entfernt, der Deckel gesenkt worden. Hinter dem Schreibtisch reihten sich Regale an der Wand, die vollgestopft waren mit Werken über das Skifahren und das Bergsteigen. Vier Stehlampen mit auf alt getrimmten Keramikschirmen spendeten Licht. Gläserne Strümpfe, wie sie früher das Gaslicht umgaben, verbargen die Glühbirnen. Hinzu kamen zwei Leselampen aus Messing auf dem Schreibtisch. Ein kleinerer Konferenztisch mit vier Sesseln nahm den Platz vor den großen Fenstern ein. Ein reichverzierter britischer Kleiderständer aus dem siebzehnten Jahrhundert stand im Flur vor der Tür. Eine antike Bar mit Spiegelverglasung und Holzintarsien nahm den Platz neben der Tür zum Empfangszimmer ein. An den Wänden hingen Fotografien von Bergsteiger-Teams in Aktion. Mittendrin ein Ölgemälde mit einem schneebedeckten Gipfel. Der Raum ähnelte eher dem privaten Arbeitszimmer eines emeritierten Professors, in dem er zu einer guten Pfeife die Bücher las, die er sich immer schon hatte vornehmen wollen, und zu dessen Füßen ein zusammengerollter Spaniel lag.
Connie öffnete die foliengeschützte Schachtel auf dem Konferenztisch. Dampf stieg von der Pizza auf, und ein würziger Duft erfüllte das Zimmer.
Der Wein war gut gekühlt. In der Pizzeria hatte Connie darum gebeten, die Flasche so lange im Kühlschrank zu belassen, bis die Pizza gebacken und verpackt war.
Hungrig aßen und tranken sie ein paar Minuten lang, ohne ein Wort miteinander zu wechseln.
Endlich fragte sie: »Na, hast du ein Nickerchen gemacht?«
»Was der Körper braucht, soll man ihm nicht verwehren.«

»Und wie lange?«
»Zwei Stunden.«
»Hast du gut geschlafen?«
»Wie ein Toter.«
»So siehst du aber nicht aus.«
»Wie ein Toter?«
»Du siehst nicht so aus, als hättest du dich ausgeruht.«
»Vielleicht habe ich mir nur eingebildet, ich hätte geschlafen.«
»Du hast schwarze Ringe unter den Augen.«
»Mein Rudolph-Valentino-Look.«
»Du solltest Schluß machen und dich zu Hause ins Bett legen.«
»Damit mir morgen früh der Drucker an die Gurgel fährt?«
»Deine Magazine erscheinen *vierteljährlich*. Da machen ein paar Tage mehr oder weniger doch nicht soviel aus.«
»Du vergißt wohl, daß du es hier mit einem Perfektionisten zu tun hast.«
»Wie könnte ich das jemals vergessen?«
»Und zwar einem Perfektionisten, der dich liebt.«
Sie warf ihm eine Kußhand zu.

Frank Bollinger parkte seinen Wagen in einer Seitenstraße und lief die drei Häuserblocks zum Bowerton-Gebäude zu Fuß.
Eine kaum zentimeterdicke Schneedecke, die jedoch beständig wuchs, lag auf Bürgersteigen und Straße. Bis auf ein paar Taxis, die für diese Wetterverhältnisse zu schnell vorüberfuhren, war so gut wie kein Verkehr auf der Lexington Avenue.
Der Haupteingang zum Bowerton-Gebäude erhob sich sieben Meter vom Bürgersteig zurückversetzt. Vier gläserne Drehtüren führten hinein, von denen drei zu dieser

späten Stunde verschlossen waren. Im Gebäude selbst erwartete den Besucher eine große Empfangshalle mit viel Marmor, Messing- und Kupferverzierungen. Warmes, dunkelgelbes Licht erhellte den Raum.
Bollinger klopfte kurz von außen auf die Pistole und betrat das Gebäude.
Eine Fernsehkamera auf einer kleinen Stützstrebe war auf die einzige unverschlossene Drehtür gerichtet.
Bollinger stampfte mit den Füßen auf, um die Schuhe vom Schnee zu befreien und der Kamera ausreichend Zeit zu geben, ihn aufzunehmen. Der Mann im Wachraum würde kaum Verdacht schöpfen, wenn ein Neuankömmling der Kamera bereitwillig sein Gesicht zeigte.
Ein uniformierter Wachmann hockte vor den vordersten Fahrstühlen hinter einem Pult.
Bollinger marschierte auf ihn zu und verließ den Aufnahmebereich der Kamera.
»'n Abend«, brummte der Wachmann.
Im Gehen zog Bollinger seine Brieftasche aus dem Mantel und zeigte seine Dienstmarke vor. »Polizei.« Seine Stimme hallte geisterhaft von der hohen Decke und den Marmorwänden wider.
»Stimmt was nicht?« fragte der Wachmann.
»Macht hier im Gebäude irgendwer heute Überstunden?«
»Vier Personen.«
»Alle zusammen in einem Büro?«
»Nein. Was ist denn los?«
Bollinger zeigte auf die aufgeschlagene Registratur auf dem Pult. »Ich brauche die vier Namen.«
»Mal sehen . . . Harris, Davis, Ott und MacDonald.«
»Wo finde ich Ott?«
»Sechzehnter Stock.«
»In was für einem Büro?«

»Cragmont-Importe.«
Der Wachmann hatte ein blasses, rundes Gesicht. Er trug einen Schnurrbart wie Oliver Hardy über dem weichen Mund. Als er den Polizeibeamten neugierig ansah, verschwand der Schnurrbart beinahe unter den Nasenlöchern.
»Und MacDonald?«
»Auch im sechzehnten.«
»Arbeitet er mit Ott zusammen?«
»Ja.«
»Und es sind wirklich nur diese vier?«
»Nur diese vier.«
»Vielleicht ist jemand in seinem Büro aufgehalten worden, ohne daß Sie davon in Kenntnis gesetzt wurden.«
»Ausgeschlossen. Ab siebzehn Uhr dreißig muß jeder, der ins Haus will, bei mir vorbei und sich in die Liste eintragen. Um achtzehn Uhr gehen wir durch die Etagen und stellen fest, wer Überstunden macht. Wir fragen die Betreffenden dann, wie lange es wohl noch dauern kann. Sobald sie dann das Haus verlassen, geben sie hier bei mir Bescheid. Die Hausverwaltung hat strenge Sicherheitsvorkehrungen für einen Brandfall erlassen. Diese Personalliste gehört dazu.« Er schlug leicht auf die Registratur. »Falls jemals ein Feuer ausbrechen sollte, wissen wir genau, wo im Gebäude sich noch Personen aufhalten.«
»Und was ist mit Handwerkern, Putzfrauen und dergleichen?«
»Was soll mit denen sein?«
»Arbeitet jemand von ihnen im Moment im Haus?«
»Nicht am Freitagabend.«
»Ohne Ausnahme?«
»Natürlich ohne Ausnahme.« Es war ihm deutlich anzusehen, daß ihm diese Befragung auf die Nerven ging und

er sich schon überlegte, ob er nicht einfach schweigen sollte. »Die kommen alle erst morgen.«
»Und der Wartungsdienst?«
»Schiller. Er hat die Nachtschicht.«
»Wo ist Schiller?«
»Unten, im Keller.«
»Was macht er im Keller?«
»Ich glaube, er sieht nach einer der Wärmepumpen.«
»Arbeitet er allein?«
»Klar.«
»Wie viele Wachmänner halten sich hier auf?«
»Wollen Sie mir nicht endlich sagen, was das alles soll?«
»Gott im Himmel, Mann, wir haben einen Notfall!« fuhr Bollinger ihn an. »Also, wie viele Wachmänner gibt es hier noch außer Ihnen?«
»Nur zwei. Was denn für ein Notfall?«
»Eine Bombendrohung.«
Der Wachmann verzog den Mund. Der Schnurrbart sah ganz so aus, als würde er ihm jeden Moment aus dem Gesicht fallen. »Sie machen wohl einen Scherz, oder?«
»Ich wünschte, es wäre nur ein Scherz.«
Der Wachmann bequemte sich von seinem Hocker und trat hinter dem Pult hervor.
Zur gleichen Zeit zog Bollinger die Walther aus der Manteltasche.
Der Wachmann wurde kalkweiß. »Was ist denn das?«
»Eine Pistole. Lassen Sie Ihre hübsch stecken.«
»Hören Sie, eine Bombendrohung . . . mir wurde davon keine Meldung gemacht. Und ich habe die Polizei nicht gerufen.«
Bollinger lachte.
»Ehrlich, glauben Sie mir!«
»Ich glaube Ihnen ja.«
»Was ist denn das . . . die Pistole hat ja einen Schalldämpfer!«

»Fein beobachtet.«

»Aber Polizisten tragen keine . . .«

Bollinger schoß ihm aus nächster Nähe zweimal in die Brust.

Der Aufprall der Kugeln schleuderte den Wachmann gegen die Marmorverkleidung an der Wand. Einen Augenblick lang blieb er dort kerzengerade stehen, so, als befände er sich bei einer Musterung und warte darauf, daß jemand seine Körpergröße messen würde. Dann brach er vornüber zusammen.

ZWEITER TEIL

FREITAG

20.01 Uhr bis 20.30 Uhr

16

Bollinger wandte sich augenblicklich von dem Toten ab und warf einen Blick auf die Drehtüren. Niemand benutzte sie. Niemand ging draußen auf der Straße vorüber. Niemand hatte den Mord mit angesehen.
Rasch, aber gelassen schob er die Waffe wieder in die Manteltasche und packte den Wachmann unter den Armen. Er zog ihn in eine Nische zwischen den beiden ersten Reihen von Fahrstühlen. Jeder, der nun das Gebäude betrat, würde eine menschenleere Empfangshalle sehen.
Der Tote starrte ihn an. Der Schnurrbart wirkte jetzt so, als sei er auf die Oberlippe aufgemalt worden.
Bollinger untersuchte die Taschen des Wachmanns. Er fand Vierteldollar- und 10-Cent-Stücke, eine zerknitterte Fünf-Dollar-Note und einen Schlüsselbund mit sieben Schlüsseln.
Bollinger kehrte in die Empfangshalle zurück.
Er wollte sich geradewegs auf die unverschlossene Tür zubewegen, entschied sich dann jedoch dagegen, denn damit würde er wieder in den Aufnahmebereich der Kamera geraten. Wenn die Wachmänner an den Monitoren entdeckten, wie ein Unbefugter versuchte, die Tür abzusperren, mußten sie mißtrauisch werden. Sie würden hierherkommen und nachsehen. Damit hätte er seinen

sperren, mußten sie mißtrauisch werden. Sie würden hierherkommen und nachsehen. Damit hätte er seinen größten Vorteil, den der Überraschung, verloren.
Er rief sich die Einzelheiten auf den Bauplänen ins Gedächtnis zurück, die er am Nachmittag studiert hatte. Dann lief er leise zur Rückseite der Empfangshalle und trat dort in einen kleinen Gang auf der linken Seite. Dieser führte zu vier Räumen. Der zweite auf der rechten Seite war der Wachraum. Die Tür stand offen.
Er schlich darauf zu und fragte sich, ob das Quietschen seiner durchnäßten Schuhe den Wachmännern so laut wie ihm in den Ohren klang.
Im Wachraum unterhielten sich zwei Männer lakonisch über ihre Arbeit und maulten, ohne es damit jedoch besonders ernst zu meinen.
Bollinger zog die Pistole aus dem Mantel.
Er spazierte einfach in den Raum hinein.
Die beiden Männer saßen vor drei Bildschirmen an einem schmalen Tisch. Sie achteten nicht auf die Monitore, sondern spielten Karten.
Der ältere der beiden hatte die Fünfzig längst überschritten. Er wirkte massig, hatte graue Haare, und sein Gesicht erinnerte an das eines Boxers nach langjähriger Laufbahn. Über der linken Hemdtasche war der Name ›Neely‹ aufgestickt. Er war nicht besonders reaktionsschnell. Er sah von den Karten auf, entdeckte Bollinger, kam gar nicht auf die Idee, nach seiner Waffe zu greifen, und fragte nur erstaunt: »Was ist denn hier los?«
Der zweite war in den Dreißigern. Er hatte einen athletischen Körperbau, ein asketisches Gesicht und blasse Hände. Als er sich umdrehte, um festzustellen, was Neely vom Spiel abgelenkt hatte, las Bollinger ›Faulkner‹ auf seinem Hemd.
Er erschoß Faulkner zuerst.

Der Wachmann griff sich mit beiden Händen an die zerfetzte Kehle, obwohl es bereits zu spät war, das herausspritzende Blut aufzuhalten. Er fiel in seinen Arbeitssessel zurück.

»Heh!« Der dicke Neely war endlich auf den Füßen. Sein Pistolenhalfter war zugeknöpft. Er zerrte ungeschickt daran herum.

Bollinger feuerte zwei Kugeln auf ihn ab.

Neely dreht eine unbeholfene Pirouette, krachte vornüber auf den Tisch, rutschte langsam hinunter und fiel in einem Wirbel von Spielkarten auf den Boden.

Bollinger fühlte beiden Männern den Puls.

Sie waren schon tot.

Er verließ den Raum und schloß die Tür hinter sich.

Wieder in der Empfangshalle, sperrte er die vierte Drehtür ab und ließ den Schlüsselbund in eine Manteltasche fallen.

Er trat hinter das Pult des ersten Wachmannes und setzte sich hin. Er nahm die Patronenschachtel aus dem Mantel und füllte das Magazin der Walther auf.

Er warf einen Blick auf seine Armbanduhr. 20.10 Uhr. Er war im Zeitplan.

17

Die Pizza war ein wahrer Genuß«, sagte Graham. »Der Wein war auch ausgezeichnet. Willst du noch ein Glas?«

»Danke, ich habe genug.«

»Nur noch ein ganz kleines?«

»Nein, ich habe noch zu arbeiten.«

»Blödmann.«

»Du wußtest, als du hierherkamst, daß ich noch zu arbeiten habe.«

»Ich wollte dich aber gern ein bißchen betrunken machen.«

»Mit einer einzigen Flasche Wein?«

»Um dich danach zu verführen.«

»Vielleicht morgen abend«, sagte er.

»Bis dahin bin ich blind vor Verlangen.«

»Nicht weiter schlimm. Die Liebe macht uns alle blind.«

Sie stöhnte vernehmlich.

Graham stand auf, umrundete den Tisch und küßte sie sanft auf die Wange. »Hast du dir ein Buch mitgebracht?«

»Einen Krimi mit Nero Wolfe.«

»Fein, dann lies ihn.«

»Darf ich wenigstens ab und zu einen klitzekleinen Blick auf dich werfen?«

»Was gibt es denn da schon zu sehen?«

»Warum kaufen Männer sich den *Playboy?*« fragte sie zurück.

»Ich muß dich enttäuschen. Ich habe nicht vor, nackt zu arbeiten.«

»Ist auch völlig überflüssig.«
»Stelle ich mir nicht sehr aufregend vor.«
»Du bist selbst im angezogenen Zustand wahnsinnig sexy.«
»Also gut«, sagte er mit gespielt gequältem Lächeln. »Gucken darfst du, aber nicht auch noch reden.«
»Darf ich ein wenig unnützes Zeugs faseln?«
»Wenn du es nicht mehr zurückhalten kannst.«
Natürlich genoß er diesen kleinen Flachs, und sie war begeistert, daß er noch so auf sie reagierte. Sie spürte mit weiblichem Instinkt, daß sein Minderwertigkeitskomplex stetig schwächer wurde, daß er Schicht um Schicht davon ablegte.

18

Der Mann vom Nachtwartungsdienst war Ende Vierzig, stämmig und hellblond. Er trug eine graue Hose und ein grau-weiß-blau-kariertes Hemd. Er rauchte bei der Arbeit Pfeife.

Als Bollinger die Treppe von der Empfangshalle herunterkam und dabei die Walther in der Rechten hielt, fragte der Mann: »Was wollen Sie denn hier?« Er sprach mit einem leichten deutschen Akzent.

»Sie sind Herr Schiller, nicht wahr?« sprach Bollinger ihn auf deutsch an. Seine Großeltern waren Deutschamerikaner gewesen. Er hatte die Sprache in seiner Kindheit gelernt und sie nie mehr vergessen.

Überrascht von den deutschen Worten, besorgt über die Pistole und verwirrt von Bollingers Grinsen, antwortete Schiller in seiner Muttersprache: »Ja, mein Name ist Schiller.«

»Ich freue mich, Sie kennenzulernen.«

Schiller nahm die Pfeife aus dem Mund und fuhr sich nervös mit der Zunge über die Lippen. »Was hat denn die Pistole zu bedeuten?«

»Die brauchen wir für einen kleinen Mord«, antwortete Bollinger und drückte zweimal ab.

Wieder in der Empfangshalle, kehrte Bollinger zum Wachraum zurück und öffnete die gegenüberliegende Tür.

Er schaltete das Licht ein und sah eine Kammer, die mit Fernmeldeeinrichtungen und Stromsicherungskästen angefüllt war. Die Wände und die Decke waren unverputzt, zwei hellrote Feuerlöscher hingen griffbereit an einer Seite.

Er marschierte zur Rückwand, wo zwei Stahlschränke an der Mauer angebracht waren. Auf beiden Türen prangten Aufkleber der Telefongesellschaft. Obwohl die Zerstörung im Inneren der Schränke alle Telefone und sonstigen Verbindungssysteme im gesamten Gebäude unbrauchbar gemacht hätte, waren die Türen nicht verschlossen. In jedem Schrank fanden sich sechsundzwanzig kleine Schalter, elektronische Sicherungen. Sie waren allesamt auf »On« geschaltet. Bollinger schaltete sie einen nach dem anderen ab.
Er trat zu dem Kasten mit der Aufschrift »Feueralarm«, brach ihn auf und zog an den Drähten.
Er begab sich noch einmal in den Wachraum, trat vorsichtig über die Leichen und hob an einem der beiden Telefone unter den Bildschirmen den Hörer ab.
Kein Freizeichen.
Er drückte mehrmals auf die Gabel.
Immer noch tot.
Er hängte wieder ein und wandte sich dem anderen Apparat zu. Auch hier kein Freizeichen.

Bollinger pfiff leise, als er den ersten Fahrstuhl aufsuchte.
Zwei Schlüssellöcher auf der Bedienungsplatte. Das obere öffnete die Frontplatte für Reparaturzwecke. Das untere schaltete den Fahrstuhl ab.
Bollinger versuchte die Schlüssel, die er dem ersten Wachmann abgenommen hatte. Der dritte paßte ins untere Loch.
Er drückte den Knopf für den fünften Stock. Kein Licht leuchtete auf. Die Türen schlossen sich nicht. Der Fahrstuhl rührte sich nicht vom Fleck.
Bollinger pfiff fröhlicher, als er methodisch daranging, vierzehn von den verbliebenen fünfzehn Aufzügen lahm-

zulegen. Den sechzehnten und letzten beließ er intakt, um damit zu Ott und MacDonald hinaufzufahren. Und später natürlich zum vierzigsten Stock, wo Harris und seine Freundin arbeiteten.

19

Obwohl Graham keinen Ton gesagt hatte, wußte Connie, daß etwas nicht in Ordnung war. Er atmete zu schwer. Sie sah von ihrem Buch auf und entdeckte, daß er nicht mehr arbeitete, sondern Löcher in die Luft starrte. Sein Mund stand auf, und sein Blick war glasig. »Was ist denn los?« fragte sie.

»Nichts.«

»Du bist ganz blaß geworden.«

»Hab nur ein wenig Kopfschmerzen.«

»Deine Hände zittern.«

Er gab keine Antwort.

Sie legte das Buch beiseite, erhob sich und ging zu Graham. Sie setzte sich auf den Rand seines Schreibtisches. »Schatz?«

»Ich bin in Ordnung. Mir geht es wieder gut.«

»Nein, du bist nicht in Ordnung.«

»Doch, mir geht es ausgezeichnet.«

»Vor einer Minute hast du aber noch ganz und gar nicht so ausgesehen.«

»Eine Minute lang hatte ich ein leichtes Unwohlsein.«

Sie berührte seine Hand. Sie war eiskalt. »Eine Vision?«

»Hm«, brummte er nur.

»Was hast du gesehen?«

»Mich. Erschossen in meinem Blut.«

»Ich finde das überhaupt nicht komisch.«

»Ich mache keine Witze.«

»Du hast noch nie eine Vision gehabt, in der du selbst aufgetaucht bist. Außerdem hast du mir erklärt, daß Hellseherei nur funktioniert, wenn es um andere Menschen geht.«

»Diesmal war es eben anders.«
»Vielleicht hast du dich geirrt.«
»Kaum. Ich hatte das Gefühl, zwischen den Schultern einen harten Stoß wie von einem Vorschlaghammer zu erhalten. Ich bekam keine Luft mehr. Und ich habe mich selbst zusammenbrechen sehen.« Seine blauen Augen wurden groß. »Blut ist geflossen. Überall war Blut. Sehr viel Blut.«
Connie fühlte sich elend. Nicht nur körperlich, sondern auch im Herzen und in der Seele. Grahams Visionen hatten sich noch nie als falsch erwiesen. Und gerade eben hatte er seinen eigenen gewaltsamen Tod vorausgesagt.
Er drückte ihre Hand so fest, als wollte er von ihr Stärke für sich herauspressen.
»Du meinst erschossen oder angeschossen?«
»Ich weiß es nicht genau«, antwortete er leise. »Vielleicht werde ich erschossen, vielleicht aber auch nur verwundet. Eine Kugel trifft mich in den Rücken. Soviel steht fest.«
»Wer hat geschossen . . . wer wird auf dich schießen?«
»Ich nehme an, der Schlächter.«
»Hast du ihn denn gesehen?«
»Nein, aber ich habe ihn ziemlich deutlich gespürt.«
»Wo hat er auf dich geschossen?«
»An einem Ort, der mir vertraut ist.«
»Wo? Hier?«
»Könnte sein.«
»Oder zu Hause?«
»Könnte auch sein.«
Eine heftige Bö fegte um das Hochhaus herum. Die Fensterscheiben vibrierten hinter den Vorhängen.
»Wann ist es soweit?«
»Bald.«
»Heute nacht?«

»Ich bin mir nicht sicher.«
»Morgen?«
»Möglich.«
»Am Sonntag?«
»Nein, so lange dauert es nicht.«
»Was sollen wir nur tun?«

20

Der Fahrstuhl hielt im sechzehnten Stock.
Bollinger zog den Schlüssel und schaltete den Fahrstuhl aus. Dann trat er auf den Korridor hinaus. Der Aufzug würde mit offenen Türen auf ihn warten, bis er ihn wieder benötigte.
Der sechzehnte Stock war zum größten Teil in Dunkelheit gehüllt. Eine Neonröhre an der Decke bestrahlte den Umkreis des Fahrstuhls, aber ansonsten kam Licht nur von zwei trüben roten Notausgangsbirnen an den beiden Enden des Korridors.
Bollinger hatte sich auf die Dunkelheit vorbereitet. Er nahm eine dünne Taschenlampe aus dem Mantel und schaltete sie ein.
Zehn Firmen unterhielten auf dieser Etage ihre Büros, sechs davon zur Rechten und vier zur Linken des Aufzugs. Bollinger wandte sich nach rechts. Die dritte Tür trug die Aufschrift: *Cragmont-Importe*.
Er schaltete die Taschenlampe aus und steckte sie wieder ein.
Er zog die Walther PPK aus der Tasche.
Mannomann, sagte er sich, es geht doch alles recht glatt voran. So einfach. Sobald er *Cragmont-Importe* ausgeschaltet hatte, konnte er sich endlich seinen eigentlichen Zielen zuwenden. Zuerst Harris. Dann die Frau. Wenn sie attraktiv war, ließe sich das ja mit etwas Vergnügen verbinden . . . Er sah auf die Uhr. Er war seinem Zeitplan schon eine Stunde voraus. Diese Stunde konnte er Harris' Freundin widmen, falls sie es wert war. Je mehr er daran dachte, desto stärker wurde seine Lust auf die Frau. Er

war voller Energie, Appetit und Erregung. Eine Frau, ein gedeckter Tisch und eine Menge von feinem Whiskey. Vor allem aber die Frau. In sechzig Minuten konnte man eine Menge mit einer Frau anstellen; konnte man sie so gebrauchen, bis wirklich nichts mehr von ihr übrig war.
Er drückte vorsichtig die Klinke der Tür zu *Cragmont-Importe*. Sie war nicht verschlossen.
Er betrat die Anmeldung. Niemand war hier, und der Raum lag im Halbdunkel. Ein schwacher Schein kam von der halb geöffneten Tür zum angrenzenden Büro.
Bollinger trat in den Lichtkegel und lauschte, was die beiden Männer sich zu erzählen hatten. Als er nach einer Weile noch immer nichts Interessantes gehört hatte, stieß er die Tür auf und marschierte hinein.
Ott und MacDonald saßen an einem Arbeitstisch, der mit Papieren und Aktenordnern übersät war. Sie hatten die Jacken und Krawatten abgelegt und die Hemdsärmel aufgekrempelt. Der eine trug ein blaues Hemd, der andere ein weißes. Beide entdeckten die Pistole in Bollingers Hand sofort, aber sie brauchten ein paar Sekunden, bis sie den Blick davon wenden und auf den Fremden richten konnten, der da so unerwartet aufgetaucht war.
»Hier riecht es nicht, hier stinkt es geradezu nach Parfum«, sagte Bollinger.
Sie starrten ihn nur an.
»Benutzt einer von euch ein billiges Rasierwasser?«
»Nein«, sagte Blauhemd. »Parfums gehören zu den Waren, die wir importieren.«
»Ist einer von euch MacDonald?«
Die beiden sahen auf die Waffe, dann einander ins Gesicht und schließlich wieder auf die Waffe.
»MacDonald?« fragte Bollinger noch einmal.
Blauhemd antwortete: »Er ist MacDonald.«
Weißhemd antwortete: »Nein, er ist MacDonald.«

»Eine unverschämte Lüge«, schimpfte Blauhemd.
»Nein, *er* lügt«, entgegnete Weißhemd.
»Ich weiß nicht, was Sie von MacDonald wollen, und es geht mich auch sicher nichts an«, erklärte Blauhemd. »Also lassen Sie mich da raus. Stellen Sie mit ihm an, was Sie wollen, und dann verlassen Sie das Büro bitte wieder.«
»Gott der Gerechte!« entfuhr es Weißhemd. »Ich bin doch nicht MacDonald. Sie wollen *ihn*, dieses Arschloch da neben mir, aber nicht *mich!*«
Bollinger lachte. »Ist mir gleich. Ich bin nämlich auch hinter Ott her.«
»Hinter *mir?*« keuchte Blauhemd. »Wer um alles in der Welt wollte mich denn umbringen?«

21

Du solltest Preduski anrufen«, sagte Connie.
»Wieso?«
»Um Polizeischutz zu erhalten.«
»Das bringt doch nichts.«
»Er glaubt an deine Visionen.«
»Weiß ich auch.«
»Er wird dir Polizeischutz geben.«
»Natürlich«, brummte Graham, »aber das ist nicht das Problem.«
»So, dann erklär mir mal bitte, was das Problem ist.«
»Connie, ich habe vor meinem geistigen Auge gesehen, wie mir jemand in den Rücken geschossen hat. Alles, was ich in einer Erscheinung sehe, tritt auch so ein. Also wird mich auch der Schuß treffen. Niemand kann etwas dagegen tun.«
»Unsinn, so etwas wie Vorherbestimmung gibt es doch gar nicht. Die Zukunft kann verändert werden.«
»Wirklich?«
»Das weißt du ganz genau.«
Ein gehetzter Blick trat in seine hellblauen Augen. »Da habe ich aber gehörige Zweifel.«
»Man kann sich in solchen Dingen nie ganz sicher sein.«
»Leider bin ich mir in dieser Frage hundertprozentig sicher.«
Seine Haltung, ja geradezu sein Bedürfnis, alles und vor allem seine Fehler einer Schicksalsmacht zuzuschreiben, machte Connie sehr besorgt und ärgerte sie mehr als alles andere an ihm. Es handelte sich dabei um eine besonders bösartige Abart der Feigheit. Graham schob alle Verantwortung für sein Leben weit von sich.

»Ruf Preduski an!« drängte sie.
Er senkte den Blick und starrte auf ihre Hand, schien aber gar nicht zu bemerken, wie fest er sie drückte.
»Wenn dieser Mann ins Haus kommt«, sagte sie, »um dich zu erschießen, bin ich höchstwahrscheinlich auch nicht weit. Glaubst du denn, er würde dich umbringen und dann seiner Wege ziehen und mich am Leben lassen?«
Graham zuckte bei diesen Worten zusammen und war schockiert von der Vorstellung, Connie unter dem Messer des Schlächters zu sehen. Und genau diese Reaktion hatte sie bei ihm beabsichtigt. »Großer Gott!« entfuhr es ihm
»Ruf jetzt endlich Preduski an!«
»Einverstanden.« Er ließ ihre Hand los. Er hob den Hörer und lauschte verblüfft. Dann drückte er auf die Gabel und nahm sich verschiedene Tasten vor.
»Stimmt was nicht?«
Er runzelte die Stirn und sagte: »Kein Freizeichen.« Er hängte ein, wartete ein paar Sekunden und nahm den Hörer dann wieder ab. »Immer noch nichts.«
»Dann probieren wir es doch mit dem Apparat von deiner Sekretärin«, erklärte Connie und rutschte vom Schreibtisch.
Sie liefen zusammen in den Vorraum.
Auch dieser Anschluß war tot.
»Eigenartig«, sagte Graham.
Ihr Herzschlag beschleunigte sich erheblich, als sie fragte: »Ob er wohl heute nacht kommen wird?«
»Ich habe dir doch schon gesagt, daß ich das nicht weiß.«
»Ob er schon im Haus ist?«
»Du meinst, er könnte die Telefonanlage ausgeschaltet haben?«
Sie nickte.
»Meinst du nicht, das ist ein bißchen weit hergeholt?« Er

sah sie streng an. »Bei dem Schneetreiben draußen ist es bestimmt zu einem Netzausfall gekommen.«
Connie trat an die Tür, öffnete sie leise und spähte auf den Korridor hinaus. Er folgte ihr hinkend.
Der größte Teil des Flurs lag in Dunkelheit. Trübe rote Lampen beschienen die Eingänge zu den Treppenhäusern. Fünfzehn Meter voraus leuchtete ein matter blauer Lichtkegel vor dem Aufzug.
Bis auf die Atemzüge der beiden war es im vierzigsten Stock absolut still.
»Ich bin zwar kein Hellseher, Graham«, erklärte Connie leise, »aber das hier gefällt mir nicht. Ich spüre, daß hier etwas nicht stimmt.«
»In einem Gebäude wie diesem liegen die Telefonleitungen in den Wänden. Außerhalb des Gebäudes verlaufen sie unterirdisch. In dieser Stadt liegen fast alle Kabel und Leitungen unterirdisch. Wie sollte er an sie herankommen?«
»Weiß ich nicht. Aber es wäre doch möglich, daß er einen Weg kennt, an die Drähte zu gelangen.«
»Er würde ein solches Risiko kaum eingehen«, antwortete Graham.
»Er hat alle möglichen Risiken auf sich genommen, und das schon zehnmal.«
»Aber nicht ein solches. Wir sind nicht allein. Dieses Gebäude verfügt über Wachmänner.«
»Die sitzen vierzig Etagen tiefer.«
»Ein langer Weg«, sagte er nachdenklich. »Vielleicht sollten wir machen, daß wir von hier fortkommen.«
»Wahrscheinlich stellen wir uns töricht an.«
»Wahrscheinlich.«
»Vermutlich sind wir hier sicherer als sonstwo.«
»Vermutlich.«
»Ich hole rasch unsere Mäntel.«

»Vergiß die Mäntel.« Er ergriff ihre Hand. »Beeil dich. Los, zu den Fahrstühlen!«

Bollinger brauchte acht Kugeln, um MacDonald und Ott zu erledigen. Die beiden brachten sich immer wieder rechtzeitig hinter Einrichtungsstücken in Sicherheit.

Als er sie endlich erwischt hatte, war der Schalldämpfer wertlos geworden. Kein solches Gerät, auch das beste nicht, verkraftete mehr als ein Dutzend hintereinander abgefeuerter Schüsse. Die Dämmaterialien wurden von den Kugeln zusammengepreßt, und jeder weitere Schuß war geräuschvoller. Die letzten drei Kugeln donnerten wie das Bellen eines Wachhundes. Aber das war nicht weiter wichtig. Diese Geräusche drangen nicht bis hinunter auf die Straße und erst recht nicht hinauf in den vierzigsten Stock.

Im Vorzimmer von *Cragmont-Importe* schaltete er das Licht an, setzte sich auf ein Sofa, lud die Walther nach, schraubte den Schalldämpfer ab und steckte ihn in die Tasche. Er wollte es nicht riskieren, die Schußbahn der Kugel durch lose Stahlfasern im Lauf des Schalldämpfers zu beeinträchtigen; womöglich ruinierte er sich damit noch die ganze Pistole. Davon abgesehen war bis auf Harris und seine Freundin niemand mehr im Gebäude, der die Schüsse auf seine beiden wichtigsten Opfer hätte hören können. Der Lärm eines Schusses im vierzigsten Stock würde nicht durch Fenster und Wände bis hinunter auf die Lexington Avenue reichen.

Er sah auf seine Uhr: 8.25.

Er knipste das Licht aus, verließ das *Cragmont*-Büro und lief über den Korridor zum Aufzug.

Acht Fahrstühle befanden sich im vierzigsten Stock, aber keiner davon war in Betrieb.

Connie drückte verzweifelt den Rufknopf des letzten. Als

sich auch hier nichts tat, flüsterte sie: »Erst das Telefon, und jetzt das.«
Im matten, aber harten Licht wirkten Grahams Lachfalten schärfer und geradezu dämonisch. Er sah aus wie ein japanischer Kabuki-Schauspieler, dessen Maske extreme Angst ausdrückte. »Wir sitzen in der Falle.«
»Es könnte sich auch hierbei um einen nicht außergewöhnlichen Stromausfall handeln«, sagte sie. »Technisches Versagen oder so. Wahrscheinlich sind die Monteure schon bei der Arbeit.«
»Und die Telefone?«
»Ein zufälliges Zusammentreffen. Vielleicht hat das alles nichts zu bedeuten; jedenfalls dürfte kaum etwas Bedrohliches daran sein.«
In diesem Augenblick leuchteten die Ziffern der Anzeigetafel über ihnen auf, eins nach der anderen: 16... 17... 18... 19... 20...
»Da kommt jemand«, sagte Graham.
Gänsehaut kroch langsam über Connies Rückgrat.
... 25... 26... 27...
»Vielleicht die Wachmänner ... oder die Monteure«, sagte sie.
Er schwieg.
Connie wollte auf dem Absatz kehrtmachen und davonrennen. Aber ihre Beine waren wie gelähmt. Sie konnte sich nicht vom Fleck bewegen. Die leuchtenden Ziffern hypnotisierten sie.
... 30... 31... 32...
Sie dachte an die Frauen, die in blutgetränkten Laken aufgefunden worden waren. Frauen mit aufgeschlitzten Kehlen, abgehackten Fingern und abgeschnittenen Ohren.
... 33...
»Das Treppenhaus!« rief Graham und riß sie aus ihren Gedanken.

»Treppen?«
»Die Nottreppe!«
... 34 ...
»Was ist damit?«
»Darüber fliehen wir nach unten.«
»Willst du dich ein paar Etagen tiefer verstecken?«
... 35 ...
»Nein, ich will bis ganz nach unten, bis in die Eingangshalle parterre!«
»Das ist viel zu weit!«
»Aber nur dort finden wir Hilfe.«
... 36 ...
»Vielleicht brauchen wir gar keine Hilfe.«
»Richte dich mal lieber darauf ein.«
... 37 ...
»Aber dein Bein!«
»Ich bin doch kein Krüppel!« gab er hart zurück.
... 38 ...
Er packte sie an den Schultern. Seine Finger drückten sich schmerzhaft in ihr Fleisch, aber sie wußte, daß er gar nicht mitbekam, daß er ihr weh tat. »Nun mach schon, Connie!«
... 39 ...
Verärgert über ihr Zögern versetzte er ihr einen Stoß und riß sie so vom Fahrstuhl fort. Sie geriet ins Straucheln und fürchtete schon, auf dem Bauch zu landen. Aber seine starken Arme hielten sie aufrecht.
Als sie durch den dunklen Gang rannten, hörte Connie, wie sich hinter ihnen seufzend die Türen des Aufzugs öffneten.

Bollinger trat aus dem Fahrstuhl und entdeckte als erstes, daß zwei Menschen vor ihm davonrannten. Sie waren nicht mehr als huschende Schemen, vage Silhouetten im unheimlichen Glühen der roten Notausgangslampe am Ende des Korridors.

Harris und seine Freundin? fragte er sich. Sind sie gewarnt worden! Aber von wem? Wissen sie, wer ich bin oder was ich will? Nein, woher sollten sie das wissen?

»Mr. Harris?« rief Bollinger.

Nur noch einige Meter trennten sie vom Treppenhaus, als sie stehenblieben. Sie befanden sich direkt vor der Tür zum Büro von *Harris Publications*. Sie drehten sich zu ihm um, aber er konnte ihre Gesichter nicht erkennen, auch wenn sie dem roten Licht schon bedeutend näher gekommen waren.

»Sind Sie das, Mr. Harris?«

»Wer will das wissen?«

»Polizei!« rief Bollinger. Er machte einen Schritt auf sie zu, und dann noch einen. Im Gehen zog er die Brieftasche aus seinem Mantel und hielt ihnen seine Polizeimarke entgegen. Da er das Licht des Fahrstuhls im Rücken hatte, konnten sie mehr sehen als er.

»Kommen Sie nicht näher«, warnte Harris.

Bollinger blieb stehen. »Was ist denn los?«

»Ich möchte nicht, daß Sie auch nur einen Schritt näher kommen.«

»Und warum?«

»Weil wir nicht wissen, wer Sie sind.«

»Ich bin von der Polizei. Detective Frank Bollinger. Wir haben eine Verabredung um halb neun, wenn Sie sich freundlich erinnern möchten.« Er trat einen Schritt vor, dann einen weiteren.

»Wie sind Sie hier heraufgekommen?« Harris' Stimme klang schrill. »Die Aufzüge waren bis eben außer Betrieb.«

»Da haben Sie wohl nicht so genau hingesehen. Ich bin jedenfalls mit dem Fahrstuhl gekommen.« Er streckte nun die Hand mit der Polizeimarke weit vor und hoffte, das Licht in seinem Rücken würde das Gold darauf zum

Glänzen bringen. Bald hatte er ein Fünftel der Distanz zu ihnen hinter sich gebracht.
»Die Telefone sind tot«, sagte Harris.
»Tatsächlich?« Ein Fuß vor, dann der andere.
Er schob die Rechte in die Manteltasche und umfaßte den Kolben seiner Pistole.

Connie konnte den Blick nicht von der schattigen Gestalt wenden, die ihnen unablässig näher kam. Sie wandte sich an Graham und sagte leise: »Erinnerst du dich noch daran, was du in der Prine-Show gesagt hast?«
»Was meinst du denn?« Seine Stimme klang brüchig.
Laß dich jetzt bloß nicht von deiner Furcht übermannen, flehte sie in Gedanken. Brich hier nicht zusammen und laß mich mit diesem Mann allein.
Zu Graham sagte sie: »In deiner Vision hast du gesehen, daß die Polizei den Schlächter kennt.«
»Ja und?«
»Könnte es nicht sein, daß der Schlächter ein Polizeibeamter ist?«
»Großer Gott, das ist es!«
Er sprach so leise, daß Connie ihn kaum verstehen konnte.
Bollinger rückte unerbittlich näher. Ein Riese von einem Mann, ein Kerl wie ein wandelnder Kleiderschrank. Seine Züge wurden noch vom Schatten verborgen. Er hatte jetzt die halbe Strecke zu ihnen zurückgelegt.
»Bleiben Sie dort stehen!« rief Graham. Aber in seiner Stimme war keine Entschiedenheit, keine Autorität.
Bollinger blieb trotzdem stehen. »Mr. Harris, Ihr Verhalten ist ein wenig eigenartig. Ich bin immerhin Polizist. Wissen Sie, man könnte fast den Eindruck gewinnen, Sie hätten etwas vor mir zu verbergen.« Er machte den nächsten Schritt, einen zweiten und einen dritten.

»Das Treppenhaus?« fragte Connie.
»Nein«, raunte Graham, »dafür reicht unser Vorsprung nicht mehr. Mit meinem kaputten Bein hätte er uns in wenigen Minuten eingeholt.«
»Mr. Harris?« sagte Bollinger laut. »Worüber unterhalten Sie sich da? Bitte flüstern Sie nicht.«
»Wohin dann?« drängte Connie.
»Ins Büro.«
Er gab ihr einen leichten Stoß in die Rippen, und sie eilten geduckt in Grahams Büro. Sie warfen rasch die Tür hinter sich ins Schloß und sperrten ab.
Ein oder zwei Sekunden später rammte Bollinger die Tür mit der Schulter. Sie erbebte in ihrem Rahmen. Er rüttelte heftig am Knauf.
»Vermutlich hat er eine Schußwaffe«, sagte Connie. »Damit kommt er früher oder später herein.«
»Ich weiß«, sagte Graham und nickte.

DRITTER TEIL

FREITAG

20.30 Uhr bis 22.30 Uhr

22

Ira Preduski parkte am Ende der Fahrzeugkolonne von drei Streifenwagen und zwei zivilen Sedans, die die eine Seite der doppelspurigen Bahn blockierten. Obwohl sich niemand in den Wagen aufhielt, liefen bei allen fünf die Motoren. Die Signallichter und die Scheinwerfer waren eingeschaltet. Preduski verließ seinen Wagen und schloß ihn ab.

Die zwei Zentimeter dicke Schneedecke verlieh der Straße ein ungewohnt sauberes und reinliches Aussehen. Als der Detective auf das Wohngebäude zuging, schlurfte er über den Bürgersteig, und seine Schuhe schleuderten kleine Schneewolken hoch, die vor ihm her trieben. Der Wind blies den fallenden Schnee gegen seinen Rücken, und einige kalte Flocken fanden ihren Weg in seinen Kragen. Das erinnerte Preduski an den Februar seines vierten Lebensjahres, in dem seine Familie nach Albany, New York, gezogen war. Damals hatte er seinen ersten Schneesturm erlebt.

Ein uniformierter Beamter von knapp dreißig Jahren stand am Fuß der kleinen Treppe, die ins Wohngebäude führte.

»Kein angenehmer Job heute abend, was?« sagte Preduski.
»Mir macht das nichts aus. Ich liebe Schnee.«
»Wie interessant. Ich nämlich auch.«
»Davon abgesehen stehe ich lieber hier draußen in der Kälte«, sagte der Polizist, »als mir oben das Blutbad ansehen zu müssen.«

Die ganze Wohnung stank nach Blut, Exkrementen und Fingerabdruckpuder.
Die tote Frau lag neben dem Bett auf dem Boden. Ihre Finger waren wie Krallen verkrümmt. Ihre Augen standen weit offen.
Zwei Beamte von der Spurensicherung beschäftigten sich mit der Leiche. Sie sahen sich alles genau an, bevor sie mit Kreide die Position der Leiche auf den Teppichboden malten, um sie danach fortschaffen zu können.
Ralph Martin war der leitende Ermittlungsbeamte. Er war korpulent, vollkommen kahl, hatte buschige Augenbrauen und trug eine Brille mit einem dunklen Gestell. Er vermied es tunlichst, einen Blick auf die Leiche zu werfen.
»Der Anruf des Schlächters kam um achtzehn Uhr fünfzig«, erklärte Martin. »Wir haben sofort danach bei Ihnen zu Hause angerufen, sind aber bis etwa zwanzig Uhr nicht zu Ihnen durchgekommen.«
»Ich hatte den Hörer ausgehängt und bin erst um Viertel vor acht aus dem Bett gekommen. Schließlich habe ich heute Nachtschicht.« Er seufzte und wandte der Toten den Rücken zu. »Was hatte er denn zu sagen? Was wollte der Schlächter?«
Martin zog zwei zusammengefaltete Blätter aus der Manteltasche und faltete sie auseinander. »Ich habe ein Gedächtnisprotokoll gemacht und das einer Sekretärin zum Abtippen gegeben.«

Preduski las die zwei getippten Seiten rasch, aber konzentriert. »Und er hat keinen Hinweis gegeben, wen er heute nacht sonst noch ermorden will?«
»Dort steht alles, was er gesagt hat.«
»Ein solcher Anruf bei der Polizei paßt eigentlich nicht zu seiner üblichen Vorgehensweise.«
»Und es paßt auch nicht zu ihm, an zwei Nächten hintereinander zuzuschlagen«, fügte Martin hinzu.
»Es entspricht auch nicht seiner Art, zwei Frauen zu töten, die einander kannten und auch zusammen gearbeitet haben.«
Martin hob die Augenbrauen. »Ob Sarah Piper etwas gewußt hat?«
»Sie meinen, gewußt hat, wer wahrscheinlich ihre Freundin auf dem Gewissen hat?«
»Ja. Man könnte wirklich annehmen, er hat die Piper nur ermordet, um sie am Auspacken zu hindern.«
»Nein. Vermutlich hat er die beiden im *Rhinestone Palace* gesehen und er konnte sich dann nicht entscheiden, welche ihm besser gefiel. Die Piper hat nicht gewußt, wer Edna Mowry umgebracht hat; darauf gehe ich jede Wette ein. Natürlich ist meine Menschenkenntnis nicht besonders gut entwickelt, und daher mag meine Wette nicht viel wert sein, Gott sei mein Zeuge. Manchmal bin ich so schwerfällig wie ein Holzklotz. Aber irgendwie habe ich das Gefühl, diesmal mit meiner Vermutung richtig zu liegen. Wenn die Piper nämlich etwas gewußt hätte, hätte sie es mir gesagt. Sie gehört nicht zu der Sorte Frauen, die solche Dinge, aus was für Gründen auch immer, für sich behalten wollen. Sarah Piper war im Gegenteil ein sehr offener und gescheiter Mensch. Auf ihre Weise war sie sogar wirklich ehrlich. Und sie war verdammt nett.«
Martin warf einen kurzen Blick auf die Tote. Ihre Züge waren erstaunlich glatt; und inmitten all dieses Blutes über-

raschenderweise rein. »Sie war eine wirkliche Schönheit.«
»Ich meinte mit nett nicht, daß sie gut ausgesehen hat«, verbesserte Preduski. »Ich meinte vielmehr, sie hatte ein nettes Wesen.«
Martin nickte.
»Sie hatte einen leichten Georgia-Akzent, der mich an meine Kindheit erinnerte.«
»Kindheit?« fragte Martin verblüfft. »Sie sind aus den Südstaaten?«
»Warum nicht?«
»Ira Preduski kommt aus Georgia?«
»Ja meinen Sie denn, Juden und Slawen gebe es nur in New York? Nein, mein Lieber, die sind auch bis nach Georgia gekommen.«
»Aber Sie sprechen ohne den Akzent von dort unten.«
»Meine Eltern sind nicht in Georgia geboren, also konnten sie mir auch den Akzent nicht mitgeben. Und schon als ich vier war, sind wir in den Norden gezogen. Da blieb mir wenig Gelegenheit, mir den Georgia-Akzent anzueignen.«
Einen Moment lang starrten sie beide auf Sarah Piper am Boden; und auch auf die beiden Männer von der Spurensicherung, die wie altägyptische Totenwächter neben ihr standen.
Preduski wandte sich ab, zog ein Taschentuch aus dem Mantel und schneuzte sich.
»Der Gerichtsmediziner ist in der Küche«, sagte Martin. Sein Gesicht war weiß und schweißverschmiert. »Er sagte, er wolle Sie sofort sprechen, sobald Sie zur Tür hereinkämen.«
»Nur noch ein paar Minuten«, antwortete Preduski. »Ich möchte mich hier im Schlafzimmer ein wenig umsehen und auch mit diesen beiden Herren sprechen.«

»Macht es Ihnen etwas aus, wenn ich solange im Wohnzimmer warte?«
»Nein, gehen Sie nur.«
Martin schüttelte sich. »Was für ein schauderhafter Job!«
»Ein stinkender, schauderhafter Job«, ergänzte Preduski.

23

Der Schuß hallte im Korridor wider.
Das Schloß sprang auf, und unter der Wucht der Kugel zersplitterte das Holz.
Bollinger verzog beim Geruch von Pulverdampf und geflemmtem Metall die Nase, bevor er die zerstörte Tür aufstieß.
Das Empfangszimmer lag im Dunkeln. Als er den Lichtschalter fand und anknipste, entdeckte er, daß der Raum leer war.
Harris Publications belegte die kleinste von drei Bürofluchten im vierzigsten Stock. Außer der Tür, durch die Bollinger hereingekommen war, führten zwei weitere Türen aus dem Empfangszimmer, die eine links und die andere rechts von der Mitte. Inklusive des Vorzimmers also fünf Räume. Damit blieben Harris und der Frau nicht sehr viele Versteckmöglichkeiten.
Bollinger wandte sich zuerst der linken Tür zu. Sie führte auf einen Flur, an dem drei Büros lagen. Eines für den Chefredakteur und seine Sekretärin. Eines für den Anzeigenleiter. Eines für die beiden Graphiker.
Weder Harris noch die Frau befanden sich in einem dieser Räume.
Bollinger war kalt und gelassen, doch gleichzeitig befand er sich in einem enormen Erregungszustand. Kein Sport konnte einem soviel Dramatik und Befriedigung geben wie die Jagd auf Menschen. Er genoß die Jagd noch ein gutes Stück mehr als das eigentliche Töten. Doch er geriet in den Tagen unmittelbar nach der Jagd und dem Töten in die allergrößte Hochstimmung. Sobald die Jagd beendet

und das Blut vergossen war, mußte er im Geist durchchecken, ob er nicht etwas vergessen oder einen Fehler gemacht hatte; ob er nicht irgendein kleines Indiz zurückgelassen hatte, mit dem ihm die Polizei auf die Spur kommen könnte. Diese Anspannung versetzte seine Sinne in einen Zustand andauernder Schärfe und hielt seine Körpersäfte im Fluß. Wenn dann genügend Zeit verstrichen war und er sicher sein konnte, auch diesmal wieder keinen Fehler gemacht zu haben, stellten sich Wohlbehagen und Stolz bei ihm ein. Er fühlte sich ungeheuer wichtig, fühlte sich allen anderen unendlich überlegen, fühlte sich göttergleich. Es war für ihn wie ein magisches Elixier, das in einen lange leer gewesenen Becher fließt.

Die rechte Tür verband das Empfangszimmer mit dem Privatbüro von Graham Harris. Sie war verschlossen.

Bollinger trat drei Schritte zurück und feuerte zwei Kugeln auf das Schloß. Das weiche Metall verbog sich und riß. Holzsplitter flogen durch die Luft.

Doch die Tür ließ sich noch nicht öffnen. Sie mußten von der anderen Seite ein schweres Möbelstück dagegengeschoben haben.

Er lehnte sich gegen die Tür und drückte mit aller Kraft, doch er bekam sie nicht auf. Allerdings bewirkte er, daß das von der Tür verborgene Möbelstück leicht vor- und zurückschwankte. Er vermutete, daß es sich dabei um ein hohes Teil handelte, mindestens so hoch wie die Tür, aber nicht sehr dick. Vielleicht ein Bücherregal. Ein Stück, bei dem der Schwerpunkt ziemlich hoch lag. Bollinger fing an, rhythmisch gegen die Tür zu stoßen. Ein schwerer Stoß, Luft holen, ein schwerer Stoß, verschnaufen, ein schwerer Stoß, Luft holen . . .

Die Barrikade wippte bei jedem Stoß mehr — und endlich fiel sie mit einem lauten Krachen, in das sich das Splittern von Glas mischte, nach hinten weg auf den Boden.

Das erste, was er wahrnahm, war der scharfe Geruch von Whisky.
Er quetschte sich durch die Lücke, denn die Tür wurde noch von etwas anderem an ihrem Platz gehalten. Er stieg über die antike Bar, die seine Opfer als Barrikade benutzt hatten, und trat in eine Scotch-Pfütze.
Die Lichter waren an, aber niemand hielt sich hier auf.
An der gegenüberliegenden Wand befand sich eine weitere Tür. Er lief zu ihr und öffnete sie. Vor ihm breitete sich ein dunkler Gang aus.
Während er viel Zeit damit verschwendet hatte, die einzelnen Büros abzusuchen, hatten die beiden sich hier aus dem Staub gemacht und ein paar Minuten Vorsprung gewonnen.
Clever.
Aber nicht clever genug für ihn.
Schließlich waren sie nichts weiter als dummes Wild, während er der Meisterjäger war.
Er lachte leise.
Bollinger marschierte mit großen Schritten auf das Notfalltreppenhaus zu und öffnete geräuschlos die Tür. Er trat auf den Treppenabsatz, lauschte und schloß die Tür leise hinter sich. Eine matte weiße Birne war über der Tür angebracht.
Er hörte Schritte von unten, die an den kalten Zementwänden widerhallten und von dort verstärkt zurückgeworfen wurden.
Bollinger trat an das Stahlgeländer und spähte in die abwechselnden Schichten von Helligkeit und dunklem Schatten hinunter. Jeder Treppenabsatz war mit einer oder mehreren Glühbirnen bestückt, während die Stufen im Dunkeln lagen. Zehn oder zwölf Treppen weiter unten, also fünf oder sechs Etagen tiefer, erschien eine Frauenhand auf dem Geländer. Sie bewegte sich nicht so

rasch daran entlang, wie sie es eigentlich hätte tun sollen. (Wenn er an der Stelle der beiden gewesen wäre, hätte er mindestens zwei Stufen gleichzeitig genommen, wenn nicht mehr.) Da der Zwischenraum von einer Treppe zur anderen recht schmal war — zwar so lang wie eine Treppe, aber nur einen knappen Meter breit —, konnte Bollinger nicht einmal auf die Stufen unter ihm blicken. Er sah nur auf die Serpentine des Geländers, das sich bis in endlose Tiefen hinabwand. Von der Beute war nicht mehr als diese kleine weiße Hand zu erkennen. Ein paar Sekunden später erschien auch die Hand von Harris aus dem Schatten und tauchte ein in das Licht eines Treppenabsatzes. Seine Finger schlossen sich um das Geländer und folgten der Frauenhand durch das matte Licht in die neuerliche Dunkelheit.

Bollinger überlegte kurz, ob er den beiden über die Treppen folgen sollte. Er würde sie bald erreicht haben und könnte ihnen noch früher in den Rücken schießen. Doch er verwarf diese Idee fast so rasch, wie sie ihm gekommen war. Sie würden ihn hören und womöglich das Treppenhaus verlassen, um sich irgendwo zu verstecken oder einen Weg aus dem Gebäude zu finden. Durch den Wechsel von Licht und Schatten und aufgrund ihres Vorsprungs von mehreren Stockwerken würde Bollinger nicht genau ausmachen können, in welcher Etage sie das Treppenhaus verlassen würden. Außerdem konnte er nicht hinter ihnen her eilen und dabei gleichzeitig die beiden Hände auf dem Geländer im Auge behalten.

Er durfte vor allem ihre Spur nicht verlieren. Obwohl er ganz sicher nichts gegen eine kompliziertere und damit interessantere Jagd einzuwenden hatte, wollte er auch nicht die ganze Nacht damit zubringen. Ganz abgesehen davon, daß Billy um zehn mit dem Wagen kommen und nicht länger als eine halbe Stunde auf ihn warten würde.

Viel wichtiger aber war für Bollinger, daß er sich für die Frau Zeit nehmen wollte; mindestens eine knappe Stunde, wenn sie halbwegs passabel aussah.
Ihre kleine Hand kam auf einem lichtbeschienenen Stück Geländer in Sicht.
Kurz darauf auch die Hand von Harris.
Sie bewegten sich noch immer nicht so schnell, wie man das von ihnen hätte erwarten dürfen.
Bollinger versuchte, die Treppen zu zählen, die ihn nun von den beiden trennten. Er schätzte, daß es zwölf oder vierzehn sein mußten.
Damit waren sie bereits sechs oder sieben Stockwerke unter ihm.
Auf welcher Höhe war das etwa?
Der dreiunddreißigste Stock?
Bollinger wandte sich vom Geländer ab, öffnete leise die Stahltür und verließ das Treppenhaus. Er rannte über den Korridor zu dem Fahrstuhl, mit dem er hinaufgekommen war. Er setzte ihn mit seinem Schlüssel wieder in Betrieb, dachte kurz nach und drückte dann auf den Knopf für den sechsundzwanzigsten Stock.

24

Connie kamen die Treppen endlos vor. Während sie durch ein ständiges Wechselspiel von trübem Dunkel und mattem Licht eilte, kam es ihr so vor, als würde sie sich auf dem direkten Weg in die Hölle befinden; und hinter ihnen der Schlächter, der sie wie ein grinsender Höllenhund dorthin trieb.

Die Luft im Treppenhaus war abgestanden, aber kühl. Dennoch schwitzte Connie am ganze Körper.

Ihr war bewußt, daß sie viel zu langsam vorankamen, aber sie wurden bei ihrer Flucht von Grahams steifem Bein behindert. Einmal drohte sie die Wut zu übermannen, so zornig war sie auf ihn, daß er ihre Fluchtgeschwindigkeit dermaßen drosselte. Die Woge des Ärgers verging jedoch im selben Augenblick wieder. Sie war überrascht von der Heftigkeit ihrer Wut und errötete, weil gleich darauf ein schlechtes Gewissen sie befiel. Sie hätte es nie für möglich gehalten, daß sie in irgendeiner Streßsituation, mochte sie auch noch so groß sein, solche negativen, ja geradezu Haßgefühle gegen Graham aufbringen könnte. Doch bei dieser Flucht, in dem sie nur noch vom Überlebensinstinkt angefüllt war (der mittlerweile einen heftigen Kampf mit ihrer Erschöpfung auszutragen hatte), neigte auch sie zu Reaktionen und Haltungen, die sie bei anderen sofort und unerbittlich kritisiert hätte. Extremsituationen riefen halt bei jedem extreme Verhaltensweisen hervor. Diese Erkenntnis ihrer eigenen Schwäche, die ja im Grunde normal war, brachte ihr mehr Verständnis für Grahams Ängste und mangelndes Selbstvertrauen. Sie war ganz verblüfft darüber, wie sehr und gründlich sie ihn nun verstehen konnte. Schließlich hatte er nicht vorgehabt, am Mount Everest abzustürzen. Er hatte nicht die Gefahr gesucht, um sich selbst schwere Verletzungen zuzuziehen. Wenn sie ihn jetzt dabei beobachtete, wie er sich die Schmerzen nicht anmerken ließ, die ihm schon der Lauf über zwei Treppen hatte bereiten müssen, mußte sie zugeben, daß er sich besonders gut und tapfer hielt.

Graham keuchte hinter ihr. »Lauf schon voraus!« drängte er, wie er das in den letzten Minuten schon mehrfach getan hatte. »Du kommst viel schneller als ich voran.«

»Ich bleibe bei dir«, gab sie atemlos zurück.

Die Echos, die ihre leisen Stimmen hervorriefen, waren verzerrt und unheimlich.

Connie erreichte den Absatz des einunddreißigsten Stocks, wartete, bis er zu ihr aufgeschlossen hatte, und hetzte dann weiter. »Ich lasse dich nicht allein. Zwei, wir zwei . . . haben eine größere Chance gegen ihn . . . jedenfalls eine größere, als wenn wir uns ihm allein stellen würden . . .«

»Er hat eine Pistole. Damit stehen unsere Chancen gleich Null.«

Connie sagte nichts dazu. Sie nahm weiterhin eine Stufe nach der anderen.

»Lauf schon voraus«, keuchte er wieder und mußte Luft holen. »Du verständigst die Wachmänner . . . bringst sie hierher . . . bevor er mich erwischen kann . . .«

»Ich fürchte, die Wachmänner sind tot.«

»Was?«

Sie hatte das eigentlich nicht sagen wollen, hatte sich davor gefürchtet, diese Vermutung auszusprechen, so, als würde sie sich dadurch erst recht bewahrheiten. »Wie sonst . . . wie sonst hätte er an ihnen vorbeikommen können . . .«

»Vielleicht hat er sich ordnungsgemäß angemeldet.«
»Und seinen Namen hinterlassen, damit die Polizei endlich eine Spur hat?«
Zehn oder fünfzehn Stufen weiter stieß er plötzlich ein »Großer Gott!« hervor.
»Was ist denn?«
»Du hast recht.«
»Wir können . . . keine Hilfe erwarten«, sagte sie. »Unsere einzige Chance . . . besteht darin . . . das Gebäude zu verlassen . . .«
Irgendwie hatte sich eine neue Energiereserve für sein linkes Bein geöffnet. Als Connie den Absatz der dreißigsten Etage erreichte, brauchte sie nicht auf Graham zu warten.
Eine Minute später donnerte ihnen von unten ein Knall wie von einem Kanonenschuß entgegen und brachte sie im trüben Licht vor der Tür zum neunundzwanzigsten Stock zum Stehen.
»Was war denn das?«
»Eine Stahltür«, antwortete Graham. »Jemand hat sie wuchtig zugeworfen. Jemand dort unten.«
»*Er?*«
»Pst!«
Sie standen vollkommen still da und bemühten sich, trotz ihres schweren Atems etwas zu hören.
Connie kam es so vor, als ob der Lichtkegel um sie herum zusammenschrumpfte, sich bis zu einem winzigen Lichtpunkt zurückzog. Sie fürchtete sich davor, blind und hilflos zu sein, ein zu einfaches Ziel in dieser Dunkelheit zu sein. In ihrer Vorstellung wuchs der Schlächter zu einem mythischen Wesen; zu jemandem, der in der Dunkelheit sehen konnte.
Als sie endlich wieder ruhiger atmen konnten, herrschte im Treppenhaus völlige Stille.

Eine bedrohliche Stille.
Zu ruhig, zu leise, zu still.
Endlich rief Graham: »Wer ist da?«
Connie fuhr vom Klang seiner Stimme heftig zusammen.
Von unten rief jemand: »Die Polizei, Mr. Harris.«
»Bollinger!« zischte Connie.
Sie stand am Außenrand der Treppe. Vorsichtig blickte sie in den Zwischenraum, schob den Kopf immer weiter vor. Vier Stockwerke tiefer ruhte eine schwere Männerhand auf dem Geländer; nur ein paar Stufen vom nächsten beleuchteten Treppenabsatz entfernt. Sie konnte sogar den Ärmel seines Mantels ausmachen.
»Mr. Harris?« rief Bollinger. Seine verzerrt heraufschallenden Worte waren mit kalter, erbarmungsloser Stimme gesprochen.
»Was wollen Sie?« antwortete Graham.
»Ist sie hübsch?«
»Was?«
»Ob sie hübsch ist?«
»Wer?«
»Die Frau an Ihrer Seite.«
Damit kam Bollinger herauf. Nicht überhastet, sondern gleichmäßig. Eine Stufe nach der anderen.
Dieser langsame, stetige Aufstieg machte Connie mehr angst, als wenn er gerannt wäre. Indem er sich keine größere Eile auferlegen mußte, teilte er ihnen doch nichts anderes mit, als daß sie in der Falle saßen, daß ihm die ganze, gerade erst begonnene Nacht zur Verfügung stand, mit ihnen zu tun, was seinem kranken Hirn beliebte; daß er den Zeitpunkt festsetzen konnte, wann er von ihnen genug hatte.
Wenn wir doch nur eine Schußwaffe hätten, dachte sie verzweifelt.

Graham nahm ihre Hand in die seine, und zusammen stiegen sie, so rasch es ihnen möglich war, wieder nach oben. Für beide war dieser Aufstieg eine Tortur. Connie schmerzten der Rücken und die Beine. Graham biß bei jedem Schritt die Zähne noch fester aufeinander.
Als sie zwei Etagen — vier Treppen — hinter sich gebracht hatten, mußten sie eine Pause einlegen. Graham hockte sich auf eine Stufe und massierte sein steifes Bein. Sie lehnte sich ans Geländer und spähte nach unten.
Bollinger war noch vier Treppen von ihnen entfernt. Offensichtlich war auch er gerannt, als er hörte, wie sie die Flucht nach oben angetreten hatten. Nun, da sie eine Pause einlegten, blieb er ebenfalls stehen. Er beugte sich auch über das Geländer. Sein Oberkörper war in Licht gebadet. Die Rechte hielt die Pistole, deren Lauf nach oben zeigte.
Bollinger lächelte ihr zu und rief: »Ich muß schon sagen, du bist wirklich nicht schlecht!«
Connie schrie und fuhr vom Geländer zurück.
Bollinger feuerte einen Schuß ab.
Die Kugel sauste durch den Zwischenraum, prallte vom Geländer ab und fuhr als Querschläger in die Wand über ihren Köpfen, bevor sie von dort aus in die Stufen der nächsten Treppe fuhr.
Sie warf sich Graham an die Brust, und er hielt sie mit beiden Armen fest.
»Ich hätte dich mit Leichtigkeit treffen können«, rief Bollinger. »Ich hätte dich wirklich abknallen können wie eine Sau. Aber für dich und mich habe ich mir etwas viel Schöneres ausgedacht.«
Dann setzte er seinen Aufstieg fort. Methodisch und gemächlich wie eben. Seine Schuhe scharrten gespenstisch über den Beton. *Schrr . . . Schrr . . . Schrr . . .*
Er pfiff leise.

»Er jagt uns nicht nur«, sagte Graham am Rande einer Panik, »dieser Teufel in Menschengestalt spielt mit uns!«
»Was sollen wir nur tun?«
Schrr . . . Schrr . . .
»Wir können ihm nicht davonrennen.«
»Aber irgend etwas müssen wir doch tun!«
Schrr . . . Schrr . . .
Graham zog die Stahltür auf. Der dunkle einunddreißigste Stock breitete sich vor ihnen aus. »Komm.«
Connie war alles andere als davon überzeugt, daß es eine gute Idee war, das Treppenhaus zu verlassen. Aber da ihr nichts Besseres einfiel, folgte sie Graham.
Schrr . . . Schrr . . .
Graham schloß die Tür und bückte sich. Eine umklappbare Türarretierung befand sich an der rechten unteren Kante. Er drückte sie hinunter, bis der Gummiabsatz auf dem Boden war. Dann legte er die Hebel um, so daß die Arretierung fest saß. Seine Hände zitterten, und einen Moment sah es so aus, als sei er nicht einmal mehr zu einer so simplen Tätigkeit fähig.
»Was machst du da?« fragte sie.
Er richtete sich wieder auf. »Gott sei Dank kann man die Sperre verriegeln. Siehst du die Türschwelle? Sie liegt zwei Zentimeter höher als der Boden auf beiden Seiten. Wenn Bollinger versucht, die Tür zu öffnen, wird die Arretierung die Türkante festhalten. Das wird ihn aufhalten. Das ist fast so gut, als wenn es hier einen Riegel gäbe.«
»Aber er hat eine Pistole.«
»Macht doch nichts. Mit seinen Kugeln kann er gegen eine massive Stahltür wenig ausrichten.«
Obwohl die Angst immer noch in ihr war, war Connie gleichzeitig erleichtert, daß Graham endlich die Initiative ergriffen hatte, daß er seine eigene Angst überwunden hatte; mochte dieser Moment auch nur sehr kurz sein.

Die schwere Tür ratterte, als Bollinger auf der anderen Seite heftig die Klinke drückte. Aber die Arretierung hielt. Die Tür widerstand Bollingers Bemühungen.
»Er muß nun ein Stockwerk nach oben oder nach unten«, erklärte Graham, »und vom Treppenhaus am anderen Ende des Gebäudes versuchen, zu uns zu gelangen. Vielleicht nimmt er auch den Fahrstuhl. Wie dem auch sei, wir haben ein paar Minuten gewonnen.«
Bollinger fluchte. Er konnte seine ganze Kraft gegen diese Tür einsetzen, sie ließ sich nicht öffnen.
»Was bringen uns schon ein paar Minuten?« fragte Connie.
»Das weiß ich im Augenblick auch nicht.«
»Graham, ob wir jemals aus dieser Geschichte herauskommen?«
»Wahrscheinlich nicht.«

25

Dr. Andrew Enderby, der Gerichtsmediziner in diesem Fall, war ein außergewöhnlich höflicher und verbindlicher Mann, der sich für seine gut fünfzig Jahre bemerkenswert gehalten hatte. Das dichte dunkle Haar war nur an den Schläfen weiß. Er hatte klare braune Augen, eine lange, aristokratische Nase und sehr ansprechende Züge. Sein angegrauter Schnurrbart war gepflegt und sauber getrimmt. Er trug einen maßgeschneiderten Anzug und bewies auch in den Accessoires Geschmack. Neben seiner gepflegten Erscheinung wirkte Preduski noch schlampiger.

»Hallo, Andy«, begrüßte ihn der Detective.

»Nummer elf«, sagte Enderby. »Ungewöhnlich. So ungewöhnlich wie die Fälle fünf, sieben und neun.« Wenn Enderby erregt war, was bei ihm eher selten vorkam, konnte er es kaum abwarten, sich zu äußern. Allerdings sprach er dann ebenso abgehackt wie ungeduldig. Komplette Sätze waren dann die Ausnahme. Er zeigte auf den Küchentisch und fuhr fort: »Sehen Sie? Keine Blutflecken. Keine Speisereste. Keine Brotkrumen. Alles so verdammt ordentlich. Wieder ein Schwindel.«

Ein Beamter von der Spurensicherung war damit beschäftigt, am Abfluß die Wasserleitung freizulegen.

»Warum tut er das?« brummte Preduski. »Warum täuscht er ein Festmahl vor, wenn er überhaupt keinen Hunger hat?«

»Ich glaube, ich weiß es. Ich bin mir sogar ziemlich sicher.«

»So? Dann mal raus mit der Sprache«, drängte Preduski.

»Nun, wußten Sie, daß ich mich eine Weile mit Psychologie befaßt habe?«
»Sie sind Gerichtsmediziner. Also Pathologe.«
»Aber auch Psychiater.«
»Das habe ich allerdings nicht gewußt.«
»Habe Medizin studiert. Habe mein Jahr als Assistenzarzt absolviert. Habe mich auf HNO spezialisiert. Hals-Nase-Ohren für die medizinischen Laien. Gefiel mir aber ganz und gar nicht. Unappetitliche Art, sein Geld zu verdienen. Meine Familie hatte Geld. Also mußte ich nicht HNO machen. Bin zurück auf die Uni. Wurde Psychiater.«
»Das muß eine sehr interessante Tätigkeit sein.«
»Geradezu faszinierend. Aber sie ist mir gehörig auf den Nerv gegangen. Vor allem die ewig gleichen Geschichten von meinen Patienten.«
»Oh!«
»Tagein, tagaus immer von Neurotikern umgeben. Hatte bald das Gefühl, daß mindestens die Hälfte von ihnen eingesperrt gehört. Habe mich rasch aus dem Staub gemacht. War besser für mich und für meine Patienten.«
»Das war sicher das Vernünftigste.«
»Hab mich 'ne Zeitlang mit diesem und jenem beschäftigt. Die meiste Zeit herumgebummelt. Vor zwanzig Jahren bin ich dann Pathologe bei der Polizei geworden.«
»Tja, die Toten sind nicht neurotisch.«
»Nicht das kleinste bißchen.«
»Und sie leiden nicht an Infektionen der Atemwege.«
»Die können sie nicht mehr auf mich übertragen«, bestätigte Enderby. »Natürlich kann man in diesem Job keine Reichtümer erwerben. Aber ich habe ein größeres Privatvermögen, so daß mich das nicht weiter stört. Und die Arbeit ist genau richtig für mich. Geradezu wie geschaffen für mich. Mein psychologischer Background vermittelt

mir einen weiteren Horizont. Gewährt mir neue Einsichten. So stelle ich Zusammenhänge her, wo andere Pathologen nicht mehr weiterwissen. Wie es heute abend geschehen ist.«

»Sie haben eine Erklärung dafür gefunden, warum der Schlächter manchmal ein richtiges Festgelage abhält und andere Male diese Freßorgie nur vortäuscht?«

»Ja«, sagte Enderby nur. Er schnaufte kurz und erklärte dann lapidar: »Weil hinter dem Schlächter zwei Personen stecken.«

Preduski kratzte sich am Kopf. »Sie meinen Schizophrenie?«

»Nein, nein . . . Ich denke, es ist nicht nur ein Mann, der herumläuft und Frauen umbringt. Nein, es sind zwei Männer.« Er lächelte triumphierend.

Der Detective starrte ihn verständnislos an.

Enderby schlug mit der Linken in die Rechte. »Ich liege richtig damit! Ich weiß es ganz genau. Der Schlächter Nummer eins hat die ersten vier Frauen getötet. Morden löst bei ihm einen gewaltigen Appetit aus. Der Schlächter Nummer zwei hat die fünfte Frau auf dem Gewissen. Er hat sie so übel zugerichtet, wie das auch sein Kollege getan hätte. Doch vermutlich ist Nummer zwei etwas zartbesaiteter als Nummer eins. Ihm vergeht beim Gemetzel der Appetit. Also täuscht er das Gelage nur vor, um alles so aussehen zu lassen, als sei Nummer eins wieder am Werk gewesen.«

»Was für ein Aufwand!«

»Ist doch ganz logisch. Wir sollen denken, der Schlächter habe wieder zugeschlagen. Und dafür muß er alles so herrichten, daß wir nur von einem Täter ausgehen.«

Preduski wurde plötzlich bewußt, wie sauber Enderbys Krawatte gebunden war. Er griff sich unwillkürlich an das Gewirr, das ihm selbst vom Hals hing. »Verzeihen Sie. Sehen Sie mir bitte nach, daß ich so schwer von Begriff bin. Ist ganz allein mein Fehler. Aber verstehen Sie, wir haben der Presse nie mitgeteilt, daß der Täter sich nach dem Mord auch noch über die Küche hermacht. Wir haben diese Information bewußt zurückgehalten, um falsche Spuren und Beschuldigungen von vornherein aussortieren zu können. Wenn also dieser Schlächter Nummer zwei den wirklichen Schlächter imitieren wollte, woher wußte er dann von den Freßorgien?«

»Ich fürchte, Sie haben mich nicht ganz verstanden.«

»Ich fürchte, da liegen Sie richtig.«

»Schlächter Nummer eins und Schlächter Nummer zwei kennen sich. Sie stecken unter einer Decke und planen diese nächtlichen Mordzüge gemeinsam, lösen sich vermutlich ab.«

Verblüfft fragte der Detective: »Die beiden sind Freunde? Kumpels, die sich abends zum Frauenmorden treffen, so, wie andere Männer zum Bowling gehen?«

»So würde ich es nicht ausdrücken.«

»Aber sie ermorden abwechselnd Frauen und versuchen es dann so aussehen zu lassen, als wäre dies das Werk von einem einzigen Mann?«

»Ja.«

»Und warum?«

»Das weiß ich noch nicht. Vielleicht wollen sie einen komplexen Charakter erschaffen, indem sie uns ein Bild vom Schlächter vermitteln, das in Wirklichkeit keinem der beiden entspricht; vielleicht wollen sie uns auf diese Weise an der Nase herumführen und sich selbst damit vor einer Entdeckung schützen.«

Preduski begann, vor dem überladenen Küchentisch auf und ab zu laufen. »Zwei Psychopathen haben sich an der Theke kennengelernt . . .«

»Es muß nicht unbedingt eine Bar gewesen sein.«

»Sie erkennen sich als verwandte Seelen, werden dicke Freunde und schließen einen Pakt, nach dem alle Frauen in Manhattan ausgerottet werden sollen.«

»Vielleicht nicht alle Frauen«, sagte der Pathologe, »aber sicher eine für ihre Zwecke ausreichende Quote.«

»Tut mir leid. Ich bin sicher nicht sehr helle. Und was meine Bildung angeht, so ist sie mir nie zuteil geworden. Ich bin leider kein Akademiker wie Sie. Ehrlich gesagt, ich verstehe das nicht ganz, was Sie da sagen. Wie ist es möglich, daß zwei gefährliche Irre so gut und so effektiv zusammenarbeiten können?«

»Warum denn nicht? Erinnern Sie sich noch an den Mord an Sharon Tate, damals in Kalifornien. In der ›Familie‹ von Charles Manson waren etliche Psychopathen, der Chef eingeschlossen. Sie haben gut und effektiv zusammengearbeitet, haben zusammen eine ganze Reihe von Morden begangen.«

»Aber sie wurden *doch* gefaßt«, wandte Preduski ein.

»Erst nach einer ziemlichen Weile.«

26

Im einunddreißigsten Stock des Bowerton-Gebäudes waren die Büros von sechs Firmen untergebracht. Graham und Connie drückten wahllos auf Türklinken, doch alle waren verschlossen. Sie gaben es auf.

Dann entdeckte Connie neben den Fahrstühlen eine unbeschriftete Tür. Sie ließ sich öffnen. Graham trat hinter Connie ein und knipste das Licht an.

Die Kammer war etwa drei Meter tief und zwei Meter breit. In der linken Wand war eine Metalltür, die man kürzlich knallrot angestrichen hatte. Neben der Tür waren Mops, Besen und Bürsten aufgereiht. An der rechten Wand stand ein Metallregal mit Desinfizierungs- und Reinigungsmitteln, Lappen und Tüchern.

»Eine gute alte Besenkammer«, sagte Graham.

Connie trat an die rote Tür und öffnete sie. Sie spähte hindurch, ließ die Klinke aber nicht los. Was sie zu sehen bekam, überraschte sie. »He, Graham, sieh dir das einmal an!«

Er gab keine Antwort.

Sie trat in die Besenkammer, drehte sich um und sagte: »Graham, sieh nur, was . . .«

Er stand direkt vor ihr und hielt eine große Schere vor sein Gesicht. Er hielt das Stück wie einen Dolch. Die Klingen glänzten wie Edelsteine, und die scharfen Spitzen blitzten.

»Graham?« sagte Connie vorsichtig.

Er senkte die Schere. »Ich habe sie in dem Regal dort hinten entdeckt. Wir können sie als Waffe benutzen.«

»Eine Schere gegen eine Pistole?«

»Wir können ihn in einen Hinterhalt locken.«
»Was denn für ein Hinterhalt?«
»Wir locken ihn an eine Stelle, an der ich auf der Lauer liege. Ich überrasche ihn, bevor er in der Lage ist, die Pistole einzusetzen.«
»Und wo zum Beispiel?«
Seine Hand zitterte. Licht tanzte auf den Klingen. »Das weiß ich auch nicht«, sagte er kläglich.
»Es würde ja doch nicht klappen«, stimmte sie ruhig zu. »Aber ich habe einen Weg aus dem Gebäude gefunden.«
»Tatsächlich?« Er sah sie gespannt an.
»Sieh selbst. Die Schere brauchst du nicht mehr. Leg sie wieder zurück.«
»Ich sehe es mir natürlich an«, erklärte er. »Doch die Schere behalte ich bei mir. Man kann nie wissen.«
Connie war nicht ganz wohl in ihrer Haut. Sie fürchtete, daß Graham, sobald er den von ihr entdeckten Fluchtweg sah, es vorziehen würde, mit der Schere bewaffnet dem Schlächter gegenüberzutreten.
Er folgte ihr durch die rote Tür und gelangte auf eine Plattform mit einem Geländer. Sie war knapp fünfzig Zentimeter breit und einen Meter zwanzig lang und wurde von einer Glühbirne beleuchtet. Tiefer unten befanden sich in anscheinend regelmäßigem Abstand weitere Lampen. Doch worum es sich bei diesem Schacht handelte, war auf den ersten Blick nicht zu erkennen.
Die Plattform war an der Wand eines der beiden Fahrstuhlschächte angebracht, die vom Keller bis zum Dach hinaufführten. Vier Aufzüge konnten ihn durchfahren, doch im Moment ruhten alle vier Kabinen im Erdgeschoß. Dicke Kabel schwankten leicht vor Connie und Graham. Auf ihrer und auf der gegenüberliegenden Seite des gewaltigen Schachts waren vom Keller bis zum Dach an allen Ausgängen zu den ungeraden Stockwerken gleiche

Plattformen angebracht. Eine hing Graham und Connie direkt gegenüber an der Wand, und deren Anblick ließ sie im vollen Ausmaß begreifen, auf was für einem abenteuerlich luftigen Platz sie sich befanden. An zwei Seiten des Schachts führten in die Wand eingelassene Eisensprossen in die Tiefe. Eine Art von Leitern, die zusätzlich die einzelnen Etagen miteinander verbanden.
Auf diesem Wege konnten Reparaturen ausgeführt werden oder Fahrgäste in Sicherheit gebracht werden, wenn ein Aufzug steckengeblieben, im Gebäude ein Feuer ausgebrochen oder die Stromzufuhr ausgefallen war. Eine kleine, weiße Birne brannte über jeder Stahltür; ansonsten war es stockfinster in dem Schacht. Wenn Connie nach oben blickte, und besonders wenn sie nach unten spähte, kam es ihr so vor, als stünden die Birnen in der Distanz näher zusammen. Das besagte nicht mehr und nicht weniger, als daß es bis zum Boden sehr, sehr weit war.
»Das ist dein Fluchtweg?« Grahams Stimme zitterte, wie Connie es befürchtet hatte.
Sie zögerte, mußte erst allen Mut zusammennehmen, bevor sie antwortete: »Wir können doch versuchen, nach unten zu klettern.«
»Nein.«
»Die Treppenhäuser können wir nicht benutzen. Die hält *er* unter Bewachung.«
»Aber das hier auf keinen Fall.«
»Das kannst du doch wohl kaum mit dem Bergsteigen vergleichen!«
Sein Blick fuhr rasch von rechts nach links und dann wieder zurück. »Nein.«
»Da ist doch eine Art Leiter angebracht.«
»Und du hast wirklich vor, einunddreißig Stockwerke nach unten zu klettern?« fragte er in einem Tonfall, der sie in Aufruhr versetzte.

»Graham, nur wenn wir sofort mit dem Abstieg beginnen, haben wir vielleicht eine Chance. Selbst wenn Bollinger irgendwann herausfinden sollte, daß dieser Notausgang nicht abgeschlossen ist und dann auch noch auf diese rote Tür stößt, ist damit doch nicht gesagt, daß er uns für fähig hält, einen solchen Fluchtweg zu wählen. Und wenn er uns dann wirklich entdecken sollte, können wir immer noch rechtzeitig die Leiter verlassen und in das Stockwerk verschwinden, auf dessen Höhe wir uns gerade befinden. Überleg doch nur einmal, wieviel Zeit wir dadurch gewinnen!«
»Ich kann nicht.« Graham preßte beide Hände an das Geländer, umklammerte es mit solcher Kraft, daß Connie schon erwartete, das Metall würde sich jeden Augenblick verbiegen.
»Was können wir denn sonst tun?« fragte sie niedergeschlagen.
Graham starrte nur in den Zementschlund.

Als Bollinger zu der Erkenntnis kam, daß Harris und die Frau die Feuertür von innen abgeriegelt hatten, rannte er die zwei Treppen zum dreißigsten Stock hinunter. Er wollte durch den dortigen Korridor zum anderen Ende des Gebäudes eilen, um dort über das zweite Treppenhaus in die einunddreißigste Etage zurückzukehren; vermutlich hatten sie die dortige Feuertür nicht verriegelt. Als er auf dem Treppenabsatz zum dreißigsten Stock angelangt war, entdeckte er auf der grauen Tür die Aufschrift *Hollowfield Land Management*. Die ganze Etage war von einer einzigen Firma gemietet worden. Damit verfügte sie kaum über einen Korridor für den Publikumsverkehr, und die Notausgänge ließen sich nur von innen öffnen. Das gleiche widerfuhr Bollinger beim neunundzwanzigsten und beim achtundzwanzigsten Stock. In beiden residierte die

Sweet Sixteen Cosmetics. Wie erwartet, ließen sich beide Feuertüren nicht öffnen.
Bollinger machte sich erste Sorgen, seine Beute verlieren zu können. Er gelangte vor die Tür zum sechsundzwanzigsten Stockwerk. Hier hatte er vorhin das Treppenhaus betreten, und auf dieser Etage wartete auch der Fahrstuhl auf ihn.
Als er die Tür geöffnet hatte und auf den Korridor gelangt war, warf er einen raschen Blick auf seine Armbanduhr. Neun Uhr fünfzehn. Die Zeit verrann zu schnell, unnatürlich schnell, so, als sei das Universum aus dem Gleichgewicht geraten.
Er rannte zum Aufzug und suchte im Laufen in seiner Tasche nach dem Schlüsselbund, den er dem toten Wachmann abgenommen hatte. Er verhakte sich, wollte nicht freikommen. Bollinger zerrte und riß. Als er den Bund endlich gelöst hatte, glitt er ihm aus den Fingern und fiel mit einem leichten Klingeln auf den Teppichboden.
Fluchend ging Bollinger in die Hocke und suchte in der Dunkelheit den Boden ab. Verdrossen fiel ihm nach einer halben Minute ein, daß er ja eine kleine Taschenlampe mit sich führte. Doch selbst mit dieser Hilfe benötigte er über eine Minute, bis er die Schlüssel endlich wiedergefunden hatte.
Als er sich wieder aufrichtete, fragte er sich, ob Harris und seine Schöne hier vielleicht auf ihn warteten; ob sie ihm womöglich hier eine Falle gestellt hatten. Er schob die Taschenlampe wieder in die Tasche und griff statt dessen nach seiner Walther. Dann blieb er so still wie möglich stehen und lauschte in die Dunkelheit. Wenn sie sich hier irgendwo verborgen hielten, müßten sie sich eigentlich gegen den Lichtschein über der Fahrstuhlnische abheben.
Er wartete ein paar Sekunden. Dann fiel ihm ein, daß die beiden ja gar nicht wissen konnten, auf welcher Etage er

den Fahrstuhl verlassen hatte. Außerdem hätten sie gar nicht rechtzeitig hier anlangen können, um ihm eine Falle zu stellen.
Das traf allerdings nicht auf den einunddreißigsten Stock zu. Dort hatte ihnen genügend Zeit zur Verfügung gestanden, für ihn einen Hinterhalt aufzubauen. Wenn er mit dem Aufzug hinaufführe, lagen sie dort vielleicht auf der Lauer und würden in dem Moment über ihn herfallen, in dem er am verwundbarsten war — wenn er den Fahrstuhl verließ.
Aber immerhin war *er* derjenige, der die Pistole besaß. Was würde also dort geschehen? Sie hatten sich vielleicht mit Werkzeugen versorgt oder sich daraus Waffen zusammengebastelt. Doch was konnten sie damit schon gegen eine Pistole in der Hand eines sicheren Schützen ausrichten?
Er betrat den Aufzug, schob den Schlüssel ins Kontrollbord und setzte ihn damit wieder in Betrieb.
Er sah noch einmal auf seine Armbanduhr. Neun Uhr neunzehn.
Er durfte sich keine Verzögerung mehr erlauben. Wenn er Harris in den nächsten Minuten erledigen konnte, blieb ihm für die Frau noch eine knappe halbe Stunde.
Er pfiff wieder leise vor sich hin und drückte auf den Knopf mit der Aufschrift 31.

27

Der Mann von der Spurensicherung montierte den Zerkleinerer ab, steckte ihn in eine große Plastiktüte und trug das Ganze aus der Wohnung hinaus.

Preduski und Enderby waren allein in der Küche.

In der Diele schlug die Standuhr die Viertelstunde an. Zwei sanfte Glockentöne; die Uhr ging fünf Minuten nach. Als Begleitmusik pfiff der Wind durch die Eschenwipfel vor dem Küchenfenster.

»Wenn es Ihnen schwerfällt, die Vorstellung einer Kooperation zwischen zwei Psychopathen zu akzeptieren«, sagte Enderby, »dann versuchen Sie es doch einmal mit der Theorie, daß es sich bei den beiden nicht um Psychopathen von der Art handelt, wie wir sie kennen.«

»Jetzt hören Sie sich an wie Graham Harris.«

»Das ist mir bewußt.«

»Harris sagt, der Schlächter sei geistig nicht gesund. Aber man würde ihm das nicht ansehen, wenn er einem auf der Straße begegnen würde. Entweder zeigen sich die Symptome dieser Form von Manie nicht, sind latent, oder er weiß sie sehr gut zu verbergen. Harris ist auch der Überzeugung, daß der Schlächter jeden psychiatrischen Test ohne Schwierigkeiten bestehen könnte.«

»Ich neige der Ansicht dieses Hellsehers immer mehr zu.«

»Bis auf den Umstand, daß Sie von zwei Schlächtern ausgehen.«

Enderby nickte nur.

Der Detective seufzte. Er trat an ein Fenster und zeichnete die Umrisse eines Dolches auf die beschlagene Scheibe.

»Falls Sie recht haben, kann ich meine Theorie natürlich auf den Müll werfen. Meine Theorie geht von einem gewöhnlichen paranoiden Schizophrenen aus. Ein einzelner Killer könnte unter einem psychotischen Zwang handeln. Aber nicht zwei Männer unterliegen demselben Zwang.«
»Die beiden Schlächter stehen nicht unter irgendwelchen psychotischen Zwangsvorstellungen«, antwortete Enderby. »Beide wissen ganz genau, was sie tun. Und keiner von ihnen leidet nach der Tat unter einer Art von Gedächtnisschwund.«
Preduski wandte sich vom Fenster ab, auf dem das Messer bereits zerlief. »Ob es sich hier um eine bislang unbekannte, eine neue Art von Psychose handelt oder nicht«, erklärte der Detective, »das Verbrechen ist altbekannt. Sexualmorde werden . . .«
»Wir haben es hier nicht mit Sexualmorden zu tun«, wandte der Gerichtsmediziner ein.
Preduski legte den Kopf schief. »Wie war das?«
»Wir haben es hier keinesfalls mit Sexualmorden zu tun.«
»Nun, die beiden Schlächter morden ausschließlich Frauen . . .«
»Das ist sicher richtig, nur . . .«
»Und vorher vergewaltigen sie die Opfer . . .«
»Ja«, bestätigte Enderby. »Aber hier haben wir es mit Morden zu tun, die eine sexuelle Komponente aufweisen. Damit sind sie aber keine ausgesprochenen Sexualmorde.«
»Verzeihung, aber jetzt komme ich nicht mehr mit. Tut mir leid, es liegt an mir, nicht an Ihnen.«
»Sex ist bei diesen Schlächtern nicht das auslösende Motiv. Sex ist nicht der primäre Grund für diese Männer, wenn sie über Frauen herfallen. So, wie sie dabei vorge-

hen, ergibt sich die Möglichkeit für eine Vergewaltigung. Da diese Möglichkeit besteht, nutzen sie sie. Die Frauen bringen sie sowieso um; da ist es ihnen gleich, ob sie sie sofort abschlachten oder etwas später. Was ist denn schon dabei, so sagen sie sich vermutlich, wenn wir uns vorher noch ein wenig mit den Frauen vergnügen? Aber der Sex spielt für sie nur eine sekundäre Rolle. Sie morden die Frauen nicht aus einer sexuellen Zwangsvorstellung.«
Preduski schüttelte den Kopf und sagte: »Ich verstehe nicht, wie Sie darauf kommen. Sie haben die Männer doch noch nie gesehen, oder? Auf welche Indizien stützen Sie sich, wenn Sie erklären, die Motive der beiden Schlächter seien nicht hauptsächlich und vor allem sexueller Natur?«
»Die Umstände sprechen für sich«, erklärte Enderby. »Zum Beispiel hätten wir da die Art und Weise, wie sie ihre Opfer verstümmeln.«
»Was erfahren Sie denn daraus?«
»Haben Sie sich die Verletzungen und Schnitte sorgfältig angesehen?«
»Mir blieb ja wohl nichts anderes übrig.«
»Gut. Haben Sie Verletzungen, zum Beispiel aufgrund von gewaltsamem Eindringen in der Analgegend, entdeckt?«
»Nein!«
»Verletzungen in der Schamgegend?«
»Nein!«
»Verstümmelungen an den Brüsten?«
»In einigen Fällen hat der Schlächter den Unterleib oder den Brustkorb aufgeschnitten.«
»Aber keine direkten und ausschließlichen Verstümmelungen an den Brüsten?«
»Nun, wenn er den Brustkorb öffnet . . .«
»Ich meine, hat er jemals einer Frau die Brustwarzen ab-

geschnitten oder vielleicht sogar die ganze Brust, wie das seinerzeit Jack the Ripper zu tun pflegte?«
Heftiger Abscheu spiegelte sich auf Preduskis Gesicht wider. »Nein.«
»Hat er den Mund eines Opfers verstümmelt?«
»Den Mund?«
»Nun, hat er zum Beispiel die Lippen abgeschnitten?«
»Nein, nie . . .«
»Oder die Zunge herausgeschnitten?«
»Großer Gott, nein. Hören Sie, Andy, müssen wir dieses Spielchen noch lange betreiben? Ist ja widerlich. Und ich begreife auch nicht, worauf Sie hinauswollen!«
»Wenn es sich bei den beiden Schlächtern um Sexualmörder mit einem Hang zur Verstümmelung der Opfer handeln würde«, erklärte der Pathologe, »dann hätten sie eine der von mir eben aufgeführten Körperpartien verstümmelt.«
»Anus, Brüste, Genitalien oder Mund?«
»Ja, genau die. Zumindest eine davon. Vermutlich mehrere, wenn nicht alle. Aber nichts davon liegt hier vor. Somit ist die hiesige Verstümmelung nachträglich erfolgt, ist aus einem logischen Vorsatz erfolgt. Nicht jedoch aufgrund eines sexuellen Zwangs. Eine Art besonderer Verpackung.«
Der Detective schloß die Augen und preßte die Fingerspitzen gegen die Stirn, so, als wollte er die ekelhaften Bilder aus seinen Gedanken verdrängen. »Verpackung? Ich fürchte, ich verstehe nicht ganz.«
»Eine Verpackung, mit der sie uns beeindrucken wollen.«
»Wen, die Polizei?«
»Ja. Und die Zeitungen.«
Preduski trat an das Fenster, auf das er das Messer gemalt hatte. Er wischte die Kondensschicht ab und starrte auf

den Schnee, der im Lichtkegel der Straßenlaterne zu Boden fiel. »Warum sollten sie uns beeindrucken wollen?«
»Das weiß ich nicht. Welcher Grund, welche Notwendigkeit hinter dem Wunsch steht, uns zu beeindrucken . . . das hat jedenfalls viel mit dem wahren Mordmotiv der beiden zu tun.«
»Wenn wir das verstehen würden, könnten wir vermutlich ein Muster, eine Ordnung hinter diesen Morden erkennen. Wir wären vielleicht sogar in der Lage, ihnen einen Schritt vorauszudenken und den nächsten Mord zu verhindern.«
Enderby war plötzlich erregt. »Einen Moment mal. Ein anderer Fall. Zwei Mörder. Arbeiten zusammen. Chikago. Neunzehnhundertvierundzwanzig. Zwei junge Männer waren die Mörder. Beide Söhne von Millionären. Waren noch keine Zwanzig.«
»Leopold und Loeb?«
»Sie sind mit dem Fall vertraut?«
»Ein wenig.«
»Die beiden haben einen Jungen, Bobby Franks, umgebracht. Vierzehn Jahre alt. Auch der Sohn eines reichen Vaters. Sie hatten nichts gegen ihn. Jedenfalls keines der klassischen Motive. Und Bobby hatte ihnen auch nichts getan. Die Zeitungen schrieben, sie hätten es wegen des Nervenkitzels getan. Aus Abenteuerlust. War ein sehr blutiger Mord. Doch sie brachten Bobby aus anderen Gründen um. Er mußte für ein philosophisches Ideal sterben.«
Preduski wandte sich langsam vom Fenster ab. »Tut mir leid, ich muß wohl irgend etwas nicht ganz mitbekommen haben. Jedenfalls verstehe ich kein Wort von dem, was Sie sagen. Was habe ich mir zum Beispiel unter einem philosophischen Ideal vorzustellen?«
»Leopold und Loeb hielten sich für etwas Besonderes. Für

Übermenschen. Für die ersten Wesen einer neuen Rasse. Leopold verehrte Nietzsche sehr.«

Der Detective runzelte die Stirn. »Einer der Verse an der Wand stammt wahrscheinlich aus einem Werk von Nietzsche. Der andere ist von Blake. Bei Edna Mowry haben wir ebenfalls ein Nietzsche-Zitat entdeckt. Es war mit Blut an die Schlafzimmerwand geschrieben.«

»Leopold und Loeb. Ein unglaubliches Paar. Glaubten, der perfekte Mord sei Ausweis genug für ihr Übermenschentum. Einen Mord zu begehen und sich danach nicht fassen zu lassen. Das war ihrer Meinung nach der Beweis für ihre überlegene Intelligenz. Für ihre allumfassende Überlegenheit.«

»Waren die beiden nicht Homosexuelle?«

»Ja, aber deswegen ist Bobby Franks nicht Opfer eines Sexualmordes geworden. Sie haben ihn nicht verstümmelt. Oder sich vorher an ihm vergangen. Das hatten sie vermutlich auch in keinem Augenblick vor. Lust oder sexuelle Befriedigung war ganz gewiß nicht ihr Motiv. Ganz und gar nicht. Es war, wie Loeb es ausdrückte, eine ›intellektuelle Übung‹.«

Trotz seiner Erregung entging es Enderby nicht, daß die Ärmel seines Hemdes von den Jackenärmeln überdeckt wurden. Irritiert zog er sie heraus, bis sich die angemessenen anderthalb Zentimeter auf jeder Seite zeigten. Obwohl er seine Untersuchungen im blutbespritzten Schlafzimmer und in der verheerten Küche angestellt hatte, fand sich nicht der kleinste Fleck auf seiner Kleidung.

Preduski stand mit dem Rücken zum Fenster, beugte sich über den Spülstein und war sich in diesem Augenblick wieder einmal sehr deutlich seiner abgetragenen Schuhe und zerknitterten Hose bewußt. »Ich habe immer noch einige Schwierigkeiten, Ihnen zu folgen«, sagte er. »Ich fürchte, Sie müssen bei mir sehr viel Geduld aufbringen.

Aber Sie wissen ja, wie ich bin. Manchmal ist mein Kopf einfach leer. Oder voller Stroh. Also wenn diese beiden jungen Männer, Leopold und Loeb, Mord für eine intellektuelle Übung hielten, dann müssen sie doch wohl verrückt gewesen sein. Waren sie verrückt? Hat man etwas dergleichen bei ihnen festgestellt?«

»In gewisser Weise. Sie lebten im Wahn ihrer eigenen Macht. Sowohl der tatsächlichen wie auch der eingebildeten Macht.«

»Haben sie denn den Eindruck von Geisteskranken gemacht?«

»Nicht im mindesten.«

»Aber wie ist das möglich?«

»Vergessen Sie nicht, daß Leopold schon mit siebzehn seinen College-Abschluß gemacht hat. Er hatte einen Intelligenzquotienten von annähernd zweihundert. Ein richtiges Genie. Mit Loeb war es nicht viel anders. Die beiden waren clever genug, ihre Nietzsche-Phantasien für sich zu behalten; ihre eingebildete Überlegenheit die Umwelt nicht spüren zu lassen.«

»Und wenn ein Psychiater sie untersucht hätte?«

»Vor sechzig Jahren war die Psychiatrie noch nicht sehr entwickelt.«

»Aber wenn man damals schon so ausgeklügelte Tests gehabt hätte wie heute, wäre man Leopold und Loeb dann damit auf die Schliche gekommen?«

»Nein. Die beiden hätten jeden Test mit fliegenden Fahnen bestanden.«

»Hat es seit 1924 noch weitere wie Leopold und Loeb gegeben?« fragte Preduski.

»Nicht, daß ich wüßte. Zumindest nicht solche eingebildeten Übermenschen. Die Manson-Familie mordete aus einer verschwommenen Mixtur von politischen und religiösen Gründen. Die Familie hielt Charles Manson für

den neuen Christus. Sie glaubten, die Ausrottung der Reichen würde den Armen von Nutzen sein. Meiner Ansicht nach waren das lupenreine Wahnsinnige. Und die anderen Massenmörder? Charles Starkweather. Richard Speck. Albert DeSalvo. Allesamt Psychopathen. Allesamt angetrieben von Psychosen, die in ihnen gewachsen waren, die sie meist schon seit der Schulzeit beeinflußt hatten. Nur bei Leopold und Loeb ließen sich keine Kindheitstraumata feststellen, die bei ihnen ein psychotisches Verhalten ausgelöst hätten. Nein, in denen war kein fauler Kern, der später giftige Früchte hervorgebracht hätte.«
»Wenn sich hinter dem Schlächter tatsächlich zwei Männer verbergen«, sagte der Detective gedankenverloren, »dann hätten wir es also mit einer Neuauflage von Leopold und Loeb zu tun. Sie morden, um damit ihre Überlegenheit zu demonstrieren.«
Der Gerichtsmediziner fing an, methodisch auf und ab zu gehen. »Vielleicht. Doch vielleicht steckt hier noch mehr dahinter. Etwas weitaus Komplexeres als bloßes Übermenschentum.«
»Wie meinen Sie das?«
»Ich kann es nicht erklären. Ich habe nur so ein Gefühl, daß es sich hier nicht um eine bloße Neuauflage von Leopold und Loeb handelt.« Er trat an den Tisch und betrachtete die Überreste des vorgetäuschten Mahls. »Haben Sie Harris schon verständigt?«
»Nein«, sagte Preduski leicht verdutzt.
»Das sollten Sie aber. Er hat sich nach Kräften bemüht, ein Bild von dem Mörder zu empfangen. Bislang ist ihm das Glück versagt geblieben. Vielleicht hat er deswegen solche Schwierigkeiten, weil er sich auf einen einzelnen konzentriert. Weil er nur die Züge von einem Gesicht empfangen will. Sie müssen ihm unbedingt mitteilen, daß wir es

mit *zwei* Tätern zu tun haben. Möglich, daß ihm diese Erkenntnis weiterhilft. Vielleicht kann er dann die Barriere durchstoßen, vielleicht kommt er dann endlich dem Schlächter auf die Spur.«

»Wir wissen doch noch gar nicht, ob es wirklich zwei sind. Bis jetzt ist das eine bloße Theorie.«

»Sagen Sie es ihm trotzdem«, beharrte Enderby. »Schaden kann es ja nicht, oder?«

»Ich sollte es ihm vermutlich noch heute abend mitteilen«, erklärte der Detective. »Es wäre wirklich das Vernünftigste. Aber leider geht das nicht so einfach. Wegen dieses Falles ist er mit seiner Arbeit in großem Rückstand. Dafür trifft mich die größte Schuld. Ständig rufe ich ihn an, schwatze auf ihn ein und bedränge ihn. Er will heute die Nacht durchmachen, um seine Arbeit endlich fertigzubekommen. Da möchte ich ihn wirklich nicht noch mehr behelligen.«

In der Diele schlug die Standuhr die halbe Stunde an; wiederum fünf Minuten zu spät.

Preduski blickte auf seine Armbanduhr und brummte: »Bald zehn. Ich sollte mich auf die Socken machen.«

»Sie wollen gehen? Hier gibt es doch noch einiges zu tun, oder?«

»Ich habe im Augenblick keinen Dienst.«

»Erst später wieder? Die Nachtschicht? Zur Geisterstunde?«

»Ja.«

»Ich hätte nie gedacht, daß Sie sich vor Überstunden drücken würden.«

»Na ja, ich bin eben erst aus dem Bett gekommen. Ich war in der Küche und habe mir Spaghetti gekocht, als die Zentrale anrief und mich hierher beorderte. Da blieb mir keine Zeit mehr zum Essen. Und jetzt stehe ich kurz vor dem Hungertod.«

Enderby schüttelte den Kopf. »Ich kenne Sie nun schon so lange, aber ich glaube, ich habe Sie noch nicht ein einziges Mal angetroffen, wenn Sie eine komplette Mahlzeit im Bauch hatten. Ich habe Sie erlebt, da hatten Sie gerade ein Sandwich oder einen Hamburger in der Hand, weil Sie wegen des Hungers Ihre Arbeit nicht unterbrechen wollten. Und zu Hause kochen Sie sich Spaghetti, vermutlich sogar auch noch irgendwelche Schnellgerichte in Alufolie. Ira, Ira, ich sage es nur ungern, aber Ihnen fehlt eine Frau.«
»Eine Frau?«
»Andere Männer haben das schon vor Ihnen ausprobiert, mein Lieber.«
»Aber ich? Was soll ich denn mit einer Frau? Sie wollen sich wohl über mich lustig machen.«
»Würde Ihnen sicher guttun.«
»Andy, sehen Sie mich an.«
»Das tue ich schon seit einiger Zeit.«
»Dann sehen Sie genauer hin.«
»Ja, und?«
»Sie müssen blind sein.«
»Was sollte ich denn sehen?«
»Welche Frau, die noch ihre fünf Sinne beisammen hat, würde auf die wahnwitzige Idee verfallen, mich zu heiraten?«
»Ach, kommen Sie, Ira, verschonen Sie mich mit Ihrer Schauspielerei«, erklärte der Pathologe mit einem Lächeln. »Mir können Sie nichts vormachen. Ich weiß, daß unter all diesem Geschwätz, all diesem Niedermachen der eigenen Person, ein gesundes und starkes Selbstbewußtsein steckt.«
»Wenn Sie es sagen. Sie sind schließlich der Psychologe.«
»Da haben Sie völlig recht. Ich bin weder ein Verdächtiger

noch ein Zeuge. Mich brauchen Sie nicht mit solchem Geschwätz zu blenden.«
Der Detective grinste.
»Ich wette, es hat mehr als nur eine Frau gegeben, die sich in die von Ihnen so geschickt aufgesetzte Jungenhaftigkeit verguckt hat.«
»Na ja, die eine oder andere«, gab Preduski mit allen Anzeichen des Unbehagens zu. »Aber leider war nie die Richtige darunter.«
»Wer will denn schon die Richtige? Die meisten Männer sind ganz zufrieden, wenn sie etwas Liebes finden, mit dem sie ganz gut zurechtkommen. Was Sie wollen, gibt es doch nur in Hollywood-Filmen der kitschigsten Sorte. Und in den Träumen von kleinen Mädchen jeden Alters.«
»Nein, Andy, für mich muß es schon die Richtige sein.«
Der Detective sah wieder auf seine Uhr. »Tut mir leid, aber ich muß jetzt wirklich gehen. Gegen Mitternacht bin ich wieder hier. Bis dahin hat Martin sicher noch nicht einmal alle Mieter des Hauses befragt. Ist ein ziemlich großes Haus.«
Dr. Enderby seufzte, als lasteten alle Probleme der Welt auf seinen Schultern. »Wir sind dann sicher auch noch hier und machen ›Hausarbeit‹. Die Möbel mit einem Pulver behandeln, um Fingerabdrücke zu finden. Die Teppiche staubsaugen, um Haare, Fädchen oder sonstwas zu finden. Wahrscheinlich entdecken wir wieder einmal nichts, aber wir geben unser Bestes. Derselbe Zirkus wie immer.«

28

Grahams Fuß rutschte von der Sprosse ab.
Obwohl er sich mit beiden Händen festhielt und im Griff hatte, stieg sofort Panik in ihm auf. Seine Füße traten wild nach der Leiter, behandelten sie wie einen Sklaven, dem man erst seinen Willen aufzwingen muß, bevor man seine Füße darauf setzen kann.
»Graham, was ist?« rief Connie. Sie befand sich ein paar Sprossen über ihm. »Graham? Antworte mir!«
Ihre Stimme beruhigte ihn wieder. Er trat nicht mehr gegen die Leiter und hielt sich mit den Händen fest, bis sein Atem wieder normal ging . . . bis die lebendig gewordenen Erinnerungen an den Mount Everest vergangen waren.
»Graham?«
Seine Füße suchten nach einem Halt und fanden ihn wenige Sekunden später. Dieser Augenblick kam ihm wie eine halbe Ewigkeit vor. »Alles in Ordnung. Ich war bloß abgerutscht. Aber jetzt ist alles wieder okay.«
»Sieh bloß nicht nach unten.«
»Das habe ich nicht getan und werde ich auch tunlichst unterlassen.«
Sein Fuß suchte die nächste Sprosse und fand sie. Er setzte den Abstieg fort.
Er fühlte sich wie bei einem Fieberanfall. Schweißnasses Haar klebte an seinem Nacken. Schweißperlen entstanden unentwegt auf seiner Stirn, hingen wie winzige Diamanten in seinen Brauen, brannten und stachen in den Augenwinkeln, rannen in langen Bahnen über die Wangen und brachten einen salzigen Geschmack auf die Lip-

pen. Doch trotz des Schweißausbruchs war ihm unbehaglich kalt. Er zitterte und bibberte beim Abstieg.
Er war sich sehr wohl der Tiefe bewußt, die ihn ringsherum umgab. Er war sich der Tiefe wie eines Dolches bewußt, dessen Spitze zwischen seinen Schulterblättern stand und jeden Moment in ihn hineinstoßen konnte.

Bollinger befand sich im einunddreißigsten Stock. Er entdeckte die Besenkammer.
Sein Blick fiel sofort auf die rote Tür. Jemand hatte den Türstopper hinuntergetreten, und nun stand sie ein paar Zentimeter weit auf. Bollinger war augenblicklich klar, daß Harris und seine Freundin hier hindurchgegangen waren.
Doch warum hatten sie die Tür offenstehen lassen?
Dieser Umstand kam ihm wie ein Köder vor; wie etwas, das ihn in eine Falle locken sollte.
Er näherte sich vorsichtig, war angespannt und auf einen Hinterhalt gefaßt. Er hielt die Walther in der Rechten und streckte die Linke weit aus, um damit die Stahltür zu stoppen, falls seine Opfer beabsichtigen sollten, sie gegen ihn zu schleudern. Er hielt den Atem an, machte zwei leise Schritte und lauschte intensiv, um auch noch das leiseste Geräusch wahrnehmen zu können.
Nichts. Völlige Stille.
Er trat mit der Zehenspitze vorsichtig gegen den Türstopper und löste die Sperre. Dann zog er die Tür auf und gelangte auf die kleine Plattform. Er bekam gerade noch mit, wo er sich befand, als sich die Tür hinter ihm schloß und alle Lichter im Schacht erloschen.
Im ersten Moment dachte Bollinger, Harris sei ihm nachgeschlichen und hätte ihn ausgesperrt. Doch als er gegen die Tür drückte, leistete sie keinen Widerstand. Und als er sie öffnete, brannten auch die Lichter wieder. Die Notbe-

leuchtung war nicht auf Dauer eingeschaltet. Die Birnen brannten nur, wenn eine der Schachttüren offen war. Jetzt wußte er, warum Harris die Tür nicht geschlossen hatte.
Bollinger war beeindruckt, als er das System von Lichtern, Plattformen und Sprossen betrachtete. Bei Gebäuden aus den zwanziger Jahren waren derart umfangreiche Notwege durchaus nicht üblich. Und die Gebäude, die nach dem Zweiten Weltkrieg errichtet worden waren, konnten sich nur selten ihrer Notwege und Sicherheitsvorkehrungen rühmen. Wenn man heutzutage in einem Aufzug steckenblieb, wurde einem zugemutet, auf den Monteur zu warten, ganz gleich, ob der die Reparatur in zehn Stunden oder in zehn Tagen ausführen würde. Und wenn sich keine Reparatur durchführen ließ, konnte man einen äußerst waghalsigen Abstieg durch den Schacht wagen oder in der Kabine verfaulen.
Je länger sich Bollinger in diesem Gebäude aufhielt, je mehr er von seinem Innenleben kennenlernte, desto mehr faszinierte es ihn. Gut, es war nicht mit den gigantischen Stadien, Museen und Prachtgebäuden zu vergleichen, die Hitler für seine »Herrenmenschen« planen und teilweise errichten ließ, bevor ihm der verlorene Weltkrieg einen Strich durch die Rechnung machte. Aber Hitlers Bauten waren fast alle Visionen geblieben, waren nie in Stein und Marmor entstanden, wohingegen dieses Gebäude errichtet worden war. Bollinger sagte sich, daß die Männer, die es entworfen, geplant und erbaut hatten, wahre Olympier gewesen sein mußten. Er wußte genau, daß ihm die Größe, die Erhabenheit und die Stilvollendung dieses Gebäudes nie zu Bewußtsein gekommen wäre, wenn er es nur tagsüber kennengelernt hätte, wo allerorten Publikumsverkehr herrschte, Menschen hierhin und dorthin eilten und Geschäfte getätigt wurden. Das Alltägliche fiel einem nicht mehr sonderlich ins Auge.

Man nahm es als selbstverständlich hin. Und New Yorker fanden an einem zweiundvierzig Etagen hohen Haus nichts Außergewöhnliches. Doch wenn man ein solches Bauwerk in der Nacht betrat, wenn es verlassen und still war, bekam man eine Vorstellung davon, wie gewaltig und komplex dieser Turm war. In der Einsamkeit und Stille hatte man erst die Gelegenheit, es in seinem ganzen Ausmaß, in seiner Großartigkeit und seiner Außergewöhnlichkeit zu würdigen. Bollinger kam sich vor wie eine Mikrobe, die durch die Adern und Venen eines Lebewesens wanderte; eines Lebewesens von wahrhaft titanischen Ausmaßen.
Bollinger fühlte sich den Geistern gleich, die ein solches Monument errichtet hatten. Er war einer der Ihren. Er war jemand, der bewegte, der die Erde zum Beben brachte. Er war ein Übermensch. Die gigantische Struktur des Gebäudes — und damit auch die Architekten, die einen so kühnen Wurf gewagt hatten — brachte in ihm eine Saite zum Klingen, ließ ihn erschauern vor seiner eigenen Gottähnlichkeit. Er war sich seiner eigenen Großartigkeit bewußt, und das verstärkte in ihm den Entschluß, Harris und diese Frau zu vernichten. Sie waren nicht mehr als Tiere, als Parasiten, Läuse, unwertes Leben. Weil Harris über diese krankhafte psychische Gabe verfügte, stellte er eine Bedrohung für Menschen wie Bollinger dar. Tiere wie Harris standen ihm dabei im Weg, seinen rechtmäßigen Platz in der Geschichte einzunehmen und eine neue Zeit einzuläuten. Noch vollzog sich der Aufstieg des neuen Menschen langsam, doch das Rad drehte sich stetig schneller.
Bollinger trat den Türstopper nach unten, um die Beleuchtung im Schacht sicherzustellen. Dann trat er an den Rand der Plattform und blickte nach unten.
Die beiden waren drei Stockwerke unter ihm. Harris klet-

terte als erster, und über ihm war das Weib, nur wenige Sprossen von ihm entfernt. Die beiden sahen nicht hoch. Sie mußten den kurzen Lichtausfall bemerkt haben und wußten sicher auch um dessen Bedeutung. Vermutlich strebten sie nun eilig der nächsten Plattform zu, um den Schacht zu verlassen.
Bollinger kniete sich hin und prüfte die Stabilität der Plattform und des Geländers. Sie waren fest.
Eigentlich wollte er sie noch nicht hier töten. Ort und Tötungsart kamen ihm für eine Nacht wie diese unpassend vor. Was würde schon geschehen? Die beiden würden wie Säcke von der Leiter kippen und auf den Grund des Schachts plumpsen. Und das widersprach dem Plan, den er und Billy heute nachmittag entwickelt hatten. Bollinger war nicht hierhergekommen, um die beiden irgendwie umzubringen. Nein, er mußte sie auf eine ganz bestimmte Weise erledigen. Wenn er sie lediglich von der Leiter wegpusten würde, wäre die Polizei verwirrt, würde womöglich diese Morde nicht mit dem Schlächter in Zusammenhang bringen. Wenn er aber wie der Schlächter zuschlug, wäre die Polizei endgültig mit ihrem Latein am Ende, und die New Yorker würden sich einem Regime des Terrors gegenübersehen, wie sie es sich in ihren wildesten Alpträumen nie vorgestellt hätten. Er und Billy hatten einen wirklich schlauen Plan entwickelt, und von dem wollte er jetzt nicht abweichen, da noch eine gute Chance bestand, ihn wie vorgesehen zu Ende zu führen.
Es war Viertel vor zehn. In fünfzehn Minuten würde Billy mit dem Wagen kommen und bis halb elf warten. Bollinger fürchtete, kaum noch Zeit für das Weib zu haben. Doch fünfundvierzig Minuten sollten ausreichen, den Plan sorgfältig durchzuführen.
Was ihn auch von der Tat in diesem Schacht abhielt, war

der Umstand, daß er nicht wußte, wie Harris aussah, und es kam ihm etwas feige vor, einen Mann zu ermorden, dessen Gesicht er nicht einmal gesehen hatte. Das schien ihm auf derselben Stufe zu stehen, wie einen Mann von hinten zu erschießen. Solcher Mord — selbst wenn es sich bei dem Opfer um ein Tier, um einen Parasiten handelte — vertrug sich nicht mit Bollingers Bild vom Übermenschen. Er machte lieber Jagd auf sein Opfer, trieb es unerbittlich in die Enge und trat ihm von Angesicht zu Angesicht gegenüber, so daß bis zum Schluß ein gewisser Nervenkitzel erhalten blieb.
Er mußte sie also aus dem Schacht treiben, ohne sie zu töten. Er mußte sie auf eine Ebene jagen, auf der er seinen Plan durchführen konnte. Er schob den Pistolenlauf nach unten, zielte weit am Kopf der Frau vorbei und drückte den Abzug durch.
Der Schuß krachte wie eine Explosion. Ohrenbetäubendes Dröhnen drang von allen Seiten auf Connie ein. Als die Echos leiser wurden, hörte sie, wie die Kugel von Wand zu Wand abprallte und weiter nach unten sauste.
Sie empfand die Situation als so unwirklich, daß sie sich einige Sekunden lang fragte, ob es sich dabei nicht nur um eine Ausgeburt ihrer Phantasie handelte. Sie wähnte sich in einem Krankenhausbett, wo sie in einer Art Koma lag und einen fiebrigen Alptraum erlebte, der über die Grenze zum Wahnsinn hinausreichte.
Während sie die Leiter hinunterstieg, ertappte sie sich mehrmals dabei, leise Selbstgespräche zu führen. Manchmal waren es nur Satzfetzen, die keinen Sinn ergaben, manchmal nicht mehr als eine Kette von Lauten, die mit Worten nichts mehr zu tun hatten. Ihr Magen drehte und rollte sich wie ein Fisch auf dem Trockenen. Ihre Därme verkrampften sich. Sie glaubte dann, daß die Kugel sie getroffen, in ihr schrecklich gewütet hätte.

Bollinger feuerte ein zweites Mal.
Dieser Schuß erschien ihr nicht mehr so laut wie der erste. Ihre Ohren waren noch betäubt, klingelten noch vom ersten Knall.
Für eine Frau, die in ihrem Leben keinerlei physische Bedrohungen erfahren hatte, hielt sie sich jetzt überraschend gut.
Als sie nach unten sah, bemerkte sie, daß Graham eine Hand von der Leiter löste. Er griff nach dem Geländer, das eine Plattform umgab. Nun löste er auch einen Fuß von der Leiter, zögerte und hing in einem gefährlichen Winkel in der Luft. Er zog den Fuß wieder zur Leiter und fand endlich den Mut, ihn auf den Rand der Plattform zu stellen. Einen Moment lang verharrte er in dieser Position, bemühte sich, die große Angst in sich zu bekämpfen, schien sich nicht zwischen den beiden Punkten entscheiden zu können. Sie wollte ihm etwas Beruhigendes zurufen und ihn gleichzeitig drängen, den Schritt endlich zu wagen. Doch bevor ihr etwas Passendes eingefallen war, löste er sich ganz von der Leiter, schwankte am Rand der Plattform, daß es so aussah, als würde er abstürzen, fand dann sein Gleichgewicht wieder und kletterte über das Geländer.
Connie brachte die letzten zwölf Sprossen viel zu hastig hinter sich und erreichte die Plattform, als Bollinger den dritten Schuß abfeuerte. Sie eilte stolpernd durch die Stahltür, die Graham für sie aufhielt, und fand sich in der Besenkammer des siebenundzwanzigsten Stocks wieder.
Das erste, was ihr ins Auge fiel, waren Blutflecken auf Grahams Hose. Ein recht großer Fleck inmitten von einigen kleineren. So groß wie ein Silberdollar glänzte er auf dem grauen Stoff. »Was ist passiert?«
»Die hatte ich in der Hosentasche«, erklärte er und hielt

die Schere hoch. »Ein paar Etagen weiter oben, wo ich fast abgestürzt wäre, drangen die beiden Spitzen durch den Stoff und haben mich am Oberschenkel verletzt.«
»Ist es schlimm?«
»Nein.«
»Tut es weh?«
»Kaum.«
»Wirf das Ding lieber weg.«
»Jetzt noch nicht.«

Bollinger wartete, bis die beiden den Schacht verlassen hatten. Sie waren zwei Plattformen unter ihm ausgestiegen. Da es nur in jeder zweiten Etage einen Schachtzutritt gab, mußten sie sich damit im siebenundzwanzigsten Stock befinden.
Bollinger erhob sich und rannte zum Aufzug zurück.

»Nun mach schon«, drängte Graham, »wir müssen das Treppenhaus erreichen!«
»Nein, wir müssen den Schacht wieder hinaufklettern.«
Unglauben stand auf seinen Zügen, und Ärger funkelte aus den Augen. »Das ist doch völlig irrsinnig!«
»Im Schacht wird er nicht mehr nach uns suchen. Zumindest während der nächsten Minuten nicht. Wir könnten zwei Etagen schaffen und dann aussteigen, bevor Bollinger wieder im Schacht nachsieht.« Connie öffnete die rote Tür, durch die sie erst vor wenigen Sekunden gekommen waren.
»Ich weiß nicht, ob ich es noch einmal schaffen kann«, sagte Graham leise.
»Natürlich wirst du es schaffen.«
»Und du meinst, wir sollen den Schacht wieder hinaufsteigen?«
»Ganz genau.«

»Aber um das Gebäude verlassen zu können, müssen wir nach unten!«
Sie schüttelte den Kopf, und für einen kurzen Augenblick formte sich über ihrem dunklen Haar eine Art Glorienschein. »Erinnerst du dich, was ich über die Wachmänner gesagt habe?«
»Nun, daß sie vermutlich tot sind.«
»Wenn Bollinger sie wirklich beseitigt hat, um mit uns freies Spiel zu haben, dann hat er bestimmt auch alle Ein- und Ausgänge versperrt. Wenn wir also unten in die Eingangshalle gelangen und Bollinger uns wahrscheinlich dicht auf den Fersen ist, stehen wir vor verschlossenen Türen. Bevor wir eine der Glasscheiben zertrümmert haben, hat Bollinger in aller Ruhe auf uns abgedrückt.«
»Und wenn die Wachmänner nicht tot sind? Vielleicht ist es ihm gelungen, sich an ihnen vorbeizuschleichen?«
»Können oder sollen wir uns auf eine so vage Möglichkeit verlassen?«
Er runzelte die Stirn. »Kaum.«
»Ich möchte erst in die Eingangshalle hinunter, wenn wir uns einen gehörigen Vorsprung vor Bollinger verschafft haben.«
»Schön, gehen wir also wieder nach oben. Und was sollte uns das bringen?«
»Wir können nicht über siebenundzwanzig Stockwerke Katz und Maus mit ihm spielen. Wenn er uns das nächste Mal im Schacht oder auf einem Stockwerk entdeckt, fakkelt er bestimmt nicht lange. Aber wenn er eine Weile braucht, bis er auf die Idee kommt, wir könnten nach oben geflohen sein, können wir vielleicht so lange zwischen Schacht und Treppenhaus hin und her pendeln, bis wir dein Büro erreicht haben.«
»Warum sollen wir nach dort?«

»Weil er wohl am allerwenigsten damit rechnet, daß wir zum Ausgangspunkt zurückgekehrt sind.«

Grahams Augen waren nicht mehr wie vorhin groß vor Furcht. Sie hatten sich nachdenklich verengt. Es erwachte nun ein starker Überlebenswille in ihm. Die ersten Anzeichen des früheren Graham Harris wurden sichtbar und brachen durch den Panzer der tausend Ängste.

»Aber über kurz oder lang muß er unseren Plan doch durchschauen«, erklärte er. »Ich glaube nicht, daß wir mehr als fünfzehn Minuten gewinnen können.«

»Zeit, die uns dann zur Verfügung steht, uns etwas Besseres auszudenken«, antwortete Connie. »Nun mach schon, Graham, Bollinger kann jeden Augenblick auf diesem Stock erscheinen.«

Er folgte ihr in den Schacht; zwar weniger widerstrebend als beim ersten Mal, aber noch ohne rechten Enthusiasmus.

Auf der Plattform erklärte er: »Du gehst zuerst. Ich mache den Schlußmann, damit ich dich nicht mit in die Tiefe reiße, wenn ich abstürze.«

Beim Abstieg hatte er darauf bestanden, als erster zu gehen.

Sie umarmte ihn, küßte ihn und trat dann hinaus auf die Leiter.

Sobald Bollinger im siebenundzwanzigsten Stock den Fahrstuhl verließ, eilte er zum Treppenhaus am Nordende des Gebäudes. Niemand hielt sich dort auf.

Er rannte zum anderen Ende und öffnete die Tür zum Treppenhaus an der Südseite. Er hielt sich beinahe eine Minute auf dem Absatz auf und lauschte konzentriert. Nichts. Er hörte nicht die leiseste Bewegung.

Im Korridor probierte er alle Bürotüren aus, bis ihm einfiel, daß die beiden in den Schacht zurückgekehrt sein

könnten. Er fand die hiesige Besenkammer rasch. Die rote Stahltür stand auf.
Genauso vorsichtig wie vorhin betrat er die Kammer. Als er die rote Tür öffnete, hörte er, wie im Schacht eine andere Tür geschlossen wurde.
Er beugte sich über das Geländer. Er starrte in die schwindelerregende Tiefe hinab und versuchte herauszufinden, welche der vielen Türen dort eben geschlossen worden war.
Wieviel Vorsprung mochten sie mittlerweile gewonnen haben?
Verdammt!
Bollinger fluchte zum ersten Mal. Der Mantel wehte hinter ihm her, als er zur Südtreppe stürmte, um dort nach den beiden zu lauschen.

Als sie auf der Nordseite zwei Treppen hinter sich gebracht hatten, verzog Graham bei jedem Schritt schmerzhaft das Gesicht. Von der Sohle bis zur Hüfte fuhren durch sein lahmes Bein Stiche. Sein Magen verkrampfte sich in der Erwartung der kommenden Schmerzen. Bald bekam er auch im Unterleib Stiche. Wenn er nach dem Absturz vom Mount Everest weiter trainiert hätte, wie die Ärzte es ihm geraten hatten, wäre er heute vermutlich in ausreichender Verfassung für eine solche Anstrengung gewesen. Doch in dieser Nacht hatte er sein krankes Bein einer dauerhafteren und härteren Belastung ausgesetzt, als es normalerweise in einem ganzen Jahr erfuhr. Und daher mußte er jetzt den schmerzhaften Preis für fünf Jahre Inaktivität bezahlen.
»Schlaf nicht ein da oben!« schimpfte Connie.
»Ich gebe mir alle Mühe.«
»Zieh dich am Geländer hoch, wenn es nicht anders geht.«

»Wie weit willst du denn noch?«
»Nur noch ein Stockwerk.«
»Das ist ja noch ewig.«
»Und dann erwartet uns wieder der Aufzugschacht.«
Er kam auf den Stahlsprossen besser voran als auf den Steinstufen. Auf der Leiter konnte er sein gesundes Bein stärker einsetzen und hatte zusätzlich die Hilfe der Hände und Arme. Zeitweise brauchte er da das lahme Bein überhaupt nicht zu belasten. Auf der Treppe hingegen behinderte ihn das kranke Bein erheblich. Er hätte auf dem gesunden hüpfen können, aber damit wäre er zu langsam vorangekommen und schneller ermüdet.
»Nur noch eine Treppe«, munterte Connie ihn auf.
Graham versuchte, sich selbst zu überwinden, und startete eine Art Sturmlauf, mit dem er die zehn Stufen so rasch wie möglich hinter sich brachte, bevor der Schmerz aus dem lahmen Bein ins Gehirn dringen konnte. Danach wurde ihm schwarz vor Augen, und er hätte fast die Besinnung verloren. Er kam nur noch sehr langsam voran, aber er schaffte es, sich weiterhin in Bewegung zu halten.

Bollinger stand auf dem Treppenabsatz und lauschte auf ein Geräusch im südlichen Treppenhaus.
Nichts. Absolut nichts.
Er beugte sich über das Geländer und blinzelte in die Schichten von Licht und Schatten zwischen den Treppen.
Nichts.
Er kehrte in den Korridor zurück und eilte zum Treppenhaus an der Nordseite.

29

Billy bog in die Seitenstraße ein. Sein Wagen hinterließ im frisch gefallenen Schnee die ersten Spuren.

An der Rückseite des Bowerton-Gebäudes erstreckte sich eine Rampe für Lieferanten, die etwa zwölf mal sechs Meter maß. Vier Türen und Tore führten ins Haus. Eines davon war ein großes grünes Garagentor, vor dem Büromöbel und andere sperrige Gegenstände abgeladen werden konnten, die für die normalen Eingänge zu groß waren. Eine Natriumlampe brannte über dem Tor und warf hartes Licht auf die Steinwände, auf den Schnee und auf die Reihe von Mülltonnen, die darauf warteten, am Morgen geleert zu werden. Die Schatten hatten hier scharfe Konturen.

Von Bollinger war nichts zu sehen.

Billy fuhr rückwärts auf die Rampe und hielt den Wagen startbereit, um beim ersten Anzeichen von Schwierigkeiten die Flucht ergreifen zu können. Er schaltete nur die Scheinwerfer aus, nicht aber den Motor. Dann kurbelte er das Seitenfenster ein oder zwei Zentimeter nach unten; gerade genug, daß die Scheibe nicht beschlug.

Als Bollinger sich immer noch nicht zeigte, warf Billy einen Blick auf seine Armbanduhr: zehn Uhr zwei.

Pulverschnee wirbelte vor ihm über die Straße. Auf der von Mauern umgebenen Rampe befand er sich im Windschatten. Der Schnee blieb hier liegen.

In den meisten Nächten machten die Streifenwagen nach dem Zufallsprinzip Kontrollen in dunklen und abgelegenen Seitenstraßen, weil sich dort immer mal wieder Berufseinbrecher mit halb gefüllten Lieferwagen, Straßen-

räuber, die ihren Opfern gerade in die Taschen griffen, oder Vergewaltiger, die sich noch auf einer Frau wälzten, aufgreifen ließen. Aber in dieser Nacht würden wohl keine solchen Kontrollen unternommen. Nicht bei einem solchen Wetter. Außerdem würden die meisten Streifenbeamten an anderen Orten tätig sein. Die meisten von ihnen hielten sich an Kreuzungen auf, um bei Verkehrsunfällen zur Stelle zu sein. Der verbleibende Teil würde sich in irgendeine Straße oder in einen Park zurückgezogen haben, um dort bei einer Thermoskanne Kaffee — bei manchen durfte auch etwas Hochprozentiges vermutet werden — über Football und die Ehefrauen zu schimpfen. Sie würden dort die Nachtschicht hinter sich bringen; vielleicht einmal gestört von einer Durchsage der Zentrale, die sie schlimmstenfalls an einen anderen Einsatzort beorderte.
Billy sah wieder auf seine Uhr. Zehn Uhr vier.
Er würde noch genau sechsundzwanzig Minuten warten. Keine Minute weniger und erst recht keine mehr. Das hatte er Dwight versprochen, und daran wollte er sich auch halten.

Auch diesmal erreichte Bollinger den Aufzugschacht, nur um zu hören, wie in ihm eine Tür geschlossen wurde.
Er beugte sich über das Geländer und starrte angestrengt nach unten. Seinem Blick bot sich nichts weiter als Geländer, Plattformen, Notbeleuchtungen und eine Menge Dunkelheit. Aber nichts von Harris oder der Frau.
Bollinger war das Versteckspiel mit den beiden Opfern jetzt endgültig leid. Er schwitzte heftig vom ewigen Hin und Her zwischen Aufzug, Treppenhäusern und Schacht. Unter dem Mantel klebte das Hemd an der Haut. Er verließ die Plattform, begab sich zum Fahrstuhl, aktivierte ihn mit dem Schlüssel und drückte auf den Knopf mit der Aufschrift »Lobby«.

Im Parterre angekommen, zog er den schweren Mantel aus und legte ihn neben die Aufzugtüren. Schweiß rann ihm unangenehm über den Nacken und an den Seiten des Halses hinab bis auf die Brust. Die Handschuhe behielt Bollinger an. Erst wischte er sich mit der Rückseite eines Handschuhs die Stirn ab, und als das nicht ausreichte, setzte er den Hemdsärmel ein.

Er lehnte sich an die Marmorwand, an der sich die vier Reihen von Fahrstühlen befanden. Hier war er von der Straße aus nicht zu sehen, aber in dieser Position entdeckte er zwei Türen, die eine Aufschrift trugen. Die eine befand sich an der Nord-, die andere an der Südseite der Eingangshalle. Das mußten die Ausgänge der Treppenhäuser sein. Wenn Harris und seine Gefährtin aus einer dieser Türen traten, würde er ihnen das gottverdammte Hirn aus den Köpfen schießen. O ja, es würde ihm Vergnügen bereiten.

Als Graham über den Korridor des vierzigsten Stocks auf das Licht zuhumpelte, das aus dem offenen Empfangszimmer seines Büros drang, entdeckte er den Feuermelder. Ein Kasten von etwa zwanzig mal zwanzig Zentimetern, in dem ein roter Metallrahmen eine Glasscheibe umschloß. Warum war er nicht früher darauf gekommen?

Connie, die vor ihm herlief, bemerkte, daß er stehengeblieben war. »Was ist denn los?«

»Sieh mal her.«

Sie lief zu ihm.

»Wenn wir den Knopf hier drücken«, erklärte Graham, »kommen die Wachmänner zu uns herauf.«

»Falls sie nicht tot sind.«

»Auf jeden Fall, auch wenn sie tot sind, wird damit die Feuerwehr alarmiert. Das macht Bollinger einen hübschen, fetten Strich durch die Rechnung.«

»Und wenn er seine Anstrengungen verdoppelt, sobald er den Feueralarm hört? Wir sind seine auserkorenen Opfer, und wir kennen seinen Namen. Er hätte dann also erst recht ein Interesse daran, uns aufzuspüren und zu töten. An den Feuerwehrmännern kommt er sicher ungesehen vorbei. Schließlich waren auch die Wachmänner kein Problem für ihn.«
»Könnte sein«, stimmte Graham zu und fühlte sich gar nicht wohl bei der Vorstellung, durch dunkle Gänge gejagt zu werden, in denen die Feueralarmglocken ohrenbetäubend schrillten.
Die beiden starrten auf den Metallhebel hinter der Scheibe, der im roten Licht leicht glänzte.
In Graham keimte Hoffnung auf, und die löste die Anspannung seiner Muskeln und die Verkrampfung von Schultern, Gesicht und Nacken. Zum ersten Mal in dieser Nacht glaubte er daran, daß sie eine Möglichkeit zur Flucht hatten.
Dann fiel ihm seine Vision wieder ein. Die Kugel. Das Blut. Jemand würde ihm in den Rücken schießen.
»Die Alarmglocken sind wahrscheinlich so laut«, bemerkte Connie, »daß wir ihn gar nicht kommen hören.«
»Das gleiche gilt für Bollinger«, antwortete Graham. »Er kann uns dann nämlich auch nicht mehr hören.«
Connie drückte die Fingerspitzen gegen die kühle Glasscheibe, behielt sie dort einen Moment und zog sie dann wieder zurück. »Okay, aber ich sehe hier keinen Hammer oder sonstwas, um die Scheibe einzuschlagen.« Sie hielt die kleine Kette hoch, an der eigentlich der Hammer hängen sollte. »Was können wir denn sonst nehmen?«
Graham lächelte triumphierend, zog die Schere aus seiner Tasche und hielt sie wie einen Talisman vor sich.
»Applaus, Applaus«, lächelte Connie. Allmählich machte sich auch in ihr Hoffnung breit, zumindest so viel,

daß sie sich einen solchen kleinen Scherz erlauben konnte.

»Danke, danke. Verlang jetzt bitte keine Zugabe!«

»Sei vorsichtig.«

»Tritt ein paar Schritte zurück.«

Dieser Aufforderung kam sie rasch nach.

Graham hielt die Schere an den geschlossenen Klingen und schlug mit dem dicken Griff zu. Das dünne Glas zersplitterte. Ein paar Stücke hielten sich jedoch hartnäckig im Rahmen. Um sich nicht zu verletzen, schlug er diese Zacken heraus, bevor er die Hand in den Kasten schob und den Hebel von Grün auf Rot umlegte.

Nichts.

Keine Glocke.

Nur Stille wie zuvor.

»Großer Gott!«

»Bitte, nein!« fügte Connie hinzu.

Verzweifelt und angetrieben von dem neuen Gefühl der Hoffnung, legte er den Hebel wieder zurück auf Grün und schob ihn dann mit aller Kraft auf Rot.

Wieder nichts.

Bollinger hatte wohl nicht nur bei den Fahrstühlen und Telefonen ganze Arbeit geleistet.

Die Wischer fuhren hin und her und verdrängten den Schnee von der Windschutzscheibe. Das rhythmische *Schwapp-schwapp* zerrte an seinen Nerven.

Billy warf einen Blick über die Schulter und sah nacheinander auf das Garagentor und die drei anderen Eingänge.

Zweiundzwanzig Uhr fünfzehn.

Wo um alles in der Welt steckte Dwight?

Graham und Connie suchten im Grafikraum des Büros nach Messern und anderen scharfen Gegenständen, die

sich besser als die Schere als Waffen einsetzen ließen. Graham fand auf dem großen Metallschreibtisch zwei rasiermesserscharfe, skalpellähnliche Geräte.
Als er aufblickte, sah er, daß Connie vor sich hinstarrte. Sie stand neben der Tür und blickte auf den Boden vor dem hellblauen Foto-Background. Bergsteigerausrüstung lag dort ungeordnet und in Haufen: zusammengerollte Seile, Felshaken, Steigeisen, Karabinerhaken, Bergstiefel, Nylonjacken und Dutzende anderer Gegenstände.
»Sieh mal, was ich gefunden habe«, sagte Graham und hielt ihr die beiden Messer entgegen.
Sie drehte sich nicht einmal um. »Was ist mit dem Zeugs hier?« fragte sie und zeigte auf die Haufen.
Er umrundete den Schreibtisch und erklärte: »In der neuen Ausgabe des Magazins haben wir einen Sonderteil mit Einkaufstips und Warentests. Jeder einzelne Gegenstand dort ist fotografiert und besprochen worden. Warum fragst du?« Dann erhellte sich seine Miene. »Aha, jetzt verstehe ich.« Er bückte sich über einen der Haufen und hob einen Eispickel hoch. »Das ist natürlich eine weitaus wirksamere Waffe als ein Graphikermesser.«
»Graham?«
Er drehte sich verwundert zu ihr um.
Ihre Miene war typisch für sie: eine Kombination aus Verwunderung, Angst und Neugier. Obwohl ihr etwas Interessantes und Wichtiges durch den Kopf gehen mußte, ließen ihre grauen Augen keinen Schluß darauf zu. »Wir wollen nicht gleich hinausstürmen und dieses Schwein angreifen«, erklärte sie. »Laß uns zuvor alle Möglichkeiten durchgehen, die uns bleiben.«
»Ich dachte, deshalb seien wir ins Büro zurückgekehrt.«
Connie trat in den Vorraum und lauschte an der einen Spalt weit geöffneten Korridortür.

Graham trat mit erhobenem Eispickel hinter sie.
Als sie sich davon überzeugt hatte, daß es draußen bis auf die Stille nichts zu hören gab, kehrte sie ins Büro zurück.
»Ich hatte schon Angst«, sagte Graham. »Ich dachte, du hättest vielleicht etwas gehört.«
»Ich wollte nur sichergehen.« Connies Blick wanderte über die Bergsteigerausrüstung. Dann setzte sie sich auf den Rand des Schreibtisches. »So, wie ich es sehe, bleiben uns fünf verschiedene Möglichkeiten. Nummer eins: wir verbarrikadieren uns hier und kämpfen gegen Bollinger.«
»Damit«, sagte Graham und hielt jetzt auch noch eine Eisaxt in den Händen.
»Wir finden hier sicher noch mehr Nützliches.«
Graham strahlte. »Wir könnten ihm einen Hinterhalt legen, ihn in eine Falle locken.«
»Allerdings sehe ich dabei zwei Probleme.«
»Seine Pistole.«
»Das wäre sicher das eine.«
»Wenn wir es gewitzt genug anfangen, bleibt Bollinger keine Zeit mehr, die Waffe abzufeuern.«
»Das andere Problem wäre, daß keiner von uns beiden ein Killer ist«, sagte Connie.
»Wir könnten uns ja damit begnügen, ihn k. o. zu schlagen.«
»Wenn du ihm den Eispickel auf den Kopf haust, schlägst du ihm damit ein Loch, und das dürfte er wohl kaum überleben.«
»Hier heißt es töten oder getötet werden. In Notwehr ist man zu manchem fähig, das man sich nie zugetraut hätte.«
»Vielleicht. Aber wenn du auch nur einen Sekundenbruchteil zu lange zögerst, ist es wahrscheinlich aus mit uns.«

Graham machte ihr keinen Vorwurf wegen ihres mangelnden Vertrauens in seine Fähigkeiten. Er mußte ihr im Gegenteil recht geben. Grenzenloses Vertrauen durfte er bei Gott nicht von ihr erwarten. »Du hast doch von fünf Möglichkeiten gesprochen, oder?«

»Nummer zwei: Wir verstecken uns.«

»Wo denn?«

»Weiß ich auch nicht. Vielleicht finden wir ein Büro, das man vergessen hat abzuschließen. Dort verkriechen wir uns und sperren hinter uns ab.«

»Das dürfte sich hier kaum finden lassen.«

»Dann könnten wir damit fortfahren, Katz und Maus mit ihm zu spielen.«

»Und wie lange wollen wir das Spielchen durchhalten?«

»Nun, bis die Ablösung für die Wachmänner eintrifft und die toten Kollegen entdeckt.«

»Und wenn er die Wachmänner nicht getötet hat, wissen die von der Ablösung nicht, was hier oben vorgeht.«

»Ein Punkt für dich.«

Graham runzelte die Stirn. »Ich fürchte, die Wachmänner haben Zwölf-Stunden-Schichten, und das über vier Tage in der Woche. Ich kenne einen Wachmann, habe ihn oft genug über die langen Schichten schimpfen hören, auch wenn er gleichzeitig begeistert war über die Prämie für die regelmäßigen acht Überstunden pro Woche. Wenn sie also um achtzehn Uhr mit der Schicht begonnen haben, trifft die Ablösung erst um sechs Uhr ein.«

»Das wären also noch siebeneinhalb Stunden.«

»So lange können wir nicht zwischen Treppenhäusern und Schacht hin- und herspurten. Von meinem lahmen Bein gar nicht zu reden.«

»Gut, dann Nummer drei: Wir öffnen eines der Bürofenster und rufen laut um Hilfe.«

»Aus dem vierzigsten Stock? Selbst bei gutem Wetter und

bei Windstille kann man uns auf dem Bürgersteig nicht mehr hören. Und bei diesem Schneegestöber hört man uns schon zwei Etagen tiefer nicht mehr.«

»Da hast du recht. In einer Nacht wie dieser hält sich sowieso niemand mehr auf dem Bürgersteig auf.«

»Warum hast du dann den Vorschlag gemacht?«

»Warte auf Nummer fünf. Die haut dich glatt aus den Socken«, antwortete sie. »Wenn ich auf die fünfte Möglichkeit zu sprechen komme, wirst du verstehen, warum ich Nummer drei überhaupt erwähnt habe. Ich will dir damit nämlich klarmachen, daß ich jede noch so entfernte Möglichkeit bedacht habe.«

»Also, was ist mit Nummer fünf?«

»Zuerst noch Nummer vier. Wir öffnen ein Bürofenster und werfen Möbelstücke und anderes auf die Straße. Vielleicht erregen wir damit die Aufmerksamkeit von jemandem, der gerade über die Lexington Avenue fährt.«

»Falls bei diesem Wetter überhaupt noch jemand auf der Straße ist.«

»Der eine oder andere schon. Ein Taxi. Ein Streifenwagen. Was weiß ich?«

»Wenn wir meinetwegen einen Bürosessel hinunterwerfen, wissen wir nicht, wie stark sich der Wind auf ihn auswirkt. Wir können nicht feststellen, wo das Stück landen wird. Und stell dir nur vor, der Stuhl saust durch die Windschutzscheibe von einem vorbeifahrenden Wagen und bringt den Fahrer um!«

»Daran habe ich auch schon gedacht.«

»Also fällt auch diese Möglichkeit flach.«

»Ja.«

»Also, was ist mit Nummer fünf?«

Connie glitt vom Schreibtisch und trat zu der Bergsteigerausrüstung. »Wir rüsten uns mit diesen Sachen hier aus.«

»Ausrüsten?«
»Ja, mit Jacken, Stiefeln, Handschuhen, Seilen und den Gerätschaften.«
Er starrte sie mit offenem Mund an. »Warum denn das?«
Ihre Augen waren groß vor Begeisterung. »Für den Abstieg.«
»Was für ein Abstieg?«
»An der Außenwand des Bowerton-Gebäudes. Wir steigen hinab bis ganz nach unten auf die Straße.«

VIERTER TEIL

FREITAG 22.30 Uhr

bis

SAMSTAG 4.00 Uhr

30

Pünktlich um halb elf verließ Billy die Auffahrt.
Der Schneefall war in der letzten halben Stunde dichter geworden, und der Wind hatte sich fast zu Orkanstärke ausgeweitet. Das schwere Schneegestöber im Scheinwerferlicht war beinahe so dick wie eine Nebelbank.
Als er von der Seitenstraße in eine andere einbiegen wollte, drehten die Räder auf einer Eisschicht durch. Der Wagen schleuderte bis an den Bürgersteig auf der anderen Seite. Billy steuerte gegen und konnte es im letzten Augenblick verhindern, gegen einen abgestellten Lieferwagen zu prallen.
Er war zu schnell gefahren. Und das war ihm erst im Moment kurz vor dem Aufprall bewußt geworden. Das paßte ganz und gar nicht zu ihm. Er war ein umsichtiger Mann. Die Tollkühnheit war ihm fremd. Billy ärgerte sich über sich selbst. Warum war er nur so waghalsig gewesen.
Er fuhr auf die Avenue zu. Er erwischte eine grüne Ampel. Das nächste Fahrzeug war drei oder vier Blocks entfernt. Ein einsames Paar Scheinwerferlichter, deren Helligkeit vom Schnee beeinträchtigt und verzerrt wurde. Billy bog auf die Lexington ein.

Nach hundert Metern befand er sich vor der Fassade des Bowerton-Gebäudes. Farne und Topfpflanzen ragten wie Zuckergußgebilde über einer sechs Meter breiten Bronzetafel hervor, die den Steingiebel über den vier Drehtüren krönte. Ein Teil der Lobby war von der Straße aus einzusehen. Die Eingangshalle wirkte leer. Billy hielt auf dem Parkstreifen vor dem Eingang. Er beobachtete das Gebäude und den Bürgersteig. Er suchte nach Anzeichen dessen, was vorgefallen sein mochte, entdeckte aber nichts. Er mußte sich wohl damit abfinden, daß der Plan fehlgeschlagen war. Irgend etwas war im Innern dieses steinernen Turms schiefgegangen. Etwas war entsetzlich schiefgegangen.

Würde Bollinger auspacken, wenn man ihn zu fassen bekam? fragte Billy sich unbehaglich. Würde er ihn verraten?

Er mußte gleich zur Arbeit, ohne zu wissen, wo und wie sehr Dwight gescheitert war; ohne zu wissen, ob die Polizei ihn erwischt hatte. Hatten sie ihn abgeführt, hatte er sich gewehrt? War er womöglich bei einem Schußwechsel tödlich getroffen worden? Es würde Billy sehr schwerfallen, sich heute nacht auf seine Arbeit zu konzentrieren. Aber wenn er sich für den Fall, daß Dwight ihn verraten hatte, ein Alibi zurechtlegen mußte, würde es ihm sicher von Nutzen sein, wenn er bei der Arbeit so ruhig und gelassen wie immer auftreten würde.

Franklin Dwight Bollinger verspürte eine erste innere Unruhe. Seine Haut war von Kopf bis Fuß von einer schmierigen Schweißschicht überzogen. Die Finger schmerzten vom festen Griff, in dem er schon so lange die Walther hielt. Seit zwanzig Minuten behielt er nun schon die beiden Ausgänge der Treppenhäuser im Auge, doch weder von Harris noch von seiner Geliebten war auch nur das geringste zu sehen gewesen.

Billy war höchstwahrscheinlich wieder fortgefahren. Damit war der ganze Plan gescheitert. Bollinger überlegte, wie er wenigstens einen Teilerfolg erreichen konnte. Aber am Ende blieb nur die eine Möglichkeit: Harris und die Frau umbringen und dann nichts wie fort von hier.
Wo steckt Harris? fragte er sich zum wiederholten Mal. Hat er irgendwie *gespürt*, daß ich hier auf ihn warte? Hat er seine Kirmesbudengabe dazu benutzt, mich hier geistig auszumachen? Hat er eine Vision gehabt?
Bollinger beschloß, noch fünf Minuten zu warten. Danach würde ihm nichts anderes übrigbleiben, als die beiden zu suchen.

Graham starrte aus dem Bürofenster auf das gespenstische Panorama der titanischen, schneeumwehten Gebäude und trüben Lichter mit verzerrtem Schein. »Unmöglich«, sagte er. »Es geht nicht.«
Connie war neben ihn getreten und legte ihm jetzt eine Hand auf den Arm. »Warum ist es unmöglich?«
»Weil es einfach nicht geht.«
»Das überzeugt mich nicht.«
»Ich kann diese Kletterpartie nicht durchstehen.«
»Es ist keine Kletterpartie.«
»Was denn sonst?«
»Ein Abstieg.«
»Wortklaubereien helfen uns jetzt auch nicht weiter.«
»Kann man es schaffen oder nicht?«
»Ich kann es nicht schaffen.«
»Du hast doch die Sprossen im Schacht geschafft.«
»Das war etwas ganz anderes.«
»Warum?«
»Davon ganz abgesehen, hast du noch nie einen Abstieg gemacht.«
»Du könntest mir das Wichtigste beibringen.«

»Nein.«
»O doch!«
»Du kannst nicht als vollkommener Laie an der steilen Fassade eines Hochhauses von vierzig Stockwerken das Bergsteigen erlernen. Von dem Schneesturm, der draußen herrscht, gar nicht zu reden.«
»Ich habe einen verdammt guten Lehrmeister«, erklärte sie hartnäckig.
»O ja, und was für einen! Einen, der seit fünf Jahren keine Bergtour mehr gemacht hat.«
»Auf jeden Fall beherrschst du mindestens die Grundregeln immer noch. So was vergißt man nicht.«
»Ich bin alles andere als in Form.«
»Du bist ein kräftiger, gesunder Mann.«
»Ja, kerngesund, wenn man vergißt, daß ich ein lahmes Bein habe.«
Connie wandte sich vom Fenster ab und näherte sich leise der Tür, um dort zu lauschen, ob Bollinger ihnen schon auf die Spur gekommen war. »Erinnerst du dich noch, als die Firma Abercrombie und Fitch einen Mann an ihrem Hochhaus aufsteigen ließ, um damit eine Werbekampagne für ihre Bergsteigerausrüstung zu starten?«
Graham starrte weiter aus dem Fenster. Die weiße Nacht zog ihn in ihren Bann. »Was ist damit?«
»Damals hast du mir erzählt, es sei gar nicht so schwierig, wie es aussähe, was der Fassadenkletterer dort leiste.«
»Habe ich das?«
»Du hast gesagt, eine Fassade ist mit all ihren Vorsprüngen und Nischen ein simpler Aufstieg, verglichen mit den meisten Bergwänden.«
Graham schwieg. Es fiel ihm wieder ein, daß er ihr das einmal erklärt hatte; und er wußte, daß er damals nicht übertrieben hatte. Damals hätte er natürlich nicht im Traum damit gerechnet, selbst einmal in eine Situation zu

geraten, in der er vor diese Möglichkeit gestellt war. Bilder vom Mount Everest und von Krankenhauszimmern zogen durch seine Gedanken.

»Diese Ausrüstung hier, die habt ihr doch mit Verstand für den Sonderteil im Magazin ausgesucht . . .«

»Wie meinst du das?«

»Es handelt sich dabei doch ausschließlich um Spitzenqualität, oder?«

»Ja, allesamt Stücke, die über dem Standard liegen.«

»Dann könnten wir uns also bestmöglich ausstatten?«

»Auch mit einer solchen Ausrüstung würden wir den Versuch nicht überleben.«

»Wir sterben ganz bestimmt, wenn wir hierbleiben.«

»Vielleicht nicht.«

»Ich habe da keinen Zweifel. Absolut keinen Zweifel.«

»Es muß aber eine andere Möglichkeit geben.«

»Ich habe dir eben alle Möglichkeiten aufgezählt.«

»Vielleicht können wir uns doch vor ihm verstecken.«

»Und wo?«

»Weiß ich noch nicht. Aber . . .«

»Wo sollten wir uns über sieben Stunden lang verbergen können?«

»Ich weiß auch, daß es verrückt ist, verdammt noch mal!«

»Wenn dir nichts Besseres einfällt, bleibt uns nur . . .«

»Gib mir noch ein bißchen Zeit zum Nachdenken.«

»Bollinger kann jeden Augenblick hier auftauchen.«

»Der Wind bläst mit über sechzig Stundenkilometern durch die Straßen. Und damit meine ich die Durchschnittsgeschwindigkeit. In manchen Momenten erreicht er achtzig Stundenkilometer.«

»Reicht das aus, uns von der Wand zu reißen?«

»Wir müßten uns Zentimeter um Zentimeter vorankämpfen.«

»Aber wir verankern die Seile doch, oder?«

Zum ersten Mal drehte er sich um. »Ja, doch . . .«
»Und wenn wir auch die hier anziehen?« Sie zeigte auf zwei Kletterausrüstungen, die oben auf einem Stapel lagen.
»Es wird da draußen verdammt kalt, Connie.«
»Hier liegen doch auch gefütterte Jacken.«
»Aber wir haben keine gefütterten, isolierten Hosen. Du trägst ganz gewöhnliche Jeans. Mir geht es nicht besser. Weißt du, was das heißt? Wir wären von der Gürtellinie abwärts so gut wie nackt.«
»Ich kann Kälte ganz gut vertragen.«
»Aber nicht über einen längeren Zeitraum. Und nicht eine solche frostige Kälte.«
»Wie lange würde es denn dauern, bis wir die Straße erreicht hätten?«
»Keine Ahnung.«
»Du hast aber doch eine ungefähre Vorstellung.«
»Eine Stunde, oder zwei.«
»Warum denn so lange?«
»Weil du eine vollkommene Anfängerin ohne die geringste Praxiserfahrung bist.«
»Könnten wir uns denn nicht einfach frei abseilen?«
»Frei abseilen . . .« Das verschlug ihm die Sprache.
»Es sieht doch gar nicht schwer aus. Man schwingt nach links und nach rechts und kommt bei jedem Schwung ein Stück weiter nach unten. Man stößt sich von der Wand ab und schwingt dann hin und wieder zurück . . .«
»Ja, das sieht sehr einfach aus, ist es aber ganz und gar nicht.«
»Zumindest kommt man auf diese Weise rasch voran.«
»Großer Gott, du hast in deinem ganzen Leben noch nicht eine Bergpartie gemacht und willst jetzt gleich mit dem freien Abseilen beginnen!«
»An Mut dazu fehlt es mir sicher nicht.«

»Dafür aber an gesundem Menschenverstand.«
»Also gut«, sagte sie leicht empört, »dann ist das freie Abseilen damit gestrichen. Dann gehen wir eben langsam und auf Sicherheit bedacht vor.«
»Korrektur: Wir steigen überhaupt nicht ab.«
Sie achtete überhaupt nicht auf seine Worte. »Ich kann zwei Stunden in der Kälte aushalten. Das weiß ich hundertprozentig. Und wenn wir uns ständig in Bewegung halten, macht uns die Kälte nicht soviel zu schaffen.«
»Wir erfrieren draußen.«
»Graham, uns bleibt keine Wahl: Entweder wir gehen über die Außenwand, oder wir bleiben. Wenn wir die Fassade hinabsteigen, *könnten* wir erfrieren oder abstürzen. Wenn wir hierbleiben, *werden* wir, verdammt noch mal, sterben.«
»Ich bin noch gar nicht so überzeugt, daß wir nur diese beiden Möglichkeiten haben.«
»Doch, das bist du. Wenn du ehrlich zu dir selbst bist.«
Er schloß die Augen und ärgerte sich. Er ärgerte sich vor allem über sich selbst und war ganz krank von seiner Unfähigkeit, unschöne Wahrheiten zu akzeptieren, Schmerzen in Kauf zu nehmen und sich seiner eigenen tiefsitzenden Angst zu stellen. Der Abstieg würde gefährlich, sehr gefährlich sogar, gar keine Frage. Wahrscheinlich war es der pure Wahnsinn, diesen Weg zu wählen. Sie konnten schon in der ersten Minute abstürzen oder vom Wind losgerissen werden. Aber Connie hatte recht: Sie hatten keine andere Wahl, als es zumindest zu versuchen.
»Graham? Bitte, wir vergeuden nur unsere Zeit.«
»Du kennst den wahren Grund dafür, warum der Abstieg unmöglich ist.«
»Nein«, erklärte sie trotzig. »Sag ihn mir.«
Er spürte Wärme auf seinen Wangen. »Connie, du läßt mir keinen Funken Selbstachtung.«

»Ich habe dir nie etwas von deiner Selbstachtung genommen. Das hast du ganz allein geschafft.« Ihr hübsches Gesicht war jetzt von Kummer geprägt. Er sah, daß es ihr nicht leichtfiel, so offen und hart mit ihm zu reden. Sie ging auf ihn zu und legte ihm eine Hand auf die gerötete Wange. »Du hast dein Selbstwertgefühl, deinen Respekt vor dir Stück für Stück untergraben.« Sie sprach leise, fast flüsternd, und ihre Stimme zitterte. »Ich habe Angst um dich. Angst, daß eines Tages nichts mehr von dir übriggeblieben ist. Nichts mehr bis auf innere Leere, wenn du nicht aufhörst, dich selbst Stück für Stück fortzuwerfen.«

»Connie . . .« Er hätte am liebsten losgeheult. Aber er hatte für sich selbst keine Tränen mehr übrig. Er wußte zu gut, was er sich in den letzten Jahren selbst angetan hatte. Er konnte kein Erbarmen mehr für sich aufbringen. Er verachtete den Mann, der aus ihm geworden war. Er fühlte, daß er tief in seinem Innern schon immer ein Feigling gewesen war. Der Absturz am Mount Everest hatte ihm endlich den Vorwand dafür geliefert, sich endgültig in seine Feigheit zurückzuziehen. Warum sonst hatte er sich immer geweigert, einen Psychiater aufzusuchen? Selbst einige seiner Ärzte hatten ihm einen solchen Gang dringend angeraten. Graham glaubte, daß er sich in seiner Angst eigentlich ganz wohl fühlte. Und diese Schwäche bereitete ihm Ekel. »Ich habe Angst vor meinem eigenen Schatten«, erklärte er leise. »Ich fürchte, ich würde dich da draußen behindern, würde dir eher schaden, als dir zu nutzen.«

»Du kommst mir heute nicht so furchtsam vor wie früher«, sagte Connie. »Heute nacht hast du dich verdammt gut gehalten. Denk nur an den Fahrstuhlschacht! Heute morgen noch hättest du dich bei der Vorstellung, eine solche Leiter hinauf- und hinabzuklettern, so elend gefühlt, daß du dich ins Bett verkrochen hättest.«

Graham zitterte.
»Das hier ist deine große Chance«, fuhr Connie fort. »Deine Chance, die Furcht in dir zu besiegen. Und ich bin davon überzeugt, daß du es schaffen wirst.«
Er leckte sich nervös über die Lippen und trat dann zögernd zu den Stapeln der Bergsteigerausrüstung. »Ich wünschte, ich könnte nur halb soviel Zuversicht in mich setzen wie du.«
Sie folgte ihm und sagte: »Ich bin mir durchaus bewußt, was ich von dir verlange. Ich weiß auch, daß du vor der härtesten Probe deines ganzen Lebens stehst.«
Die Erinnerung an den Absturz war jetzt in seinen Gedanken sehr lebendig. Er konnte jederzeit die Augen schließen — selbst inmitten einer Menschenmenge —, und schon erlebte er es wieder: Der Fuß glitt ab, der Schmerz in der Brust, als sich die Sicherheitsgurte blitzschnell um ihn zusammenzogen, das plötzliche Ende des Schmerzes, als das Seil riß, ein erstickender Kloß im Hals, und dann nur noch fallen, fallen, fallen. Der Sturz war nur hundert Meter tief gewesen und hatte in einer dicken Schneeverwehung geendet. Aber es war ihm wie eine Ewigkeit vorgekommen.
»Wenn du hierbleibst, mußt du sterben«, erklärte Connie. »Natürlich erwartet dich dann ein leichter Tod. Sobald Bollinger dich sieht, drückt er ab, und du bist tot. Bollinger wird keine Sekunde zögern. Dafür haben wir ihn zu lange geärgert. Für dich wird alles im Nu vorüber sein.« Sie nahm seine Hand. »Aber mich erwartet kein so rascher, einfacher Tod.«
Er blickte auf. Aus ihren grauen Augen strömte eine Furcht, die so kreatürlich und lähmend war wie die seine.
»Bollinger wird seine Spielchen mit mir treiben«, erklärte sie niedergeschlagen.

Graham brachte keinen Ton über die Lippen.
»Er wird mich mißbrauchen und aufschlitzen«, fuhr Connie fort.
Ungewollt tauchte wie auf ein Stichwort hin die ermordete Edna Mowry vor seinem geistigen Auge auf. Sie hatte ihren eigenen, blutverklebten Nabel in der Hand gehalten.
»Er wird mich mißbrauchen, aufschlitzen und verstümmeln.«
»Vielleicht ...«
»Man nennt ihn nicht umsonst den Schlächter. Vergiß das nicht. Vergiß nicht, wer er ist und wie er vorgeht.«
»Gott steh mir bei, bitte«, stöhnte Graham.
»Ich will aber weder mißbraucht noch aufgeschlitzt, noch verstümmelt werden. Und wenn ich schon sterben muß, dann nicht auf eine solche Weise.« Sie zuckte zusammen. »Wenn wir den Abstieg ausschließen, wenn wir nur hier warten, bis er kommt, dann möchte ich, daß du mich vorher tötest. Schlag mir irgend etwas Schweres auf den Hinterkopf. Und schlag bitte mit aller Kraft zu.«
»Wovon redest du denn da?« entfuhr es Graham.
»Du sollst mich töten, bevor Bollinger mich in die Finger bekommt. Graham, das bist du mir schuldig. Du mußt mich vorher töten!«
»Ich liebe dich«, sagte er leise. »Du bedeutest mir alles. Es gibt in meinem Leben nichts anderes, das einen Wert hat.«
Connie fühlte sich wie eine Trauernde bei ihrer eigenen Hinrichtung. »Wenn du mich wirklich so liebst, verstehst du auch, warum du mich töten mußt, bevor Bollinger mich kriegen kann.«
»Ich fürchte, ich kann es nicht tun.«
»Uns bleibt nicht mehr viel Zeit«, drängte sie. »Entweder fangen wir sofort damit an, uns für den Abstieg zurechtzumachen — oder du bringst mich um. Bollinger kann

schon in der nächsten Minute hier auftauchen. Bitte, Graham, tu etwas: die Ausrüstung oder ich!«

Bollingers Blick schweifte über die vier Drehtüren des Haupteingangs. Als er sich davon überzeugt hatte, daß niemand gekommen war, der Einlaß begehrt hätte, durchschritt er die Halle in Richtung der Treppe an der Nordseite. Er öffnete die Tür und lauschte. Nichts. Weder Schritte noch leises Flüstern oder Keuchen war zu hören. Er starrte hinauf in den Zwischenraum der Treppen, entdeckte aber weder Hände noch sonst etwas auf dem Geländer.

Er begab sich rasch zum Treppenhaus an der Südseite.

Auch hier nichts.

Er hatte es nicht anders erwartet.

Die Armbanduhr zeigte zweiundzwanzig Uhr achtunddreißig.

Er zitierte in Gedanken Verse von Blake, um seine ruhige Entschlossenheit zurückzugewinnen. Dann ging er zum Aufzug.

31

Die richtigen Stiefel sind von enormer Bedeutung für jeden Bergsteiger-Profi. Sie sollten zwischen fünfzehn und achtzehn Zentimeter hoch, aus dem besten und belastbarsten Leder hergestellt, mit feinerem Leder gefüttert, von Hand genäht und mit einer dick gepolsterten, schaumverstärkten Zunge versehen sein. Die Sohle schließlich sollte hart und steif und mit Zinken aus Vibram verstärkt sein.

Graham trug jetzt solche Stiefel. Sie paßten wie angegossen, eher wie Handschuhe als normales Schuhwerk. Als er sie anzog und die Schnürriemen zuband, überkam ihn wieder die große Angst. Doch jetzt, als er sich aufrichtete und ein paar Probeschritte machte, empfand er die Stiefel als bequem; wichtiger noch, sie vermittelten ihm ein Gefühl der Sicherheit. Seine Vertrautheit mit solchen Schuhen, mit der Bergsteigerausrüstung im allgemeinen, erschien ihm nun wie ein Prüfstein für den alten Graham Harris. Wie ein Test für den Mut und die Erfahrenheit, die ihn früher einmal ausgemacht hatten.

Die weiteren Stiefelpaare waren samt und sonders einige Nummern zu groß für Connie. Sie konnte sie nicht gebrauchen. Auch wenn man die Zehenspitzen und die Seiten mit Papier ausstopfte, würde sie damit nichts anfangen können. Connie würde sich dann bewegen, als hätte sie Zement an den Füßen. Und damit wäre die Gefahr um ein Vielfaches größer, daß sie an der ersten kritischen Stelle ausgleiten würde.

Glücklicherweise gerieten sie an ein Paar Kletterschuhe, die leichter und flexibler waren als Grahams Stiefel, dafür

jedoch den geforderten Standard fürs Hochgebirge kaum erfüllten. Die Sohlen waren aus Gummi und standen nicht über, so daß man damit auf schmalsten Kanten kaum Halt finden konnte.
Graham hätte Connie in den Alpen oder einem anderen Hochgebirge von solchem Schuhwerk dringend abgeraten. Und für den bevorstehenden Abstieg waren sie nur bedingt geeignet. Sie bestanden aus Rauhleder und waren nicht wasserfest. Bei schönem Wetter war das kein Problem. Doch bei dem Schneetreiben draußen konnten daraus enorme Schwierigkeiten erwachsen.
Um Connies Füße vor der Nässe und der damit verbundenen Erfrierungsgefahr zu schützen, zog sie dicke Socken an und wickelte darüber eine Plastikhülle. Die Socken waren aus sehr dicker grauer Wolle. Die Plastikhülle diente normalerweise zur Aufbewahrung von Trockennahrung, und der Bergsteiger trug sie im Rucksack. Graham band ihr die beiden Plastikhüllen um die Füße und verstärkte den Feuchtigkeitsschutz über den Knöcheln mit einem Gummiband.
Graham und Connie zogen sich dann schwere, knallrote Parkas über. Diese hatten Kapuzen, die sich am Kinn verknoten ließen. Zwischen der äußeren und der inneren Nylonlage war Grahams Parka mit isolierendem Zellstoff ausgestopft. Das reichte für schlechtes Wetter in der Regel aus, aber kaum für einen Schneesturm. Connies Parka war da schon geeigneter (Graham hatte ihr diesen Umstand verschwiegen, weil er befürchtete, sie würde sonst darauf bestehen, daß er ihn trug), denn ihr Stück war mit hundertprozentigen Daunenfedern isoliert. Damit verfügte sie über das für ihre Größe und ihr Gewicht beste Material.
Beide hatten sich über dem Parka einen Klettergürtel umgebunden; einen Bergsteigerharnisch, der für den Fall ei-

nes Absturzes die größtmögliche Sicherheit bot. Ein solcher Gürtel war eine echte Verbesserung gegenüber den Hüftriemen, die die Bergsteiger zu früheren Zeiten getragen hatten; denn bei den älteren Modellen konnten sich die Riemen bei einem Absturz so fest zusammenzurren, daß sie innere Organe verletzten. Der neuere Harnisch verteilte diesen Druck über den ganzen Körper und schloß damit die Gefahr innerer Verletzungen weitgehend aus. Zusätzlich garantierte der Klettergürtel, daß der Träger in einer stabilen, aufrechten Lage gehalten wurde. Connie zeigte sich von diesem Stück beeindruckt. Als Graham ihr den Klettergürtel umband, sagte sie: »Damit kann kaum noch etwas schiefgehen, nicht wahr? Selbst wenn man abstürzt, fällt man damit nur ein kurzes Stück.«

Wenn sie lediglich abrutschte oder falsch auftrat, bot der Klettergürtel weitestgehenden Schutz. Doch wenn das Seil riß, konnte ihr auch dieses Stück nicht mehr helfen. Allerdings wollte Graham sie nicht mit solchen Überlegungen behelligen. Außerdem sollte er für den Abstieg die größtmöglichen Sicherheitsvorkehrungen treffen. Connie sollte an zwei voneinander unabhängigen Leinen nach unten gelangen. Zusätzlich zum Hauptseil wollte er den ganzen Weg hinunter ein zweites festmachen.

Für ihn würde der Abstieg weitaus gefährlicher als für sie. Für ihn gab es keine zweite, keine Sicherheitsleine. Er wollte nach ihr absteigen, und zwar am Hauptseil.

Auch das verschwieg er ihr. Sobald sie draußen war, gab es für sie mehr als genug, auf das sie sich konzentrieren mußte. Und je weniger sie von den potentiellen Gefahren wußte, desto größer waren ihre Chancen, den Abstieg zu überleben. Eine gewisse innere Anspannung war für das Bergsteigen nützlich, doch zuviel davon konnte einem im entscheidenden Moment den nötigen Mut nehmen.

Beide Harnische waren mit zusätzlichen Leinen in Bauchhöhe ausgestattet. Daran ließen sich Geräte und Werkzeuge hängen. Graham trug Karabinerhaken, Bohrhaken, einen Hammer und einen batteriebetriebenen Bohrer, der kaum größer war als zwei Päckchen Zigaretten. Connie trug zusätzliche Karabiner- und Kletterhaken. Neben der Ausrüstung an den Gürteln trugen beide die Seile. Connie hatte sich an den Hüften mit zwei dreißig Meter langen Leinen behängt. Das Seil war nicht leicht, aber so fest gewickelt, daß es den Träger bei seinen Bewegungen nicht behinderte. Graham trug weitere dreißig Meter Seil an der rechten Hüfte. Zwei kürzere Leinen behielten sie übrig. Mit ihnen wollte er die erste Etappe des Abstiegs in Angriff nehmen.
Als letztes streiften sie sich die Handschuhe über.

Bollinger hielt auf jeder Etage an. Handelte es sich dabei um einen Stock, der von einer einzigen Firma gemietet war, so überprüfte er nur die Türen, die dem Fahrstuhl gegenüberlagen. Wenn er einen Stock mit mehreren Mietern und damit auch verstärktem Publikumsverkehr erreichte, verließ er den Aufzug, um sich zu überzeugen, daß sich niemand auf dem Korridor aufhielt. Auf jeder fünften Etage überprüfte er nicht nur den Korridor, sondern sah auch in den Treppenhäusern und im Fahrstuhlschacht nach. Bis zum zwanzigsten Stock verfügte das Gebäude über vier Fahrstuhlschächte. Bis zum fünfunddreißigsten waren es nur noch zwei. Von dort aus führte lediglich ein Schacht bis hinauf in den zweiundvierzigsten Stock. Bis zum zwanzigsten Stockwerk vergeudete Bollinger mehr Zeit, als er sich erlauben konnte; denn dort öffnete er alle Nottüren und diverse Schachtzugänge.
Um zweiundzwanzig Uhr fünfzig befand er sich erst im fünfzehnten Stock.

Da er nicht das geringste Anzeichen von den beiden gefunden hatte, fragte er sich schon, ob er irgend etwas nicht bedacht hatte, ob er die Suche falsch anging. Allerdings fiel ihm im Moment nichts Besseres ein.
Er fuhr hinauf in den sechzehnten Stock.

Connie zog an der Schnur. Die schweren Vorhänge glitten auseinander.
Graham öffnete das mittlere Fenster. Die beiden viereckigen Scheiben rührten sich zunächst nicht von der Stelle, dann fuhren sie plötzlich quietschend nach innen.
Ein Windstoß drang explosionsartig ins Büro. Er brüllte wie ein Urtier, durchdringend und dämonisch. Schneeflocken wirbelten herum, tanzten auf der Tischplatte und schmolzen darauf, wirkten wie Tautropfen auf einer glatten Wiese.
Graham beugte sich über die Fensterbank und blickte die Fassade hinab. Die fünf obersten Etagen — und auch der viergeschossige Dekorationsturm darüber — waren gegenüber dem Sockel um zwei Meter zurückgesetzt. Drei Stockwerke unter ihm befand sich ein ebenso breites Sims, das sich wie ein Ring um das ganze Gebäude zog. Die nächsten siebenunddreißig Etagen unterhalb des Vorsprungs waren von hier aus nicht zu erkennen.
Der Schnee trieb so dicht, daß Graham kaum die Straßenlaternen auf der Lexington Avenue ausmachen konnte. Und vom Bürgersteig war schon nichts mehr zu erkennen.
In den wenigen Sekunden, die er sich für diesen Überblick gewährte, schlug der Wind mit voller Wucht auf seinen Kopf ein und betäubte mit seiner Kälte Grahams Gesicht.
»Verflucht, was für eine Kälte!« Während er sprach, lösten sich Wölkchen aus seinem Mund. Er wandte dem offenen

Fenster den Rücken zu. »Ein paar Frostbeulen werden wir uns trotz allem nicht ersparen können.«
»Wir müssen nach unten«, sagte Connie.
»Ich weiß. Ich versuche ja auch gar nicht, in letzter Sekunde einen Rückzieher zu machen.«
»Sollen wir uns Tücher um die Gesichter wickeln?«
»Was denn für Tücher?«
»Na ja, Schals oder so.«
»Der Wind würde an solch einem Material so lange zerren, bis er es zerfetzt hat. Dann schiebt er uns unweigerlich die Fetzen und Fäden in den Mund und verstopft unsere Atemwege. Unglücklicherweise haben wir im Sonderteil des Magazins Gesichtsmasken völlig außer acht gelassen. Schade, das wäre genau das, was wir jetzt gebrauchen könnten.«
»Hm, gibt es denn nichts anderes?«
Er hatte plötzlich eine Idee. Er ging zum Schreibtisch und zog sich unterwegs die Handschuhe aus. In der mittleren Schublade fand sich alles, was Graham sich im Zuge seiner wachsenden Hypochondrie, einer Folgeerscheinung seiner Angst, angeschafft hatte: Anacin, Aspirin, ein halbes Dutzend verschiedener Schnupfensprays, Tetracyclin-Kapseln, Halstabletten, ein Thermometer . . . Endlich zog er ein Röhrchen heraus und zeigte es Connie.
»Eine Lippencreme?« fragte sie.
»Komm zu mir.«
Sie gehorchte und erklärte: »Diese Salbe hier ist für aufgesprungene Lippen, nicht wahr? Wenn wir schon Frostbeulen davontragen, warum sollten wir uns dann noch Gedanken über aufgesprungene Lippen machen?«
Er schraubte die Kappe ab und drehte unten am Verschluß, bis der wächserne Stift ein gutes Stück herausragte. Er bedeckte ihr ganzes Gesicht damit: Stirn, Schläfen, Wangen, Nase, Lippen und Kinn. »Mag diese Schutz-

schicht auch recht dünn sein, so benötigt der Wind dadurch doch längere Zeit, deiner Haut die Wärme zu entziehen. Außerdem hält es die Haut geschmeidig. Wärmeverlust und Hautaustrocknung sind die größten Probleme bei Frostkälte. Flüssigkeitsverlust und Wärmeentzug rufen schwere Frostbeulen hervor. Die Feuchtigkeit in eiskalter Luft gelangt nicht bis an deine Gesichtshaut. Frostwind kann deine Haut genauso rasch und gründlich austrocknen lassen wie ein heißer Wüstenwind.«

»Ich habe mich nicht getäuscht«, erklärte Connie.

»Was meinst du denn damit?«

»In dir steckt wirklich etwas von Nick Charles.«

Um dreiundzwanzig Uhr kehrte Bollinger in den Fahrstuhl zurück, schaltete ihn wieder ein und drückte auf den Knopf für die sechsundzwanzigste Etage.

32

Der Fensterrahmen war solide und hielt einiges aus. Es war keine von den kaltgeschweißten Aluminiumkonstruktionen, wie man sie in den dreißiger Jahren gern verwandt hatte. Der Mittelpfosten war gut zwei Zentimeter dick und sah so aus, als könnte er ein Gewicht von einigen hundert Kilogramm aushalten, ohne sich zu verbiegen oder gar abzureißen.

Graham klinkte einen Karabinerhaken um den Pfosten.

Karabinerhaken gehören zu den wichtigsten Ausrüstungsstücken eines Bergsteigers. Sie werden in der Regel aus Stahl oder einer Stahllegierung angefertigt und sind in verschiedenen Formen erhältlich: ein ovales D, ein gebogenes D, eine Birnenform oder eine Schlüssellochform. Das ovale D ist jedoch das gebräuchlichste Modell. Es ist etwa zehn Zentimeter lang und mißt an der breitesten Stelle vier Zentimeter. Im Grunde erinnert dieser Karabinerhaken auf den ersten Blick an einen überproportionierten Schlüsselring oder an ein etwas verbogenes Kettenglied. Ein Schnappverschluß befindet sich an dem oberen Ende, und damit kann der Bergsteiger den Haken in die Öse eines Felshakens einklinken; oder er befestigt damit einen Seilknoten an einem Metallring. Der Karabinerhaken, auch Schnappverschluß genannt, dient darüber hinaus auch dazu, zwei Leinen miteinander zu verbinden, was nützlich ist, wenn beide Leinen oben und unten gesichert sind. Eine wichtige Funktion des Karabinerhakens besteht darin, daß eine sehr glatte Oberfläche Seile vor dem Aufscheuern bewahrt und sie daran hindert, über scharfe Felskanten oder rauhe Metallteile zu reiben.

Karabinerhaken haben schon in den verschiedensten Situationen Leben gerettet.
Auf Grahams Anweisung hin öffnete Connie die Plastikverpackung von einem fünfundzwanzig Meter langen Seil aus rotem und blauem geflochtenem Nylon.
»Das macht auf mich aber keinen sehr belastbaren Eindruck«, sagte sie.
»Es besitzt eine Bruchfestigkeit von knapp zweitausend Kilogramm.«
»Aber es ist so dünn.«
»Elf Millimeter Durchmesser.«
»Du weißt hoffentlich, was du tust.«
»Kein Grund zur Besorgnis.« Er lächelte sie zuversichtlich an.
Graham machte an dem einen Seilende einen Knoten und verband die so entstandene Schlinge mittels des Karabinerhakens mit dem Fensterpfosten.
Es überraschte ihn, wie rasch und methodisch er vorankam, wie sicher er den komplizierten Knoten angefertigt hatte. Seine Hände bewegten sich völlig sicher. In den letzten fünf Jahren hatte er anscheinend nichts verlernt.
»Das wird deine Sicherheitsleine«, erklärte er Connie. Der Karabinerhaken war zusätzlich mit einer Metallhülse ausgestattet, die sich über den Schnappverschluß schrauben ließ, um ein ungewolltes Aufklinken zu verhindern. Er schraubte die Hülse fest.
Nun nahm er das Seil und zog es durch seine Hände, bis er eine Länge von elf Metern abgemessen hatte. Er holte ein Klappmesser aus seiner Parkatasche, durchtrennte das Seil und ließ das übriggebliebene Stück auf den Boden fallen. Das eine Ende der Leine befestigte er an Connies Harnisch, so daß sie nun wie mit einer Nabelschnur mit dem Fensterpfosten verbunden war. Mit einem Bulinknoten verknüpfte er dann das andere Seil an ihrem Bauch.

Er klopfte auf die Fensterbank und erklärte: »Hock' dich hierhin.«
Sie schwang sich auf die Fensterbank, kehrte dem Wind und dem Schnee den Rücken zu und sah Graham an.
Graham schob die Sicherungsleine aus dem Fenster, wo sie, nur an Connie und dem Pfosten befestigt, mit dem freien Ende im Wind hin und her schwang. Dann nahm Graham das fünfzehn Meter lange Seil vom Büroboden, überprüfte es sorgfältig und band sich schließlich das freie Ende um den Bauch.
Er beabsichtigte, sie aus dem Stand abzulassen. Auf einem Berg konnte es immer wieder vorkommen, daß der Sichernde aus seiner Position gerissen wurde, wenn er nicht durch ein zusätzliches Seil oder einen gut plazierten Haken zusätzlich gesichert war. Er konnte die Balance verlieren und abstürzen und dabei auch noch denjenigen mit sich reißen, den er eigentlich absichern sollte. Daher brachte ein Abstieg aus dem Stand mehr Gefahren mit sich. Die meisten Profis gaben der sitzenden Position den Vorzug. Doch da Connie dreißig Kilogramm weniger wog als er, und weil die Fensterbank hüfthoch angebracht war, schätzte Graham die Gefahr als sehr gering ein, daß sie ihn aus dem Zimmer reißen könnte.
Er stellte sich mit gespreizten Beinen hin, um einen sicheren Stand zu erhalten, nahm das fünfzehn Meter lange Seil an dem Punkt auf, der genau in der Mitte zwischen Connie und dem zusammengerollten Ende lag. Er hatte die Leine in Höhe seines Bauchnabels verknotet und ließ das Ende hinter sich zu Boden hängen. Das Seil, das Connie mit ihm verband, führte von seiner linken Hüfte rund um den Rücken und an der rechten Hüfte wieder nach vorn. Damit war seine Linke die Führungshand, während die Rechte Bremsfunktion hatte.
Er stand nun zwei Meter von ihr entfernt und fragte ruhig:

»Bist du bereit?«
Sie biß sich auf die Unterlippe.
»Der Mauervorsprung liegt nur zehn Meter unter dir.«
»Ist ja nicht besonders viel«, sagte sie kläglich.
»Du bist bereits unten, bevor du es merkst.«
Sie sah auf ihren Harnisch hinab und zog mehrmals daran, so, als fürchtete sie, er könne sich inzwischen gelockert haben.
»Weißt du noch, was du zu tun hast?« fragte Graham sie.
»Ich halte die Leine mit beiden Händen über meinen Kopf. Überlasse alles dem Seil und versuche nicht nachzuhelfen. Halte nach dem Mauervorsprung Ausschau. Plaziere meine Füße darauf. Achte darauf, daß ich nicht darüber hinausgetragen werde.«
»Und wenn du dort angekommen bist?«
»Binde ich mich los.«
»Aber nur von dieser Leine.«
»Jawohl.«
»Um Gottes willen nicht vom anderen Seil.«
Sie nickte.
»Sobald du dich losgebunden hast . . .«
». . . ziehe ich zweimal kräftig an dem Seil.«
»Ganz recht. Ich lasse dich so sanft wie möglich hinab.«
Trotz des stechenden Windes war alle Farbe aus ihrem Gesicht gewichen. »Ich liebe dich«, sagte sie.
»Ich liebe dich auch.«
»Du kannst es schaffen.« Sie sah ihm direkt in die leuchtenden Augen.
»Ich hoffe es.«
»Und ich *weiß* es.«
Sein Herz hämmerte rasend schnell.
»Ich vertraue dir ganz und gar«, erklärte sie.
Graham wußte, daß ihm das eigene Leben nichts mehr bedeuten würde, käme Connie durch ein Versehen von

seiner Seite bei dem Abstieg zu Tode. Das Leben ohne sie wäre für ihn ein einziger Taumel durch einen Tunnel von Schuldgefühlen und Einsamkeit, durch eine graue Öde, die schlimmer war als der Tod. Wenn Connie abstürzen sollte, könnte er sich genausogut hinterherstürzen.

Er spürte, wie die Angst in ihm aufstieg.

Er war in diesem Augenblick zu nichts mehr in der Lage, als seine Worte von eben zu wiederholen: »Ich liebe dich auch.«

Connie atmete tief ein, lehnte sich nach hinten und rief: »Also gut . . . Frau über Bord!«

Der Korridor war dunkel und menschenleer.

Bollinger ging wieder in den Aufzug und drückte auf den Knopf mit der Aufschrift 27.

33

In dem Moment, in dem Connie von der Fensterbank nach hinten glitt, spürte sie die vielen hundert Meter bis zum Boden wie etwas Körperliches. Sie brauchte gar nicht erst hinabzusehen, um den dunklen Abgrund wahrzunehmen. Die Furcht in ihr war gewaltiger, als sie erwartet hatte. Diese Furcht lähmte sie nicht nur geistig, sondern auch körperlich. Ihre Kehle zog sich zusammen, so daß sie Mühe hatte, Luft zu holen. Ihr Brustkorb wurde zusammengedrückt, und ihr Pulsschlag beschleunigte auf ungeahnte Werte. Ihr Magen war plötzlich übersäuert und preßte sich zusammen, als müßte sie sich jeden Moment übergeben.

Sie widerstand nur mit Mühe dem Drang, nach dem Fensterbrett zu greifen, bevor es aus ihrer Reichweite war. Statt dessen fuhren ihre Hände automatisch nach oben und umfaßten die Leine.

Der Wind riß und zerrte an ihr. Er stach ihr ins Gesicht und biß ihr vor allem in die Haut um die Augen, die sie nicht eingerieben hatte.

Um überhaupt etwas sehen zu können, mußte sie blinzeln und die Augen zu den kleinstmöglichen Schlitzen verengen. Andernfalls hätten die Augen so getränt, daß sie wie blind gewesen wäre. Unglücklicherweise hatte die umfangreiche Bergsteigerausrüstung in Grahams Büro keine Schneebrillen enthalten.

Connie spähte über die Schulter hinunter auf den Mauervorsprung, dem sie sich langsam näherte. Er war knapp zwei Meter breit, erschien ihr aber in diesem Moment wie ein Hochseil.

Seine Füße rutschten über den Teppich.
Er stemmte sich mit den Hacken dagegen.
Nach der Menge des Seils zu urteilen, das immer noch zusammengerollt neben ihm lag, hatte Connie nicht einmal die Hälfte des Weges geschafft. Dabei fühlten sich seine Arme so an, als hätte er sie bereits fünfzig Meter hinabgelassen.
Anfangs war die Belastung in Grahams Armen und Schultern erträglich gewesen. Doch während er jetzt Handbreit um Handbreit des Seils abließ, wurde ihm von Sekunde zu Sekunde deutlicher bewußt, welchen Preis fünf Jahre der Inaktivität forderten. Mit jedem halben Meter Seil entzündeten sich wie Funken neue Schmerzen in seinen Muskeln, strömten aus allen Richtungen zusammen und vereinten sich zu einem einzigen großen Feuer.
Dennoch waren die Schmerzen die geringste seiner Sorgen. Er konnte keine Sekunde lang vergessen, daß er die Bürotüren im Rücken hatte. Und die Vision war immerzu in seinen Gedanken präsent: Eine Kugel in den Rücken.
Wo war Bollinger?
Je weiter Connie nach unten kam, desto weniger Spielraum wies das Seil auf, das sie mit dem Fensterpfosten verband. Sie hoffte sehr, daß Graham die Länge richtig berechnet hatte. Wenn er einen Fehler gemacht hatte, konnte sie in große Schwierigkeiten geraten. Eine zu lange Sicherheitsleine bedeutete keine Gefahr. Bei einer zu kurzen würde sie jedoch hilflos über dem Mauervorsprung in der Luft hängenbleiben. Sie könnte dann nur versuchen, wieder nach oben zu gelangen, damit Graham sie neu verknoten und mit Leinen verbinden konnte. Oder sie müßte von der Sicherheitsleine ablassen und sich ganz auf das zweite Seil verlassen, um einigermaßen sicher auf den Vorsprung zu gelangen. Besorgt behielt sie die Sicherheitsleine im Auge, die stetig straffer wurde.

Über ihr drehte und entwirrte sich das Hauptseil in der Querspannung. Die vielen tausend Nylonfäden zogen sich zusammen, gingen wieder auseinander, zogen sich zusammen, und das in endloser Folge. Connie schwang in einem Halbkreis langsam von links nach rechts und wieder zurück. Diese Bewegung erfolgte zusätzlich zu dem Pendeln, das der Wind hervorrief. Und das alles zusammen tat ihrem Magen alles andere als wohl.
Sie fragte sich zum wiederholten Male, ob das Seil reißen würde. Das Schwingen und Zusammenziehen setzte an dem Punkt ein, an dem das Seil vom Fenster lief. Würde die Leine sich durch diese Bewegungen am Fensterbrett nicht aufrauhen?
Graham hatte gesagt, an der Fensterkante würde das Seil einer besonderen Anspannung ausgesetzt sein. Aber er hatte ihr auch versichert, daß sie längst auf dem Mauervorsprung angelangt sein würde, ehe die ersten Nylonfäden beschädigt wären. Nylon war ein außerordentlich belastbares Material. Stark, zuverlässig und reißfest. Es würde nicht schon nach wenigen Minuten der Belastung mürbe. Dennoch ließen sich die besorgten Fragen in ihr nicht unterdrücken.

Um acht Minuten nach elf begann Bollinger mit der Durchsuchung des dreißigsten Stockwerks.
Er hatte langsam das Gefühl, in einer surrealen Türenlandschaft gefangen zu sein. Aberhunderte von Türen hatte er bereits überprüft. Er hatte bislang nichts anderes getan, als an ihnen zu rütteln, sie zu öffnen, sich auf einen Hinterhalt vorzubereiten, sich gegen eine plötzliche Attacke zu wappnen. Dies rief die innere Anspannung in ihm hervor, die er genoß, denn sie allein konnte ihm das Gefühl vermitteln, daß er lebendig war. Doch alle Korridortüren öffneten sich, um das ewig Gleiche zu offenbaren: Dunkel-

heit, Stille, Leere. Jede Bürotür hielt für ihn die Verlockung bereit, daß sich hinter ihr die Jagdbeute befand. Doch jede Verlockung hatte sich bisher in Luft aufgelöst.
Der Dschungel der Türen schien ihm bald wie ein Symbol nicht nur für diese eine Nacht, sondern für sein ganzes Leben. Türen. Türen, die sich zur Dunkelheit öffneten. Zur Leere. Zu vergessenen Wegen und zu Sackgassen. Jeden Tag seines Lebens hatte er mit der Hoffnung begonnen, endlich die Tür zu finden, die sich ihm zu dem öffnete, was er als gerechte Ernte seiner Bemühungen empfand, die ihm das gab, was er sich redlich verdient hatte. Doch diese goldene Tür hatte sich ihm nie gezeigt. Und das erschien ihm ungerecht. Immerhin war er ein Vertreter der neuen Rasse. Er war allen überlegen, denen er tagtäglich begegnete. Und was hatte er in seinen siebenunddreißig Jahren erhalten? War überhaupt etwas aus ihm geworden? Präsident Bollinger? Nein. Nicht einmal Senator. Nicht berühmt. Nicht reich. Er war nichts weiter als ein kleiner Kripo-Beamter. Ein Bulle, der seine Zeit in der stinkenden Unterwelt mit ihren Nutten, Zuhältern, Glücksspielern, Drogenabhängigen und kleinen Ganoven verbrachte.
Aus diesem Grunde mußte Harris (und mit ihm zehn Millionen weiterer New Yorker, weil sie so waren wie er) ausgerottet werden. Harris gehörte zu all den Durchschnittstypen, die den Übermenschen das Wasser nicht reichen konnten. Auf jeden Menschen der neuen Rasse kamen eine Million der alten. Und diese zahlenmäßige Überlegenheit war ihre einzige Stärke. Weil diese jämmerlichen Untermenschen so viele waren, lag die Macht, lag der Reichtum, lagen die Ressourcen in ihren Händen. Und wie jämmerlich sie waren! Sie riskierten die thermonukleare Zerstörung ihrer Welt, um ihre Gier und ihr kindisches Posengehabe zu befriedigen. Daher konnten die neuen Menschen nur durch das größte Massaker der Weltge-

schichte das in ihren Besitz bringen, was ihnen rechtmäßig zustand.
Der dreißigste Stock war leer; genauso die Treppenhäuser und der Fahrstuhlschacht.
Bollinger kehrte zum Aufzug zurück und machte sich auf den Weg zum nächsten Stockwerk.

Connies Füße berührten den Mauervorsprung. Zum ersten Mal war sie froh über den heftigen Wind; denn er hatte den Vorsprung schneefrei gehalten und damit eine Eisbildung auf dem glatten Stein verhindert. Zumindest bestand für Connie keine Gefahr, auf dem Boden auszugleiten.
Sie stellte sich mit dem Rücken zur Fassade und hielt sich so weit vom Rand entfernt, wie ihr das nur möglich war.
Obwohl sie jetzt festen Stein unter den Füßen hatte, erschien ihr überraschenderweise der Abgrund vor ihr noch bedrohlicher und beeindruckender als eben, als sie in der Luft gehangen hatte. Als sie noch am Seil abgelassen worden war, hatte sie die Tiefe nicht in der richtigen Perspektive erkennen können. Nun kam ihr die Tiefe von achtunddreißig Stockwerken wie ein furchtbarer Moloch vor; wie ein bodenloser Höllenschlund.
Sie löste den Knoten an ihrem Harnisch und befreite sich vom Hauptseil. Dann zog sie zweimal fest daran.
Sofort holte Graham das Seil ein.
In einer Minute würde er auf dem Weg zu ihr sein.
Würde er in Panik geraten, wenn er nach so langer Zeit wieder einen Abstieg wagte?
Ich vertraue ihm, sagte sie sich. Ich vertraue ihm wirklich. Und mir bleibt nicht viel anderes übrig.
Dennoch hielt sich hartnäckig die Angst in ihr, er könnte auf halbem Wege aus dem Fenster kehrtmachen und davonrennen — und sie auf dem Mauervorsprung zurücklassen.

34

Graham zog die Handschuhe aus, beugte sich aus dem Fenster und betastete den Stein unter der Fensterbank. Die Wand bestand aus geglättetem Granit, einem Stein, der der Ewigkeit trotzen sollte. Dennoch entdeckte er, bevor der Wind seine Fingerspitzen erfrieren ließ, einen kleinen, horizontalen Riß in der Wand, der seinem Vorhaben sehr gelegen kam.

Er hielt eine Hand auf dem Spalt, um ihn nicht wieder zu verlieren, und griff mit der anderen nach dem Hammer und einem Haken an seinem Gürtel. Er beugte sich so weit aus dem Fenster, wie er es gerade noch wagen durfte, setzte die Stahlspitze des Hakens in den Riß und trieb ihn mit dem Hammer in den Granit.

Die Lichtverhältnisse, in denen er arbeiten mußte, waren nicht gerade ideal zu nennen. Seine wesentliche Lichtquelle waren die Warnlampen für den Flugverkehr, die zehn Meter über ihm rund um den Zierturm angebracht waren und weiß und rot blinkten.

Seine Körperhaltung verlangsamte die Arbeit zusätzlich. Als er den Haken endlich in die Wand getrieben hatte, richtete er sich wieder auf und warf einen Blick zurück, um festzustellen, ob schon etwas von Bollinger zu erkennen war. Aber der Mörder ließ sich noch nicht blikken.

Er betastete den Haken. Offenbar saß er fest. Er packte fester zu und zog an dem Stahl. Der Haken rührte sich nicht.

Graham klinkte einen Karabinerhaken in die Öse ein.

Er befestigte einen weiteren Karabinerhaken am mittleren

Fensterpfosten, direkt über dem ersten, der Connies Sicherheitsleine hielt.
Als nächstes löste er die Knoten vom Hauptseil, an dem er Connie hinabgelassen hatte, löste es aus der Befestigung an seiner Hüfte und ließ es unter dem Fenster auf den Boden fallen.
Nun zog er eine der beiden großen Fensterscheiben zu, so gut es eben ging; die Karabinerhaken um den Pfosten standen im Weg und verhinderten, daß das Fenster richtig schloß. Er wollte versuchen, das andere Fenster von draußen zu schließen.
Er rannte zu den Gardinenschnüren und zog die schweren grünen Samtvorhänge zu.
Irgendwann würde Bollinger hier auftauchen und rasch darauf kommen, daß seine beiden Opfer durch das Fenster geflohen waren. Man mußte ihn ja nicht mit der Nase darauf stoßen, und die geschlossenen Vorhänge würden ihnen noch ein paar Momente Vorsprung gewähren.
Graham trat durch die Vorhänge ans Fenster. Der Wind raste durch die offene Hälfte und bauschte die Vorhänge auf.
Graham nahm die elf Meter lange Leine auf, die er von einem dreißig Meter langen Seil abgeschnitten hatte. Er verband das Stück mit seinem Harnisch und dem freien Karabinerhaken am Fensterpfosten. Er war auf sich allein gestellt. Niemand konnte ihn hinablassen, wie er das bei Connie getan hatte. Doch er hatte sich eine Möglichkeit ausgedacht, um einen Abstieg an einem einzigen Seil zu verhindern. Er hatte vor, eine zweite Leine zur Selbstsicherung anzubringen.
Er machte rasch einen Kreuzknoten ans Ende des fünfzehn Meter langen Seils, beugte sich dann ein weiteres Mal aus dem Fenster und verband die Schlinge mit dem Karabinerhaken an dem Felshaken, den er in den Granit getrieben hatte. Schließlich schob er den Stahlmantel

über den Schnappverschluß und verschraubte ihn, um ihn am Aufspringen zu hindern. Er betrachtete sein Werk, war zufrieden und warf das Seil in die Nacht. Er sah hinab, ob das Seil glatt nach unten hing und sich nicht an dem Haken verheddert hatte. An dieser Leine wollte er sich nach unten lassen.

Er hielt sich nicht eben strikt an die Bergsteigermethoden, aber immerhin hatte er hier ja keinen Berg vor sich. Diese Situation verlangte Flexibilität.

Nachdem er die Handschuhe wieder übergezogen hatte, wandte er sich dem Sicherungsseil zu. Er wand es zweimal um sein rechtes Handgelenk und packte fest zu. Ein guter Meter Seil erstreckte sich zwischen seiner Hand und der Verankerung am Pfosten. In den ersten Sekunden, nachdem er aus dem Fenster geklettert war, würde er an seinem rechten Arm hängen; einen guten Meter unter der Fensterbrüstung.

Mit den Knien stieg er auf das Fensterbrett und wandte dabei das Gesicht den Vorhängen zu. Langsam, vorsichtig und zögernd verließ er mit den Füßen zuerst sein Büro. Kurz bevor er kippen würde und nach unten glitt, schloß er das zweite Fenster, soweit die Karabinerhaken es erlaubten. Dann fiel er einen Meter.

Die Bilder vom Mount Everest explodierten in seinem Kopf. Die Bruchstücke und Fetzen füllten jeden Winkel seines Bewußtseins aus und duldeten keine Konkurrenz neben sich. Er kämpfte gegen sie an, verdrängte sie mit der Kraft der Verzweiflung.

Magenflüssigkeit trat in seinen Mund. Er schluckte, schluckte so lange, bis sie den Weg zurückgegangen war. Er zwang sich mit der ganzen Kraft seines Willens dazu, keine weitere Übelkeit aufsteigen zu lassen. Zu seiner großen Überraschung funktionierte diese Methode; zumindest für den Augenblick.

Mit der Linken ergriff er die Hauptleine, die an der Wand hing. Er hielt sie leicht in der Hand und griff dann mit der Linken nach oben, bis er die Sicherheitsleine zu fassen bekam, um die sich bereits die Rechte wand. Während nun beide Hände das kürzere Seil hielten, zog Graham die Knie an, bis die Stiefelsohlen die Granitfassade berührten. Hand über Hand an der Sicherheitsleine machte er drei kleine Schritte die Wand hinauf, bis er in einem Winkel von fünfundvierzig Grad von der Fassade abstand. Er preßte die Stiefelspitzen mit aller zur Verfügung stehenden Kraft in eine Mörtelfuge.

Zufrieden mit dieser Position, die alles andere als sicher war, ließ er mit der linken Hand die Sicherungsleine los. Obwohl er noch immer ausreichend verankert war, beförderte der bloße Umstand, in so luftiger Höhe etwas loszulassen, erneut gallige Flüssigkeit in seinen Rachenraum. Graham würgte, hielt den Schleim zurück und hatte ein weiteres Mal Erfolg.

Er balancierte an vier Haltepunkten. Die Rechte war an der Sicherungsleine und befand sich jetzt einen halben Meter vom Fensterpfosten entfernt. Die Linke hielt sich am Hauptseil, an dem er sich ablassen wollte. Der rechte Fuß stemmte sich zusammen mit dem linken gegen die Mörtelritze. Er kam sich vor wie eine Fliege an einer Steilwand.

Er hielt den Blick auf den Felshaken gerichtet, der zwischen seinen Füßen aus dem Granit ragte, und zurrte einige Male am Hauptseil. Stramm und fest. Und der Haken hatte sich nicht gerührt. Er verlagerte sein Gewicht auf das Hauptseil, hielt aber die Rechte an der Sicherungsleine. Selbst bei einem Zuggewicht von über siebzig Kilogramm hielt der Felshaken in der Ritze fest.

Graham war nun ausreichend davon überzeugt, daß er den Haken gut angebracht hatte. Er ließ die Sicherungsleine fallen.

Nun hielt er sich nur noch an drei Punkten in dem Winkel von fünfundvierzig Grad; die beiden Füße an der Wand und die Linke am Hauptseil.
Auch wenn er die Sicherungsleine nicht mehr ergreifen würde, bis er den Mauervorsprung erreicht hatte, würde es ihn trotzdem vor einem tödlichen Sturz bewahren, sollte das Hauptseil reißen, während er sich noch auf dem Weg zu Connie befand.
Er sagte sich das wieder und wieder. Vergiß das nicht! Zur Panik besteht nicht der geringste Anlaß. Die Panik ist dein einziger wirklicher Feind. Sie kann dich rascher ins Jenseits befördern als alle Bollingers zusammen. Die Sicherheitsleine ist hier, direkt vor deinen Augen. Sie verbindet deinen Harnisch mit dem Fensterpfosten. Vergiß es nicht. Denk immer daran . . .
Mit der freien Hand griff er von hinten zwischen seine Schenkel, bis er das lange Seil zu fassen bekam, das er bereits mit der Linken hielt. Nach einigen nervenaufreibenden Sekunden schlossen sich seine Finger darum. Nun verlief das Hauptseil, an dem er sich hinablassen wollte, vom Felshaken zu seiner linken Hand und fuhr zwischen seinen Oberschenkeln nach hinten zu seiner Rechten. Mit dieser Hand brachte er das Seil nach vorne, führte es über den rechten Oberschenkel quer über die Brust und über die linke Schulter wieder nach hinten über den Rücken, wo es die Rechte erneut erreichte und von wo es nach unten fiel.
Er hatte die perfekte Stellung eingenommen.
Die Linke war die Führungshand.
Die Rechte war die Bremshand.
Er war bereit zum Abstieg.
Zum ersten Mal, seit er aus dem Fenster gestiegen war, sah er sich ausführlich um. Wie dunkle Monolithen ragten gigantische Wolkenkratzer bedrohlich aus dem Schneesturm. Hunderttausende von Lichtpunkten, deren

Schein vom Schnee gedämpft und in die Ferne gerückt wurde, blinkten in die Nacht rings um ihn. Manhattan zu seiner Linken. Manhattan zu seiner Rechten. Manhattan vor ihm und hinter ihm. Und — Manhattan *unter* ihm. Zweihundert Meter der Leere warteten darauf, ihn zu verschlingen. Sonderbarerweise kam ihm der Anblick in diesem Moment wie eine Miniaturausgabe der Stadt vor, wie eine winzige, für immer in Plastik eingefrorene Replikation. Er fühlte sich selbst winzig, kam sich vor wie in einer dieser Plastikhalbkugeln, in denen künstlicher Schnee fällt, wenn man sie schüttelt. So unerwartet, wie diese Illusion gekommen war, verging sie auch wieder. Von einem Moment auf den anderen war die Stadt wieder gewaltig und unermeßlich, erschien die Betonschlucht unter ihm wieder bodenlos. Doch wenn auch alles andere zur Normalität zurückkehrte, so blieb in ihm das Gefühl bestehen, winzig und unbedeutend zu sein.
Als er aus dem Fenster gestiegen war, hatte er seine ganze Aufmerksamkeit zunächst den Haken, Seilen und technischen Manövern zugewandt. Das hatte ihn so beschäftigt, daß er für seine Umgebung kein Auge gehabt hatte; all seine Sinne waren so ausschließlich auf seine Tätigkeit gerichtet, daß er seine Umgebung nicht mehr wahrgenommen hatte.
Mit einem Schlag aber war sie wieder da. Stadt und Tiefe unter ihm rissen Graham in einen gefährlichen Strom von Erinnerungen: *der Fuß glitt ab, der Harnisch zog sich ruckartig zusammen, das Seil riß, fallen, treiben, fallen . . . Aufschlag, Dunkelheit, Schmerzen im Bein, wieder Dunkelheit, ein heißes Eisen in seinem Bauch, Schmerz, der sich wie explodierendes Glas über seinen Rücken verbreitete . . . Blut, Dunkelheit, Krankenhauszimmer . . .*
Obwohl der Wind sein Gesicht unentwegt mit Eiseskälte schlug, brach ihm auf Stirn und Schläfen Schweiß aus.

Er zitterte.
Er wußte, daß er zu diesem Abstieg nicht fähig war.
Fallen, fallen, fallen . . .
Er konnte sich nicht mehr rühren.
Nicht einen Zentimeter.

Wieder im Fahrstuhl, zögerte Bollinger. Er hatte schon den Finger ausgestreckt, um den Knopf für den zweiunddreißigsten Stock zu drücken, als ihm mit unerwarteter Deutlichkeit bewußt wurde, daß er seine beiden Opfer verloren hatte. Harris und die Frau hatten sich ganz ohne Zweifel nicht auf den Weg nach unten in die Lobby gemacht. Auf der siebenundzwanzigsten Etage waren sie verschwunden. Er hatte diesen Stock und alle darunter befindlichen durchsucht; und er war sich so sicher wie noch nie, daß sie sich nicht in den unteren drei Vierteln des Gebäudes aufhielten. Also waren sie nach oben geflohen. Wohin, zurück in Harris' Büro? Sobald ihm dieser Gedanke kam, wußte er, daß er damit den Nagel auf den Kopf getroffen hatte. Und er wußte auch, warum sie sich dorthin gewandt hatten. Sie waren in das Büro zurückgekehrt, weil sie sich sagten, daß ihr Jäger darauf als letztes kommen würde. Wenn sie weiter den Weg nach unten über die Treppenhäuser oder den Fahrstuhlschacht genommen hätten, hätten sie sich leicht ausrechnen können, daß er sie binnen Minuten aufspüren würde. Ganz sicher hätte er sie dort aufgespürt. Aber damit, daß sie den Weg nach oben gewählt hatten, hatten sie ihn abgelenkt und wertvolle Zeit gewonnen.
Fünfundvierzig vergeudete Minuten, sagte sich Bollinger. Dieser Mistkerl hat mich zum Narren gehalten. Fünfundvierzig Minuten. Aber damit war jetzt Schluß. Er sollte keine gottverdammte weitere Minute erhalten.
Er drückte auf den Knopf mit der Aufschrift 40.

Zweihundert Meter.
Doppelt so tief wie bei seinem Sturz am Mount Everest.
Und diesmal würde es nicht wieder ein Wunder geben, das ihm die Rettung brachte. Hier gab es keine dicken Schneeverwehungen, die seinen Sturz mildern konnten. Die Polizei würde einen blutigen Klumpen vorfinden, wenn sie Graham Harris auf der Straße entdeckte. Einen zerschmetterten, blutenden und leblosen Klumpen.
Obwohl er von hier oben kaum etwas von der Straße erkennen konnte, starrte er angestrengt nach unten. Der Schneefall und die Dunkelheit verbargen den Bürgersteig und den Straßenbelag vor ihm. Doch er konnte den Blick nicht mehr wenden. Nicht das, was er ausmachte, hypnotisierte ihn, sondern das, was er gar nicht zu sehen brauchte. Wie gebannt war er von dem, was unter der Decke der Nacht und den wehenden Tüchern des Schneesturms lag.
Graham schloß die Augen. Versuchte, sich an Mut zu erinnern. Versuchte, daran zu denken, wie weit er es schon geschafft hatte. Versuchte, sich daran zu erinnern, was er jetzt zu tun hatte. Die Stiefelspitzen waren in die Mörtelfuge gepreßt, in die winzige Ritze zwischen zwei Granitblöcken. Die Linke hielt vorn, die Rechte hinter seinem Rücken. Also, Seil kommen lassen, fertigmachen zum Abstieg . . . aber er konnte sich immer noch nicht regen.
Als er die Augen wieder öffnete, entdeckte er unten auf dem Mauervorsprung Connie.
Sie winkte ihm zu, daß er sich beeilen sollte.
Wenn er hier verharrte, mußte sie unweigerlich sterben. Er hatte sie dann im Stich gelassen, hatte versagt, hatte sie ins Unglück gestürzt. Das verdiente sie nicht nach den achtzehn Monaten, die sie an seiner Seite gewesen war; nach anderthalb Jahren der Hingabe, der Zuwendung und des Verständnisses. Sie hatte sich nicht ein einziges

Mal über seine Klagen beschwert, ihn für sein Selbstmitleid oder seine Selbstverachtung kritisiert. Zumindest kam es Graham in diesem Augenblick so vor. Connie hatte sich um seinetwillen in ein emotionales Risiko gestürzt, das kaum geringer einzuschätzen war als das physische Risiko, das ihm jetzt abverlangt wurde. Er wußte, daß Sorge und Furcht ebenso schmerzvoll sein konnten wie ein gebrochenes Bein. Als kleines Entgegenkommen für die wundervollen achtzehn Monate schuldete er ihr einfach den Versuch, das Wagnis des Abstiegs. Er schuldete es ihr wirklich. Er schuldete ihr alles.

Der Schweiß hatte einiges von der Schutzschicht auf seiner Stirn und auf seinen Wangen aufgelöst. Als der Wind den Schweiß trocknete, kehrte die Eiseskälte auf seine Haut zurück. Er begriff, wie kurze Zeit sie hier draußen nur verbringen konnten, bevor die Winternacht ihren Tribut forderte.

Er blickte auf den Felshaken in der Wand, der ihn sicherte.

Connie wird sterben, wenn du es nicht tust.

Die linke Hand hielt das Seil viel zu verkrampft. Dabei sollte sie die Leine doch nur führen, sollte sie *locker* durchlaufen lassen, während der Rechten die Aufgabe zustand, das Seil zu greifen und notfalls zu bremsen . . .

Connie wird sterben . . .

Er lockerte den Griff der linken Hand.

Er befahl sich, nicht nach unten zu sehen. Atmete tief ein. Atmete wieder aus. Zählte bis zehn. Gestand sich ein, daß er damit den Moment nur hinauszögern wollte. Stieß sich von der Wand ab.

Keine Panik!

Als er nach hinten in die Nacht fiel, glitt er am Seil hinunter. Als er zur Wand zurückschwang und mit den Füßen voraus gegen die Granitwand prallte, explodierte

Schmerz in seinem lahmen Bein. Er stöhnte, wußte aber im gleichen Augenblick, daß er diesen Schmerz aushalten konnte. Als er einen Blick nach unten warf, stellte er fest, daß er nicht mehr als einen halben Meter abgestiegen war. Doch der Umstand, daß er überhaupt vorangekommen war, ließ ihn Schmerzen und den mäßigen Erfolg rasch vergessen.
Er hatte sich eigentlich vorgenommen, sich mit aller Kraft von der Fassade abzustoßen, um bei jedem Schwung mindestens zwei Meter nach unten zu gelangen. Nun wurde ihm klar, daß er sich damit zuviel vorgenommen hatte. Er war noch nicht soweit, solche Schwünge zu bewerkstelligen. Er hatte zu große Angst vor dem Abseilen, als daß wie in alten Zeiten an ein Vorankommen zu denken gewesen wäre. Ganz davon abgesehen, daß sein lahmes Bein einem so raschen und harten Abstieg hinderlich war.
Er stieß sich wieder von der Wand ab, ließ sich einen halben Meter am Hauptseil ab und schwang zur Wand zurück. Und erneut; diesmal deutlich weniger als einen halben Meter. Schrittchen für Schrittchen, schneller ging es einfach nicht. Ein vorsichtiger Tanz der Angst entlang der Bowerton-Fassade. Abstoß, ein Stück hinab und wieder an die Wand; Abstoß, ein Stück hinab und wieder an die Wand . . .
Die lähmende Furcht kochte in ihm wie dicker Sirup. Ein Krebsgeschwür, das sich in ihm gemästet hatte und über die Jahre gewaltig gewachsen war, verlor sich nicht innerhalb von Minuten wie von selbst. Allerdings wurde Graham jetzt nicht mehr von der Furcht überwältigt und gelähmt. Er glaubte auch zu wissen, ahnte sogar, daß er eines fernen Tages ganz von ihr befreit sein würde. Und dies war eine Vision, die ihm gefiel.
Als er endlich noch einen Blick nach unten wagte, ent-

deckte er, daß er dem Mauervorsprung so nahe gekommen war, daß er sich nicht mehr abseilen mußte. Er ließ die Leine los und sprang das letzte Stück.
Connie drängte sich sofort an ihn. Sie mußte brüllen, um den Wind zu übertönen. »Du hast es geschafft!«
»Ich habe es wirklich geschafft!«
»Du hast die Gefahr besiegt!«
»Zumindest bis hierher.«
»Vielleicht ist hierher schon weit genug.«
»Wie meinst du das?«
Sie zeigte auf das Fenster hinter ihnen. »Wir könnten doch hier eindringen.«
»Warum sollten wir das tun?«
»Dahinter liegt ein Büro. Wir könnten uns darin verstekken.«
»Und was ist mit Bollinger?«
Sie sprach noch lauter, um über einem neuen Windstoß gehört zu werden. »Früher oder später kommt er in dein Büro.«
»Ja, und?«
»Er bemerkt das geöffnete Fenster und dann auch die Haken und Seile.«
»Ist mir bewußt.«
»Er glaubt dann sicher, wir hätten uns den ganzen langen Weg bis zur Straße abgeseilt.«
»Vielleicht denkt er das. Aber wenn er so viel Verstand hat, wie ich vermute, hat er seine Zweifel daran.«
»Selbst wenn er seine Zweifel hat, so weiß er damit doch noch lange nicht, auf welcher Etage wir ins Gebäude zurückgekehrt sind. Und er kann unmöglich jede einzelne Tür in diesem Gebäude aufbrechen, um uns aufzuspüren.«
Der Wind fegte mit wahnsinniger Geschwindigkeit um sie herum und heulte um die nächste Ecke. Er schüttelte

Connie und Graham so heftig, als seien sie Stoffpuppen im Maul eines wütenden Hundes. Und sein Heulen klang so unheimlich, als seien sämtliche Totengeister in dieser Nacht auferstanden.
Schneeflocken drangen wie Stecknadelspitzen in Grahams Augen. Sie waren so fest, klein und kalt, daß sie genauso verheerend wirkten, wie eine Salve von Salzkörnern. Er schloß die Augen fest, um so den weiteren Schmerzen zu entgehen. Er hatte damit einen ersten Erfolg, der jedoch sofort danach von einem blindmachenden Tränenfluß beendet wurde.
Die beiden steckten die Köpfe zusammen, wollten sich so nahe kommen, daß sie nicht mehr brüllen mußten.
»Wir können uns so lange verstecken, bis am Morgen die ersten Leute zur Arbeit kommen«, erklärte Connie.
»Morgen ist Samstag.«
»Ja, aber einige Menschen arbeiten auch samstags. Zumindest die Ablösung für die Wachmänner wird kommen.«
»Morgen früh erkennst du die Stadt nicht mehr wieder. Was wir hier erleben, ist ein ausgewachsener Blizzard! Morgen wird sich jeder eine hübsche Ausrede oder Entschuldigung ausdenken, um nicht zur Arbeit zu müssen.«
»Dann bleiben wir eben bis Montag.«
»Ohne etwas zu essen? Ohne Wasser?«
»In jedem größeren Büro in diesem Gebäude wird sich ein Wassertank finden. Von den Kaffeemaschinen und Getränkeautomaten ganz zu schweigen. Vermutlich gibt es hier auch einen Kiosk mit Süßigkeiten und so.«
»Bis Montag?«
»Ja, wenn wir uns etwas zusammenreißen.«
»Das ist eine lange Zeit.«
Sie zeigte mit einer Hand auf die Tiefe. »Und das ist ein *langer* Abstieg!«

»Also gut, einverstanden«, erklärte er.
»Mach' schon«, drängte sie, »wir wollen die Scheibe einschlagen.«

Bollinger trat über die umgekippte Hausbar und ließt den Blick durch Harris' Büro schweifen.
Alles so wie vorhin. Und von den Opfern nichts zu sehen.
Wo um alles in der Welt waren sie?
Er drehte sich schon halb zum Gehen um, als die grünen Vorhänge sich aufbauschten.
Er riß die Walther hoch und hätte fast abgedrückt.
Doch bevor die erste Kugel den Lauf verlassen konnte, fielen die Vorhänge wieder zurück. Nein, dahinter konnte sich niemand verbergen. Dazu hingen sie zu eng an der Wand.
Bollinger marschierte zur rechten Ecke und fand die Zugschnur. Der grüne Samt glitt mit einem kaum hörbaren Zischen auseinander.
Sobald das Mittelfenster freilag, fiel Bollinger auf, daß dort etwas nicht stimmen konnte. Er trat näher an das Fenster heran und öffnete die beiden Flügel.
Augenblicklich stürmte der Wind auf ihn ein, riß an seinem geöffneten Kragen, zerwühlte sein Haar und heulte ihn gespenstisch an. Harte Schneeflocken prasselten wie eine Ladung aus einem Schrotgewehr auf sein Gesicht.
Er entdeckte die Karabinerhaken am Mittelpfosten. Und dann auch die Seile, die von ihnen abgingen.
Bollinger beachtete die Kälte nicht und beugte sich aus dem Fenster. Er starrte hinab auf die Fassade.
»Ja, ist es denn möglich!« entfuhr es ihm.

Graham bemühte sich, den Hammer vom Gürtel an seinem Harnisch zu lösen, wurde dabei jedoch erheblich von seinen dicken Handschuhen behindert. Ohne die gefütterten Handschuhe wäre die Sache ein Kinderspiel gewesen, doch hier draußen im Sturm wollte er sie lieber nicht ausziehen. Der Wind hätte sie ihm höchstwahrscheinlich aus den Händen gerissen und davongetragen. Wenn etwas Unvorhergesehenes eintrat oder sie gezwungen sein würden, den Abstieg fortzusetzen, brauchte er seine Handschuhe mehr als dringend.

Über ihm erzeugte der Wind ein eigenartiges Geräusch.

Wumm!

Ein lautes, dumpfes und abgehacktes Geräusch. Wie ein abgebrochener Donnerschlag.

Endlich hatte er den Hammer vom Gürtel gelöst.

Wumm!

Plötzlich packte ihn Connie am Arm. »Bollinger!«

Im ersten Moment wußte er nicht, was sie meinte. Dann blickte er nach oben, weil Connie das auch tat.

Zehn Meter über ihnen beugte sich Bollinger aus dem Fenster.

»Drück' dich fest an die Wand!« rief Graham Connie zu.

Aber sie schien ihn nicht gehört zu haben. Stocksteif blieb sie stehen. Zum ersten Mal sah Graham Furcht in ihren Augen.

»Mach' dich doch nicht zur Zielscheibe!« fuhr Graham sie eindringlich an.

Sie preßte sich an die Wand.

»Befrei' dich von deiner Sicherheitsleine«, rief er.

Über ihnen tauchte blitzartig eine kleine, orangefarbene Flamme aus der Pistolenmündung auf.

Wumm!

Graham schwang den Hammer und schlug damit auf die Fensterscheibe.

Sie zerbarst, und ungezählte Splitter flogen ins Innere.

Wie von Sinnen und unfähig, die Vision zu verdrängen,

in der er sich selbst mit einer Kugel im Rücken gesehen hatte, hieb Graham auf die Zacken ein, die noch im Rahmen hingen.
Wumm!
Das Jaulen des Querschlägers ließ Graham zusammenfahren. Die Kugel hatte nur wenige Zentimeter über seinem Kopf den Stein getroffen und war abgeprallt.
Erneut und stärker als vorhin brach ihm der Schweiß im Gesicht aus.
Bollinger rief etwas.
Der Wind riß seine Worte zu unverständlichen Fetzen auseinander.
Graham sah nicht von seiner Arbeit auf, sondern schlug wild nach den verbliebenen Zacken.
Wumm!
»Geh hinein!« brüllte er, als er mit Hammer und einem Fuß die letzten Glasreste entfernt hatte.
Connie kletterte umständlich über die Fensterbrüstung und war kurz darauf in der Dunkelheit des Büros verschwunden.
Graham löste den Knoten der Sicherheitsleine an seinem Harnisch.
Wumm!
Die Kugel sauste so nahe an ihm vorbei, daß er erschrocken aufschrie. Sie zupfte am Ärmel seines Parkas. Graham war so überrascht, daß er sein Gleichgewicht zu verlieren drohte. Für eine Sekunde fürchtete er schon, er würde über den Rand in die Tiefe kippen.
Wumm!
Wumm!
Er schoß mit einem Hechtsprung durch die zerbrochene Scheibe und erwartete, im letzten Moment von einer Kugel gestoppt zu werden, die sich in sein Rückgrat bohrte.

35

Im unbeleuchteten Büro in der achtunddreißigsten Etage knirschte das Glas unter ihren Füßen.

»Warum hat er uns verfehlt?« fragte Connie. »Warum hat er vorbeigeschossen?«

Graham wischte sich mit dem Handschuh den Schweiß von der Stirn und erklärte schwer atmend: »Der Wind hat fast Orkanstärke. Das hat die Kugeln sicher abgelenkt.«

»Selbst auf eine so kurze Distanz wie zehn Meter?«

»Anzunehmen. Davon abgesehen hat er aus einem ungünstigen Winkel geschossen. Er mußte sich dazu aus dem Fenster beugen und schräg nach unten feuern. Die Lichtverhältnisse waren schlecht für ihn. Der Wind hat ihm unablässig ins Gesicht geblasen. Er hätte schon großes Glück haben müssen, um uns zu treffen.«

»Wir können nicht hierbleiben, wie wir es ursprünglich vorhatten«, erklärte Connie.

»Nein, jetzt nicht mehr. Er weiß, auf welcher Etage wir uns befinden. Wahrscheinlich rennt er schon in diesem Moment zum Aufzug, um zu uns herunterzukommen.«

»Dann gehen wir also wieder nach draußen?«

»Das wäre das letzte, was ich wollte.«

»Er wird zwischendurch überall auftauchen, sich aus einem Fenster beugen und versuchen, uns von der Wand zu schießen.«

Graham schüttelte den Kopf. »Bleibt uns denn noch eine andere Möglichkeit?«

»Nein«, sagte sie. »Bist du bereit zum Abstieg?«

»Allzeit bereit«, sagte er und salutierte.

»Du hast dich wunderbar gehalten.«

»Wir haben doch gerade erst angefangen.«
»Du wirst es schaffen.«
»Ist aus dir jetzt auch ein Hellseher geworden?«
»Ach, komm. Du weißt, daß du es schaffen wirst. Denn du hast deine Angst besiegt.«
»Von wem sprichst du? Doch nicht etwa von mir?«
»Von Graham Harris. Von dir.«
»Ich fürchte mich zu Tode. Hörst du nicht, wie meine Zähne klappern?«
»Nein, es ist nicht so wie früher. Nicht so schlimm. Trotzdem gibt es einen guten Grund, auch jetzt Angst zu haben. Allerdings eine gesunde Angst, und genau die ist jetzt in dir.«
»O ja, ich platze fast vor gesunder Angst.«
»Ich hatte recht.«
»Womit denn?«
»Du bist der Mann, den ich immer gewollt habe.«
»Dann bist du aber anspruchslos.«
Trotz seines Understatements spürte sie, daß tief in ihm Freude war. Er klang auch nicht wie sonst, wenn er sich selbst kleinmachte. Schlimmstenfalls war es in diesem Augenblick so etwas wie Galgenhumor. Doch daran glaubte Connie nicht. Er sah sich nicht mehr im schwärzesten Licht. Er hatte etwas von seiner früheren Achtung vor sich selbst zurückgewonnen.
Graham trat ans Fenster und öffnete die nächste Scheibe. »Du wartest hier, während ich einen zweiten Haken einschlage und eine neue Leine verknote.« Er zog die Handschuhe aus. »Halt sie bitte für mich.«
»Aber deine Hände werden erfrieren.«
»Nicht innerhalb von ein oder zwei Minuten. Und mit bloßen Händen komme ich viel schneller voran.«
Vorsichtig steckte er den Kopf aus dem Fenster und blickte nach oben.

»Ist er immer noch da?« fragte Connie leise.
»Nein, natürlich nicht.«
Er kletterte auf das knapp zwei Meter breite Sims und legte sich dort auf den Bauch. Die Füße waren an der Wand, während Kopf und Arme über den Rand ragten.
Connie trat ein paar Schritte vom Fenster zurück und blieb reglos stehen. Sie lauschte auf ein Anzeichen von Bollinger.

Bollinger blieb mitten in Harris' Büro stehen und lud seine Walther nach. Dann begab er sich zum Fahrstuhl.

Graham hämmerte den Felshaken in die feste, horizontale Mörtelfuge zwischen zwei Granitblöcken. Er ruckte daran, fand ihn ausreichend fest und klinkte einen Karabinerhaken in die Öse.
Er richtete sich wieder auf und nahm die dreißig Meter lange Leine von seinem Gürtel; er schoß sie rasch auf, so daß sie ohne Verwicklungen ablaufen konnte. Der Wind besaß sicher die Kraft, das Seil zu verwirren. Graham würde es die ganze Zeit im Auge behalten müssen, während er Connie beim Abstieg sicherte. Wenn die Leine sich verhedderte, gerieten er und Connie in größte Schwierigkeiten. Er band einen Knoten an das eine Ende, aus dem zwei kleine Schlaufen herausragten.
Nun legte er sich wieder auf den Bauch, schob die Arme über den Rand und klinkte die Schlaufen in den Karabinerhaken ein. Er schob den Mantel über den Schnappverschluß und schraubte ihn zu.
Erneut richtete er sich auf und saß mit dem Rücken zum Wind. Es kam ihm so vor, als würden kräftige Hände versuchen, ihn über den Rand zu schieben.
Seine Finger fühlten sich bereits taub an.
Die beiden Sicherheitsleinen, die sie beim Abstieg aus

dem vierzigsten Stock benutzt hatten, baumelten vor seinem Gesicht. Er griff nach einer von ihnen.
Er hatte die Leinen so im Karabinerhaken am Fensterpfosten verschlungen, daß sie von unten losgezogen und geborgen werden konnten. Solange ein großes Gewicht die Sicherheitsleine belastete, blieb der Knoten fest und sicher. Je größer die Gewichtsbelastung war — das heißt, je schwerer der Bergsteiger —, desto fester zog sich der Knoten zusammen. Sobald die Sicherheitsleine jedoch losgelassen wurde, bedurfte es nur des richtigen Zuges am Seil, und der Knoten löste sich. Graham zog nun daran, zog ein zweites und schließlich ein drittes Mal. Endlich befreite sich die Leine vom Haken und fiel Graham in den Schoß.
Er holte ein Klappmesser aus der Tasche seines Parkas, schnitt das Seil entzwei und steckte das Messer wieder ein.
Er stellte sich auf die Füße und taumelte kurz, als der Schmerz durch sein lahmes Bein fuhr.
Eine der beiden Leinen war für ihn bestimmt. Er band ein Ende an seinen Harnisch und klinkte das andere in einen Karabinerhaken ein, den er mit dem Fensterpfosten verband.
Graham beugte sich durch das Fenster und rief: »Connie?«
Sie trat aus dem Schatten in das trübe Licht. »Ich habe gelauscht.«
»Und, hast du etwas gehört?«
»Bis jetzt noch nicht.«
»Dann komm heraus zu mir.«

Er wünschte, Billy wäre jetzt mit von der Partie. Billy war ein Teil von ihm, war die Hälfte von ihm; fünfzig Prozent seines Fleisches, Blutes und Geistes. Ohne Billy lebte er in

Augenblicken wie diesen nur unvollständig. Ohne Billy würde er nur die Hälfte der Erregung, der ungeheuren Befriedigung empfinden.
Auf dem Weg zum Fahrstuhl dachte Bollinger an Billy; dachte vor allem an die ersten Nächte ihres Kennenlernens.
Sie waren sich an einem Freitagabend zum ersten Mal begegnet und hatten neun Stunden in einem privaten Nachtclub in der Vierundvierzigsten Straße verbracht. Der Morgen graute schon, als sie das Lokal verließen, und sie waren beide gleichermaßen überrascht, wie schnell die Zeit verflogen war. Die Bar war ein beliebter Treffpunkt für städtische Polizeibeamte und ständig gut gefüllt. Doch Bollinger war es so vorgekommen, als seien er und Billy die einzigen dort gewesen, als hätte es auf der Welt nur sie beide und ihre Sitzecke gegeben.
Von Anfang an hatten sie keinerlei Probleme miteinander. Bollinger kam es so vor, als hätte er einen Zwillingsbruder getroffen, als besäßen sie beide diese mythische Verbundenheit, die Zwillinge auch über den tagtäglichen Kontakt hinaus auszeichnet. Sie unterhielten sich gleichermaßen eifrig und erregt, und ihre Unterhaltung war frei von Witzchen, Smalltalk und dem üblichen Thekengeschwätz. Es waren ehrliche, aufrichtige Gespräche; ein Austausch von Ideen, Vorstellungen und Ansichten, wie Bollinger es nie zuvor mit jemandem erlebt hatte. Keine Tabus: Politik, Religion, Poesie, Sex, Selbsteinschätzung. Sie stießen auf Übereinstimmung in überraschend vielen Punkten. Nach den neun Stunden kannten beide einander besser, als sie jemals einen anderen Menschen kennengelernt hatten.
Am nächsten Abend trafen sie sich wieder in der Bar, unterhielten sich, tranken, gabelten eine attraktive Nutte auf und verzogen sich mit ihr in Billys Wohnung. Sie gin-

gen zu dritt miteinander ins Bett, vermieden aber einen bisexuellen Kontakt. Sie vergnügten sich einzeln oder gemeinsam in vielen Variationen mit ihr, wobei es zu keinerlei Berührung zwischen den beiden Männern kam.
Sie erlebten den Sex in dieser Nacht dynamischer, heiterer, wilder, manischer, befriedigender, als Bollinger es sich je vorgestellt hätte. Billy wirkte rein äußerlich ganz sicher nicht wie ein Potenzprotz, war sogar ziemlich weit davon entfernt. Aber im Bett erwies er sich als unersättlich. Er hielt seinen Höhepunkt über Stunden zurück, denn er wußte, daß, je länger er sich zügelte, der Orgasmus um so gewaltiger werden würde. Als Sinnenmensch lehnte er eine sofortige Befriedigung zugunsten einer Reihe von unterschiedlichen Genüssen ab. Bollinger begriff in dem Moment, in dem er ins Bett stieg, daß er hier einem Test unterzogen wurde. Daß er bepunktet wurde. Billy beobachtete ihn permanent. Nur mühsam konnte Bollinger dem Tempo des Älteren folgen, aber es gelang ihm. Die Nutte war am Ende völlig ausgelaugt und beklagte sich, noch nie soviel Leistung für ihr Geld gebracht zu haben.
Bollinger konnte sich noch heute lebhaft die Stellung ins Gedächtnis zurückrufen, in der er endlich zum Höhepunkt gekommen war. Und er war immer noch der Ansicht, daß Billy ihn damals in den Orgasmus hineinmanövriert hatte. Die Frau hockte auf Händen und Knien in der Mitte des Bettes. Billy kniete vor ihr, seinen Schwanz in ihrer Mundhöhle. Bollinger war hinter ihr und pumpte in sie hinein. Über den Rücken der Frau sahen die beiden sich an. Später wurde Bollinger klar, daß Billy es genau so gewollt hatte; daß Bollinger genau in dem Moment kommen sollte, in dem sie beide sich ansahen.
Er sah erst sich selbst, wie er rhythmisch und immer schneller werdend in die Frau hineinstieß. Einmal blickte

er auf und entdeckte, daß Billy ihn ansah. Daß er ihn anstarrte. Mit weitem, elektrisiertem Blick anstarrte. Mit Augen, als wäre der andere irgendwie besessen. Obwohl ihn dieser Blick im ersten Moment erschreckte, starrte Bollinger mit derselben Intensität zurück. Und tauchte damit in eine Halluzination ein. Er sah sich, wie er aus seinem Körper aufstieg und auf Billy zutrieb. Während er trieb, war er sich der Anwesenheit der Frau nicht mehr bewußt. Es gab nur noch den anderen und ihn. Er schrumpfte zusammen, bis er so klein war, daß er in den Augen seines Gegenübers verschwinden konnte. Auch wenn er wußte, daß es sich hierbei nur um eine Illusion handelte, erlebte er das Zusammentreffen dennoch mit ungeheurer Lebendigkeit. Er hätte danach schwören können, tatsächlich in Billys Augen eingetaucht und dahinter versunken zu sein . . .

Sein Höhepunkt war weit mehr als nur eine körperliche Reaktion. Er verband ihn auf physischer Ebene mit der Frau, gleichzeitig jedoch auf einer viel höheren Ebene mit Billy. Er spritzte tief und viel in ihre Vagina, und im selben Moment ergoß sich Billy in ihren Mund. Im Nachhall seines gewaltigen Orgasmus hatte Bollinger den eigenartigen Eindruck, daß Billy und er im Leib der Nutte gewachsen wären; daß sie sich so vergrößert und verlängert hätten, bis sie sich in ihrem Zentrum berührten. Vor seinem geistigen Auge sah er, wie sich ihre Eicheln berührten und sie sich gegenseitig in ihre Penisse entluden. Dieses Bild war von einer enormen Urgewalt, dabei aber erstaunlich asexuell. Nichts Homosexuelles verband Bollinger und Billy. Bollinger war noch nie schwul gewesen, daran hatte er nicht den geringsten Zweifel. Der imaginäre Akt zwischen ihnen hatte vielmehr Ähnlichkeit mit einem Ritual nordamerikanischer Indianerstämme, in dem eine Blutsbrüderschaft besiegelt wurde. Die Indianer schnit-

ten sich die Handflächen auf und preßten die Schnittstellen aneinander, weil sie glaubten, daß so das Blut des einen in den Körper des anderen floß und sie damit für immer und ewig ein Teil voneinander seien. Bollingers bizarre Vision war tatsächlich so etwas wie das indianische Ritual der Blutsbrüderschaft gewesen; wie ein Eid, ein unzerreißbares, heiliges Band. Und er wußte, daß eine Metamorphose stattgefunden hatte. Von nun an waren sie nicht mehr zwei Wesen, sondern eines.
Jetzt im Bowerton-Gebäude fühlte er sich unvollständig ohne Billy. Er betrat den Fahrstuhl und schaltete ihn ein.

Connie kletterte aus dem Fenster und stieg auf das Sims hinaus.
Graham band rasch das Ende der Dreißig-Meter-Leine an ihren Harnisch.
»Alles bereit?« fragte sie.
»Noch nicht ganz.«
Seine Hände fühlten sich bereits so an, als stünden sie kurz vor dem Erfrieren. In den Fingerspitzen war kein Gefühl mehr, und die Knöchel schmerzten wie bei Arthritis.
Graham verknotete die Karabinerhaken an den beiden Enden eines der anderthalb Meter langen Seilstücke, die er abgeschnitten hatte. Er verband die Haken mit einem Metallring an Connies Harnisch. Die Seilschlinge hing bis zu ihren Knien durch.
Graham klinkte den Hammer an ihrem Hüftgürtel ein.
»Wozu ist das gut?« fragte sie.
»Der nächste Mauervorsprung liegt fünf Stockwerke weiter unten. Er sieht so aus, als wäre er nur halb so breit wie dieser hier. Ich lasse dich auf die gleiche Weise hinab wie eben. Ich selbst bin hier am Fensterpfosten gesichert.« Er zog an seiner eigenen anderthalb Meter langen Sicher-

heitsleine. »Leider haben wir nicht die Zeit, eine fünfundzwanzig Meter lange Sicherheitsleine für dich anzubringen. Du mußt an einem einfachen Seil nach unten.«
Sie nickte düster.
»Sobald du das Sims dort erreicht hast«, fuhr Graham fort, »hältst du nach einer schmalen, waagerechten Fuge zwischen den Granitblöcken Ausschau. Je schmaler sie ist, desto besser. Aber vergeude keine Zeit damit, dir alle möglichen Ritzen anzusehen. Hast du eine geeignete Fuge gefunden, nimmst du den Hammer und schlägst einen Felshaken in die Ritze.«
»Dieses kurze Seil hier vor meinem Bauch — ist das etwa bei meinem Abstieg die Sicherheitsleine?«
»Ja. Löse unten ein Ende von deinem Harnisch und laß den Karabinerhaken in die Öse des Felshakens einschnappen. Und vergiß nicht, den Schnappverschluß mit dem Mantel zu sichern.«
»Mantel?« fragte sie verdutzt.
Graham zeigte ihr, was er meinte. »Sobald du diese Hülse verschraubt hast, löst du dich vom Hauptseil, damit ich es heraufziehen und selbst daran hinuntersteigen kann.«
Sie reichte ihm seine Handschuhe.
Er streifte sie rasch über die eisigen Hände. »Noch ein Punkt: Ich lasse diesmal das Seil etwas schneller runter als vorhin. Das ist kein Grund zur Besorgnis. Halt dich nur am Seil fest und achte auf den Mauervorsprung unter dir.«
»Okay.«
»Noch irgendwelche Fragen?«
»Nein.«
Sie setzte sich auf den Simsrand und ließ die Beine über dem Abgrund baumeln.
Er hob das Seil und machte ein paar Fingerübungen, um sicherzugehen, daß er die Leine gut im Griff haben wür-

de. Die erste Wärme strömte schon in seine Finger. Er spreizte die Beine, atmete tief durch und sagte laut: »Los!«
Connie glitt über den Rand der Tiefe entgegen.
Stechender Schmerz breitete sich in seinen Armen und Schultern aus, als er von einem Moment auf den anderen Connies ganzes Gewicht zu spüren bekam. Er biß die Zähne zusammen und gab so rasch Seil, wie das seiner Ansicht nach gerade noch zu verantworten war.

Im achtunddreißigsten Stock hatte Bollinger im ersten Augenblick einige Mühe zu entscheiden, welches Büro direkt unter dem von Harris lag. Schließlich stand er vor zwei Möglichkeiten: Entweder *Boswell Patent Brokerage* oder *Dentonwick Mail Order Sales*.
Wie nicht anders zu erwarten, waren die Zugänge zu beiden Firmen versperrt.
Er verschoß drei Kugeln in das Schloß der Tür zu *Dentonwick*, stieß die Tür auf, feuerte zweimal in die Dunkelheit, sprang hinein, duckte sich, suchte nach dem Lichtschalter und fand ihn.
Das erste der drei Zimmer war leer. Vorsichtig näherte er sich den beiden folgenden.

Das Seil erschlaffte.
Connie hatte das Sims fünf Etagen tiefer erreicht.
Graham ließ das Seil dennoch nicht los und war darauf vorbereitet, sie halten zu müssen, falls sie ausglitt und vom Mauervorsprung stürzte, bevor sie den Felshaken angebracht hatte.
Er hörte wie aus weiter Ferne zwei Schüsse.
Aber schon der Umstand, daß er sie bei diesem Wind überhaupt hören konnte, bedeutete wohl, daß sie ganz in der Nähe abgefeuert worden waren.

Doch auf was schoß Bollinger?
Das Büro hinter Graham blieb dunkel. Dann erschienen Lichter hinter den Fenstern des Nachbarbüros.
Bollinger war verdammt nahe gekommen.
Ob es hier passiert? fragte sich Graham.
Rascher, als er erwartet hatte, wurde zweimal fest am Hauptseil gezogen.
Er zog das Seil ein und hoffte, daß ihm noch eine Minute bliebe, bis Bollinger das richtige Büro entdeckte und damit ihn.
Wenn er das Sims dort fünf Stockwerke tiefer erreichen wollte, bevor Bollinger eine Chance hatte, auf ihn zu schießen, mußte er sich jetzt wesentlich rascher abseilen als vorhin.
Wieder hing das Seil vor den Fensterreihen. Er mußte darauf achten, nicht zu fest mit den Füßen auf sie zu stoßen. Weil er sich diesmal mit jedem Schwung weiter hinablassen mußte als vorhin, dabei aber weniger Zeit hatte, seine Abstoßmanöver vorauszuberechnen, erwies sich hier das Glas als besondere Gefahr. Beim gemächlicheren, vorsichtigeren Abseilen vorhin hatte er die Scheiben berücksichtigen können.
Dieser Umstand erweckte die alten Ängste in ihm zu neuem Leben. Vielleicht war es in dieser Situation ein Glück, daß er sich so sehr beeilen mußte. Wenn er Zeit zum Nachdenken gehabt hätte, so hätte ihn die Furcht bestimmt gelähmt.

Harris und die Frau hielten sich nicht im Büro von *Dentonwick Mail Order Sales* auf.
Bollinger eilte auf den Korridor zurück. Er feuerte zwei Schüsse in die Tür von *Boswell Patent Brokerage*.

36

Boswell besaß ebenfalls drei Räume. Alle waren beschämend kärglich eingerichtet, und so konnte Bollinger auf den ersten Blick erkennen, daß sich hier niemand befand . . .

Aber da war ja auch ein zerbrochenes Fenster. Bollinger beugte sich hinaus und blickte das Sims entlang. Vergeblich.

Widerwillig trat er die Glasscherben beiseite und kletterte auf die Fensterbank.

Der Sturmwind stürzte sich sofort auf sein neues Opfer, schlug auf ihn ein, ließ seine Haare fliegen, schaufelte Schneeflocken in sein Gesicht, unter sein Hemd, in seinen Kragen und in seine Ärmel. Überall schmolzen die kalten Flocken auf Bollingers Haut. Er fröstelte und bedauerte sehr, vor einiger Zeit den schweren Mantel abgelegt zu haben.

Er legte sich auf den Bauch. Der Stein war so kalt, daß er das Gefühl hatte, er läge mit blanker Brust auf einem Eisblock.

Bollinger spähte über den Rand. Harris war nur wenige Meter unter ihm, hielt sich an einem dünnen Seil fest und stieß sich gerade von der Wand ab. Er rutschte dabei ein Stück weiter nach unten, schwang zur Wand zurück und stieß sich dort erneut ab.

Bollinger streckte eine Hand nach dem Felshaken aus. Er war so kalt, daß seine Finger fast augenblicklich daran festfroren. Bollinger versuchte mit aller Kraft, den Haken herauszuziehen. Aber er saß zu fest in der Fuge.

Trotz des matten Lichtes erkannte Bollinger, daß eine Art

Schnappverschluß an dem Haken angebracht war. Er fummelte daran herum, wollte ihn öffnen, begriff den Mechanismus aber nicht.
Obwohl er sich direkt über Harris befand, wußte Bollinger, daß es vergeblich wäre, einen Schuß auf ihn abzufeuern. Die Kälte und der Wind trieben ihm Tränen in die Augen, wodurch sich die ohnehin miserable Sicht noch verschlechterte. Und der Mann bewegte sich zu rasch und zu ruckartig, um ein gutes Ziel abzugeben.
Also legte Bollinger die Walther beiseite und holte das Klappmesser aus der Hosentasche. Er ließ die Klinge herausspringen. Mit dieser Waffe und ihrer rasiermesserscharfen Klinge hatte er eine ganze Reihe von Frauen ermordet. Und nun, sofern es ihm gelang, das Seil zu durchtrennen, bevor Harris das Sims erreichte, konnte die Klinge ihr erstes männliches Opfer verbuchen. Bollinger begann, an der Seilschlinge zu sägen, die an dem Karabinerhaken hing.
Eine neue, mächtige Bö wehte heran, fuhr rund um das Gebäude und schlug wie mit einer Keule auf Bollingers Gesicht ein.
Er atmete durch den Mund. Die Luft war so kalt, daß sein Hals schmerzte.
Graham, der Bollinger noch nicht bemerkt hatte, stieß sich ein weiteres Mal vom Gebäude ab. Schwang in die Luft, schwang wieder zurück und war diesmal gut zwei Meter weiter nach unten gekommen. Er holte kurz Luft und stieß sich erneut ab.
Der Karabinerhaken ruckte am Felshaken hin und her und machte es Bollinger schwer, die Klinge an der Schnittstelle zu halten.
Harris kam rasch voran, näherte sich flott dem Sims, auf dem Connie wartete. Nur noch ein paar Sekunden, und er würde bei ihr sein.

Harris hatte sich noch weitere drei Male abgestoßen, als Bollingers Messer die letzten Nylonfasern durchtrennte. Das Seil rutschte aus dem Schnappverschluß.

Graham schwang gerade wieder zur Fassade zurück und streckte die Füße vor sich aus. Er visierte eine schmale Fensterbank als vorübergehenden Haltepunkt an, als er spürte, wie das Seil schlaff wurde.
Er wußte sofort, was geschehen war.
Seine Gedanken überschlugen sich. Noch bevor das Seil auf ihn fiel, bevor seine Schwungkraft nachgelassen hatte und noch bevor seine Füße das Fensterbrett berührten, blitzte in ihm eine Eingebung auf.
Das Fensterbrett war gerade fünf Zentimeter breit. Höchstens die Stiefelspitzen würden darauf Halt finden. Graham nutzte deshalb seine Schwungkraft, um mit den schweren Stiefeln gegen die Fensterscheibe zu krachen. Er riß kurz vor dem Fensterbrett Füße und Beine hoch und nahm alle Kraft zusammen. Dann prallte er mit der Schulter gegen die Scheibe, während seine Stiefelspitzen auf dem Brett landeten. Glas splitterte.
Er hatte gehofft, mit der Seite durch das Glas zu fahren und dann den Mittelpfosten fassen zu können. Wäre ihm das nämlich gelungen, hätte er sich dort lange genug festhalten können, um das Fenster zu öffnen und ins Innere zu gelangen.
Doch als das Glas brach, verlor er den Halt auf dem Fensterbrett. Die Stiefelspitzen rutschten an der vereisten, fünf Zentimeter breiten Fläche ab und versanken in der Leere unter ihm. Verzweifelt griff er an das Fenster.
Seine Knie prallten an das Fensterbrett. Der Stein riß seine Hose auf und scheuerte an seiner Haut. Die Knie glitten genauso hilflos an der Eisfläche ab wie zuvor schon die Füße.

Er krallte sich mit den Händen an das Fensterbrett, als er weit genug hinabgerutscht war. Er konzentrierte alle Kraft auf die Finger. Sie waren alles, was ihn vor dem Aufprall in der Tiefe bewahrte. Die Füße traten gegen die Wand und versuchten, einen Mauerspalt zu finden, obwohl dort keiner zu vermuten war.
Der Vorsprung, auf dem Connie stand, war kaum fünf Meter von der Fensterbank entfernt, an die er sich klammerte. Und von den Stiefelsohlen waren es nur noch zweieinhalb Meter, die ihm jedoch in diesem Moment wie ein ganzer Kilometer vorkamen.
Während er sich vorstellte, wie er nach dem langen Fall auf die Lexington Avenue krachen würde, betete er zu Gott, daß sich seine Vision von der Kugel im Rücken bewahrheiten möge.
Seine Handschuhe waren zu dick, um ihn in dieser Stellung lange halten zu können. Er spürte, wie die Fingerspitzen langsam von dem eisbedeckten Stein abglitten.
Graham ließ sich auf das Sims fallen. Er kam mit den Füßen auf. Schrie vor Schmerz. Kippte nach hinten.
Connie rief etwas.
Ein Fuß trat ins Leere. Er spürte, wie der Tod nach ihm griff. Er kreischte. Ruderte mit den Armen durch die Luft.
Connie hatte sich an die Wand angeseilt und ließ es jetzt darauf ankommen, ob sie den Haken fest genug zwischen die Granitblöcke eingeschlagen hatte. Sie sprang zu Graham, packte ihn vorn am Parka, riß an ihm und versuchte, ihn zur Hauswand zu ziehen.
Für zwei oder drei Sekunden, die ihnen jedoch wie eine Ewigkeit vorkamen, schwankten sie am Rand des Mauervorsprungs.
Der Wind schob sie unerbittlich der Straße zu.
Doch endlich erwies Connie sich als hartnäckig genug,

Graham vor einem weiteren Kippen zu bewahren. Er konnte den freien Fuß auf das Sims stellen. Beide erlangten das Gleichgewicht wieder. Er warf die Arme um sie, und sie bewegten sich vorsichtig zur Wand, zur Sicherheit, fort von der Betonschlucht.

37

Vermutlich hat er das Seil durchgeschnitten«, sagte Connie. »Aber jetzt ist von ihm dort oben nichts mehr zu sehen.«

»Er ist wahrscheinlich schon auf dem Weg zu uns.«

»Er wird bei der nächstbesten Gelegenheit wieder das Seil durchschneiden.«

»Darauf kannst du wetten. Also müssen wir schneller sein.«

Graham lag ausgestreckt auf dem einen Meter breiten Sims parallel zur Wand.

Sein lahmes Bein war von der Hüfte bis hinab in die Zehenspitzen von einem bohrenden Schmerz erfüllt. Wenn er daran dachte, wie viele Meter des Abstiegs noch vor ihm lagen, bevor er die Straße erreicht hatte, war er sicher, daß sein Bein an irgendeinem, wahrscheinlich sogar lebenswichtigen Punkt versagen würde.

Er nahm einen Felshaken von dem Gürtel am Harnisch und hielt Connie eine Hand entgegen. »Hammer«, sagte er nur.

Sie reichte ihn ihm.

Er verschob seinen Körper, bis er auf der Seite lag und den Kopf und einen Arm über den Rand halten konnte.

Tief unter ihm fuhr ein Krankenwagen mit blitzenden Signallichtern über die Lexington Avenue. Selbst vom dreiunddreißigsten Stockwerk war die Straße noch nicht gut zu erkennen. Die sich drehenden Lichter auf dem Wagendach machten es ihm zusätzlich schwer, die Konturen des Gefährts zu erkennen. Der Krankenwagen war nun auf gleicher Höhe mit dem Bowerton-Gebäude und verschwand dann in der dunklen Schneenacht.

Graham fand eine Mörtelfuge, ohne vorher die Handschuhe ausziehen zu müssen, und begann damit, den Haken dort hineinzutreiben.
Plötzlich bemerkte er aus dem Augenwinkel zwei Etagen tiefer eine Bewegung. Ein Fenster öffnete sich nach innen. Der eine Flügel eines Doppelfensters. Doch niemand blickte nach draußen.
Graham tat so, als hätte er nichts bemerkt, wenngleich ihn neuerliche Kälteschauer durchzogen. Er fuhr fort, den Haken in den Mörtel zu schlagen. Dann rutschte er vom Rand zurück und erhob sich. »Wir können dort nicht hinunter«, erklärte er Connie.
Sie sah ihn verblüfft an. »Und warum nicht?«
»Bollinger ist nicht weit.«
»Wie meinst du das?«
»Er hat ein Fenster geöffnet und wartet dort auf uns. Er schießt auf uns, wenn wir dort vorbeikommen.«
Ihre Augen waren groß, als sie fragte: »Aber warum ist er denn nicht hierhergekommen, um uns zu erledigen?«
»Vielleicht hat er sich gesagt, daß wir schon wieder auf dem Weg nach unten wären, sobald er hier einträfe. Vielleicht fürchtete er auch, wir würden uns auf dem Sims davonmachen, sobald er hereinkäme.«
»Was jetzt?«
»Ich denke noch darüber nach.«
»Ich habe große Angst.«
»Versuch, Ruhe zu bewahren.«
»Es geht nicht.«
Ihre Braunen waren eisverkrustet, genauso wie der Pelzbesatz an ihrer Kapuze. Der Wind heulte unaufhörlich.
»Wir befinden uns auf einem Eckhaus«, erklärte er.
»Was willst du damit sagen?«
»Das Bowerton stößt also nicht nur auf die Lexington Avenue, sondern auch auf eine andere Straße.«

»Und?«
»Wir gehen das Sims entlang«, erklärte er in neu erwachtem Eifer. »Verschwinden um die nächste Ecke.«
»Du meinst, wir klettern dann dort die Fassade hinunter? Auf der anderen Straße?«
»Genau das meine ich. Die Wand dort ist sicher nicht schwieriger als die hier.«
»Und Bollinger kann nur die Lexington Avenue überblicken, solange er sich da an seinem Fenster aufhält«, fuhr sie fort und hatte sich von seinem Eifer anstecken lassen. »Eine geniale Idee.«
»Also, worauf warten wir noch? Da, wo Bollinger jetzt steht, wird er sicher ein paar Minuten bleiben und auf uns warten. Wenn er dann darauf kommt, daß wir ihm ein Schnippchen geschlagen haben, sucht er bestimmt erst einmal diese Etage hier ab.«
»Nicht zu vergessen die Treppenhäuser.«
»Und die Fahrstuhlschächte. Wenn wir nur ein bißchen Glück haben, sind wir schon auf dem halben Weg nach unten, bevor er uns wiedergefunden hat.«
»Okay«, sagte sie, »fangen wir an!« Sie löste ihre Sicherheitsleine vom Fensterpfosten.

38

Frank Bollinger wartete hinter dem geöffneten Fenster im einunddreißigsten Stockwerk. Offensichtlich bedurfte es einiger Vorbereitungen, das Seil bereitzumachen, bevor sie es mit dem Haken verbinden konnten, den Harris eben in die Wand geschlagen hatte.
Bollinger freute sich schon darauf, die Frau vom Seil zu schießen, wenn sie an ihm vorbeikam. Das Bild erregte ihn, wie sie vom Aufprall zusammenzuckte, wie ihre Hände die Leine nicht mehr halten konnten, wie sie mit den Armen ruderte und dabei immer weiter nach hinten kippte, wie sie endlich kopfüber nach unten fiel. Es würde ihm großen Spaß machen, sie wegzupusten.
Sobald er die Frau abgeknallt hatte, würde Harris betäubt und zum Denken unfähig sein. Sein Verstand würde aussetzen, er würde keinen Widerstand mehr leisten. Dann konnte Bollinger ihn doch noch nach seinen Vorstellungen jagen. Oh, er würde auch seinen Spaß mit Harris haben. Wenn es ihm gelang, ihn dort zu töten, wo es ihm am geeignetsten erschien, konnte er vielleicht doch den Plan noch retten, den Billy und er am Nachmittag geschmiedet hatten.
Während er darauf wartete, daß seine Opfer sich zeigten, dachte er an die zweite Nacht zurück, die er mit Billy verbracht hatte . . .
Nachdem die Nutte die Wohnung verlassen hatte, begaben die beiden sich in die Küche und nahmen eine tüchtige Mahlzeit zu sich. Sie verspeisten zusammen zwei große Salate, vier ordentliche Steaks, vier enorme Scheiben Speck, sechs Eier, acht Scheiben Toast und tranken

ein bedeutendes Quantum Scotch. Sie machten sich genauso hemmungslos über die Mahlzeit her, wie sie zuvor die Frau genommen hatten. Auch ihr Appetit war der von Übermenschen.
Gegen Mitternacht erzählte Bollinger von den Jahren, in denen er bei seiner Großmutter gelebt hatte . . .
Selbst in diesem Moment konnte er sich noch an den genauen Wortlaut der Unterhaltung erinnern. Bollinger war mit einem fotografischen Gedächtnis gesegnet. Dieses Talent hatte er viele Jahre lang durch das Auswendiglernen schwieriger Gedichte zur Vollendung gebracht.

»Sie nannte dich also Dwight. Der Name gefällt mir.«
»Warum sprichst du so?«
»Meinst du den Südstaaten-Akzent? Nun, ich wurde im Süden geboren. Ich habe bis zum zwanzigsten Lebensjahr nur mit diesem Akzent gesprochen. Danach mochte ich ihn nicht mehr und habe einiges dafür getan, um ihn loszuwerden. Habe sogar Sprachunterricht genommen. Aber wenn mir danach ist, verfalle ich wieder in diesen Akzent. Im Grunde genommen habe ich diese schleppende Sprechweise.«
»Der Akzent ist doch auch wirklich sympathisch. Warum wolltest du ihn eigentlich loswerden?«
»Du weißt doch, daß man hier im Norden mit dem Dialekt nicht für voll genommen wird. Man wird für einen Hinterwäldler gehalten. Für einen, dessen Horizont gerade bis zur Kirchturmspitze seines Dorfes reicht. Sag mal, du hast doch nichts dagegen, wenn ich dich Dwight nenne, oder?«
»Natürlich nicht, wenn es dir Spaß macht.«
»Ich stehe dir näher als jeder andere seit deiner Kindheit, nicht wahr?«
»Ja, das stimmt ganz genau.«
»Also sollte auch ich dich Dwight nennen wie deine Großmutter. Ich glaube sogar, ich stehe dir noch näher als sie.«

»Ich denke schon.«
»Auf der anderen Seite kennst du mich viel, viel besser als jeder andere.«
»Das Gefühl habe ich auch.«
»Dann sollten wir uns mit besonderen Namen anreden.«
»Gut, du nennst mich Dwight. Das gefällt mir.«
»Und du, du nennst mich . . . Billy.«
»Billy?«
»Von Billy James Plover.«
»Wie kommst du denn auf den Namen?«
»Es ist mein Taufname.«
»Dann hast du also deinen Namen geändert?«
»Ja, genauso wie den Akzent.«
»Und wann war das?«
»Ist schon einige Jahre her.«
»Und was war der Grund für die Namensänderung?«
»Ich habe ein College im Norden besucht. Kam dort nicht so gut voran, wie ich es erwartet hatte. Die Noten waren schlechter, als ich es verdient hätte. Mußte die Anstalt schließlich verlassen. Und dann habe ich herausgefunden, warum ich dort gescheitert bin. Damals haben die eitlen und vornehmen Professoren niemandem mit einem Dialekt und einem Hinterwäldlernamen wie Billy James Plover eine Chance gegeben.«
»Übertreibst du da nicht etwas?«
»Woher willst du denn wissen, wie es damals war? Woher solltest du auch wissen, was es damals hieß, als Südstaatler nach Neuengland zu kommen! Du hast immer deinen hübschen angelsächsischen, protestantischen Neuengland-Namen getragen. Frank Dwight Bollinger. Das hört sich doch nach etwas an, zumindest in dieser Gegend. Mensch, du hast ja keine Ahnung, wie es einem Südstaatler hier ergeht.«
»Vermutlich kann ich es mir wirklich nur schwer vorstellen. Aber ich glaube dir.«
»Zu jener Zeit hatten sich alle Neuengland-Intellektuellen und

die, die sich dafür hielten — und das waren die Allerschlimmsten —, gegen den Süden, gegen die Südstaatler zusammengetan, sich gegen uns verschworen. Diese Einstellung ist in Ansätzen auch heute noch anzutreffen, wenn auch nicht mehr ganz so bösartig und brutal. Damals blieb einem Südstaatler nichts anderes übrig, als sich einen angelsächsischen Namen zuzulegen, wenn er eine Universität im Norden besuchen oder sich auch nur im Norden niederlassen wollte. Ein durch und durch jüdischer Name wäre auch noch gegangen. Also Frank Bollinger oder Sol Cohen. Beide Namen waren dazu geeignet, von den anderen voll akzeptiert zu werden. Das genaue Gegenteil war aber der Fall bei einem Namen wie Billy James Plover.«

»Also hast du aufgehört, Billy zu sein.«

»So rasch, wie mir das nur möglich war.«

»Und erging es dir von da an besser?«

»Vom ersten Tag an.«

»Warum willst du dann, daß ich dich Billy nenne?«

»Weil der Name an sich doch nicht falsch ist. Es waren doch nur die Menschen hier im Norden, die mit Vorurteilen auf einen solchen Namen reagiert haben.«

»Billy . . .«

»Oder findest du nicht, daß wir uns besondere Namen geben sollten?«

»Wenn du es gerne möchtest.«

»Sind wir denn nicht etwas Besonderes, Frank?«

»Ich glaube schon.«

»Unterscheiden wir uns nicht von den anderen?«

»Doch, ziemlich sogar.«

»Also sollten wir auch andere Namen füreinander benutzen als die, mit denen wir sonst gerufen werden.«

»Vermutlich hast du recht.«

»Wir sind Übermenschen, Frank!«

»Wie meinst du das?«

»Ich meine Übermenschen im Sinne von Nietzsche.«

»Wer?«
»Nietzsche. Kennst du sein Werk?«
»Nicht unbedingt.«
»Ich gebe dir ein Buch von ihm.«
»Fein.«
»Da man Nietzsche wieder und wieder lesen sollte, werde ich dir das Buch schenken.«
»Danke . . . Billy.«
»Keine Ursache, Dwight.«

Bollinger warf einen Blick auf seine Armbanduhr. Null Uhr dreißig.
Weder Harris noch die Frau hatten sich gezeigt.
Er wollte nicht länger warten. Er hatte in dieser Nacht schon zuviel Zeit vergeudet. Er machte sich wieder auf, nach ihnen zu suchen.

39

Connie hämmerte einen Haken in eine waagerechte Mörtelnaht. Sie verband die Sicherheitsleine mittels eines Karabinerhakens mit der Öse und befreite sich dann vom Hauptseil.
Kaum war das Hauptseil losgemacht, da zog Graham es schon nach oben.
Der Abstieg an dieser Fassade erwies sich als einfacher als der Abstieg über die Frontseite zur Lexington Avenue. Zwar waren nicht mehr Vorsprünge oder andere Haltepunkte vorhanden als an der Stirnseite, aber der Wind blies hier wesentlich schwächer. Die Schneeflocken trafen das Gesicht nicht mehr mit der Wucht von Schrotkugeln, und die kalte Luft drang nicht mehr wie ein Raubtier durch die Kleidung.
Connie war zehn Stockwerke hinuntergestiegen. Graham, wie immer hinter ihr, war erst fünf Etagen weit gekommen. Ob Bollinger immer noch am Fenster wartete? Graham hatte Connie zu dem Sims im achtundzwanzigsten Stock hinabgelassen und war dann hinterhergekommen. Darunter gab es nur noch einen einzigen Mauervorsprung, der sich hundertzehn Meter tiefer im sechsten Stock befand. Aber in der dreiundzwanzigsten Etage war ein Zierstreifen von einem knappen halben Meter Länge angebracht, wie er für Art-deco-Bauten typisch war; ein steinernes Fries mit verschlungenen, stilisierten Weintrauben. Dies sollte ihre nächste Etappe sein. Graham ließ Connie hinab, und dort angekommen, stellte sie fest, daß der Streifen breit und stark genug war, sie zu halten. Graham machte sich oben bereit. In einer Minute

würde er, bestärkt durch sein wiedererwachtes Selbstvertrauen, bei ihr sein.
Connie konnte sich keine rechte Vorstellung machen, wie es von dem Fries aus weitergehen sollte. Bis zu dem Mauervorsprung im sechsten Stock war es ein extrem weiter Weg. Fünfundachtzig, vielleicht sogar neunzig Meter trennten sie von der sechsten Etage. Aber ihre Seile waren nur bis zu dreißig Metern lang. Und zwischen dem Fries und dem Sims im sechsten Stock war nichts als glatte Wand mit viel zu schmalen Fensterbrettern.
Graham hatte ihr zwar versichert, daß auf dem Fries ihr Abstieg noch lange nicht zu Ende sein müßte. Aber Connie hatte ihre Zweifel.
Über ihr ließ Graham sich durch den fallenden Schnee hinab. Der Anblick faszinierte sie. Graham schien die Leine im Abseilen zu erschaffen. Sie wuchs geradezu aus seiner Hand. Er erinnerte Connie an eine Spinne, die an ihrem Seidenfaden schwang und von einer Seite zur anderen flog, um ihr wunderschönes Netz zu weben.
Nach nur wenigen Augenblicken stand er neben ihr.
Sie reichte ihm den Hammer.
Graham schlug zwei Haken in die Wand unter den Fenstern, trieb sie aber nicht in dieselbe Fuge ein.
Er atmete schwer. Dunstwolken drangen aus seinem Mund.
»Ist mit dir alles in Ordnung?« fragte sie besorgt.
»Bis jetzt schon.«
Ohne den Schutz einer Sicherheitsleine bewegte er sich mit dem Rücken zur Straße auf dem Fries entlang und preßte dabei die Hände an die Wand. Auf dieser Seite des Gebäudes hatte der Wind auf Fensterbänken und an sonstigen Vorsprüngen kleine Schneeverwehungen geschaffen. Grahams Fuß versank bei jedem Schritt fünf oder sechs Zentimeter tief im Schnee, und manchmal berührte seine Sohle eine Eisschicht.

Connie wollte ihn fragen, was er da eigentlich vorhatte und wie weit er sich noch von ihr entfernen wollte. Aber sie befürchtete, daß ihre Worte ihn erschrecken könnten; womöglich würde er sein Gleichgewicht verlieren und ausgleiten.

Als er das Fenster hinter sich gebracht hatte, blieb er stehen und schlug einen weiteren Haken in die Wand, bevor er den Hammer wieder an den Gürtel hängte.

Vorsichtig und mit kleinen Schritten kehrte er zu der Stelle zurück, wo er die beiden Haken angebracht hatte. Er klinkte seinen Harnisch in einen der Haken ein.

»Was hast du denn da gemacht?« wagte Connie nun endlich zu fragen.

»Wir lassen uns ein paar Stockwerke hinab. Wir beide. Gleichzeitig. An zwei Hauptseilen.«

Sie schluckte schwer. »Nein, da mache ich nicht mit.«

»Doch, wir beide. Du und ich.«

Ihr Herz hämmerte wild. »Ich kann es nicht.«

»Doch, du kannst es, und du wirst es tun.«

Sie schüttelte energisch den Kopf.

»Du brauchst dich nicht so abzulassen, wie ich das getan habe.«

»Worauf du dich hundertprozentig verlassen kannst!«

»Ich habe mich am Körper abgeseilt. Du wirst dich im Sitzen abseilen. Das ist sicher und einfacher für dich.«

»Was ist denn der Unterschied zwischen diesen beiden Arten?«

»Das zeige ich dir gleich.«

Graham nahm die Dreißig-Meter-Leine in die Hand, an der er sich vom achtundzwanzigsten Stock herabgelassen hatte. Er zog dreimal daran, dann ein weiteres Mal, jetzt jedoch seitlich versetzt. Fünf Stockwerke über ihm löste sich der Knoten. Das Seil fiel auf ihn zu.

Er fing es in der Luft und legte es neben sich auf den Boden.

Er überprüfte das Ende, um festzustellen, ob es beschädigt war. Zufrieden stellte er fest, daß es nur minimal aufgerauht war. Er band eine Schlinge und schob sie durch den Karabinerhaken. Diesen klinkte er in den zweiten Felshaken ein, der sich über dem befand, an dem er seine Sicherheitsleine befestigt hatte.
»Wir können uns doch jetzt nicht bis zur Straße abseilen«, wandte Connie ein.
»Doch, das können wir.«
»Aber dafür sind die Seile nicht lang genug!«
»Wir steigen von Mal zu Mal nur fünf Stockwerke hinab. Stütz dich auf das Fensterbrett. Dann läßt du das Hauptseil durch die rechte Hand laufen, läßt es los . . .«
»Ich soll mich auf einem fünf Zentimeter breiten Fensterbrett abstützen?«
»Unmöglich ist das nicht. Du darfst nicht vergessen, daß du dich dann ja immer noch mit der Linken am Hauptseil festhältst.«
»Und was macht meine Rechte inzwischen?«
»Die schlägt auf die Fensterscheiben ein, bis sie zerbrechen.«
»Und dann?«
»Als erstes befestigst du deine Sicherheitsleine am Fensterpfosten. Dann bringst du dort einen weiteren Karabinerhaken an. Sobald du das erledigt hast, löst du dich von dem Hauptseil und . . .«
»Und dann ziehe ich daran«, sagte Connie. »Ich ziehe daran, bis sich oben der Knoten löst. So, wie du das eben getan hast.«
»Ich zeige dir noch, wie das geht.«
»Dann fange ich die herabfallende Leine auf, nicht wahr?«
»Ganz genau.«
»Und verknote sie am Karabinerhaken, den ich vorher am Fensterpfosten angebracht habe.«

»Richtig.«
Die Kälte kroch ihre Beine hinauf. Sie stampfte mit den Füßen auf. »Und dann löse ich wohl wieder die Sicherheitsleine und lasse mich die nächsten fünf Stockwerke hinab.«
»Wo du dich dann am dortigen Fensterbrett festhältst und die ganze Prozedur wiederholst. Auf diese Weise lassen wir uns bis auf die Straße hinab. Aber niemals mehr als fünf Etagen pro Etappe.«
»So, wie du es sagst, hört es sich ganz simpel an.«
»Du wirst sehen, du kommst schon damit zurecht. Ich zeige dir jetzt, wie man sich im Sitzen runterläßt.«
»Hm, da wäre wohl noch ein Problem.«
»Was denn?«
»Ich habe keine Ahnung, wie man einen Knoten bindet, der später von unten losgezogen werden kann.«
»Das ist nicht schwer. Ich führe es dir vor.«
Er löste das Hauptseil vom Karabinerhaken vor ihm.
Sie trat nahe an ihn heran und beugte sich über das Seil, das er in den Händen hielt. Der weltberühmte Glanz von den Millionen Lichtern Manhattans wurde in dieser Nacht vom Schneesturm fast zur Gänze verschluckt. Unten auf der Straße spiegelte der Belag das Licht von den Laternen wider. Aber die Beleuchtung durchdrang kaum die halbdunklen Schatten dreiundzwanzig Stockwerke darüber. Doch wenn Connie sich anstrengte und blinzelte, konnte sie in etwa erkennen, was Graham machte.
Nach wenigen Minuten hatte sie gelernt, wie man einen Knoten binden mußte, wenn man ihn später von seinem Haken lösen wollte. Sie band ihn mehrere Male, um sich den Vorgang einzuprägen.
Als nächstes band Graham eine Schlinge um ihre Hüften und zwischen ihre Oberschenkel. Er verknüpfte die drei Endpunkte des Seils mit einem weiteren Karabinerha-

ken. »Nun zum sitzenden Abstieg«, sagte sie tapfer, als sie die Hände um das Hauptseil schloß. Sie bemühte sich, nicht unsicher zu klingen und brachte ein mäßiges Lächeln zustande, das er jedoch nicht zu bemerken schien.

Graham nahm einen weiteren Karabinerhaken vom Gürtel und fuhr fort: »Zuerst verbindet man das Hauptseil mit der Sitzschlinge. Und jetzt zeige ich dir, wie man sich hinstellen muß, um mit dem Abstieg anzufangen. Also, paß auf . . .«

Er wurde von einem dumpfen Knall unterbrochen.

Wumm!

Connie sah nach oben.

Aber da war kein Bollinger.

Sie fragte sich schon, ob sie sich vielleicht getäuscht hatte und der Knall nicht von einer Pistole, sondern vom Wind hervorgerufen worden war.

Dann hörte sie es wieder.

Wumm!

Kein Zweifel war möglich. Zwei Schüsse. Aus geringer Entfernung. Aus dem Innern des Gebäudes. Irgendwo im dreiundzwanzigsten Stock.

Frank Bollinger stieß die geborstene Tür auf, stürmte in das Büro und schaltete die Beleuchtung ein. Er rannte zwischen den Schreibtischen hindurch, umrundete ein Drehregal und einen Xerox-Kopierer. Endlich erreichte er die Fenster zur Straße.

Als links und rechts von ihnen Licht hinter den Fenstern leuchtete, löste Graham seine Sicherheitsleine vom Haken und bedeutete Connie, dasselbe zu tun.

Es quietschte am Fenster auf der rechten Seite, als Bollinger sich den rostigen Hebel vornahm.

»Mir nach«, sagte Graham.

Er schwitzte wieder. Sein Gesicht war schon von einer

klebrigen Masse überzogen. Unter der Kapuze juckte seine Kopfhaut.
Er wandte sich von Connie und dem Fenster ab, das Bollinger öffnen wollte, und lief vorsichtig nach links in Richtung Lexington Avenue. Ohne den Schutz der Sicherheitsleine lief er über das schmale Fries, statt sich seitlich an der Wand entlangzuschieben. Er hielt die Rechte an der Granitwand; eine Maßnahme, die mehr der Beruhigung als der Sicherheit diente. Er mußte einen Fuß vor den anderen setzen, so, als befände er sich auf einem Hochseil; das Fries war viel zu schmal, als daß er darauf hätte normal gehen können.
Er befand sich nun fünfzehn Meter von der Frontseite zur Lexington Avenue entfernt. Sobald er und Connie um die Ecke gebogen waren, würden Bollingers Kugeln sie nicht mehr treffen können.
Natürlich würde Bollinger dann ein Büro finden, dessen Fenster auf die Lexington Avenue führten. Bestenfalls konnten Graham und Connie durch dieses Manöver ein oder zwei Minuten herausschlagen. Aber in dieser Situation war auch der Gewinn von nur einer Minute jede Anstrengung wert.
Graham wollte einen Blick über die Schulter werfen, um zu sehen, ob Connie keine Schwierigkeiten hatte. Doch er entschied sich dagegen. Er mußte seine ganze Aufmerksamkeit auf das Fries richten und sich jeden neuen Schritt vorher überlegen.
Bevor er drei Meter zurückgelegt hatte, hörte er hinter sich Bollinger schreien.
Er zog die Schultern zusammen, denn unweigerlich fiel ihm in diesem Augenblick die Vision wieder ein. Er erwartete jeden Moment die Kugel im Rücken.
Zu seinem großen Entsetzen stellte er fest, daß Connie ihm Deckung gab. Er hätte sie vorausschicken sollen, hät-

te sich selbst zwischen sie und die Pistole bringen müssen. Wenn die Kugel sie statt seiner traf, wollte er nicht mehr weiterleben. Doch jetzt war es viel zu spät, Connie vorzulassen. Wenn sie stehenblieben, wären sie ein noch leichteres Ziel für Bollinger.

Ein Schuß peitschte durch die Nacht.

Dann ein zweiter.

Graham und Connie bewegten sich schneller, als es ratsam gewesen wäre; denn sie wußten, daß jeder Fehltritt erbarmungslos mit dem Aufprall auf der Straße bestraft würde. Graham spürte, wie seine Füße mehr über den Schnee glitten als auf ihn traten.

Noch zehn Meter bis zur Ecke.

Siebeneinhalb Meter . . .

Bollinger drückte ein weiteres Mal ab.

Fünf Meter . . .

Er spürte den vierten Schuß schon, bevor er ihn hörte. Die Kugel riß den linken Ärmel seines Parkas auf und streifte seinen Arm.

Die Kugel brachte ihn zum Straucheln. Er stolperte die nächsten Schritte mehr, als planvoll einen Fuß vor den anderen zu setzen. Die Straße unter ihm begann sich wie ein Strudel zu drehen. Mit der rechten Handfläche suchte er hilflos nach einem Halt an der Wand. Ein Fuß ragte über den Rand des Frieses in der Luft. Er hörte sich schreien, ohne zu verstehen, was er da von sich gab. Beim nächsten Schritt fuhr der Stiefel tief in den Schnee, glitt aber auf einem Eisstück aus. Als er nach einem halben Dutzend Schritten das Gleichgewicht wiedergefunden hatte, konnte er es selbst nicht begreifen, wie er dem Absturz entronnen war.

Zuerst verspürte er keinen Schmerz im getroffenen Arm. Das Körperglied war nur von der Schulter abwärts taub. Er mußte sich mehrmals vergewissern, daß der Arm noch

am Körper war. Für einen kurzen Augenblick fragte er sich, ob er vielleicht eine schwere, gar tödliche Verletzung davongetragen hatte. Doch dann wurde ihm klar, daß die Kugel dann heftiger aufgeprallt wäre und ihn von den Füßen gerissen und in den Abgrund gestürzt hätte. In wenigen Minuten würde die Wunde wie ein Höllenfeuer brennen, aber lebensgefährlich war sie nicht.
Noch vier Meter . . .
Ihm wurde schwindlig.
Seine Knie waren weich wie Butter.
Vermutlich der Schock, dachte er.
Drei Meter . . .
Der nächste Schuß. Nicht so laut wie seine Vorgänger. Und auch nicht so erschreckend nah. Fünfzehn Meter vorbei.
An der Ecke angekommen, bewegte er sich Zentimeter für Zentimeter zur Frontseite des Bowerton-Gebäudes. Ein wilder und eisiger Wind fegte durch die Lexington Avenue. Er zog den Kopf zurück und blickte auf den Weg, den er gekommen war. Hinter ihm war das Fries leer.
Wo war Connie?

40

Connie hielt sich einen Meter unter dem Zierfries aus Steinweintrauben am dreiunddreißigsten Stock auf. Sie hing an einem Seil und schaukelte im Wind. Sie wagte nicht, nach unten zu sehen.
Sie reckte die Arme hoch, und ihre Hände packten das Nylonseil. Es machte ihr außerordentliche Mühe, sich festzuhalten. Die Anspannung betäubte ihre Finger, und sie war sich längst nicht mehr sicher, ob ihr Griff noch ausreichte, sie vor einem Absturz zu bewahren. Vor einem Moment hatte sie kurz losgelassen, ohne sich der Folgen bewußt zu sein, und schon war sie einen halben Meter tiefer gerutscht, bevor sie sich vom ersten Schreck erholt hatte und wieder zupacken konnte.
Sie suchte nach Vertiefungen und anderen Stellen, in denen sie ihre Füße abstützen konnte. Aber sie fand nichts.
Ihr Blick wanderte immer wieder hinauf zum Rand des Frieses. Sie erwartete jeden Moment, daß Bollingers Gesicht dort auftauchen würde.
Eben noch, als er rechts von ihr das Fenster geöffnet und sich mit der Pistole hinausgebeugt hatte, hatte sie erkennen müssen, daß er sie aus dieser Entfernung nicht verfehlen konnte. Somit konnte sie Graham nicht über den Vorsprung folgen. Bollinger hätte ihr schon nach wenigen Schritten in den Rücken geschossen. Also ergriff sie mit beiden Händen das Hauptseil und versuchte, den Schuß vorauszuahnen. Wenn sie auch nur die geringste Chance zum Entkommen hatte, mußte sie in dem Sekundenbruchteil aktiv werden, in dem Bollinger abdrückte. Überraschenderweise hatte sie Glück. Sie ließ sich genau in

dem Moment in den Abgrund fallen, in dem er feuerte. Bollinger mußte glauben, daß er sie getroffen hatte.
Sie betete darum, daß er sie für tot hielt. Wenn er auch nur den geringsten Zweifel hatte, würde er sich über das Fries hinausbeugen, sie entdecken und dann das Seil durchschneiden.
Obwohl ihre eigene Lage alle Konzentration und Aufmerksamkeit von ihr verlangte, machte sie sich Gedanken um Graham. Sie wußte, daß Bollinger ihn nicht vom Fries geschossen hatte; denn dann hätte sie sehen müssen, wie er in die Tiefe stürzte. Er war also immer noch irgendwo da oben; und vielleicht lag er hilflos da, während das Blut aus einer schweren Schußwunde rann.
Ob er nun verwundet war oder nicht, ihr Leben hing davon ab, daß er zurückkehrte, sie suchte und sie schließlich fand.
Connie wußte nicht, wie sie sich in dieser Position ablassen mußte. Sie wußte nicht, wie sie sich in dieser Stellung sichern sollte. Sie wußte überhaupt nichts anderes zu tun, als weiterhin so gefährlich am Seil zu hängen. Und sie war sich bewußt, daß sie es in dieser Stellung nicht mehr allzu lange aushalten konnte.
Aber sie wollte noch nicht sterben. Alles in ihr wehrte sich dagegen. Selbst wenn Graham schon tot sein sollte — sie wollte ihm nicht in den Tod folgen. Solcherart Treue war ihr immer schon abartig vorgekommen. Sicher, sie liebte ihn mehr als jeden anderen. Alles in ihr verlangte nach Graham. Auf der anderen Seite hatte sie in den vergangenen Jahren erfahren, wie gut sie mit ihrem Leben zurechtkam. Sie hatte so viele schöne Seiten und Momente des Lebens kennengelernt, die für sie sehr wichtig waren. Die Freiheit, die Unabhängigkeit, ihr Leben einzurichten, wie sie es wollte. Die Arbeit in ihrem Antiquitätengeschäft. Ein gutes Buch lesen. Einen tollen Film sehen. So

viele kleine Annehmlichkeiten und Momente der Freude. Sicher, solche kleinen Vergnügungen im Alltag waren bedeutungslos im Vergleich zur Intensität in der Liebe. Doch Connie sagte sich, wenn ich schon nicht das Allerbeste bekomme, will ich mich eben mit dem Zweitbesten zufriedengeben. Diese Haltung schmälerte natürlich nicht ihre Liebe zu Graham und hatte auch nichts mit ihrer Beziehung zu tun. Ihre Lebenslust hatte sie für Graham so attraktiv gemacht, daß er sich zu ihr hingezogen fühlte, daß sie für ihn die Erfüllung aller Wünsche war. Connie hatte immer schon alles ausprobieren und kennenlernen wollen, so war sie nun einmal. Und eigentlich gab es für sie nur eine Sache, die ihr widerwärtig war: der Tod.

Über ihr bewegte sich jemand in dem Licht, das aus dem offenen Fenster strömte.

Bollinger?

Herr im Himmel, bitte nicht!

Bevor die Verzweiflung in ihr hochsteigen konnte, tauchte Grahams Gesicht aus dem Schatten auf. Er entdeckte sie sogleich und war im ersten Moment fassungslos. Offenbar hatte er erwartet, sie viele Meter tiefer als Leiche auf dem Bürgersteig zu entdecken.

»Hilf mir«, sagte sie mit zusammengepreßten Zähnen.

Jetzt breitete sich ein Grinsen auf seiner Miene aus. Er packte die Leine und holte Connie ein.

Bollinger blieb auf dem Korridor stehen und lud seine Walther nach. Sein Munitionsvorrat war schon reichlich angegriffen.

»Du hast also letzte Nacht das Buch von Nietzsche gelesen. Was hältst du davon?«

»Ich stimme ihm zu.«

»In welchem Punkt?«
»In allen Punkten.«
»Auch bei dem, was er über die Übermenschen sagt?«
»Da stimme ich ganz besonders zu.«
»Warum gerade bei dem Punkt?«
»Weil er damit absolut recht hat. Die Menschheit, wie wir sie kennen, muß einfach eine Zwischenstufe auf der Evolutionsleiter sein. Andernfalls wäre alle Existenz sinnlos.«
»Hast du nicht den Eindruck, daß wir die Art von Menschen sind, die Nietzsche dort anspricht?«
»So sicher wie das Amen in der Kirche sind wir das. Wir sind von der neuen Art. Doch ein Punkt verwirrt mich etwas. Ich habe mich in politischer Hinsicht stets für eher links, für einen Liberalen gehalten.«
»Ja und?«
»Wie kann ich einen liberalen, in vielen Dingen sogar eindeutig linken politischen Standpunkt mit der Vorstellung von einer Übermenschenrasse verbinden?«
»Kein Problem, Dwight. Auch Vollblutlinke glauben an so etwas wie eine überlegene Menschengruppe. Sie mögen das Klasse nennen oder ›Mensch neuen Typs‹, aber im Grunde läuft es auf dasselbe hinaus. Und Intellektuelle, die sich für links halten, glauben sogar, daß sie Vertreter eines besseren Menschentyps sind. Sie sind der festen Überzeugung, der Masse der Menschheit intellektuell überlegen zu sein. Sie glauben, besser dazu geeignet zu sein, das Leben der kleinen Leute zu lenken und zu bestimmen. Sie denken auch, im Besitz der einzig wahren Lehre zu sein, wähnen sich im Besitz der Mittel und Wege, alle ethischen und ökonomischen Mißstände unserer Zeit zu beseitigen. Sie setzen auf eine Verstärkung der Staatsmacht, weil sich damit am ehesten eine Diktatur errichten läßt. Eine Diktatur, die die Herrschaft einer auserwählten Elite absichert. Sei es nun eine Elite der Intellektuellen, sei es eine Elite der Superreichen, sei es eine Elite in Form einer Partei. Da verwischen sich alle Unterschiede

zwischen links und rechts. Du sagst, du hättest Mühe, Nietzsche mit deinen Ansichten zu vereinbaren? In Wirklichkeit ist es genauso leicht, als wenn du ein Ultrakonservativer, ein Rechter oder gar ein Faschist wärst.«

Bollinger blieb vor der Tür mit der Aufschrift *Opway Electronics* stehen; denn dieses Büro verfügte über Fenster auf die Lexington Avenue. Er feuerte zweimal. Das Schloß zerplatzte unter den beiden Kugeln.

Graham zeigte Connie Möglichkeiten, sich selbst zu helfen und damit auch seinen verwundeten Arm zu schonen. Sie begriff rasch. Nach kurzer Zeit befand sie sich wieder auf dem Fries.

Er konnte die Tränen nicht zurückhalten, als er sie umarmte und dabei so fest drückte, daß er ihr beinahe alle Luft aus den Lungen preßte. Sie hielten einander auf dem schmalen Sims, und für einen wunderbaren Augenblick hatten sie den Abgrund und den tödlichen Verfolger ganz und gar vergessen. Graham wollte sie nicht mehr loslassen, nie mehr. Es kam ihm so vor, als stünde er unter dem Einfluß von Drogen, die ihn in Hochstimmung versetzten. Wenn er die Umstände bedachte, in denen sie sich befanden, war seine Euphorie durch nichts gerechtfertigt. Und obwohl sie noch einen sehr, sehr langen und gefährlichen Weg vor sich hatten, war Graham überglücklich — denn Connie war noch am Leben!

»Wo ist Bollinger hin?« fragte sie.

Das Büro war immer noch erleuchtet, und niemand hatte das Fenster wieder geschlossen. Aber von dem wahnsinnigen Mörder war nichts zu sehen.

»Vermutlich ist er zur Lexington-Seite gelaufen, um mich dort zu stellen«, antwortete Graham.

»Dann ist er davon überzeugt, mich erwischt zu haben.«

»Höchstwahrscheinlich. Ich dachte ja auch schon, ich hätte dich für immer verloren.«

»Was ist denn mit deinem Arm?«

»Er hat mich getroffen.«

»Großer Gott! Nein!«

»Es tut höllisch weh, und der Arm ist ein bißchen steif. Aber ansonsten fehlt mir nichts.«

»Da ist aber viel Blut an deinem Ärmel.«

»Nein, das sieht nur auf den ersten Blick so aus. Die Wunde ist nicht tief, nur ein Streifschuß.« Er streckte den linken Arm aus und öffnete und schloß die Hand, um Connie zu beweisen, daß wirklich kein Grund zur Sorge bestand. »Damit kann ich immer noch klettern.«

»Das solltest du dir lieber zweimal überlegen.«

»Ich bin schon okay. Davon abgesehen bleibt uns keine große Wahl.«

»Wir könnten ins Haus zurück und über die Treppen weiterlaufen.

»Sobald Bollinger entdeckt hat, daß ich ihn mit der Lexington-Seite genarrt habe, wird er sofort hierher zurückkommen. Und wenn er mich hier nicht vorfindet, sucht er sofort wieder die Treppenhäuser und den Schacht ab. Nein, auf den Treppen haben wir nicht die geringste Chance gegen ihn.«

»Was machen wir dann?«

»Wir machen so weiter wie bisher. Wir marschieren zur Ecke. Sind wir auf der Lexington-Seite, wird Bollinger alles überprüft haben und anderswo nach uns suchen. Wir nutzen die Zeit und seilen uns dort ab.«

»Mit deiner Armverwundung?«

»Ob mit oder ohne Armverwundung, wir müssen es tun.«

»Und deine Vision, in den Rücken geschossen zu werden . . .«

»Was ist damit?«
Sie berührte seinen linken Arm. »War es das hier?«
»Nein.« Er schüttelte den Kopf. »Nein.«

Bollinger wandte sich vom Fenster an der Lexington Avenue ab und rannte aus dem Büro der *Opway Electronics* über den Korridor und zurück in die Suite, aus der er vor ein paar Minuten auf Harris geschossen hatte.

»Chaos, Dwight!«
»Was für ein Chaos?«
»Zu viele von diesen verdammten Untermenschen laufen herum. In ihrer Masse behindern sie die Übermenschen, in angemessener Zeit die Kontrolle über alles zu übernehmen. Nur inmitten von chaotischen Zuständen können Menschen wie wir zur Spitze aufsteigen.«
»Du . . . du meinst nach einem Atomkrieg?«
»Das wäre eine Möglichkeit, die zum Erfolg führt. Nur Menschen wie wir haben den Mut, die Vorstellungskraft und die Stärke, die Übriggebliebenen dann aus den Ruinen zu einer neuen Zukunft zu führen. Aber es wäre auf der anderen Seite doch ganz schön unsinnig von uns, darauf zu warten, bis sie alles zerstört haben, was uns als Erbe zusteht.«
»Ja, das wäre blöd.«
»Also habe ich mir Gedanken darüber gemacht, wie wir das nötige Chaos schaffen können, die große Endschlacht, bei der nicht alles zu Bruch geht.«
»So? Erzähl es mir!«
»Nun . . . sagt dir der Name Albert DeSalvo irgend etwas?«
»Nein.«
»Man nannte ihn auch den ›Würger von Boston‹!«
»Ach, der. Ja, ich erinnere mich. Er hat einen Haufen Frauen abgeschlachtet, nicht wahr?«
»Wir sollten uns etwas näher mit Albert DeSalvo befassen. Er

war natürlich keiner von uns, ganz gewiß nicht, sondern nur ein Untermensch und ein unheilbarer Psychopath obendrein. Dennoch denke ich, wir sollten sein Vorgehen als Modellfall nehmen. Ganz allein hat DeSalvo so viel Furcht und Schrecken verbreitet, daß die Riesenstadt Boston in Panik geriet und darüber fast alle öffentliche Ordnung zusammengebrochen wäre. Das Erzeugen von Furcht soll also unsere stärkste Waffe sein. Furcht kann man bis zur Panik schüren. Eine kleine Gruppe von Menschen, die in Panik geraten ist, kann ihre Hysterie auf die Bevölkerung einer ganzen Stadt, ja eines ganzen Landes übertragen.«

»Aber wenn ich es richtig im Gedächtnis behalten habe, ist es DeSalvo doch nicht einmal entfernt gelungen, ein Chaos von solchen Ausmaßen zu schaffen. Boston ist nicht zusammengebrochen . . .«

»Weil er das ja auch gar nicht vorhatte.«

»Selbst wenn das sein Ziel gewesen wäre, hätte er niemals . . .«

»Dwight, stell dir vor, ein Albert DeSalvo, besser vielleicht noch ein Jack the Ripper würde in Manhattan auftauchen und dort sein Unwesen treiben. Stell dir vor, er wäre schon seit Jahren an der Arbeit und könnte auf seiner Erfolgsliste nicht nur zehn, sondern zwanzig oder hundert ermordete Frauen vorweisen; oder sogar zweihundert. Zweihundert bestialisch abgeschlachtete Frauen. Würde jedesmal die gleiche Handschrift hinterlassen. Hätte die Frauen vorher in perverser Art sexuell mißbraucht. Würde alles tun, damit kein Zweifel mehr bestehen kann, daß alle zweihundert Frauen vom gleichen Mörder getötet worden sind. Und lassen wir einmal die Jahre weg, sagen wir, das alles sei binnen weniger Monate geschehen . . .«

»Keine Frau würde sich nachts mehr auf die Straße trauen. Alle hätten Angst. Große Angst. Nur . . .«

»Das wäre die große Schlagzeile für alle Zeitungen und Medien in New York, ach was, im ganzen Land. Stell dir nun einmal vor, wir würden binnen weniger Monate hundert oder mehr Frauen

in der immer gleichen Weise ermorden. Und danach fangen wir an, neben weiteren Frauen auch Männer zu töten. Jedem Opfer schneiden wir den Schwanz und die Eier ab und hinterlassen eine Erklärung, die von einer fiktiven militanten Feministinnengruppe unterzeichnet ist.«

»Wie war das?«

»Damit machen wir die Öffentlichkeit glauben, die Männer wären als Vergeltung für die hundert ermordeten Frauen sozusagen hingerichtet worden.«

»Du hast nur vergessen, daß solche Rachemorde für Frauen untypisch sind. Du brauchst dir nur einmal die Statistiken durchzulesen . . .«

»Das tut im Moment nichts zur Sache. Wir wollen ja auch keine typische, logische oder sonstwie von Statistiken abgesicherte Situation herbeiführen.«

»Ich fürchte, ich verstehe immer noch nicht ganz, was für eine Situation wir eigentlich herbeiführen wollen.«

»Ja, begreifst du denn nicht? In diesem Lande herrschen mittlerweile ziemliche Spannungen zwischen Männern und Frauen. Heimtücke, Gewalt und Arglist bestimmen diese Spannung. Jahr um Jahr, in dem die Frauenbewegung erstarkt ist und mit immer neuen Sumpfblüten an die Öffentlichkeit trat, haben sich diese Spannungen vergrößert. Heute sind sie unerträglich geworden; denn die Konflikte, die eigentlich ausgetragen werden müßten, werden unterdrückt und zeigen sich nur auf Umwegen. Wir beide sorgen dafür, daß sie nach oben kommen und sich in einem Gewaltausbruch entladen.«

»So schlimm ist die Beziehung zwischen den Geschlechtern doch nun wirklich nicht. Ich finde, da übertreibst du aber.«

»Ich übertreibe nicht ein bißchen. Glaube mir, ich weiß es. Und damit kommen wir zur nächsten Stufe. Draußen in der Stadt treiben sich Hunderte potentieller Psychopathen herum, die nicht zögern würden, einen Mord zu begehen. Alles, was ihnen fehlt, ist ein äußerer Anstoß, eine Richtung, eine Art Ziel. Die

Zeitungen und andere Medien sind zu jenem Zeitpunkt voll von Berichten über den unheimlichen Killer, der zum soundsovielten Male wieder zugeschlagen hat. Das bringt diese Psychopathen über kurz oder lang auf eine bestimmte Idee. Sobald wir erst hundert Frauen und, sagen wir, zwanzig Männer umgebracht und uns dabei selbst wie Psychopathen aufgeführt haben, finden wir innerhalb einer Woche mindestens ein Dutzend Nachahmer, die uns dann die Arbeit abnehmen werden.«

»Da könntest du recht haben.«

»Es wird ganz bestimmt so kommen. Bislang haben noch alle Massenmörder ihre Nachahmer gefunden. Doch unter den bekannten Mördern war keiner, der seine Taten mit der nötigen Größe begangen hat, um Legionen von Nachahmern zu inspirieren. Wir haben diese Größe. Zur nächsten Etappe. Sobald wir ein ganzes Bataillon von wahnsinnigen Sexualmördern hervorgerufen haben, wenden wir uns einer neuen Opfergruppe zu.«

»Was denn jetzt noch?«

»Wir ermorden wahllos Weiße und verschicken danach Bekennerbriefe von einer fiktiven revolutionären schwarzen Gruppe. Nach ein oder zwei Dutzend ermordeter Weißer . . .«

». . . legen wir ein paar Schwarze um und machen die Öffentlichkeit glauben, hier führe eine rassistische Gruppe von Weißen einen Rachefeldzug.«

»Du hast es endlich begriffen. Das Prinzip heißt, Öl ins Feuer der verschiedenen Konflikte zu gießen.«

»Ja, ich glaube, ich verstehe jetzt, was du vorhast. In einer Stadt von dieser Größe gibt es unzählige Parteien und Interessengruppen: Schwarze, Weiße, Puertorikaner, Asiaten, Männer, Frauen, Liberale, Konservative, Linksradikale, rechte Ultras, Katholiken, Juden, Reiche und Arme, Junge und Alte . . . Wir könnten jede Gruppe gegen ihre natürlichen oder eingebildeten Feinde aufbringen, könnten sie allesamt gegeneinander aufhetzen. Sobald ein solcher Kleinkrieg erst einmal begonnen hat, ganz gleich, ob seine Ursachen religiöser, politischer oder öko-

nomischer Natur sind, entwickelt sich daraus ein endloser Konflikt.«

»Ganz genau. Wenn wir die Sache sorgfältig planen, müßte es uns gelingen, das Chaos zu schaffen. In sechs Monaten hätte die Stadt New York vielleicht schon zweitausend Ermordete mehr. Nicht auszuschließen, daß es auch zehntausend sein können.«

»Dann wird die Stadt unter Kriegsrecht gestellt, womit unserem Plan ein vorzeitiges Ende beschieden wäre. Das Chaos, das du dir vorstellst, wäre damit abgewendet.«

»Könnte sein, daß das Kriegsrecht verhängt wird. Trotzdem kommt dann unser Chaos. In Nordirland zum Beispiel sind große Truppenverbände stationiert. Seit Jahren bewachen dort schon Soldaten buchstäblich jede Straßenecke, aber das Morden zwischen Katholiken und Protestanten hat damit keineswegs ein Ende gefunden. Glaube es mir, Dwight, wir werden unser Chaos haben. Und wie ein Virus breitet es sich über andere Städte, über das ganze Land aus . . .«

»Das hört sich viel zu einfach an . . .«

»Im ganzen Land lesen die Leute tagtäglich in den Zeitungen von den Zuständen in New York, hören im Radio nichts anderes, werden vom Fernsehen damit gefüttert . . .«

»So einfach breitet sich das Chaos nicht aus, Billy.«

»Also gut. Schön. Aber hier in New York bricht alles zusammen. Die New Yorker sind dann so verängstigt, daß sie gern einen ›starken Mann‹ zum Bürgermeister wählen, der eine harte Sprache spricht und die nötigen ›neuen‹ Ideen hat.«

»Da hast du sicher recht.«

»Die New Yorker wählen einen von uns, einen von der neuen Rasse zum Bürgermeister. Und das Bürgermeisteramt von New York ist eine hervorragende politische Basis für einen Mann, der die Präsidentschaft anstrebt.«

»Die Wähler würden sicher einen ›starken Mann‹ wählen. Aber nicht jeder ›starke Mann‹ gehört zu uns. Überall im Lande werden selbsternannte Führer auftauchen, um ein Amt zu gewinnen.«

»Wenn wir schon das Chaos planen, sorgen wir eben auch dafür, daß unsere Leute stets rechtzeitig zur Stelle sind. Wir könnten sogar geeignete Männer ausbilden und in Reserve halten. Außerdem werden die weiteren Mitglieder der neuen Rasse schon von sich aus wissen, worum es geht. Sie fühlen es aus sich selbst heraus.«
»Welche weiteren Mitglieder unserer Rasse denn? Zum Teufel noch mal, wir kennen doch außer uns beiden niemanden mehr!«
»Aus mir würde bestimmt ein ausgezeichneter Bürgermeister.«
»Was — du?«
»Ich verfüge über ausreichende Popularität, um einen Wahlkampf zu starten.«
»Donnerwetter! Je länger ich darüber nachdenke, desto logischer erscheint mir das alles.«
»Ich hätte gute Aussichten auf einen Sieg.«
»Du hättest zumindest gute Chancen.«
»Es wäre die erste Sprosse auf der Leiter zur Macht. Zur Macht für uns, für die neue Rasse.«
»Aber die Unzahl der Morde, die wir begehen müssen.«
»Hast du noch nie gemordet?«
»Doch, einen Zuhälter. Zwei Dealer, die eine Waffe auf mich richteten. Und eine Nutte, die pampig geworden ist. Aber ich wurde deswegen nie belangt.«
»Hattest du Gewissensbisse oder sonstige Schwierigkeiten beim Töten?«
»Nein, überhaupt nicht. Diese Personen waren Abschaum.«
»Wir werden auch Abschaum töten. Untermenschen. Tiere. Unwertes Leben.«
»Und du meinst, man kann uns nicht auf die Spur kommen?«
»Wir beide kennen doch die Polizei. Wonach werden die Kriminalbeamten suchen? Nach einschlägig bekannten Geistesgestörten. Nach vorbestraften Mördern. Nach politischen Wirrköpfen. Nach Personen, die ein Motiv für den jeweiligen Mord haben könnten. Natürlich haben wir auch ein Motiv, aber darauf kommt die Polizei in einer Million Jahren nicht.«

»Wenn wir uns bestens vorbereiten, jedes Detail ausarbeiten und sorgfältig planen, dann, verdammt will ich sein, dann haben wir eine realistische Chance!«
»Weißt du, was Leopold seinem Freund Loeb geschrieben hat, bevor sie Bobby Franks umgebracht haben? ›Der Übermensch ist für keine seiner Taten verantwortlich zu machen. Und es gibt für ihn nur ein mögliches Vergehen: einen Fehler zu machen!‹«
»Falls wir uns zu einem solchen Vorhaben entschließen sollten . . .«
»Falls?«
»Bist du fest entschlossen?«
»Du etwa nicht, Dwight?«
»Dann beginnen wir also mit den Frauen, oder?«
»Ja.«
»Bringen Frauen um.«
»Ja.«
»Billy . . . vergewaltigen wir sie vorher?«
»Natürlich.«
»Dann haben wir sicher Spaß an unserer Arbeit.«

Bollinger beugte sich aus dem Fenster und sah nach links und nach rechts auf das Fries. Harris befand sich nicht auf dieser Seite des Gebäudes.
Die Felshaken waren immer noch neben dem Fenster, wie vorhin schon, als er auf Harris geschossen hatte. Nur das Seil war nicht mehr daran angebunden.
Bollinger kletterte auf die Fensterbank, beugte sich gefährlich weit vor und blickte über das Fries hinaus. Dort unten hätte eigentlich die Leiche der Frau liegen sollen. Doch da lag kein zerschmetterter Körper. Da unten war nichts als eine glatte Schicht von frisch gefallenem Schnee.
Verdammt, er hatte sie also nicht getroffen! Die Sau hatte ihm nur etwas vorgetäuscht!
Warum wollten diese Leute einfach nicht sterben?

Bollinger kletterte wütend in das Büro zurück und streifte sich den Schnee aus den Haaren. Er lief hinaus und eilte über den Korridor zum nächsten Treppenhaus.

Connie wünschte, sie könnte sich mit geschlossenen Augen abseilen. Sie hing in der Höhe des dreiundzwanzigsten Stockwerks über der Lexington Avenue, war ohne Sicherheitsleine und glaubte, ihre Nerven müßten jeden Moment zerreißen.

Rechte Hand nach hinten.

Linke Hand vorn.

Rechte Hand zum Bremsen.

Linke Hand zum Führen.

Beine spreizen.

Füße gegen die Wand stemmen.

Sie wiederholte in Gedanken alles, was Graham ihr eingeschärft hatte. Wieder einmal stieß sie sich von der Fassade ab. Keuchte. Fühlte sich wie eine Selbstmörderin beim Todessprung.

Während sie von der Mauer wegschwang, erkannte sie, daß ihre Linke das Seil zu stramm hielt. Die Linke zum Führen. Die *Rechte* zum Bremsen. Sie lockerte den Griff am Seil und glitt einen guten Meter hinab, bevor sie abbremste.

Sie pendelte in falscher Haltung zur Fassade zurück. Sie hatte die Beine nicht gerade vor sich ausgestreckt, und sie waren nicht angespannt genug. Beim Aufprall gaben die Knie nach. Unkontrolliert schlenkerte sie nach rechts und krachte mit der Schulter gegen den Granit. Sie hatte Glück und brach sich dabei keine Knochen, aber sie hatte sich sicher eine Prellung zugezogen.

Sterne tanzten ihr vor den Augen, aber sie ließ das Seil nicht los. Sie stemmte die Füße erneut gegen die Wand. Schüttelte den Kopf, um die Sterne zu vertreiben. Warf einen Blick nach links. Sah Graham einen Meter neben

sich. Nickte, damit er wußte, daß mit ihr alles in Ordnung war. Stieß sich dann mit aller Kraft ab. Biß die Zähne zusammen, um alle Kraft auf den Abstoß zu konzentrieren. Glitt nach unten. Schwang zurück.
Diesmal hatte sie keinen Fehler gemacht.

Beinahe fröhlich sah Graham zu, wie Connie sich ein weiteres Stück an der Wand hinabließ. Ihre Ausdauer und Entschiedenheit begeisterten ihn. Sie hatte wirklich etwas von Nora Charles an sich. Und eigentlich noch mehr von Nick Charles.
Als er erkannte, daß sie nun endlich beim Abseilen den Bogen heraushatte, stieß er sich selbst von der Fassade ab. Er kam bei jedem Schwung weiter voran als sie. Er hatte bald den achtzehnten Stock erreicht und wartete dort auf sie.
Er hielt sich auf dem geradezu winzigen Fensterbrett, trat mit beiden Füßen gegen die Scheiben und befestigte den Karabinerhaken am Fensterpfosten. Als er seine Sicherheitsleine dort eingeklinkt hatte, löste er das Hauptseil, zog es aus der Verankerung, die einige Etagen höher in der Wand war. Er fing das herabfallende Seil auf, verband es mit dem Karabinerhaken am Fensterpfosten und nahm dann wieder die Abseilposition ein.
Connie war drei Meter über ihm und machte sich gerade für den nächsten Abstoß bereit.
Graham schwang kräftig von der Wand.
Er war ein wenig überrascht darüber, wie gut er sich noch an die Kniffe und Techniken des Bergsteigens erinnerte. Und noch mehr verblüffte ihn, wie rasch die Furcht von ihm gewichen war. Ein bißchen Angst hatte er immer noch, aber die war ganz natürlich und jedem Bergsteiger bekannt. Der Zwang der Umstände und Connies Liebe hatten bei ihm ein Wunder bewirkt, wie es keinem Psychiater möglich gewesen wäre.

Schon regte sich in ihm eine neue Hoffnung, daß sie es vielleicht schaffen könnten. Daß sie dem Mörder entkommen könnten. Der linke Arm schmerzte vom Streifschuß, und die Finger an dieser Hand waren recht steif und taub. Der Schmerz im lahmen Bein war einem andauernden, dumpfen Pochen gewichen. Manchmal biß er deswegen die Zähne zusammen, aber darüber hinaus behinderte ihn das Bein beim Abseilen kaum.
Mit einigen Sprüngen erreichte er den siebzehnten Stock. Nach zwei weiteren Abstößen landete er auf einer Fensterbank im sechzehnten Stock.
Wo Bollinger einen Hinterhalt gelegt hatte.
Das Fenster war geschlossen. Doch jemand hatte die Vorhänge zurückgezogen, und auf einem Schreibtisch brannte eine kleine Lampe.
Bollinger stand hinter der Scheibe. Zeichnete sich dort als mächtige Silhouette ab. Eine Hand zog gerade am Fensterriegel.
Nein! dachte Graham.
Im selben Moment, in dem seine Stiefel die Fensterbank berührten, stieß er sich auch schon wieder davon ab.
Bollinger entdeckte ihn sofort und feuerte gleich eine Kugel ab, ohne das Fenster bereits geöffnet zu haben. Glassplitter sausten durch die Nacht.
Obwohl Bollinger blitzschnell reagiert hatte, war Graham schon unter ihm. Er schwang zwei Meter tiefer an der Wand, stieß sich wieder ab und hielt an einem Fenster auf der fünfzehnten Etage.
Er sah nach oben. Eine kleine, orangerote Flamme stand vor der Pistolenmündung. Bollinger feuerte auf Connie.
Der Knall brachte sie aus dem Gleichgewicht. Sie prallte wieder mit der Schulter gegen die Wand. Hastig stemmte sie sich gleich darauf erneut mit den Füßen ab und schwang zurück. Bollinger feuerte die dritte Kugel ab.

41

Bollinger wußte, daß er weder ihn noch sie getroffen hatte.

Er stürmte aus dem Büro und rannte zum Fahrstuhl. Er schaltete ihn ein und drückte auf den Knopf für den zehnten Stock.

Während der Aufzug abwärts glitt, dachte er an den Plan, den Billy und er gestern ausgeheckt hatten.

»Du bringst zuerst Harris um. Mit der Frau kannst du anstellen, was du willst, Hauptsache, du schneidest sie hinterher in Stücke.«

»Ich zerstückele doch alle meine Opfer. Das war doch von Anfang an mein Beitrag zu unserem Plan, und ein schöner dazu.«

»Du solltest Harris an einer Stelle erledigen, wo es die wenigste Sauerei gibt. Damit du später alle Flecken und sonstiges wegwischen kannst.«

»Wegwischen?«

»Wenn du mit der Frau fertig bist, kehrst du zur Leiche von Harris zurück und wischst dort selbst den kleinsten Blutspritzer weg. Seinen Körper packst du in einen Plastiksack. Also, töte ihn nicht auf einem Teppich, denn darauf hinterläßt er garantiert Flecken. Am besten erledigst du ihn in einem Raum mit Kachelboden. Ein Badezimmer oder etwas Ähnliches.«

»Und warum soll ich ihn in einen Plastiksack stecken?«

»Ich komme um zweiundzwanzig Uhr hinter das Bowerton-Gebäude. Du schaffst den Sack mit der Leiche in den Hinterhof. Wir packen ihn dann in den Wagen. Später fahren wir mit ihm aus der Stadt und vergraben ihn irgendwo im Wald.«

»Warum denn ihn vergraben?«

»Damit die Polizei glaubt, daß Harris seine eigene Freundin umgebracht hat. Wir wollen die Polizei zu der Auffassung veranlassen, daß Harris selbst der Schlächter sei. Ich verstelle meine Stimme und rufe die Mordkommission an. Ich erkläre, ich sei Graham Harris, und gestehe, der Schlächter zu sein.«

»Du willst sie wohl in die Irre führen?«

»Jetzt hast du es begriffen.«

»Früher oder später kommen sie schon darauf, daß sie auf der falschen Fährte gewesen sind.«

»Selbstverständlich. Irgendwann fällt auch bei ihnen der Groschen. Doch bis dahin vergehen Wochen, wenn nicht Monate. Und in dieser Zeit setzen sie ihren ganzen Apparat für eine Fahndung nach Harris ein. Somit haben sie gar keine Gelegenheit mehr, eine andere, eine bessere Spur zu verfolgen; und erst recht keine, die sie zu uns führen könnte.«

»Ein klassisches Ablenkungsmanöver.«

»Ganz genau.«

»Damit gewinnen wir eine Menge Zeit.«

»Ja.«

»In der wir anstellen können, was wir wollen.«

»In der wir einfach alles anstellen.«

Der Plan war gescheitert.

Dieser Hellseher war verflucht hartnäckig.

Die Türen des Lifts glitten auseinander.

Bollinger stolperte, als er den Fahrstuhl verließ. Stürzte zu Boden. Die Pistole flog ihm aus der Hand und polterte gegen die Wand.

Bollinger erhob sich auf die Knie und wischte sich den Schweiß aus den Augen.

Er rief: »Billy?«

Aber er war allein.

Hustend und schniefend kroch er zur Wand, tastete nach der Pistole und bekam sie mit der Rechten zu fassen. Er stand auf.

Er marschierte durch den dunklen Korridor, bis er die Tür zu einem Büro mit Fensterfront auf die Lexington Avenue erreichte.

Weil sein Munitionsvorrat zur Neige ging, gab er nur einen Schuß auf das Schloß ab. Er zielte mit aller Sorgfalt. Der Knall hallte mehrfach im Korridor wider. Das Schloß war zwar schwer beschädigt, ließ sich aber noch nicht öffnen. Bollinger rüttelte so fest daran, daß die Tür erbebte. Statt eine weitere Kugel zu vergeuden, stemmte sich Bollinger mit der Schulter gegen die Tür und drückte so lange, bis sie nachgab.

Als er endlich das Fenster zur Lexington Avenue erreicht hatte, waren Harris und die Frau schon daran vorbeigekommen. Sie erreichten eben den achten Stock.

Bollinger kehrte zum Lift zurück. Es gab nur noch eine Möglichkeit für ihn. Er mußte das Gebäude verlassen und die beiden draußen stellen, wenn sie die Straße erreichten. Er drückte den Knopf für das Parterre.

42

Als sie an den Fenstern des achten Stocks hingen, beschlossen sie, die restlichen vierzig Meter in zwei gleich langen Etappen zurückzulegen. An den Fensterpfosten des vierten Stocks wollten sie zum letzten Mal die Karabinerhaken anbringen.

Dort angekommen, trat Graham nach bewährter Manier die Fenster ein. Er klinkte den Karabinerhaken an den Pfosten, verband seine Sicherheitsleine damit und zuckte heftig zusammen, als eine Kugel nur dreißig Zentimeter rechts von seinem Kopf in die Wand fuhr.

Er brauchte nicht lange zu überlegen. Er drehte sich vorsichtig um und blickte nach unten.

Dort stand Bollinger in Hemdsärmeln auf dem schneebedeckten Bürgersteig. Er machte einen gehetzten Eindruck.

Graham winkte Connie heftig zu und rief. »Hinein! Geh hinein! Durch das Fenster!«

Bollinger schoß erneut.

Ein Lichtblitz. Schmerz. Blut. Eine Kugel im Rücken . . .

Wird es hier sein? fragte sich Graham.

Verzweifelt hieb er mit der behandschuhten Faust die restlichen Glassplitter aus dem Rahmen. Er umklammerte den Mittelpfosten und wollte sich daran gerade ins Innere ziehen, als auf der Straße plötzlich ein merkwürdiges Rumpeln ertönte.

Ein großer gelber Bulldozer bog in die Lexington Avenue ein. Seine schweren Reifen mahlten knirschend durch den Schneematsch und hinterließen eine eisige Heckwelle. An der Front des Gefährts war ein Schneepflug von drei Metern Breite und zwei Metern Höhe angebracht. Signallichter drehten sich auf dem Dach der Fahrerkabine. Zwei Scheinwerfer von Eßtellergröße verbreiteten wie Froschaugen ihr starkes Licht durch den fallenden Schnee.

Der Schneepflug war das einzige Fahrzeug weit und breit auf der sturmdurchtosten Straße.

Graham blickte zu Connie. Sie schien Schwierigkeiten mit ihren beiden Seilen zu haben und kam daher nicht durch das Fenster. Er drehte sich zur Straße hin und winkte dem Fahrer des Schneepflugs wild zu. Er konnte den Mann hinter der verschmutzten Windschutzscheibe kaum ausmachen. »Hilfe!« schrie Graham. Er glaubte nicht, daß der Mann ihn durch den Lärm des Motors hören konnte. Aber er wollte es wenigstens versuchen. »Hilfe! Hier oben! Helfen Sie uns!«

Connie schrie jetzt auch um Hilfe.

Bollinger war so überrascht, daß er etwas tat, was er besser unterlassen hätte. Er wirbelte herum und schoß auf den Schneepflug.

Der Fahrer trat sofort auf die Bremse, und das Gefährt kam fast zum Stehen.

»Hilfe!« brüllte Graham.

Bollinger feuerte wieder auf den Bulldozer. Die Kugel prallte vom Stahl über der Windschutzscheibe ab.

Der Fahrer legte krachend einen Gang ein. Der Motor heulte auf.

Bollinger rannte davon.

Der Pflug erhob sich auf hydraulischen Armen einen knappen halben Meter von der Straße, gerade hoch genug, um den Bürgersteig vom Schnee zu befreien, als das schwere Fahrzeug darauf zu rumpelte.

Bollinger lief, verfolgt von dem Stahlungeheuer, zehn oder zwanzig Meter weit über den Bürgersteig, bevor er einen Haken schlug und auf die Straße sprintete. Mit jedem Schritt wirbelte er kleine Schneewolken hoch. Er überquerte die Avenue. Der Schneepflug war ihm dicht auf den Fersen.

Connie beobachtete hingerissen die Vorgänge auf der Straße.

Bollinger ließ das Gefährt näher kommen. Als ihn nur noch zwei Meter von dem stählernen Pflug trennten, warf er sich zur Seite. Er rannte an der Maschine vorbei und kehrte zum Bowerton-Gebäude zurück.

Ein Schneepflug läßt sich nicht so leicht wenden wie ein Sportwagen. Bis der Fahrer sein Ungetüm gedreht hatte, stand Bollinger wieder unter Graham.

Er hob die Waffe. Graham sah den Lauf im Licht der Laterne funkeln.

Direkt auf dem Bürgersteig blies der Wind nicht ganz so wütend. Die Pistole krachte laut. Die Kugel fuhr unter Grahams rechtem Fuß in den Stein.

Der Bulldozer nahm wieder Kurs auf Bollinger. Der Fahrer hupte grell.

Bollinger stellte sich mit dem Rücken zum Gebäude und blickte dem Ungetüm entgegen.

Graham ahnte, was dieser Wahnsinnige beabsichtigte. Er griff nach dem kompakten, batteriebetriebenen Steinbohrer am Gürtel, bekam ihn aber erst nach einigen Augenblicken frei.

Der Schneepflug war noch fünf oder sechs Meter von Bollinger entfernt. Der Mörder richtete die Pistole auf den Fahrer hinter der Windschutzscheibe.

Graham schleuderte den Steinbohrer. Er flog etwa zwanzig Meter durch die Schneeflocken und traf Bollinger. Leider nicht am Kopf, wie Graham gehofft hatte, sondern an der Hüfte. Er streifte ihn nur und fiel zu Boden, ohne den Mann ernsthaft verletzt zu haben.

Aber der Bohrer erzielte einen anderen Effekt. Bollinger bekam einen furchtbaren Schrecken, sprang hoch, kam mit einem Fuß auf einem Stück Eis auf, glitt aus, stolperte vom Bürgersteig, verlor nach einigen fast balletthaften Schritten endgültig das Gleichgewicht und fiel auf den Bauch.
Der Fahrer hatte natürlich damit gerechnet, daß sein Gegner wieder im letzten Augenblick ausweichen würde. Doch statt dessen fiel Bollinger dem Pflug entgegen. Der Mann in der Kabine trat sofort auf die Bremse, doch er bekam das schwere Gefährt nicht innerhalb von zweieinhalb Metern zum Stehen.
Der schwere Pflug hing nun nur fünfundzwanzig Zentimeter über dem Boden. Nicht hoch genug, um glatt über den auf der Straße Liegenden hinwegzugleiten. Die Unterseite der Schar traf Bollingers Hinterteil, schnitt und riß durch das Fleisch, traf den Hinterkopf des Mannes, zerschmetterte den Schädel und schleuderte den Körper schließlich gegen den Bordstein.
Blut strömte im Lichtkreis der nächsten Laterne in den Schnee.

43

MacDonald, Ott, die Wachmänner und der Monteur waren in Plastiksäcken verstaut worden, die vom städtischen Leichenschauhaus stammten. Die Säcke lagen nun sauber aufgereiht auf dem Marmorboden der Eingangshalle des Bowerton-Gebäudes.

Neben dem geschlossenen Zeitungsstand im vorderen Teil der Lobby hatte man sechs Klappstühle in einem Halbkreis aufgestellt. Graham und Connie saßen dort zusammen mit Ira Preduski und drei weiteren Polizisten.

Preduski sah aus, als hätte ihm heute besonders wenig Zeit zur Verfügung gestanden, sich für den Dienst zurechtzumachen: Der braune Anzug hing von seinem Körper, als hätte ihm jemand eine Decke übergeworfen. Da er ein Stück durch den Schnee gelaufen war, waren Strümpfe und Hosenenden naß, und auf den Schuhen zeigten sich weiße Kränze. Natürlich hätte er sich mit Galoschen oder Stiefeln ausstatten können; von beidem besaß er mehrere Paare. Doch regelmäßig vergaß er es, sie bei schlechtem Wetter anzuziehen.

»Okay, ich möchte Sie um Gottes willen nicht bemuttern, der Himmel sei mein Zeuge«, sagte der Detective zu Graham. »Ich weiß, ich habe Sie das schon gefragt, und Sie haben mir auch darauf geantwortet. Aber ich mache mir Sorgen. Große Sorgen. Ich kann einfach nichts dagegen tun. Ich mache mir über die unsinnigsten Dinge Sorgen. Manchmal ist es mit meinem Kopf einfach nicht mehr auszuhalten. Doch zunächst die Frage: Wie geht es Ihrem Arm? Sie sagten, Sie wurden angeschossen, nicht wahr?«

Graham klopfte leicht auf den Verband unter seinem Hemd. Ein Sanitäter mit furchtbarem Mundgeruch, aber flinken und sicheren Fingern hatte ihn vor einer Stunde angelegt. »Danke, mir geht es gut. Keine Probleme.«
»Und wie steht es mit Ihrem Bein?«
Graham verzog das Gesicht. »Ich bin jetzt kein größerer Krüppel, als ich es vor diesen Vorfällen war.«
Preduski wandte sich an Connie: »Und wie geht es Ihnen? Der Arzt von der Ambulanz sagte mir, Sie hätten sich ein paar böse Prellungen zugezogen.«
»Ach, nur ein paar Beulen und Schrammen«, erwiderte sie mit erstaunlicher Ruhe. Sie hielt Grahams Hand. »Hätte wirklich schlimmer kommen können.«
»Na, na, Sie beide haben eine furchtbare Nacht hinter sich. Eine ganz entsetzliche Nacht. Und Schuld daran trage allein ich. Ich hätte Bollinger schon vor zwei Wochen festnehmen können. Ach, wenn ich doch nur einen Funken Verstand hätte! Dann hätte ich den Fall schon lange lösen können. Lange genug, bevor Sie beide da hineingezogen wurden.« Er sah auf seine Armbanduhr. »Gleich drei Uhr in der Frühe.« Er erhob sich und bemühte sich vergebens, den zerknitterten Kragen seines Mantels geradezustreichen. »Jetzt haben wir Sie aber wirklich sehr lange hier festgehalten. Viel zu lange. Unglücklicherweise muß ich Sie bitten, noch weitere fünfzehn oder zwanzig Minuten hier auszuhalten, damit meine Kollegen und die Männer von der Spurensicherung Ihnen Fragen stellen können. Ich hoffe, das ist nicht zuviel verlangt, oder? Es macht Ihnen doch hoffentlich nicht allzuviel aus? Ich weiß, es ist eine rücksichtslose Zumutung von mir, und ich entschuldige mich auch von ganzem Herzen.«
»Ist schon okay«, sagte Graham müde.
Preduski wandte sich an einen anderen Beamten, der bei ihnen saß. »Jerry, Sie sorgen bitte dafür, daß diese Herr-

schaften nicht länger als fünfzehn oder zwanzig Minuten befragt werden.«
»Wird gemacht, Chef.« Jerry war ein großer, massiger Mann, der bald die Vierzig erreicht haben mußte. Ein markantes Grübchen zierte sein Kinn.
»Und die beiden sollen in einem Streifenwagen nach Hause gefahren werden.«
Jerry nickte nur.
»Und keine Reporter. Halten Sie die Reporter von ihnen fern.«
»Klar doch, Chef. Aber das wird nicht ganz einfach sein.«
Preduski lächelte Graham und Connie an. »Sobald Sie zu Hause sind, stöpseln Sie als erstes das Telefon aus. Es reicht, wenn Sie sich morgen der Presse stellen. Machen Sie sich darauf gefaßt, daß diese Kerle Ihnen noch wochenlang nachstellen werden. Eine weitere Widrigkeit dieser Zeit. Tut mir ehrlich leid für Sie. Wirklich. Aber ich hoffe, wir können die Reporter wenigstens für den Rest der Nacht von Ihnen fernhalten und Ihnen ein paar Stunden Ruhe vor dem Sturm schenken.«
»Vielen Dank«, sagte Connie.
»Jetzt muß ich mich aber wirklich sputen. Auf mich wartet noch viel Arbeit. Arbeit, die schon vor Wochen oder Monaten hätte erledigt werden müssen. Ich liege immerzu zurück, komme einfach nicht dazu, all die viele Arbeit zu bewältigen. Vermutlich bin ich für diesen Job denkbar ungeeignet. Ja, wenn ich darüber nachdenke, wird mir immer klarer, was für ein Versager ich als Polizist bin.«
Er schüttelte Graham die Hand und mühte sich für Connie eine mißglückte Verbeugung ab.
Als er durch die Halle schritt, gaben seine Schuhe quietschende und schmatzende Geräusche von sich.
Draußen wich er geschickt einigen Reportern aus und beschied die anderen mit einem »Kein Kommentar«.

Sein Zivilwagen stand am Ende einer Doppelreihe von schwarzweißen Streifenwagen, Krankenwagen und den Fahrzeugen der Reporter. Der Detective stieg ein, legte den Sicherheitsgurt an und startete den Motor.
Sein Kollege, Detective Daniel Mulligan, würde noch einige Stunden im Bowerton-Gebäude zu tun haben. Den Wagen brauchte er in dieser Zeit mit Sicherheit nicht.
Preduski summte eine selbsterdachte Melodie vor sich hin und steuerte auf die Lexington Avenue, auf der vor kurzem eine Fahrrinne durch den Schnee gepflügt worden war. Seine Reifen waren mit Schneeketten bestückt. Sie knirschten durch den Schnee und jaulten und rasselten auf den wenigen schneefreien Stellen. Er bog an der Fifth Avenue ab und fuhr in Richtung Zentrum.
Gut zehn Minuten später parkte er den Wagen in einer Allee in Greenwich Village.
Der Detective stieg aus. Er lief ein paar Meter weit und hielt sich dabei im Schatten hinter den Lichtkegeln der Straßenlaternen. Er warf kurz einen Blick über die Schulter, um festzustellen, ob er nicht beobachtet wurde, und verschwand dann in einer engen Einfahrt zwischen zwei Wohnhäusern.
Der Weg endete vor einer Mauer, aber rechts und links davon befanden sich hohe Tore. Er trat vor das linke Tor.
Schneeflocken trieben gemächlich durch die ruhige Nacht. Der Wind reichte nicht bis hierher und meldete sich nur hoch oben an den Dächern mit schrillen Tönen.
Preduski zog einen Schlüsselbund mit Dietrichen aus der Tasche. Er hatte sie vor langer Zeit in einer Wohnung eines Einbrechers gefunden, der Selbstmord begangen hatte. Im Lauf der Zeit hatte sich hin und wieder eine Gelegenheit ergeben, in der ihm die Dietriche von großem Nutzen gewesen waren. Er schob einen Dietrich in das billige Schloß, um damit die Bolzen zu bewegen, und schob ei-

nen zweiten Dietrich hinterher, um sie am Zurückschnappen zu hindern. Nach zwei Minuten hatte er das Tor geöffnet.
Ein kleiner Garten lag hinter dem Haus von Graham Harris. Ein Stück Rasen. Zwei Bäume. Eine gepflasterte Terrasse. Die beiden Blumenbeete waren jetzt im Winter natürlich leer. Der schmiedeeiserne Tisch und die vier dazu passenden Gartenstühle sahen ganz so aus, als hätten hier am Nachmittag ein paar Freunde zum Kartenspiel zusammengesessen.
Der Detective durchquerte den Garten und stieg die drei Stufen zur Hintertür hinauf.
Die Tür war nicht verschlossen.
Rasch und so leise wie möglich drückte er die Klinke der Holztür nach unten.
Er war überrascht, wie leicht man hier eindringen konnte. Und darin mischte sich Verärgerung. Würden die Bürger von New York es denn nie lernen, ihre Häuser mit guten Schlössern zu sichern?
In der dunklen Küche war es warm. Es roch nach Gewürzen und Kuchen. Und nach Bananen, die zu lange liegengeblieben waren und sich jetzt schwarz verfärbt hatten.
Preduski schloß lautlos die Tür hinter sich.
Ein oder zwei Minuten lang blieb er still stehen, lauschte auf die Geräusche des Hauses und wartete, bis seine Augen sich an die Dunkelheit gewöhnt hatten. Schließlich, als er die Konturen der Küche ausmachen konnte, trat er an den Tisch, hob einen Stuhl und stellte ihn, ohne ein Geräusch zu verursachen, ein Stück weit zurück.
Er setzte sich hin, zog den Revolver aus seinem Schulterhalfter unter der linken Achsel und legte ihn auf den Schoß.

44

Der Streifenwagen wartete am Bürgersteig, bis Graham die Vordertür seines Hauses aufgesperrt hatte. Dann startete der Wagen und fuhr so rasch davon, wie das die Schneedecke von mittlerweile zehn Zentimetern zuließ. In Greenwich Village hatte noch kein Pflug den Schnee von der Straße auf die Bürgersteige geschoben.

Graham schaltete in der Diele das Licht an. Als Connie die Haustür schloß und verriegelte, ging er ins dunkle Wohnzimmer und steuerte die erste Tischlampe an. Er knipste sie an und erstarrte. Er hatte weder die Kraft noch den Willen, die Finger vom Schalter zu nehmen.

Ein Mann saß in einem der Sessel. Er hatte eine Pistole in der Hand.

Connie war hereingekommen. Sie stellte sich neben Graham, legte ihm eine Hand auf den Arm und fuhr den Mann im Sessel an: »Was wollen *Sie* denn hier?«

Anthony Prine, der Talkmaster der TV-Sendung *Manhattan um Mitternacht,* erhob sich. Er richtete den Pistolenlauf auf die beiden. »Ich habe auf Sie gewartet.«

»Warum sprechen Sie so eigenartig?«

»Sie meinen den Südstaaten-Akzent? Nun, damit bin ich großgeworden. Habe ihn vor ein paar Jahren abgelegt. Aber ich kann ihn jederzeit wieder annehmen, wenn mir danach ist. Mit dem Ablegen dieses Akzents wuchs mein Interesse an der Mimikry. Ich erwarb meine ersten Sporen im Showbusineß als Komiker, der Prominente nachahmte. Und in diesem Moment imitiere ich Billy James Plover, den Mann, der ich bis zu meinem zwanzigsten Lebensjahr gewesen bin.«

»Wie sind Sie hier hereingekommen?« verlangte Graham zu wissen.

»Ich bin um das Haus herumgelaufen und habe ein Fenster eingeschlagen.«

»Verschwinden Sie. Ich möchte Sie hier nicht mehr sehen.«

»Sie haben Dwight umgebracht«, erklärte Prine ungerührt. »Ich bin nach meiner Show zum Bowerton-Gebäude gefahren. Dort wimmelte es von Bullen. Da wußte ich gleich, was geschehen war.« Prine war blaß, und die tiefen Furchen und Linien in seinem Gesicht standen in deutlichem Widerspruch zu den ruhig vorgebrachten Worten.

»Wen sollen wir ermordet haben?« fragte Graham verblüfft.

»Dwight. Franklin Dwight Bollinger.«

Fassungslos entgegnete Graham: »Aber er hat doch versucht, uns umzubringen!«

»Er war einer der Besten. Einer der Besten, die es je gegeben hat. Ich habe einmal eine Sendung über Ermittlungsbeamte gemacht. Dwight war unter den Gästen. Binnen Minuten wußten wir, daß wir beide aus demselben Holz geschnitzt waren.«

»Aber er war der Schlächter. Er war der Mann, der all die . . .«

Eine merkwürdige Verwandlung ging in diesem Moment mit Prine vor sich. Seine Hände zitterten, und auf der linken Wange zeigte sich ein nervöses Zucken. Er unterbrach Connie und erklärte: »Er war nur die eine Hälfte des Schlächters.«

»Die eine Hälfte?« Connie verstand gar nichts mehr.

Graham löste die Finger endlich vom Lichtschalter und griff nach dem Ständer der schweren Messinglampe.

»Er war die eine und ich die andere Hälfte«, erklärte der

Talkmaster. »Wir beide, Dwight und ich, waren identische Persönlichkeiten.« Prine machte einen Schritt auf die beiden zu. »Mehr als das: Ohne den anderen ist jeder von uns unvollständig. Wir waren die beiden Hälften von einem Organismus.« Er richtete die Pistole auf Grahams Schädel.

»Raus hier!« schrie Graham. »Lauf, Connie!« Und noch bevor er ausgesprochen hatte, schleuderte er die Lampe auf den zweiten Schlächter.

Das schwere Stück warf Prine in den Sessel zurück.

Graham drehte sich um und eilte in die Diele.

Connie öffnete bereits mit fahrigen Händen die Verriegelung der Haustür.

Als Graham glaubte, er würde es schaffen, traf ihn eine Kugel aus Prines Pistole.

Ein furchtbarer Schlag gegen das rechte Schulterblatt. Ein Lichtblitz. Blut, das sich um ihn herum auf den Teppich ergoß . . .

Er fiel zu Boden, rollte auf die Seite und sah zu seiner Verblüffung Ira Preduski, der aus der Küche auf den Flur trat.

Graham trieb auf einem Floß des Schmerzes über einen See der Schwärze. Er konnte seine Gedanken nicht mehr ordnen. In ihm hallte nur die eine Frage wider: »Was ging hier eigentlich vor?«

Der Detective rief dem Talkmaster etwas zu und feuerte dann in Notwehr auf ihn. Die Kugel traf Prine mitten in die Brust.

Der zweite Schlächter brach über dem Zeitschriftenständer zusammen.

Schmerz. Nur Wogen des Schmerzes.

Graham schloß die Augen. Fragte sich, ob das vielleicht falsch sei. Wenn du einschläfst, stirbst du. Oder war das nur bei einer Kopfwunde der Fall? Er öffnete für alle Fälle wieder die Augen.

Connie war über ihm. Wischte ihm mit einem Tuch über die Stirn.
Auf der anderen Seite kniete Preduski. »Ich habe die Ambulanz gerufen«, erklärte er.
Graham fehlten ein paar Minuten. Er hatte inmitten des einen Gesprächs das Bewußtsein verloren und war irgendwann im nächsten wieder aufgewacht.
Er schloß die Augen.
Öffnete sie wieder. Wie es ihm vorkam, nur einen Moment später.
»Die Theorie vom Gerichtsmediziner«, sagte der Detective gerade. »Damals hielt ich sie für äußerst gewagt, um es höflich auszudrücken. Aber irgendwas daran brachte mich zum Nachdenken. Und je länger ich darüber nachdachte . . .«
»Durst«, krächzte Graham. »Ich habe furchtbaren Durst.«
»Trockene Kehle, was?« sagte Preduski. »Na, das ist ja auch nicht weiter verwunderlich.«
»Trinken . . . was zu trinken . . .«
»Das könnte in deiner Lage genau das Falsche sein«, sagte Connie traurig und streng zugleich. »Warten wir lieber auf die Männer von der Ambulanz.«
Der Raum drehte sich um ihn. Er lächelte. Er kam sich vor wie auf einem Karussell.
»Ich hätte nicht allein hierherkommen dürfen«, sagte der Detective kläglich. »Aber verstehen Sie bitte, ich dachte, ich müßte allein kommen. Bollinger war Polizist. Und da war es doch nicht auszuschließen, daß seine andere Hälfte ebenfalls einer von uns war. Wem konnte ich da noch trauen? Ich mußte eben das Risiko auf mich nehmen, allein zu Ihrem Haus zu fahren.«
Graham leckte sich mehrmals über die Lippen, bevor er leise fragte: »Was ist mit Prine? Ist er tot?«

»Ich fürchte, nein«, antwortete Preduski.
»Und ich?«
»Was ist mit Ihnen?«
»Liege ich im Sterben?«
»Sie werden leben.«
»Sind Sie da ganz sicher?«
»Die Kugel hat das Rückgrat nicht einmal gestreift. Und ich wette, es ist nicht einmal ein lebenswichtiges Organ getroffen worden.«
»Sind Sie da wirklich sicher?«
»Ich bin mir da ganz sicher«, sagte Connie.
Graham schloß die Augen.

EPILOG

SONNTAG

Ira Preduski stand mit dem Rücken zum Fenster des Krankenhauszimmers. Das Licht der untergehenden Sonne umrahmte ihn weich und golden. »Prine hat ausgesagt, daß er und Bollinger Unruhen auslösen wollten. Rassenunruhen, Auseinandersetzungen zwischen religiösen Gruppen, ökonomische Unruhen, Massenunruhen zwischen Männern und Frauen . . .«

Graham lag in seinem Bett auf der Seite und wurde von einigen Kissen gestützt. Er konnte wegen der Schmerzmittel, die man ihm verabreicht hatte, nur langsam sprechen. »Damit sie in den nachfolgenden Wirren die Macht an sich reißen konnten?«

»Ja, genau das hat er ausgesagt.«

Connie saß neben dem Bett auf einem Hocker. »Aber das ist doch verrückt!« sagte sie. »Hat nicht Charles Manson mit seiner Bande von Psychopathen aus ähnlichen Gründen Menschen umgebracht?«

»Ich habe Prine gegenüber Manson erwähnt«, erklärte der Detective. »Er meinte nur, Manson sei ein billiger Schwindler, ein schmieriger, nichtsnutziger Krimineller gewesen.«

»Während er sich selbst als Übermenschen sieht.«

Preduski schüttelte traurig den Kopf. »Armer Nietzsche. Er war einer der größten Philosophen, die je gelebt haben. Und seine Tragik ist, daß er so häufig mißverstanden und immer wieder von der falschen Seite für sich vereinnahmt wurde.« Er beugte sich über den Blumenstrauß auf dem Tischchen neben dem Fenster. Als er wieder aufblickte, sagte er: »Verzeihen Sie bitte, wenn ich Sie jetzt etwas frage. Es geht mich auch gar nichts an. Ich bin mir dessen durchaus bewußt. Aber ich bin leider so schrecklich neugierig. Ist sicher mein größer Fehler. Nun . . . wann findet denn die Hochzeit statt?«

»Hochzeit?« fragte Connie.

»Sie können mir nichts vormachen. Sie beide werden bald heiraten.«

Verwirrt fragte Graham: »Wie sind Sie denn darauf gekommen? Wir haben erst heute morgen darüber gesprochen. Nur wir beide. Kein Dritter weiß davon.«

»Verzeihen Sie, aber ich bin Kriminalbeamter«, lächelte Preduski. »Meine Arbeit besteht hauptsächlich darin, Indizien zu sammeln.«

»Und welche Indizien sind Ihnen da bei uns aufgefallen?«

»Zum Beispiel die Art, wie Sie beide sich heute nachmittag Blicke zuwerfen, ganz einfach, wie Sie sich ansehen.«

Graham war froh, die Neuigkeit endlich jemandem mitteilen zu können. »Wir wollen ein paar Wochen nach meiner Entlassung aus dem Krankenhaus heiraten. Sobald ich wieder zu Kräften gekommen bin.«

»Und die wird er auch verdammt nötig haben«, rief Connie und lächelte anzüglich.

Preduski trat ans Bett und betrachtete die Bandagen an Grahams linkem Arm und um seine Brust. »Immer wenn ich daran denke, was alles in der Nacht zum Samstag und am Morgen danach geschehen ist, frage ich mich, wie Sie beide da mehr oder weniger heil herausgekommen sind.«

»Ach, so wild war es nun auch wieder nicht«, antwortete Connie.
»Nicht so wild?« fragte der Detective verwundert.
»Nein, es war wirklich nichts Besonderes, was wir da gemacht haben, nicht wahr, Nick?«
Graham lächelte und fühlte sich jetzt zum ersten Mal nach langer Zeit richtig gut. »Nein, wirklich, halb so wild, Nora.«